21世纪
年 度
报告文学选

2023 报 告 文 学

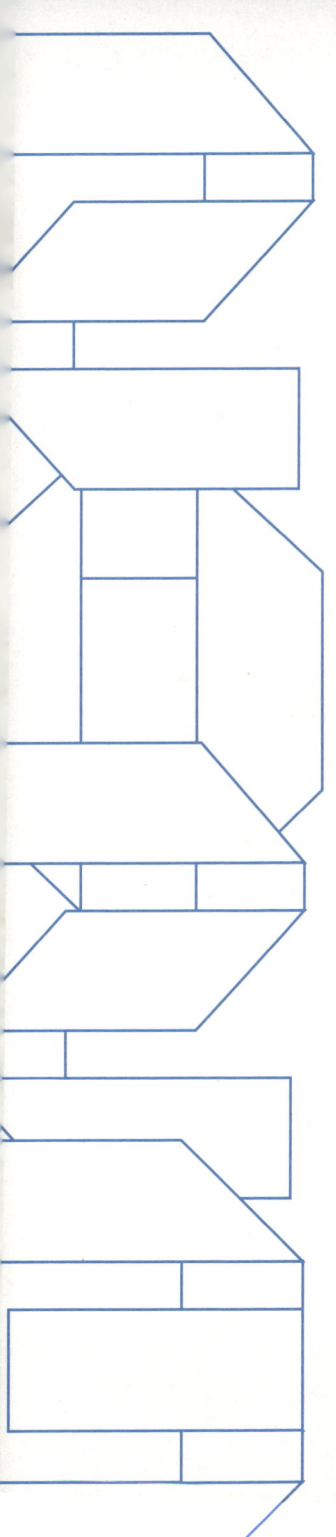

2023 21世纪年度报告文学选

报告文学

李炳银 编

人民文学出版社

图书在版编目（CIP）数据

2023报告文学／李炳银编．－－北京：人民文学出版社，2024
（21世纪年度报告文学选）
ISBN 978－7－02－018650－1

Ⅰ.①2… Ⅱ.①李… Ⅲ.①报告文学－作品集－中国－当代 Ⅳ.①I25

中国国家版本馆CIP数据核字（2024）第084447号

责任编辑　范维哲
装帧设计　李思安
责任印制　张　娜

出版发行　人民文学出版社
社　　址　北京市朝内大街166号
邮政编码　100705

印　　刷　三河市鑫金马印装有限公司
经　　销　全国新华书店等

字　　数　354千字
开　　本　880毫米×1230毫米　1/32
印　　张　14.875　插页3
印　　数　1—3000
版　　次　2024年6月北京第1版
印　　次　2024年6月第1次印刷

书　　号　978-7-02-018650-1
定　　价　62.00元

如有印装质量问题，请与本社图书销售中心调换。电话：010-65233595

出版说明

二十世纪八九十年代，我社曾编辑出版过小说、散文、诗歌、报告文学等各种文学体裁的年选本，其后，这项工作一度中断。进入新的世纪，我社陆续恢复编辑出版短篇小说年选、中篇小说年选、散文年选，对当年我国中短篇小说及散文创作实绩进行梳理、总结，向读者集中推荐，取得了良好效果，也为新世纪的文学积累做出了贡献。

报告文学敏锐及时地把握时代脉搏，反映社会生活。根据文学界人士和读者的建议，同时与小说年选、散文年选形成系列，我社又恢复编辑出版报告文学年选；编选范围原则上为当年全国各报刊上发表的报告文学作品，入选篇目的排列以作品发表时间先后为序。

我们希望年度报告文学选能够反映当年报告文学的创作概况，使读者集中阅读欣赏当年最优秀的报告文学作品。我们的努力是否达到了这样的效果，期望得到文学界和读者的批评和建议。

人民文学出版社编辑部

目录

- 001· 谁在月夜哭泣　陈启文
- 027· 平凡铸就伟大，英雄来自人民　高鸿
- 059· 疾病之耻　李燕燕
  　　　——关于"病耻感"的社会观察
- 099· 鹤舞长江之巅　余艳
- 124· 中国之影　李春雷
- 194· 乌金缘　赵韦
  　　　——中国工程院院士王双明
- 244· 回家　李舫
  　　　——为纪念中国人民志愿军抗美援朝胜利70年而作
- 268· 西藏妈妈（节选）　徐剑
- 376· 公仆榜样（节选）　钟兆云

谁在月夜哭泣

陈启文

一

长江从我家乡江南谷花洲一带流过，这一带位于长江和洞庭湖交汇后的中游，长江穿越洞庭，洞庭化入长江，江在湖中，湖在江中，人在江湖，我是从来没有看清过这片水域，天地间一派烟波浩渺，感觉整个世界都在流淌。我童年时，江面还很少有轮船，一叶叶随风漂行的白帆船带着缓慢而悠然的节奏，仿佛把一条长江拉得更长了。那时江水一碧万顷，在波纹清晰的脉络中，我看见了自己像蚂蚁一样黑黝黝的身体、黑黝黝的影子和两个乌黑发亮的眼珠子。

江边的孩子从小就练就了一身好水性，也养成了冒险的天性，一看见那白花花的波浪荡漾开去，你就想一头扎下去，那是谁也抵挡不住的诱惑。每年夏天的傍晚，我都会跃入长江畅游一番，江南那漫长而炎热的夏天我都是在长江里游过的。那还是属于我的赤子岁月，每次下水之前，我都会脱得光溜溜的，在江岸边的水杨树上挂上裤衩，这是我下水的标志。如果我没有回来，那就永远也不会回来了。这没什么，我们从小就把这条小命交给了大江，而这条小裤衩或许就是我留在这世间最后的牵挂，也是家人在这浩渺的大江里寻找我的唯一依据。

每当我游得浪花四溅，漫天的霞光纷纷落在波浪上，浪花里时不时有一些活泼的身影涌现而出，那是江豚。这是和我在同一条大江里追逐嬉戏的玩伴，也是我儿时最鲜活的记忆，我甚至觉得自己就是和江豚一起长大的。我们乡下人，对这种水生动物是分不太清的，只能从最直观的颜色来区分。一种是黑的，老乡们都叫江猪子，看上去，它们还真像一群在长江里游泳的猪。还有一种是白的，老乡们叫江珠儿，一听这名字就挺美的，像女孩儿的名字。很长一段时间，我一直以为这黑的白的都是江豚，只是颜色不同而已。后来我才慢慢知道，这是两个相似而不同的物种，黑的才是正儿八经的江豚，白的则是一种比江豚更加古老的水中精灵——白鱀豚，它还有几个别的名字：江马、白旗、中华江豚。无论你叫它们什么，这都是长江中最早的原住民之一，比人类不知要早多少。

滚滚长江东逝水，迄今已在地球上流淌一亿四千万年，至少在四千万年前的中新世和上新世，白鱀豚就出现了。据化石考证，在地壳运动形成的海陆变迁中，白鱀豚最早由陆生动物进入海洋，大约在两千五百万年前，它们又从海洋进入长江。这是中国特有的一种小型淡水鲸，因而又称中华白鱀豚。尽管经历了漫长的进化，但现代白鱀豚基本上保留了祖先的原始形态。这是典型的活化石。如今在地球上生存了约八百万年的大熊猫被誉为活化石，白鱀豚则堪称是活化石中的活化石。若从科学定义看，但凡能够称为活化石的动植物都是子遗生物，如白鱀豚、江豚、扬子鳄、中华鲟、白鲟等水生孑遗生物，在海陆变迁、沧海桑田的地质大灾变一直延续下来，既是经历过九死一生的幸存者，也是地球上漫长而又顽强的生命。这多亏了长江的庇护，长江流域以其优越的自然地理环境，为这些世界罕见的孑遗生物提供了长久的避难所。

若同白鱀豚相比，最早的人类在距今三四百万年之前才出现，在白鱀豚面前人类简直还是一个刚刚睁开眼睛的婴儿。而人类对白鱀豚的最早记载，源自两千多年前的辞书之祖《尔雅》："鱀，是鱁。"东晋郭璞注释："鱀，大腹，喙小，锐而长，齿罗生，上下相衔，鼻在额上，能作声，少肉多膏，胎生，健啖细鱼，大者长丈余，江中多有之。"这表明从战国、两汉到东晋年间，白鱀豚在长江流域还是一个广泛分布、数量众多的物种。不过，这个"鱀"在古代也可能泛指江豚和白鱀豚，那时候人们对这两个物种的区分还是比较模糊的。到了北宋年间，人们对这两个物种才有了明确的辨别，一位名叫孔武仲的士大夫还写过一首《江豚诗》："黑者江豚，白者白鬐。状异名殊，同宅大水。"白鬐，就是白鱀豚的另一古名，它与"同宅大水"的江豚确实是"状异名殊"的两种水生动物。而在进入现代后，白鱀豚依然是一个广泛分布却已为数不多的物种。据专家考察，20世纪70年代，长江中白鱀豚还有一千多头。哪怕一直维持这个数量，白鱀豚也是中国极为珍稀的野生动物和世界上所有鲸类中数量最为稀少的一种。

同喜欢抛头露面的江豚相比，白鱀豚总是神龙见首不见尾，它们天生就善于隐藏自己。白鱀豚的外表并非纯粹的白色，其背面呈浅青白色，肚皮为洁白色，这样的颜色恰好与长江的环境色相符，甚至能呈现季节的变化。当你从水面向下看时，其背部的青白色和江水混为一体。当你由水底朝上看时，那白色的肚皮和水面反射的光泽也难以分辨。在这种天然的隐蔽下，它们可以隐身藏形，在逃避天敌和接近猎物时，很难发现它们的踪影。但白鱀豚又难以一直深藏不露，这是一种用肺呼吸的哺乳动物，每隔不久就要浮出水面换气一次。一呼吸，一出声，这神秘的精灵就藏不住了。那时我的眼睛还没有像现在这样高度近视，远远地就能看见，当它们呼吸时，先是将头顶和嘴鼻露出水面，那又窄又长的嘴巴像鸭嘴兽般向前伸出，又像鸟喙一样微微向上翘起，最突出的还是那隆起的额头，这家伙的鼻孔竟然长在头顶上。随后，它们又露出了三角形的背鳍，这奇异的背鳍是白鱀豚最典型的特征，鳍肢较宽，末端钝圆，那尾鳍像一弯银辉闪烁的新月。白鱀豚换气的频率很快，我那时的耳朵还很灵敏，远远就能听见它们的呼吸声。"嘘哧，嘘哧"，这是江珠儿的声音，像是女性的喘息。"呼哧，呼哧"，这是江猪子的声音，像一个粗犷的汉子在大口喘气。江珠儿在呼吸时还会喷出一股亮晶晶的水珠子，当这飞溅的水珠被朝霞或夕阳照亮，宛若一道斑斓的彩虹。

一条大江里有了这优美而神秘的精灵，越发显得优美而神秘了。

后来我还慢慢发现，这神秘的精灵也有其自然活动规律，它们最喜欢在早上或傍晚浮出水面。早上，在晨雾刚刚散去的浪头上，你会发现它们对着日出的方向出神地仰望，就像一群受神灵控制的精灵，那仰望的姿态，仿佛一种灵魂深处的渴望。老乡们说那是江珠儿拜日，沉睡的太阳每天都是被它们唤醒的。傍晚，它们又在太阳落水时追逐着漫江霞光，这是长江每天最美的时分，也是我观察白鱀豚的最佳时机，那体形为优美的流线型，胸鳍宛如两只划水的手掌，扁平的尾鳍从中间分叉，像分开的燕羽一样。白鱀豚的皮肤也是我见过的最光滑细腻的皮肤，在阳光的照耀下闪烁着漂亮的光泽，一看就充满了弹性，像是穿着一身天然的游泳衣，漂亮，太漂亮了。这几近完美的体形又岂止是漂亮，这有利于它们在水中遨游时掌控方向和平衡，还可以减少水流的阻力加快速度，其时速竟然可达八十公里，这跟陆地上的短跑健将猎豹有得一比，白鱀豚也堪称是水中的短跑健将。但凡有幸亲眼见过白鱀豚的人，无不为它那优美的身姿、漂亮的颜色和飘逸的游姿而深深着迷，这是江中最迷人的生命。

从孩提时代到青少年岁月，我一直在努力接近这白色精灵，我下意识地觉得这就是我在长江里遨游的唯一意义。但这些精灵的胆子比那些女孩子还小，它们是那样敏感和警觉。每次向它们靠近，我一直小心翼翼，连大气也不敢喘，生怕一不小心就把它们给吓跑了。这其实是我的错觉。白鱀豚那极小的眼睛和针眼大的耳朵早已高度退化，哪怕你游到它们身边，它们也看不见你，听不见你的声音，但它们的头部有一种天生的超声波功能，在水中发射和接收声呐信号，能将江面上几万米范围内的声响迅速传入脑中，并能依靠回声识别物体。这么说吧，只要你在它们的声呐范围内，它们随时都能感知你的存在，并对你的意图迅疾做出判断，一旦遇上紧急情况，它们旋即进入深潜状态。小时候，我又哪里懂得什么超声波和声呐系统，总觉得这精灵是在跟我捉迷藏，每当我想要凑近它们时，它们眨眼间就没入水中，很长时间都不再露面，就像从来没有出现过一样。

在那些月光如水的夏夜，这些精灵愈加神秘。这个季节，高涨的江水已淹没了广袤的河床，一直漫涨到了江堤坡上，我们就睡在水边的竹床上，浪花像雨点一样飞溅在我们炽热的身体上，感觉到一阵一阵的清凉。每当夜深人静，我像是醒着，又像是在梦中，感觉有什么东西正在隐约浮现。我朝泛着光影流转的江面悄悄一望，依稀看见那青白色的幻影，正朝着月亮一仰一仰的，那是江珠儿拜月。那一幕离我们的现实十分遥远，却让我感到一种莫名的神圣和敬畏，仿佛看见了不该看见的东西。当我悄悄缩回目光时，忽听哗啦一下，蓦然回首，如惊鸿一瞥，一个优美的身体跃出了水面，那光洁的皮肤上波光闪烁，水灵灵的，简直像女神一样。

二

当我和那些水中的精灵在同一条大江里遨游，感觉真像活在童话世界里一般。

在西方的童话里有美人鱼，在中国的民间传说中也有一个美丽而神秘的精灵。

江边的老乡们都虔诚地相信，这大江里是有神的，这个神就是传说中的白鱼精，而白鱀豚则是江神的化身，被誉为长江女神。哪怕在没有月色和星光的夜晚，那些在黑暗中穿行的夜航船也不会掌灯，船工们生怕惊扰了梦中的江神。这样的敬畏其实是必要的，它会让你对这条大江和江中的生灵怀有一种神圣的敬畏。白鱀豚当然不是神，但它们也是一种特别聪明而有灵性的水生动物。据科学研究，白鱀豚是淡水生物中大脑发达、智商最高的动物，其大脑表面积比海豚大，大脑的重量已接近大猩猩与黑猩猩。很多专家甚至认为，白鱀豚的智商比长臂猿、黑猩猩和类人猿更聪明，那就仅次于人类了。更令人吃惊的是，白鱀豚竟然是一种左右脑半球可以交替休息的动物，它们可以在清醒时睡觉，在睡觉时依然保持头脑的清醒，这还真是神了！

我从小就听过许多关于白鱼精的神话或传说，及长，我又在《聊斋志异》中读到了慕生与白秋练的爱情故事。慕生是一位河北商贾之子，从小"聪慧喜读"，但商贾之志在利而不在诗书，父亲担心他这样下去会读成一个书呆子，便命他跟着自己学习经商。慕生十六岁时，随父亲一起来到楚地,也就是长江中游的湖北、湖南一带。当商船行至武昌,每当父亲上岸经营去了,慕生独自守在停泊在江湾里的船上,便映着月光"执卷哦诗,音节铿锵"。他尤其爱读杜甫的《梦李白》:"浮云终日行,游子久不至。三夜频梦君,情亲见君意。"那一种梦寐中的思念,在这远离故乡的月下夜泊中更觉思念情切,心神恍惚。恍惚间,他看见一个身影在窗外徘徊,被月光清晰地映在窗上。慕生兀自一惊,猛地推门一看,却是一个十五六岁的"倾城之姝",这水灵灵的女子便是白鱼精的化身——白秋练,多美的名字啊。这胆小害羞的女子,"望见生,急避去",但慕生吟哦的诗句却让她由诗生爱,一往情深,以致相思成疾,"病态含娇,秋波自流"。这两位情趣相投、兴致高雅的少男少女,在白秋练母亲的撮合下,从两情相悦到海誓山盟,却由于慕父从中作梗,有情人难成眷属,两人都相继为爱生病,而后又用吟诗治好了他们共同的病。他们还以诗卷来占卜运程,以吟诗之声作为相会之约,在经历了一波三折后,这超越了人间的爱情终于有了一个完美的结局,而白秋练则是一个美丽而高雅、纯洁而忠贞的象征。

　　但若把这个故事仅仅当作一个爱情神话,那还只是读出了蒲松龄的一半用意。蒲松龄还描写了这样一个情节,一个渔夫在洞庭南滨钓到了一只白鱀豚,长得像人一样,那是白秋练的母亲。白母住在洞庭湖里,洞庭龙王派她管理水上行旅,从洞庭湖到武昌这一段长江大约就属于她管理的范围,这也正是白鱀豚栖息和往来活动频繁的江段。龙宫选妃时,龙王听说白秋练貌美若仙,就命白母把她找来。白母如实禀告,女儿已经嫁入人间。龙王一怒之下就把白母放逐到生活环境恶劣的洞庭南滨,白母只因饥不择食,才被那个渔夫钓起,在白秋练和慕生的营救下,白母才得以被放生。而白秋练生于洞庭,长于洞庭,这湖水就是她的命。当她随慕生回河北老家后,眼看储存的湖水将要用尽,白秋练白天黑夜呼吸急促,喘个不停。她奄奄一息地叮嘱慕生:"如果我死了,不要下葬。你要在每天的卯时、午时、酉时给我吟哦《梦李白》,这样我的身体就不会变坏。等到湖水运来时,把我的衣服脱下,抱到盆里浸入湖水中,这样我就能重新活过来。"白秋练死后半个月,公公带着洞庭湖水赶回来了,慕生赶紧按妻子说的那样做了。白秋练在湖水里浸泡了一个多时辰,就渐渐苏醒过来了,这一盆养育她的洞庭湖水又让她获得了重生。自此之后,白秋练日思夜念回归故乡,公公去世后,慕生便依了她的心愿,一家人搬到了洞庭湖畔、长江之滨的楚地生活。——读到这里,我才恍然大悟,这其实是一篇比爱情神话更加意味深长的生态寓言,只有将爱与生态放在一起解读,你才能真正解读出这个神话的全部意义。

蒲松龄是济南府淄川人氏,一生只到江南的高邮、扬州一带走过一次,那一带已是长江下游。但看得出,他对白鱀豚的栖息环境和迁徙轨迹分外熟悉。我家乡离洞庭湖和武昌都不远,那些栖息在洞庭湖里的白鱀豚时常顺江而下,从江湖交汇处的三江口一直游到江汉交汇处的武昌一带,甚至更远。它们是这江湖里最活跃的主人,比人类更了解江湖。

在我走出故乡之前,我眼中的长江其实就是流经我家乡的这一段,但在那青白色的身影带动之下,我的视线随着这条大江流向了神秘而不可知的远方。历史上,白鱀豚在长江中的分布很广,西起三峡西陵峡,东至长江入海口。然而,就在我逐渐长大的岁月里,在那遥不可及的长江上游,筑起了一道道拦河大坝,直接阻断了白鱀豚在江湖间来回巡游的自然通道,这自由自在的生命被分割在不同的水域,无法进行交配繁衍。而这些水电大坝为了蓄水发电,又改变了中下游的水文格局，致使白鱀豚赖以生存的水域急剧减少，活动区域大大缩短，江水也越来越浅了。白鱀豚是天生的深水动物，越是在水深流急的地方越是活跃，但在我十六七岁时，竟然看见一头白鱀豚游向了岸边的浅水湾，一跃而起捕食岸边的青蛙和蜻蜓。这让我一下瞪大了眼睛，如果不是饥不择食，这么聪明的动物绝不会冒如此愚蠢的危险，一不小心就可能在浅水滩上搁浅。

这是我第一次明显感觉白鱀豚的性情变了，而变了的又岂止是白鱀豚，整个江湖都变了。我从小就是喝长江水长大的，那时江水可以掬水而饮。记不清是从哪一天开始，江水变得浑浊发黑了，还散发出一股刺鼻的柴油味和农药味。又不知是从哪一天开始，这长江两岸建起了一座座化工厂、农药厂，随着工业废水和生活污水直接排入江湖，我再也没有在江水里看清过自己。除了工厂，还有川流不息的船只。长江中下游既是白鱀豚的主要活动区域，也是一条航运发达的黄金水道。我童年时看见的那些白帆船渐渐远去，在它们消失的地方驶来了一艘艘轰轰烈烈的轮船和机动船，走到哪里，哪里的水面上就漂浮着大片大片乌黑的油污。还有更黑的，那些密密麻麻的挖沙船，像蝗虫一样日夜啃噬着河床。从长江上游的乱砍滥伐，到长江中下游的乱挖滥采，一条大江泥沙俱下，污水横流，这让白鱀豚的声呐信号受到严重干扰，一不小心就会撞在船只的螺旋桨上。在一些死亡的白鱀豚身上，那优美的流线型的身体上布满了一道道被螺旋桨划伤的痕迹，看着那碎裂的伤口，感觉心都碎了。好在，白鱀豚也是长记性的，它们越来越害怕船只，更不会主动靠近，然而即便它们躲得远远的也在劫难逃。长江原本是一条水生生物资源极其丰富的河流，随着人类的掠夺式捕捞，甚至采取电鱼、炸鱼、毒鱼、迷魂阵等灭绝鱼类的方式捕鱼，这让白鱀豚时常被渔民误捕误伤致死。据有关部门的不完全统计，从1973年到1985年共发现近六十头意外死亡的白鱀豚，其中被捕鱼滚钩和其他渔具致死的差不多占了一半，还有一半或是被江中爆破作业炸死，或是被轮船螺旋桨击毙，还有是因搁浅或误入水闸致死。至于那些因水质水文环境恶化而生病死亡的，还算是正常死亡。即便侥幸死里逃生，白鱀豚也处于饥不择食的状态，不得不冒险进入浅水滩捕食，那是我眼睁睁看见的一幕。

从长江珍稀水生动物的种群数量看，白鱀豚同它的近亲江豚相比显得更加脆弱，它们的数量原本就比江豚稀少，而其生存状况比江豚更危急。到了1979年，这一在世界上繁衍生息了四千万年的物种只剩下区区四百头左右，这种经历了九死一生的孑遗生物第一次被中国政府定为"濒危水生动物"，若不赶紧保护，随时都有可能灭绝。真到了灭绝的那一天，你都不知道是哪一天。

三

尽管白鱀豚早在1979年就被定为"濒危水生动物"，但那时人们还没有强烈的生态危机意识，更没有将万里长江作为一个完整的生态系统来看，在相当长的一段时间里都没有严厉禁止长江流域的乱砍滥伐、乱挖滥采和乱捕滥捞。而人们能够近距离接触到白鱀豚，几乎都是在渔民误捕时找到的。白鱀豚一旦误捕就难逃一死，历年来几乎没有生还的记录，但也有唯一一次例外，1980年1月11日，一条被误捕受伤的白鱀豚侥幸逃过一劫，由此开创了一段人类与白鱀豚亲密接触的历史。

那是一个寒冷的冬日，几位渔民在靠近洞庭湖的长江三江口边捕鱼时，发现一头大白鱼在浅水湾里挣扎，一开始他们也没有看清那是什么鱼。他们先用渔船堵住浅水湾的出口,然后用捕鱼铁钩将大白鱼从水中钩起来一看,竟然是一条白鱀豚。幸好,这些渔民还知道白鱀豚是"濒危水生动物",赶紧送到当地的水产收购站。第二天,这头白鱀豚又被转运到了设在武汉的中国科学院水生生物研究所(以下简称水生所)。经专家诊断,这是一头两岁左右的雄性白鱀豚。那些渔民既是它的救命恩人,但也给它造成了致命的创伤,铁钩子在它的颈背部刺穿了两个直径四厘米、深达八厘米、内部贯通的窟窿。一周后,这条还处于幼年的白鱀豚伤口严重感染,生命垂危。又幸得医疗人员采用中西医结合的抢救治疗,经过四个多月的精心疗养,这头白鱀豚的伤口才逐渐愈合康复。这是白鱀豚中极为罕见的幸运儿,被专家命名为淇淇。这名字有三个含义:一是"淇"与"奇"谐音,此乃珍奇之物。二是"淇"有三点水,意为水生动物。三是白鱀豚当时还通称白鳍豚,"淇"与"鳍"同音。总之,这是第一头被人类正式命名的白鱀豚,也是世界上第一头人工饲养的白鱀豚。

适者生存。按达尔文的观点,只有最能适应环境的个体才能得以保存。而在人工环境下饲养白鱀豚,无论对于人类,还是白鱀豚,这都是从未有过的第一次尝试。一种充满野性的动物,从野外自然捕食到一日三餐靠人工投喂食物,这是淇淇必须经历的一个逐渐适应的过程,也是一个逐渐被驯化的过程。而在此前,哪怕是水生所的资深专家,也从未近距离接触过这种神秘的水生动物,一切都要从熟悉它的习性开始。别看淇淇长着一张细长如鸟喙的嘴巴,但一张口就能吞下一筷子长的活鱼,每天要吃掉十公斤左右的活鱼,这惊人的食量也足以证明白鱀豚对鱼类的依赖程度,除了淡水鱼,别的食物它一概不吃。可想而知,随着长江鱼类的锐减,白鱀豚即使能适应长江不断恶化的水生态环境,也会因食不果腹而活活饿死。水生所的专家一度担心人工饲养会让淇淇的食物变得单一而导致营养不良，曾试着给它喂水果、蔬菜、猪肉、牛肉和鱼形馒头等多种食品，但淇淇用鼻子嗅嗅就一转身子游走了。专家只得变着法子，在鱼肚子里放进多种复合维生素、叶酸、施尔康等营养药品，这还真是有效改善了淇淇营养不良的状况，它那一度灰暗的皮肤又渐渐闪烁出野生的健康光泽。

　　白鱀豚长期生活在江湖中，从流水、活水变为养殖池的一池静水，这让淇淇一开始很不适应，每天在水池里左冲右突，仿佛想要找到另一条出路或活路，却四处碰壁。而当时，水池里还没安装滤水设备，投喂食物和白鱀豚排泄都会污染水体，致使淇淇三天两头生病。这也表明，白鱀豚对水质和水生态环境的要求很高，一旦水生态环境恶化，就会直接威胁到它们的生存。为此，饲养人员在当时的条件下，只能采取定期清洗水池和换水的方法来维持水质的相对洁净。后来，水生所又建起了一座专门的白鱀豚馆，从国外引进了先进的循环水处理设备。这水一旦干净了，活泛了，淇淇也变得活泼泼的了，哪怕在一个圆形的水池里游来游去，看上去也有在江湖里游泳的潇洒风姿了，或许它还真把这圆形水池当作了江湖。

　　当人类正一点一点地探悉白鱀豚的习性时，那江湖中的白鱀豚数量还在加速下降。到了1986年，长江流域的白鱀豚数量已不足三百头。而长江流域的白鱀豚就是全世界的白鱀豚，没有之二。这一数量让全世界都感觉到了一种"濒危水生动物"进入了濒临灭绝的危机。当年，国际自然环保联盟将白鱀豚列为世界十二种最濒危的动物之一。若要缓解某一物种的濒危状态，最有效的方式就是加强对自然生态的保护和修复治理，这是从根本上解决的方式，却也是一种长效机制，自然生态往往毁于一旦，修复则需要漫长的时间。还有一种行之有效的途径，那就是人工繁殖，如大熊猫的人工繁殖，在很大程度上拯救了这一濒危物种。从白鱀豚的种群繁殖看，其自然繁殖率比大熊猫还低，雌兽怀孕率仅为百分之三十，一般两年才繁殖一次，孕期为十至十一个月，一胎一崽，偶有两崽，那是极低的、可以忽略不计的概率。小白鱀豚出生后靠母乳喂养，直到五六岁才能成熟。如此之低的自然繁殖率，让人们对白鱀豚的命运产生了深深的危机感，更让水生所的专家急于给淇淇找到一个伴侣。白鱀豚若能像大熊猫一样进行人工繁殖，那将是对这一濒危物种的拯救。此时的淇淇七八岁了，已是一个身体发育成熟的"小伙子"，但野外的白鱀豚如此稀少，又到哪里去给它寻找配偶呢？

事实上，在淇淇成熟之前，水生所的专家就已未雨绸缪了，他们组建了一支由专家进行技术指导、由经验丰富的长江渔民组成的捕捞队，从洞庭湖到武昌一带搜寻白鱀豚。当时水生所还没有搜寻定位的声呐设备，全靠人工和几近原始的方式上下搜寻。那简陋的船只在浑浊的水浪里颠簸起伏，江面上漂浮着油污和各种漂浮物，还有轮船、机动船冒出的滚滚烟雾，从水下到水上都遮蔽着人们的视野。这注定是希望极其渺茫的搜寻，而搜寻的又是一种前途极其渺茫的珍稀动物，每一个人都是望眼欲穿。1985年10月中旬，水生所还特意请来了西德杜伊斯堡动物学院院长格瓦尔特博士，采用声呐探测设备在洞庭湖附近的长江水域进行了拉网式搜索。这一片水域是历史上白鱀豚频繁出没的地方，但几经搜索却一无所获。这让大家倍感希望渺茫，格瓦尔特博士更是连连摇头："在没有更先进的设备与技术前，要想在长江活捕白鱀豚是不可能的！"

格瓦尔特博士带着一脸的沮丧走了，捕捞队依然在越来越冷的江湖上搜寻，他们把一线希望寄托在白鱀豚的繁殖期。每年冬末春初，就是白鱀豚繁殖的季节，也是白鱀豚群体活动最频繁的季节。1986年刚开春，捕捞队根据白鱀豚的这一天性，还真是有了惊喜的发现，他们一下子用大网围住了九头白鱀豚。由于在船上使不上劲，为了便于捕捉，他们又拽着大网慢慢从深水区拖向江边的浅滩湾。眼看白鱀豚一个个都露出了水面，大伙儿也一个个咕咚咕咚往水里跳。此时还是数九寒天，渔民们站在齐腰深的江水里，一开始还能感觉到像刀割一般的冷冽，但很快就被冻僵了，一个个木头木脑的，感觉都不是自己了。有个汉子直接冻得昏死过去，一头栽在水里，被人赶紧救了起来。人怕冷，但白鱀豚不怕冷，无论严冬酷暑，它们在水里一直保持三十六摄氏度左右的恒温，而它们在水下爆发出来的力量更是大得惊人，四十多条汉子也拽不住一张大网。但哪怕冻僵了，大伙儿也没有一个松手的，可这网围得太大了，又加之这浅水湾的沙滩上怎么也打不下锚链，全靠一双双粗糙的大手使劲拉着网绳，那手上皲裂的冻伤都在沥血，一双双瞪大的眼珠子也是血红的。白鱀豚在网里拼命挣扎，撕扯，哀鸣，一个个"嘘哧、嘘哧"地喘息，人们在风浪里拼命挣扎，撕扯，嘶吼，一个个"呼哧、呼哧"地喘着粗气，这是一场生命的挣扎，如同拔河一般，结果是，四十多条汉子最后都被那九头白鱀豚拽到了更深的水里，当水浪淹没到胸脯，人都一个个漂浮起来，最终每一个人都几乎用尽了一生的力气，却只能眼睁睁地看着那九头活蹦乱跳的白鱀豚在捕出水面后又逃之夭夭。这些粗犷的渔家汉子，一个个望着长江号啕大哭……

　　这一次失败的捕捞，却也让大伙儿在痛定思痛后又重新燃起了希望，既然一次就能发现九头白鱀豚，那就有可能再一次发现白鱀豚群体。果不其然，这年3月底，捕捞队又在湖北荆州观音洲江段发现一群白鱀豚，一共有七头。这次他们吸取了上次的教训，没有采用大网围捕，而是采用定点围网和分开切割的方式，最后围住了其中的三头，两大一小，看上去像是一家三口。这一次围捕是十拿九稳了，但当时捕获白鱀豚有严格的指标，只能捕两头，最好是捕获两头母的。大伙儿先捕起来一头大的，有人一看说是母的。随后又捕上来一头小的，一看也是母的。还有一头当时就放生了，但这头被放走的白鱀豚却没有死里逃生的惊恐，一直在那片水域里打转，直到第二天还在观音洲江段游来游去，像是在寻找失散的亲人，那孤独无助的哀鸣声从风中传来，像一个女子的哭泣，让人也倍感悲凉和自责。白鱀豚不仅是特别有灵性的动物，还有着非常强的家族观念，往往是一家子或一个家族在一起生活，而人们为了拯救这一种群，却把它们好端端的一个家给活活拆散了，换在人间，这就是生离死别啊。

但无论如何，人们还是倍感兴奋，这是世界上采用人工方式第一次成功捕获野生白鱀豚。那一大一小两头白鱀豚运到水生所养殖池后，大的起名联联，小的起名珍珍，意思是"联合起来保护珍稀动物"。经检测，联联竟然是一只雄性白鱀豚，这是人们犯下的一个错误。珍珍则是一只两岁左右的雌性幼豚。这是一对父女，而那头被放走的白鱀豚则是这家的妻子和母亲。联联从捕上来后就表现出了刚烈而决绝的性情，一直拒绝进食，这也是白鱀豚唯一能够反抗的方式，但它却一直悉心照顾着自己年幼的女儿。珍珍或许是受了惊吓，又或许是环境的突然变化，刚捕来时就生病了，那柔弱的身体连浮出水面的力气都没有。联联生怕女儿给活活憋死了，用头帮女儿把头托出水面来呼吸，那一种超越了人间的父爱，深深地感动了每一个人。珍珍在父亲的照料下终于活下来了，可它父亲最终却以绝食的方式饿死在人类手里，这又是人类从美好的愿望出发而制造的一出生命悲剧，但愿这"美好的愿望"不是一种自我安慰式的开脱，在大自然面前，我们都是有罪的。

可怜的珍珍，几乎在一天之间家破人亡，先是痛别母亲，继而又痛失父亲，从此只能孤零零地活在人世间。设若它能按照人类的愿望和淇淇一起繁育后代，这一切的痛苦和牺牲也是值得的。而就在这年上半年，淇淇患上了严重的肝损伤并发高血脂、高血糖等症状，经国内外专家全力救治和近百天的精心护理，淇淇又一次转危为安。直到它身体痊愈后，专家才安排它和珍珍见面。淇淇也许早已忘怀它幼年时自由遨游的江湖，这么多年来它的整个世界就是一个圆形水池，而除了人类，它再也没有见过自己的任何同类。当它第一眼看到珍珍时，还不知这是哪里来的一个陌生怪物，一下子给吓坏了。而珍珍天性胆小，一开始也像淇淇一样紧张不安。为了让它们有一个逐渐熟悉的过程，水生所的专家一开始没把它们放在一块儿，而是放在两个相邻的水池里，这中间有一个过道，水是相通的。但最初一段时间，这两只在不同环境下生长的白鱀豚都互相害怕，它们远远待在各自的水池里，惶惶不可终日，紧张得不吃东西。慢慢地，它们才开始往过道边上游，隔着一段距离相互好奇地打量着。随着距离不断拉近，它们几乎是头对着头，你看我，我看你，像是隔着一道透明的玻璃在仔细辨认各自的镜像，或许它们也有处于异度时空之感。白鱀豚之间通过声音交流，它们有一个形似鹅头的喉咙，但没有陆地动物在空气中发音的声带，只能利用天生的声呐系统发出高频音波，这是人类听不见的声音，只有采用特制的水听器，才能听到白鱀豚发出的数十种不同的声音。从水生所专家采集的信号看，珍珍和淇淇已开始主动联络，但在人世间长大的淇淇早已丧失了与野生白鱀豚自然交流的能力，它可能要重新开始向珍珍学习母语。不过，只要有了交流，就是一个好兆头，这表明它们正逐渐建立信任感和好感。没过多久，在一个电闪雷鸣、风雨交加的晚上，珍珍大约是胆小害怕，忽然游进了淇淇的池子里，但淇淇还是非常紧张，在一个角落里团团转，怎么也不愿意靠近珍珍。这样过了两三天后，它们才慢慢熟悉和接近了，从此便习惯于在一起共同生活了。

这一对白鱀豚在一起生活时，珍珍还是一只情窦未开的幼豚，直到两年后，眼看珍珍就要发育成熟了，两只白鱀豚的感情也越来越深，它们在这人世间已成为最亲的亲人。一个美好的愿望眼看就要实现，谁知珍珍却误食了铁锈，随后又引发肺炎等致命的并发症，最终也没有抢救过来，于1988年9月离世。一直到现在还有人在追问，珍珍到底是怎么误食铁锈的呢？说来这也是水生所的一个苦衷，由于养殖池西面的遮阳篷质量不好，每到大风天就会有铁屑、玻璃、木片和灰沙等杂物飘落池中。那时水生所的经费十分有限，一直没有其他水池转移白鳍豚，这遮阳篷也一直没有修缮，才导致珍珍误食了落入水中的铁锈。珍珍死后，人们在它的胃里找到了一斤多铁屑、玻璃和沙石，这比病死更让人痛心，也匪夷所思，珍珍在人工饲养下是不愁没有食物的，怎么会吃那些致命的东西呢？

珍珍离世后，孑然一身的淇淇一直都不明白珍珍怎么突然消失了，天天游来游去寻找它，甚至拒绝进食。那些参与捕获珍珍的人，看着悲伤绝望的淇淇，更是情何以堪，这数年来的心血竟然是这样一个结局，一个个两眼空茫，欲哭无泪。

四

在珍珍离世两年后的1990年，专家再次发出警报，白鱀豚只剩下约两百头，在洞庭湖和鄱阳湖已经绝迹。那些关注白鱀豚命运的人，几乎都把目光聚焦在白鱀豚的人工繁殖上。有专家说，若要对白鳘豚进行人工繁育，一两头根本不够，至少需要捕获二十头。人类也在为此做准备。1992年，农业部批准建立湖北石首天鹅洲和洪湖江段两个国家级白鳘豚自然保护区，另外设立湖北监利、湖南城陵矶、江西湖口、安徽安庆、江苏镇江五个保护站，涵盖了长江中下游干流水域。但这些以白鳘豚的名义建立的保护区和保护站，多少年来一直空空如也，没有一头白鳘豚。而在同年11月，在中国科学院、日本国际协力事业团、日本江之岛水族馆等各方面的支持下，在水生所建起了一座集科研、科普、环保教育和鲸豚繁殖保护于一体的综合性鲸豚水族馆——白鳘豚馆，包括一个主养厅、一个繁殖厅、一套水处理系统和一栋实验楼。在主养厅和繁殖厅内设有一个肾形的主养池和圆形的副养池，还有一个小型医疗池和圆形繁殖池。迄今以来，这座白鳘豚馆也只养过一头名叫淇淇的白鳘豚。

一个野生动物长久地单独养在一个与同类隔绝的水池里，它也早已习惯了这种人工饲养的环境。当人们把淇淇迁至肾形的主养池后，早已习惯了圆形繁殖池的淇淇一下变得烦躁不安，再次以绝食的方式来抵抗新的水池，这一次几乎没有妥协的抗拒，让人们不得不把它重新迁回圆形的繁殖池中。淇淇在这没有伴侣的繁殖池中，度过了生命中的最后十年。而在很长一段时间，淇淇几乎成了人类唯一还能见到的白鳘豚。这几年来，为了白鳘豚生命的传承，捕捞队一直在执着而渺茫地寻找，对长江多个水域反复搜寻，但白鳘豚一直杳无踪迹，这表明白鳘豚的种群数量还在急剧下降。到了1993年，专家又一次发出警告，白鳘豚数量已不足百头，这意味着，一个濒危物种正以倒计时向这个世界作最后的诀别。

此时的淇淇正当壮年，雄姿勃发，每年春天和秋天，淇淇就会进入发情期，那青白色的身体都涨红了，它一边发出亢奋的尖叫声，一边绕着池子快游、打水，甚至用腹部撞击池壁和池底，这是一种繁衍生命的本能，却一直无法得到满足，连人类都感觉到了那种生命的憋屈，有人一见淇淇就说："赶快给它找个女朋友！"到了1995年底，捕捞队终于又捕捉到了一头雌性成年白鱀豚，这是为淇淇找到的第二个配偶。专家考虑到这种成年野生白鱀豚更难人工驯养，为了让它有一个逐渐适应的过程，一开始未将它直接放入白鱀豚馆，而是将其放养在天鹅洲白鱀豚国家级自然保护区。谁知半年后，天鹅洲遭遇1996年夏天的长江大洪水，这头还来不及命名的白鱀豚被洪水卷入保护区的隔离网，不幸触网而死。专家解剖时，发现其腹中空空，这表明它在触网前就已多天捕不到鱼，长时间处于饥饿状态，这可能才是其真正死因。那一直渴望着配偶的淇淇，到死都没有见到人类为它寻找的第二个伴侣。

淇淇在焦虑中又度过了孤独的三年，时至1999年底，又有一个机缘来临，一头两米来长的白鱀豚在上海崇明岛西部的浅水滩上搁浅了，这里位于长江入海口。最早发现这头白鱀豚的是在当地施工的民工。这些民工当时还不知道这就是中国最珍稀的"水中大熊猫"，他们既没有伤害它，但也没有救助它，除了过来看看稀奇，谁都对它置之不理。这头白鱀豚在浅水滩上被困了整整七天，每一天都在饥饿和绝望中拼命挣扎。当专家们闻讯赶到现场时，这头白鱀豚已气若游丝，刚刚转运到上海抢救，就因心力衰竭不治而亡。经检测，这是一头健康的成年雌性白鱀豚，可以说是活活饿死的。这真是令人万分痛惜，若是那些民工能在第一时间向当地有关部门报告，立马采取救治措施，这头白鱀豚也不至于活活饿死。而那时淇淇也很健康，这两头白鱀豚若能交配成功、生儿育女，不说拯救这一物种，至少可以延续这一物种的生命基因。这三次机缘，三次错失，追究起来谁都不必担责，却注定了白鱀豚人工繁殖的最终失败。一切都像白鱀豚走向灭绝的命运，只能用宿命来解释。

当人类跨入新世纪和新千年后，一个难以挽回的灾难性的命运已经降临，白鱀豚仅剩下二三十头了，一个物种已到了灭绝的边缘，有专家甚至绝望地称其为"活着的灭绝动物"，连保护都已来不及了，只能抢救！然而又怎么抢救，野生白鱀豚几乎绝迹，而淇淇已逐渐步入高龄，从进食量到体质都在不断下降，看上去就像一个迟暮岁月的老人了，给它投喂食物时，它几乎抓不到活鱼。这时候你就是能给它找到一个配偶，它也不可能延续这一种群的生命了。2002年7月14日早上八点半，当饲养员像往日一样给淇淇投喂早餐时，发现淇淇沉睡在池底，一动也不动。凝神一看，它已安详地离开了这个从来不属于它的人世间。

白鱀豚的生命周期一般为二三十年，淇淇在野外生活了约两年，在人工饲养下度过了二十二年半。这是世界上第一头人工饲养成功的白鱀豚，也是世界上饲养时间最长的淡水鲸类动物之一，从人类的视角看，这本身就是了不起的成绩。而对于淇淇，这也是寿终正寝、自然死亡，只是没有死于属于它的自然中。更可惜的是，淇淇度过了孤独的一生，除了珍珍短暂的陪伴，它一辈子再也没有见过自己的同类，也没有留下任何后代，它留下的只是自己的标本。

在某种意义上说，淇淇也是一位从自然界来到人世间的亲善大使。多年来，淇淇作为白鱀豚这一"濒危水生动物"的代表，其形象被用作中国野生水生动物保护徽标，无数人关注着淇淇的命运，它甚至成了海内外环保人士关注中国珍稀濒危野生动物保护的焦点。由于人类无法近距离接触野外白鱀豚，淇淇一直是人类研究白鱀豚唯一的长期接触对象，水生专家围绕淇淇，在白鱀豚的饲养学、行为学、血液学、生物声学、仿生学、生理学、繁殖生物学、疾病诊断与防治等方面进行了深入研究，获得了大量的第一手宝贵资料、经验积累和科研成果，这使得我国的淡水鲸类研究在世界上独树一帜，跃居世界领先水平。中国学界对淇淇所做的系列研究，也是世界上获知白鱀豚有关信息的主要来源，尤其是对淇淇的生物声学研究，推翻了早前认为淡水鲸类不能表达感情的观点。对于白鱀豚，还有很多未解之谜，随着白鱀豚在近几十年来迅速走向功能性灭绝，人类已难以进一步地了解这种神奇而迷人的生命，这是永远的遗憾。

淇淇在人间活了二十多年，二十年一代人，这一代孩子们就是从淇淇开始认识白鱀豚，活泼可爱的淇淇也是孩子们特别喜爱的小伙伴，尤其是武汉的孩子们，他们像看望朋友一样来看望淇淇，好奇地观察淇淇的一举一动。只是这一代孩子已没有我们那一代幸运，他们再也看不见那些在长江里自由遨游的白鱀豚。而到了他们的下一代，他们连饲养池里的白鱀豚都看不见了，只能看见白鱀豚的标本。1999年底，贵州有个十岁的孩子得知白鱀豚的危急处境和保护经费不足后，每月从零花钱中省下十元，以"爱淇"之名寄给武汉白鱀豚保护基金会，他在一封信中写道："如果再不抓紧抢救工作，我们的下一代说不定只能从书本上，从我们讲的故事中知道长江白鱀豚了。我决心为保护它们尽一点微薄之力。我想，只要全社会每个人都尽一点力，白鱀豚一定会像大熊猫一样有一个生存的空间。"这也是很多孩子的心声。他们是中国的未来和希望，他们希望白鱀豚依然能活在未来的世界里。然而，在淇淇离世后，很多小朋友只能抬着花篮来到白鱀豚馆，看望刚刚制作成标本的淇淇。花篮的缎带上写着孩子们哀伤而又稚嫩的挽词："淇淇，我们永远的朋友！"

五

随着淇淇告别人间，从此，再也没有人看见过这活生生的白色精灵，白鱀豚几乎在长江绝迹了，甚至被人们日渐遗忘了，就像从来没有出现过一样。

那浑浊涌动的大江里，还有一些人游来游去。对于我，这只是一种习惯而已，习惯成自然，再也没有了孩提时的那种冲动与诱惑，浑浑噩噩的，在江水里我早已看不清自己。这是非常危险的。2004年夏天，一个风平浪静的黄昏，我被卷进了一股暗流，那是水下的漩涡。当我在那看不见的漩涡里挣扎了半个多小时后，我预感到这将是我度过的最后一个黄昏。当时，江中，岸边，空荡荡的不见一个人影，只有我一个人在孤独无助地挣扎。那年我已年过不惑，并未感到濒死前的恐惧，只有一种难以名状的惆怅。我一直凝望着正在缓慢地坠入长江的太阳，那最后燃烧的光芒把一条流淌在天地间的长河浸染得一片血红。那一刻我清醒地感到这条大江代表了力量和威严。一个人或许只有死到临头才会如此清醒吧。而就在此时，一个白色精灵清晰地出现了，它对着太阳一仰一仰的，那是拜日。我下意识地朝着它游过去，感觉那缠绕我的暗流和漩涡一下松开了，但我已无力掌控自己的方向，一股激流将我冲到了谷花洲下游十几里远的一个村庄。当我触到江边坚硬的礁石时，一阵尖锐的刺痛提醒我，我已触到了生命最坚实的底部。我喘息着，再次回望长江时，那白色精灵已在我的视线中消失，但我听见了那"嘘哧、嘘哧"的呼吸声，而回声愈加悠远。

这是我最后一次看见那白色精灵。而就在这年8月，大约在我死里逃生半个月后，有人在长江南京段发现了一头白鱀豚，这也是人类最后一次在野外见到白鱀豚，但那只是一具搁浅的遗体。看着它，有人黯然神伤，有人默然无语，有人绝望地哀叹："地球上最后一只白鱀豚，已在长江中孤独地死去。"

绝望，一次又一次的绝望，还从来没有哪一个物种像白鱀豚这样令人绝望过。难道，一种在世界上繁衍生息了四千万年的物种，就这样在短短的数十年里灭绝了？为了"寻找最后的白鱀豚"，一支由中国和瑞士等六国科学家组成的国际联合科考队，怀着最后一线渺茫的希望，在2006年冬天对长江中下游干流进行了为期六周的拉网式搜寻。此时正值长江的枯水期，水生动物大多集中在较窄的河道，这也是最有利于搜寻白鱀豚的季节。这次考察采用了当时世界上最先进的仪器设备，这让科考的精确度与可信度大大提高。从行程上看，考察人员乘坐两艘考察船，从武汉出发，先逆水而上抵达长江上中游的分界线宜昌，然后掉头东行，顺水而下，直至上海长江出海口，然后又从上海溯流而上，抵达武汉，往返行程达三千多公里。这是有史以来一次高精度、大规模的科考，搜寻范围覆盖了历史上白鱀豚分布的所有江段，但从头到尾未发现一头白鱀豚。在考察结束后的那天，大伙儿感到一切都结束了。当考察人员从船上登岸时，每个人都低着头，神色凝重，一步一步走得特别沉重，像是去参加追悼会。瑞士科学家、白鱀豚基金会主席奥古斯特·普鲁格先生是这次科考的主要发起人之一，他睁着一双空茫的双眼，在呼啸的寒风中望着这条世界第三大长河悲叹："就算是还有一两只白鱀豚得以幸存，我们也不认为它们还有生存的可能。我们来得太晚了，这对于我来说是一个悲剧，我们失去了一种罕见的动物种类。"

2007年8月8日，对于中国人是一个特别吉祥的日子，对于关心白鱀豚命运的人却是一个令人绝望的日子，这一天，英国《皇家协会生物信笺》刊登了六国科学家的《2006长江豚类考察报告》，正式公布白鱀豚功能性灭绝。所谓"功能性灭绝"是一个生物学术语，指某个或某类生物在自然条件下，种群数量减少到无法维持繁衍的状态，即在宏观上已经灭绝，但尚未确认最后的个体已经死亡的状态。这也就是奥古斯特·普鲁格先生那句话的意思，就算是还有一两只白鱀豚得以幸存，也难以挽救这一物种灭绝的命运。这是因人类活动导致灭绝的第一种淡水鲸类，也是新中国成立以来第一个宣布功能性灭绝的物种。而白鱀豚是长江生态链的指示性物种之一，白鱀豚的命运就是长江的命运。随着白鱀豚、白鲟、鲥鱼等相近物种几乎同步走向灭绝，这意味着长江生态在一段时期里发生了突变。白鱀豚的灭绝是长江之痛，人类之痛，只有人类才会为这一物种的生命延续而殚精竭虑，这其实是我们对自己的救赎，人类就是造成这一悲剧的凶手。当一个物种灭绝之后，它便从地球的生命序列中不可逆转地永远消失了，它所具有的独特基因库也不复存在，这是人类在生存与生态的博弈中酿成的一个无法弥补、难以挽回的悲剧。人类是万物之灵长，但绝不是万物之主宰，更不能为了自己的生存空间而将一条长江纳为己有。长江是中华民族的母亲河，也是这流域内所有自然生灵的母亲河。一条不能容纳和承载白鱀豚生存的长江，最终也必将不能容纳和承载人类的生存，否则，白鱀豚的命运迟早有一天也会降临到人类自己头上。

　　近年来，长江儿女们在痛定思痛后投入了拯救母亲河的行动，随着长江自然生态逐渐恢复生机，多年来没有见过的一江碧水又奔涌而来。水清了，又能看清波纹清晰的脉络，人们那浑浑噩噩的眼睛也变得清亮了，又有一些人声称看到了白鱀豚踪影。2018年4月中旬，一位环保志愿者用长焦镜头在安徽铜陵长江段拍到两张疑似白鱀豚的照片。经中科院水生所的专家们仔细鉴别，对此作出了"高度疑似"的评价,遗憾的是,这两张照片都没有拍摄到疑似白鱀豚的背鳍,这是判断这一物种的最关键部位。尽管这一发现并未得到确认,却也是一个令人惊喜的发现,《世界自然保护联盟濒危物种红色名录》在当年便调整更新发布,暂未确认白鱀豚功能性灭绝,并保持原定评级——极危。哪怕极危,那也比灭绝好啊!这也让人们在绝望中又看到了一线极其渺茫的希望,兴许,那"最后的白鱀豚"还真的活在这个世界上。而对于它们,这个世界就是长江,长江就是它们唯一的家。有人甚至猜测,白鱀豚作为一种高智商动物,在被人类逼到近乎灭绝的处境下,它们也许会按适者生存的自然法则而改变自己的习性,行迹变得更加神秘,使人们更难发现它们的隐踪。但愿,但愿如此吧,我希望那"高度疑似"的白鱀豚能早日露出它们独特而奇异的背鳍,而且不是偶尔冒出来的一两只,而是一个家族或一个种群,这个物种才真的有救了。

就在人们发现疑似白鱀豚的第二年早春,一头活生生的白鱀豚逼真地出现了,那是淇淇的3D复原标本在武汉揭幕展出。这个标本从构思到制作完成历时近两年,严格依照淇淇生前的风姿按一比一的比例复原,乍一看,你还以为淇淇真的复活了,但凝神一看,这是一头采用进口树脂材料制作的白鱀豚。生命是无可替代的,无论你制作得如何栩栩如生,它依然只是一个没有血肉、没有呼吸、没有灵性的标本。

我也是这大江里一个死里逃生的幸存者,这么多年来我一直都觉得是那传说中的长江女神救了我一命。每一次走近长江,我都会默默祈祷,这是为白鱀豚祈祷,更是为长江的命运祈祷,祈祷我们的子子孙孙能够再次看到长江女神那优雅圣洁的姿态,祈祷那些活泼可爱的精灵一直作为我们的邻居而存在,而不是博物馆中的标本。

每一次回到故乡,在那月光如水的夜晚,河流压低了声音,一切都静悄悄的。"浮云终日行,游子久不至。三夜频梦君,情亲见君意。"那一种梦寐中的思念,或许只有在你远离故乡后重新归来,才更觉思念情切。恍惚间,我依稀听见了从江风中传来的哭泣声。当我惊愕地睁开眼睛,蓦然回首,如惊鸿一瞥,一个优美的身体浮出了水面,那光洁的皮肤上波光闪烁,水灵灵的,简直像女神一样。此刻,我像是醒着,又像是在梦中。

(原载《北京文学》2023年第1期)

平凡铸就伟大，英雄来自人民

高 鸿

你心中的中国是什么样子？是五千年悠久历史的文明，还是960万平方公里的辽阔？是四季轮回春红冬白的浪漫诗意，还是江天一色汹涌澎湃的大气磅礴？

如果从空中俯瞰，辽阔的大地上雪山巍峨，湖泊静美，水碧山青，沃壤千里，每一处都是大片。300万平方公里浩瀚无垠，5.52万公里的边境线勾勒出中国版图的基本轮廓：起伏的山岭、广阔的平原、低缓的丘陵，群山环抱之中，是肥沃丰腴的盆地；云雾缭绕之间，是雄浑壮美的高原。两条巨龙如银河倒泻，从4000米高原奔腾而下，披荆斩棘，浩浩荡荡。大河滔滔，哺育了一代又一代中华儿女，孕育出灿烂的华夏文明！

卫星视角看祖国，星辰指引方向，绿水青山铺展成大地的模样。2021年11月，航天英雄王亚平从空间站拍摄了许多张绝美的地球照片，一时间获得无数网友点赞。与以前流传在网上的国外照片不同，此次是从中国空间站上，在中国人自己建造的太空平台上拍摄的地球照片，因此其蕴含的意味显著不同。能够从距离地球400公里的太空拍摄到长江美景、黄河英姿，映衬出中国综合国力的强盛。从遥远的太空看雪山，山顶白雪皑皑，地形走势不一，高低落差感强烈。通过这些照片领略祖国的壮美山河，美轮美奂，别开生面，令人血脉偾张，心潮澎湃。

如果从地图上看中国，摊开中国地图，只见山川锦绣，河流纵横，湖光山色，构成了华夏大地的血脉与骨骼。那么，如果换个角度，用测绘人的视觉看中国，祖国大地便成了一个个的点，千千万万的点编织成一张网——水平控制网、高程控制网、GPS网、天文大地网、重力基本网……每一张网都由无数个基准点组成，每个点都有一组详细的数据，标示着它的精确信息和地理位置。如果将这些网连起来，便成为中国的基本模样。这些基准点是测绘人经年累月用脚步丈量出来的，他们从高原到盆地，从湿地到丘陵、到平原；从珠峰之巅到东海之滨，从炎热的南海到酷寒的北疆，戈壁大漠，草原湖泊，甚至崇山峻岭、藏北无人区。无论多么艰险，都需要测量队员徒步完成。别小看这些点，卫星升空、嫦娥探月、神舟飞天、磁悬浮、天津港、港珠澳大桥、杭州湾大桥，新建工厂和新修铁路、公路、厂矿、机场，甚至我们的日常出行都离不开它们。数字区域、数字城市、数字中国、数字地球……每个点都凝聚着测绘人的辛勤与智慧，一点一线的变化背后，都是奋进中国的缩影，也是新中国成立70多年来的宏阔变迁，更是我们的希望和未来。

国测一大队成立于1954年，是我国成立最早的专业测绘队伍。建队68年来，累计建造测量觇标、标石10万多座，提供各种测量数据5000多万组。他们两下南极、七测珠峰，39次进驻内蒙古戈壁荒原，

52次踏入新疆沙漠腹地，52次深入西藏无人区，足迹遍布全国除台湾地区以外的所有省、自治区和直辖市，徒步行程超过6000万千米，相当于绕地球1500多圈。他们先后承担和参与完成了全国大地测量控制网布测，出色地完成了珠穆朗玛峰高程测量、南极重力测量、中国地壳运动观测网络建设、西部无人区测图、海岛（礁）测绘、汶川地震灾后重建测绘工作，为三峡工程、青藏铁路、西气东输、南水北调等多个重大工程提供了强有力的测绘支撑，为国家经济建设和社会发展提供了精准的测绘服务保障，创造了一个又一个测绘奇迹。68年来，国测一大队测量队员历经冰雪严寒、高温酷暑、沙漠干渴、雪崩雷击、洪水野兽、山高路险等种种威胁，面临坠崖、车祸、断水、冻饿、疾病等种种风险，先后有46人为国家献出了生命。几代测绘人前仆后继，测定了全国除台湾地区之外所有国土面积的大地控制点。当他们在荒原旷野和雪山峻岭之上默默竖起测杆的时候，也同时树起了自己的精神标杆和人生标杆。他们背着沉重的测绘工具，战天斗地，执着坚守，用汗水乃至生命丈量祖国的浩阔土地，用信念和毅力绘制中国的壮美蓝图，书写了一部动人心魄的英雄史。

他们是这个和平时代的英雄——平凡英雄、真心英雄。

传与承

人类的测绘史始于古埃及。公元前4000年，尼罗河经常泛滥，覆没了农田。为了重新勘测定界，就需要组织测量，这是最早有组织的测绘工作。

中国在测绘方面有着悠久的历史。早在4000多年前，大禹治水时已开始使用简单的测量工具，始于秦朝的古代长城、运河也离不开测绘技术的支撑。从大禹开始，管子、张衡、裴秀、郦道元、贾耽、沈括、郭守敬、徐光启……中国历代科学先人对测绘理论的早期贡献，奠定了中国古代测绘的基础。对于人类生产生活来说，万物未动，测绘先行。测绘作为一切工作的基础，"兵马未动，粮草先行"。公元前8世纪，周代就有了地图；春秋时期，地图已广泛应用于军事活动中。《管子·地图篇》强调："凡兵主者，必先审知地图。"1986年在甘肃天水放马滩出土的战国时期的木版地图，是世界上发现最早标有军事要素的地图。1973年在长沙马王堆西汉墓出土的《地形图》《驻军图》，是迄今世界上发现最早的彩色军用地图。晋初，"中国地图学之父"裴秀创立"制图六体"理论，是当时世界上最科学、最完善的制图理论。裴秀作《禹贡地域图》，开创了中国古代地图绘制学。李约瑟称他为"中国科学制图学之父"，与古希腊著名地图学家托勒密齐名。宋代，沈括使用水平尺、罗盘进行地形测量，并以木为底质表示地形的立体模型；明代，郑和七下西洋，绘制出中国第一部航海图集《郑和航海图集》。明朝后期，西方测绘技术传入中国。不同文化的交融，独具特色的中国传统测绘在融合了西方测绘术后，跃上了一个新台阶。在传播西方测绘术的先驱中，徐光启身体力行，积极推进西方测绘术在实践中的应用。1610年，徐光启受命修订历法。他认为修历法必须测时刻、定方位、测子午、测北极高度等，于是要求成立采用西方测量术的西局和制造测量仪器。此次仪器制造的规模在我国测绘史上是少见的，共制造象限大仪、纪限大仪、平悬浑仪、转盘星晷、候时钟、望远镜等27件。徐光启利用新制仪器，进行了大范围的天象观测，取得了一批实测数据，其中载入恒星表的有1347颗星，这些星都标有黄道、赤道经纬度。

中国历史上规模最大的一次全国性测绘是由清朝康熙皇帝亲自主

持进行的。

经过10年的实际测绘，终于完成《皇舆全览图》，这是中国有史以来最精确的一张全国地图，自清中叶至民国初年国内外出版的各种中国地图，基本上都源于此图。

日本企图称雄东亚，对我国进行军事测绘由来已久。早在明治维新初期，日本便对中国派遣军事侦察，同时对中国沿海进行侦察测量，绘制了《清国渤海地方图》和《陆军上海地图》。1875—1882年，日本军方完成了《清国北京全图》《清国湖南省图》，绘制了鸭绿江至奉天（今沈阳）沿途地形图。1895—1897年，日本对辽东半岛和台湾进行测绘，1905年以台湾堡图为底图编绘完成1∶100000台湾地形图36幅。1900年，日军参加八国联军镇压义和团运动，公然对北京、天津、山海关等地进行军事测绘。同时，英、美、法、俄等国"联军"也趁机完成了战场1∶50000地形图的测绘。1904年，日本陆军少佐斋藤二郎受命对浙江和安徽进行秘密测绘。1907—1910年日军对东北、内蒙古、华北的承德、赤峰、张家口、独石口，华南的广东、厦门、香港，华东的上海、江苏，以及山东半岛进行测绘。1928年，日本测绘人员随日本侵略军第1、3师团在山东登陆，公然对山东沿海地区进行航空摄影，经调绘后到东京成图。在日本发动侵华战争前的一段时期内，其派出了千余人的队伍到中国各地进行非法测绘并校正地图，从事秘密测绘的日本人足迹遍布中国大江南北，获取了大量有关中国的地形地貌、道路情况、水文条件、矿产资源等方面情报。通过这些测绘，日本在发动侵华战争前掌握了大量有关中国的各种情报。侵华战争开始后，日军所使用的军用地图，竟然比中国军队自己绘制的地图还要精确。1943年8月，随着战争形势的变化，日军将关东军测量队扩编为关东军陆地测量部，管辖日本在中国沦陷区的各测量队、班的作业，成为侵华日军的测绘工作统筹指挥部。1944年,日军又组建了439部队,这个神秘的部队掌管着日军侵华所需的全部测绘资料,是地图制作及地图和测绘资料的供应中心,为日军进行侵华战争和掠夺我国资源的罪恶活动提供测绘保障。

民国时期,北洋政府和南京政府均制订了测绘全国军用地形图的计划,完成了约占陆地国土面积三分之一的地形图测绘。近代以来特别是民国政府进行的测绘,不仅为人民军队创建初期开展测绘工作奠定了一定的基础,提供了可供搜集利用的地图资料,而且为新中国的军事测绘建设积蓄了一批技术人才。

人民军队的测绘事业,是中国历代军事测绘历史的延续。1927年8月1日,南昌起义打响了武装反抗国民党反动派的第一枪,标志着中国共产党领导下的人民军队正式诞生。起义当日,成立了中国国民党革命委员会,下设立参谋团,其职责包括勘察地形之项,并利用收集到的《南昌城市图》指挥军事行动,由此开启了人民军队测绘工作的历史。人民军队自1932年开始培训测绘人员,1933年5月,红军总司令部作战局设立地图科,测绘机构不断健全,测绘队伍不断扩大。解放战争时期,人民军队在测绘力量弱小、缺少测绘仪器和艰苦复杂的战争条件下,测绘人员创造条件开展地图资料收集、战场简易测绘、兵要地志调查、地图修测翻印、军事要图标绘等随军测绘保障,最大限度地满足作战指挥和作战行动的用图需要,为打败国内外反动派、夺取中国革命战争胜利、成立新中国作出了历史性贡献。

1949年10月1日,中华人民共和国成立后,人民解放军的任务从以作战为主转入现代化正规化建设、保卫国家安全为主,军事测绘也开始由革命战争时期的随军保障向大规模全国基础测绘转变。适应新形势和新任务的需要,经中央军委批准,1950年5月11日,军委测绘局正式成立，统一领导全军测绘工作，正规组建测绘部队，完成了边界测绘、援外测绘、国际维和、国家经济和重大工程建设、抢险救灾等一系列重大测绘保障任务，我国的测绘事业步入全面快速发展的新阶段。

新中国成立之初，百废待兴，经济建设、国防建设各个方面都需要测绘先行。

国防和经济建设急需测绘依据。旧中国留下的测绘基础十分薄弱，全国仅有约三分之一的地区在20世纪20—40年代进行过精度较低的测绘，尤其是大地测量成果零星分布在沿海及豫鄂皖赣等省局部地带，测量基准和坐标系统十分混乱，大多无法利用。而当时大面积的国家基本比例尺地形图测绘工作亟待铺开，同时淮河、黄河、长江等流域水利工程更要求统一、可靠的大地测量控制，我国测绘工作面临着重大而紧迫的任务。面对这一局势，党和政府十分重视测绘事业的发展。1950年，朱德总司令视察军事测绘工作，写下了"努力建设人民的测绘事业"的亲笔题词。为尽快改变这一局面，1954年，国测一大队在西安成立，其前身是1954年成立的总参测绘局第二大地测量队和地质部第一大地测量队，两队于1956年10月和1958年3月转入国家测绘总局，组成国家测绘局第一大地测量队。国家测绘局正式成立，周恩来总理亲自点将，调总参测绘局局长陈外欧任国家测绘局局长。重任在肩，陈外欧对测绘工作者的思想觉悟要求很高。他对测绘工作做了一个形象的比喻，"走在龙头，位在龙尾"。他把国民经济建设看作一条龙，测绘工作是尖兵，要走在龙头，但是，尖兵毕竟不是主力，因此要甘当无名英雄，甘于奉献。

国测一大队的第一代队员由革命军人成建制，带仪器设备及武器枪支集体转业而来。测绘工作者克服环境险恶、技术落后、人员缺少、仪器缺乏等重重困难，测绘技术从简易到系统、从手工到自动，测绘产品从粗略到精确、从模拟到数字、从单一到多样，使新中国的测绘事业从无到有、从小到大，逐步走上发展壮大之路，国测一大队被誉为没有番号的"野战军"，经济建设的"排头兵"。多年来，国测一大队测出的精准测绘成果已被广泛应用到水利、国土、规划、交通、防灾减灾、自然资源管理和开发利用等多个领域，卫星上天、火箭发射、地壳运动、天文观测等等，都离不开他们的技术支撑。随着科学技术的进步，现代测绘技术手段日新月异，测绘成果的表现形式得到极大丰富，通过天文测量、三角测量、大地测量、水准测量、卫星测量、重力测量等手段获取的测绘成果和图件，遥感卫星和航天飞行器获取的地面影像，以及基础地理信息系统等数字化产品，大大拓宽了测绘的服务面，测绘技术的使用和测绘成果的应用渗透到了国防、工业、农业、流通、城市规划建设以及人们生产生活的方方面面。也许，大桥竣工剪彩时，我们看不到他们的身影；举国为"神七"成功发射呐喊欢呼时，很少有人能想到他们。"为国家苦行，为科学先行，穿山跨海，经天纬地，你们的身影，是插在大地上的猎猎风旗。"这是"感动中国2020年度人物颁奖盛典"上给国测一大队的颁奖词。只步为尺测天地，丹心一片绘社稷。这支军转民的队伍把我党我军宝贵的优良革命传统作为传家宝继承下来，踵事增华，发扬光大。

2015年7月1日，习近平总书记在给国测一大队老队员、老党员的回信中写道："几十年来，国测一大队以及全国测绘战线一代代测量队员不畏困苦、不怕牺牲，用汗水乃至生命默默丈量着祖国的壮美河山，为祖国发展、人民幸福作出了突出贡献，事迹感人至深。"总书记指出："不忘初心，方得始终。全国广大共产党员要始终在党爱党、在党为党，心系人民、情系人民，忠诚一辈子，奉献一辈子，以自己的实际行动,团结带领亿万人民为实现'两个一百年'奋斗目标、实现中华民族伟大复兴的中国梦而共同奋斗。"

在中国共产党波澜壮阔的百年征程上,初心历久弥坚;在中国共产党矢志不渝的百年奋斗路上,一代又一代中国共产党人顽强拼搏、不懈奋斗。百年奋斗中形成的红船精神、井冈山精神、长征精神等一系列伟大精神,构筑起中国共产党人的精神谱系,为我党提供了丰厚的滋养,引领奋进之路,无往而不胜。以国测一大队为代表的一代代测绘人所诠释的"热爱祖国、忠诚事业、艰苦奋斗、无私奉献"的测绘精神,已成为建党百年共产党人精神财富的组成部分。为完成党和政府交给的任务,测绘工作者栉风沐雨,百折不挠,测天量地,兀兀穷年,在祖国大地上用青春和生命谱写出一部跌宕起伏、气壮山河的爱国诗篇!

冰与火

气温越来越低,凉飕飕的风吹在脸上,非常舒服。大家都十分兴奋,来不及欣赏眼前的美景,一阵乌云翻滚,电闪雷鸣,大雨倾盆而下,几个人瞬间便被淋成了落汤鸡。宋泽盛慌忙拿出帆布把仪器包裹起来,这些仪器都是从国外进口的,价格昂贵,宋泽盛把它们看得比自己的生命还重要。他说人淋湿没事,设备进水后就不能测量了。

雨继续在下,几个测量队员挤在一起,用自己的身体将设备保护起来。山里的天气就是这样,前半晌还阳光朗照,说变脸就变脸。几个人还没缓过神来,只听一阵噼里啪啦的声音,核桃大的冰雹从天而降,砸在山石上,溅起一团白雾。地上很快便覆盖了一层,白皑皑的像雪。一日之内,经历冰与火的天气,已经司空见惯。

这里是新疆阿尔泰，地处欧亚大陆腹地，位于准噶尔盆地的东北侧，戈壁荒漠占46%，是全球距海岸最远的戈壁。上午的戈壁滩还像个大烤箱，热得人汗流浃背，无处可逃。进入阿尔泰山区之后，随着海拔越来越高，气候突变，冷得人浑身发抖。

那是1959年的7月，国测一大队在执行国家一等三角锁联测任务时，组长宋泽盛带领刘明、常虎、曹林来到阿尔泰山，准备开展尖山点的大地控制测量。阿尔泰山与天山、昆仑山像三条巨龙，构成新疆的基本地形地貌。尖山位于阿尔泰山中麓，海拔近4000米，危峰兀立，像一把巨斧劈过，感觉就要坍塌下来，咄咄逼人。山巅上，密匝匝的针叶林像扣在绝壁上的一顶巨大的黑毡帽，令人望而生畏。别说攀登，看一眼都让人胆战。然而就是这样的悬崖峭壁之上，国测一大队的勇士们却设了一个一等大地点。对于测量队员来说，测量点就是阵地，必须拿下，没有选择的余地。

乌云携着雨幕缓缓移动，夕阳西下，整个阿尔泰山笼罩在一股神秘的气氛中。地上的冰雹有两厘米厚，寒气凛凛。一股山风吹过，常虎和刘明牙关发抖，缩成一团。宋泽盛说太阳落山后山上会更冷，我们不如就在这里安营扎寨吧。大家分头捡一些柴火，生一堆火，把衣服烘一烘，要不晚上会被冻死在这里的。

大家说干就干，迅速扎起帐篷，把仪器放了进去。曹林将淋了雨的帆布挂在一簇灌木丛上。突然，狂风大作，帆布瞬间被旋了起来，向山下飞去。大家一阵惊呼，徒唤奈何。

几个人分头行动，在山上捡树枝。突然，宋泽盛发现一块巨大的山石上，一只黑熊蹲在那里，正在虎视眈眈地看着他们。这块山石距离他们只有十多米，黑熊站了起来，发出一阵咆哮声。宋泽盛他们在山下曾见过一个村民，一条胳膊没有了，说是年轻时在山上被黑熊咬断了，侥幸逃过一劫。常虎说遇到黑熊不能跑，你跑它就追，我们跑不赢的。曹林说那怎么办，站着等死吗？宋泽盛说我带着手电，动物怕光。说完拿出手电筒，黑熊被强光一照，呼地站了起来，张牙舞爪，似乎要扑下来。几个人惊出一身冷汗，只听黑熊一阵嘶吼，缓缓地从那边下去了。宋泽盛说我们赶快把火生起来吧，熊怕火。几个人回到帐篷附近，手忙脚乱地点起一堆篝火，把湿衣服脱下来在火上烤了烤，胡乱吃了点东西就钻进帐篷里了。因为怕熊再来，火不能熄灭，队员们轮流休息。半夜时分，外面传来一阵狼嚎，大家一下子都坐了起来，好不容易挨到天亮……

太阳出来了，新的一天开始了。大家抖擞精神，准备征战尖山。

"怎么上去啊！"曹林望着眼前刀削斧劈般的山峰，无奈地摇摇头。

"这石头有十几层楼高，又光又滑，人的脚往哪里踩？手在哪儿抓？要上去，我看只能坐直升机。"曹林撇撇嘴继续说。

"没有路也要上。古人走蜀道，不是也难于上青天嘛！他们都能走，我们测量队员也一定行。"宋泽盛边观察地形边说。其实他心里也没底，眼前的尖山实在是太陡峭了，别说背着仪器，人空手都很难攀爬上去的。但上面有测量点，即使天堑也要爬上去。

由于测绘仪器比较笨重，用马驮根本上不去，只能由人来背。几个大木箱子，每个都有20多公斤，上山、下山变得异常困难。

经过一番认真观察，宋泽盛发现尖山西、南两边都是悬崖峭壁，东边是十多米高的狼牙怪石，根本无法攀登。只有北边是一块斜卧在石冠下方、长十余米的龟盖形巨石，不知能否找到突破口。这时，常虎也发现了这块巨石，激动地说："你们看，我们两个人顺着这块鳖盖石爬上去，能一直爬到峰顶下，一个人再踩着一个人的肩膀头，一手抠住那条石缝，一手抓住山崖上的树藤，顺势就能爬上去。到峰顶后从上面吊下一根绳子，下面的人就能抓住绳子上去了。"

宋泽盛听后摇了摇头："人可以按你说的办法爬上去，这么大的仪器怎么办？用绳子吊仪器准会碰到石头，万一损坏怎么办？不行。"

大家都沉默了，看着眼前的利刃般的尖山，寻思着解决问题的办法。后来，他们还是采取了比较稳妥的办法，由力气较大的常虎背着仪器，前面有曹林开路，后面有宋泽盛和刘明保护。经过一番艰难的攀登，总算上了石冠，常虎也把仪器背到了山顶。

尖峰上的石冠只有一张方桌那么大，不知道上面一米多高的标石磴是怎么建起来的。几个人喘息片刻，在腰间系上绳子，把另一头捆在标石磴上。

队员们连续奋战了两个昼夜，他们一边观测、记录，一边计算成果、整理资料。任务完成后，疲惫不堪的测量队员在尖山顶上背靠石磴昏然入睡，完全忘了近在咫尺黑不见底的深渊。黎明前，宋泽盛被一阵被冰雹打醒了，他把大衣脱下顶在头上，重新检查手簿。

宋泽盛1952年参军，复转后来到测绘战线，长期在野外作业，如今已是经验丰富、技术熟练的大地测绘员了。东方既白，观测了一夜天文的他揉了揉干涩的眼睛，唤醒队友。太阳出来了，霞光耀目，阿尔泰山一片辉煌。远处奇峰林海，云合雾集，赏心悦目。观测任务已顺利完成，大家的心情都很愉悦，开始收拾东西，准备下山。

上山容易下山难。身体健壮的常虎依旧背着仪器，宋泽盛把绳子拴在常虎腰上，另一头捆在石磴上，并抓在手里。常虎徐徐往下走，黎明前的冰雹打得石头湿漉漉的，上面的绿苔又软又滑，沉重的仪器箱压得常虎面红耳赤，直喘粗气。宋泽盛见常虎非常吃力，有些惊慌地喊道："你不要害怕！千万沉住气！"随即把绳子交给刘明，敏捷地迂回到常虎的下边。突然，常虎背上沉重的经纬仪撞上了峭壁，立刻重心不稳，连人带仪器向悬崖边滑去！下面的宋泽盛一个箭步冲上去，用双手抓住队友往回拉。队友和仪器保住了，宋泽盛却因身体失去平衡，跌落深达几十米的悬崖……

在绝壁之下，乱石之侧，队友们找到了宋泽盛。他的面部安详，只是那留着短发的后脑勺上有一个因撞击而破裂的伤口，鲜血染红了四周的草地……

队友们清理组长的遗物时，发现宋泽盛在山顶上写的一首诗：

测绘战士斗志昂，
豪情满怀天下闯。
铁鞋踏破山万重，
千难万险无阻挡。

宋泽盛牺牲时年仅29岁。1959年，国测一大队党委决定将宋泽盛使用的那台经纬仪命名为"宋泽盛号"，现珍藏在国家基础地理信息中心一楼展厅。

血与沙

一团火在戈壁沙漠熊熊燃烧，像一条喷着烈焰的毒龙，所过之处，把一切都舔舐得干干净净！被风蹂躏过的山岩裸露着，经历千万年岁月的剥蚀，露出骇人的疤痕，一个个状若魔鬼怪兽，面目狰狞，发出嘶嘶的怒吼。红褐色的沙石一望无际，将大地变成一片赤红色。到处是流沙，充满褶皱的沙丘为荒凉赋予了新的意蕴。正午的阳光直射地面，地表温度最高可达七八十摄氏度，升腾着一股滚滚热浪。天空的云彩似乎也被燃烧殆尽，它们迅速逃离，离开这片死亡之地。

那是1960年4月底的新疆南湖戈壁，国测一大队承担了国家坐标控制网布测任务。31岁的共产党员、技术员吴昭璞，带领一个水准测量小组来到无边无垠的戈壁沙漠腹地。吴昭璞毕业于华南工学院（现华南理工大学），是进入大地测量队的第一批大学生，也是共和国的首批大学生。

"新中国成立后，百业待兴，急需测绘方面的人才，吴昭璞大学毕业前夕就决定支援祖国西部事业，于是便来到了古城西安。他是湖南人，喜欢抽烟，待人真诚，非常随和。刚来的时候，吴昭璞被安排住在了西安电影制片厂附近202工地的一排小平房里，与我住的地方隔了两间房子。参加工作后，吴昭璞主要从事水准测量工作。他工作认真负责，积极主动，爱岗敬业，受到大家的一致好评。"多年以后，老测绘队员郁期青回忆起吴昭璞时，动情地说。

南湖戈壁滩位于鄯善县七克台镇南部，面积3400多平方千米。最高温度50℃，最低-23℃。年降雨量12毫米，植被覆盖率约万分之一，被称为生命禁区。戈壁滩昼夜温差很大，4月底已非常炎热，午后气温超过40℃，沙石烫脚，小组携带的一箱蜡烛已熔化成液体，夜里只能摸黑，看满天星河欲转，或皓月临空朗照，成为一种乐趣。劳累了一天的测量队员钻进帐篷，不一会儿便进入梦乡。有时夜里狂风大作，几个人拼命扯着帐篷坐到天明。太阳出来了，戈壁滩温度迅速上升，空气十分干燥，感觉一根火柴都能点燃。紫外线愈来愈强烈，风裹着沙砾汹涌而至，遮天蔽日，弄得人睁不开眼睛，测量队员只能抱着仪器，把头埋在双臂间。即使这样，他们依然每天坚持完成任务，从未懈怠。

一天早晨，在到达某测量点后，吴昭璞准备给同伴们的水囊灌水。

当他走到水桶跟前时，让人揪心的事发生了：盛满清水的水桶不知什么时候开始渗漏，珍贵的水悄无声息地渗入了戈壁沙地中。在沙漠戈壁没有水就意味着死亡，每个人心里都非常清楚。离这里最近的水源地在200公里外，大家一时都沉默了，不知所措。过了一会儿，吴昭璞果断地对大家说："没有水了，大家必须尽快撤离。你们两人一组，确定好路线赶紧往外撤，我留下来看守仪器和资料，你们找到水再赶回来。"队员们不愿接受这样的安排："要走大家一起走，不能把你一个人留下！"吴昭璞看着队友们坚定地说："大家一起走不行，一来这里的工作还没有结束，二是这么多的仪器、资料也带不出去。你们轻装走出戈壁，我等你们回来，咱们再一起把任务完成。"

茫茫戈壁，炎炎烈日，留守在这里意味着什么，每个人心里都十分清楚。大家一时都不说话，吴昭璞有些着急，他把仅有的水囊递给一位年轻队员，斩钉截铁地说："我是党员，也是组长。我现在命令你们立即撤离，不要再耽搁时间了！"队友们依依不舍地离开了，只留下吴昭璞一个人伫立在那里，像一尊雕像……

三天后，队员们带着水返回工作地点，远远地便开始喊吴昭璞的名字，戈壁滩除了蒸蒸热浪，杳无声息。队员们感到不妙，他们快步来到帐篷旁，眼前的一幕令所有人都惊呆了：吴昭璞静静地趴在戈壁上，头朝着队员们离开的方向，半个身子已经被黄沙湮没……

"他的嘴里、鼻孔里全是黄沙，双手深深地插在沙坑里，指甲里全是血污。看得出来，在极度干渴的时刻，吴昭璞曾拼命地刨过沙石，希望在里面找到一丝水……持续高温的烘烤，吴昭璞原本身高一米七的身躯，已干缩到不足四尺。"多年后，老队员郁期青回想起这一幕，眼里噙着热泪。

时间在一瞬间仿佛凝固了。队员们不敢相信眼前的场景：绘图的墨水被喝干了,队员的牙膏被吃光了! 一个华南工学院的高才生,一个朝气蓬勃怀揣梦想支援祖国西部测绘事业的热血青年 —— 一个年轻的生命,就这样被无情的戈壁吞噬了!

吴昭璞的身后,是他们辛苦多日得来的各种测绘资料,整整齐齐地压在仪器下面。他沾满汗渍的衣服,严严实实地盖在测绘仪器上。他的手表,还在嘀嘀嗒嗒地走着。在生命的最后一刻,吴昭璞仍没忘记保护好这些让他视为比生命更重要的东西。

"那一年的新疆热得出奇,戈壁滩白天地表温度可达七十多摄氏度,蜥蜴走在沙地上都是三条腿着地,要空一条腿轮流休息、散热。人待着不停地流汗,脸摸起来像砂纸,都是盐粒。为了省水,洗澡、刷牙、洗脸……队员们只能在梦里想想。待上一段时间,衣服上全是白花花的盐和沙子,头发结成一块黑炭,捋一下能捋下半掌沙子。天气酷热干燥,炫目的阳光像火蛇嘶嘶地吐着芯子,把一切水分都吸了进去。刚出锅的馒头一会儿就能干透,咽下去像往食道里塞锯末,嘴唇牙龈同时出血。咬过的馒头往白纸上一按,就是一枚鲜红的印章……"吴昭璞牺牲30多年后,新一代测量队员再次挺进南湖戈壁,体验当年先烈的艰难困境,张朝晖感同身受,喟然而叹。

队友们怀着悲痛的心情整理着吴昭璞的遗物时,发现了一团火红的毛线。吴昭璞生活简朴,除了抽一些廉价的烟,很少给自己买东西。这团红色的毛线是他为远在湖南农村老家的妻子和还没出生的孩子买的礼物。

几周前,要进戈壁了,在鄯善县城遇到集市,吴昭璞想给远在湖南农村老家的妻子和孩子买点东西。在一家供销社的柜台里,吴昭璞看到一团红毛线,非常喜欢,问多少钱,售货员见他蓬头垢面,一身破烂衣裳,像个逃荒的,没好气地说:"别问了,你买不起!"

吴昭璞是个执拗性子的人，他不动声色，只是问了句："你有多少毛线，我全买了。"

吴昭璞带着那团红毛线进了戈壁，再也没有出来。后来，这3斤毛线被队友寄回了他的老家湖南。

吴昭璞牺牲16年后，他的儿子吴永安又成为国测一大队的一员。吴昭璞当年的队友看到吴永安身上穿的那件鲜红色的毛衣，眼泪都忍不住掉了下来。

第一次去野外执行任务，吴永安就申请去了父亲牺牲的新疆南湖。然而在众多无名坟头中，他无法找到父亲的坟墓，只好买了两个大塑料桶装满水，洒在那一片戈壁滩上。吴永安边洒边流泪，他说："父亲，我没有见过你，听说当年你是渴死的。今天儿子来看你，给你送水来了……"

2019年7月14日，农历中元节，吴永安专程从湖南老家赶到西安，祭祀自己死去59年的父亲吴昭璞。吴永安来到渭河边，拿出父亲当年买的毛线织就的红毛衣。多年来，吴昭璞的坟茔一直没有找到，吴永安只能在父亲工作和生活过的渭水边祭奠自己的父亲。他带了一束白色的菊花，轻轻地放在红色的毛衣之上，然后又拿出三支烟点燃，插在地上。吴永安说："爸爸生前最喜欢抽烟了，以烟代香，这是一样的。父亲，你多抽支烟吧。"伫立片刻，吴永安又拿出一瓶酒，绕着毛衣在地上洒了一圈，哽咽着说："爸爸，我以酒代水，希望你多喝点水，不会再渴了。"夕阳西下，一道金光洒在河面上，也洒在吴永安的脸上。他对着西方，对着太阳落下的方向跪下来，作了个揖，然后又磕了三个头，整个人笼罩在一片金色的光晕里，与霞光融为一体。吴永安说："父亲是在和平年代为了祖国的测绘事业光荣牺牲的，他是平民，也是英雄，一个平凡的英雄。"

灵与肉

　　1959年秋，新疆草原城市巴里坤，一支20多人组成的队伍拉着30多峰骆驼，浩浩荡荡地奔向靠近中、蒙边界的三塘湖淖毛湖，执行一等三角观测任务。整个测区是荒无人烟的戈壁滩，有些地方甚至是寸草不生的不毛之地，水源奇缺，即使发现少许水源，也距测量点位甚远，大多在几十公里以外，因而，野外作业要靠汽车运水。

　　在一个测量点，运水汽车因故障在巴里坤抛锚，两个小组面临断水的险境。当时，测量队员钟亮其负责一个前方司光站，除了司光（测量人员操纵特制的测量设备所发出的光，作为测量照准的目标），他还担负寻找水源的任务。钟亮其所在的司光站共3人，4峰骆驼，其中包括一名管理骆驼的临时雇工。到达该点后，他先是自己拉着骆驼去找水，找了一天，才在中蒙边界处找到一些苦水。苦水又苦又涩，有一股说不出的怪味，很难饮用，钟亮其只得让另一位测量队员小胡和雇工拉上骆驼继续寻找水源，自己留在点上司光。谁知外出找水的同志一连两天杳无踪迹，点上的甜水早已用尽。烈日暴晒的戈壁滩上，一派袅袅的青烟，感觉沙砾都在冒烟，整个大地像一只大烤箱，令人窒息。这样的戈壁滩上，断水便意味着死亡。两天来，钟亮其几乎没喝几口水，干得像石头一样的馒头啃几下便牙龈出血，难以下咽。他浑身无力，感觉像生了一场大病。无奈，他用驮回来的苦水做了一盆面疙瘩，结果吃了一口全吐了。对测量队员来说，一两天不吃饭是常事，但戈壁滩上一两天不喝水，谁也受不了。钟亮其的嘴唇已裂开几道口子，他突然想起身上有一包人丹，于是倒出一些放在嘴里嚼，嗓子凉丝丝的，好像舒服了一些。然而短暂的几秒钟后，干渴再次袭来，感觉比刚才更难受了。夜幕降临了，无边的戈壁被一张看不见的黑布包裹起来，万籁俱寂。钟亮其忽然想到，也许测站的同志找到了水，应该问一问。他找出电码本，通过回光信号把电码发出去。测站很快发回了信号，译出的电文是："甜水用完，只有苦水。"这样的回答虽在意料之中，但毕竟幻想破灭，他感到非常丧气，一屁股坐在一块石头上，看满天星斗闪闪烁烁。突然想起西安，家里的水龙头一拧开就是水，哗啦啦的。水！他咽了一下，发现并没有口水。嗓子干得冒烟，针扎般难受。如果明天还找不到水，会死在这里吧？

死！他打了个寒战。自己还年轻，才20岁出头，正是为祖国贡献力量的时候，司光的任务也还没有完成，要是这样稀里糊涂地渴死在这里，那真是太窝囊了。

戈壁滩昼夜温差很大，夜里冷飕飕的。钟亮其钻进帐篷里，强迫自己入睡，却怎么也睡不着。脑子里胡思乱想，一会儿是自来水，一会儿是臊子面。好久没吃到家乡的臊子面了，想起来就会流口水。然而钟亮其发现，自己现在连口水也没有了。

时间在漫长的煎熬中一点点地挪动。又过了一天一夜，钟亮其还是没有等到水。为了防止自己脱水，他舀了一瓢苦水猛地灌下去，然后又喷出来。反反复复，最后感觉把胆汁都吐出来了，人软成一团，眼冒金星，耳朵嗡嗡直叫，趴在地上怎么也起不来了。

怎么办？如果今天水还不来，自己很难支撑到明天。这时，钟亮其感到嘴里有一股咸咸的味道，用手一抹，发现是血。嗓子火辣辣的，肚子里像是有一股火苗正在燃烧。听说有些沙丘下面是湿的，有时能渗出水。钟亮其脱掉衣服，浑身只穿个裤头，拼命地在沙地上刨。不一会儿手指便出血了，他刨出一个大坑，里面虽然没有水，但感觉凉丝丝的。钟亮其把自己埋在沙子里，突然想起小胡他们外出找水三天未回，会不会发生什么意外呢？一抬头，看见帐篷外边的铁水桶，里面还有半桶苦水。苦水虽然很恶心，一喝就吐，但为了活下去，钟亮其强迫自己爬到桶边，闭着眼一连喝下两口。一股刺鼻的怪味涌了上来，他憋不住，哇哇地又吐了起来。钟亮其发疯般地想号叫两声，嗓子里像堵着一团棉花，发不出声来。他难受极了，双手拼命地挠抓头皮，头发扯了一地。

"我不行了，完不成任务了。"钟亮其很伤心，真想痛哭一场。这时，他发现测站的方向有一团白光正朝着自己忽闪，焦急万分。"测站在向我要光，拼了命也要上标去，只要人在就有光。"钟亮其告诫自己。他试图站起来，身子软得像泥，腿里的骨头好像没有了，浑身瑟瑟发抖。他扶着帐篷杆努力想站起来，一抬手把电池箱上的茶缸弄翻了。

看到茶缸，钟亮其突然心动，一个奇异的念头闪现出来。他下意识地摸了摸自己下面。尿，我不是有尿吗？听老同志讲，有人在危难之际喝了自己的尿，结果保住了性命。他跃跃欲试，像发现了一个重大秘密，抓起茶缸，迫不及待地尿了一点，仰起脖子一口气喝了下去。奇怪，尿喝下去并没有吐出来，相反，他感觉自己瞬间有了精神。钟亮其摇摇晃晃地站了起来，慢慢走到测量木标前，稍事喘息，咬紧牙关大吼了一声，奇迹般地登上了四米高的木标。他打开回照器，安好反光镜，迎着阳光，倏忽一道白光飞向了远方的测站……

钟亮其醒来的时候发现小胡正在抱着自己摇晃，一边往他的嘴里灌水。水湿了一脖子，他怀疑自己是在做梦，猛地坐了起来，把小胡吓了一跳。

原来小胡和雇工老王出去找水，三天来不分昼夜跋涉寻觅，历尽艰辛，终于在中蒙边界附近的一处无名地找到了一个泉眼，驮回了满满的六桶水。见到水，钟亮其像着了魔似的，一口气喝了一盆子。他还想喝，被小胡拦住了。

天渐渐又黑了下来，钟亮其习惯地向测站那边注视，发现一团回光又在向他闪烁。他忽然想起，在这茫茫的戈壁滩上，缺水的除了自己，还有小组的其他同志。他们现在是否已经吃饭，都有水喝吗？想到这里，钟亮其刚平静的心又猛地缩了起来。他想让老王或小胡给测站那边送两桶水过去。刚要开口，看见他俩疲惫不堪的样子，把话咽回肚里。

钟亮其不吱声地将水倒满了加仑桶，用绳子捆扎好，试了几试，一用劲背上肩膀。小胡吃惊地问："你这是干什么？"

"给测站送水去，他们也断水了。"钟亮其说明情况，嘱咐小胡注意司光和测站的信号。小胡说："你这三天来没吃没喝，险些出事，现在刚吃了点东西，怎能经得起长途跋涉？何况身上还背着几十斤水，在这茫茫的黑夜里，迷路或是碰上狼群怎么办？"

钟亮其说："戈壁滩很平坦，我不会迷路，但为了安全，我走后你们就给测站发电码：'今夜送水去，请开灯引路'。我看着灯光往前走，就不会走错路。至于狼群也好对付，为防万一，我带上冲锋枪。狗×的来一个撂倒一个，来一群让它死一堆！"小胡见钟亮其态度坚决，提出要陪他去。钟亮其摆摆手大声说道："你还要司光呢！都去了，谁司光啊！"说罢抓起冲锋枪，很快便消失在茫茫的戈壁滩中……

1963年，春节刚过，国测一大队的谢苇观测组奉命到甘南藏族自治州的迭部、舟曲一带实施大地测量，钟亮其是小组工人中的骨干力量。甘南测区是当年红军长征时经过的地方，地形十分险峻。那里南面是神秘莫测的若尔盖草原，是我国三大湿地之一，非常危险，远处便是白雪皑皑的大雪山；北面是驰名中外的天险腊子口。整个测区重峦叠嶂，峡谷密布，白龙江咆哮着从陡峭的绝壁间穿过，涛声震天，惊心动魄。这里不仅地形险恶，人口更为复杂，藏、汉、回等好几个民族混杂相居，特别是腊子口周围地势险恶，山陡谷深，人烟稀少，常有零星的匪徒出没。匪徒中有些是国民党的残渣余孽，还有一些是从其他地区逃来的犯罪分子和亡命之徒。这里看似交通闭塞，偏于一隅，一年四季都有一些身份不明的外地人到山中打猎采药，或是在深山老林砍树伐木，就地加工成木碗、木勺、擀面杖、龙头拐杖等物品，运到外地出售。因为这里是岷县、迭部、舟曲三县的交界处，容易造成三不管现状，致使一些坏人乘机钻空子。

复杂险峻的地理环境给测量工作带来很大困难。据舟曲县政府介绍，腊子口是一条长三四十公里的峡谷，是由舟曲、迭部进出岷县必经的咽喉之路。也许是因为天高皇帝远，这里常常发现被害人的尸骨，加之当时县武装力量不足，真正把凶犯缉拿归案的极少。一些匪徒隐藏在密林深处，向过路人放冷枪，很难防范。国测一大队的测量队员就是在这样的险恶环境中一项项地完成任务。

7月12日，测量组来到舟曲县洛大乡，委派年仅25岁的共产党员钟亮其秘密地执行一项特殊任务：去舟曲县城取回区队寄给小组的工资和粮票。从洛大到舟曲有一条简易公路，单程60公里。说是公路，实则是一条山间栈道，平时很少有汽车通行。钟亮其取回粮票和工资后，19日返回到洛大乡，和乡政府炊事员住在一个屋里。因当时测站工作尚未结束，五股梁（拉子里乡）司光站粮食快吃完了，钟亮其在乡政府给组长留下一封信，20日孤身前往拉子里。炊事员十分关心钟亮其的行踪，认真仔细地告诉他路径。早饭后，钟亮其按炊事员的指示，沿着河谷小道往前走，边走边查看河谷两边的地形，但见两边危峰高耸，下面的山坡上长满了树木和杂草，阴森森的有些瘆人。山里不断传来动物的嚎叫声，平添一种悲凉。不知怎的，走着走着，钟亮其感到眼皮直跳，隐隐约约有种不祥之感。他下意识地紧了紧腰带和鞋带，摸了摸怀揣的1000多元现金和300多公斤的粮票，抱紧手提包内的公函。这些东西在当时是十分重要的，关乎十多个人的吃饭问题，更重要的是里面的公函。突然，他头皮一阵发麻，身后凉飕飕的，感觉像是有人跟踪。钟亮其下意识摸了摸别在腰间的手枪，猛地转过身去，发现什么也没有，虚惊一场。

"胆小鬼，还走南闯北呢。"他自嘲地笑了笑，胆子大了起来，不由得哼起了歌曲。

"咦，你会唱我们当地的民歌？"不知什么时候，身边突然冒出来一个人，看起来老实巴交，一脸憨笑。

"不会唱，瞎哼呢。"钟亮其见对方是个中年农民，也没在意，冲着他笑了笑。

路上有个伴，可以边走边谈，既不会走错路，也可以免除孤寂感，他感到很高兴。中年农民与钟亮其拉家常，介绍本地的风土人情，憨态可掬，十分热情。言谈举止中，对测量队流露出一股崇敬之情。令钟亮其感到十分亲切和意外的是，这位中年农民祖籍竟是湖南，和自己是同乡。身在异乡遇同乡，钟亮其如遇亲人，非常兴奋，原来的一些不安心情，早已被抛到了脑后。他们走到一座小桥边，中年农民忽然问道："乡党，这里山高路险，人又稀少，你一个人出门走路，心里难道就不害怕吗？"钟亮其笑道："怕啥？ 在我们测量队，一年四季走南闯北，一个人走山路是家常便饭。再说了，要是万一碰上情况，腰里还别着个家伙哩！"说着，他拍了拍腰间的手枪。

"啊，是啥样子的手枪？ 能不能让乡党看看呀？"中年农民恳切地说，"我们山里人，没见过世面，见识一下能行不？"

"唔，枪是武器，怎么能随便看？"钟亮其婉言拒绝。

"都是乡党么,看一眼有啥么?"中年农民继续恳求,"枪是铁做的,看又看不坏。乡党呀,不会这点面子也不给吧?"钟亮其心地单纯、善良,见对方憨厚朴实,没有恶意,他犹豫片刻,把手枪从腰间拔了出来。为了安全,他退下枪膛中的子弹,然后将珍贵的防身武器交给了新结识的"乡党"。

"咕……"山林深处,忽然传出几声凄厉的鸟鸣,回荡在深山峡谷中的声音格外刺耳,有些阴森可怕。钟亮其感到很蹊跷,警惕地翘首观望,寻找叫声发自何处。然而,正当他想回首观望的那一霎,说时迟,那时快,只觉脑后生风,一团黑影闪电般地飞向他的头部。钟亮其正欲躲开,只觉得头顶叭的一声被重物击中,头皮麻木,眼冒金星。他一个趔趄,险些跌倒,陡然明白那个老实巴交的"中年农民乡党"原来是伪装的匪徒! 此时,匪徒原形毕露,面目狰狞,正挥动着自己的手枪,连连向他猛砸。钟亮其因头部受伤,体力不济,虽尽力拼搏,仅打个平手。正酣战间,从山林中又窜出一个匪徒,满脸杀气,亮出明晃晃的匕首。钟亮其见情况不妙,虚晃一拳撒腿就跑,谁料刚跑出100米,正前方突然又钻出一个匪徒,手持尖刀,恶狠狠地拦住了他的去路。钟亮其明白生死关头,只有拼搏才是唯一生路。他大吼一声冲了过去,与三个匪徒纠缠在一起。无奈三个匪徒均手持凶器,钟亮其赤手空拳,几个回合便处于下风,被匪徒连捅20多刀,倒在血泊中。匪徒们将现金、粮票及公函、衣物抢劫一空,手枪及子弹也成了匪徒的囊中之物。显然这是一起精心策划的谋杀,钟亮其不知不觉掉进他们的陷阱。几个匪徒逼钟亮其说出测量队的详细情况,有多少人? 多少枪? 那些值钱的测量仪器现在都在何处? 钟亮其怒目圆睁,一言不发。匪徒捅瞎了他一只眼睛,钟亮其浑身是血,咬紧牙关,只字未吐。匪徒们见他已奄奄一息,失去了价值,于是将其反捆双手,推入到奔腾汹涌的白龙江中……

数日后，钟亮其的尸体被人发现，报告了乡政府。与此同时，测量队发现钟亮其失踪后，组织人员四处寻找。半年后，三个凶手均被缉拿归案，处以极刑。钟亮其被抢劫的枪支、公函等全部被追回。

钟亮其是烈士后代，家中独子，牺牲时还不到30岁。

爱与殇

那一年，翟建全刚刚25岁，随着测绘小组来到了大山深处的巩乃斯河边。巩乃斯河发源于天山，是一条逆流河，一路向西，最后汇入巴尔喀什湖。这条河不是很宽，但水流湍急，流淌的都是冰山上融化的雪水，因此即使夏日也刺骨冰凉，里面生活的都是冷水鱼。

测绘小组副组长王方行是上海人，1957年大学毕业被打成右派，随后又劳改20年，1979年被平反后来到国测一大队工作。当时，王方行已经47岁，还没结婚。翟建全也是单身，两人虽然年龄相差20多岁，但经常在一起喝酒、聊天，成为莫逆之交。测绘点在天山深处，没有公路，只能骑马。测绘小组租了30多匹马、4峰骆驼。进山前的简单休整，是练习骑马的最好时机。王方行从小生活在上海，从未骑过马。他说小时候曾遇到一群马从身边呼啸而过，突然一个人从马上摔了下来，顿时不省人事。在他看来，马是一种很烈性的动物，特别是那长长的嘶鸣，听起来让人非常害怕，因此不愿意骑。大家都劝他还是骑吧，否则无法工作。无奈之下，王方行硬着头皮学习骑马，动作十分笨拙，刚上去没走几步就跌了下来。这次跌跤反倒给了他勇气，在同事的帮助下，王方行终于不再畏惧，可以骑着马去山上测量了。

山路崎岖陡峭，王方行紧紧地趴在马背上，感觉颠得很厉害，不一会儿胯下便磨破了，疼得屁股不敢往下坐。翟建全虽然年轻，他喜欢骑马，对马的习性比较了解。他说王师傅你放松点，脚镫要踩实防止脱镫，要用前脚掌踩，这样即使摔下也不会被马镫拖住。马小跑时特别颠，要踩实脚镫，把屁股微微抬起，身体随着马起伏的节奏上下浮动，这样就不会把臀部磨破了。如果马撒开蹄子跑起来，可以踩住脚镫站起来，使臀部和马鞍完全脱离开，但一定要抓紧铁环防止马突然停下或变向……王方行不断地点头，看似心领神会，实则马一跑起来他就开始慌了。一次出测回来，下山的时候突然听见一声长长的狼嚎，马受到惊吓开始狂奔，王方行猝不及防，被从马背上撂了下来，结果一只脚挂在马镫上，人被甩到地上，拖了很长一段路，胳膊、腿、脊背都受伤了。

　　此次出测前，有人给王方行介绍了个对象，对方是一位善良的女子，叫小青。小青在一家纺织厂工作。双方接触了几次，小青对王方行十分满意。快50岁的人了，王方行从未谈过恋爱，每次见面他都显得很局促，像个情窦初开的男孩子，小青就笑，笑得他不敢与之对视，将头偏向一边。王方行知道这次到新疆出测需要近一年时间，两人相约在一家小餐馆见面了。临别的时候，小青送给他一袋大枣，火红火红的。小青说新疆寒冷，你要多保重身体。王方行说你等着我，年底回来咱们就结婚吧。小青"嗯"了一声，定定地看着他笑。王方行不好意思地又低下了头。小青乘他不备在他脸上亲了一下，然后笑着离开了。王方行脸颊通红，捂着刚才被吻过的地方，半晌没反应过来……

　　活了大半辈子，终于尝到了爱情的甜蜜，王方行对生活充满希望，工作更加努力，一丝不苟。摔过几次跤后，他对骑马已经不再害怕了，每次上山下山也能应对自如。山路不好的地方他就牵着马走，把仪器驮在上面。测量队员没有休息日，他们常常一干就是十天半月，甚至更长时间,除非天阴下雨。下雨的时候,队员们哪也去不了,挤在帐篷里聊天,他们天南海北什么都聊。王方行是上海人,大城市来的。许多队员没去过上海,于是便让他讲上海滩的故事。当然,他们最关心的还是他与小青的爱情故事。一个人的时候,王方行也在憧憬着。20年的劳改生活,原想这辈子已经没什么指望了。未婚妻比他小15岁,结婚后如果能有自己的小孩,那该多好啊!一晃来新疆已经快半年了,他们从沙漠测到草原,从戈壁测到雪山,完成了一个个水准项目。想想再有几个月就可以回家了,王方行忍不住就会激动,常常一个人笑出声来。翟建全发现,每次路过一些市镇,王方行都会左顾右盼,总想着给未婚妻买点什么。在乌鲁木齐的一家商店,王方行给小青买了一条披肩,帐篷里一个人的时候,他常常会拿出来看半天。披肩是红蓝相间的,特别漂亮,小青一定喜欢。他想回去后亲自把披肩给她披上,一定很好看。

进山前,测绘小组派人到100多公里外的小镇上,一边采购,一边取队员们的家信。1980年,电话还不普及,测量队员去的地方都比较偏僻,与家里联系只能靠书信。相隔几千公里,即使家里发生什么重要事件,他们知道后也是十多天甚至一个月之后了。因为测量队居无定所,信件只能寄往比较大的城镇。

信件取回来后,翟建全发现有一张王方行的包裹通知单,上面写着"巧克力",是他的未婚妻寄来的。大家于是开始起哄,要他请客。王方行爽快地说:"行,等完成任务,请大家吃巧克力。"包裹要去很远的县城邮局才能取,他决定等测量项目结束,离开天山的时候再去。就这样,王方行带着那张包裹通知单跟大家一起进山了。

那是1980年6月,天气十分炎热,然而天山上因为常年积雪,特别寒冷。测量队员每次作业都要蹚水过河。24日那天,太阳就要落山了,河滩上的帐篷里升起炊烟。王方行作业归来,与大家聊了一会儿天,到另一个露营点去了。

一个多小时后,一匹马飞驰而来,测绘小组的蒙古族翻译一下马就摔倒在地。翟建全慌忙问:"怎么了?"蒙古族翻译上气不接下气地喊道:"出事了,出事了!"翟建全急了,大声地问:"出什么事了? 咋回事啊?"

"王方行死了!"蒙古族翻译泣不成声。

"什么?"翟建全不敢相信自己的耳朵。

"死了。他真的死了……"蒙古族翻译瘫坐在地上,喃喃地说。

因为王方行骑马技术不是很好,那天分配给他的是一匹温顺的老马,缰绳牵在蒙古族翻译的手里。王方行去的露营点要过巩乃斯河,累了一天,他感觉又困又饿,过河的时候,双手抓住马鞍子,身子紧紧地伏在马背上。巩乃斯河不是很宽,但水深浪急,流速很快。夜幕渐合,河面上氤氲着一团寒气。走到河中间的时候,突然马失前蹄,一下子跪倒在河里,王方行随之一头跌进冰冷刺骨的河水中,瞬间便冲出好远。蒙古族翻译见状,连忙打马在岸边追赶。追了有两公里,发现王方行躺在河滩上,头浸在水里,已经没了气息……

"他一下子便被河水冲走了,甚至没有来得及吭一声。"蒙古族翻译含泪说。大家赶到后,发现王方行双目紧闭,鸭绒衣被撕碎了,口鼻全是血。在一个比较完好的衣兜里发现一只眼镜盒,里面整整齐齐压着未婚妻寄给他的包裹单。

多年后,翟建全回忆起那一幕,仿佛就发生在昨天。

"一个人就这么平平淡淡、无声无息地走了。那天晚上,我们谁也没有心思工作。夜空里不时传来狼的嚎叫声,大家点起了篝火,用被子卷起王方行的遗体,旁边是他的遗物,一张写着巧克力的包裹单放在红蓝相间的披肩上⋯⋯巧克力是不能再取了，我们回去咋跟王方行的未婚妻交代呀！"翟建全说。

那天，队员们都没有回帐篷休息，守着篝火直到天亮。

"王方行这辈子真不容易，他的好日子才刚开始啊！"一位测绘队员说。

"我们都是城市里长大的，谁不愿意过幸福安逸的好日子？当测绘队员跋山涉水奋战在荒山野岭，戈壁沙漠，忍受酷暑炎热，风刀霜剑，忍受孤独寂寞，饥寒交迫——此时此刻，城市里的年轻人在干什么呢？他们或在工厂上班，或在与亲人团聚，或在与情人一起逛商场，去夜市。霓虹灯下，三五好友聚在一起把酒聊天，享受舒适静美的生活。然而我们的测绘队员，却在以这样的一种方式悄悄离去了⋯⋯"

三个多月后，新疆大地测量项目工作完成。翟建全回到西安，一下火车，感觉一切都那样陌生，恍若隔世⋯⋯

除了宋泽盛、吴昭璞、钟亮其、王方行，还有黄杏贤（冻死）、姚云（突发疾病）、刘义兴（冻死）、岳殿春（被杀害）、潘选举（坠崖）、王遂良（雪崩）、张荫同（坠崖）、杨忠华（坠崖）、唐昌义（坠崖）、王积来（雷击）、吴儿岗（坠河）、包全芳（车祸）、李景贵（车祸）、蒋岑（煤气中毒）、苏来源（雷击）、杨春禄（车祸）等40多位测量队员，都是牺牲在工作岗位上。他们每个人的事迹都很传奇，都有一段催人泪下的故事。在国测一大队展室，陈列着为祖国测绘事业壮烈献身的英雄照片，每一位新入职的测量队员都会先到那里，学习英雄事迹，缅怀革命先烈。壮烈牺牲的46位测量队员中，有不少是刚从解放军测绘学院或武汉测绘学院毕业的大学生，他们牺牲的时候大多二三十岁，年富力强，风华正茂；有些是1955年、1956年参军的军人，刚从抗美援朝战场上归来，一腔热血报效祖国。他们中有的是共青团员，有的是共产党员，有的新婚宴尔，有的还没有成家……"无情未必真豪杰"。测绘人员也是血肉身，也有儿女情。由于野外测绘工作的特点，测量队员长期夫妻两地分居，家庭无暇顾及。他们舍小家，为大家，默默奉献，无怨无悔。有的父亲牺牲了，儿子顶上去，薪火相传，前仆后继。他们用奋斗定格青春，以生命诠释使命，为共和国的建设与发展作出不可磨灭的贡献。

中华民族是一个具有伟大奉献精神的民族。绵绵五千年，为中华民族发展和繁荣作出巨大贡献的人物层出不穷、史不绝书，中国共产党人更是把奉献精神发扬光大、推向新的高度。在革命、建设和改革的不同时期，无数奉献者以他们的奋斗实践，铸就了反映着时代特色、闪亮着耀眼光芒的延安精神、大庆精神、"两弹一星"精神等精神谱系。国测一大队"在党爱党，忠诚一辈子，奉献一辈子"的测绘精神，正是我们这个时代奉献精神的集中体现。他们的精神，就像插在珠峰峰顶的红色测量觇标，是自然资源战线工作者的精神高度，也是新中国建设者的精神高度。68年来，这支身上始终流淌着军人血液的英雄测绘队伍走遍神州，几代人踔厉奋发，笃行不怠，谱写了一曲感天动地、气壮山河的英雄史诗！

68年是时间的刻度，更是奋斗的标尺。

68年来，党和国家领导人对国测一大队的突出贡献高度肯定。朱德、周恩来、邓小平亲切接见测量队员，对他们的工作表示关心和支持。

1990年4月26日，《经济日报》记者毛铁无意中在列车上遇到国测一大队队员，闲聊中才知道竟然有这样感人的一个集体，决定去一大队看看。毛铁原计划用半天时间，结果整整采访了4天，他被国测一大队的英雄事迹深深地感动了，含泪写了万字超长篇通讯《大地之魂》。《经济日报》刊发后，中央电视台记者徐永清撰稿的《测绘英雄》在《新闻和报纸摘要》黄金时间播出，一时轰动全国，影响巨大，使得一直默默无闻的测绘工作者为国人所关注，人们纷纷称赞他们是新时代的英雄。

1991年4月17日，时任国务院总理李鹏签发《国务院关于表彰国家测绘局第一大地测量队的决定》。党和国家领导人先后为国家测绘局第一大地测量队题词。江泽民的题词是："爱祖国，爱事业，艰苦奋斗，无私奉献。"李鹏的题词是："学习国家测绘局第一大地测量队艰苦奋斗、无私奉献的爱国主义精神。"李先念的题词是："经天纬地，开路先锋。"

1991年4月26日下午，国务院命名表彰国家测绘局第一大地测量队大会在中南海礼堂隆重举行。4月27日，《人民日报》头版头条发出国务院命名表彰国测一大队决定的重大新闻、会议消息及李鹏总理接见国测一大队队员的照片，并配发了评论和先进事迹。全国各地新闻媒体统统用新华社通稿发头版头条配照片、评论。

2015年7月1日，中共中央总书记、国家主席、中央军委主席习近平给国测局一大队6位老队员、老党员回信，充分肯定国测一大队爱国报国、勇攀高峰的感人事迹和崇高精神，对全国测绘工作者和广大共产党员提出殷切希望。

2009年，国测一大队被国家测绘局授予"特等功"。

2010年，国测一大队被人力资源和社会保障部、国家测绘局授予"全国测绘系统先进集体"荣誉称号。

2014年，国测一大队六中队被中华全国总工会授予"全国工人先锋号"荣誉。

2016年，国测一大队被中共中央授予"全国先进基层党组织"称号；陕西省委授予国测一大队"三秦楷模"荣誉称号。

2019年，国测一大队被中共中央授予"最美奋斗者"称号。

2020年，国测一大队当选"感动中国2020年度人物"。《感动中国》的颁奖词是：

> 67年来，国测一大队2次下南极、7测珠峰、39次进驻内蒙古荒原、52次深入高原无人区、52次踏入沙漠腹地……67年来，他们用双脚丈量祖国大地，用血汗乃至生命绘出祖国的壮美蓝图。

多年来，国测一大队先后57次受到国家、省部级表彰，有74人次获得国家、省部级荣誉称号，多人在中央电视台《焦点访谈》《新闻1＋1》《开讲啦》等栏目做客，成为新时期的时代楷模。

（原载《人民文学》2023年第2期）

疾病之耻

——关于"病耻感"的社会观察

李燕燕

1963年,美国人Goffman首先提出了羞耻感的概念,用"stigma"一词表示羞耻感。"stigma"源于古希腊语,本意为"烙印",表示人身体上的某一个特征,而这个特征代表了这个人某些不良的道德特点,即"极大的玷污某人名誉的特征"。Goffman形容这是一种耻辱的特征,这种特征将一个完整的、正常的人变为了一个被玷污的、打了折扣的人。后来,"stigma"在医学领域被指代为一种患者因患病而产生的内心耻辱体验。"病耻感"的概念被广泛应用于精神疾病、传染病等。

2007年,华人Yang LH在西方现有的精神疾病"病耻感"理论基础上,首次阐述了"病耻感"理论在华人社会文化中的发展。在此基础上,他探讨并揭示了华人社会患者的病耻感体验可能更加强烈。

"我们需要告诉患者,无论是精神分裂症、癫痫、艾滋、乙肝、妇科病或者新冠,都只是一种病,和平时的感冒发烧并无区别。你会为日常的感冒发烧而紧张羞耻吗? 当然不会。所以,你也不用为这些疾病而紧张羞耻。我们需要告诫社会,需要攻克的是疾病本身,而不是因为误解、歧视和夸张,便将矛头指向无辜的病人。"一位医生说。

疾病之外

听到邻居突如其来的提醒,以及紧随其后尖锐刺耳的关窗声,大病初愈的余顺(化名),仿若被坚硬的冰块击中了心中最柔软的部位 —— 春光灿烂,他却浑身寒战。一切都回不到从前了。此前,余顺一直认为自己是不幸之中的"幸运者"。

余顺是2020年2月初进入武汉某新冠定点医院的。就医时他已高烧数日,肺部炎症比较严重,情况算得危急。能在最艰难的时刻得到救助,实属不幸中的万幸。虽然病势汹汹,但余顺不到40岁,身体一直不错,且没有什么基础疾病,将近20天的治疗后,渐渐康复。在经过一系列严格的检测、评估和隔离后,转阴一个多月的他被确定"安全"。

"寒冬已经过去,在新冠康复者面前,最多的是鲜花和祝福。听说很快可以回家了,我满心欢喜。"余顺说。

回到居住的小区是4月初,那时武汉已经"全面解封"。按照当时的规定,余顺还需要居家隔离一段时间。他还记得,护送康复者回家的社区工作人员,浑身上下严密防护。虽然看不清他们的表情,但余顺听到了他们真诚的祝愿,也收下了他们临别之际馈赠的小礼物。

余顺所在的小区有将近2000名住户,2020年初新冠疫情暴发之时,只有他和相邻楼栋的一位邻居"中招"。对于新冠确诊患者和无症状感染者，信息一直都被严格保密。但同处一个小区，谁感染新冠，却没有任何秘密可言。虽然小区业主群没有人公开议论，但大家都知道两名新冠患者分别住在A栋和D栋。有人与小区邻居微信私聊时抱怨新冠患者"有点麻烦"，连累一个小区的人"担惊受怕""各种不方便"。而在小区业委会的"小群"里，余顺和另一个邻居则被直接点名。有人说，他俩就算康复回来，大家都要多留个心眼，万一他们身上还残留着病毒，或者说突然"复阳"了呢？

　　身体机能尚待慢慢恢复，余顺在网上下载了一套太极养生功法，打算每天早晨练上半小时。

　　余顺的房子带着一个朝向小区中庭的露台，有很大的活动空间。隔壁邻居的露台是封闭的，上面装着推拉窗，平时两面窗子都敞开着。余顺第一天在露台打太极的时候，忽然听到推拉窗快速滑动的尖锐声响，扭头一看，窗子已经关得严严实实，邻居的身影一闪即逝。余顺很疑惑，大清早关窗户干吗呢？待到余顺锻炼结束离开露台，不多时，他在客厅又听见了隔壁推拉窗户的响动，他们又把窗子拉开了——虽说是春天，可长江沿岸的城市，空气中弥散着一股潮热，如果不通风便很难受。连续几天，只要余顺一到露台练功，邻居的窗户立马关得严严实实。直到居家隔离期快要结束，余顺在半个小时的锻炼之后，感觉鸟语花香意犹未尽，就把屋里的茶具挪出来摆在露台的小桌上，拿着一本书靠椅子坐下。不想，茶水还未煮好，隔壁一早紧闭的窗户突然开了，邻居戴着N95口罩大声提醒他："老余，你自己的情况你最清楚，如果没有必要，这段时间还是尽量不要出现在公开或半公开的场合，这样的话大家都不方便。"还没等余顺回过神来，窗户又哗啦一声关上了。

　　这是余顺第一次真实感受到他人对自己曾感染新冠的厌恶，虽然他曾经担心过这件事，但大病初愈的喜悦每每冲散这个疑虑。此刻，他的脸上立时火辣辣，一种莫名的耻辱感从心底升腾而起。

"我这才发觉，在周围人的心中，我或许就等同于那个浑身生着长刺的新冠病毒。对于未来的种种美好幻想，从此破灭。"

病耻感滋生出的自卑，让余顺心头悄然砌了道坎。在小区里，他一举一动格外小心。坐电梯时，他会尽量避开人流高峰期，最好是电梯空无一人。如果早上七八点有急事要出门，他就从楼梯一级级走下去——哪怕他住在15楼。楼下，熟识的几位老邻居围着逗小孩，他会刻意绕行，避免碰面以后的尴尬。走出小区，面对满大街的陌生人，余顺顿时觉得放松。他甚至想过搬家，但作为自由职业者，受疫情影响不仅没有新的收入还在持续"吃老本"，所以"搬家"这个强烈的愿望暂时没法实现。

同样被"新冠之耻"困扰的，还有余顺的病友们。

在医院治疗时，一个病区上百名病友成立了一个群，主要交流病情和治疗过程。病友们陆续康复离开医院，这个群依然存在，于是大家回归社会后的酸甜苦辣，都在群里聊起。

病友老周说起自己回公司后的际遇。老周在武汉一个颇有规模的私营企业上班，是一位中层管理人员。2020年2月下旬，居家办公的他被确诊。对于老周康复后的回归，公司领导在电话里表示欢迎，同时也强调了"先好好休息，不用着急上班"。但在这家公司已经工作了十年的老周，还是居家隔离期满就回公司了。

"可是，一切都变了。"

昔日关系甚笃的同事们在老周跟前变得行色匆匆，通常站得远远的打声招呼就立刻离开。老周在大办公室分割出的工位不见了，原先堆积杂物的资料室变成了老周的临时"办公室"，甚至老周的午餐都被打包搁到资料室门口的架子上。老周很委屈。领导告诉老周，这是公司为了照顾他的"特殊情况"。这一切的出发点，"绝对是一片好意"。

公司对老周采取的诸多"超常举措"，让他时时刻刻坐立难安，"虽然没有做错任何事情，却感觉自己是个闯祸归来、不被原谅的人。"

病友虹姐在自己的地里有好几棵枇杷树，春末夏初正是枇杷收获的季节。为了感谢居委会和邻居们的帮助，恢复自由行动的虹姐把采摘下来的上百斤枇杷分装到若干个塑料口袋里，然后让丈夫分送给周围的朋友们。几天后，她发觉这些送出去的枇杷根本没人动，搁久了烂了坏了甚至直接连袋扔进垃圾桶……

病友群里，大家时常会讨论自己的身体状况。虽然少数人反映存在容易疲乏、爬楼喘粗气、提重物使不上劲儿等一些问题，但大多数人认为"恢复得蛮好"。最多的反映，还是集中在心理或者情绪问题上，比如失眠、焦虑、抑郁，有人说"总感觉别人排斥自己，真的很委屈很想哭"，有人说"一场病回来，就成了被边缘化的存在"，也有人说："等这场疫情彻底过去就好了，时间终归能冲淡一切。你瞧，当初说起'非典'人人害怕，现在谁还关心哪些人得过'非典'呀！"

曹彬和王健伟教授团队关注了2020年1月7日至5月29日期间武汉金银潭医院的1192名新冠住院患者，并分别在出院后6个月、1年和2年进行随访。2022年5月12日发布的研究表明，随访2年时，出院康复者中至少出现1种新冠长期影响的比例为55%（650/1190），相较于6个月时明显下降68%（777/1149），其中疲劳或肌肉无力是最常见的症状。随访6个月时，存在呼吸困难（mMRC评分≥1）比例为26%（288/1104），到2年时这一比例明显降低至14%（168/1191）。存在焦虑或抑郁症状比例则从6个月时23%（256/110)降低至2年时的12%（143/1191）。

该团队在研究中发现，无论最初的疾病严重程度如何，患者的身体和心理健康都会随着时间的推移而改善。尤其是焦虑或抑郁的比例，在2年内逐渐下降。

"从2020年到2022年，新冠病毒不断变异，传染性越来越强而毒性似乎有所减弱。反过来，因为各地'层层加码'的防控措施对日常生活的影响，使得人们渐渐不再像从前那般畏惧病毒本身，曾经的新冠患者或许心理压力会小一些。"一位知名心理咨询师说。

但有人并不同意这样的看法，"为了更好地实现疫情防控，我们从一开始对新冠的宣传中就突出其或发生的重要危害，令人恐惧的'第一印象'已经植入，形成了'首因效应'，往后愈来愈多的歧视和压力便在所难免。"

首因效应，由美国心理学家洛钦斯首先提出，也叫首次效应、优先效应或第一印象效应。指交往双方形成的第一次印象对今后交往关系的影响，也即是"先入为主"带来的效果。在社会实践中，虽然"第一印象"并非总是正确的，但却是最鲜明、最牢固的，并且决定着以后人际交往的方向。

"从早期开始的一系列宣传，已经让公众坚信，新冠病毒作为一种突然出现的'瘟疫'，绝对不同于一般流行性疾病，必须时时刻刻对它以及被它感染的人保持高度警惕。"

与突然被新冠病毒击中而陷入病耻感的余顺等人相比，"乙肝病毒携带者"王小泉在病耻感的折磨中已经咬牙生活了20年。

在中国，乙型肝炎（简称"乙肝"）被称为"国病"。当前中国有9000万慢性乙肝患者，其中2800万人需要治疗。而在乙肝抗原阳性人群中，约三分之二为乙型肝炎病毒无症状携带者——他们是乙肝表面抗原阳性持续6个月以上,很少有肝病相关的症状和体征,肝功能基本正常的慢性乙肝病毒感染者。几乎所有的中国乙肝病毒携带者都是在体检中偶然发现的,他们日常并未觉得有任何不适,有的甚至还一直坚持健身。从20世纪80年代中期开始,乙肝在中国"臭名昭著",其几种十分有限的传播方式血液、母婴、性等,却并不为多数人所知。因此,共有一亿多人因为"乙肝"被排除在社会的边缘,人格和生存权利无法得到保障,其中大部分是健康的乙肝病毒携带者。有人甚至认为:"乙肝歧视是现代社会中规模罕见的群体性歧视和人道主义灾难。"

王小泉记得,自己是在高考前的例行体检中查出"携带乙肝病毒"的。在江西的这所县城中学,每个报名参加高考的高三学生的检查结果,就那样堂而皇之地贴在教室后面的墙上。王小泉"肝功"那一栏的"备注",写着"乙肝抗原阳性"这样几个蓝紫色的字。

"今天想来,那几个写得规规整整的蓝紫色字,彻底改变了我的人生。"王小泉说。

一般的高中生自然不了解什么是"乙肝抗原阳性",但好奇心终归是有的:"我的备注空白着,而他的备注有这么一行显眼的字,这说明什么呢?"班里有学生的家长在县医院工作,几天后,班里的同学都知道王小泉"有乙肝,会传染"。

最先疏远王小泉的,是同桌的女同学。大家都是住校生,为了节省时间,通常都会在食堂买好午饭、晚饭,然后带到教室吃。女孩因为喜吃豆子买了雪豆炖蹄花,就会把油腻腻的猪脚夹给王小泉;王小泉买的凉拌藕片,酸脆爽口,女孩子也会主动伸筷到王小泉饭盒里夹菜吃。交换饭盒里的菜肴,是王小泉与同桌的日常,但在王小泉"有乙肝"的消息传开后,同桌几乎再也不把饭菜带到教室吃了。与王小泉说话,女孩用手绢挡住鼻子,一副小心翼翼的样子,仿佛乙肝病毒正从王小泉的鼻腔口腔不断喷出，在空气中手舞足蹈。除了同桌，周围的同学甚至任课老师都对王小泉很是提防。王小泉看见，在把批改完的习题集交给课代表发放后，年轻的数学老师匆匆忙忙赶到卫生间去洗手。

虽然这样尴尬的场景持续时间不到一个月，因为高考很快开始了，但阳光开朗的王小泉，从此变得畏畏缩缩。

"当时，我为感染乙肝病毒的事很惶恐，但更让我惶恐和不安的，是周围人对我态度的180度大转弯。他们的态度，让我感觉自己是个令人羞耻的异类。"

他自觉不再提想当兵的事——因为再提这个，无疑是"天方夜谭"；在填报志愿时，他特意避开所有对身体条件有限制的专业。最终，分数远超一本线的王小泉，上了一个二本大学的计算机专业。

在大学里，"乙肝病毒携带者"的身份，是王小泉最大的秘密。但这个秘密，并非无人知晓，校医院的医生、系里的辅导员和班主任都是知情者，但好在他们都没有去扩散这个秘密，"实际上，系里一个年级的乙肝病毒携带者还有好几个，只是平时看起来与常人无异。"怀揣着这个秘密或说"定时炸弹"，王小泉沉默低调，不愿参加任何社团活动。大学四年，王小泉最怕的是体检，尤其害怕体检项目涉及乙肝检测。好在大学里的体检都相对简单，也就是胸透、血常规和腹部B超这几项。

王小泉真正的噩梦是从大学毕业开始的，报考公务员、报考事业编、入职企业甚至考研，无一例外要做乙肝"两对半"，在这些检测中，王小泉"乙肝病毒携带者"的身份"无处遁藏"，面临的一定是被淘汰的命运。不仅仅是工作难寻，甚至爱情在遭遇"乙肝病毒"时都能被击得粉碎。王小泉交过一个女朋友，女孩子出身农村纯朴勤快，两人都到谈婚论嫁的程度了，王小泉试探性地告诉女孩自己"携带乙肝病毒"，但也表示"可能一辈子都不会发病"。女孩听完表示"没什么"，但之后与王小泉的联系越来越少，最后她告诉王小泉，"家里不同意我和乙肝病人交往"。

这件事之后，王小泉彻底把"乙肝"作为自己身上的污点和缺陷，"感觉自己配不上好的工作，配不上好的爱人，甚至比残疾人还惨。"

从2006年踏出大学校门因为"乙肝"屡屡碰壁开始，王小泉也一直期待着某种转机的到来。

——2007年，原劳动保障部、卫生部联合下发的《关于维护乙肝表面抗原携带者就业权利的意见》，要求切实维护乙肝表面抗原携带者就业权利，促进公平就业。但该《意见》被认为缺乏具体措施和强制性，不易操作。实际来看，效果也确实不明显。

——2008年11月，中国反歧视代表人物陆军赴芬兰诺基亚总部抗议"诺基亚中国"的乙肝歧视行为，一时间外资企业对中国人的乙肝歧视被推上风口浪尖。

——2009年2月28日，十一届全国人大常委会第七次会议第四审通过了《中华人民共和国食品安全法》，其中删除了原《食品卫生法》对肝炎病原携带者的限制；随后通过的《实施条例》更是明确区分了甲肝、戊肝等消化道传染病和乙肝（血液传染病），将乙肝及其携带者从禁止从事入口食品的岗位名单中剔除。

也是在2009年底，一直无处落脚的王小泉和亲戚做起了外贸生意，主要经销北欧的酒类和糖果。

对于乙肝病毒携带者来说，孤独和焦虑常伴，纵然有一肚子的委屈，身边也找不到合适的倾诉对象。后来，王小泉关注到了网上的"肝胆相照"论坛——这是中国最大的乙肝携带者公益组织，2001年9月

30日成立，截至2006年底，就有注册会员22万。"肝胆相照"论坛有着无数与王小泉同样命运的"难兄难弟"。与王小泉一样，工作歧视、婚恋歧视是两种最突出的状况 —— 也有怀孕时才查出携带乙肝病毒的准妈妈向大家抱怨"命运不公"。在论坛里，"肝友"们畅所欲言，平素在社会上的羞耻与遮蔽，在这里统统不见踪影，彼此打气支着是常态。当然，在论坛里大家几乎都使用网络化名。也有一些肝癌患者，向众多"肝友"拉响了"乙肝 — 肝硬化 — 肝癌"三部曲的警报。

"从2007年开始，我坚持每年在一个承诺为患者保护隐私的肝病专科医院做乙肝相关项目检查。幸运的是，我没有任何症状和病理表现，不需要任何药物治疗，就是一个正常人。"王小泉说，"但我在购买基本医保之外，每年还会花2000多块钱买商业保险，也就是重疾险。在论坛上看多了一些乙肝患者的预后，也算是未雨绸缪。"

但王小泉也知道，虽然从身体表现上来看，自己算个"正常人"，但"乙肝病毒携带者"的秘密，依然像一块大石头一样，压在他的心上 —— 除非某种观念从根本上得以扭转，否则这块大石头，在他心头终其一生都不会落地。

"在旁观者看来，得了乙肝失去的是健康。对我们相当部分乙肝病毒携带者来说，实际失去的是整个人生。"王小泉说。

"虽然我还不到40岁，但除了生存，已经磨灭了理想。工作嘛，能挣钱养活自己并且能连续买重疾险就好，至于结婚成家，就是可遇不可求了。"

这20年，因为"乙肝"带来的"病耻感"，王小泉长期处于失眠、抑郁的亚健康状态。他曾求助过朋友介绍的某"知名心理咨询师"。交流的过程中，这位心理咨询师不断追问王小泉的疾病进展和过往挫折，而王小泉因为多年背负的病耻感，在未与陌生人建立信任关系之前，对这些盘根问底很是紧张惶恐。所以,"心理求助"宣告失败。

有时,难得美美一觉醒来,窗外阳光明媚,但只要一想起身上那些可耻的病毒,王小泉立刻开始陷入沮丧。尽管如此,王小泉还是努力地调整自己的心态,因为据说长期亚健康会导致免疫力下降,"那样的话,我的身体就会抑制不住乙肝病毒的进攻。"

陈小兰(化名)走进卫生间,在那个密闭的小隔间里,她狠狠挥动拳头朝着墙壁就是一拳,一记闷响。从卫生间出来,她一边深呼吸一边调整自己的情绪。半晌,才好了一些。

23岁的陈小兰患有子宫腺肌病合并严重痛经,需要定期到广州的这所三甲医院进行超声检查。对于已有性生活的女性,这几年妇科彩超检查很少采用传统的"憋尿"再经腹部观察的方式,而多采用"阴超"检查。陈小兰对于"阴超"一直心存阴影,因为每一次做检查都伴随着不太愉快的体验。

"仿佛每一个来做'阴超'的未婚年轻女孩,都应该遭受医生的蔑视。"陈小兰说。

隔着一层帘子,陈小兰听见医生正在大声呵斥受检者:"这个时候晓得害羞了,又不是啥小姑娘了,有什么好害羞的!"

紧接着哗啦一声,帘子拉开一部分,医生探出头来,扫了一眼神色紧张的陈小兰:"下一个就是你吧?事先做好准备!"

帘子又哗啦一声拉过去。陈小兰回头望了望时不时被人推开的检查室的门,犹豫了一下,随即便开始动手解皮带扣。饶是如此,陈小兰躺在检查床上,依然被一通斥责:"往下躺,往下躺!你是第一次来做'阴超'吗?!"使劲挪了挪身子,看医生已经准备好探头,陈小兰便把眼睛闭上——她一直觉得这样的检查是一个令人害羞的过程。

"眯眼睛干吗？腿抬高！你们这些年轻人平时放得开，怎么来检查就戾了？！"陈小兰睁开双眼，脸涨得通红，想反驳点什么又生生给咽回去了。探头进入身体，一番操作很粗暴。大约五分钟过后，检查结束。

"与去年相比，变化不大，随访。"医生冷冰冰地说。

快速起身的陈小兰，内心像一口沸腾的大锅，搅动着羞耻、愤怒、恐惧等各种复杂情绪。

"为什么别人年纪轻轻都不会像我这样，得那种生过孩子的女人常得的病。难道是我未婚做了不该做的事情，得到了惩罚？"如今，陈小兰常有这样耻辱的想法。

中国社会，"贞操"这一说法已经过时多年，但在未婚的年轻女性因为妇科疾病前往医院寻求诊断治疗时，却屡屡遭遇鄙夷和不屑。似乎，妇科疾病与人品道德直接挂钩。

"为什么我们并没有做错什么，却感到羞耻？""为什么我们那么恐惧？""为什么我们突然在检查台上丧失了反抗的能力？""在妇科检查室里，医生通常都是女性，女人又何苦要为难女人？"……这些是豆瓣APP上"代表月亮消灭妇检阴影"小组常常讨论的问题。

陈小兰是这个豆瓣小组的成员。她把自己的遭遇写出来，与组员们分享。并且，她的遭遇并非个案，还有许多类似或者更极端的故事。

23岁的李琼近两年一直在预约HPV九价疫苗，这款疫苗特别适宜16—26岁的年轻女孩。

——HPV病毒长时间感染女性宫颈，可能会逐渐导致宫颈病变，最后导致宫颈癌。宫颈癌是全世界导致妇女死亡的第二大癌症，仅次于乳腺癌。80%的女性在其一生中都感染过HPV。HPV宫颈癌是目前唯一可以预防的癌症，定期检测HPV至关重要。

但在李琼所在的这个位于广西的四五线城市,九价疫苗一直稀缺。她有想过找卫生系统的朋友帮忙,但一开口,对方就说:"宫颈癌一般的人是不会得的,除非那个人的性需求特别旺盛。你是个好女孩,不要为这些瞎操心。""只要洁身自爱,根本就不需要那种疫苗。"反而搞得她很尴尬。

李琼还记得,在"知乎",有一位男子谈到妻子患宫颈癌医治无效去世,自己在经历一段时间痛苦后,终于又有了一位年轻漂亮的爱人。原本男子是想和"知友"们讨论丧偶之后慢慢走出阴霾的"心路历程",可评论区却围绕"宫颈癌"和"HPV 感染"的问题争得热火朝天。有人评论道:"患了宫颈癌,说明一对伴侣中总有一个或是不忠,或是某些经历太过丰富。"有人说:"姐妹们小心了,千万不要嫁给前任患过宫颈癌的男人,因为他的身上携带着致命病毒,或者说他根本就是一个管不住自己身体的人。"……

"不知为何,在我周围,不论 HPV 还是宫颈癌,都直接与个人的品行挂上钩。原本不幸的病人甚至家属,反而会背上'苍蝇不叮无缝的蛋'的污名。"李琼说。

小雨是一个12岁的小女孩,患有先天性脑瘫。经过积极治疗,小雨康复得很好,除了右手右脚尚有些不大利索之外,就和普通的小女孩一般无二。在父母和康复医师的眼中,小雨是个非常能吃苦的孩子,为了训练右手的精细动作能力,小雨每天要练习抓拿、夹取上千次,手心都磨出了茧子。现在小雨从重度残疾中渐渐恢复过来,能够用左手写字、用右手拿勺子吃饭、自己走路,在医学上算得"创造了奇迹"。然而,在外人看来非常坚强的小雨,性格自卑又内向,从小学一年级到六年级,已先后转学两次。

"周围的人对于小雨,一直带着同情和惋惜,觉得这么可爱的女孩怎么就成了一个残疾人。在学校里,同学们看小雨走路一瘸一拐,都肆无忌惮地称呼她为'瘫子''拐子'。这些举动,给小雨带来巨大的羞耻感,让她敏感又孤独。"社区心理服务志愿者王琪说。

"小雨很优秀,但如果不能摆脱疾病带来的耻辱感,那么她将终身生活在脑瘫的阴影之中。让她敢于直面残缺,坦然接受自己的不完美,是我们正在做的工作。"

王琪还见过一个遗憾的例子——社区里一位60多岁的独居老人。这位李姓老人每天早晚独自出来散步近一个小时,偶尔进超市买上几棵青菜,累了就靠在街边花园的长椅上休息一会儿。老人年轻时在一家机械加工厂工作,20多岁的时候因为外伤而引发了癫痫,最频繁的时候每天都会发作——毫无征兆地倒下去,拳头紧握,两眼紧闭,牙齿咬得咯咯作响。那口吐白沫浑身抽搐的样子,任谁看了都又惊又怕。

癫痫这种神经系统疾病发病率高,据统计,目前在我国患者约有900万人,而且每年还会出现40万新发病例。癫痫发病形式多种多样,有倒地抽搐的"大发作",也有发出怪声或仅仅表现为突然呆滞的"小发作",其中有20%—30%属难治性癫痫或顽固性癫痫,通过正规药物系统的治疗也不能得到满意控制。

厂子体恤受伤的工人,同时为了避免他突然发病给旁人造成困扰,于是把他调到后勤科干庶务。老人的终身孤独也是从这个时候开始的,他虽然不清楚自己发病时究竟是怎样的场景,但却清楚周围人对自己的态度——大家就像看一个脑子里被装了"簧片"的怪物一样。

老人很幸运,在40岁出头时通过手术治好了癫痫,这20年来再也没有发作过。但"羊痫风"的耻辱称号已经如影随形,不论现在的老人有多健康,他已经被"癫痫"牢牢定格在数十年前他第一次在车间里发病时的那个傍晚。虽然机械加工厂早已破产重组，在成都东郊的这个旧企业社区里，还住着老人的许多老同事，远远看见孤独地行走着的老人，他们依然会窃窃私语："那是老李，原先咱们三车间的，脑袋被砸伤就开始抽'羊痫风'，到现在还一个人……"

"我曾经试着让李大叔加入社区的老年大学，想着让他一点点融入集体，性格就能慢慢变得乐观。但他拒绝了我的提议，说他一个人习惯了，人多了他反而手足无措。"王琪说。

患病本身就是一件非主观意愿且足够令人痛苦的事情，但可悲的是，一个人一旦患了某种疾病，还要被疾病带来的耻辱感紧紧裹挟。

今天在许多大城市的三甲医院，医生们开始关注起疾病以外更严重的问题，那就是病人的心理和情绪。很大程度上，它们能直接或间接影响到治疗的效果。

2022年5月30日，神经内科博士研究生胡晶华在毕业答辩后的致谢中动情地说：

"……我们不但要注重治疗病人的身体疾患，还要努力向他靠近，了解他此时此刻的内心……治疗病人与修理机械的最大差别就在于，人是有血有肉有思想的。疾病不仅损害了他的身体健康，更对他的精神心理造成了不同程度的创伤。据我在医学实践中所见，这样的创伤，反映在情绪上，最常见的是恐惧和羞耻。对疾病的恐惧，让病人像抓救命稻草一样，把医生盲目视为唯一救星；而由疾病引发的羞耻，会让病人陷入自责和怨恨的泥潭不能自拔，由疾病的耻辱牵扯出的心灵剧痛，甚至会让他们甘愿放弃治疗，去赴死神之约……这是我作为一个年轻医生的感受：病耻感，有时比疾病本身还要可怕。所以，让我们有时是治愈，常常是帮助，总是去安慰。"

"污名化"

"病耻感"这个与心理学直接关联的特定词一经形成，最先应用于精神疾病领域，被认为是精神疾病患者所表现出的一种负性情绪体验，对患者社会功能康复产生不利影响。20世纪90年代开始，西方不同领域的学者开始了对精神疾病"病耻感"现象的研究，后来，"病耻感"外延不断扩大，内容也更加丰富，研究角度越发多样化。有些学者尝试着从社会学的角度去解读"病耻感"："……当被贴上标签，刻板印象、孤立、地位丧失和歧视这些过程发生时，羞耻感就出现了。"

正如苏珊·桑塔格在《疾病的隐喻》中所说：在社会成见中，许多的癌症患者常常被视为生活中的失败者，当人们面对或背对患者窃窃私语时，患者会反复问："为什么是我？"

"贴标签"常常与疾病"污名化"密切相关。

在资深心理咨询师何梅看来，从精神疾病开始，到后来每一种会被社会公众"贴标签"的疾病，其"污名化"都有它在社会学和心理学上的特定来源。

比如，精神疾病的"污名化"，来自从远古时代开始的迷信。那时，人们普遍认为发疯的人是因为鬼魂或妖魔附体，在巫师或族长的指使下，发疯的人被处刑杀死或强行隔离。所谓隔离，往往是把"疯子"囚禁在一间废弃的小屋或者牛羊圈里，拴上铁链，任其在孤独、恐惧与癫狂中自生自灭。发疯的人与鬼怪息息相关，已经在发疯中失去自我，这样的"社会异类"，任谁都会闻之色变。

癫痫的"污名化"来源与精神疾病相似。羊痫风！一个好端端的人，突发意识丧失、四肢抽搐、口吐白沫、咽喉发声，在科技尚不发达的时代，如此惊骇的场景也只能用鬼神附体的方式去解释，病人也同样被归为"社会异类"。

比如，抑郁症、焦虑症等心理情绪疾病的"污名化"，来自人们把它们与精神疾病捆绑在一起，混为一谈。除此，抑郁症的"污名化"还有一部分来自"竞争社会对弱者的绝对鄙视"。

比如，乙肝的"污名化"来自对"疾病传播渠道的不确定"。20世纪80年代末，上海暴发甲肝，当时由于医学界尚未能对甲肝、乙肝进行严格区分，乙肝被误认为具有强烈的传染性，且后续又被认为是导致肝硬化、肝癌的重要原因，由此让社会大众对病人产生了强烈的恐惧感和排斥感。事实上，乙肝病毒的传播途径很有限，在一起学习、工作、用餐均不会传染。国际卫生组织曾指出，乙肝病毒"不会通过被污染的食物传播""接吻亦不会传染"，乙肝病毒携带者中90%以上终生不会发病，真正变成肝硬化、肝癌的不足5%。

比如，艾滋病的"污名化"，来自传统社会对于"性滥交"的鄙视和厌恶。

心理学研究认为，人类的"羞耻感"最初来自"排泄"，来源于童年早期，我们发现无法控制自己身体时的窘迫。这种早期的窘迫决定了"羞耻"的基本方向，它导致一切与"排泄"以及排泄器官相关的行为都是私密的、令人害羞的——包括人类在内，绝大多数动物的排泄器官都与生殖器官紧密相连。而一个东西一旦与"性"联系在一起，它将影响我们的方方面面。就好像王尔德所说的："生活中的一切都关乎性，性关乎权力。"所以，人们通常会因为自己身患什么疾病而感到羞耻呢？很多人想都不用想，就能答出"性病"二字。其实更准确地说，应该是"可以通过性行为进行传播的疾病"，例如梅毒、淋病、艾滋病等等。

比如，在我国部分妇科疾病的"污名化"，来自华人社会一直以来"对于女性的性禁锢"。妇科疾病背后潜藏着众多深层社会矛盾，在通向保障女性生殖健康的路上，传统的性别价值观、缺失的医学人文关怀等等，都是一个个横亘在眼前的障碍和难题。

比如，更年期综合征的"污名化"，来自"男权社会"对妇女的"性别价值"判断——正在失去生育能力的中年妇女在男性主导的社会中价值愈加式微，没有价值代表"无用"。

再比如，新冠病毒的"污名化"来自人们对于未知的天然恐惧。是的，被新冠病毒感染治愈后是否会留下后遗症？是否会在某个不确定的时间复阳？这些问题，大都还在研究中，并没有一个公认的确切答案。

由于延续千年的"污名化"，时至今日，社会公众对精神疾病患者普遍持排斥厌恶态度。对于精神疾病，不论是精神分裂症还是躁郁症，人们习惯唤作"疯子""癫子""神经病"，这样的称呼本就是饱含歧视与侮辱的"标签"——他们跟普通人不一样，"他们脑筋不正常""他们会着魔一般无缘无故打人骂人""他们在社会上低人一等"……据统计，有一半的精神疾病患者承认自己曾受到单位不公正对待，受到同事或同学的歧视，被邻居看不起，并导致恋爱或婚姻失败。

林宇（化名）是一个按时服药、病情处于稳定期的精神分裂症患者，但左邻右舍都知晓他是个"疯子"，在小区里，林宇就是一个"贴了标签"的异类。

"千万不要去惹'林疯子'，看，就是那个人！疯子是会无缘无故打人的。还有，他们打人杀人都不犯法。"邻居小心翼翼叮嘱自己家的孩子。所以，小区里的孩子们见到林宇，眼里都充满恐怖，仿佛见到一只怪兽。

一天夜里，楼上的少年一直跳跃玩耍，声音很大，而林宇需要服药后立即入睡。在一番辗转反侧之后，林宇选择了上楼去提醒邻居。而在敲开邻居家门以后，那一家子见到"林疯子"上门，惊惶不已。匆匆应答关上房门，那家人立即给社区打电话，对"林宇现在的精神状况表示担忧"。

"在周围人的眼里，疯子一辈子都是疯子，只会胡乱打人骂人，没有半点逻辑和道理可言。"林宇说。

17岁的晓雪是个双向情感障碍（躁郁症）患者，因为发现及时，经过一年规范治疗之后，日常与普通人无异，而且主攻美术未来准备报考艺术院校的她，专业成绩十分优秀。但晓雪曾患过"精神病"这样的"绝对隐私"，却从父母千叮咛万嘱咐的班主任老师那里不胫而走。

"我能理解，看似豁达宽容的班主任，其实和社会上其他人一样，始终觉得精神病是不可能治好的，就像一块顽固的牛皮癣，在某个人身上扎了根。大家必须像防洪水猛兽般随时提防。"

在许多人眼中，艾滋病基本可以和"私生活混乱"画上等号。

"仿佛得艾滋病的人无一例外是纵情声色的滥交者或者无可救药的瘾君子。得这种病，就是他们活该，没有任何人会同情。"罗晓玲（化名）说。

罗晓玲从小到大就是一个循规蹈矩的女孩，甚至大学四年都没有谈过恋爱。然而，27岁那年由亲戚介绍的对象却是一位隐藏的感染者，这样惊人的事实却是她在婚后第二年才知晓的。一次小手术前的例行检查，罗晓玲才发现感染了HIV（艾滋病毒），并且已经出现了临床症状，感染的源头来自她的丈夫。之后，罗晓玲离婚，并在医院接受了抗病毒的规范治疗，情况一直很稳定。

在中国，罗晓玲这样的情况很多。除了因为不知情而在正常两性关系中被感染的受害者，还有遭遇患者刻意隐瞒而暴露感染的医务工作者，以及通过母婴方式被感染的孩子。他们都是无辜的。

罗晓玲的父母在得知女儿的病情后，震惊悲恸之余，严肃地告诫女儿："对外千万不要吐露一点你的病情，否则你在这个社会上根本活不下去。单位首先就不会要你，周围人指指点点，脊梁骨都要戳断。"罗晓玲哭着反驳父母："这不是我的错呀！"

"不是你的错，可这个病本身就带着错，带着罪！"父母如是说。带着"污名化"的原罪，像凭空扔下的一块冰冷坚硬的石头。

前夫一家私下给了罗晓玲巨额赔偿。与丈夫离婚时，对外公开的理由是"夫妻感情不和"。

"我没有错，我是个受害者，可我必须活得偷偷摸摸。"罗晓玲说。

这是罗晓玲的日常。携带在随身包里的两瓶药，标签已经换成了维生素，因为她上午需要在办公室服药；夏天办公室空调开得低，她需要随时披一件外套以防免疫力降低引发的感冒；脖子处因为抗病毒药物过敏而一直有几块红疹，别人问起，她需要笑着说是"顽固的荨麻疹"。夜里11点，一定准时有电话打过来，她不用看都知道，是母亲的电话，提醒她一定要按时吃药。

"从查出得病那天开始，一直就是我的父母和我，三个人守着这个秘密。我的前夫，也是一样，他也在上着班，他的父母和他一块守着他的秘密。"罗晓玲说。

罗晓玲的同事，女性居多，平时大家特别喜欢聊一些社会话题。艾滋病感染率于她们所在的那个西南某省会城市，呈逐年大幅上涨趋势，媒体常常可见"大学生HIV感染人数不断攀升"这样的消息，所以，同事们偶尔也会谈论艾滋病的话题。有人感叹："现在这些得脏病的人特别会隐藏，社会对他们越来越包容，搞不好有些单位里都会混进那么个把。""要是让我晓得单位里哪个有这样的病，我一定联合同事一起要求公司开除他，哪怕罢工也行。要知道，哪能因为他一个，把大家都置于感染绝症的危险里！"每每这时，罗晓玲都很想动动嘴，告诉她们艾滋病不是什么"脏病""绝症"，也没有那么容易感染，但又怕说多了"此地无银三百两"，所以只能保持沉默。

42岁的文老师，因为保养得当且坚持锻炼，身体状态如三十出头的青年女子一般。然而，因为她性格强势，在同事和学生中间一直流传着一个绰号"更年期"，虽然她压根还没有进入更年期。51岁的岳姐，最近两年一直被更年期的种种症状紧紧纠缠，好好在办公室坐着，没来由突然一阵潮热从胸口袭来，额头汗珠随即滚滚而下；月经紊乱整夜失眠，一点小事便能引发一整天的焦虑烦躁。在家里发生争执，丈夫说："你看你现在这个样子，跟年轻时比，脾气性格完全是两码事！"女儿说："更年期的人犯起病来，简直不可理喻。"在单位上，如果工作出了纰漏，领导说："女人这段时期太恼火。是个女人都会遇到，所以女干部不好提拔。"如果与同事发生口角，那个大学毕业没几年的妹子轻蔑地说："我才不跟一个更年期的老女人去计较呢！"

看，"更年期"原本是一个医学名词，如今却成为一个骂人的常见词语，"怎么动不动就发脾气，是不是到了更年期？""这么喜欢唠叨，没完没了，你更年期了吧？""一天到晚都胡思乱想，肯定是更年期了！"

事实上，无论是小女孩，还是中年女性，从私人领域再到公共领域，从屋里的家长里短再到职场上的战火硝烟，"更年期"这个词儿"包罗万象"，早已脱离了医学定义的范畴。

心理咨询师陈瑛认为，"更年期"的"污名化"，与当今男性为主导的社会对女性的"物化"息息相关。今天,女性的脸部要拥有怎样的五官才算得漂亮,是有"标准"的,比如网红式的"大眼睛锥子脸",如若不然就需要"修补";身材是有"标准"的,不能有一点多余的脂肪,女性100斤以上就该踏入"减肥"的行列,否则就叫"胖",就会被人唾弃;性格要么"御姐"要么"萝莉",不论如何,"上得厅堂下得厨房"是从古至今对女性一以贯之的要求。更年期女性由生理变化引发的"作"和"难缠",使得女性被"物化"的社会价值陡然下降。所以,"更年期"在最近20年成为最能贬损女性的医学名词。与此相对应,女性在更年期里所经受的身心痛苦不值一提。

对包括精神疾病等在内的多种疾病来说,"贴标签"式的"污名化"与"病耻感"这种负性情绪体验紧密相连,对患者的治疗和身心康复均会产生不利影响,疾病"去污名化"还有很长的一段路要走,但与此相关的许多工作已开始启动。目前,疾病命名的"去污名化",正在国内外陆陆续续展开,并在一些国家和地区取得成效。

比如,精神疾病的去污名化,中国香港于2001年将其更名为"思觉失调症"。日本从1995年开始花了7年时间,终于在2002年将精神分裂症更名为"统合失调症",韩国于2012年将其更名为"调弦症",中国台湾2014年也正式更名。

几年前,国内将"宫颈糜烂"正式改称为"宫颈柱状上皮异位"。"不仅仅是为了更加准确地描述宫颈生理变化,也是为了防止字面含义引人误解,把这个常见生理变化误认为与男女关系混乱有关的妇科疾病。"何梅说。

在新冠疫情暴发之初,中外媒体曾使用"武汉肺炎"等多种表述方式,为了更科学而不带任何区域歧视的描述,后来我国在疾病名称上统一为"新型冠状病毒肺炎"。2022年12月26日，国家卫健委发布公告，将新型冠状病毒肺炎更名为新型冠状病毒感染。

世界卫生组织也在2022年6月14日说，将正式重新命名猴痘病毒及其所致疾病，以防现有名称引发污名化和歧视。

我究竟为何而羞耻

"我在疾病中痛苦挣扎，已经很不幸，而我为什么还如此羞耻？"这是许多被病耻感折磨的人发出的呼喊。

病耻感是因为身患某种疾病而引发的羞耻心理。物质决定精神，这份羞耻源自外界对疾病的误解歧视，最终尖锐直接地指向患者自己。从社会心理学上讲，人类，作为一种"主观动物"，每一个人都是自己世界的中心，"病耻感"一经形成，便像一柄锐剑一般，狠狠毁损患者对于生活的信心和勇气，让他们强烈叩问既往的人生经历，深深质疑自己的人生价值。

哪怕病情已经完全缓解，却仍被周围人贴上"疯子"标签。林宇在羞耻无奈的同时，也痛恨自己没能好好把握自己的人生。在林宇看来，他跟那些先天携带"精神分裂症"基因的病友不同，"倒推三代"没有谁得过这样的病，周围所有亲戚也没有人发疯，所以，他把自己在29岁时的突然发病，归结为自己性格"太蠢太弱"。盘点发病前的种种，他认为，有三个关键节点他没能处理好，所以最终"发疯"，说来纯粹是"活该"。

第一个"节点"，高考后选填志愿，作为独生子的林宇特意选择了外省的大学，想要避开父母的管制。

在读大学这件事上，林宇与父母发生了激烈冲突，母亲甚至以死相逼，但林宇想要独立自主的决心，使他最终战胜"把儿子看成天"的父母。但没有想到的是，因为之前一直被父母捧在手心里，不知不觉形成依赖的惯性，所以生活能力极差。待到一番抗争进了异地的大学，林宇因为不会铺床、洗衣、打扫寝室卫生，遭到同学的嘲笑、辅导员老师的批评，小小挫折慢慢聚成大大成见，原本开朗爱笑的他在诸多责难之下，丧失了刚刚走进大学校园的锐气。在一次与外系同学打架过后，鼻青脸肿的林宇一连三天龟缩在寝室里，没有勇气出门上课。虽然自己不是过错方，林宇依然被记了过。满脸铁青胡茬儿的学生处处长用食指敲着那张耻辱的表格说："好好表现，待到大四还是有机会撤销处分的，后面就看你的了。"

也是从那时开始，林宇慢慢发展出"讨好型"人格——一种一味讨好他人而忽视自己感受的人格，是一种潜在的不健康行为模式。自此以后，林宇说话做事喜欢看别人脸色，生怕一个不小心别人不喜欢，就影响了对自己的评价。他拒绝别人的时候，感觉自己犯了天大的错；帮别人忙时，比做自己的事情更加小心谨慎；甚至别人借了他的钱，他也不敢贸然谈还钱的事。大四那年，如林宇所愿，那纸处分从档案里被撤销了。可这时高高大大的林宇在同学眼中，"只是卑微的存在，可以任意拿捏。"

第二个"节点"，林宇参加工作的第二年，远在家乡的母亲患了严重的冠心病需要手术治疗。可母亲手术的那几天，刚好碰到单位迎接上级检查，林宇所负责的那块恰巧又是检查的"重中之重"。要不要请假，林宇连续两天辗转反侧。从大学时代开始，林宇与父母渐行渐远，没有"尽到任何孝道"，关键时刻就更不能缺席；至于工作，有着"讨好型"人格的林宇从上班那天起，不论什么任务都不会推托，一年365天，几乎吃住都在办公室。所以，林宇觉得，自己为母亲的重要手术请个假，领导应该能够理解。

然而，那个平日最喜欢打电话把林宇叫到办公室布置任务的处长，并没有在这个关键时刻准林宇的假，"这里离不开你，如果你擅自离开，检查中出了任何问题，你都承担不起。年轻人要以工作为重，相信你的母亲一定会平平安安。"

"看见处长那副冷酷无比的嘴脸，听着那些不近人情的话语，我很想把那纸请假条撕得粉碎，扔到他的脸上，然后扭头就走，回家照顾母亲。可是我做不到。"

最终，守在母亲病床前的只有父亲和姨妈，林宇只能泪流满面地在电话里问候母亲。以后，经姨妈传播，这件事成为林宇"不孝"的重要例证，在亲戚朋友中广为流传，扭成林宇一直难以放下的心结。父母与林宇因为这件事，隔阂更深了。

第三个"节点"，林宇28岁的时候恰好遇到单位竞聘科长，有位部门领导一直暗示林宇："你很优秀，这个位置非你莫属。"平日里，这位并不分管林宇他们处室的领导，对于林宇看似很疼惜，在他们偶尔碰面的时候，话里话外满是对林宇"怀才不遇"的感慨，还说有机会一定跟他们分管领导反映。于是，在那位口口声声"打包票"的领导面前，轻信的林宇感激不已，主动替他做了许多"分外之事"，单位里很多人都知道林宇和那位有争议的部门领导走得特别近。竞聘的结果出来，林宇落选，新任科长来自外单位，而那位"看好"林宇的领导不久也调离了。自此，林宇的事业遭受重大挫折，从此在单位里被"边缘化"。这个，似乎成为压倒骆驼的"最后一根稻草"。

"我就是个地地道道的懦夫。今天我承受着精神疾病带给我的耻辱感，但要追溯起来，这一切都是我的怯懦造成的。假如我早日丢弃对于他人的美好幻想，每每遇到不公的时候奋起抗争，也许一切都不会像今天这样。"林宇说,"我羞耻,我更悔恨,可这个世界终究没有后悔药。"

新冠康复者余顺在出院后的一年多,常常能够感觉到外界的提防和歧视,"我的身上已经被贴上了'新冠病人'的丑陋标签,一切都回不到过去了。"哪怕就医的时候,不主动填"既往病史",医生都能通过"大数据"得知"这个人得过新冠"。余顺感觉,看到曾经"阳性"的备注,那一瞬间医生的眼光都有了变化。

在羞于自己曾罹患新冠的同时,余顺也感叹于自己以往活得"太没价值",所以,"得新冠几乎成了命定的事情"。

有一段,余顺逢知晓他情况的熟人,便像祥林嫂般喋喋不休唠叨着几个"假如":假如当年不任性地辞去公职,旱涝保收,以后的日子也不会为了挣钱,那么不顾一切;假如听说城市里出现了"不明肺炎",就不要为了那几个单子,在最危险的日子里四处见人跑业务;假如几年前没有因为惧怕广州的生存压力而选择定居武汉,也不会在2020年春天被可怕的病毒感染……

在心理专科问诊时,同时患有更年期综合征及焦虑症的岳姐告诉医生,"人间不值得",就恨自己这一辈子都白搭了——家庭事业,自己付出全部热情和精力,换来的却是一场空。

出生于20世纪70年代初的岳姐,接受的是最传统的教育。出嫁前,母亲教育她:"不管到了什么时候,男人都是家里的顶梁柱,女人最重要的价值,就是做家务带孩子,当好'贤内助'。"女儿出生的时候,岳姐的母亲已经过世,婆婆年纪又太大,家里没有老人能帮她一把,丈夫一年四季几乎都在出差。岳姐白天上班晚上带小孩,属于自己的时间一分钟都没有。丈夫并不懂得嘘寒问暖,相反地,随着中年到来，越发喜欢挑刺，最常见的是比较："你这个女人没有什么审美，买的衣服都跟时尚不搭界，你看看人家某某，女人得会打扮！""你的腰可以减减啦，足有人家某某的两个粗，看看人家。""你蒸的鱼为什么老有股腥味？人家某某做的鱼，简简单单烹饪就好吃，她老公真有口福。"

你看不上我，咱们就离！岳姐和丈夫闹过好几次离婚，但都没有成真，"人老了，不过凑在一起过日子。"

男人没有指望，就看着女儿。女儿从小到大都很优秀，不光成绩好，还有跳舞、美术等好几个特长，都是岳姐当年风里来雨里去拉扯的。好不容易盼到宝贝女儿大学毕业找了份不错的工作，可她也跟岳姐闹起了别扭。女儿嫌岳姐做事没"边界感"，烦人；嫌岳姐爱管事；嫌岳姐不爱收拾不化妆；嫌岳姐成天唠唠叨叨话多；嫌弃岳姐犯了"更年期综合征"。

家里不顺心，单位也难受。数十年来，岳姐工作任劳任怨，可新来的领导连正眼都不愿多看她几眼，"人家眼里只有那几个会打扮会来事的年轻女孩儿，你说什么建议，人家都不当回事，只觉得你一个'更年期'没几年就该退休了，不该成天叽叽喳喳。"远远听见几个同事谈论"办公室有个'更年期'"，岳姐脸上便火辣辣的，又羞又恨。

久而久之，岳姐觉得自己活到这个份儿上，特别没劲——在这个世界，是个没有价值、可有可无之人。有时夜里失眠胸口憋闷，就会想到一死了之。

"不要去在意别人的说法和眼光，每个人都是一个独立的个体，有没有价值，应当由你自己而不是别人来判定。从现在开始，你首先要学会为自己而活。"年轻的心理医生告诉岳姐。

那天，与岳姐一样在心理专科复诊的还有不到30岁的小倩。这些年,小倩对外一直隐瞒着自己的抑郁症,因为抑郁症同精神疾病一样,很容易被标记为"特殊人群",遭到鄙夷和嘲笑。小倩的父母知道女儿得病了,但20世纪90年代初就从农村出来打工的夫妻俩,认为抑郁症压根就不是什么"病","不过就是心眼小、矫情,还有吃不得苦"。

这些年,他们只要看见女儿不想起床不愿外出工作,就会用他们自己对"抑郁症"的理解,毫不留情地将小倩训斥一番:"瞧瞧你这个懒样,这个社会哪个不累?就只有你娇贵你累?告诉你,你这样的人只有饿死!"之后,小倩的病情就会加重,甚至发展到"木僵"的程度。

"如果没有心理医生化解开导,我真的羞愧地觉得,我就是父母口中那个浑身坏毛病、懒到无可救药的女孩子。"小倩说。

钟琦拿到结肠癌晚期的诊断报告时,那位上了年纪的消化外科主任医师向他投去了同情的一瞥——钟琦是他一位朋友介绍过来看病的。这位专家的朋友老徐,正是钟琦的原同事、好朋友、现任顶头上司。没过多久,单位上上下下都知道钟琦患癌的事实。碰面时,大家都在安慰他:"老钟没事儿,动了手术就好了。""现在医学这么发达,哪有治不好的病,放宽心!"但钟琦的内心灰暗无比:"大家的安慰是表面的,也许更多的是同情和鄙夷,因为到此为止,我已经是一个彻头彻尾的失败者,单位里增加的一个新鲜谈资。"

20年来,钟琦的工作成绩有目共睹,但每次提拔使用都因为这样或那样的原因"卡住",只能眼睁睁看着原先办公室的同事,一个接一个地成为他的"新领导",而他,则在"副主任科员"的位置上原地踏步十年,慢慢地由"小钟"变成"老钟"。

在确诊患癌前,钟琦的消化不良和腹痛已经持续了很多年。他的肠胃同他的精神一般敏感,只要遇到他认为的"精神打击",当天就会腹泻不止。就像两个月前，他精心做的某工作方案被"上面"打回来，评价是"没有结合实际，没有任何实用价值"，一阵愤怒袭来，左下腹便疼得一发不可收拾。这次在做肠镜检查时，钟琦心里就有"要完蛋了"的预感，而最终确诊的肠癌，似乎正是"失败者之耻"的终极标志。

但晚期肠癌并不等于宣判了钟琦"死刑"。综合所有的检查结果，他的病情尚可以接受根治性手术和化疗，五年生存率高达60%。关键是他必须以阳光积极的心态接受治疗。

最让医生和家属头疼的是，钟琦不愿接受治疗，因为他觉得"对于一个失败者来说，这一切都是命中注定，再多的挣扎，只是给人徒增笑柄而已"。

"像这样的患者，如果没有一颗强大的内心摆脱由病耻感引发的自我怀疑、否定，他们想要治愈疾病，或者说像正常人一样生活，非常困难。"钟琦的主治医生说。

社会的拉力

对于精神疾病，今天的社会由于宣传和科普还不甚到位，公众对这样的疾病还是普遍存在误会和歧视，并且主要集中在这样几个谬误的关键点上：

一是精神疾病等于暴力狂或弱智，得了这个病，就是"天罚"。

二是所有精神疾病都不可能治愈。

三是精神疾病不承担法律责任，即使杀了人都不用坐牢，所以社会危害极大。

四是精神疾病不但能遗传，还有"传染性"，跟"神经病"待久了，自己都会成为"神经病"。

2007年，华人Yang LH描述了三种在精神疾病患者身上产生病耻感的机制：直接对个人的歧视、患者对负性的刻板印象的内化及社会制度上的歧视。在此基础上，Yang LH探讨了孔子学说，即"面子"以及中国传统的对精神疾病轻蔑的态度对病耻感的影响，揭示了在华人社会，患者的病耻感体验可能愈加强烈。

在当下中国，往往存在这样一种情况：精神疾病患者被外界歧视和羞辱，而这些患者的家人因为惧怕"丢脸"，常常不愿意向外界透露这一情况，以至于这些精神疾病患者长期待在家中或在社区里漫无目的地游荡。患者不愿意也不敢到正规精神类医院就医，日常极少与人正面交流接触，久而久之，他们的病情和心态都发生了极大的变化。

社会心理学研究表明，女性比男性、学历高者比学历低者更少认同精神疾病患者有病耻感体验。青少年如果患有精神疾病，其病耻感体验会比较明显。调查还发现，患者自身对精神病患者的社会价值持最积极的态度，家属对精神病患者的社会贡献并不乐观，而社区居民对精神病患者持最悲观和最消极的态度，精神科医护人员对精神病患者的社会价值以及是否要限制精神病患者的社会活动等的看法，则比患者和家属悲观，但较社区居民的看法更为积极。对于精神疾病，发达国家在大众科普、患者权益保障、对患者的救助等方面进行得比较早。我国前几年出台了《精神卫生法》，加上《残疾人保障法》等相关法规，以及卫生部门的一些针对性政策，现在精神疾病的援助救治等方面比之前有了较大进步，但不同地区依然存在较大差异。

在北方农村，不少地方对待精神疾病患者甚至心理疾病患者，仍旧采取比较恶劣的方式方法，有的将患者关在屋里，有的甚至把人拿根铁链锁起来。个别偏远落后的乡村仍然有"神婆神汉"存在，他们将精神障碍看作"中邪"。

与一般城市相比，一、二线城市做得最好。在这些大城市里，社区的联动帮扶成为重要力量。

"社会的转型，生活的失意，精神脆弱的人会不堪一击。所以，社区里一直存在精神疾病或心理障碍的人，我们时不时会遇到，然后，尽可能帮助他们回到生活的正轨。"重庆某社区工作人员陈萍说。

黑夜里，一个孤单的身影在社区的街巷徘徊。路灯惨白，映得他的身形格外瘦削。经过某个角落，他停下，木然从裤子口袋里掏出一颗水果糖，剥开，扔给电线桩底下蜷缩的花白毛色流浪狗。那狗嗅嗅拨拨，不吃，抬头，那人已经不见了。不多时，菜市场对着的"美食一条街"又出现了他的踪迹。入夜，这条街的火锅店和烧烤铺格外热闹，吃肉，喝酒，划拳，人声鼎沸。开心欢聚的夜晚，人们大概率会忽略掉那个光脚走过各色店铺的人，更没人关心他那样光着脚，会不会被地上掉落的碎渣弄伤。买了水果经过那条街的陈萍注意到了那个熟悉的人，赶上去，一阵温言相劝，牵着他的手送他回家。

这个患有精神障碍的年轻男人叫小熊，曾是某美院留校工作的高才生。他平日一言不发呆若木鸡，白天闷在家里，夜里便静悄悄地游荡在大街小巷。如果有人欺负他，他也不还手。小熊的病经过治疗大多数时候比较稳定，当年因病从美院离开后，他天天在家里画漫画——到今天依然如此。本来，画画也可以谋生，但现实也不易，给杂志或出版社投稿常常被打回来，所以一直也没有收入。最初是小熊的母亲到社区求助陈萍，陈萍为他申请了"重大精神病鉴定"，每年有3000元补助。钱不多，只能表达对困难居民的扶助。陈萍最担心的是，这个原本优秀的男子慢慢被心病废掉。所以，陈萍做得最多的，是鼓励这对母子千万不要放弃生活的希望，让那个拥有才华的年轻人千万不要放下手中的画笔。

"我非常主张把精神心理救助组织邀请到社区,或者有条件的话购买这方面的专业服务。因为有的人需要更多的拉力,有了这些拉力,他才可能重新站起来。"陈萍说。

对于艾滋病、乙肝等流行数十年的"乙类传染病",社会对它们的认知和态度也有一个漫长且著微的变化过程。

众所周知,艾滋病是无法根治和痊愈的疾病。不过,通过抗病毒治疗和对症治疗可以大大延长患者生存期。目前,全国报告的HIV感染者人数占总人口的0.033%,9个省份(云南、广西、四川、河南、新疆、广东、重庆、湖南、贵州)艾滋病患者超过100万。目前对于艾滋病尚缺乏治愈手段,更多的是采用"鸡尾酒疗法"即"高效抗逆转录病毒治疗"(HAART),通过三种或三种以上的抗病毒药物最大限度地抑制病毒的复制。虽然单纯的日常接触(和HIV感染者拥抱、握手)并不会感染艾滋病毒,但社会上的人们对于艾滋病往往是很恐惧的,这样就产生了两种类型的歧视:一种是公众的歧视,认为艾滋病患者无论是从社会伦理出发还是从疾病本身来看,都是不可接受的;一种是艾滋病患者对自身的"歧视",他为自己的疾病和遭遇而感到羞耻、悔恨、愤怒、委屈,认为自己已经被正常社会排斥。

大量来自社会的歧视,导致艾滋病患者在医疗卫生服务、健康保险以及就业等方面不能享受同他人一样的待遇。在教育和入学上,艾滋病患儿往往受到同学们的奚落和欺负,有的国家和地区甚至剥夺艾滋病患者接受教育的权利;在就业和工作中,用工单位一旦发现HIV感染者,会立即给予解聘和撤换;在医疗服务中,HIV感染者往往有额外的卫生控制和检疫措施,医护人员虽然掌握传染病相关防治知识,但对于HIV感染者仍然蔑视和防备;人们会在背后谈论可疑的感染者,给HIV感染者带来更多压力；在人际交往方面，一旦得知自己交往的对象是HIV感染者，绝大多数人会果断选择远离。相应地，近年来艾滋病人报复社会的新闻也屡见不鲜，包括恶意性传播、针管扎人等等。

国外研究发现，与肝炎、肺结核等传染病不同，艾滋病相关知识的宣传普及与艾滋病歧视关系不大——也就是说，即使公众广泛接受了艾滋病传播知识的教育，对于艾滋病的歧视态度依然存在。所以，消除艾滋病的公众歧视，消除艾滋病患者的病耻感，关键在于在社会上消减艾滋病的"污名化"，不仅仅要从疾病传播途径和患者生存状况进行科学宣传，更要将道德伦理的指责从疾病之上剥离——他们，也许因为交错朋友、走上歧路而不幸感染了HIV，但这并不意味着他们就应当被社会唾弃，"年轻人犯了错误，上帝都会原谅"；他们也许是无辜的受害者，因为医疗暴露、母婴甚至被隐瞒病情的伴侣感染，公众应当更多给予的，是同情和帮助。

在中国社会，关于乙肝，最具代表性的是就业歧视。调查表明，中国乙肝病毒携带者受到的就业歧视是所有歧视（地域、年龄、城乡户籍、性别、学历等等）中最严重的一种，被歧视的人群存在于所有年龄段（绝大多数是45岁以下）。

政府对乙肝病毒携带者的就业，曾有过下列明令限制：不能献血或捐献器官，不能从事直接接触食品、餐具的行业，不能就职于幼儿园，不适宜军队中的特种行业，不建议从事保健行业，等等。

关于上述限制，"不能献血或捐献器官"是公共卫生安全需要，这一条限制在世界各国常见。其他限制则在世界上并不多见。因此，有人认为这些限制就是"明晃晃的歧视"。也有人认为，这些限制是建立在中国现实国情之上的，在国内乙肝病毒携带者众多，且疫苗接种不普遍的情况下，只能不得已而为之。

基于这些就业限制，应届毕业生和求职者普遍担心就业时的乙肝筛查，甚至清华大学的热门专业毕业生都因携带乙肝病毒而无法获得工作。与就业歧视紧密关联的是入学歧视，幼儿携带者甚至一度因此不能上幼儿园，而学生携带者则担心升学。相当一部分携带者为了入学或工作，被迫在体检过程中作假。

如果一种传染病有治愈药物，那么公众对这种疾病和感染者的恐惧感也会渐渐消除，就像能用药物完全治愈的结核病——当下社会对于肺结核患者并没有太多排斥。

从20世纪80年代末开始，我国就有科学家致力于"治疗性乙型肝炎疫苗"的研究。治疗性疫苗是指在已感染病原微生物或已患有某些疾病的机体中，通过诱导特异性的免疫应答，达到治疗或防止疾病恶化的天然、人工合成或用基因重组技术表达的产品或制品。1995年以前医学界普遍认为，疫苗只作预防疾病用。随着免疫学研究的发展，人们发现了疫苗的新用途，即可以治疗一些难治性疾病。从此，疫苗兼有了预防与治疗双重作用。治疗性乙肝疫苗属于特异性主动免疫疗法，我国在研究方面取得一定进展，已有三个科研机构四个治疗性乙型肝炎疫苗进入临床试验，但距离正式上市还有一段距离。

20多年来，遭到歧视的乙肝患者和病毒携带者一直有诉诸法律的趋向和行动。

从2007年开始，中国政府相关的立法进程渐次展开，为保护乙肝病毒携带者的权益提供了法律依据。

2009年9月1日，22岁的浙江大学应届毕业生雷闯领到了中国首张乙肝病毒携带者的食品卫生类健康证明。

2010年2月10日，中华人民共和国人力资源和社会保障部、教育部、卫生部就《关于进一步规范入学和就业体检项目维护乙肝表面抗原携带者入学和就业权利的通知》发表声明:"各级各类教育机构、用人单位在公民入学、就业体检中,不得要求开展乙肝项目检测……不得要求提供乙肝项目检测报告,也不得询问是否为乙肝表面抗原携带者。各级医疗卫生机构不得在入学、就业体检中提供乙肝项目检测服务。"

虽然步履艰难,但社会文明的步伐一直向前,一切正在向好。

2021年4月,一条名为"广东有望免费接种HPV疫苗"的消息登上热搜——"最新数据统计显示,宫颈癌发病率居妇科恶性肿瘤第二位,2020年中国宫颈癌新发病例近11万,分别约占全球发病和死亡总数的18.3%和17.6%。国家卫健委在对相关建议提案的答复中透露,将推动试点先行,鼓励有条件的地区逐步开展。"

消息一出,许多适龄女性非常开心。

"虽然不知道以后广西能不能开展免费接种,但毕竟希望在前。现在的HPV九价疫苗可是一剂难求,永远坚守在今天每个女生的心愿单中。"李琼说,"如果说生命健康与传统观念PK,那么生命健康永远在前。"

"我开心地看到,国家积极主动地推动宫颈癌预防工作,将来有一天必定能将这个重要疫苗真正普及开来,造福女性。更让我高兴的是,当下的年轻女孩对自身的健康保护意识越来越强。"广东省一位疾病预防控制专家说。

社会应当如何对待新冠病毒感染者,是过去三年的一个热议话题。

由于新冠病毒存在高度传染性,早期在溯源过程中感染者个人信息被"无意暴露",由此引来一拨又一拨针对感染者的"网暴"。2022年春上海疫情暴发期间,公众开始用"小阳人"这个带着轻蔑的称呼,来指代那些新冠确诊病人和无症状感染者。而在2022年之前，新冠感染者回归社会后的境遇很少被公众关注，也正是上海这一拨疫情之后，他们的尴尬处境才直接展现在大家眼前。

"进过方舱的不要，阳过的不要！"2022年6月，上海某企业的一则招聘启事在网上广为流传，而这绝非个例。

据统计，从2020年春至2022年夏，全国有上百万新冠感染者，这是一个非常庞大的群体。与之相对应，"历史无阳"仿佛正成为当时大小企业普遍性的行业标准。说到底，原因就在于"接收成本"，企业还是担心"历史阳性"人群存在的风险 —— 本来因为疫情许多企业处于间歇性停摆状态，"历史阳性"的人群一旦复阳，或许会给企业带来重大麻烦。

关于"复阳"的问题，当时国内外的研究是一致的：核酸复阳者没有传染性。

"专家说的？万一听信专家的话，企业中招了，专家会来对此负责吗？"一位企业负责人反问道。

毕竟，那时各个城市都在以严格的方式防疫。一名"阳性"的出现，会致使一栋楼、一个小区乃至一座城被封控，还可能接受网民的道德指责。为了避免不必要的麻烦，企业不谋而合地选择了把他们拒之门外。

2022年7月13日举行的国务院常务会议指出，保障劳动者平等就业权利，严禁在就业上歧视曾经新冠病毒核酸检测阳性的康复者，对此类歧视现象发现一起严肃处理一起。7月21日，上海人大通过决定，其中明确，任何用人单位不得因劳动者患传染性疾病而解除其劳动合同，在招用人员时不得以曾患传染性疾病为由拒绝录用。

尽管官方规定不得对"阳过的人"歧视，但问题是，社会的歧视是不容易消除的。大数据时代，感染经历牢牢记录在手机里，个人根本不可能隐瞒。那么，除了谴责企业，我们的公共政策是不是也能在保护隐私方面，人性化地做出一些调整呢？

"知乎"一位"答友"曾写道：

"如果大家认为新冠感染的康复者有复阳的可能，甚至身上带着不可逆转的后遗症，那么在职场，甚至在婚恋市场上，谁不歧视呢？哪怕今后'有序开放'，人心在未来的十多年仍有可能打不开……然而我知道，这必须从个人做起，我不歧视新冠康复者，哪怕我未来的爱人曾经得过新冠，我也一样爱她如初。"

2022年7月6日，"百度"发起话题"得过新冠就该被歧视吗？"，该话题旨在"一起努力，帮助新冠康复者回归正常生活"。话题发起了一项调查："你会在意身边有曾患新冠阳性的同事吗？"当天的调查中，有37%的网友勾选了"会，担心复阳被传染"，56%的网友则勾选了"不会，一视同仁"。占多数的回应，就是反歧视、战胜新冠"病耻感"的希望。

2021年，成都遭遇一拨突然暴发的新冠疫情，位于成华区的一个小区，因为一名无症状感染者的出现，而被封控14天，相邻的两个小区也受到波及而封闭。半个月后，与那名无症状感染者同住、作为密切接触者的父母解除隔离观察，回到小区。本来这对年过六旬的老夫妻以为一定会遭到邻居们的嫌弃，所以踏进小区后的每一步，都走得忐忑不安。没想到路上碰到邻居，别人并没有躲闪，反而热情地打着招呼："回来就好，没事就好！""有什么需要尽管开口！"老夫妻觉得自己的孩子拖累了小区，很是羞愧，连连向邻居们道歉。

"哎，别这样，孩子在外打工很不容易，感染病毒也不是他自己愿意的事，他也是受害者呀！"邻居说。

尾声：让我们不再"因病而耻"

"目前国人对身体健康过度关注，越来越注重养生，却对心理健康重视不够，很少有人会想到去关注自己心理是否健康。"何梅说，"实际上，健康是身体上、精神上和社会适应上的完好状态，而不仅仅是没有疾病和虚弱。"

2021年，何梅与几位"同道中人"创建了一个名为"星心语"的心理志愿服务中心，深入街道社区，为各类重点人群提供心理干预和心理指导，尤其注重对病耻感的化解。

"消除病耻感需要全社会的共同努力。不仅要加强对疾病的科普，让公众充分认识疾病及其传播方式，更要全方位消除疾病'污名化'，并在法律和政策上支持鼓励病人战胜疾病、回归正常。"王琪说。

"自己首先要有乐观的心态，无论是精神疾病、传染病或者癌症。归根结底还是那句老话，人吃五谷杂粮生百病。不要在意别人的眼光，更不要'因病而耻'，因为你是为你自己而活，为你所爱的人而活。"陈萍说。

2021年的某个上午，社区一楼大厅的值班室里，一位长期受到社区帮助的困难居民送来自己的一点小心意——一袋子自己亲手做的还冒着热气的花卷。这样的花卷，未见得如小吃店卖的那般可口，却干净实在，关键是有许多情谊在里面。陈萍第一个过去跟她打招呼，满面笑容接下，拿起一块，一面津津有味吃着，一面招呼大厅的人都来尝尝。送花卷的居民很开心，陈萍看她眉头凝结的愁气散开了许多，知道她最近事事顺心，也就没多问什么，只是一个劲儿直夸她手艺好。就在前些天，陈萍与自己的病友们一起欢庆了"6岁"生日。6年前，

42岁的陈萍患上了乳腺癌，切除了一侧乳房。对于这种能对女性身心造成双重打击的恶疾，大家都很熟悉——手术，化疗，长年吃抑制雌激素药物，在"失去完整"的病耻感中，渐渐丢掉女性的自信、骄傲和光彩。但规范接受治疗的陈萍恢复得很好，看上去比一般健康人还要活泼开朗。如果她不说，那么你绝对看不出这是个大病患者。

"经历大劫，既然老天还让你活着，就要好好地活，有意义地活。余生，我帮助一个居民解决一个困难，就多获得一份快乐和存在感。"

2021年12月，李琼终于通过朋友在南宁约到了HPV九价疫苗，虽然自费的三针疫苗需要花费数千元，但在李琼看来，"及时地给自己的身体修筑一道坚固长城，不再被HPV和宫颈癌侵袭，是值得的。"也是在2021年底，陈小兰勇敢接受了子宫腺肌病手术治疗，在挖除了子宫病变组织之后，困扰了她数年的剧痛消失了，"过去我总是担心未婚就接受妇科手术，会被周围的人指指点点，将来爱人看见肚子上的疤，我也很难说清楚。但现在无痛的生活，让我觉得天天阳光明媚，其他的担心都是多余的。"

2022年2月，38岁的王小泉终于结婚了，爱人是一个比他小10岁的健康姑娘。爱人知道王小泉是一个多年的乙肝病毒携带者，但她并没有因此嫌弃他，因为科学发展到今天已经有了很好的解决办法：可以注射乙肝疫苗防止被配偶感染，哪怕是携带乙肝病毒的母亲，也可以通过"产后阻断"拥有健康的孩子——这样的方式同样也适用于切断艾滋病的母婴传播，艾滋病人并非孤独终老，同样有享受天伦之乐的权利。在爱人的鼓励关爱下，心如浮萍般漂荡了20年的王小泉安定下来，不再被病耻感日夜折磨。他知道，前方依然有希望和光。

2022年春天，在热心的主治医生的帮助下，林宇的母亲终于从老家搬来与他同住。看林宇一早起床，皱着眉头望着远处发呆，似是在回忆一些不愉快的往事，母亲便上前去，体贴地递上一小碗亲手熬炖的银耳汤，抚着林宇的肩，轻声说："在这个世界上，无论什么时候，父母都希望自己的孩子好；无论孩子承受了怎样的挫折，在父母的心里，永远都是最棒的那个。"闻言，林宇的眼眶润湿了，心中那道遥远却显著的裂痕，开始一点点愈合了。

2022年底，"每个人都是自己健康的第一责任人"，小区邻居们似乎已经渐渐淡忘了余顺曾是2020年春天的新冠确诊患者，时间到底治愈了伤口和隔阂。余顺找到了一份不需要坐班的新工作，在小区的花园里，他开朗地笑着，和擦肩而过的朋友们打着招呼。

（原载《北京文学》2023年第3期）

鹤舞长江之巅

余 艳

采访手记：

　　丹顶鹤生活在平原，是平原的百鸟之王；黑颈鹤生活在高原，是高原的旗舰物种。再去青海玉树，我将目光盯上了——隆宝滩。这里，被誉为黑颈鹤的天堂。

　　玉树地震后，我常纠结：震源地带隆宝滩附近生活的黑颈鹤被强震吓跑了吗？若还在，震后的生存环境还适合它们吗？

　　黑颈鹤是幸运的，有像南加一样精心照料它们的牧民，有普布站长他们日夜守候，有文德江措他们精心呵护，"灰娃""童童"们优哉游哉，来来往往，幸福着、快乐着……

　　随后，震撼我的还有鹤们忠贞的爱情！我甚至断定：

　　鸟类用精神和生命艰难历险；

　　用执着忠诚唤醒人类的觉悟；

　　用感动向我们争取生命平等！

长江之巅是高原，是黑颈鹤的故乡。

黑颈鹤因最早在青海发现，且以青海为家繁衍昌盛，故于1990年被选定为青海的省鸟。即使遭遇地震，它们一如既往把这片水草丰美的草甸、沼泽地当作自己的故乡，成为飞翔在辽阔的草原的"生态使者"，也是更多人了解青海、了解三江源生态人文的"文化使者"。

三江源，母亲河长江的源头。这里的黑颈鹤故事，灵动符号一般诗情画意着这片山水。

藏语叫"中中"或"中中夏莫"，黑颈鹤，意为鹤、白鹤。藏族人民对黑颈鹤非常喜爱，并视之为吉祥鸟而倍加爱护。黑颈鹤还是高原画家笔下的宠爱之物，无论是流传千年的唐卡，还是藏柜上做装饰所描绘的长寿图，黑颈鹤都是画面中必不可少的吉祥物。黑颈鹤繁殖率低，种群增长缓慢，因此愈加显得弥足珍贵。

青藏高原各族群众世代相传，对黑颈鹤爱护有加。传说中黑颈鹤是格萨尔王的牧马官。黑颈鹤通人性，又不甚畏人，尤其不畏当地穿民族服装的人，骑着马或放牧者更易接近。黑颈鹤和牧民在一起就有安全感。它们常和畜群混杂在一起，觅食、行动，打成一片。

2014年的初春时节，我去玉树草原，是被黑颈鹤吸引。记得当时，第一次临近那片湿地，没有想象中的碧波粼粼、鹤翔鸟飞。附近的简易公路上，汽车呼啸而过，行人、摩托车也是来去匆匆。当地的牧民引我们走了很长一段路程，登上一座小山包，用望远镜看到了很远的地方。

在草甸、沼泽地上，活动着为数不多的几只黑颈鹤。这阵势，就是高原骄子——黑颈鹤栖息的生活？

隆宝滩不像是鸟儿们的世外桃源，环境并不宁静。

世界五大鹤种，黑颈鹤是被动物学家认识最晚的。它体长130厘米左右。两性相似，雌鸟略小。它的前颈及上股面披以黑羽，属高原鹤类，与大熊猫、朱鹮齐名。它们主要分布在中国，印度、不丹和尼泊尔等国境内也有少量分布。

现在全世界有15种鹤，中国有9种。黑颈鹤冬天在云贵高原过冬，夏天则在青藏高原繁育。

对此，青海省林业厅总工程师王恩光肯定地说："黑颈鹤和适应在沼泽及水边生活的涉禽，对生活环境尤为挑剔。黑颈鹤作为指示性物种的存在，它们逐步增多的数量，可以说明所在区域生态环境正持续向好。青藏高原区域内增加的草地、水域、湿地面积，为生物多样性的恢复和增加提供了生存基础，对生态系统恢复发挥了关键作用，让这里的生态系统变化趋向稳定……"

而我，对鹤的了解一开始局限于白鹤、丹顶鹤。真正见到了黑颈鹤，其野性又优美的姿态格外吸引我。尤其它们在高原、青海、湖沼池边草地上，常和畜群混行在一起，寻食散步，显得甚为悠闲。因此之故，我就更加喜欢它们了。

2018年再去，黑颈鹤的现状，颠覆了我从前对它、对这片土地的印象。

中国科学院西北高原生物研究所研究人员通过多年对黑颈鹤习性、迁徙路径等不间断地追踪，了解到全球黑颈鹤数量在9000只左右，其中每年繁殖对数在3000—4000对，至少每年有1500对黑颈鹤在青海繁殖，该数量占到当年全球黑颈鹤繁殖对数的一半。

该研究中心还测算，在三江源湿地繁殖的黑颈鹤数量最多，超过柴达木盆地、青海湖盆地以及可可西里地区。

还有黑颈鹤让人扼腕揪心的爱情，值得我们对它虔诚关注，继而肃然起敬！

1. 隆宝滩,智斗土狼的"鹤妈妈"

2018年,我沿着长江往上走,是再去看黑颈鹤,且直奔——隆宝滩。

下了日月山继续西行,偶有一片金黄色的油菜花地和几间彩帐,房屋镶嵌在绿色的草坂之间,在山坡、屋前竖起的高杆上,五彩经幡随风飘拂。经幡又叫神幡,藏语曰"塔利俏",意为"不停地摆动"。这些幡条,是用蓝、白、红、黄、绿五种颜色的布条做成的,有的上面印有经文和神像,分别象征天空、祥云、火焰、大地和水。人们把经幡高悬在显眼的地方,任风吹拂,借助大自然的威力,祈求保佑人们消灾安康,吉祥如意。

或远或近,可见一群群黑色的牦牛,白色的羊儿在安然自得地吃着青草,过了黑马河乡往右看,紧依绿色草坂,可见一线青绿色的湖水和海心山。蓝色的天空飘着千姿百态的云朵,大自然把自己分割成风格各异的美丽空间,组合起来就是一幅极美的图画。

位于青藏高原东部玉树州的隆宝滩,是一个国家级自然保护区,它夹在唐古拉山和巴颜喀拉山脉之间,离通天河不远。这里风光优美,生活着很多珍贵的鸟类。

到隆宝滩,我们第一站来南加家。记得当时,天空像刚刷过蓝漆一般,蓝得纯粹,不含丝毫杂色。湖面像一条宽宽的蓝色绸带,炽热的阳光打在青海湖上,闪着耀眼的白光。在我身后,是无边沙漠,仔细看能看到荒凉沙丘下有零星的灌木。

几间简陋的藏式小屋,在西玛拉登沙漠为背景的一座白塔、一座玛尼堆衬托下,让南加牧场的景色显得没那么单调。南加与妻子、女儿和儿子一起站在家门口,手捧哈达将我们迎进他简陋的家。

南加一家人在青海湖畔守候数十年,尤其南加,一直在青海湖边这片荒凉沙漠边缘努力着:治理沙漠、恢复湿地、保护黑颈鹤。用自己的双手与沙漠化和旅游开发带来的环境恶化抗争,为野生动物尤其是黑颈鹤争回一方小小的生存空间。他租下沙漠边缘的草场,并定期与家人和志愿者驱车到草场深处。在过去十多年中,南加总计恢复了2000亩草场。

南加指着远远一抹绿色得意地告诉我:"那里的草已经长到这么高了。"他用双手在腰间比画了一下。"有草就有水,有水草就长得好。草长高了,虫子就多了,虫子多了,鸟就来了。明天你可以去那里看一下,那里有很多黑颈鹤。"

南加还只有儿子小桑杰那么大的时候,他记得那里是鲜花盛开、水丰草美的湿地,更是黑颈鹤在青海湖边的栖息地。"1980年代开始,来青海湖旅游的人多了起来。到了1990年代,湖边的一些草地慢慢变成了沙漠。泉水干了,黑颈鹤也不来了。"

南加告诉我们,牧区很多人分不太清楚黑颈鹤与仙鹤,将黑颈鹤当成了仙鹤,即藏族传统观念里的吉祥寿鸟。这里的人都一样,很爱这种神鸟,每年都要去水库、湿地拜望大鸟。

黑颈鹤是世界上15种鹤类中最稀有、最珍贵的品种之一,被列为国家一级重点保护野生动物,也是世界级的保护动物。它在青海省的分布较广,几乎遍及全省。同时,青海又是黑颈鹤在我国的主要繁殖地之一。因此,青海省人民政府早在20世纪90年代,就将黑颈鹤定为省鸟。

黑颈鹤体态优美,轻盈如仙,色调和谐,惹人爱怜。成年黑颈鹤体重5000多克,身高1.2米左右。颈长,头顶赤红色,背脊略显褐黑色、颈、翅、尾部分，全为黑色。它周身色调协调，和谐大方，单腿翘立时，一如亭亭玉立的少女，明艳多姿，妩媚动人。在这一带，人们称它们为"青庄""中中"。

近20年，整个青海都是黑颈鹤的孵化地，有个重要的鹤蛋雕塑为证，我见过。在青海湖的两个鸟岛之间，有一座硕大的银灰色羽毛雕塑耸立在草丛中，在它的旁边安放一枚硕大的鸟蛋雕塑，象征着飞禽是上天的宠儿，是人类的朋友。

南加有些兴奋了。"现在，这个沙漠边的小湿地如同从前一般，绿草如茵，泉水湍湍。"这里是青海湖东侧的一处荒野，是南加一家和野生动物的家园。一天黄昏，我路过小泊湖去看青海湖日落，脚步声惊起一群不知名的小鸟，倒是两只黑颈鹤仍泰然自若地站在水中梳理羽翼。是的，黑颈鹤又回来了。

南加带着我们通过高倍望远镜望去，只见纵横迂回的溪流和星罗棋布的湖泊沼地把草滩切割成无数大小不等的沙洲和小岛，境内水草丰美，身体高大的黑颈鹤三三两两地在一起，它们的头顶为红色，全身灰白色，颈、颊和飞羽呈黑色，有的闲庭信步，有的低头觅食，悠闲自在。

黑颈鹤，在世界上不少地区相继绝迹。隆宝保护站刚刚成立时，这里有20多只黑颈鹤。那时经常有人捡鸟蛋。后来有了保护站的巡护以及随着老百姓保护意识的提高，偷鸟蛋的现象很少了。

黑颈鹤的生活习性用"一鸟两宫"能概括。青海湖、青海玉树的隆宝滩等地是黑颈鹤的繁育地——"夏宫"。黑颈鹤在这里恋爱、结婚、生儿育女。而贵州威宁县的草海则是全球最大的黑颈鹤越冬地，还有云南甸县等地，它们是"冬宫"。黑颈鹤在"两宫"之间。每年春来秋往，夏育冬休，生生不已。

可黑颈鹤不仅要跟环境和人类迂回地争自己的生存空间,还要跟野兽豺狼进行你死我活的斗争。在南加这里听到了一则故事,是西北高原生物研究所的研究员、鸟类学家李来兴亲自观察到的黑颈鹤"智斗土狼"的感人故事,说的就是黑颈鹤优雅而多情、智慧且勇敢的特质。

一次,一只黑颈鹤妈妈为保护自己的幼崽与土狼"交战"。鹤妈知道自己不是对手,周旋一阵便向沼泽的草丛深处"逃去",土狼也紧追而去。

渐渐地土狼的速度明显下降,而鹤妈却不慌不忙,一蹦一跳,袅袅婷婷地在土狼面前引路 —— 太棒了,鹤妈是引土狼慢慢陷入沼泽地!

烂泥滩里,土狼每走一步,都要费很大劲儿。前爪踩进去还没拔出来,后脚就又陷进去,好半天才能从烂泥中拔起脚来,渐渐地只有喘着粗气的份儿了。土狼像是明白上当了,想撤回去、倒回来,可哪有那么容易!眼看着越陷越深,越陷就越挣扎。这时的黑颈鹤看到已经诱敌深入,土狼将陷入灭顶之灾,发出一声清脆的长鸣,展开矫健的双翅,直冲云天。一场惊心动魄的生死搏斗,在鹤妈妈精彩的导演下结束了。

最终土狼完全淹没在沼泽地,没了。而黑颈鹤妈妈以胜利者的姿态在那片沼泽地上空,盘旋,一圈又一圈;鸣叫,一声又一声。它要看敌人的毁灭,还要宣布自己的胜利! 它像一位会打仗的将军大智若愚,大勇若怯,先以羸兵诱敌,麻痹敌人,诱敌深入,再聚而歼之 —— 多么聪慧、勇敢,令人肃然起敬的黑颈鹤!

去往隆宝国家级自然保护区的路上,绿草如茵,风景如画。

南加说:"黑颈鹤为什么选隆宝滩栖息生活、繁殖后代? 黑颈鹤长途往返于青藏、云贵高原，除有其生理需要和生活习惯外，还与充足的食物来源和安全的栖息环境有关。隆宝滩两边为大山，气候虽然寒冷，但却是黑颈鹤宜于栖息、繁衍后代的世外桃源。这里泉水、溪流纵横交错，曲折蜿蜒，把地面切割成无数块孤立的小岛，岛上杂草茂盛，还生活着许多两栖、爬行小动物，可供鹤类取食，而且环境安全幽静，野兽为水所阻，欲进不能。故被国家定为黑颈鹤自然保护区。"

沿途我们看到，除了帐篷、漫山遍野的牛羊，还有在草原深处的牧羊人。这使我们惊讶不已，在海拔这么高的地方，高原上的藏族牧民正骑着马、赶着羊在悠闲地放牧，我们好像到了世外桃源。

黑颈鹤来到这里，是高兴的、快乐的。这片湿地绿草如茵、波光粼粼。湿润的气候、清静的环境。成千上万只水鸟在这里栖息繁殖，黑颈鹤便是其中的一员。

南加边走边告诉我们，每年黑颈鹤到来的时候，牧民们已经开始耕田了。他们把用来做肥料的牛粪分成小堆，整齐地堆在田里。黑颈鹤喜欢田里的肥料堆，那就是它们的路标，可以给它们指路。

"而4月下旬，黑颈鹤到这里繁育后代，足以说明这片湿地的水质是健康的，适于水鸟的生活。"

我国的许多湿地都是南北半球候鸟迁徙的重要中转站，青海湖鸟岛自然保护区便是其中之一。每年有大天鹅、斑头雁、棕头鸥、黑颈鹤等两百多种鸟类十余万只候鸟不远万里，从遥远的南方飞到这里繁衍生息。对青海湖湿地而言，黑颈鹤等众多水鸟是其重要的组成部分，它们在维持湿地生态系统的稳定性方面有着举足轻重的作用。同样，湿地环境的变化会直接影响水鸟的生存，因而水鸟可以作为监测湿地环境变化的一项客观生物指标。

越来越多的黑颈鹤来到这里，还因这里的民俗文化。勤劳勇敢的藏族牧民能歌善舞。有些藏族姑娘从很远的地方嫁过来,再也不能回家乡。她们常常对着从家乡飞来的黑颈鹤唱起思乡的歌,人鸟就有了灵魂上的共鸣。

这里的牧民有绕湖祈祷的习俗。每当这时,杨涛直接看到、间接访问或通过无线摄像头,知道黑颈鹤孕育生命和牧民们保护生命的艰辛历程,他都看在眼里,记在心上。

4月的青海湖,时常刮着大风,在这里筑巢生子的鹤爸鹤妈,面临大自然的考验。湖面起风时,鹤爸鹤妈精心筑的爱巢被湖水冲毁,鹤蛋被浪打碎。即便如此,鹤爸鹤妈仍在顽强地为它们爱情的结晶,筑起生命的爱巢。

2019年9月,保护区管理局的工作人员和当地牧民用石头、稻草和芦苇,在湿地和湖面,为黑颈鹤筑起八个风吹不动的爱巢。欣喜的是,2020年5月,鹤爸鹤妈在人工搭建的爱巢里孵化出了可爱的鹤宝宝。

也难怪,为了这片湿地,以及湿地上生活的鸟类、鱼类,自2008年至2014年的7年间,青海省累计投入资金7000余万元实施湿地保护与恢复一期、二期建设项目,涉及沙化土地治理、救护中心笼舍、监测站等,以及退牧还草资金补助项目,使得青海湖国际重要湿地生态趋于良好,生物多样性更加丰富。

一路感动,也跟着一路祈祷,我们的内心也得以净化。有个小插曲:有个贪心的摄影者走得太近,惊起了一大片空中"人"字形飞鸟。它们用怀念故乡的悲鸣,久久方才降落在对面的山坡上。看到这儿,我们几个就真的对摄影者喊一句:请尊重生命!

高空中飞翔的孤独、旷野中迷路的惆怅、相互倾听心脏的跳动⋯⋯或前或后或左或右,扶老携幼的黑颈鹤家族,一路唱着悲壮的歌谣。生与死，爱与恨，迁徙在这荒野寒凉之地。季节改变不了永恒的主题，命运与血脉交织在这儿，生生不息。

多么不容易的生灵，多么顽强不屈的生命！黑颈鹤，但愿春暖花开时，我们在嘉塘草原、雅砻江边，与繁盛的你们，再相会。

2．高原上，经幡呼唤黑颈鹤

那天清晨，我们来到了被世界鸟类专家誉为"黑颈鹤之乡"的隆宝国家级自然保护区。初秋的隆宝滩吹着一丝丝寒风，保护区工作人员早早地穿着薄棉衣开始一天的巡护。我们紧紧跟着。

"看，黑颈鹤！"普布用手指着一公里外的湿地数了起来，"有4只，前面两只是爸爸和妈妈，后面的两只是宝宝。"

普布是隆宝国家级自然保护区管理站副站长，他说："1984年，隆宝自然保护区创建。当时黑颈鹤数量为22只。如今，30年过去了，目前来保护区度假的黑颈鹤数量达240多只，成为黑颈鹤最大的栖息地后，让鸟儿在这里安全度假，成为'隆宝人'工作和生活的重点。"

隆宝滩是黑颈鹤夏天繁育的重要栖息地之一。那年我第一次走进青藏高原，也是夏天，也是黑颈鹤繁育的季节。在隆宝国家级自然保护区管理站，普布当时还是普通巡护员。如今，他已是挑大梁的副站长。

从结古镇往西南行驶约80公里后便到了隆宝滩。隆宝滩两面高山耸峙，平行延伸，中间有一块长10公里、宽3公里的沟谷地带，全是高山草甸类型的沼泽地。这就是隆宝国家级自然保护区。

这里海拔4000米以上，气候寒冷，即使五六月里出现雨夹雪也不足为奇，有时突然会冰雹雨雪骤至，在这种奇异地理环境中，却栖息着多种珍禽异兽。

黑颈鹤太不会保护自己了。它们有时把蛋生在一片叶子上，简直是没有一点防范意识。这样，小鹤的成活率就很低。可是没有办法，这就是它们的天性。为此隆宝国家级自然保护区被铁丝网围得严严实实，并在几百米开外的地方建起了一座观鸟台，设置了三架高倍望远镜供人们瞭望。

"为什么这么多黑颈鹤选择来保护区度假？"我问。普布说："一个很重要的原因，是这里的牧民有主动的保护意识。当然，保护站进行引导也很关键，我们自身也是发自内心地爱黑颈鹤，把它们当家人。为黑颈鹤在此繁衍而骄傲，我们都和它们住在一起。"

黑颈鹤大部队飞来，成双成对在这里组建家庭。一对黑颈鹤夫妇每次生两个蛋，但通常只有一只小鹤能活下来。跟白鹤一样，很残酷。有的黑颈鹤来得晚，生宝宝的时间就会推迟。小鹤还没有长大，冬天就来了。

黑颈鹤又必须飞到南方过冬，没办法跟爸爸妈妈一起飞走的小鹤，就得留下来。每到这时，当地牧民就会很焦急，他们将格外关照鹤爸鹤妈离开前，藏在温暖草堆下的小鹤。

有时大风把盖着小鹤的草刮走，小鹤就会冻死。因此，牧民们看到黑颈鹤来得晚就特别担心。冬天到来时，牧民们会帮助黑颈鹤把草堆用灌木和石头压好，以防被大风吹开。

许多侥幸能活下来的落单小鹤，不是因为它们的生命力有多顽强，在残酷的自然面前，它们的幼小生命，就像已落入虎口的活物，失去父母保护只会是一个结局——死亡。可是万幸，淳朴的人文生态，善良的牧民们在保护它们。

每当黑颈鹤飞来这里孕育新的生命，生活在布哈河口湿地不远处的牧民，为了黑颈鹤，他们会让出自己生活的家园。每年6月上旬，当地牧民赶着羊群准时迁徙到别的草场，为栖息在这里的黑颈鹤和其他水鸟提供舒适的繁殖环境。过了几个月，等到鸟宝宝们长出翅膀，跟着父母到南方过冬时，牧民们赶着牛羊再重回家园。

环湖地区牧民的环保意识，令在青海湖工作近8个年头的中国科学院计算机网络中心高级工程师杨涛尤为感动。由于工作，杨涛曾走访过国内的几大湖泊，唯有在青海湖看到的场景，让他至今不忘。杨涛说，在青海湖，人们偷猎、打鸟的场景几乎很少看到，这里的人们环境保护意识很强，这是他感受最深的。

保护站里，巡护员日常都在自己的辖区内负责巡护，每天值班的，除了普布之外，还有一个人，就是班久。

普布说，每年5月中旬至7月初，是候鸟们忙着产蛋、哺育小鹤的时期。这段时间，时常有雪豹、狼、狐狸等食肉动物出没，它们是黑颈鹤的天敌，这两个多月也是黑颈鹤最需要保护的时期。

每到这时，普布和班久就会在保护站往南约一公里的隆宝滩内的小岛上搭个临时帐篷，夜里都和黑颈鹤住在同一片水域里。

我们看看一些温暖又感动的画面：

每天傍晚天黑之前一个小时，在保护站南边的滩地上，总能看到一两个用手高高举着衣服的男子慢慢涉水穿越湿地的身影。有时一不小心，全身都会陷在淤泥里，衣服、身上都是泥。虽说只有一公里，通常他俩要花一至两个小时才能走过这片湿地，安全到达小岛。

而在半夜漆黑的旷野里，一有风吹草动，帐篷里就会立马跑出背着枪的黑影。强光的手电筒猛然射出，不用开枪，就能吓跑狼、雪豹等悄然进攻又贪婪的"盗贼"。一个个夜晚，他们常常以战斗的姿态防守。黑颈鹤安全了，他们却疲惫不堪……

普布说，隆宝滩就是他的第二个家，保护区内的黑颈鹤是他的伙伴，甚至是家人。30多年来，普布待在隆宝滩的时间长过待在家里的时间，守望黑颈鹤的时间多过陪伴家人孩子的时间。

前不久，普布让同事帮他去家里带几件换洗衣服。普布的妻子说："把所有衣服都拿走，让他以后别回家了。"普布的同事们说，普布太忙了，他一般两三个月回一次家，难怪他的妻子会这么说。

坚持30多年做一件事，普布说："还是情怀。我年轻的时候在隆宝滩里看到的黑颈鹤只有那么几只，经过我们不断努力，今年来隆宝滩度假的黑颈鹤有200多只，30多年的付出是有回报的。我们做的是造福子孙后代的事业，我儿子、孙子将来能看到更多的黑颈鹤。为了保护这片湿地，我愿意一直做下去。"

大多数候鸟从4月底冰雪消融开始迁徙到保护区，9月底至10月上旬湖面封冻时迁走，但也有部分鸟在更晚的时候才迁走。这些候鸟在隆宝滩度假的时间长达5至6个月，如何保证它们的安全，一直困扰着保护站的所有工作人员。

"那要很细致，像养育自己的娃娃一样。比如，救治受伤的黑颈鹤，我们也会考虑到它伴侣的生存情况，用科学方法快速治愈伤口，并以友好的方式尽可能让其他鹤感受到我们的善意。"在普布和班久看来，保护好这些鸟类的最好方式，就是让保护区内的牧民自觉参与到保护管理工作中来。

2014年，在保护区周边牧民的支持下，9位村民加入了保护队伍。他们分布在保护区周边不同的位置巡护，都有各自的管辖范围，也增强了保护区内的监测管护能力。

随着天气逐渐变冷，绿茵茵的隆宝滩慢慢变成金黄色。10月，大部分黑颈鹤将会离开隆宝滩，迁徙到南方。这段时间，普布他们依然会在隆宝滩展开巡护、观察。

这天，普布总算闲一点，他给我们说起了牧民主动保护黑颈鹤的故事。故事虽发生在半年前，但依然让他记忆犹新……

那是一个下午，隆宝镇措美村三社的牧民布群，放牧时发现一只高1.3米左右的黑颈鹤，助跑十几米后，最终还是没能飞起来。追了几百米，布群最终将黑颈鹤抱在了怀里，它的右侧翅膀受伤了，伤口已经化脓。布群将黑颈鹤带回家疗伤，用药水清洗伤口，天天喂消炎片。伤口渐渐就好多了。营养跟上了，这只黑颈鹤也变得壮实有力了。

布群夫妇把黑颈鹤当自家亲生的娃娃养，取名"灰娃"。从疗伤、恢复，到帮助它重新练习飞翔，布群夫妇照顾得那个精心，走到哪儿就带灰娃到哪儿，外出放牧、转移草场，牦牛背上两个箩，一边装孩子、一边盛灰娃。两个娃娃还成了好兄弟，一起玩、一起吃，有灰娃爱吃的，总是尽着灰娃吃。灰娃练飞，一家人都"不仁慈"，逼着它飞远点，再飞远点。

10个多月后，灰娃身体完全康复，翅膀也能自由展开了。布群让它重新回归自然。可是，灰娃舍不得离开，抛向空中飞着飞着又折回来。布群的妻子、儿子流着泪不让布群赶它走。

"黑颈鹤的家在蓝天，它不飞就废了。让它去找鹤群，还要生小鹤。都像我们这样，把它留下，黑颈鹤要不了多久就绝迹了。"

灰娃终于飞走了，妻子、儿子为此流了很多泪，想念了很久很久。其实，布群何尝不难过？但聪明的布群，在放飞灰娃的那段时间，就将来年做肥料的牛粪整齐地堆在了田里，黑颈鹤们常常把牛粪堆当路标。布群又在牛粪堆旁的土堆上插上经幡，这是给灰娃独特的认家标识。愿来年五谷丰登，愿灰娃也能平平安安。

灰娃当时练飞，就是通过认经幡找到家。如今，灰娃走了，高原的风还在。随风飘扬的经幡，总能发出悦耳的呼唤。那是山川大地的诵经，又是布群一家给灰娃的祝福。灰娃会回来的 —— 经幡会保佑，它也认经幡。

"青海湖，蒙古语叫'库诸尔'，藏语叫'错温布'的青蓝色湖泊。青海湖是中国最大的内陆湖泊，也是最大的咸水湖。一望无际的湖面上烟波浩渺、水天相连、雪山倒映、碧波万顷、鱼群欢悦、万鸟翱翔。"普布突然"职业病"犯了，一段宣传语说得很流利。

"隆宝滩是三江源的著名湿地，保护区的设立，使它成为我国海拔最高的黑颈鹤栖息繁衍地。从此这些世界上唯一生长、繁衍在高原的鹤，能在总面积1万公顷的自然保护区内收获爱情、抚育后代。目前，这一保护区内的黑颈鹤已有200多只，成为组成全球已知黑颈鹤仅存8000余只数量中不小的一组。毕竟，青海是黑颈鹤的主要繁殖地，1986年，隆宝国家级自然保护区成立，主要保护对象就是国家一级保护动物黑颈鹤。"

"你还没说，灰娃回来没有？"我们急切地问普布。他笑笑："当然，灰娃年年回，像个调皮的臭小子，报个平安就又玩去了。明年估计要带母鹤回来，也该结婚生子了。"

记住了可爱的灰娃。幸运的是，我又认识了文德江措与另一只可爱的黑颈鹤 —— 童童。

青海地势高旷、山川博大，有高耸入云的冰峰雪山、美丽如画的辽阔草原、无垠的荒漠戈壁、奔流不息的江河、熠熠发光的湖泊、茂密的森林，还有那奔驰在原野上的高原野生动物，一切都显示出原始、雄浑、粗犷的自然面貌。

世界上高海拔大型湖泊之一、我国最大的咸水湖泊青海湖,从远处看,它就像一条蓝色的绸带,由浅蓝到深蓝,又由碧蓝到艳蓝,上面还绣着几只白色的"凤凰"。变幻多彩,美不胜收。

这里有一个美丽的传说:有一个姑娘叫卓玛,结婚以后她丈夫出去了很长时间,卓玛很想他。有一天,卓玛在打水的时候,她的丈夫回来了,卓玛忘了盖上水井盖,他们俩在井边跳起舞来,伴着他们美丽的舞姿,泉水源源不断地流了出来,最后形成了青海湖。

此时,我们在湖边走着。湖面宽阔,湖边湿地里的黑颈鹤,用肉眼看远远不够,借助望远镜才能看清楚那些精灵在水中嬉戏还是在草中漫步。

文德江措过去是一名老师,十多年前痴迷上保护黑颈鹤后,他天天骑着摩托车在这片湿地边转悠。后来进了保护区,成为一名志愿者。他的摩托车,是保护区唯一的一辆车。到了小鹤快要出生时,文德江措更是搭个帐篷就住在湿地的湖边。

文德江措告诉我们,虽然是5月,鹤妈妈下的蛋,经过一个月的孵化,已经开始有小鹤破壳而出,但它们还要在妈妈的翅膀下成长,直到秋天才能开始在妈妈的引领下学习飞翔。你们晚些时候再来,蓝天白云中能看到很多学习飞翔的小鹤。

但这次,我们只能遗憾了,希望下次能够得见。

我后来知道,嘉塘草原今年共迎来了100多只黑颈鹤,成年个体目前已繁殖有12只小黑颈鹤,这表明该区域正成为三江源又一重要的黑颈鹤栖息地。

为了弥补不能近距离看到黑颈鹤的遗憾,文德江措带我们去他家。他们救了一只受伤不能飞的黑颈鹤,正在疗伤。一路上,他给我们讲这里的牧民如何保护黑颈鹤的故事。

正跟着文德江措走进他家门,恰巧,我们遇上了一个摄制组。他们要拍近镜头,结果找到这只受伤的黑颈鹤。

小鹤叫"童童",是一只一岁多的黑颈鹤。我们喜欢它,向它靠近,它虽然不能飞,但警觉地退避着,与我们保持着一定的距离。文德江措拿着小摄像机向它走去,直到走在它跟前,它也不回避。后来文德江措7岁的小儿子拿着我们的相机走过去,一样,黑颈鹤还是没有避开的意思。

随后,我们看到受伤的童童与父子俩在草地上漫步的背影。当时,天气仍有些寒冷,他们的背影却洒满阳光。霎时——亮眼了!好感动!特温暖!

一个动人的画面:阳光下,父子俩,一只黑颈鹤走在中间。

童童昂着头,没有一点拘束,迈开大步跟着父子俩。受伤的右翅抬不起来,它就扇动着左翅表示它的快乐。孩子调皮,还牵过它的翅膀,像手牵手。但文德江措示意让儿子放开,怕再伤着它。还跟孩子絮絮叨叨:"踩草窝要先看看,别把黑颈鹤下的蛋踩了。牲畜也防着点,不要让牛、羊或狗把小鹤伤了……"

"OK,有这镜头,足矣!"导演对摄像师伸出了大拇指。我却看到,那大拇指伸向广阔草原,为这里的人们,为美好的自然及人与自然的和谐共生点赞……

事后,我们在摄制组回放采访记录时,看到这样一组画面:

李来兴,中国科学院西北高原生物研究所副研究员,参加了祁连山青海侧黑颈鹤的种群和分布情况调查。这次调查历时13天,几乎在所有适合黑颈鹤生活的生态环境中都观测到了黑颈鹤,其中幼鹤的比例之高十分令人惊喜。祁连县野牛沟乡和天峻县木里镇是发现黑颈鹤数量比较多的区域。"如何采取措施减少人为干扰,从而保证黑颈鹤顺利繁殖将是下一步需要考虑的重点。同时建议相关部门为开展黑颈鹤科学监测和保护行动创造条件。"

李来兴表示，黑颈鹤对环境敏感，可视为环境变化的指示物种，此次调查对于补充黑颈鹤的地理分布、种群数量等方面的数据十分必要，也将为确定黑颈鹤在全国的动态分布提供参考……

这样的镜头还有很多，无法全然记录。但我知道，从黑颈鹤被发现的100多年以来，人们对它是知之甚少的，直到20世纪80年代以后，西北高原生物研究所的鸟类学家李德浩、王祖祥、李来兴等人，跋山涉水，在青藏高原和云贵高原寻寻觅觅，追踪黑颈鹤的"雪泥鸿爪"，取得了可观的成绩，才让隆宝国家级自然保护区成了黑颈鹤的故乡。

这次再启程去玉树草原看鹤，是事先做了功课的。我提议直奔源头，那里有大量黑颈鹤栖息。结果还真是，到雅砻江源头地带，远远看去一片黑！

"太好了，那里，还有那里……好多呀。"我控制着自己的情绪，没有蹦跳起来，怕惊了鹤儿们。其实，兴奋的我已经想蹦到天高。居高临下，我粗略地数了一下，最集中的一群里至少有80只，加上周边零散的小群体，总数能过百只。如此规模庞大的黑颈鹤群！牧民向导也感慨："往年也没这么多，三五只在河边栖息就让我们高兴了，今年这么大的鹤群，看来鹤们爱上了这个地方，呼朋唤伴，没准把外国的鹤都唤到这里来了。"

"是啊，一定是因为生态环境好转、保护措施到位，它们才相拥着来。"

文德江措又一次兴奋地说："黑颈鹤的繁殖地是除了河湟谷地以外的青海全境以及西藏那曲、阿里地区和川西及甘南地区；而越冬地则在西藏雅鲁藏布江河谷和云贵高原，极少数会在喜马拉雅山脉南坡和印度拉达克地区。"

黑颈鹤全球总数不到1万只，我国约占96%，被列为国家一级保护动物。黑颈鹤是飞禽中属于体形较大的种类，姿态俊逸、动作优雅，天然具有高原生物顽强向上的精神。它还被藏族、羌族、苗族等少数民族群众视为仙鸟、神鸟、吉祥鸟。

而此时，眼前是翩跹的鹤群、苍黄的野草、清澈的湖泊、壮美的日出、散漫的牛羊、独特的民居、袅袅的炊烟……当下，隆宝滩进入了观鹤拍鹤的最佳时节。

看，黑颈鹤在头顶昂扬飞舞……

青海湖周边魅力无限！碧草连天、清波万里，那么多独特的自然现象，吸引着人类，又何尝不吸引黑颈鹤们。

那些远古文明的曙光，一半渗透在我们的生活里，一半已经融化在我们的血液中，历经万亿年的物竞天择，青藏高原不断隆起后，青海湖被包裹在一片茫茫苍苍的山峦之间，"神物之所生，圣人仙人之所及也"——

青藏高原的黑颈鹤早就沾灵带仙，充满灵气、泅足仙气。

3. 夫妻鹤，忠贞是爱情绝唱

长江边许多辽阔草原，我的视野也跟着辽阔起来。远远地望着那些像羊群一样成片的黑颈鹤，在山坡上、在草滩里、在我们的眼前，悠然自得地寻觅着食物，我们带着亲人般的感情，与它们开始有了某种心灵的互动。

当我听扎西讲述这个黑颈鹤的爱情故事时，我突然觉得，宽阔的草原也没有鹤们的爱辽阔，要有多宽广的爱才让它们不顾及自己的生命！

　　扎西桑俄因为爱鸟、观鸟、画鸟和护鸟而成为青海地区一位广为人知的人物，被誉为"观鸟喇嘛"。他自学成才，把当地的各种鸟儿（大概393种）画得惟妙惟肖。而且，他还创立了"年保玉则生态环境保护协会"，带领更多的人进行环境保护。

　　通过扎西桑俄多年细心观鸟画出的栩栩如生的形象，人们能了解黑颈鹤这种候鸟的生活习性，呼吸到来自高原的淳朴气息。尤其是对孩子来说，更重要的是能在他们心里种下一颗小小的种子——关心与我们人类生活息息相关的自然万物。

　　扎西讲述的这个黑颈鹤的爱情故事，来源于文化学者吴解勋先生曾经的撰文。原版的故事是这样的：

　　在爱湟水源头一带一个叫后沟村的地方，秋尽冬来，村民王得财在不远的山上放牧时发现一只硕大的鸟儿，走近看了许久，也没有认出是什么鸟儿。倏忽间，又发现其右翅膀受了伤，留有血迹。据后来赶来的本村一名大学生确认，这是一只雌性黑颈鹤。大学生认为，这只黑颈鹤也许是在迁徙途中，被飞行物或同伴碰伤翅膀后落到村庄里的。他根据黑颈鹤的习性分析判断，其配偶应该在附近，不会远走高飞……心地善良的王得财小心翼翼地将受伤的黑颈鹤抱回家，安置在后院一处崖壁下的窑洞里，给水、喂食，让其歇息养伤。

　　傍晚时分，王得财发现飞来一只黑颈鹤在他家上空盘旋，并且一声紧似一声地呼唤着。无疑，这就是受伤黑颈鹤的配偶。这时，房后窑洞里受伤的雌鹤扑动着受伤的翅膀，开始回应，叫声凄厉无比。过了一会儿，王得财看见盘旋在空中的雄鹤俯冲而下，落在了窑洞口。随后，雄鹤开始给受伤的母鹤喂食、梳理羽毛，不时用头在雌鹤受伤的翅膀上摩挲，抚慰着受伤的雌鹤。雌鹤的头抵在雄鹤的脖颈下，它们紧紧地依偎在了一起……

夜深了，王得财再没有听见这对黑颈鹤的任何动静，也放心地歇息去了。清晨，他急急忙忙前去窑洞查看情况。然而，眼前的情景让王得财目瞪口呆：这对黑颈鹤的脖颈紧紧地拧绞在一起，双双窒息而亡……赶来的村民目睹此情此景，个个神情庄重、默默无语。一对黑颈鹤演绎出的悲壮绝恋，永远地留在了山村人们的记忆里……

上面这则真实故事，不久被改编成一本书，书名叫《黑颈鹤的故事》。作者就是年保玉则生态环境保护协会创办人——扎西桑俄。

扎西桑俄的改编自然更丰满，细节更生动，笔下是一个淳朴的世界……

青藏高原年宝玉则山南边，有一片广阔的湿地，名叫纳让桑。夏季的纳让桑非常危险，人和牲畜一旦走进去，几乎都无法回还，大片的沼泽地会吞噬他们。人们不敢靠近，反倒让这里成了黑颈鹤的乐园。每年夏天，几百只黑颈鹤来这里孕育鹤宝。

入冬以后，牧场附近的湿地会结冰。为了防止自家的牲畜进入湿地，破坏黑颈鹤的窝，牧民们总会在湿地结冰之前搬离夏季牧场。

黑颈鹤迁徙的时候，会在同一天成群地离开。离开前一天，它们会搬到牧民家附近过夜。每当迁徙临近，黑颈鹤们就会望着天空鸣叫。牧民们知道它们要离开了，于是家家都拴好自己的狗，不让狗跑出来伤害黑颈鹤。

有一年，牧民莫饶家的狗没有拴好，咬伤了一只黑颈鹤妈妈，把小鹤吓得到处跑。鹤爸爸赶来保护鹤妈妈，帮它赶走了狗。第二天上午，鹤群准备迁徙了。受伤的黑颈鹤一家却走不了，它们望着天空哀鸣着。其他黑颈鹤在天上盘旋着，又落下来，再飞上天空……来回几次之后，最终还是飞走了。

到了下午，黑颈鹤一家中的小鹤也飞走了。

鹤妈妈对着鹤爸爸鸣叫着，好像在催它去追赶小鹤。鹤爸爸犹豫着飞走了，飞出去很远，又折回来看鹤妈妈，再飞走，再回来……来回了很多次。天快黑的时候，鹤爸爸终于飞走了。受伤的黑颈鹤妈妈黯然神伤，独自留下来。

那天晚上下雪了。牧民们整晚都在寻找受伤的黑颈鹤妈妈，担心它被狼或狐狸吃掉，可是一无所获。牧民们也很担心飞走的两只黑颈鹤。小鹤追上队伍了吗？鹤爸爸找到小鹤了吗？人们议论着。他们祈祷鹤爸爸和小鹤一路平安。第二天早上，莫饶家的女儿纳吉终于找到了这只黑颈鹤妈妈，把它抱回了家。刚到莫饶家的黑颈鹤一不小心掉进了热牛奶锅里，伤得更重了。

幸好附近有一位喇嘛懂藏族医术，给鹤妈妈医治了伤。但它却再也不能飞了，被烫掉了一部分羽毛，剩下的也难以御寒了。牧民们用羊毛给它做了一件衣服，晚上把它放在帐篷里和孩子们一起睡。

为了防止它乱走，再被狗咬伤，人们把它拴起来。鹤妈妈每天只能拖着绳子在一小片地上踱步，灰扑扑的外套裹着身子，样子很落魄。就这样，它度过了一个漫长的冬天……春暖花开的时候，牧民们搬家了。人们把鹤妈妈放到牦牛背上的牛粪篓里，一起搬回到夏季牧场。一天早上，这只受伤后只会沉默、从没有鸣叫过的黑颈鹤，突然不停地望天鸣叫。人们猜测，黑颈鹤群快要到了。大家跑到帐篷外观望，过了很久，果然有一大群黑颈鹤飞来了。

突然，有一只黑颈鹤像箭一样射下来，落在受伤的鹤妈妈身旁。人们认出，这就是那只黑颈鹤爸爸。两只鹤把脖子交在一起，鸣叫着，忽然同时倒下，没有了声息。

牧民们远远地望着，可是等了很久都没有动静。再走近去看，发现——它们已经死了！

不就是鹤妈妈受伤没法飞往南方，只好留在年保玉则过冬吗？而分离了一个冬季的鹤爸爸，找到鹤妈妈后，看到心爱的"妻子"成了这样，不停地低声呜呜，伤心欲绝……

不知道鸟类究竟有多少情感和思维，我们更愿相信在物竞天择的自然形态之下，爱是源自鹤类自身的本能。有研究表明，黑颈鹤在繁衍理念上是守贞，为了爱情会不惜献身。

黑颈鹤也如人类的夫妻，在抚养后代中培育感情、担起责任。每年群飞到栖息地后的黑颈鹤，会成双成对组建家庭、繁殖后代。而且，是鹤爸爸和鹤妈妈轮流孵蛋。小鹤出生后，鹤爸爸和鹤妈妈还会在旁边保护，活动也是家族活动为主，它们是一夫一妻组成家庭。

幼鹤在家庭里生活四五年后才开始寻找另一半，找到后就组建新的家庭，而它们会在迁徙时组成鹤群——我们相信，每年迁徙的大磨难，都是对黑颈鹤夫妻俩的情感和毅力的一个严峻的考验。在这个过程中，它们的情感是越磨越深，毅力是越挫越坚。

黑颈鹤不仅是唯一能在高原生存的鹤种，在对感情的忠贞上，黑颈鹤也是楷模。它们交往时深情款款、比翼双飞、浓情共鸣，定情后会一辈子双宿双飞。如果一方遇有不幸，另一方绝不会"另寻新欢"，只会以死殉情。有的悲伤绝食，有的忧郁死去，还有的情绪激昂，振翅高高飞起，再收起翅膀垂直坠地而死！

这个故事之所以是个悲剧，是因为黑颈鹤对磨难深重后的"爱情"太忠贞，对"爱人"的思念和情感太深沉，让它们重逢即永别！

当黑颈鹤爸爸俯冲而下，与分离了一个冬天的妻子交颈鸣叫的时候，我们很难想象，就这么一瞬间，它们会用怎样坚定的意念毫无退路地毅然赴死，忽然双双倒地而亡。显然，鹤爸、鹤妈都是在焦虑中度过了一个冬天，当它们再次相见，我们不难想象，对鹤爸而言，看到"爱妻"半年时间就被折磨成这样，心痛心碎，不能接受；看到一根绳子拴着"爱人"只有几米半径的活动圈，生不如死。而鹤妈，知道美丽的自己已是"灰扑扑的外套裹着身子"，又伤又丑，关键是再不能飞翔，还要忍受每一次长途迁徙时与爱人和孩子分离的痛苦，这无穷无尽的精神折磨，比身体受伤带来的伤痛还要难以忍受。

对黑颈鹤这种忠贞的生灵而言，它们见到"爱人"已经知足，结束这场折磨，不再忍受分离之苦……一对鹤互诉衷肠，便交颈而鸣、绝望离去。殉情而亡，飞向天堂——它们选择让这一刻的重逢变成永恒！

忠贞与刚烈，近乎窒息的震撼！这真情，不仅值得人类尊重，也值得我们反思。雌雄黑颈鹤为爱生死相依，黑颈鹤的爱情已经演化成——爱的绝唱！

一度对爱麻木，甚至斑驳芜杂的内心，我们都在反思：鹤们，跟人类一样追求天长地久。可，我们的情感到底有多重？什么是纯粹的山盟海誓！

野生动物有知觉、有灵性、有感情，它们用决绝的情感表明：我们与人类一样，也是一个个活生生的个体，必须有着同等的生命尊严！

那天的阳光是橘红色的，有力地射出一道道光芒，明亮得能看得很远很远。

早晨八九点钟，看黑颈鹤振翅翱翔，成火红太阳的一片剪影；再追黑颈鹤向往的新落点——它们落在长江边的高山之巅！无人机追过去，回看，视野真辽阔，鹤们停留的前方，是怎样的一幅画——

奔涌向东的长江像巨大的托盘托着展翅翱翔的一群黑颈鹤，大气磅礴的波涛、江水，涌动成势不可当的精神——

无论风云怎样变幻莫测，鹤们，你总是飞向太阳升起的地方！像长江，无论道路多么艰难险阻，它总是奔向辽阔的海洋！

"你用甘甜的乳汁，哺育中华儿女，你用纯洁的清流，滋润万物生长。再用磅礴的力量，推动崭新的时代……"

哼着熟悉的歌，我们又出发了。是走，更是追着翅膀，追着更大的队伍，一起飞！

（原载《创作》2023年第2期）

中国之影

李春雷

2002年1月21日，傍晚。

一艘来自中国的巨轮，经过万里航行，终于抵达英国的费利克斯托港。

孰料，轮船刚刚靠岸，一队全副武装的英国警察迅猛冲来，气势汹汹地直扑船上的货柜。

货柜里，是中国制造的DVD机。它们远渡重洋、跃跃欲试，准备在欧洲市场上出售。

中国船员们目瞪口呆，呆若木鸡，眼睁睁地看着饱满的货柜被一一查扣。

接着，在欧洲众多港口，数十艘同样的中国货轮如坠罗网，纷纷落马，无一幸免。

据统计，该年2月至3月，共100多家中国企业生产的数百万台DVD机在欧盟被海关强硬扣押。

中国相关部门立即通过国际组织,严正交涉。

回复:这些产品均没有获得专利授权,不能登陆,更严禁销售!

同时,雪片般的传票飞越蔚蓝色的海洋,纷至沓来,声色俱厉地要求中国企业缴纳高额的专利费用。

毫无思想准备的中国企业群心惊肉跳,乱作一团。

火爆的中国 DVD 市场,顿时腰斩!

序章:冰火两重天

20世纪90年代之前,世界上的视听产品还处于模拟信号时代。录像机与录像带,是那个年月的主角。

随着科技发展,音视频数字化水平逐渐提升。不少先进国家已经捷足先登,开始了全新的视听体验。

为了迎接新浪潮,进行商业化、标准化推广,1988年,欧洲、日本和美国牵头,吸纳众多大公司,联合在国际标准化组织(ISO)下成立了一个制定音视频标准的工作组。

这个工作组,便是大名鼎鼎的MPEG(Moving Pictures Experts Group),中文译为"动态图像专家组"。

这一组织专门负责制定视频和音频编码标准,成员均为这些国家的权威技术专家。他们希望通过制定国际标准,助推数字音视频产品在全世界的规范化和规模化发展。

国际标准化组织标准算法的制定和公布,客观上形成了一个数据压缩技术向新产品迅速转化的起点,引发了世界范围内一场影视技术的大革命,从而把现代家用电器带入了一个数码科技的新天地……

人类的视听体验,由此进入了一个全新时代!

1."模糊"的时代

1992年,MPEG工作组率先开发出了第一代音视频标准——MPEG-1。

现在看来,虽然存在着不少问题,但已是一代完整成形的音视频标准。

只是,这套标准制定之后,并没有正式投入应用。因为,按照工作组的最初计划,其最重要目的是积累经验,为日后大规模推广准备条件。

这,不啻说是进入音视频新时代的预演。

然而,这些国外的专家万万没有想到,敏锐的中国企业,最早发现了其间蕴含的巨大商机!

改革开放之后的中国,春风渐暖,门窗敞开。

在世界多元文化思潮的影响下,初步富裕且身心觉醒的人们,萌生了越来越丰富的娱乐需求。

20世纪80年代初,录像机开始进入中国市场,并迅速普及。伴随着这股风潮,大批境外的音像制品通过各种渠道流入国内。最开始是港台歌星录音带,而后,一些电影录像带也开始在坊间流转。

彼时,没有多少人能够买得起昂贵的录像机。在旺盛需求的催生下,那个年代最大众化的平民娱乐场所——录像厅,应运而生了。

一具白亮的灯箱,一块灰旧的门帘,就是录像厅的招牌。录像厅里,往往十分简陋:一间稍大的屋子内,一张八仙桌放在最前边,桌上摆放一台电视机,旁边连接上一台盒带录像播放机。电视机面前,零零散散地放置着几排板凳或矮凳。

烟雾腾腾中,闪烁着一双双惊奇和憧憬的眼睛。

那些录像带来路不明,也不知播放或转录了多少次。在磁头的摩擦下,录像带的图像清晰度不断衰减,歪歪扭扭、卡带断片更是常事,但这丝毫不影响观众们的火火烈烈的兴致。许多人泡在录像厅,彻夜不归、乐不思家。

录像带一天到晚,"吱呀吱呀"地在播放机中转来转去,越磨越糊。

《霍元甲》《射雕英雄传》《万水千山总是情》《上海滩》,张国荣、谭咏麟、邓丽君、梅艳芳、费翔……这些港台剧和明星,连同模糊的影像一起,成为一代人遥远而又难忘的记忆……

正是在这种特殊社会背景的催生下,在模拟时代与数字时代交接的关口,中国厂商迅速生产出了应用 MPEG 第一代标准的产品。

这,就是 VCD 机!

一块圆圆的、薄薄的碟片,小巧玲珑,却能压缩、装载大量视频。在路边的小摊上翻开厚厚一摞光盘,各式各样的节目应有尽有。回到家里,将光盘塞进 VCD 机,便可随时欣赏自己喜欢的节目。

今天看来,这套视频标准的画面清晰度很低。但在当时,这种崭新的观看方式,让还处在录像厅时代的中国人大为震撼。

因此,产品一经推出,立即爆火。

当时的中国,VCD 机红极一时。爱多、万利达等品牌广告,铺天盖地。

光盘取代录像,风靡全国城乡!

2. 飞转的 DVD

地摊上售卖 VCD 光盘的小贩越来越多了,街巷里放映盒带的录像厅越来越少了。

赶潮逐浪的中国人，兴奋地拥有了自己的"家庭影院"。奇妙美魅的光和影，像初恋，似梦乡，若幻境，翩翩跹跹地走进了国人的生活。

一个让世界观察家们震惊的现象出现了：经济和科技均远远落后的中国，却在高科技的新媒体竞争的音视频领域已经大大超越了西方国家，率先进入数字时代！

制定这套标准的西方公司十分惊诧：一个只是试验品的音视频标准，居然如此受欢迎？

惊诧，仍在继续。

第一代音视频标准制作完成后，国际意义上的数码视听产业计划也开始进入正式启动阶段。1994年，MPEG工作组开发出了新一代音视频标准——MPEG-2。

1996年，这套新标准公开发布。随后，西方大厂商火速跟进，开始进行全面的产业化布局。

按照计划，新产品面世后，会在世界市场全面铺开，正式开启一个崭新的数字时代。

然而，西方大公司们猛然发现，现实与设想，相去甚远。

这个"意外"的搅局者，又是中国厂商！

MPEG-2标准发布之后，由于已有VCD机的产业基础，中国厂商驾轻就熟，迅速从西方公司购买置入标准的芯片，随后组装加工，抢先推出了应用MPEG-2标准的新一代产品。

这，就是大家熟知的DVD机。

相比于应用了MPEG-1标准的VCD机，DVD机在音频和视频的呈现方面更为出色出彩。

因此，机器刚一上市，便又引发销售热潮。

一时间，中国所有的报纸、广播、电视和墙体、车体、条幅上，几乎全是 DVD 播放机的广告。步步高、先科、爱多、万利达、新科、TCL 等品牌，伴随着阳光和空气，占领了国人的眼睛和耳朵。

国产 DVD，很快替代了原来的 VCD，再一次覆盖中国家庭。

不仅如此，国产 DVD 机更是乘坐着一艘艘航船，登陆各个国家，风行世界。

据统计，2000 年，全球 DVD 机需求量 3000 万台，其中美国 1000 万台，欧盟、大洋洲、南美、亚洲约 2000 万台。而当年仅中国 DVD 机的出口量就超过了 1000 万台，其中销售北美市场达 800 万台。

2001 年，中国出口 DVD 机攀升至 3500 万台，而产量，更占据世界总产量的 90%。

毫无疑问，中国已成为全球最大的 DVD 机生产国、消费国和出口国！

中国产品不仅产量巨大，价格更是低廉：一台整机，售价仅人民币 200 多元，出口价格大约是 40 美元。而西方同类产品，则高达上百美元。

一片高歌猛进中，中国 DVD 厂商已经飘飘然，似乎在这场激烈的"世界大战"中，已经取得决定性胜利。

3．火与冰

一柄锋利的达摩克利斯剑，正在悄悄悬高。

这柄利剑，就是知识产权！

国产 DVD 机虽然产销量巨大，但核心专利与技术标准，全部为国外企业掌握。其中最重要的音视频标准，正是 MPEG-2。

工程师们将音视频标准集成在小小芯片上，安装在DVD机中。放入光碟，小小芯片便仿佛一把钥匙，逐一解开光盘上潜藏的"密码"。清晰的声与影，潺潺流出，绽开在荧屏上。

国内厂商虽不能制造芯片，却可以从国外大量买进集成了MPEG-2标准的芯片。

有意思的是，专利标准的持有人，不向芯片厂家索取专利费，却将矛头对准了下游的生产商。这样一来，大量购进芯片的中国厂商，事实上已经慢慢坐在了火山口上。

西方公司建立标准组织的意图，就是要推动数码时代的到来。音视频标准的制定，花费了大量人力物力，也凝结了巨多独创的技术与产权。音视频标准虽然公开，却不免费。尽管专利组织并没时时刻刻将收费作为主要工作，但事实上，他们永远保留着这项最为重要的权力。

产销两旺的中国DVD厂商，大量进口芯片组装生产，尽乘人力成本之便，却无专利费用之忧。几番砍杀下来，DVD产品变成了白菜价。

这样的价格，几乎是西方厂商预想价的五分之一。

国产DVD机在世界市场上攻城略地，而音视频标准研发和专利技术持有的公司却血本无归。他们投入了大量人力物力，却没能占领市场——产品因为价格高昂，毫无竞争力。

看着仓库里堆积成山、卖不出去的机器，这些大公司不仅双眼红红，更是怒气冲冲。

高悬的利剑，摇摇欲坠。

1998年底，飞利浦、索尼、先锋三个公司组成了3C专利联盟。

1999年，东芝、三菱、日立、松下、JVC、时代华纳六个公司组成了6C专利联盟。

这些专利联盟开始向全球 DVD 生产企业严正告诫：世界上所有从事此产品生产的企业，必须首先向联盟购买专利许可，否则就是侵权！

与此同时，全球形势也发生了巨大变化。

为了尽快融入世界经济发展大潮，经过艰苦谈判，2001 年，中国成功加入了世界贸易组织。

最初，这一切对于 DVD 产业来说，无疑是一个利好消息。凭借低廉的人工成本，中国 DVD 有着较大的价格优势。乘着加入世贸组织的东风，无数产品乘着一艘艘船舶走遍全球，几乎占领了所有主要市场。

与当时许多家电产业相似的是，中国 DVD 产业实行的也是低价竞销的老套路。

2001 年，中国市场上的 DVD 产品，大部分被新科、步步高等国内厂商占据。市场占有率的前五名中，没有一个国外品牌。

国内厂家为其采取的低价策略扬扬得意。媒体更是不陈真相，跟着起哄，纷纷讴歌中国"羊"如何厉害，把外国"狼"打得抬不起头来。

危机，已经悄然袭来！

国内企业虽然赚得腰包鼓鼓，但对于知识产权却没有半点儿准备，对相关的知识产权法律法规更是一无所知。

西方大公司抓住这一点，不断向中国企业极限施压：你们获得我们标准组织授权了吗？

如何才能取得准许生产的授权呢？

6C 向全球发表的关于"DVD 专利联合许可"声明称：6C 拥有 DVD 核心技术的专利所有权，世界上所有从事生产 DVD 专利产品的厂商必须向6C购买专利许可证书。

很快,最早的几家专利联盟,分成三组前来拍门索赔。背后持有专利的更多组织,更是纷纷成群结队地讨要。

6C联盟向中国100多家DVD生产企业发出书面通牒,要求就专利使用费问题直接与各个厂家谈判,若不达成协议,将提起诉讼。

不仅如此,法案还要求,对于没有缴纳专利费的产品,坚决不允许在市场销售。而对之前生产的产品,也要按照产量,全部补缴专利费用。

这些要求,对于中国厂商们来说,极具毁灭性。

如果算上专利费,中国厂商原本并不丰厚的产品利润将被掏得精光,总体算下来,几乎倾家荡产。

因此,面对国外公司的要求,中国厂商不可能同意。

于是,三番五次下来,外方终于失去耐心。

2002年初,双方矛盾彻底激化。

2002年2月21日,惠州出口德国的DVD播放机,遭到当地海关扣押。随后,中国出口欧洲的DVD产品,也全部滞留欧盟海关。

在接下来两年多时间里,中国电子音响工业协会代表中国企业,多次与这些专利联盟展开谈判。

最终,双方签订的协议条款是:中国每出口1台DVD,应向国际6C联盟支付4美元专利使用费,向3C联盟支付5美元专利使用费,向1C(汤姆逊公司)支付售价的2%(最低2美元)专利使用费,向杜比公司支付1美元……

当时,由于市场竞争激烈,DVD价格持续下降,最低已至30—40美元。然而,专利费却没有分毫降低。

这个"飞来横祸",直接将中国所有 DVD 企业置于死地。

不得不签署"城下之盟"!

据有关方面不完全统计,跨国公司追溯性的收费要求一次就收取了27亿元人民币。每出口一台 DVD,国内生产企业就要向各个专利权人交纳专利使用费近20美元。

整个行业的"命门",一下子被别人死死掐住。

中国 DVD 产业只是做了产品终端,处于整个音视频产业的最下游,而产业的最核心 —— 算法标准、芯片制造,却仍旧掌握在外方手中。

赤日炎炎,寒冬骤至!

原本火热的 DVD 市场,被国外大公司的专利攻势急速冰冻。

绝境中,亏损殆尽的中国 DVD 厂商们不得不关门停产,或转向加工贸易、贴牌生产,以求勉强存活。

火红时代,骤然结束。

中国 DVD,一段不堪回首的辛酸记忆!

上篇:迷惘的路标

2002年春天的北京。

沙尘暴,一如既往。

3月16日上午,正在图书馆查阅资料的中国科学院计算技术研究所博士后黄铁军,突然被导师高文找去:"后天召开香山科学会议,主题之一是音视频编码技术问题。会后要上交会议简报,你负责吧!"

香山科学会议,是中国科技界以探索科学前沿、促进知识创新为主要目标的高层次、跨学科、小规模的常设性学术会议,创办于

1993年。

高文，1956年3月生于大连市，毕业于哈尔滨科学技术大学，先后获哈尔滨工业大学硕士、博士学位。1991年，获得日本东京大学电子工程学博士学位；1993年，作为访问科学家，前往美国卡内基－梅隆大学机器人研究所工作；回国后，担任哈尔滨工业大学计算机与电气工程学院副院长和计算机系主任；1996年，担任国家863计划信息领域智能计算机主题专家组组长；1998年，担任中国科学院计算技术研究所所长。

黄铁军有些犹豫："高老师，我的专业方向不是视频编码啊……"

高文笑一笑："你能写，把会议要点记录下来，就可以。"

两天后，众多专家集聚香山饭店。

窗外寒风肆虐、沙尘翻飞，而屋内，一场主题为"宽带网络与安全流媒体技术"的科学会议，已经热火朝天……

4．拨尘见日

会议开始后，大家围绕音视频编码的一系列问题展开了讨论，东方西方、现在未来、宏观微观、对手朋友……

黄铁军坐在一角，仔细倾听着，详细记录着。

黄铁军，1970年12月生，河北省大名县人，1988年入读武汉理工大学计算机应用专业，获工业自动化专业硕士学位，后攻读华中科技大学模式识别与智能控制专业博士学位，时为中国科学院计算技术研究所博士后。

不知是谁，突然提起了前几天外国海关查扣中国DVD机的事情。

在座者大都是科学家，除了叹息，别无良策。

突然，一个洪亮的声音响起。

黄铁军抬头一看，是国家信息产业部科学技术司司长徐顺成。

徐顺成从座位上站起来，大声说："你们只讨论技术，怎么就不看看窗外。万里之外，咱们国产的机器都不能上岸了。你们还在清谈，不如想一想能具体做点儿什么？"

他继续说道："参加再多的国际标准，有什么用？都是跟着别人跑。眼前已经火烧眉毛了，我们应该怎么办？"

是啊，面对咄咄逼人的围追堵截，中国怎么办？

大家明白，没有自己的技术专利标准，被限制在所难免。

一时间，会场陷入沉默。

徐司长的声音再次大起来："我们应当好好研究一下，能不能做一个自己的中国标准，冲破这种垄断。"

这番话，犹如一石激起千层浪，引发强烈共鸣：

"我们自己可以做一套标准，面向世界，与国际专利权人讨论。不愿意加入中国标准的专利，我们把它绕过去，不能让他们卡脖子！"

会场上，形成两种意见。

有人认为，中国刚刚加入世贸组织，进入国际市场，要尽量遵守国际知识产权规则。

然而，眼前严酷的现实，不得不让更多人倾向于独立自主。

大家认为，我国的现状是缺少具有自主知识产权的数字音视频标准。借此契机，也可以迈出自主创新的重要一步，制定我国掌握自主知识产权的流媒体技术标准，并通过标准，带动中国数字音视频产业的发展。

经过讨论，代表们一致认为，独立自主的技术标准极其重要，建议组建中国自己的组织，研发音视频标准。

成立这样一个标准组织，并非一时冲动。因为此时的国内业界，已经具有一批经验丰富的科研人员。

高文，便是其中之一。

他是新时期恢复高考后的第一批大学生。其学业和专业背景，上文已介绍。最关键的是，他多年在日本和美国学习研究，接触了丰富的计算机语言环境，拥有丰富的国际视野。

1997年10月，MPEG国际标准组织第34次会议在瑞士弗里堡召开，高文参加。中国代表的身影，第一次出现在MPEG技术大会上。

会议期间，高文主动与MPEG主席——意大利人Leonardo打招呼。

没想到，Leonardo一开口，却是流利的日语。

高文明白，Leonardo把他认作了日本人。本次会议，美国代表团人数最多，日本和韩国代表团人数分居第二和第三位。

高文只得澄清："我是中国人，来自北京。"

Leonardo一脸吃惊："你是第一个参加MPEG会议的中国技术人员。"随即改换中文，"以后我们与中国的联系，全靠你了。"

作为第一位代表中国与会的专家，高文既感到高兴，又觉得沉重。

会议上，金发碧眼的外国人围绕技术标准提案唇枪舌剑、争论不休。但其中，没有一项技术是中国人的贡献。同是亚洲国家，日本和韩国早已走向国际，而我们，刚刚起步。

清华大学电子工程系教授何芸，也是心同此感。

何芸，女，1955年12月生，河北省保定市清苑区人。她1993年留学归国后，到清华大学任教。在欧洲留学期间，接触到了数字存储、图像通信方面的信息，认识到图像通信中编码技术的重要性，并开始关注图像编码标准化组织。

何芸曾向多个基金组织和部委游说,希望得到支持,从而参加国际标准制定,但由于国家当时并没有这方面的项目支持,未能成功。

2000年5月,何芸去日内瓦参加ISCAS会议,同时研究了在此召开的第52次MPEG工作组会议所有视频编码提案。其中,竟然没有一项来自中国。直到此时,中国企业还没有这方面的意识。

在当时积极参与音视频标准制定的成员中,不仅有许多著名厂商的代表,还有不少高等院校、科研院所的身影。其中不少是欧洲、美洲人,更多是日本、韩国企业代表团。他们积极投身标准组织,提交相关技术提案。提案被吸收进入标准后,会被应用到终端产品。而产品生产销售所获的利润,则会依据专利的数量分成。

这套运行体系已经非常完备。美国哥伦比亚大学的年收入中,有很大一部分是来自四个重要专利,而视频编码专利就是其中之一。通过转化知识到知识产权,可以最大限度地鼓励大学教授们进行创新试验。

当然,最积极参与者还是企业。

何芸印象最深刻的是芬兰诺基亚公司。每次开会,诺基亚公司均到场多人,其技术提案涉及视频编码的各个部分。每次会议上,他们都会非常强悍地推广自家提案,激烈地挑剔其他公司。经过激烈辩论,他们的多项提案和技术都会被工作组接纳。

与之类似的还有柏林工业大学。这些教授与学生,非常会"吵架",特别能"战斗"。

这一切,都给何芸留下了深刻印象。

除了已有的MPEG系列标准,2000年12月,国际标准组织又决定围绕视频标准,酝酿成立了一个新的视频标准工作组——联合视频编码组（Joint Video Team，简称JVT）。这一组织由国际电信联盟（ITU-T）和国际标准化组织（ISO）中有关视频编码的专家联合组成，其重点是制定一个新的视频编码标准，以实现视频的高压缩比、高图像质量、良好的网络适应性等目标。

何芸向国家计委呈交了关于申请参加这个标准化工作组会议的报告。不久，国家计委协调上海广电集团给予支持。经协商，每年支持参加4次会议，每次2人参会。

2001年12月，何芸代表中国参加JVT工作组在泰国芭堤雅的第一次会议。遗憾的是，因为未来得及解决签证问题，并没有到场。

直到第二次会议，何芸才来到现场进行提案，正式参与到了这场竞争之中……

5．化影成形

危机危机，危中有机。

正是波谲云诡、险象环生的国际形势，才催生了傲岸不屈、独领风骚的中国智慧。

20世纪最后30年间，发生在世界高清晰度电视领域的竞争，为高新技术领域的"后来居上"提供了一个成功案例。

1972年，日本率先向国际电信联盟（ITU-R）递交模拟高清电视的提案，并于1988年使用模拟高清技术对汉城奥运会进行了实况转播，取得巨大成功。模拟高清电视，大有一统天下之势。

相应地，欧、美在这场竞争中落在了后面：1986年，美国才成立高级电视技术委员会（ATSC），欧洲则是直到1991年才成立推进组织（ELG），跟随日本研究模拟高清电视。

客观地说，当年在模拟高清电视领域，日本可谓遥遥领先。

然而，其后的竞争，美欧却另辟蹊径。在数字音视频信源编码技术逐渐成熟前夜，他们率先启动了数字电视计划，猛然转向进入另一条赛道。

1988年，MPEG专家组成立；1992年，推出了MPEG-1标准；1994年，MPEG-2标准完成，而后被美国ATSC和欧洲DVB迅速采纳为信源标准；1997年，欧洲DVB和美国ATSC两大数字电视信道传输标准相继完成。

数字高清时代的来临，颠覆了日本在模拟高清领域的优势。

1998年，日本放弃了模拟制式。

数字电视，取得了最终胜利。

在这场国际大战中，1994年MPEG-2标准的完成和美、欧的迅速采纳是数字电视战胜模拟电视的重大转折点。美、欧凭借数字电视后来居上，把握了发展的主动权，反而取得了最大成功。

这段历史的启示在于，随着编解码技术的进步、芯片集成度的提高和计算速度的发展，信源编码标准也面临着更新换代。10年前制定的MPEG-2标准已经落后，需要采用新的技术方案。

时代变化和技术更新，为中国数字电视和数字音视频产业超越欧美框架，提供了最重要的历史机遇！

2002年6月21日，国家信息产业部科学技术司正式决定：成立"数字音视频编解码技术标准工作组"（Audio Videocoding Standard Workgroup of China），简称AVS工作组，并任命高文为组长，黄铁军为秘书长。

AVS工作组成立后的第一项工作，就是确定运行规则，即章程。

秘书长黄铁军组织了一个起草小组，参考国际、国内诸多文稿，反复修改，最终形成了一篇四页的文本。这个文本，基础又开放，照顾各方利益并有利于长远发展。

与此同时，高文多方奔走，联合组织了一个包括北京大学、浙江大学、清华大学、中国科学院、华为、中兴等高等院校、科研机构及知名企业在内的千人规模的技术联盟团队。

这些人，全是业内翘楚。

这些人，就是中国数字音视频技术的基础和未来！

而标准工作组的任务，就是汇集所有人的科技发明，凝聚成一个整体，凝聚成中国标准，中国创造，中国智慧。

但，这注定是一条艰难且漫长的创新之路！

什么是数字音视频标准？

与我们的生活有什么关系？

其实，就是一套数字信号的编码与解码规则。简单地说，通过算法规则将音频与超高清视频数据进行大幅压缩，变成方便存储和传播的数据。随后，在用户终端再逆向解码，将音频与视频呈现在面前。

也就是说，电视台制作的音视频节目，需要按照这套标准转化为特定的数字信号。而我们使用的电视、手机等终端产品，也需要按照这套标准，把传输的数字信号重新复原为声音与图像。

"体积"巨大的声音与图像，只有经过这一系列编码规则的转化，才能变成合适大小的数字信号，在数字世界自由驰骋。

这一过程，说来似乎简单，实现无比艰难！

形象地说，视频的编解码标准是一个特殊的"机器"。它可以"编码"——像轧面条一样，将视频裁压成可供传输的材料，还要在终端"解码"，将编码还原为清晰的音像。这些材料不能太大——因为过大的数据不便传输，同时也不能太小——因为数据的减少，难以保证画面复原后的质量。

一方面需要极致地压缩，另一方面要求近乎完美地复原。这样一对矛盾，便是考验音视频编码标准的一个关键因素。

更为困难的是，同时期的外国标准，已经占据先机。

中国标准，要达到同样效果，必须在一些"设置"的设计上巧妙避开。而要在数字码流的解码与编码中，既要保证视频的最大清晰度，同时又要绕开对方已有标准、规避专利问题，这仿佛是在枪林弹雨之中，穿缝而过，还要完好无损。

又像蚂蚁搬家、蜜蜂筑巢。千千万万个专利技术细节，拼贴组合，最终构筑成一座巍峨的大厦。

海量工作，可想而知！

6. 筚路维艰

国际上最早通行的 MPEG 标准，虽然开创了一个新的数字音视频时代，但其商业模式却引发了越来越多的问题。

在这种模式下，标准组织只负责标准制定，专利权人在标准制定后公布收费政策，而产业界在这一过程中，只能袖手旁观。

2002 年初针对中国的 DVD "杀猪"事件，正是这种模式下的一个极端案例。

正因为这样，MPEG-4 标准的第二部分"视频"虽然在 1998 年便已完成，但随后多年却没有大量应用。因为，如果采用这个标准，则意味着必须接受苛刻的专利许可条件。欧美日韩的许多组织和企业都表示抵制，甚至连制定标准的 MPEG 专家组，也对专利收费阻碍标准采纳应用持反对意见。

然而，却没有更好的解决办法。

中国AVS标准的诞生，在一定程度上被寄予希望，也因此获得了更多关注和支持。

的确，AVS工作组有着与MPEG标准组截然不同的工作流程。

在MPEG标准组讨论中，技术问题很少涉及各项技术所基于专利的归属。他们认为，这些技术专利的归属是一个法律问题。因此，在他们的标准组会议上，几乎都是纯技术讨论。

然而，在AVS工作组中，专利问题的涉及与规避，是一个非常重要的探讨过程。为了避免被认为是"技术抄袭"，所有技术专利的脉络一定要梳理清楚、描绘清晰。这项工作，就像建立一个前后相继的家谱。

以前，技术、专利和标准之间"井水不犯河水"，几乎割裂。

如何恰当地协调三者关系，形成共同发展的合力，成为秘书长黄铁军面前的最大难题。

经过不断思考与探索，他们逐渐找到了一条统筹考虑三者的创新模式。

这种模式，一方面必须保证标准的先进性和开放性，同时也将专利方的利益索求限制在一个合理水平，避免一些专利人狮子大开口，为将来的标准推广带来困难。

如此模式，无异是对国际标准模式的改进和突破。

AVS工作组正式运行后，很快便引起了许多跨国公司的关注。

按照WTO政策，AVS工作组对这些公司全部敞开大门。自然，这些公司的律师也开始对AVS章程提出异议，要求明确知识产权政策。

2003年底开始，工作组花费大量时间，与众多律师打交道。

经过9个月的密集工作，在原章程基础上，扩展形成了《章程细则》《会员协议》和《知识产权政策》在内的成套制度。然后，他们把成套制度用中英文两种语言形式，征求最初的33家会员单位意见，并召开大会，进行公开表决。

制度文本敲定后，有一个小插曲，黄铁军记忆犹新。

发布前夜，黄铁军仔细核对最终文本。突然，他发现文字中有一处多余的脚标符。这显然是大家共同的疏忽 —— 只校正文字，忽视了标点符号。于是，他随手删除这个多余符号，然后把成套文件通过邮件发给所有会员单位，按程序盖章生效。

邮件发出后，他放心地睡着了。

不承想，第二天早晨6点钟，手机响了，是一位著名跨国公司的律师。

律师严厉质疑："你为什么擅自修改文件？"

黄铁军愣了，这才意识到，问题就出在那个小小的脚标符上。

律师严肃地说："这些文件是我们最高决策者审批通过的，你有任何改动，就意味着要重新审批一轮。"

黄铁军半信半疑地放下了手机。

不一会儿，另一位跨国公司律师电话也来了，同样强烈的态度。

等到第三个电话打来的时候，黄铁军已经意识到这个问题的严重性。

唯一的办法就是恢复原状，重新发布带有编辑瑕疵的文件。

这样，所有会员单位才顺利签字盖章。

这个瑕疵，直到四年后，才在一次修订中经会员大会批准删除。

……

有了制度保障，众多国际机构、国际企业和国际友人开始名正言顺地支持AVS工作组。

其中，美国专家克里福·瑞德（Cliff Reader）博士发挥了极为重要的作用。

克里福·瑞德，1949年7月18日生于英国，1970年毕业于利物浦大学，1974年获得萨塞克斯大学博士学位，后移居美国，长期从事音视频领域知识产权研究工作。

克里福·瑞德熟悉相关各种专利的历史。从最早的音视频国际标准制定开始，他全程参与。所有的相关文件、专利文档，他一份一份地全部收集好，分门别类地存放在家里的地下室。早期的文件都是纸张，他花费大量时间，一张一张地用扫描仪扫下来，放在电脑里。这个庞大的档案库，几乎囊括了所有音视频标准的历史资料。每一项专利的来龙去脉，都在他眼中纤毫毕现、清清楚楚。

他曾担任MPEG系列MPEG-1标准主编、MPEG-4工作组首任主席。在AVS工作组成立之前，他便与高文相识相知。工作组成立后，在高文邀请下，担任了中国AVS工作组高级顾问和知识产权组组长。

在国际音视频领域，克里福·瑞德声名赫赫。在美国，凡是相关的专利纠纷，几乎都要邀请他出庭。

果然，AVS工作组在不断拓展的过程中，也遇到了越来越多的专利问题。

一个个问题，一次次解决，一点点丰盈，一步步成熟。

的确，标准的建构恰似组装一台零件众多、结构复杂的机器。成千上万个部件中，只要有任何一个侵占别人的专利，整个机器就有问题。这必然需要权威和资深专家时时监控、牢牢把关。

正因为有了如此苛刻的过程，才保证了AVS标准的权威性。

7. 唇枪舌剑

制定一套高技术含量的标准，实在是一个"蚂蚁撼大树"的过程。

每一次会议，都要面对大量提案，将海量数据信息纳入标准之中。庞大数据指标，都需要事无巨细地讨论通过。关于某一项技术，不同的专家也可以提出不同的解决方案，互相竞争，择优选取。

而每一项提案的基础，都是国内同行业中最领先、最权威的某个团队或某个企业长时间的攻关结果，都是中国最优秀的技术支持，都是中国最先进的创新力量。

所有关于技术的提案，哪怕是一个小小细节，都要有理有据地说服所有人，都要讨论得清清楚楚。只有经过所有人火眼金睛般的审视并取得一致意见之后，才可以形成决议，纳入标准框架中。而一旦纳入标准框架，便可以在后期的产品销售中按比例分取利益。

连续几十个小时的会议，是家常便饭。

现任浙江大学信息与通信网络工程研究所所长，二级教授、博士生导师虞露，曾任视频组组长。

虞露，女，1969年5月生于杭州，毕业于浙江大学，1996年获电子与通信系统博士学位。曾主持完成视频编码、视觉感知及视频质量评价、专用芯片结构设计等领域国家自然科学基金重点项目、国家863计划项目等。

作为AVS音视频标准的重要组成部分，视频编码标准的提案数量几乎每次都领先各小组。其他小组会议早就结束了，视频组会议还在如火如荼地进行中。每一个技术细节，都要摆在台面上，让所有专家一一审过。

作为组长，虞露不仅要从技术角度详细评判每一项技术的优劣，还要站在全局角度考虑技术之间的协调性、生产的可实现性，每一项技术的优势、不足、转化效率、专利规避，等等，这些问题化成一个个漫天飞舞的"0"和"1"，白天在眼前转，晚上在梦里转，一刻不停，一秒不歇……

飞旋的数字像急转的陀螺，飞驰的时间像飞舞的皮鞭，越抽越狠，越转越快……

有一次，在牡丹园会场，讨论异常激烈，竟然持续了30多个小时。

有些专家在自己负责的提案商议结束后，可以暂时放松一下，关上电脑，合上背包，回去休息。但作为组长，虞露不行啊。

连续三天的会议终于结束。她跟跟跄跄地离开会场，飞回杭州。可刚走进办公室，便感觉天旋地转，失去了知觉。

不知过了多久，虞露醒过来时，发现自己早已从椅子上滑了下来，躺在办公室的地板上。

还有一次，工作组在北京航空航天大学宾馆开会讨论。

漫长的讨论结束之后，已是凌晨。工作组一行人，来到校门口，却发现大门已经关闭了。没办法，只能翻墙而出。

激烈的讨论，常常让会议大大超出预定时间。

秘书组工作人员赵海英最为头疼的一件事，就是如何面对会议室的服务人员。

临近半夜，早已过了下班时间，但会议还没有结束。疲惫不堪的服务员多次前来催促：我们早该下班了，你们还有多久呢？

赵海英赶忙推开门，只见里面仍讨论得热火朝天。一位教授正在投影仪前意气风发地讲解。对面几位专家手捧电脑，聚精会神地思考着，随时发表意见。

看着这个热烈场面,她只好轻轻关上门,转过身来,好言好语地向服务员道歉。

可怜的服务员,只好苦着脸,继续等待。

不仅讨论时间长,提案交锋也非常激烈。

围绕着同一个技术细节,不同的解决方案之间事实上都是竞争关系。各种方案都从各种角度来解决具体的细节问题。这些激烈竞争,都是为了让标准实现更好的效果,达到更好的功能。

争论中,吵架是常态。

关于一些技术问题,竞争双方毫不留情地互相拆台,面红耳赤。你的技术问题多多,我的构思也不遑多让。

关键数据,寸土不让。细微瑕疵,紧捉不放。

2003年8月,北京凤山温泉度假村,酒店服务员纷纷议论:这群人不泡温泉,甚至也不吃饭,关在屋子里,从早上八点一直"吵"到半夜两点多。

那是 AVS 视频组的一次会议。十多个人,围绕着一个技术专利的优劣,整整争论了5天。

往常的会议室都是安安静静、轻声细语,哪有开会剑拔弩张、刀光剑影的呢?

翻天的声浪,让酒店服务员在门外坐立不安,唯恐出了什么事故。

他们抱怨:这里面开会的人,莫不是一群疯子吧!

8. 敌与友

现任视频组组长马思伟,当年正在中国科学院计算技术研究所读博士。

在一次会议上,马思伟与另一位名叫娄健的博士小伙子,围绕视频的变换技术,针锋相对。争论到激烈处,两人怒目圆睁、面红耳赤,几乎要动手。

大家担心事态扩大,赶紧好说歹说地安抚下来。

会议结束后,会务组安排大家去附近的山水名胜处游览。

万万没有想到,前一天还是不共戴天的"仇人",今天竟然在船上坐在了一起。下船爬山,两个人也形影不离、亲如密友,仿佛昨天的争吵从来没有发生过。

然而,下次开会时,针对一项视频编码技术,两个人又"毫不意外"地吵了起来。

2003年12月,已经接近第一代音视频标准的完成时间,但是几项具体的标准仍未尘埃落定。

这一天,北京纷纷扬扬地飘起了大雪。为了加快进度,工作组决定集中到京郊的河北省香河县某宾馆,完结任务。

在漫天大雪中,大巴载着几十位专家,缓缓地开到了目的地。

会议讨论,从第一天开始就十分激烈。

这一天,视频组的讨论集中在隔行扫描技术。

焦点集中在两个方案上。其中一个方案,性能优异,但是复杂程度较高,不利于后面芯片设计生产。另外一个方案,性能虽略有不足,但是相对来说比较容易生产。

采取哪家方案,大家争论不休。既要保证性能,也要考虑生产,两条路线各有所长,一时难以抉择。

于是,视频组组长吴枫又从头开始梳理,详细地分析利弊。不知不觉,争吵,又到了后半夜。

但是，问题仍然没有解决。

此时，一些与这项提案无关的专家，已经坚持不住了。不少人趴在桌子上呼呼大睡，也有人陆陆续续离开会场，回到了房间。

时间一分一秒地流逝。吴枫看着疲惫的大家，决定不能再拖延了。

酒店深夜的走廊里，传出了连续脚步声。随后，"咚咚咚"的敲门声，一扇门一扇门地传了过去："大家起床了，组长让大家投票。"

一扇扇门，缓缓打开了。人们打着哈欠，揉着惺忪睡眼，回到会场。

此时的吴枫，正神采奕奕地坐在前面，热情地招呼大家："每个人都发表一下意见吧。"

深夜的会议室，再度热闹起来。刚刚从梦乡走来的人们，挨个儿发表看法，然后投票表决。

持续一整天的讨论终于结束了，大家拖着疲惫的身体回到了房间。

秘书赵海英刚刚躺下，便听到一阵急促的敲门声。

她揉着迷糊的眼睛，下床开门。

何芸站在门口。这位年近半百的清华大学电子工程系教授，脸色苍白，手扶门框，虚弱地说："我心脏不舒服，不舒服。"

此时，已经凌晨三点多。

赵海英大惊，马上联系酒店，拨打救护电话。

原来，白天的争论太过激烈，何芸的情绪亢奋难平。回到房间不一会儿，便感觉胸口发堵，于是赶紧挣扎着敲响了赵海英的房门。

不一会儿，救护车疾驰而来。载着何芸，疾驰而去。

由于救护及时，何芸有惊无险。

9．火眼金睛

经过艰难工作，第一代 AVS 标准的初步架构已然成形。然而，新的问题,却又猝然出现。

制定标准的目的,绝不仅仅是一个纸面上的规则,而是希望促进中国音视频产业获得全面发展。

最初参与标准制定的人员,大都是科研院所和各大高校的教授和研究生。他们精研技术,但对产业推广毫无准备,与企业界几乎没有交流。

必须想方设法联动企业界!

2004年9月,现任AVS产业联盟秘书长张伟民出掌重任,开始组建产业联盟。

张伟民,1971年1月生,吉林省松原市人,本科就读哈尔滨工业大学计算机软件专业,后考入清华大学攻读硕士,毕业后留京工作,时任某大型网络技术有限公司副总裁。

张伟民上任后的第一项重要任务,就是进行AVS标准的测试。

从标准走向产业,必须经过现实性能的考验,证明自身性能绝不只是停留在纸面上。只有通过第三方严格测试,才可能被厂商接纳,进入产业化、商业化推广阶段。

当时,国内从事这方面专业测试的权威机构只有两个,一是国家工业和信息化部电子第三研究所(简称三所),另一个则是国家广播电视总局广播电视科学研究院(简称广科院)。

正常情况下,测试必须具有相关专业设备。但作为新生儿的AVS标准,当时根本没有设备生产商,编码器、解码器等一无所有。

没有专业设备,怎么办?

只能在计算机上搭建平台,安装软件来模仿设备对视频进行编码和解码。这在当时被叫作软编码和软解码。

设备关虽然勉强解决，但问题仍旧一大箩筐。

三所说，我们没有相关的测试素材，你们自己想办法。

所谓素材，是指高清的原始视频。这些视频必须足够清晰，才能够经过压缩，对比测试。

没办法，张伟民只能四处联系。多次碰壁后，最后还是黄铁军找到了电影所的朋友，对方答应可以截取一些高清的电影胶片，转录为数字高清素材。

接下来，便迎来了 AVS 标准的第一次测试。

这，无异于一次从书面走向现实的结结实实的大考。

音视频标准的性能测试，有着严格流程。

测试必须在一个密闭房间里进行。房间内设备全是专用的，屏幕的摆放角度、距离，座椅的位置和高度，等等，都有严格规定。特别是，室内光线要求格外苛刻，不能有别的光线干扰。

进行一次测试，一般会请来15至30位"考官"。此外，测试人员的构成颇有讲究：有专家，也必须配置非专业人士。专家从专业角度审视，但非专业人士的第一观感，同样非常重要 —— 他们代表着观众，需要凭借自己的第一印象，估测整体效果。

测试开始后，"考官们"端坐在屏幕前，连续观看两段同样内容的视频。这两段视频构成一个对照组。一段是没有处理过的高清原视频，另一段是按照音视频标准压缩过的普通视频。这两段视频，会按照不同顺序，交叉播放三次，供评测者观察、对比。

测试者一段段地观看，然后凭借自己的专业经验或者第一感受，进行打分，评判不同视频质量的优劣。

一轮完整的测试，差不多需要半个月时间。

第一代 AVS 标准性能的参照对象,是当时国际上最新的 H.264 标准。

对比测试后,初出茅庐的 AVS 标准丝毫不落下风。从算法的性能来看,已经可以比肩。

测试报告出来的时候,已经临近年底。

为了加快 AVS 标准的转化速度,必须尽早召开专家评审会,将测试成果确认下来。

高文对张伟民说:"今年一定要把这个事情做完,不要拖到明年!"

2004 年 12 月 29 日,翠宫饭店,全国信息技术标准化技术委员会组织评审,并通过了 AVS 标准视频草案。

经过近两年艰苦卓绝的努力,AVS 标准终于迈出了最为重要的第一步!

随着 AVS 第一代标准的过审,产业化脚步快速起跑。

2005 年 5 月 25 日上午,AVS 产业联盟成立大会在人民大会堂召开。

AVS 标准的初步完成,是中国人制定掌握自主知识产权的音视频编解码技术标准迈出的第一步。它力图平衡标准公权和专利私权,更是中国人开始改变国际专利规则的重要尝试!

10. 第一颗芯片

从 AVS 标准完成编制的第一天,高文便希望尽快推广。

然而,举步维艰,困难重重。

的确,从国家广电部门的角度来看,相对于自主知识产权,他们最为关心的是这一套标准的运行情况。没有成型的产品,只有纸面上的标准,怎么推行?

而对于 AVS 工作组来说，国家广电部门的态度，让他们炽热的心一下子遇冷。我们好不容易开发出来的标准，你们不采用，我们怎么去推广？广大厂商怎么可能为一个没有官方认证的产品进行生产呢？只有你们采用标准，我们才能策动各方生产产品，然后投入应用。

都有自己理由，又都符合实际。这，似乎形成了一个"鸡生蛋，蛋生鸡"的逻辑闭环。

必须迈出破局的第一步：先做产品，再去推广。

成型产品的第一步，便是芯片。

芯片是一个产品的"大脑"。纸面上的所有标准，都需要通过这个小小芯片才能具体实现。

一群研究理论的教授学生，怎么才能具体做出产品呢？

高文几经周折，找到了留学美国并在某大公司工作的芯片专家解晓东。

解晓东，男，1965年2月生于内蒙古，1985年毕业于天津大学电子工程系，1989年获中国科学院微电子专业硕士学位；而后留学美国，获纽约大学电子工程系博士学位。长期在美国从事多媒体处理器产品的研发，尤精于芯片的架构、设计和生产。

在高文的盛情邀请下，解晓东决定回国，加入 AVS 团队。

反复试验，攻坚克难。

2005年3月2日，第一颗 AVS 芯片——AVS101高清解码芯片，诞生于联合信源数字音视频技术有限公司。不久，通过官方鉴定。

2006年2月，国家标准化管理委员会颁布《信息技术先进音视频编码第2部分：视频》（国家标准号 GB/T 20090.2-2006），并明确从2006年3月1日正式实施。

国家标准完成了,芯片出炉了。

AVS 标准,像一棵小树,慢慢地向着中国现实,牢牢扎根。

即便如此,其产业推广和应用速度,还是难如人意。整套标准,仍是没有得到产业界的真正认可。

高文力图说服国家相关部门,也联系了众多生产企业,但他的一腔热情,总像是撞上了棉花包。

11. 上书总理

2006 年 5 月的一天上午,何芸猛然在报纸上看到一条消息。

原来,国家广播电视总局发布了新的音视频执行标准。这套标准,将会作为本系统未来执行和采用的方向。然而,其中,却没有 AVS 标准的影子。

AVS 标准制定完成已近三年,又组织力量攻克了芯片制作。天知地知,高文、黄铁军、张伟民、何芸、虞露等人已经花费了大量心血,也取得了突破性进展。但很显然,到目前为止,他们的努力并没有得到国家行业主管部门的认可,遑论接纳。

长期处于苦恼中的何芸,一股怒火"腾"地冒了出来。

她扔下报纸,拨通了高文的电话。

她说,我们写一封信吧,把我们的梦想、经历和诉求,全都写出来。哪怕没有结果,这也是我们的态度。

说干就干。

放下电话,何芸拿起笔来,将 AVS 工作组的世界背景、中国现实、努力过程和现实窘境,以及中国音视频在国际上的困局和出路等等,都写了出来。

握着手中的笔,几年来林林总总的一切,如走马灯一般在眼前翻过:整夜不眠的煎熬,天下第一城的彻夜风雪,凤山一片黑暗中的亮光,深夜里救护车的紧急呼啸……

信的结尾,她郑重署名:清华大学一教授:何芸。

高文看过这封信,也是激动不已。

最后,几位核心成员,一致同意署名。

信虽然写得洋洋洒洒,但是寄给谁呢?

给媒体吗?

给相关部门吗?

都不足托!

想来想去,何芸脑海中乍然出现了一个大胆想法:直接寄给最高决策者!

这个决定虽好,却让负责寄出的黄铁军犯难了:没有人知道邮寄地址啊!

信,又回到了何芸手上。

何芸拿起笔,直接在信封上写下一行字:"国务院温家宝总理办公室收"。

邮编是多少?

何芸想,反正北京地区都是"1"开头。于是,她顺手在邮政编码后边的格子里,全都填满了"0"。

万万没有想到,事情很快就有了进展。

大约一个星期后的一天上午,何芸的手机突然响了起来。

来电人颇为礼貌:"请问,您是何芸老师吗?"

何芸并没有意识到电话的特殊性:"是的,我是何芸。"

然而,对方接下来的话语,却立刻让她从椅子上弹了起来。

对方说:"来信我们已经收到了,总理已经请广电总局来协调这件事情,很快就会给回复。"

何芸放下电话,恍然若梦。

几天后,国家广播电视总局的电话就打到了清华大学办公室,希望与何芸教授直接面谈。

面谈人,正是国家广播电视总局科技司司长王效杰。

初一见面,王效杰就表明态度:"对于国产标准,我们还是很支持的。"

何芸性情直爽,对这样的回应颇为不屑:"你们不能只是这么说,要用行动来证明。"

王效杰接着解释,为什么国家广电部门没有大力采用AVS标准呢?最大的问题就是,这套标准没有经过严格的测试。没有严格的稳定性保证,就没有办法直接采用。

何芸反问:"那广电部门也没有用我们的标准进行测试啊。你们如果觉得不好不适用,那应该测试之后才决定啊。你们不认可我们,也不进行你们认可的测试,为什么就不给我们机会呢?"

何芸的尖锐,险些让这次会面不欢而散。

或许,正是这封信和这次会面起到了直接作用。

不久之后,国家广播电视总局终于决定开始考虑AVS标准。为了更好地了解实情,他们主动对AVS设备进行全面测试。

测试考场,选定在广科院。

对比对象,仍是当时国际上最先进的H.264视频标准。

专家们面对经过两套标准处理过的视频,详细地进行观看、评比、打分。最后，结果大大出乎广电部门的预料。虽然性能参数上有所差距，但直观体验，不分伯仲。

严酷的坚冰，开始融化。

的确，世界正在全面进入数字化时代。音视频领域，正是最直接、最鲜明的体现，而中国在这方面，更需要追赶和超越啊。

中篇：沉重的起飞

2005年3月，第一颗AVS芯片成功诞生。

AVS标准的应用和产业化推广，随即提上日程。

长远来看，这套中国标准一方面应覆盖国内所有电视台，让播送信号按照AVS编码标准输出。另一方面，还应覆盖所有终端设备，保证每一台设备都有能力解析。

这项宏伟的应用推广计划，目标广、覆盖范围大，不仅涉及技术标准制定层面，更扩展到了中国广播电视部门以及国内数量庞大的设备生产商。

其工作量之巨，难度之大，不言而喻。

12. 步履维艰

通俗地说，AVS编解码技术的具体应用过程是这样的：

在制作端，编码器按照算法规则将电视台制作好的节目进行数字编码，将信息流压缩到原来的几十分之一甚至几百分之一，随后通过各种形式播送到千家万户。而在接收端，则需要解码设备，将传输来的码流解开，复原成为清晰的视频和音频。

这也就意味着，这套标准一方面需要广电部门的支持——在制作端将电视节目进行编码,转化为 AVS 标准的数字信号传输出去。另一方面还需要终端设备厂商支持——电视等一系列设备能够接收 AVS 编码的信号,并还原为高清的音视频图像。

所以,在成功将理论算法转变为完整的技术标准后,AVS 标准接下来的难关显而易见——如何把标准做到芯片和终端里,然后推动从头端至终端的大规模应用。

自从 2002 年初 DVD 专利风波之后,AVS 标准的发展始终得到国家信息产业部的大力支持。

信息产业部一方面通过积极的产业政策,鼓励我国企业加大投入研发 AVS 相关产品设备,并以电子发展基金等方式予以产业化研发经费支持;另一方面,面向市场,构建较完备的 AVS 产业链,打造 AVS 生态。

AVS 产业联盟成立后,推广工作全面开始。

为了让电视台和运营商们愿意采用新标准,张伟民四处奔波,大讲新标准的好处,讲我们 AVS 标准的压缩效率高,原来你们可以播放一套节目,效率提高之后,便可以播放两套节目,这不就是两套广告了吗?

日复一日,年复一年,一些运营商、终端设备厂商逐渐开始接纳 AVS 标准。他们在自己的产品网络中加入了 AVS 标准,使越来越多的电信网络和终端设备开始具备了传输、解析 AVS 信号的能力。

2007 年 8 月,杭州地面电视广播系统开始正式应用 AVS 标准播送信号。

2008 年,上海东方明珠采用 AVS 标准转播北京奥运会,支持各种应用 AVS 标准的终端设备。

......

与此同时，国外的推广也在奋力进行中。

经过几年努力，AVS标准在国际上逐渐推广到古巴、斯里兰卡、吉尔吉斯斯坦、老挝等国家，初步实现了"中国标准"出口海外，在海外市场与"洋标准"一争高下的局面。

2010年，正是得益于"音视频编解码理论、标准及应用的突出成就"，高文被授予中国计算机学会"王选奖"。

2011年12月，高文当选中国工程院院士。

即便如此，在更宏观层面上，AVS标准的产业化和应用推广，仍然进展缓慢。

在产业化方面，从2011年下半年广电总局和工信部联合组织的AVS相关产品技术测试结果来看，仅有少数厂家的个别型号产品能够完全满足标清广播电视业务应用的技术要求。

在推广应用方面，AVS相关产品仅在地面数字电视领域有小规模试验或应用，而在有线电视、卫星广播电视和广播电视台等领域基本没有得到应用。绝大多数广电单位、电信运营商、终端厂商，仍旧小心翼翼、万分谨慎，并未接纳这套新生的中国标准。

巨大的困难，像群山，重重叠叠地横亘在面前。

AVS标准，就像艰难的行路者，在群山之中擎着微弱的灯火，步履维艰地跋涉着，探寻着。

13. 走近央视

无疑，作为中国广电领域的龙头老大，中央电视台是风向标。

在中国广电领域全面铺开国产音视频标准，中央电视台是最不可避开的一环，更是具有引领意义的一关。

的确，从走近央视，到走进央视，何其曲折而漫长。

如果中央电视台接纳 AVS 标准，则意味着需要采用执行 AVS 标准的编码器等一系列相关设备。

然而，编码器生产却是一个极为小众的行业。对于中央电视台来说，一个频道只需要准备主用、备用两个编码器。一个运行稳定的编码器，至少能够持续使用十年。

这样的用量，对编码器生产厂商来说，几乎无利可图。

更为重要的是，中央电视台对设备稳定性要求极高，节目昼夜轮转，电子设备夜以继日，连轴不歇。在特别重大场合，播出质量更是容不得丝毫差误。

这无疑是对编码设备的极致考验。

AVS 纸面上的技术标准，虽已与世界一流水平不分伯仲，然而它的最大问题却不容忽视 —— 产业是空白的，标准是新生的，一切都是青青涩涩，刚刚萌芽。

没有时间的考验，难言经验成熟，更遑论完善与稳定。

因此，最初当 AVS 标准主动联系时，疑虑重重的中央电视台，犹豫了，拒绝了。

信心满满的中国标准，像一位热情似火的青葱少年。只是，中央电视台的这番犹豫和拒绝，更像一桶冰水，兜头灌下。

平心而论，承担着重要安全播出任务的中央电视台，如此选择，情有可原。然而，作为新生儿的 AVS 标准，耗不起啊！

一对天然的矛盾！

数字时代来临之前，信号的传播还处于模拟时代。

模拟信号，是指用连续变化的物理量所表达的信息。在通信领域，模拟信号传输是指用一系列连续变化的电磁波（如无线电与电视广播中的电磁波）来传递讯息的通信方式。

电视台将电视节目转化为模拟信号，通过发射塔将电磁波发射出去。电视通过背后的天线来接收模拟信号。一条银亮的小辫子，每天晚上翘首以待地接收信号，随后将信号转化为屏幕上的影像。

有时因为多种原因，或是信号传输受阻，或者是位置不对，打开电视则会满屏雪花，噪声不断。这时候，则需要调整天线。天线可伸可缩，来回旋转，找寻角度。在来回摆弄之下，雪花背后模糊的影像就开始清晰起来。

当时，全国每个地区都有一个高高大大的信号发射塔。

1996年，伴随着世界广电数字化大潮，中央电视台投巨资，从日本引进系统设备。这套系统所采用的国际标准，便是MPEG-2。

这套系统、这套标准，从此一直使用。

然而，对于中央电视台来说，尽管AVS标准在应用层面尚不成熟，但它毕竟是中国人自己的标准啊。

2002年初，颠覆整个DVD产业的专利"杀猪"事件，深深地触动了丁文华的神经。

丁文华，男，1956年4月生于北京市，1982年毕业于北京广播学院（现中国传媒大学）电视工程专业，而后进入中央电视台工作，1996年被评聘为教授级高级工程师。2000年，开始担任中央电视台总工程师。

作为央视技术方面总负责人，他不可能对知识产权、技术安全问题无动于衷。

AVS 工作组成立之后，为引起举国上下对音视频专利标准的重视，秘书长黄铁军不断在媒体上宣传：中国一定要开发自己的音视频标准，如果中国还在继续使用外国标准，就相当于把自己的命门交在外国人手里，一旦再次出现专利"杀猪"事件，不堪设想。

黄铁军的言论，颇有影响。

机敏的丁文华，自然心有所动。

于是，抱着试试看的想法，他主动联系了高文。

2005年10月上旬的一天，在中央电视台老台址的14层会议室，双方开始了第一次握手。

可以说，两人对于专利问题有着高度认同，对于技术标准受制于人的现状，更是极有共鸣。

但是，尽管相谈甚欢，这次会面却没有促成更进一步的合作。

在丁文华看来，当时的 AVS 标准虽然代表了国内最先进水平，但与国际最先进标准相比，优势并不明显。而从实用角度看，这项技术标准从理论成熟到产品成熟，还有着不小距离。因此，让中央电视台放弃目前已经成熟的技术标准、设备产品，转而应用这一套尚在襁褓之中的新标准，并不现实。

高文感觉到了丁文华的顾虑，但不愿意放弃这次难得的机会。

几天后，他盛情邀请丁文华到 AVS 的研发基地参观。

在位于上地的实验室里，高文向丁文华具体介绍了 AVS 音视频标准的实际发展情况。

不得不承认的是，尽管高文怀着极大的热情，但在丁文华看来，此时的 AVS 标准，还太过稚嫩，无法挑起大梁。

双方的第一次握手，就这样结束了。

14. 第二次握手

不知不觉，时间来到了2006年。

这一年，为了迎接2008年北京奥运会，中央电视台正式筹备开播高清频道，在播出上实现高清数字化。

这，再次涉及音视频标准的选择问题。

几年前DVD专利风波事件殷鉴不远，丁文华曾经的隐忧，再次翻涌而来。

作为国家级电视台，对于音视频标准的选择，不得不万分慎重。

其实，此时对于中央电视台来说，选择已有的外国标准，是一个安全、稳妥且省力的决定。无论是上级主管部门，还是央视内部，大都倾向于此。

这种选择的好处显而易见：外国标准不仅性能优越、运行稳定，更是已经有了成熟的产品和丰富的应用经验，各方面都比较完备。此外，中央电视台与外国标准组织方合作多年，驾轻就熟，各方面关系沟通也很顺畅。

如果选择中国标准，则会面临众多不确定因素 —— 纸面上的标准能否顺畅转化为成熟稳定产品？

这些，都是问题。

相对于一个未知的将来，作为使用者，中央电视台其实更愿意接受一个在各方面都成熟的音视频标准。

这样的心情，自然可以理解。

AVS标准的命运，可以说迎来了一个最危险的时刻。

一旦选择外方，将会错失最重要的历史机遇！

或许是 AVS 工作组持之以恒的努力发挥了作用,在这个关键时刻,丁文华再一次联系了高文。

距离上次见面,又是一年过去了。虽然 AVS 标准已经有了长足进步,但谨慎起见,丁文华还是决定把相关设备运到中央电视台,再次现场测试。

AVS 标准纸面上的性能固然可靠,但他更需要一个稳定运行的成熟产品。芯片、电源、线路板等等,任何一个细小环节,都有可能带来严重事故。尤其是中央电视台,任何事故都会引起国内外关注。

果不其然,这套设备当天的表现,不尽如人意。

设备摆开之后,接口部分竟然无法通畅。勉强接通之后,不知哪里又出了问题,屏幕上的图像仿佛醉汉,摇摇晃晃。

场面,尴尴尬尬。

丁文华原本趋向坚定的意志,也变得摇摇晃晃。于是,他的目光,又转向了国外标准。

15. 第三次握手

丁文华代表中央电视台,与国外标准组织的接洽,全面开始了。

当时,国际上流行的音视频编解码标准,主要有两大系列,一个是 MPEG 系列标准,另一个是 H.264 系列视频编码标准。

由于选择面太窄,包括中国在内的许多国家,只能被动接受国际上已有的标准。

这两个国际上最为先进的数字视频编码标准,无论是编解码性能,还是产业应用,都已经有着成熟而稳定的经验。

这一切,作为新生儿的 AVS 标准,短时间内难以比拟。

但是,随着接洽的深入,双方不可避免地涉及标准的收费问题。

外方谈判人员极富经验:"丁先生,请问你是代表中央电视台,还是中国呢?"

对方如此发问,其实蕴含了一层不易察觉的深意。

如果丁文华仅仅代表中央电视台,那么价格好商量,甚至可以免费。但是,这只能针对中央电视台,中国广电系统众多的其他使用者,则不在其内。

对方的意图很明显,一旦中央电视台将他们的音视频标准引进并使用,必将在中国牵一发而动全身。他们虽然没有在中央电视台身上赚到钱,但因此带动的中国巨大市场,完全可以让他们赚得金玉满堂。

所以,在谈判时,外方抓住这一点,反复向丁文华确认。

丁文华知道,中央电视台一定程度上就是中国广电系统的代表。他自然希望能够代表中国,以一套一揽子方案拿下这套标准。

与中国情况类似的还有韩国。几乎同一时期,韩国也涉及新一代音视频标准的引进问题。外方虽然没有明说,但丁文华已经从侧面了解到,韩国方面以大企业牵头,以一套一揽子方案完成了谈判。

然而,中国的市场太大了。显然,外方最希望中国方面各自为战、各个击破,从中获取更大利益。

几番交涉,外方毫不让步。

毕竟,他们手握这套最先进的音视频标准,掌握了绝对的谈判主动权。

没有自己的知识产权,就不免受制于人。

丁文华的心,再一次深深地被触痛了。

他的目光,终于又回归中国标准!

丁文华邀请从加拿大回国的资深工程师曾志华,希望全面评估一下AVS标准的升级可能性。

曾志华，男，1972年9月生于广州市，毕业于中山大学，获图像与信息处理专业硕士学位。后留学欧美，并在某世界著名公司就职。长期从事视音频编解码、芯片算法架构设计等领域的研究与应用，在算法研究和编解码器的实现上具有丰富经验。

曾志华认真研究之后，慎重指出："基于现在的状况，这个标准还是达不到H.264的水平。其中最为关键的一点，这里面没有高效率的熵编码算法。"

问题找到了，接下来怎么办呢？

究竟是采用成熟的外方标准，还是采用国产的自主标准？

思前想后，丁文华最终下定决心：加强AVS的熵编码算法，替代外方标准！

他，第三次主动联系了高文。

这一对打打杀杀却又相爱相亲的对手，这一对担负着国家利益和政治风险的高级知识分子，经过反复权衡，终于达成了共同意向。

2006年12月8日，在北大博雅国际酒店的会议室里，两双手，紧紧握在一起，从此再未分开。

AVS标准，终于没有错过这一个千载难逢的机会！

16. 珠联璧合

AVS标准的历史性突破，不仅得益于中央电视台总工程师丁文华的努力，同样也离不开国家广电总局科技司司长王效杰的助力。

他们在不同位置，共同推开了一扇沉重的大门。

王效杰，女，1962年1月生，重庆人，1978年考入北京广播学院（现中国传媒大学）电视工程系。1982年毕业，进入中央电视台播出部工作。

当时的中央电视台，只有两套节目。作为技术人员，丁文华负责中央一台，她负责中央二台。

两间屋子，两个控制台，这就是最早的中央电视台。

当时的中央二台，白天播放广播电视大学的教学节目，上下午两节课，只有晚上播出节目。每当夜幕降临，从19时到22时，主要播出戏剧。

播出设备十分落后，全是模拟时代的录像带和录像机。节目播出，全靠手动。

王效杰每天按照节目表，把录像带放到录像机中，按时上映。

播放与切换呢，更是简陋，常常是里外屋工作人员同时高喊："一，二，三，走！"

一声令下，录像带就转了起来，播放机也开始放出信号。全国的电视机呢，就像鱼儿得到了水，开始"咿咿呀呀"地播出声音来。

时间到了20世纪90年代，全球广电数字化浪潮袭来。但是，此时的国内相关产业还是一片空白，中央电视台的设备，全套从日本引进。

这套系统引进之后，丁文华和王效杰很快就发现其操控特性并不符合中央电视台的实际情况。

日本电视台的节目播出严格按照时间表，几乎不会有任何变动。所以，这套系统的操控软件设定之后，不能临时调整。而国内的播出情况与日本大不相同，节目播出变动极大，甚至在播出前一分钟，常常临时增减或更改。

为了适应这种情况，丁文华和王效杰意识到，必须研发适合中国国情的播出软件。

很快，中央电视台找到一家电视技术研究所。经过几个月努力，终于开发出了一套适合中国国情的自动播出控制系统软件。

软件的开发，虽然解决的只是一个小问题，却让这台机器成为中央电视台的第一个数字化创新设备。

这，似乎也预示着中央电视台未来的国产化之路。

2001年，王效杰离开央视，调任国家广电总局科技司司长，负责全国广电系统包括中央电视台的技术发展规划，为之后中央电视台的数字化发展提供了有力的政策支持和保障。

这几年，伴随着世界科技大潮，中央电视台的数字化程度不断提升，完全实现了数字化无带播出。

数字化进程的全面推进，数字音视频标准，便成为一个绕不开的重要问题。

长期以来，中央电视台使用国际音视频标准。AVS标准出世之后，尽管越来越多人建议中央电视台转用中国标准，但由于各种原因，国产化进程推进缓慢。

王效杰说，愿望虽然美好，但在实际应用中，却有着各种各样的现实问题。

高等院校及科研院所主导的标准研发，大多是以理论验证为主体的工作方式。在实验室环境下，这些标准运行完美。然而，一旦走向实践，在实际环境中，几乎必然会出现意料不到的巨大差距和复杂问题。

如何把这一套标准完美地置入机器，考验着一个国家制造业的综合实力。

机器散热，便是其中一个重要问题。

在中央电视台的使用环境下，这些编码器，每天24小时，成年累月，一秒也不停播。电视台的编解码器都放在标准机柜之中，大柜高2米、宽60厘米，像衣柜一样，方方正正。打开柜子，里面是一个个架子，架子上放着像DVD一样大小的编码器。在通电状态下长期工作，发热是不可避免的问题。这个问题虽然不起眼，但对编码器的稳定工作影响巨大，进而直接影响到电视台的安全播出。

因此，这一小小问题，极为考验厂商的芯片设计、产品内部的结构和布局、生产工艺等多方面因素。

而中央电视台的播出，压力极大，安全、可靠必须摆在第一位。

采用这样一个年轻的编码设备，出了问题，谁来承担责任？

平心而论，没有谁敢冒这个天大风险。

北京奥运会之前，中央电视台要进一步全面提升数字化程度。不仅是台内要实现数字化，从地面发射到卫星传输再到接收终端，更是要全面完成数字化。

这样一来，便需要更新大量的设备，急需相关产业化的大力推进。

在一定程度上，这给AVS标准提供了最好机会。

同样，这也是最大考验。

现任中央广播电视总台技术局科长的潘晓菲，至今还清楚地记得第一次见到高文时的情景。

那一年，潘晓菲正在中央电视台负责技术维护工作。

她被丁文华总工找去："小潘啊，你下楼去接一位专家……"

潘晓菲根本不知道谁是高文。听到吩咐，赶忙放下手头工作，"咚咚咚"地跑下了楼。

还没走到大门口，她就看见一辆小车开到了门外，一个身材魁梧的男人走下来。

挥手示意后,潘晓菲便风风火火地带着高文走上楼。

此时的高文,表情凝重,一言不发。因为他已经得知,这一次的测试并不顺利。

进入办公室后,高文来到屏幕前。潘晓菲则把系统接上,调出了测试画面。

不出所料,高文眼前的画面,摇摇晃晃。

指着屏幕上的画面,心直口快的潘晓菲说:"看见了吗,还是不行!"

多年以后,潘晓菲回忆道,这句现在让她哭笑不得的怨语,竟然是她第一次面对中国业内最顶尖专家高文时说的第一句话。

几天后,潘晓菲又接到丁总工通知,让她去广电总局科技司会议室,直接汇报 AVS 标准的测试结果以及改进意见。

年轻的潘晓菲有一股闯劲:"去就去,实话实说呗。"

2007年1月19日,面对王效杰司长领衔的专家组,她详细汇报了测试结果,同时还表明了中央电视台的意见:目前这个系统确实达不到中央电视台的技术要求,但我们有改进方法!

而王效杰,代表国家广播电视总局,也明确表示:全面支持 AVS 标准!

……

17. 破茧

一个产品,从研制到成功需要多久?

一个产业,从空白到成熟又需要多久?

这一切,都是 AVS 标准的成长史!

走进中央电视台,虽然迈出了极为关键的一步。然而,这一切,仅仅是开始。

2010年3月的一天,梁峰刚刚走进办公室,便在桌面上发现了一份文件 —— 全国政协委员的提案。

每年全国两会上,代表委员们的议案和提案都会被转到相关部门,限期答复。

看着这份文件,梁峰深叹了一口气。

梁峰,时任工业和信息化部电子信息司视听产品处处长。

眼前的提案,他并不陌生,已经是连续第四年收到了。

提案内容,也已在脑海里萦绕多年;提案的拟定人,也早已知根知底。

这份提案,不仅梁峰年年面对,对于国家广电总局科技司科技与标准管理处处长盛志凡来说,也是如此。

事实上,信息产业部一直是AVS标准的坚定支持者。然而,作为一个庞大的生态,信息产业部只能在职责范围内大声疾呼,而在此之外,则鞭长莫及。梁峰虽然主管视听产品,但显然,这只是整个音视频生态的最终端。更为关键的音视频标准的制定与推广,则归属广电总局。

也就是说,工信部只能负责电视,而广电总局则主管信号。

负责信号的部门,正是盛志凡任处长的国家广电总局科技司科技与标准管理处。

在最初的几年间,身为全国政协委员的高文,每年全国两会之前,都会精心撰写提案,而梁峰和盛志凡则是每年都要积极回应这份提案的诉求。

面对AVS标准推广缓慢的现状,梁峰也是忧心如焚。

有一次，梁峰遇到了张伟民。他拉住张的手，焦急地反问："你来帮我回答一下，应该怎么办？"

的确，工信部虽然极力呼吁，但仅凭借自己的力量，并不足以撑开整个发展空间。庞大的产业生态，支脉繁多。

自从 AVS 标准走进中央电视台之后，作为央视的主管单位，广电总局也逐渐与 AVS 工作组、工信部产生了更多联系。

这一过程中，许多问题便越发明显起来。

随着 AVS 标准的发展壮大，涉及部门越来越多，尤其在广电总局和工信部两个部委之间，要经过多个环节。各种事项流程长且复杂，应急反应慢。面对瞬息万变的形势，经常是按下葫芦浮起瓢，东墙修好了，西墙又摇摇欲坠。

中央电视台的需求，没有办法及时传导到技术和生产方。技术和生产方的解决方案，也无法快速得到实践的应用与检验。

协调各方的张伟民夹在中间，急得像热锅上的蚂蚁。

有一次，他苦恼地找到梁峰："这样不行，效率太低了，要想想办法啊。"

对此，梁峰何尝不是心知肚明呢。

是啊，冗长且烦琐的环节和低下的效率，让他也一直在思考着如何破局。

在一次会议上，梁峰碰到了盛志凡。连续几年，两人每年都要一起回复关于 AVS 标准推广应用的提案。在不少问题上，双方颇有默契。

两人合计，干脆直接成立一个工作组，由两个部委牵头，将相关各方全部联合起来。

"既然是一件有意义的事情，我们就把它办好吧。"

经过反复调研和商讨，各方细节逐渐清晰。工作小组的雏形，渐渐明朗了。

工信部电子司和国家广电总局科技司的两位司长，共同担任领导小组组长，两位处长担任两个联络人。技术专家方面也是双组长，由高文院士和丁文华总工共同牵头负责。

2011年12月，"AVS技术应用联合推进工作组"正式宣告成立。

工作组在工信部和国家广电总局的全力支持下，以高文院士和丁文华总工为技术带头人，组织全国科研院所、芯片及设备企业、电视台、广电网络公司等产、学、研、用各方力量，针对AVS标准推广过程中遇到的重重困境，共同开展联合攻关，共同推进。

2012年3月，AVS标准的演进技术标准（简称AVS+）发布。这套加入了熵编码的新一代AVS+标准，已经达到国际一流水平。

这套标准以高清电视应用为突破点，充分利用我国数字电视由标清向高清快速发展的重要机遇期，堂堂正正地开始了大规模的产业化推广。

十年艰辛努力，终于走上坦途！

2012年3月18日，AVS十周年庆典大会在北京大学中关新园举行。

当天早上，北京普降大雪。

为了准备上午的开幕式，黄铁军早早起床。

他来到窗前，惊奇地发现，一夜飞雪，红墙素裹，三月燕园，分外妖娆。

十年前的同一天，黄沙压城，正是中国音视频产业命悬一线的危急时刻。而十年后，虽然前路仍旧坎坷，但已是瑞雪兆丰。

回首这漫长的十年,黄铁军感慨唏嘘,大发诗兴。万千艰辛,浓缩其中:

AVS 十周年感怀

忆往昔,

沙暴滚滚锁香山。

DVD 出口遇阻,

达摩克利高悬。

科学会议谋自主,

产学研用图破关。

政府支持,百家携手,千士共勉,

协同创新铸倚天。

看今朝,

瑞雪洗尘,春意盎然。

节目飞驰,杭州上海,亚洲拉美,

芯片灿烂,海峡两岸,欧美日韩。

广电工信联袂,剑指高清立体,

象牙塔内重聚,指点视听江山。

技术、专利、标准、产品、应用成一统,

国际国内谱新篇。

18. 青涩

2012年末的一天,一只包裹严密的木箱,从广州运抵北京,进入中央电视台机房。

拆开包装后，潘晓菲眼看着生产商家的工程师们，小心翼翼地搬出了全球第一台即将正式上线的 AVS 编码器。

设备入位，开始测试。

然而，测试还没有开始，就出了问题 —— 机器接上电，居然毫无反应。

工程师们挠头唏嘘，围着机器左转右转，随后搬起来，晃一晃。伴随着一声轻微的响动，一位工程师说出了一句令潘晓菲哭笑不得的话：

"运输有些颠簸，里面好像有个东西松掉了。"

工程师当着大家的面，拆开了编码器。

机器里面的景象，更令潘晓菲吃惊：一个笔记本电脑大小的线路板，左前方不知道用什么胶水粘着一小块东西，就像玩具一样 —— 这就是即将上线测试的设备？！

问题，还不止这一处。

细心的丁文华总工程师毕竟见多识广，追问道："先别说性能怎么样，机器运行起来之后，怎么散热呢？"

工程师有点儿犹豫，想了想，指着里面的小风扇说："运行起来，是前面进风，侧面出风吧。"一边说，一边比画了一下。

丁总工停顿一下，指着他比画的地方继续追问道："前面风扇把风引进来，怎么从侧面出去？"

这番发问，让这几位工程师愣住了。

丁总工有点儿无奈："看看人家爱立信吧。"

马上找来一台爱立信编码器，拆开。

爱立信里面，有一条塑料绝缘的导流带。气流被风扇从正面引进之后，在导流带的引导下，顺畅地从机器内部穿过，从侧面出风口流出。

丁总工说:"你们要学学人家的设计,有导流带,有进有出,这才是一个完整的过程。"

几位工程师频频点头。

他们买来了材料。

潘晓菲眼看着他们,蹲在机房里,比照着爱立信设备,一边看一边剪,然后用胶水粘贴……

站在旁边的潘晓菲,一瞬间有些恍惚:这就是要正式上线的设备吗?这能承担得起中央电视台安全播出的重任吗?

她的心鼓越敲越响,以至于都不敢再继续想下去了……

安全播出,是中央电视台压倒一切的底线。

然而,第一套 AVS 标准编码器在机房上线以后,各种各样的小问题接连不断。

按照设计,编码器只要稍有异常,就会立刻倒换线路,报警声即刻响起。

果然,上线后,系统告警的声音像防空警报一样,连绵不断,"呜呜呜"的声音,几乎响彻整夜。

有一次,生产厂商的一位技术负责人在现场值夜班。第二天早晨见到潘晓菲,捂着胸口说:"警报声音太响了,在这里待久了,要得心脏病的。"

报警器一响,潘晓菲就像炸毛一样。那种巨大的压力,让她时时陷入焦虑。

为了这样一套标准,冒着如此大的风险,究竟值还是不值?

为了保证播出稳定，机房里的编码器必须安排主备两套系统。一套正常运转，另一套随时待命。

一般来说，两套设备有备无患，同时出故障的概率极低，完全能够长期保障24小时不停播。

然而有一次，主备编码器居然同时出现了故障，险些酿成大祸。

这是从未预料到的情况。

经查，问题出现在设备内部的一个计数器上。

这个计数器用以检测信号变动。一般情况下，随着机器重启，计数器都会默认归零。但是中央电视台的节目运行情况极为特殊，设备全天24小时无休。而这个计数器到达最大值后，不能重新归零，而是直接卡住，直接宕机。

更为凑巧的是，两台编码器几乎是同一天开播，同时间计数。这也就意味着它们的计数器会在一个几乎相同的时间共同达到最大值。

意外，就这样发生了。

怎么办呢？潘晓菲赶紧联系设备生产厂家检修。但是，无奈的是，设备内部的接口板来自他处，各种各样的计数器潜藏各处，根本无处找寻，更无法统一记录。

为了解决这个出乎意料的问题，潘晓菲采取了两方面措施。一方面做实验，让一个设备在机房里不停运行，直到瘫痪。另一方面，主备系统开机运行时间要严格记录。

这件事情，更让潘晓菲意识到，实验室数据仅仅是一种理想效果，而在实际使用中，各种问题都难以预料。

为了最大限度地减少问题，最好的办法就是向成熟产品学习。

有一次，潘晓菲发现一个问题：当编码器有效码率不足的时候，AVS设备输出的图像比较模糊，而之前采用的爱立信产品，在同样状况下图像几乎没有变化。

经过细细研究,她发现当码率不足的时候,爱立信编码器的图像将有限的资源分配在画面中央。因为按照人们默认的观看习惯,视线一般会集中在这里,周边则往往忽略。

所以,当码率不足的时候,只要优先保证画面中间的清晰度,就会带来更好的观看体验。

毋庸讳言,这些问题,都是 AVS 标准从抽象理论走向现实应用的必经之路。

而这一切,只能在成长中完善,在实践中成熟。

开弓没有回头箭。既然选择了中国标准,就要克服一切困难,坚持下去!

然而,长期以来,中国在这方面的自主创新,极为缺乏,整个产业几乎是一片空白。

AVS 产业化,涉及芯片、软件、产品设备和端到端系统等多个关键环节。它们之间既相互独立又相互依存,是一个复杂的系统工程。而对于当时与国际先进企业尚有不小差距的中国企业而言,难度极高、挑战极大。

19. 芙蓉出水

AVS 标准的应用推广,虽然面临诸多困难,但在艰难跋涉中,也逐渐显露出灿烂光芒。

在采用外国标准和设备时,中国用户的话语权极为有限。

比如,长期以来,中央电视台采用的是爱立信编码器。在使用过程中,央视曾多次提出建议,希望能够给予一些针对性改进。但是,外方厂家往往没有足够耐心，有些能够改进，更多的则由于文化背景不同或使用习惯不同，他们难以认同。

过去，中央电视台每月定期进行动力系统维护的日子，是潘晓菲最头疼的时候。

动力系统维护时，电流变动不可避免地产生大量的串扰信号，对视频信号产生干扰。

在频繁的干扰之下，视频信号会出现微弱的偏移，这些偏移会被敏感的编码器检测到。于是，在这一天的监控屏幕上，信号就会"噼里啪啦"地倒下一大片。这个微弱的偏移，直接影响了编码器的输出。

这个问题虽小，但是带来的体验却影响很大。"噼里啪啦"不断倒下的信号，引发了编码器频繁报警，同时也会屡屡倒换输出路径，给正常工作带来干扰。因此，动力系统每一次进行维护，对于在屏幕前监控信号的工作人员来说，都是一场煎熬。

事实上，由于这种偏移时间很短，不会对信号输出产生实质性影响，编码器只要记录一下即可。

为了解决这个小问题，潘晓菲与爱立信进行沟通。

然而，面对这个并不复杂的问题，爱立信工程师却显得很不耐烦：信号偏了就是偏了，偏了就报警，这个逻辑没有丝毫问题啊……

面对老外的态度，潘晓菲无语。

而换用 AVS 标准编码器之后，潘晓菲抱着试试看的心态，再一次提出了这个问题。让她倍感惊讶的是，国产设备厂商对于这个小问题展现了极大的配合性。

经过反复试验，他们在设备中加装了一个计数器。只有信号短暂偏移达到一定数量以后，计数器才认定编码器确实出了问题，随后再进行报警。

这样一来，一般情况下，如果在合理范围内，短暂的偏移也就不会频繁触发报警。

以后，每次动力维护的日子，监控屏幕，风平浪静。

AVS 标准在实践中，在不断涌现的种种问题中摸爬滚打，不断成长，慢慢成熟。

一次，潘晓菲偶然了解到下游地面站接收到的信号常常不稳定，检测器总是误解为丢失节目而频繁报警。编码器生产厂商了解后，派出几批技术人员反复检测，最后发现，问题出在编码器输出的码率上。

很快，厂商开发出了一项名为"有效空包填充"技术，顺畅地解决了地面站的诉求。

每当回顾 AVS 标准在中央电视台的坎坷历程时，潘晓菲总能想起来三辆小推车。

那是第一代标准产品刚刚进入中央电视台测试的时候。

那一天，工作人员推着一辆小推车。推车上放置的，就是将要进行测试的最新编码器。看到这辆小车的第一眼，潘晓菲震惊了。这与其说是一台机器，不如说是"一团"设备。各种线缆、缓存、CPU 等各种部件，全都粗糙地堆在一起，毛茸茸地团在一起，恰似一大盆没来得及修剪的盆栽。

无独有偶，几年后，在测试第二代标准产品时，潘晓菲又见到了一辆小推车。

因为这一代系统标准的清晰度得到了较大提升，计算量大大增加，配件也更为复杂。所以，这台车上，堆着一个巨型的盘阵。各种各样的电子器件，堆在一起，蓬蓬勃勃，极像一根发芽的庞大树桩。潘晓菲似乎有些见怪不怪了，但她身边的年轻人们却张大了嘴巴，好像在观看一个怪物。

然而，又过了几年，第三代设备测试的时候，一切便大为不同了。

同样是一辆小推车，但这一次，潘晓菲见到的已经不是毛茸茸、粗刺刺的枝杈了。各种线缆、电路板，都已经巧妙地设计在了机壳之内。各种接口一应俱全，可以直接推入机房，置入机柜之中。

小车上的编码器整整齐齐、精精致致，像一块光光滑滑的奶油蛋糕。

2013年3月18日，中央电视台采用AVS+标准的节目，成功通过卫星进行传输播出。

2014年3月，工业和信息化部与国家新闻出版广电总局联合发布《广播电视先进视频编解码（AVS+）技术应用实施指南》。《指南》按照"快速推进、平稳过渡、增量优先、兼顾存量"的原则，明确了分类、分步骤推进AVS+在卫星、有线、地面数字电视及互联网电视和IPTV等领域应用的时间表。

2014年10月，中央电视台第二次招标，按计划完成了AVS+卫星高清的全部转换工作。

2014年11月，财政部批复《中央广播电视节目无线覆盖工程》，投资近50亿元，对全国2562个发射台站进行数字化改造和全覆盖……

AVS标准在沉潜多年之后，终于像一枝俏丽的芙蓉，在水面上绽放开来，吸引了全世界的眼睛。

这是中国标准摸着石头过河、不断发展壮大的一段艰辛历程。

这是中国高新技术产业从无到有、从小到大、由弱变强的一个真实缩影。

壮哉，AVS！

下篇：梦想的模样

回首来时路，唏嘘已忘言。

中国加入WTO之后，鉴于竞争激烈的国际市场，为了掌握自身命运，争取自主创新，国内不少行业组织启动了自主标准的制定。短短几年间，包括AVS工作组在内，共有29个类似标准组织如雨后春笋般先后诞生。

然而，20年过去了，大浪淘沙。目前真正形成巨大世界影响的标准组织，事实上屈指可数。

其余组织，有些虽然没有完全消失，但几乎名存实亡。

在经历了重重坎坷之后，AVS标准在新时代的大潮中，迎风绽放，越发惊艳……

20.4K之门

2018年春节刚过，张伟民便听到一个震惊的信息：中央电视台计划在年内开播应用AVS2标准的4K超高清频道。

张伟民十分意外："真没想到，居然会这么快！"

此时，距离最新的AVS标准——AVS2成为国家标准，刚刚过去一年。

事实上，在国家广电总局的规划里，4K超高清的进度并没有这么快速。当时，国内的高清音视频标准尚未完全普及。按照预期，4K

应当是"十四五"（2021—2025）才开始启动。

但是，2018年刚刚到来，4K超高清频道竟然直接提上了日程。

这个消息虽然突然，但也绝非冒险。在刚刚过去的2017年，AVS标准经过更新迭代，继续高歌猛进。这一年，广东省发布方案，要进一步推进超高清视频产业的发展。

这对于AVS标准来说，无疑是一个利好消息。

很快，消息正式传来：开播时间确定为国庆日——10月1日！

张伟民虽然紧张，但还是信心满满。

经过多年发展，AVS产业联盟已经驾轻就熟，从标准制定到产业生产，基本可以顺畅地联络各方，共同推进。

但是，作为一个新的编码标准，攻关难度极大，而4K超高清视频需要传输的数据量更是超过以往。虽然挑战重重，但对于AVS标准的快速发展，这无疑是一个重要的契机和引爆点。

AVS工作组需要抓住这一机会，进一步推广标准以及相关产品的应用。

经过几个月攻关，4K超高清频道开播需要的全套设备，都已准备完毕。

正式开播前一周，某设备生产商带着崭新的AVS2编码器来到中央电视台。

但这次测试，再次出现了一个所有人都没有料到的意外情况——设备连线之后，竟然直接花屏。

调试半天，没有好转。

现场负责人，立时大汗淋漓。

新频道开播在即，设备却不能使用。怎么办？眼看时间在一分一秒地流逝，空气瞬间变得紧张起来。

测试当天，张伟民并没有在北京。焦急的电话，震醒了千里之外的他。

随后，中央电视台相关领导人的电话也来了，语气严肃又严厉：频道马上就要开播，这种情况怎么办？

不用说，在送达电视台之前，厂家肯定进行过相关测试。

可现在，是怎么回事呢？

一方面是要找出问题症结所在，更为关键的是，一定要想办法保证10月1日4K频道的开播。

冷静下来后，张伟民赶紧打电话给设备厂商，让他们不惜代价，解决问题。打完电话之后，他想，难道是技术方面的问题吗？应该不太可能……

他突然想起来，以前有AVS2编解码设备已在中央电视台的一个部门投入使用了。想到这里，赶紧询问这位央视领导人。

果然没错，总控室里的同型号设备，运行稳定。

听到这个消息，张伟民松了一口气。

问题，极有可能出在设备厂商身上。

他再次追问："总控里面用的设备是哪家厂商生产的。"

负责人回答："数码视讯的产品。"

听到这里，张伟民心里有了底数。如果意外情况没有按时解决，至少还有数码视讯的产品可以顶上，保证顺利开播。

但为了谨慎起见，张伟民还是决定直奔现场，实地考察一下数码视讯的设备。

这一次，可千万不能再出差池。

9月22日，正好是中秋节。乘坐当天最早航班，张伟民从广州飞到北京。飞机落地,马不停蹄,陪同中央电视台某负责人,直奔数码视讯的北京工厂。

来到位于顺义区的厂房,张伟民看到一批设备正在进行最后测试。其中,就有央视已经启用的设备。

张伟民问:"这些机器与现在央视总控室里的设备一样吗?"

现场工程师肯定地回答:"完全一样!"

张伟民顿时长舒一口气,对中央电视台负责人说:"没问题了,频道肯定能顺利开播。"

正在这时,那家测试出意外的厂家,打来了电话。

原来,他们设备里有两种4K的显示模式。由于现场工程师高度紧张,忘记了这个细节。模式不匹配,画面自然出不来。

调节之后,花屏问题,成功解决。

直到这时,4K超高清频道开播的"双保险",彻底形成。

……

2018年10月1日,中央电视台采用AVS2标准,顺利开播4K超高清频道。

2019年10月1日,新中国成立70周年重大节庆活动。中央电视台通过4K超高清频道,实时向全球直播。

21.8K之窗

中央电视台4K超高清频道首播之后,4K超高清设备吹响了进军的号角,逐渐加快了全面普及的步伐。

当时普遍以为,4K超高清设备至少要用上十年,8K时代才会逐渐到来。

事实,超出了所有人预料。

2019年开始，8K超高清市场突然启动。国内各大厂商，纷纷推出了8K显示器、电视等设备。

终端设备的出现，引燃了8K超高清市场的战火。

此时，尽管8K终端设备如雨后春笋，但相匹配的8K内容还是完全空白——8K音视频标准还没有正式发布，各种节目还无法转换成8K标准的信号。

厂商为了推广设备，自行制作了一些8K清晰度的演示视频。

这些视频虽然令人惊艳，但无奈只是个别，只能在商场的展示柜台上不断循环播放。

这一现状，促使AVS工作组必须加快AVS3标准的制定。

因此，2018年刚刚启动的8K标准制定工作，瞬间加速。

视频的清晰度，由分辨率决定。

分辨率决定了图像细节的精细程度。通常情况下，图像的分辨率越高，所包含的像素就越多，画面就越清晰。

按照通行的划分标准，我们的视频清晰度，大致划分为以下几种。

最早是标清。标清通常指分辨率在480P以下的视频，如VCD机、DVD机播放的视频。当分辨率上升到720P时，就成了一般意义上的高清视频。现在网络上很多高清视频，都是这样的分辨率。

当清晰度进一步提升，便来到了超清视频1080P。一般视频网站的主流超高清，都是720P和1080P。

在此基础上，进一步发展就是超高清视频，这就是4K、8K分辨率视频。

随着分辨率的提升，视频画面的清晰度也就越高，随之视频文件的数据量也会越大，这对于标准的算法要求极高。

2019年3月，仅用了一年时间，原本计划用8年完成的8K标准，顺利推出了第一个基准档次。

随后，海思公司迅速制成芯片，置入设备。

2019年9月，应用AVS3标准的设备，在欧洲家电展上率先展出。

新设备的出世，轰动全球。

世界各国的同行们无不瞠目结舌 —— 国外同代的视频标准还未完成，而中国却已经制成了8K芯片，开始全面推广应用。

毫无疑问，8K，中国已经领跑全球！

当年10月，新设备再回国发布。

国内厂商很快一拥而上。从芯片到编解码设备，再到各种终端设备，整条产业链迅速地丰盈起来。

此时，尽管已入秋冬，但8K产业，却红红火火地进入了一个明媚的春天。

8K超高清视频的迅速进展，引起了中央电视台的关注。

随着智能手机、无线网络的迅速发展，超高清音视频产业必然是未来的方向。

2022年北京冬奥会，是超高清标准应用的重要战场。

在4K频道开播的基础之上，中央电视台决定更进一步，开始8K超高清频道的实验播出。

新标准要实现国产化，必须实现自主可控。所以，不仅要从标准层面采用自主标准，在设备层面更需要国产设备的高度融合。编码器、解码器、交换机等等，都要实现高度的国产化。

为了促成此事，中央广播电视总台决定在北京和上海进行2021年春节晚会8K超高清转播的试点并采用AVS 3视频编码标准。

2020年11月3日，高文院士、中央广播电视总台某负责人、华为海思总裁与AVS产业联盟秘书长张伟民等人在深圳开会，讨论8K超高清的事宜。高文院士建议，不要只在北京和上海，全国都可以建，深圳、广州各大城市都可以参与进来。

后来，在中央广播电视总台牵头推进下，在工业和信息化部、国家广电总局等国家部委的支持下，这项计划演变成了"百城千屏"计划。

2021年的春晚8K试播，全国共定下了9个城市36块大屏。

深圳的两块大屏，一块设立在福田区CoCopark商场，另一块设立在宝安区人民政府旁边的市民广场。

22. 领跑世界

2020年6月，已连任32年MPEG主席一职的意大利人Leonardo，突然在他的博客上宣布MPEG已经死亡。

这是国际音视频领域，中美欧竞争格局变动的一个缩影。

1988年，MEPG组织成立时，主席位置的竞争十分激烈。

那个年代，以索尼为代表的日本的音视频产业领先世界，自然在组织中占据极大话语权。然而，欧洲方面荷兰飞利浦、法国汤姆逊等公司势力同样强大。经过激烈竞争，日方最后妥协，主席让给了意大利人Leonardo，而秘书处则设在了日本。

日方的妥协并非毫无缘由，Leonardo是东京大学毕业博士，会说日语，也更了解日本。在日方看来，这也是一个上佳选择。

在中国AVS崛起的过程中，MEPG工作组给予了友好帮助。这一方面是为了扩大在中国的影响力，另一方面则是专利垄断对 MPEG 发展的阻力日渐明显。

2002年10月，AVS 工作组刚刚成立不久，MPEG 工作组便将第62次国际会议放在上海浦东召开。会上，来自20多个国家的300多位专家和50多位国内代表讨论了多媒体技术和标准的最新进展。

随着中国标准的不断壮大，基本上形成了欧洲、中国和美国、日本两大派别。在美国人看来，意大利人做主席30多年，越来越偏向中国。这无疑威胁到了美国的地位。

怎么办？

美国人提议更换 MEPG 主席。

根据相关规定，若更换主席，必须在大会上进行票决，16个成员国都要逐一投票。

开会之前，美国人估计，大概有一半国家不同意更换主席。

怎么办呢，经验丰富的美国人动了心眼儿。

在组织成员中，有一个代表国是黎巴嫩。黎巴嫩国内连年动荡，根本找不到技术代表，也从不参加会议。为了争取这一票，美国人把一个澳大利亚人聘为黎巴嫩大学的教授。

这位教授其实没有去过黎巴嫩，但这没有关系，只要聘任成功，就能代表黎巴嫩来投票。

会前，这位教授悄悄完成了手续，获得聘书。

正因为这一票，Leonardo 30多年的主席职位，就此更迭。

发起于欧洲的 MPEG 工作组，现在基本上被美国和日本控制。

20世纪末，欧洲的移动通信技术独步天下。

诺基亚、爱立信、飞利浦等公司声名赫赫，如日中天。正因如此，飞利浦等公司在音视频领域才有底气向全世界索要巨额专利费，甚至不惜对中国"痛下杀手"。

然而，在进入21世纪后，美国后来居上。在移动通信领域，美国CDMA推翻了欧洲GSM，从3G标准开始占据主导地位。数字电视领域，欧洲企业原有"领地"也被不断侵蚀。

DVB（国际数字视频广播组织）是一个发起于欧洲的世界性组织，制定的数字广播（卫星、有线、地面和宽带网络）技术标准，在全球绝大部分国家得到采用，后来却被美国和日本标准不断刮挖墙脚。危机之中，欧洲逐渐改变了对中国的态度，渐渐认识到，与中国合作极为必要。

MPEG系列标准曾经是DVB采纳的唯一音视频标准。但随着MPEG系列标准在专利收费上大开其口，导致其推广大为受阻，这让DVB的眼光逐渐转向专利政策更为开放合理的AVS标准。

2020年5月，DVB开展下一代编解码规范工作，将AVS3纳入候选标准中。在严格的遴选流程中，AVS3的优越性能获得了DVB的充分认可。

2021年7月，AVS3成为DVB认可的3个候选编解码规范之一。

在发给高文院士的邮件中，DVB主席Peter MacAvock激动地表示："这是我们第一次将中国AVS工作组制定的标准放进DVB标准解决方案中，这是DVB的一个重要里程碑。AVS3是我们正在开发的三种编解码器中不可或缺的一部分。"

2022年7月，DVB正式宣布，其指导委员会会议正式批准来自中国的AVS3成为下一代超高清视频编码标准之一。

AVS标准，因欧洲与中国的"对抗"而生，随着国际大势的变迁，双方最终还是走向了联合！

伟哉，中国AVS！

在AVS工作组诞生20周年之际的2022年3月。由于疫情原因，只是举行了一次简朴的座谈会。

在这次座谈会上，秘书长黄铁军虽然年过半百，但仍旧慷慨激昂、青春洋溢。他回顾20年风雨历程，再次赋诗一首：

AVS二十周年感怀

世贸协议签，碟机困海关。
仗剑须我辈，而今二十年。
十年霜刃出，魑魅不敢前。
年年省百亿，高清飞满天。
廿年倚天成，国庆尽开颜。
春晚到冬奥，8K已领先。
天下棋一盘，沧海变桑田。
ISODVB，中欧谱新篇。

这些年，黄铁军一直在北京大学任教。2005年，创立北京大学数字媒体技术研究所；2014年，出任北京大学计算机科学技术系主任；2018年，担任北京智源人工智能研究院院长。在此期间，发明了颠覆传统曝光照相原理的脉冲摄像新原理，研制了超高速高动态无模糊连续成像芯片，彻底摆脱了建立在视频概念上的专利封锁，打开了高效视觉编码和高速机器视觉的全新天地；2022年，依托北京大学，成立多媒体信息处理全国重点实验室，他担当主任。

AVS工作组核心人员虽然只有十多位，但参与者却有数千人。他们，都是业界的领军人物；而他们的背后，更是庞大的中国音视频产业，涉及数千家科研机构、高等院校和生产企业。

而这个产业的核心技术，已然领跑世界！

除了音视频编解码之外，AVS 工作组还涉及知识产权、产业推广、协调测试等等，宽泛且复杂。

由于本文篇幅有限，只能选取其中与我们日常生活联系最紧密的视频编解码的相关故事，展开叙述。

别的工作，同样浩如烟海，读者朋友尽可以放开想象。

23. 温柔的黎明

2023 年 1 月 21 日。

除夕之夜，南国的深圳处处青翠、香暖宜人。

在福田区最繁华处的一个广场上，大屏幕在广阔的草坪前高高耸立。

当晚，春节联欢晚会的超高清信号在北京编码压缩后，直接通过光纤，以每秒 30 万公里的速度直奔深圳，直抵大屏下的机房。

机房内的解码器，轻松地将 8K 信号还原。211 平方米的大屏幕上，五彩缤纷、欢声笑语，画面清晰且立体，宛若一切就在眼前。那种视觉冲击力和震撼力，恰似看惯了黑白电视的人们第一次观看彩色电视。

微风轻抚，清香弥漫。屏幕前，碧绿的地毯上坐满了欢乐的市民。

此时，在位于深圳市南山区的鹏城实验室内，高文院士结束了当天的工作。

这些年，他大部分时间，都在这里。

他关掉办公室的门窗，走下办公楼，上车回家。除夕之夜，正是难得的休息时间。

深圳的街头，此时正是流光溢彩。

看着窗外飞逝的灯光，高文突发奇想，对司机说："掉头，去福田。"

在这个特殊的时刻，他要去亲眼看看那一块无数人为之奋斗了20多年的8K大屏。

21年前，从这里蓬勃生长的中国DVD产业群，轰然倒下。而今，中国标准指导下的音视频产业已经独立自主，独步世界。

福田的这块大屏幕，正对着十字路口。

小车从路口经过。拐弯的一刹那，高文的视线直直地对视上了那块巨大的屏幕。

大屏幕前，亮光映出了一张张震撼的脸。丰盈的色彩，立体的细节，像海浪，似春风，若花香，扑面而来。这种独特的视听体验，完全是前所未有的感受。

哦，生活和生命，如此美好。

在一阵阵喝彩和尖叫中，这辆不起眼的轿车，缓缓驶过。

没有人知道，这位中国音视频标准的总设计师，此时正坐在车内，静静地观看着这一块凝结了他大半生心血的大屏幕。

大屏幕面向无边无际的宇宙，投射出一道道瑰丽而立体的光影。

那是中国之光，那是中国之影！

[原载《中国作家》（纪实版）2023年第4期]

乌金缘

—— 中国工程院院士王双明

赵 韦

1974年夏季一个闷热的午后，岐山县益店公社的院子里，大杨树上的几只知了像是在搞赛歌会，吱啦吱啦地叫个不停。19岁的电话员王双明站在树下，手中捏着一封还未打开的挂号信，因为兴奋和紧张，双手难以抑制地微微颤抖。

他清楚地知道，尚未拆封的挂号信里，是苦盼了一个多月的大学录取通知书。他同样清楚地知道，这封挂号信将带他走入一个全新的世界。至于这种改变会带来怎样的人生，他却无法预知，唯一能够确定的是，自己实现了农村青年们的最高理想——可以"出门"参加工作，吃上商品粮了！

谁都不曾想到，这个曾经以"吃上商品粮"为最高理想的普通农家孩子，此后凭借自身的不断努力，成为国内顶尖的科技人才，为国家经济建设作出了巨大贡献。

在反差如此巨大的人生蜕变中，他又有着怎样的经历呢？

一　家住岐山东

1970年，王双明很幸运地考入了高中。

那时岐山县域内只有四所高中，根本无法接收十几所初中的毕业生，只能大幅压缩录取率，每个毕业班仅有15%的学生能够获得推荐参加中考的机会，成绩达标者才能被录取。王双明是那届获得推荐参加考试的毕业生之一，他顺利通过考试升入了高中。

因那时城乡二元结构体制形成的差别，农村各方面条件都远远落后于城镇，农户们都希望自家孩子能够"出门"工作，吃上城里的商品粮。而农家孩子参加工作只有三条路可选——上学、当兵、招工。

不过，每年征兵季，各公社能分到的名额只有十几个，即便当兵入伍，还必须在部队提干才能安排工作，难度可不是一般的大。而工厂也极少到农村招工，几年才碰到一次，只是招收区区几人。

对于普通农家子弟而言，最有实际意义的途径就是上学，通过自己的刻苦努力就可以实现。不过，农村的教育基础薄弱，王双明家所在的那个生产队里，上过中学的孩子屈指可数，更没有上大学参加工作的先例——这条路也很艰难。

考入高中的王双明觉得自己实在幸运，更觉幸运的是，语文、数学、化学老师都是县里的名师。更有名的是物理老师，居然是当年留苏（20世纪50年代，中国向苏联学习先进经验，为尽快培养出专业人才，选派优秀青年赴苏联公费留学，被称为"留苏生"）回来的。

这位留苏归来的物理老师，不仅让学生们扎实地学到了物理教材上的知识,他的留学经历还在王双明他们的思想上产生了更为深远的影响,这些农村的学生娃意识到,通过自己的努力学习,就能成为博学强识的高级人才。事实上,那一届学生里,后来出了两位工程院院士——一班的王双明和四班的吕西林。

不过,那时的王双明只是名普通的中学生,并没有异于常人的特别之处。1972年高中毕业时,他没能获得上大学的机会。那时的大学是推荐录取制,并且因为全县的推荐名额有限,这样的"幸运"不会再度落到一个普通学生的头上。

王双明心中满是失落,他已经拼尽全力地学习,却无力改变时代对于个体命运的设定,只能和大多数同学一样回到家中,学着父辈们荷锄下田,过起每日面朝黄土背朝天的生活。

不过,在当时文化程度普遍不高的农村,高中毕业的王双明属于难得的人才。他被安排在生产队的科研室,从事菌肥培育工作。半年后,益店公社因工作需要,从各生产队抽调有文化的年轻人担任办事员,王双明便在那时被选调到公社,担任了电话员。虽然还是农业户口,吃不上商品粮,却也是每月能领31块钱工资的"半个公家人",这让王双明和父母都很高兴。

电话员是公社办公室的综合岗位,不仅要值守人工交换机,通过插线接通拨打者需要联系的电话,还要负责养护维修通往各生产队的电话线路,如果哪条线路出现了故障,他就得扛上一根长长的竹竿,顺着电话线一路走下去,找到故障处重新接好。同时,在钢板上用蜡纸刻写油印公社下发有关单位和生产大队的文件也是他的主要工作之一。除此之外,公社大门每天早晚的开关、院子和办公室的卫生打扫等事务也由他承担……虽然每天都忙忙碌碌,但对于十七八岁的王双明来说,这些事他都能够很好地完成,他每天繁忙而快乐地工作着。公社领导和工作人员们都对这个风风火火、乐观积极的小伙子颇为欣赏。

1974年麦收季节，在益店公社工作了一年半的王双明，迎来了自己的人生转机。益店公社上报岐山县的推荐大学生名单上，王双明的名字赫然在列。

那时的大学实行推荐招生制度，有着一套"由下向上"的烦琐程序。在农村，最先由生产大队推荐人选。每个生产大队根据日常表现，向公社推荐两至三名知识青年。再由公社组织进行面试，根据现场回答情况，投票选出若干人员并推荐到县里。最后由县里的主管部门根据入学名额，挑选确定推荐人选。王双明因日常工作中的积极认真和面试时的从容应答，成为岐山县最终报送的推荐人选之一。

焦急地等待了一个多月，直到接到挂号信的那一刻，王双明才确信，自己终于要成为"吃上商品粮"的"公家人"了！

站在公社院子的杨树下，他略微颤抖着抽出信封里那张折叠整齐的录取通知书，小心翼翼地展开，在目光从上到下的扫视之间，脸上的喜悦却逐渐褪去。他又迅速从头再看一遍，连眉头也皱了起来。他嘴里嘟囔一句"咋回事嘛"，收起那张通知书，借了辆自行车，匆匆向十几公里外的岐山县城方向骑去。

他猛蹬了半个多小时，心急火燎地冲进县政府大院，找到认识的主管文教干部，将那张录取通知书摊在办公桌上，焦急地问道："明明说的是推荐上大学嘛，为啥我接到个学院的通知书？这就不是大学嘛！"

那位干部拿过通知书看了一眼，便笑起来："哎，你个瓜娃！西安矿业学院，就是个大学！"

"学院也是大学？"王双明还是不太相信，一直生活在乡村的他，对外面的世界知之甚少，只知道有大学，没听说过学院。

"把猫叫了个咪，一回事儿！"干部笑着说，"你去这个学校很好，分的这个专业也好!"

"这个……煤田地质与勘探专业是干啥的?"王双明问道。

"就是搞地质勘探找煤炭的,毕业以后工资高。"

"找煤炭的……"王双明自言自语地重复了一句。

他家里从来没用过煤炭,和周边所有农户一样,日常燃料都是庄稼秸秆、树枝柴草。他只在每年跟着父亲去供销社收购点卖掉家养猪的时候,能看见放在供销社院角售卖的煤炭,黑乎乎的一堆,却很少见到有人去买。那东西太贵了,农户们连日常买油买盐的钱都紧张,哪有闲钱买煤炭用,也难怪古人把煤炭称为"乌金"。他只听老人说,那东西只在红白喜事办席炖肉时才用,因为很耐烧。

王双明理想中的专业是无线电通信技术。因为在公社当电话员,他对电子技术产生了兴趣,时常去请教那位留苏的物理老师,还买来一些电子元件,自己动手组装过几台简易的半导体收音机。甚至为解决电池短缺问题,自己绕线圈,把220伏交流电变成3伏、6伏直流电给收音机供电……可万万没想到自己将要跟一无所知的煤炭打交道,但那时上大学专业也是计划分配,没有个人选择的余地。王双明只能服从分配。

而这个"随机抽取"式的专业分派,让他与煤炭结下了不解之缘,开启了此后探寻"乌金"的人生历程。

二 石与炭的忧愁

前往西安矿业学院报到的王双明,懵懂而又欣喜。在此之前,他去过最远的地方就是岐山县城,如今,来到了省城西安,真的是"出门"了。

那时，西安市的繁华区只在城墙以内，城墙外不过两公里的矿院校区已是市郊僻静之地，周围甚至还有连片的农田。即便如此，王双明也能感受到与家乡完全不同的城市气息。站在校园的操场上，能看到南边不远处有座高高的砖塔，后来才知道，那就是举世闻名的大雁塔。

当时学校里的教学环境还没有完全恢复，虽在校学生不多，却没有足够的宿舍。王双明和十余名同学被安排在教学楼内一间摆满了架子床的办公室里住宿。但王双明却觉得这地方很不错。当年他上高中时，也是20多人住一间宿舍，睡在土坯墙边那两排木板铺就的大通铺上，储物空间就是对应铺位墙面上的一颗钉子，自己挂个书包，里面放着自带的干粮、饭碗、辣椒面和盐醋水。与中学时期土坯墙、大通铺的宿舍相比，这摆满架子床、墙面雪白的楼房宿舍，简直就是天堂。

更让他有天堂感觉的，是吃饭。那时大学不收学费，每月18元的生活费和30斤定量粮票，以学生食堂餐票的形式发放。如果餐票没用完，月底可以兑换回等额的现金和粮票。每月定量的30斤粮食中，有一定比例的粗粮，但大部分都是细粮。王双明在家也吃不到那么多细粮，大多数时候，家里一日三餐的主食都是苞谷糁熬粥，黑面馍是难得的美食。到了大学，他再也不愁吃饭的问题了。坐在学生食堂吃饭时，心中还会生出些感慨 —— 这就是商品粮的味道啊。

当然，学校里也有不尽如人意的地方，有些科目居然没有课本教材，王双明他们也不知道这是什么原因所致。好在老师们的责任心很强，把过去的教材刻蜡版油印复制，装订成册发给学生，他们就用这极易破损的简易课本学习。

王双明面对的最大问题，是地质学的专业课。老师讲砂岩的形成，说是河流带着沙子在某处沉积，然后经过多少年漫长的成岩作用、变质作用形成了岩石……沙子还能变成岩石？这远远超出了王双明的认知，听得他一头雾水。再看地质年代表，石炭纪、二叠纪、三叠纪、侏罗纪、白垩纪……都是以千万年、上亿年为时间单位。对王双明而言，这些东西就是亿万年难以理解的忧愁，他心里急得不行，咋能学得懂嘛。

他遇到的"麻烦"还不仅如此。因为专业是"煤田地质与勘探"，除了要学习抽象的地质理论，还要学习勘探技术知识。也就是说，他必须既了解煤炭是在哪些地质年代形成的理论知识，又要学会找到这些地质岩层、探寻到煤矿的技术。

不过，王双明却很清楚，这些枯燥难懂的知识将是他今后安身立命的根本，死记硬背也得存在脑子里。只是，这样的状态实在是痛苦。直到经历了第一次校外实习，王双明才突然"开窍"，对自己所学的专业真正产生了兴趣。

那天，出发之前，学校给每人发了一双翻毛皮鞋，还有一个地质包。这可是当时的稀缺物资，西安高校中最"牛"的交通大学、西北工业大学的学生们都没有这些东西，这让王双明他们觉得，自己的专业还真不错。

在煤田地质行业内，习惯将陕西渭北东起渭南韩城，西至铜川耀州区的一条产煤区域称为"渭北黑腰带"，王双明他们的实习地点——韩城煤矿，便位于这条腰带上。这是1970年建成投产的煤矿，也是当时陕西境内最新的矿区，对煤田地质研究颇有典型意义。

他们下矿井实地考察，在矿区周边寻找"地质露头"处观察记录。通过建立地表岩层与出露煤层的层序和层位，搞清地上岩层与地下矿层的结构关系。掌握了这种地质结构，就能在勘探之前，大致判断出地下是否会有煤层。

王双明在矿区里亲眼见到二叠纪、石炭纪岩层结构，当他亲手触碰到几亿年前形成的大地"年轮"时，脑子里那些从油印教材上死记硬背下来的专业知识，就像按动了启动钮，一下子就被激活了起来。就在那片矿区里，王双明真正喜爱上了自己的专业。不过，他对煤矿的印象却很差。矿区周围的道路、田地里都是乌黑一片，一有运煤的卡车开过，都会带起一片黑尘，刮风的时候更是灰渣弥漫、遮天蔽日，以至于很多年间，王双明想起韩城，脑海中就是黑乎乎的印象。

实习期间王双明和同学们也渐渐了解到，他们这些煤田地质勘探专业的学生，毕业后将要面对的工作情况。被分配到煤炭部所属的地质勘探队是他们大多数人的归宿，长年在少有人居的野外勘探找煤将会是他们的工作和生活常态，条件极为艰苦。不过，这个行业拥有其他行业所没有的待遇。比如，地质勘探队每年工作到10月底，就收工返回总部进行"冬训"，总结当年的工作。冬训为期半月，结束后队员们就放假回家，这叫"冬季休整"。直到来年的3月才回来报到，接受新的任务去野外开工，就是说一年中有约三个月的休整时间。

并且，地质勘探队的收入和福利也高于其他行业。按照国家规定，如果地质队的队部距离县城五千米以外，队员们每天会有五角至八角钱的野外津贴。补贴根据不同地区而有差别，在陕西关中地区驻扎，每天五角钱，在陕南、陕北或者其他偏远地区，是八角钱。当时全国的平均工资40元，勘探队员仅是领取的野外津贴就相当于普通行业职工半个月的工资。并且，地质队员的粮食定量标准，也比从事其他行业的职工高；还有劳保用品，三年发一套劳动布的工作服，两年发一双翻毛皮鞋；逢年过节时，还会发放各种市面上紧缺的食物、商品……所以当时地质勘探队队员的社会地位也较高，颇受人尊重。这样的待遇真是超乎想象的好，王双明想起当年岐山县那位文教干部说："学这个，毕业后工资高。"原来是真的啊！

在江苏省宜兴县（今宜兴市）丁山镇野外实习，给他留下了更为深刻的印象。丁山镇煤矿就在太湖边，距离盛产紫砂壶的宜兴也不远。如今，那里是经济发达地区，但在1975年，却是另一番景象。

"太湖是鱼米之乡啊，物资同样很匮乏。我在煤矿附近看到的老百姓，都是穿着补丁衣服，"那场景，让王双明想起北方岐山县的农村老家，"陕西这边给衣服打补丁，都是找颜色接近的布料补上去。那边好像不讲究衣服与补丁颜色的匹配，浅颜色衣服上补个深颜色的补丁，深颜色衣服上补个浅颜色的补丁很常见。不过，打补丁的状态都一样，都是补丁摞补丁。"

农户们在衣服上打补丁，不仅因为收入低、布料限量供应，还因为各地农村都用犁、锄、锹、镰等农具手工耕作，衣物磨损极快。早在1964年三届全国人大一次会议上就郑重提出了实现"四个现代化"的战略目标，可直至20世纪70年代，农业生产依然使用着两三千年前就已出现的工具和耕种方法。南方农户的生活境况触动了北方农家出身的王双明，他太希望农村状况能够尽快改变。他想起上课时老师曾说，煤炭是"工业的粮食"，工业是"四个现代化"最重要的基础。他和同学们将来的任务，就是给中国工业找到更多的"粮食"，让工业"吃饱吃好"迅速发展，国家才能强大，老百姓才会不为吃饭穿衣发愁。

望着太湖上点点帆影，王双明暗下决心，一定学好自己的专业，为中国工业找到更多优质的"粮食"，让国家早日实现"四个现代化"，让农户们不再穿补丁衣服。

校外实习的经历，让王双明领会了书本上的专业知识，也让他见到了更广阔的世界，更重要的是，他第一次认真思索了自己与国家建设、与社会发展的关系。

三　初识新理论

1977年，王双明大学毕业时，"文化大革命"刚刚结束不久，中国开始了全面的社会转型。与其他行业一样，煤炭系统也出现了严重的人才断层的状况，亟须补充高知人才。

那时也是煤炭行业"最吃香"的时期。计划经济体制下，煤炭企业每年按指标完成的煤炭产量，主要保证国有大型企业工业生产，全国都处于煤炭供不应求的状态。少量的"计划外"煤炭，需要相关主管单位"批条子"（20世纪60年代至90年代，因产品供应紧张，相关领导或主管人员签署同意购买一定数量商品的书面文件）才能买到。煤炭是"硬通货"，能搞到一张若干吨煤炭的"条子"，可以交换任何紧俏商品。因为需求旺盛，国家对煤炭行业重视程度极高，煤炭地质工作者的待遇和社会地位也都普遍高于其他行业。

王双明所学的煤田地质勘探专业，只有西安矿业学院每年招收的两个班60名学生，在整个西北地区的高校中，这个专业都是"独一份"。每年的煤田勘探专业毕业生，都会被西北各省煤炭行业的单位"哄抢"，王双明他们这批毕业生也不例外。

西安是西北地区的重要城市，很多煤炭系统单位驻扎于此，因为有着"近水楼台"的优势，他们能够先行去矿院"抢人"。于是，王双明他们这批毕业生中，很多都被分配到西安市内的各单位工作。王双明也被留在了西安，前往煤炭部直辖的陕西省煤田地质勘探公司报到，那栋五层高的办公楼位于西安市太乙路，距西安矿业学院距离不到一千米。

勘探公司下面有五个驻扎在野外工区的地质队，王双明原以为自己会被派往某个地质队工作,却不料被分派到办公楼内刚成立不久的科技组。科技组办公室在勘探公司那座小楼的第四层,单身职工宿舍在第五层,除了去楼下食堂吃饭,王双明一天二十四小时都不用走出这栋小楼。在科技组的工作,以资料整理、分类、复制和图件清绘等内容为主。王双明觉得,这都是打下手、搞服务的勤杂事务,在大学学习了几年,难道就是为了干这些事情?为此他还闷闷不乐。

几天之后,王双明才渐渐发现,那些看似不起眼的勤杂事务,居然是极为重要的工作。

当时,煤炭部正在实施一项国家级重大项目——对全国煤炭资源量进行预测评估,被业内称为"全国第二次煤田预测"。全国各省份按照七大自然地理区划片,分别在本省开展工作,然后将预测成果在大区进行集中汇总后,再呈报煤炭部汇编成全国煤炭资源预测报告。西北地区的陕、甘、宁、青、新五个省区的资料,在陕西省进行汇总,具体工作便由陕西省煤田地质勘探公司牵头,王双明所在的科技组就是围绕这项重要工作而成立的。其主要任务就是为煤田预测收集提供国内外参考资料。

于是,这座小楼里便会时常召开五省区联席会议,讨论勘探情况、预测进展,以及遇到的一些理论和技术问题。前来参会的,都是各地煤田勘探领域的顶尖人物。刚入行的王双明就参与到国家级重大项目之中,不仅协助专家级老同志整理西北地区煤炭预测资料,还可以列席旁听专家们的讨论会,并跟随前往煤矿进行实地考察。这绝对是打着灯笼都找不到的好机遇!

中国煤炭资源呈北方多、南方少的分布状态,南方地区的用煤长期依赖从北方地区输送,但长途转运增加了使用成本,国家因此提出扭转"北煤南运"的战略设想,第二次煤炭资源调查工作也承担着为这一战略设想提供数据资料的任务。

陕西的勘探人员在陕南进行了大量的勘探工作，结果发现，蕴藏量实在太少，而且地质复杂不便开采，易发生安全事故，费效比过高。这种状况在整个中国南方都是如此，于是，在南方开发新煤田的战略设想，便无法付诸实施。不过，在北方却有了诸多的重大发现。仅以陕西省为例，此前省内煤田集中于铜川、蒲城、白水、澄城、合阳、韩城等区域，这连成一线的产煤区，被称为"渭北黑腰带"。第二次预测调查工作中又有了新发现，西边的彬县、北边的陕北也可能蕴藏大量煤炭资源，随后便很快有了惊人的收获——1980年1月彬县发现大煤田，探明储量91亿吨。1982年12月陕北榆林地区发现神府大煤田，探明的优质动力煤储量相当于"渭北黑腰带"探明储量的16倍，跻身世界级大煤田之列。这些重大成果，都是全国第二次煤炭资源调查工作所取得的，为此后中国煤炭工业的大规模发展奠定了重要的基础。

在参与"全国第二次煤田预测"、整理数据资料的同时，王双明和科技组的几名年轻同事还承担着另一项工作，负责收集国内外专业期刊中与煤田预测相关的技术资料和最新动态性信息。

20世纪70年代末，报刊书籍这类纸质媒介是传递信息的主要途径，受发行量和投递范围所限，获取信息并不容易。那时，陕西承担找煤工作的多支地质勘探队，分布在全省各处野外工作点，获取最新技术信息就更为困难。于是，科技组就将国内外专业杂志上有借鉴价值的文章挑选出来，整理汇编成《煤田预测参考资料》，印刷分发给各地质队，便于他们在工作中应用。这些颇具实用性的资料受到地质队的热烈欢迎，经常询问下一期什么时候出来，甚至系统内的其他单位听说有这样的"宝典"，也来索要。于是王双明他们干脆创办了一份名为《陕西煤田地质与勘探》的内部杂志，定期出版。

收集国内外杂志信息和整理煤田预测数据资料的过程中，王双明发现了一个大学时未曾学到过的煤田地质勘探理论，正在被越来越多地提及和论述。那时大学课本中的煤田地质勘探方法，是依据地质力学和岩相古地理学为理论基础构建的。中国煤炭行业已经在将近30年间，应用这两种勘探理论为国家找到大量煤炭资源。地质力学，是著名地质学家李四光在20世纪40年代初提出的理论。他将力学原理引入地质构造学中，根据野外裸露岩石的形变特点，分析力的来源，还原地质构造情况。然后就能预测出哪些地方有利于煤炭形成，哪些地方能够将煤炭保存下来。这是中国科学家自创的一套理论学说，在国内地质界影响极大。岩相古地理学，则是20世纪50年代中苏友好时期，从苏联引进的一套地质理论。该理论是通过研究古环境的类型和分布规律，再对地层沉积岩类型和规律进行分析，然后将各岩层、矿层按比例进行量化勘探矿藏的方法。在实际操作中，往往是以一个已经出产煤炭的矿区岩层作为基本参考系，在一个新的勘探点进行煤矿勘探时，如果探出的各岩层比例与已知煤矿的比例基本相等，那么此处就有极大可能蕴藏着煤田。

而王双明看到的新理论，是欧美国家煤炭勘探行业中开始盛行的"沉积盆地分析理论"。这是将古地理学和盆地沉积地质学相结合，以山系环绕的巨大沉积盆地作为单元进行整体分析，通过沉积环境分析确定找煤的靶区，通过盆地分析判定哪些地方可能是煤层保存比较好的区域。该理论于20世纪60年代末就已提出，但绝大多数中国煤炭行业科技人员还知之甚少。70年代末，随着国门的开放，中国与西方世界的互动交流逐渐增多，这种理论也开始被引入中国，一些国内专家已经尝试将这一理论应用于煤田地质勘探的实践当中。

王双明对这些理论资料产生了浓厚的兴趣，不仅上班时间查找、学习相关资料，连业余时间也都用在了专业学习上，宿舍和办公室在楼上楼下，更为他提供了便利的条件。

为了验证"沉积盆地分析理论"的准确性，他尝试用这种方法在已有的地质资料中寻找对应关系，而他手中的地质资料，都是正在整理的西部地区煤田预测第一手数据。虽然当时对于沉积盆地区域如何划定还没有明确的概念，但这样的对比尝试依然让他受益匪浅，专业认识的高度、视野的开阔度得到迅速提升与拓展。

那时，他还没有意识到，中国煤炭地质理论正在进行一次剧烈的交叉融合发展的过程。而他深夜独自在办公室中进行的探索，也是在寻找自己的学术方向，同时为此后的道路打下坚实的基础。

四　考研的波澜

王双明参加工作的时候，正是中国社会发生巨变的关键节点。国家政治体制、经济结构、思想观念都迈开了变革的步伐，继1977年9月大学恢复高考招生制度后，教育部又于1978年1月恢复研究生招生制度，并于当年5月15日举行了招生考试。

这是当年的爆炸性新闻，但王双明并没想过自己要去报考研究生，因为他觉得那是高不可攀的事情。不过，单位里一个跟他相熟的同事好学上进，报名参加了考试，这在单位里也算是个不大不小的新闻。考试结束后，王双明好奇地问同事考了什么内容，听对方讲述一番后，觉得并没有自己想象的那么难，是努力"踮踮脚"就可能够到的事儿，于是他萌生了报考的心思。

专业课方面他并不担心，唯一困扰他的是外语。上大学时，老师的英语都说得不标准，他们学得就更稀松。此时重新捡起外语，只能靠自学。更大的困扰在于，那时研究生考试都是招生学校自行命题，各专业采用的英语教材都不一样，当时获得信息渠道有限，很难查到这些"旁枝末节"的信息。最终他选择了北京大学编印的公共英语教材，因为单身宿舍里，有位同事正上电视大学，用的就是这套教材，老师定期批改作业。王双明可以借同事的作业来对照自己的作业，相当于有了位"函授老师"。

1979年，他报考母校西安矿业学院的研究生，却未能如愿，但这让他又有了一年时间加强英语学习。1980年，他选择报考武汉地质学院（1987年更名为中国地质大学）的研究生。学校的前身是北京地质学院，五年前迁址武汉。1978年在原北京校址设立研究生部开始招生。改考武汉地质学院，是因为他在招生简章上看到了煤田地质专业有自己最感兴趣的研究方向——煤盆地分析，并且导师是杨起教授和李思田教授。

这两年间，王双明在收集国内外专业期刊资料，编撰内部杂志《陕西煤田地质与勘探》的过程中，总能看到这两位教授关于煤地质学和煤盆地分析方面的学术成果，已经是他的"熟人"了。杨起教授是业界名声响亮的专家（1991年当选为中国科学院院士），专业能力超群，不仅编写出煤田地质学的教材，发表了大量相关学术论文，还培养出大批优秀煤炭地质勘探人才，被称为中国煤炭地质学教育事业的奠基人和开拓者。李思田教授同样是煤田地质领域的著名专家，他是杨起教授的学生，受邀协助东北地区进行煤田预测的时候，应用盆地分析原理总结出一套断陷盆地成煤模式的规律，在全国煤炭地质界影响巨大。并且就在不久前，他曾来陕西省煤炭地质勘探公司的这栋五层小楼里做过一次讲座，讲的就是煤盆地分析理论。王双明也算与他有过一面之识。若能考入他们名下学习，岂不是幸事一桩！

不过，那年报考研究生，从一开始就不顺利，报名前的体检环节就遇到了麻烦。王双明在西安市第四医院进行体检测量血压时，血压计的水银柱居然高出正常值一大截，再测一遍依然很高。本就紧张的他更慌张了，如果拿不到身体健康的证明，他连准考证都领不到。于是赶忙向医生解释，自己以前从来没出现过高血压的症状。为他检验的胡大夫面目和善，伸手在他的手腕处按压片刻，笑笑说："心跳快得很，你是太紧张了。在这儿坐几分钟再测。"

王双明太想参加这次考试，生怕体检过不了，可越怕就越紧张，一坐到血压计旁就心跳加速。胡大夫给他测了几次，都远远超出正常值。他绝望到直冒冷汗。胡大夫又笑着说："小伙子，这才多大点儿事嘛，能紧张成这样，心理素质需要加强啊！过去再坐会儿，深呼吸几次，想想别的事情转移一下注意力，彻底放松了再来测。"王双明按胡大夫的嘱咐照做，直到心情渐渐平复下来，再次测量，果然在正常范围内。胡大夫在体检单上签字盖章，笑眯眯地递给他。王双明不住地说着感谢，要不是遇见耐心的胡大夫，他可能真就无法参加考试了。

领到准考证的王双明万万没想到，考试期间又遇到一个大麻烦。事情发生在开考第二天下午的专业课考试中，王双明要考的专业课是沉积岩石学，打开试卷发现竟是沉积学的题目。这两个学科虽有着紧密的联系，却又有极大的差别。沉积学相当于理科，是研究岩石经过怎样的沉积作用形成的。沉积岩石学则相当于工科，是讲述岩石的种类，以及砂岩粒度有多大、强度有多高、渗透性如何等具体指标的。王双明立刻举手反映问题，监考老师请示主考官后，告知他不能答题，但陕西省内又没有备用试卷，只能让他放弃这门考试。王双明无奈地走出考场，谁都知道缺考一门专业课意味着什么。他的心情灰暗到了极点。

碑林区招生办立即与校方电话联系，反映了这一情况。校方的回应是，两门专业课都在同一个大学科内，考生不应该拒考。招办在电话中反复沟通未果，还专门给校方写了份情况说明，解释那是主考官的决定，而非考生拒考。可投寄出去后，却如石沉大海迟迟没有音信。

一个月后，考试成绩公布，缺考一门的王双明自然没有达到录取分数线。不过，他考前最担心的英语却获得了不错的成绩。此前因为条件所限，他选择了北京大学的公共英语教材。没想到，那年研究生招考，第一次采用全国统一命题英语试卷，考题主要是公共英语。很多考生因为选用教材问题，英语分数没达到最低线，王双明却因歪打正着拿到"占了大便宜"的高分。但这个结果反而更让他感到失落和难过，甚至决定再也不考研究生了。

命运似乎在跟王双明开玩笑，遭遇了一连串打击，尚在心灰意冷之时，他却迎来了超乎想象的大反转，并且正是得益于英语考试取得的高分。原来那年全国统一命题的英语考试，刷掉了大部分考生，甚至很多大学都招收不到几个研究生。王双明便在这种状况下，收到了校方发来的补考通知，重新命题的试卷很快发到西安。补考场地设在碑林区招生办的办公室里，考生只有三个人。

考试那天，王双明早早就来到碑林区招生办所在地，距开考还有段时间，他便坐在院子里翻看复习资料。他想起有一个沉积岩中碳酸盐分类的知识点，那是一项国外的研究成果，在当时属于比较新的专业知识，于是着重强化复习了一遍。考试时，他展开卷子，一眼就看到了这道题，而且是20分的大题。他稳稳地攥住了那20分，其他考题也都在他掌握之中，那场考试异常地顺利。几天后，补考成绩公布，他毫无悬念地获得了高分，并收到了北京寄来的录取通知书，如愿成为杨起教授和李思田教授的学生。

王双明没有忘记四院的胡大夫，如果不是胡大夫的耐心对待，自己根本没有机会参加考试。收到通知书那天，他专门前往医院，想当面表达感谢，却没能见到胡大夫。这让王双明感到遗憾，只能将那份感激之情埋在心底。

几个月后，王双明踏上开往北京的火车，再度开启求学之旅。在武汉地质学院北京研究生部报到后才知道，那年的煤田地质专业只招收了两名研究生，自己就是其中之一。

五　赴京投名师

王双明是恢复高考制度后的第三届研究生，来到武汉地质学院北京研究生部报到时发现，连他在内的三届在校研究生，总共不过百十号人。因为几年前大学本部搬迁到湖北，学生宿舍楼已被留守人员和其他进驻校区的单位占用，研究生们的宿舍只能设在教学楼的顶层教室，每间教室的四面墙边摆放一圈单人床，能住十几个人。

不过，王双明对此并不在意。自从中学时离开家，这些年间他一直住在教室或办公室改成的宿舍里，他对物质生活条件要求不高，更在意的是追求知识和理想。那时的年轻学子，大都具备这样的觉悟。

王双明的床位在墙壁拐角靠窗的位置，他放下行李铺好被褥，将枕头摆在紧挨窗户的那边，那里光线好，白天看书方便。安顿好行李，正跟同屋室友们相互寒暄认识，一位60岁出头的老者缓步走进他们的宿舍。陪同进来的老师向大家介绍说，这位是杨起教授。众人赶忙起身，纷纷向教授问好。原来，杨起教授同时带着好几个方向的研究生，这间宿舍中有好几人都是他的学生。

杨起教授在椅子上坐定，向围坐过来的年轻人一一询问，来自哪里,此前的工作经历,各自选择的研究方向和主要的兴趣。轮到王双明时,他赶忙回答说,参加全国第二次煤炭预测时,就对煤田成因产生了兴趣。读过杨教授及有关学者对煤田形成方面的著作和论文,却有一些不太懂的地方,于是就想来这里学习,彻底把它搞清楚。

一圈问罢,杨起教授对在座的学生们提出了三个要求:"第一,认真把地质学基础理论搞扎实;第二,外语一定要学好;第三,必须把野外勘测的本领练好。以后会受益匪浅。"

这是导师给他们上的"开学第一课",三条要求并没有什么出奇之处,却是多年实践中得出的行之有效的宝贵经验。基础理论和野外勘测是这个行当中一切工作的根基,外语是开阔视野的工具。"目前咱们国内的地质理论与国外是有差距的,现在改革开放可以看到外国资料了,你们的外语水平必须达到能自己看懂外文资料的程度,这对及时了解、掌握国际上最新的理论和技术方向有极大的好处。"杨教授说罢,起身在宿舍中查看铺位,见王双明将枕头靠着窗户,转身对他说:"北京可不像你们西安,这边风大,头不要靠在窗户跟前。到了冬天,一定要用纸把所有窗户缝糊住,不然漏进来的风像刀片儿,能冻伤人的。"几句家常话,就让王双明感受到导师杨起教授的细致入微。后来三年的学习过程,验证了他的判断。

对于论文,导师的要求是,一定要有个人观点和认识,哪怕在一个点上有新认识,都是极可贵的,这才是真学问。提交给导师的报告、论文,老先生都要一页页细读批阅,专业方面的任何差错和语焉不详,都会清晰画出,标明查阅哪些资料进行补充修改,甚至文中表述用了同音的错别字,也会圈注出来,在旁边写上"请查《新华字典》×××页"。每一处圈画都显示出这位煤地质学家严谨细致的治学态度。

事实上,王双明有两位导师,"大导师"杨起带着多名不同研究方向的学生，各研究方向又都有一位"二导师"负责该专业的具体指导。王双明的"二导师"就是他曾有过一面之识的李思田教授。和杨起教授的要求一样，李思田教授也要求他大量阅读国内外的成果资料，必须了解整个行业的最新动态，知道别人做到什么程度，自己什么地方还没有弄明白，才会在此基础上形成自己的见解。

研究生的三年间，王双明跟随两位业界名师系统地学习了煤田盆地分析，对这套理论体系有了深入的理解，专业水准和学术眼界得到跨越式的提升与拓宽。与此同时，他的野外工作能力也得到强化训练，获得更丰富的经验。研究生第二年刚开学，王双明就被派往东北辽宁省阜新煤矿，独自进行野外实地考察，完成一份实习报告。那是亚洲最大的露天煤矿，也是学校的一个教学点，用于训练煤田勘探专业研究生野外现场考察的功底。

第一次看见露天煤矿的王双明，被眼前的场景震撼到了，也明白了学校为什么会选此处作为教学点。那个东西长3.9千米、南北宽1.8千米的巨大露天矿坑，经历了上百年开挖，深度将近350米，矿坑边沿悬崖般的剖面上，可以清晰地分辨出各地质年代的岩层堆叠状况。王双明对岩石一层一层取样分析，仔细记录观察到的各种地质现象，并以这些资料对煤层形成条件和地质特点进行深入分析，带着一摞厚厚的报告返回北京，向导师汇报。

事实上，导师们此前都已经多次去过那些教学点，对各处情况了如指掌，派学生前往调查，是贯彻理论与实践相结合的教学方法，同时训练他们的野外勘查能力，培养严谨细致的治学态度。虽然绝大多数学生都与王双明一样，认真对待这项任务，但还是有个别学生对待野外调查工作重视不够，结果受到导师的严厉惩罚。有一位地质专业研究生的毕业论文是对北京附近一处岩石裸露区的地质特征进行研究。在他论文答辩时，导师仅通过提出的几个问题，就判断出那名研究生的野外地质调查工作不扎实，没有仔细深入地观察研究。那学生抱着侥幸之心为自己辩解，导师立刻严肃地停止答辩，向学校申请车辆，让在场的教授、学生们一起前往那片地质露头现场，拿着论文进行比对。果然，论文中谬误明显，那学生只得承认自己没有认真进行野外现场露头观察。导师当即要求他补做野外地质观察工作，推迟一年答辩。

王双明准备毕业论文时，选择了自己熟悉的陕西铜川焦坪矿区作为研究区。他独自背着大大的行囊，前往矿区和周边的旷野，对照收集到的勘探资料，跑遍了矿区的角角落落。条件好时，能找到招待所，大多数情况下，只能借宿在当地老乡空置的柴房里。他将所有观测点观测记录后，形成调研报告，回到北京呈交"二导师"李思田教授判定能否作为毕业论文的选题。李教授看过调研报告，对王双明说，他必须到现场亲自勘验才能确定是否可以作为选题。导师这种求真务实的治学精神，也深深地印在了王双明的记忆中。两三天后，两人一起登上了西去的列车。那时的交通条件还不便利，先坐火车到西安，再坐长途汽车到铜川，然后站在路边拦运煤的大卡车，奔波了两天才从北京到达矿区。

来到矿区的第二天一大早，师生两人便起身出门，屋外飘着淅淅沥沥的小雨，他们披上雨衣，踩着路面积存的煤尘黑水，走进了灰蒙蒙的雨雾中。王双明调查过的所有观测点，李思田教授都要去现场查看。每到一处观测点，王双明就给老师讲述自己对该点位地质特点的理解和对其成因的认识。他们在泥泞不堪的野地里走了整整一天，回到招待所时已是夜晚时分。两人站在公共盥洗室的水池边，洗去一身的黑泥时，李思田教授对王双明说，可以在这个基础上充实一些内容，完成一篇很不错的毕业论文。

1983年,以优异成绩取得硕士学位的王双明,原本可以留校任教,但煤炭系统要求毕业生必须全部返回原单位工作,王双明只好回到陕西省煤田地质勘探公司。不久后,他便迎来了一项对中国煤炭战略布局影响深远的重要任务。

六 结缘鄂尔多斯

王双明学成归来,发现单位里的情形似乎与三年前大不相同了。以前,那些只有在10月底"冬训"时才能见到的勘探队队员,如今却随时能在办公楼里遇见。询问后才得知,勘探任务越来越少,一年中大部分时间,几支勘探队都无事可做。原来,就在王双明去北京学习的三年间,煤炭行业已经发生了巨大的变化,对国营煤炭企业影响严重。随着改革开放政策的实施,中国经济发展趋于活跃,各个行业对作为基础能源的煤炭的需求量猛增,但煤炭部所属的国营大型煤矿产能提升缓慢,煤炭供应量无法满足迅速增长的能源需求,成为制约国民经济发展的重要因素。

1983年4月,国务院颁布《关于加快发展乡镇煤矿的八项措施》,提出要"积极发展地方国营煤矿和小煤矿",倡导"大中小煤矿并举"的政策,放开地方煤矿经营权,鼓励兴办小煤矿。全国各地产煤区的小煤矿雨后春笋般应声而起,立刻打破了曾由煤炭部"独家经营"的局面。面对开放型市场的冲击,煤炭部所属的国营大型煤矿并没有灵活应对的权限和策略,纷纷出现亏损,国营煤炭行业开始步入低迷状态。

王双明从事的煤田地质勘探行业,处于煤炭产业链的最前端,却是没有直接经济效益的"纯投入"机构。一直以来,这样的单位都是依靠煤炭部下派任务，获取项目拨款维持机构运转。1980年以前，为寻找到更多的煤田，煤炭部以及各省局设立的机构中，从事煤炭勘探工作的人数超过十万名。1980年后，随着大型国营煤矿经营逐渐陷入低迷，以及可勘探地域越来越少，资金不足的煤炭部已经难以给那么多支勘探队伍下派任务，人员严重过剩的问题也开始显现。

不过，王双明的机遇却很好。1983年回到陕西省煤田地质勘探公司，正值中国煤炭部与美国地质调查局合作一个勘探项目，勘探区域在陕北地区，承担联合勘探任务的中方机构就是他所在的单位。于是，刚回来报到的王双明，便被安排参加到这个项目的工作中。

这是他从业以来，真正从事煤炭分布研究的第一项具体工作，心中那份热切之情可想而知。他跟着勘探队在陕北高原"跑野外"，选点，打钻孔，分析岩层结构，迫切地想把学到的煤田盆地分析知识在实践中应用出来。可项目只进行了两年多，刚刚完成第一期任务，还没形成研究成果，就被终止了。王双明正为这个未完成的"半拉子"项目感到沮丧时，却有一项更重要的任务摆在了他的面前。

1985年，位于中国改革开放前沿的东部沿海省份，已经步入经济快速发展期，对能源需求极为旺盛，煤炭用量每年大幅度增长。那些地区原本都有或大或小的煤田，但因开采的历史较长，资源已经趋于枯竭。曾是中国煤炭重要出产地的东北地区，也面临着同样的状况。那里的煤矿资源早在清代中晚期已经开始大规模开采，20世纪30年代被日军侵略占领期间更是进行了掠夺式开采。新中国成立之后，东北地区不仅为国家提供急需的煤炭资源，还提供了大量的技术和人才支持，西北地区第一代地质勘探队队长、煤矿矿务局局长，大都是从东北调来的，陕西的煤炭工业便是在他们的帮助下建设发展起来的。而此时，东北地区的煤炭资源也已接近枯竭状态。

面对这一状况，中国煤炭工业的重点区域必须向西部地区转移，业内称之为"战略西移"，这关乎国家能源安全的保障。那时，国内已经预测的煤炭储量，新疆位居第一，但距离东部省份路途遥远，煤炭东运的经济成本和时间成本实在太高。如果能够在靠近东部的地区找到大型煤田，将极大减少运输成本。虽然煤炭部在几年前已经完成了全国第二次煤田预测工作，但仅是一个粗线条的煤炭储量轮廓，还不能作为部署煤炭工业布局的依据。此时，中国煤炭工业战略重点向西移到哪里？那份预测报告并不能给出确切回答。

于是，1985年煤炭部开始实施极具针对性的全国煤炭地质四大科研项目，分别对华北、华南、西南、西北四大区域的煤炭资源分布规律进行研究。西北地区的项目，以鄂尔多斯盆地为重点。这是列入国家"七五"重点科技攻关的一类科研课题，将为国家制定煤炭战略发展方向提供参考依据。

鄂尔多斯盆地是一个地质学名称，人们更习惯将这片地域称为黄土高原、鄂尔多斯高原。从海拔绝对高度看，两块相连的区域确实属于高原地区。但它却被高大的山脉四面环绕，北边有阴山、大青山，南边是秦岭，西面为贺兰山、六盘山，东边是吕梁山。这片总面积达37万平方千米的区域，横跨陕西、甘肃、宁夏、内蒙古、山西五省区，具有典型的盆地特征，并且在地质学中被列为中国第二大沉积盆地。该盆地位于中国版图的中间位置，具有承东启西的地理优势，并且，20世纪80年代初，已经有少量开发的煤矿。其中最为有名的是俗称"神府煤田"的陕北侏罗纪煤田，那是1982年年底，陕西省煤田地质勘探公司185队在陕北榆林地区探明的一个大型煤田。《人民日报》曾以"榆林地区发现一个大煤田"为题，在头版位置对这一煤田的发现进行了重点报道。事实上，那正是第二次煤田预测期间发现的煤田，王双明参与过前期的资料整理工作,他去北京攻读研究生时,那片煤田才开始勘探。

正是因为发现了神府煤田,鄂尔多斯盆地才被列为重点区域,如果能在此区域内发现更多大型煤田,必将成为国家煤炭资源"战略西移"的根据地。

为尽快查清鄂尔多斯盆地的煤炭总储量,煤炭部向国家计委申请到了800万元资金,专用于此区域的勘测。那是1985年,"万元户"都能上全国新闻的年代,已是工程师的王双明,月工资还不到200元。800万元的项目资金,无异于一笔天文数字,足见国家对鄂尔多斯盆地找煤的重视和期望。为鄂尔多斯盆地项目配备的科研、勘测力量同样雄厚,不仅有五个省区的煤田地质局、勘探研究院、航测遥感大队等多家相关单位参加,还有中国矿业大学、中国地质大学、西安矿业学院(现西安科技大学)等院校的教授、学者也参与其中。人员最多时有近200名煤田勘探领域高水准科技人员一起投入工作,同心协力研究该区域内煤炭资源分布规律。

1986年,项目正式启动,依然由陕西省煤田地质勘探公司具体牵头组织实施,但由谁来担任项目"牵头人"却成了难题。那时,鄂尔多斯盆地区域的开发程度很低,大部分地域是沙漠覆盖的无人区,自然条件和生活条件恶劣。其实问题的重点并不在于条件艰苦,那些多年从事勘探工作的老专家,根本不在意工作环境的好坏,他们顾虑的是,相关的地质资料少之又少,需要进行勘探的工作量巨大,并且很难判断在这片区域里能不能再找到大型煤田。万一没找到,花费的大量时间、人力和国家的巨额资金,也就打了水漂,这可怎么向上级交代!

最终,负责这个项目的重任压在了31岁的王双明肩上,他也毫不犹豫地欣然接受了。那时,他是单位里最年轻的工程师,反倒没有业内声望的思想包袱,并且,他学到的煤田盆地分析理论,需要机会充分施展运用,鄂尔多斯盆地正是一个理想的区域,他也希望在这个项目上有所作为。

当王双明和团队成员们开始收集资料,商讨实施方案,准备在鄂尔多斯盆地广袤的无人区钻孔勘探寻找煤田时,国内的煤炭行业却正在迅速地向低谷滑落。

七 荒原寻乌金

1985年,煤炭管理政策进一步放宽,"国家、集体、个人一齐上,大、中、小煤矿一起搞"。国内煤炭供应不足的问题已经彻底缓解,甚至从过去的供不应求,转变为供大于求的状况。

短短两年间,全国乡镇小煤矿数量便已超过万家,为了在产能过剩的市场中生存,纷纷压低价格出货,最终引发了恶性的"价格踩踏"。自1985年开始,国内煤炭市场价格一路下滑,并且在此后十几年里,始终在低价徘徊。低迷的煤炭价格给国营大型煤矿和企事业单位造成了巨大压力,各大矿务局营收无法平衡,给职工发放工资的钱都凑不齐。受此影响,全国煤炭系统的机关、科研院所、勘探机构,都过上了"紧日子"。

在国营煤炭行业整体处于困顿状态之际,王双明他们的鄂尔多斯盆地项目却依然获得了资金保证。这让他们深切地感受到,国家对煤炭资源战略的高度重视,也让王双明更觉责任重大,必须竭尽全力在鄂尔多斯盆地探出煤田。王双明和他的团队在严峻的行业大环境中,开始了艰难而又艰苦的"找煤"历程。37万平方千米的鄂尔多斯盆地,主要地貌都是连绵的黄土丘陵、荒漠化草原和茫茫沙漠。这些人迹罕至之处，却是勘探队钻孔取样，进行找煤探矿的必去之地。

因为勘探任务繁重，工作环境恶劣，煤炭部曾于1980年将当时正在山东参加济宁煤田会战的185地质勘探队调回陕西。为他们配备了一辆罗马吉普（罗马尼亚生产的阿罗-24吉普车，20世纪80年代被称为"罗马尼亚的路虎"，越野性能极为优秀），还有多辆最新型的东风大卡车，并配备了建立临时办公基地的活动板房。他们成为全国第一个拥有如此高标准装备的地质队。获得先进装备的185地质勘探队队员们，踌躇满志地开赴陕北榆林，扎下活动板房建起临时基地，迅速分散到沙漠、草原、黄土丘陵中，开始在大地上钻孔取样，寻找煤炭的踪迹。

获得如此优厚的待遇，是动力更是压力，从那些高标准的配备，就足见煤炭部对这项工作的重视。为及时掌握勘探一线工作情况，王双明跟着地质队一起在野外扎帐宿营、打孔探煤。每个点位的钻探取样工作，少则十天，多则半个月。无论是沙漠、草原、黄土丘陵，都面临着交通不便、缺少水源的难题。每天的生活用水要靠水罐车从几十千米外送来，那是营地中的奢侈品，必须限量使用。如果遇到下雨天，情况就更糟糕。山梁沟壑起伏，土路湿滑泥泞，运水车便无法开进营地，生活用水会因此中断几天。于是每逢下雨，勘探队员们就将帐篷的遮雨棚布翘起四角，把所有的锅碗瓢盆摆到地面收集雨水，但那点雨水，也仅够每天饮用和一日三餐做饭的用量。那几天，所有人都按规定不能刷牙，只能用湿毛巾擦擦脸，洗衣服就根本不可能了。直到天气转晴后，才能用履带拖拉机把水送上来，王双明和营地里的队员们，已经灰头土脸成了叫花子的模样。那几年，他和同事们一起奋战在勘探第一线，过沙漠，走荒原，翻山越岭，记不清在野外度过了多少个日夜，跑烂了多少双翻毛皮鞋。

作为项目负责人，王双明不仅要负责本省内的勘探和资料分析工作，还要对其他四个省区的工作现状和进度负责，经常要去外省的野外勘探点位现场检查。

"我记得是1988年吧，那时候全国汽油都很缺，"王双明说道，"去外省巡查的时候，加油就是个难事，自己车上就得带着汽油桶。但是我们跑的面太大，五个省区的野外勘探点都要跑到，带着备用的汽油也不够用啊，还得在沿途加油。有一次，我们到山西去，汽车跑在半路上没油了，可那边加油站不给外地的车加油，好话说尽都不给加，给多少钱都不加。我们实在没办法，只好拦了一辆手扶拖拉机，拉上我们的油桶，过黄河到陕西这边的府谷县灌了汽油，再拉回山西给车加了油。后来到了山西省煤田地质局，他们想办法协调，才给我们的车和油桶加满了油，得以继续后面的行程。"白天舟车劳顿极度疲倦，晚上还得尽快写出报告。王双明便脱掉皮鞋，在地上铺块毛巾，把肿胀的双脚放上去松快一下，那是他在疲惫状态下让自己略微放松再投入工作的"独家秘籍"。

经过几年时间的野外勘查鏖战，王双明的陕西团队和外省的同行们获得了102处实测剖面与3509个钻孔的实测地质资料。下一步便是如何利用这些资料，分析判断出鄂尔多斯盆地下是否埋藏着大型煤田，并且找到其分布的位置。这同样是项艰巨的工作，其困难程度不亚于在沙漠中打探孔。

八　环带成煤论

早在王双明他们的五省区联合团队打孔勘探之前，广袤的鄂尔多斯盆地就已有多处开采的煤矿，有些还是在全国第二次煤田预测项目中发现，刚刚投产不久的。那次预测工作，已经对盆地内的煤炭蕴藏状况有了初步了解，很多参与这项工作的陕西、内蒙古、宁夏等地技术人员，都曾结合本区域内的所见、所得，发表了许多关于地质条件形成煤炭的专业论文。

王双明他们专门研究过那批论文资料，却发现将所有论文集合在一起，反而更找不到这些煤矿的关联性。因为散布在各区域的煤矿，地貌、地质特征各异——有的在河道附近，有的在河流三角洲上，有的在河道和湖泊交叉地，有的在湖湾里……而那些技术人员的论文，也分别以河流成煤、三角洲成煤、湖泊成煤、湖湾成煤等传统理论进行了论述。

这些截然不同的理论说法都能站得住脚，因为无论是在国内还是国外，都能对应很多已知煤矿的生成状况。但在巨大的鄂尔多斯盆地中，每种理论只能对应一两座煤矿的特点，无法涵盖所有已知成煤区的特征。而王双明他们的任务，是要搞清整个盆地的成煤规律，并相对精确地预测出煤炭蕴藏量。这种情况下，就必须"另起炉灶"，创建出一套涵盖盆地内所有地域形成煤炭共有规律的全新成煤理论。

王双明在研究生期间专攻的煤盆地分析理论，成为"起新灶"的重要方向，并且他还获得了来自两位导师的支持。千辛万苦采集到的102处实测剖面和3509个钻孔的实测地质记录，成为他们最可倚重的第一手资料。王双明组织团队成员认真整理数以十万计的勘测数据，根据岩石形成过程的特点，采用煤盆地分析理论进行比对。经历几年时间，终于编出一张鄂尔多斯盆地煤炭资源分布图。对全盆地内的地层划分、煤层对比、成煤环境、富煤规律等方面进行深入系统研究，获得一系列重要发现，对全区的情况有了全面了解，基本找到了煤炭资源的分布线索。

与此同时，他们也发现了一个奇特的现象——位于盆地中央部位的延安、延长、延川地区，几乎找不到煤炭的踪迹。存煤的区域沿盆地周边分布，呈一个开口向东的巨大"C"字形。黄河东岸的吕梁山便是"C"字的开口处，绵延400千米的山脉，同样找不到煤炭。这种奇特的"C"字形成煤现象，让他和同事们都觉得费解，用煤盆地分析理论也无法说清原因。对于从事煤田勘探工作的技术人员来说，这是难以接受的结果。王双明每天眼望着地图，心中不断地构建起一个个远古时期盆地地貌假想画面，却全都无法合理地解释那个缺口的出现，只能一遍遍地将设想否定推倒。

又一次假想失败后，身心疲惫的他斜靠在椅背上，目光滑过地图上的鄂尔多斯盆地，越过吕梁山脉，落在山西大同的区域内。在地质学中，那里被称为"大同盆地"，早在北魏时期就有煤炭开采使用的文字记载，自民国时期就已是驰名中外的"煤都"。20世纪80年代末90年代初，煤炭年产量一直居全国之首。位于大同西南方向的宁武地区也同样富产煤炭，并且两地之间的产煤区连成了一道短粗的弧形地带，隔着吕梁山与鄂尔多斯盆地遥遥相望……将那道短粗弧线延长，居然与鄂尔多斯盆地的巨大"C"形完美地衔接成了一个圆环，吕梁山像一把巨型的利刃，将圆环斩为两段。

他猛然意识到什么，一下跳起身。大同盆地和吕梁山的地质资料很快被调取出来，对比后发现，吕梁山是在煤炭形成之后隆起的山系。也就是说，远古时期的山西大同、宁武等地原本是鄂尔多斯盆地的一部分，在地球造山运动中，吕梁山迅速隆起，将大同地区与鄂尔多斯盆地隔开，形成了一个新的盆地，两个盆地的煤炭资源也因此被隔开。而逐渐隆起的吕梁山，在亿万年自然力的侵蚀下，上部的岩层和煤层都被风化剥蚀掉，于是这绵延400多千米的山区，便很难寻找到煤炭的踪迹。

王双明科学地解释了山西大同、宁武，包括河南义马的煤层，是与陕北、东胜、宁东、华亭、永陇、彬长、焦坪在同一地质时期形成的。搞清了这种地质构造成因，延安、延长、延川等地区没有煤矿的原因也迎刃而解。在远古地质年代中，那片区域是盆地中低洼的深水区，不具备煤炭沉积条件，而在周围露出水面的地域和浅水区形成了一个环带状的沉积成煤区，只是后期地质发展过程中剥蚀掉了很多区域。

王双明将上述特征与成煤盆地演化过程进行综合分析，提出了"成煤期受大地构造背景转换过程控制，成煤区受沉积体系转换部位控制"的学术观点，终于形成了一套"盆地环带状成煤"的创新理论。

此时再看河流成煤、三角洲成煤、湖湾成煤等理论论述过的煤矿，全都涵盖在这条环带之中。那些理论确实都没错，但只是对一处一地的局部特点进行分析得出的结果，类似于"盲人摸象"。而王双明他们的"盆地环带状成煤"理论，则是以宏观的视野进行审视，探索出整个地域的全貌特征，看清了"整头大象"。该理论使中国煤炭地质学理论上了一个大台阶，获得了业界的高度认可。

1995年，王双明和同事们提交了一份名为《鄂尔多斯盆地聚煤规律及煤炭资源评价》的报告。那是王双明作为第一作者，将他们团队近十年艰苦付出取得的成果进行的全面总结，为中国煤炭工业亟待实施的"战略西移"选点布局工作，提供了极为重要的科学理论依据和资源储量保障的数据。

根据这一理论，他们终于查明了鄂尔多斯盆地煤炭资源总量。全盆地被划分为4种类型39个含煤单元，埋藏在地下2000米以内的煤炭资源总量达19765.69亿吨，其中埋藏深度小于1000米的煤炭储量达

6561亿吨。也就是说，这个盆地的煤炭资源总量占到全国的43％，按目前的开采和用煤规模，能够满足全国100年以上用煤需求。如此巨大的煤炭资源储量，使鄂尔多斯盆地一跃成为国内含煤盆地之首，并跨入世界级大煤田之列。更难得的是，鄂尔多斯盆地的地质条件非常适合建设大型煤炭生产基地，是国民经济发展和国家煤炭工业"战略西移"的理想地区。

1995年6月，中央电视台及《人民日报》《光明日报》《陕西日报》《中国煤炭报》等数十家主流新闻媒体相继发布消息，报道"我国煤炭地质勘查又有重大发现，鄂尔多斯盆地发现特大煤田，预计煤炭资源总量近2万亿吨"，引起全国轰动。

王双明和他的同事们耗费近十年时间，终于在草原、沙漠和黄土之中，寻找到这串珍贵的"黑色珍珠项链"。这块曾贫穷落后的盆地，因为王双明他们探寻到地下蕴藏的海量"乌金"，转眼间变成了中国最富有资源开发前景和潜力的"聚宝盆"。

与鄂尔多斯盆地同时进行勘探的其他几个区域，也找到了一些煤炭资源，但储量不高，开采条件也不理想。最终，中国煤炭工业"战略西移"的重点地区就落在了鄂尔多斯盆地。这是王双明和他的团队给鄂尔多斯大草原和黄土高原的献礼，更是为国家经济建设蓄势腾飞所建立的功勋。

因为取得如此重大的成果，王双明于1996年获得煤炭工业部科学技术进步奖一等奖，当年11月，被任命为陕西省煤田地质局副局长兼总工程师。1997年，又荣获了中国科技界的重大奖项——国家科学技术进步奖二等奖，并于1998年被授予"国家有突出贡献中青年专家"称号。

此时的王双明已经成为国内煤田地质系统的优秀科技带头人，在业内名声响亮。中国煤炭地质总局几次要调他去担任领导职务，他却推辞不去，继续留在陕西工作。而这样的选择，也让他在鄂尔多斯盆地取得了更大的成就。

九　沙漠中的磁与震

1996年，鄂尔多斯盆地中的陕北神府煤田大柳塔煤矿已经全面建成投产，但产量依然无法满足国家煤炭工业"战略西移"的紧迫需求。神府煤田需要进一步精确探明煤层分布范围、煤层厚度和埋藏深度，以便尽快选定适合的开采区域，建成新的大型煤矿，有效利用资源。

刚被任命为陕西省煤田地质局副局长兼总工程师的王双明，承担了这项任务，他率领团队再度进驻鄂尔多斯盆地，开始在陕北的黄土高坡和沙漠中对神府煤田进行精度勘探。

此时，中国煤炭行业正进行着一场前所未有的重大变革。

自20世纪80年代初国家鼓励中小煤矿开发以来，民营小煤矿蓬勃发展。至1997年年底，全国6.4万余处矿井中，小矿井为6.1万余处，占比接近94％。而这些小矿井都由地方政府负责管理，煤炭部所属的大型煤矿反而成了"少数派"。针对这一状况，国务院在煤炭行业实行大刀阔斧的改革，自1998年3月起，原煤炭部正式改组为国家煤炭工业局，不再直接管理企业，只负责相关政策的制定和指导、监管。94个国有重点煤炭企业及176个企事业单位，2379亿元资产、320万名职工和133万名离退休人员全部下放，由各地方政府直接管理。

王双明所在的陕西省煤田地质局，便在那时被划归陕西省政府管辖。虽然隶属关系发生改变，他们的工作任务却保持不变，在陕北神府矿区探明煤层厚度，明确开采区域的工作依然受到高度重视。

机构改革进行之时，煤炭地质局的勘探队正在陕北榆林地区的黄土山峁、茫茫沙漠中辗转。路况最好的地方，只有附近农户踩出的土路，遇到下雨天气，车辆设备就无法通行。更困难的是沙漠区，工程车辆一上沙面就陷进去，根本动弹不得。地质队员们只能将周边的沙蒿、沙柳枝条砍下，在沙面上铺设出一条"树枝"路，车辆才勉强一点点挪进大漠荒沙中。将钻探设备运送到探孔位置，就要消耗大量时间，并且车辆一路开进去，周围的沙蒿、沙柳枝条也几乎都被砍光。这还仅是一个探孔需要付出的代价，要完成勘探任务，必须打出几千个探孔，耗费的时间和对当地植被生态的影响都不容忽视。

"那时候，上级不断提出进度要求，希望尽快拿出结果。我们就必须提高勘探速度了，"王双明说，"当时我们商量，认为提高速度的唯一办法就是少打钻孔、少修路。但钻孔打少了，勘探精度怎么满足？这种情况下，就考虑必须用新的办法勘探煤炭。"

他们查阅了大量国内外资料，讨论了多种技术途径方案，却没有找到在沙漠地质环境下，既能够有效提高探测速度又能保证勘探精度的方式。他们必须自己想办法，创出一种能够两者兼得的技术途径。王双明认真分析神府煤田的地质条件，抓住这片区域内煤层分布稳定、厚度较大的特点，提出利用地震勘探技术判定煤层厚度的设想。

地震勘探法是20世纪70年代出现的技术，国内已有安徽省正在进行的一个中日合作项目中，率先应用了这一技术。不过，当时国内外都是采用这项技术寻找煤层中的断层，没有用于探测煤层厚度的先例。

"地震勘探的原理我们都知道，我在学校时就学过这方面的知识。就是在探孔内埋设炸药，利用爆炸产生的地震波探测地下结构的勘查技术，"王双明说，"煤层的密度一般是1.3，岩石密度都在2以上，两者的密度差很大。地震声波会在煤层和岩层相交的界面上形成反射波，用接收器获取这些反射波后，经过一系列计算，就能准确地划定煤层断裂位置。但我们要探测的是煤层的连续性和煤层的厚度问题，而且，探测地域上面覆盖着沙漠，声波能不能反射到地表来，这需要进行实验验证。"

进行新技术探索，并不是件简单的事情。"首先要说服别人给你立项，"王双明说，"我们这种单位，没立项就没有经费，根本做不了。但是，我们决心要做这个事情，就要想办法嘛。"

王双明所在的煤田地质局，可以根据工作需求，自行设立科研项目。担任副局长兼总工程师的他便组织工程技术人员，为地震探测技术的实验立项。但局里只有设立三类科研项目的权限，资金量远远不够，为争取更多的资金支持，每年还要向地质总局申请二类科研项目。

解决资金问题后，王双明他们在黄土高坡、茫茫沙漠各处选点，开始地震勘探探测煤层厚度的野外实验。四处奔波、风餐露宿是那时的常态。"印象比较深的一次，下着大雨，车辆坏在了路上，我们在漆黑的夜里步行20多公里才到达神木县城（今神木市）。真是体会到了饥寒交迫、凄风苦雨的感觉。"王双明回忆道。

随着实验向前推进，他们获得了大量实验资料。研究分析后发现，沙漠地形对于接收地下声波的影响，可以通过激发方式得到改善。并且，地下煤层只需达到1米左右的厚度，就能产生有效反射波，地震勘探技术应用于煤层厚度判定完全可行。采用地震勘探技术，有效解决了王双明他们最为关心的勘探效率问题——不仅可以大量减少传统勘探技术所需的钻孔，极大地缩短勘探时间，勘探精度也大幅提高——勘探线上煤层厚度的探测密度由过去的750米提高到5米以内，获得的煤层厚度误差小于0.6米。

更让王双明喜出望外的是，实验过程中，他们还摸索出一套全新的工作模式，解决了设备进入沙区破坏植被环境的难题。"埋设炸药进行地震探测，不需要很深的大探孔，打机井的那种小钻孔就够用，"王双明说，"当地农民有在沙地里打井的经验，我们就与他们合作，人家牵上两辆毛驴车，装上打井工具和几桶水，就进沙漠了。地质队员也带着测量仪器，坐着驴车进去，不用开大卡车，不用砍沙蒿、沙柳铺路，不会再破坏植被了。那种十几米深的小钻孔，没多久就能打出来，我们地质队员把炸药往里面一埋，在周边布设好信号接收设备，然后引爆炸药，接收记录信息就行。我们的实验结果形成了一个报告，得到了高度认可。就这样，陕西成为国内第一个在沙漠里搞地震勘探的省份，一下就把勘测速度提上去了。"

不过，地震探测技术虽然能准确判断煤层厚度和煤层分岔位置，却无法测量另一项重要的勘探目标——自燃煤层的燃烧面界限。这同样是一个亟须解决的技术难题。

埋藏地下的煤层，经过亿万年地质运动的弯折推挤，有很多抬升到地面的露头部分。煤炭露出与空气接触，会在缓慢氧化过程中发生自燃，并向地下煤层延伸燃烧，在岩层之间形成空洞、裂隙，雨水会渗漏至此，长期大量积存，形成多种地质隐患。如果无法准确勘探判别出这样的区域，在已经过火的煤层进行开采，就只能挖出毫无价值的煤渣，不仅浪费时间和资金，还可能出现塌方、透水等安全事故。勘探队必须精确划定地下煤层自燃的界面，为煤矿选择开采位置和方向提供依据。

传统的探测方法，是按照煤层的走向，沿露头处每隔几百米打出钻孔取样分析，往往要像穿糖葫芦般打出十几个探孔，才能判定自燃边界的大体位置，效率低，成本高，探测精度仅能保证在三四百米的范围内。地震探测技术对自燃界面的判定效果也不理想。对于这项探测任务，王双明他们必须另想办法。

"我们研究之后发现，正常煤层上面的岩层是青灰色的，被自燃煤层烧过的岩层就变成暗红色的了。是不是可以从这种变化上想办法呢？因为从地质概念上讲，岩石变红，里面就应该有氧化铁，"王双明说，"我们对岩层做了化验分析，发现没被烧过的岩石里有菱铁矿，也就是几乎没有磁性的碳酸铁。但是过火一烧就变成了氧化铁，磁性增强了。利用这个特点，能不能用磁法来找到地下煤层自燃的界限？"

相关的实验工作立刻展开，结果发现用岩石磁性判定煤层自燃边界的方法果然可行，并且探测精度也由过去传统方式的375米提高到了25米以内。至此，由王双明主持的地震、磁法、钻探"综合勘查"体系正式创立，这一创新技术的应用，极大加快了神府煤田高效、安全、环保勘探的进程，勘探费用比全国平均水平降低70%，减少沙区植被损毁约100公顷，单个井田的勘探时间由2年缩短为10个月，达到世界领先水平。

随后，王双明他们采用"综合勘查"技术完成了国家规划矿区勘查任务，总面积达1600平方千米，储量超过200亿吨，占全国探明煤炭总储量的15%，相当于50个大同矿区、100个抚顺矿区。

找煤、勘探、开发三个阶段均取得创新性地质成果的王双明，不仅查明了鄂尔多斯盆地煤炭资源总体分布规律与资源总量，而且建立了高效、高精度煤田"综合勘查"技术体系，还提出了生态脆弱矿区地质环境保护新技术，为我国西部煤炭资源勘探、开发和煤矿区地质环境保护提供地质技术支撑，为部署规划煤炭工业战略西移、保障国家能源安全作出了突出贡献。王双明于2005年获得李四光地质科学奖，2006年获得陕西省科学技术奖一等奖。其"综合勘查"技术在全国乃至世界产煤国家中被广泛推广应用，产生的经济效益和社会效益极为显著。此后，中国煤炭地质总局联合多家煤炭科研机构申报"中国煤炭地质综合勘查关键技术与工程运用"项目，"综合勘查"技术被纳入其中，并于2010年获国家科学技术进步奖二等奖，这是他第二次获得此项国家级大奖。

十　乌金的"红利"

王双明和同事们在鄂尔多斯盆地发现了世界级的优质煤田，又在陕北为国家规划矿区探明了丰富的煤炭资源，极大地推动了鄂尔多斯盆地区域内的煤炭产业发展，让曾经贫穷落后的荒僻之地，迅速成为"富甲一方"的经济繁荣区。

位于神府矿区内的陕西省榆林市神木县（今神木市），就是一座因煤而兴的县城。短短十年间，县域内的煤矿便多达数百家，其中仅大柳塔镇的个体煤矿就超过70家。煤矿开发的鼎盛时期，几乎所有的神木人都在从事与煤炭相关的工作，煤炭让这个小小的县城变成了富豪云集的"陕北小香港"。那里也成为西北地区首个实行全民免费医疗、免费教育、免费供养孤寡老人和重度残疾人的行政县。

距离神木100多千米的内蒙古鄂尔多斯市，同样是因煤炭而迅速富裕起来的小城。这里曾经是内蒙古自治区经济最为落后的地区，经济水平长期名列倒数，自从王双明他们在那里发现了优质煤炭，渐次开设起来的煤矿让那里发生了翻天覆地的巨变。到2003年，鄂尔多斯市的原煤产量达到8103万吨，已经超越曾雄踞全国之首的山西省大同市，成为中国产煤城市龙头。2004年达到1.17亿吨，成为中国第一个年产过亿吨的煤城。2005年全市煤炭产量达到1.5亿吨，占中国煤炭全年产量的十三分之一。此后的煤炭产量更是以每年1000万吨的速度递增。到2007年年底，在中国城市发展竞争力排名中，鄂尔多斯市名列全国第一，并以1.0451万美元的人均GDP超过北京、上海，位居全国之首，被称为"中国的迪拜"。

鄂尔多斯盆地中的这些繁华与富足，都是王双明他们这些煤田地质勘探人员，在荒沙山峁间栉风沐雨辛苦劳作换来的。是他们的默默付出，让这些曾经只有牛羊满地跑的荒漠化草原、只能广种薄收谷子糜子的黄土丘陵，变成财源滚滚的"聚宝盆""乌金山"，成为世人羡慕的"路虎乐园""塞上明珠"。

事实上，煤田地质工作者们又何止探寻到一颗"塞上明珠"、一座"乌金山"？伴随着他们跋山涉水探寻煤田的脚步，全国各地相继崛起近500个因开采煤炭资源而得以振兴的城镇，不知成就了多少坐拥亿万资产的煤企业老板。而王双明他们却"事了拂衣去，深藏身与名"，鲜有人知道他们的付出与贡献。

"那段时间，我们在神府煤田的工作已经做完了，已经探明了储量、煤层厚度等数据，但是具体如何开发，省上还在规划。但是地方上等不及了，急于发展地域经济，已经开始推动煤矿的大开发了。"王双明说。神木那边有一片采煤区，煤层又浅又平，煤层厚度也大，储量有119亿吨，是国内少见的优质煤炭，在世界范围都属于品质最好的。铁路、公路、管道很快就从这些煤层上面铺设过去了，还规划了一个工业园区，全都在那片煤层的上方。王双明他们知道这个情况后，立刻向省里相关部门汇报，"我们强烈建议不要在那个地方搞工业园区，否则下面一大片的优质煤层都无法开采了。我们建议将园区选址向东南方向外移三公里左右，就是煤层的露头处，那边就没有煤层了，可以把园区调整到那边去。省上派了一个调研组去现场看，后来采纳了这个建议。"这也正彰显了煤炭工作者为了国家的现代化建设所肩负的重大使命和对事业的高度责任心。他曾向上级申报计划，在陕西的永陇（永寿、陇县）地区勘探找煤。但评审人员认为，那里成煤条件不好，根本找不出有价值的煤田，于是不予立项。

无法获得资金支持的王双明却坚信那里能找到煤田，因为那片区域就在鄂尔多斯盆地的边缘位置，按照他创建的盆地环带状成煤理论，此处必定是成煤区。他思虑再三，决定先在单位内自行立项勘探，拿到实际成果后，再向上级申请补发资金。

他们首先要解决资金问题，勘探费用至少需要3000万元，靠财政拨款运营的地质局，根本拿不出这么多钱。"我们就找宝鸡市寻求合作，结果人家也不看好这事。于是就只能向银行贷款，银行说，进行评估后就给我们放贷。结果他们找专家咨询时，人家也说，'那地方找不出煤，你们放贷肯定会打水漂'，银行也就不给我们贷款了。"王双明苦笑起来。

"后来，我安排财务部门去咨询银行，了解到有一种'委托贷款'的方式可以破解这个困局。就是动员单位职工，把个人的钱存到指定银行，银行再将这笔存款专项贷款给单位，并且只能定向使用在特定项目上。"

全局近6000名职工拿出自己的积蓄，有些还向亲戚借钱，很快凑够了3000万元存款。单位以专项贷款的形式借贷回来，开启了永陇煤田麟北区域的找煤勘探工作。仅用两年时间，他们就在永陇地区探出32亿吨的煤炭储量。后续工作交由其他部门接手，永陇煤矿很快建成投产，改变了宝鸡地区煤炭资源匮乏的状况，伴随着煤炭开发的脚步，麟游县脱离了贫困。上级拨付的勘探经费也很快到位，偿还贷款后，职工们最终按各自存款的多少，拿到了存款的利息。这是煤炭行业"黄金十年"间，煤田勘探工作者们"吃"到的"红利"。

十一　煤与水的抉择

2007年3月，因为工作需要，已经合并几年的煤炭工业局与煤田地质局又分为两个独立单位。王双明却没回地质局干他的"老本行"，而被留在煤炭工业局继续担任局长。

煤炭工业局负责全省煤炭资源开采、生产经营秩序、安全生产等工作的监督管理，责任重大。此时，正值国家《煤炭产业政策》发布，《政策》中明确指出，"十一五"期间一律停止核准审批年产能30万吨以下的新建煤矿项目，并严格规范了安全、环保、资源节约等一系列标准。全国的煤炭行业都以此为契机，加大煤矿安全管理力度，迅速推广安全监控系统新设备、新技术的应用。王双明那时的工作重点，同样围绕这些任务展开。

自1988年放开中小煤矿的经营政策后，个体承包经营的小煤矿数量以遍地开花之势迅速增长。靠低价竞争换取生存空间的小煤矿老板们，只有开足马力开掘出更多地下"乌金"，同时压缩安全、环保方面的投入，才能保证收益，结果导致矿难频发、资源浪费、环境污染等诸多严重问题。

1997年，国家便采取"关小的上大的、小的并成大的"等办法整顿煤炭行业乱象。3万吨以下的小煤矿首先被关停，随后是5万吨以下的，再后来，30万吨以下的也都关停。小煤矿矿主们为避免出局，主动寻求兼并到大矿中，到2000年，此前的混乱状态基本得到稳定。至2002年，陕西省完成了对小煤矿的关停、整合等管理工作。煤炭开采经营，又回归到以国有大型煤矿为主导的格局。

但整顿关停小煤矿后，又出现了新的问题。随着国内经济迅速增长，煤炭需求也在逐年递增。此前由众多小煤矿承担的煤炭产量，以及新增的煤炭需求，便全部压在了大型煤矿身上。那时，煤炭行业虽然迎来了"黄金十年"，煤价一路高涨，但国有大型煤矿依然是"收支两条线"的管理模式，更新技术装备的资金有限，仍旧大量使用着老旧的设备，产量大幅提高后，安全问题便随之凸显。仅2000年至2005年，国内大型煤矿死伤百人以上的特大事故就高达八起。

这样的状况引起国家高度重视，开始大幅增加煤矿技术改造的投资。几年时间里，通过引进综合采矿先进设备、开展新型装备的自主研发等措施，迅速更新大型煤矿的开采设备和安全设施，煤矿安全生产状况得到明显改善。2007年，煤矿安全事故发生率已经大幅降低，担任省煤炭工业局局长的王双明，在安全方面的压力虽然大大减轻，但煤矿涉及的环保问题却依然突出。"那时候，陕北神府煤田已经进行大规模开发煤田的规划，上规划必须进行环评。"王双明说。

陕北的神府煤田位于鄂尔多斯盆地北缘，在毛乌素沙漠腹地，那里的地貌主要是沙漠和荒漠化草原，属于严重缺水的区域。"一部分人认为，这个地方不能开矿，否则环境全破坏了。另一部分人认为，反正这个地方是荒沙草滩嘛，无所谓的。但国家层面对此是很谨慎的，必须拿出环评报告，说明开采对水资源有没有影响，影响有多大。"王双明说。

那时候，神府煤田的区域内已经有多处煤矿开工。"我记得有一处煤矿进行开发的时候，施工队的驻地选在了距矿址稍远的地方，因为那边找到了一个水源地，"王双明回忆道，"过了段时间，矿上就向我们反映，水源地忽然没水了。我们就猜测，会不会跟开采煤矿有关系？但又不能确定，因为煤矿离这儿还挺远的。"经过现场勘查分析，他们证实了此前的猜测，"煤层上面的岩层塌陷开裂了，地下水从那里漏下去，形成了降落漏斗，漏斗往外扩展到水源地这边，水就流到漏斗里去了。"

事实上，自20世纪90年代初神府煤田逐步开发后，当地生态地质环境已经遭受了损害。榆林市原有地表水体869个，那时已减少到79个，神木市已有4.15万公顷农田因地下水流失变为荒地，黄河一级支流窟野河出现断流的状况，数千居民生活用水发生困难。陕西省政府早已提出陕北煤炭开发的十个重大研究项目，其中"采煤保水"工作是重中之重。此时，这项任务就交由王双明所在的煤炭工业局负责。他多次前往深受影响的地区进行实地考察，看到当地农户因地质沉降而开裂的房屋、因地下水流失而干旱的土地，出身农民家庭的他心情沉重。他知道土地对于农民意味着一切，而现下这些难离故土的农户在干裂的土地上连基本生活都难以维系。

开采煤矿、发展经济是国家和民众的需要，保护环境、福泽后世同样是国家和民众的需要，但煤矿开采必定会对地质环境造成影响。作为煤炭工业局的主要负责人，王双明深知，必须找到办法在开采出煤炭的同时，保护好这里的环境，让生活于此的居民们能够安居乐业。

王双明首先要搞清楚，煤矿开采对地表生态系统的影响是不是致命的？能不能自行恢复？能不能通过人工干预进行修复？他组织团队收集了鄂尔多斯盆地和神府煤田区域40多年间的勘探数据，分析之后发现，这片区域内煤水空间赋存规律，对于地下水资源保护极为不利——维系地表生态的地下水位距地表很近，并且都位于煤层的上方。含水层和煤层之间，只夹着一道隔水岩层。煤矿开采很容易导致隔水岩层断裂，地下水便迅速沿着开裂处向下流失。王双明还研究了当地植被生长指标与地下水位之间的依存关系，发现只有地下水位距地表1.5米至5米，才能保证煤矿区内的植被生长需求。如果低于5米，就会导致该区域内的生态环境受到损害。

"鄂尔多斯盆地生态环境保护的关键点，在于地下水的生态安全水位。保住安全水位的关键点，在于煤层和含水层之间的那道隔水层。我们就抓住隔水层这个关键点，寻找解决办法，"王双明说，"如果一直在地质局工作，这个事情我做不了，因为搞地质的对煤矿开采技术不了解。到煤炭局担任局长以后，我就得学习采矿的相关知识，这一课补得很有必要。遇到这个问题，我就立刻想到，应该把地质和开采结合起来分析。"

王双明清楚地知道，开采煤层必然会造成一系列的地质条件变化——采空区上部的岩层受重力影响会往下压，下面岩层也会向上拱，前后左右的岩层都往这个空腔处挤压，岩层便发生变形、断裂，"岩层断裂与岩层、煤层的厚度都有关系，也与开采工作面的推进速度、宽度有关系，是一个综合影响。但主要因素还是煤和水之间的岩层有多厚？隔水性怎么样？开采的时候造成的变形影响有多大？需要把这些综合在一起来考虑"。

他们针对隔水岩层进行了多次相关实验，结果显示，如果煤层的厚度是5米，隔水层厚度达到150米以上，即便有一些裂隙，只要没有贯通，地下水就漏不下去，对地表环境影响就不大。但如果造成一定程度的地表沉降，地下水位较浅的地区就会产生盐碱化的影响。以此为基础，王双明提出了以控制生态水位为核心的矿区地质环境保护新理念——煤层上覆岩层厚度小于20倍煤层厚度的，为隔水性损害区，必须禁止开采，或开采后必须进行回填；厚度在20—30倍煤层厚度的，为隔水性变化区，必须限定矿藏开采高度，避免对隔水性造成损害；厚度大于30倍煤层厚度的，为隔水性稳定区，鼓励"大采高"开采。

"有了这个标准,下一步,就是找到隔水层厚度较大的地方进行开采,风险就比较小了,"王双明说,"神府煤田产煤带由东南方向往西北方向越来越厚,西北方向的条件相对较好,隔水岩层也比较厚。"于是,规划的煤矿大规模开采区域,便定位于矿区的西北区域。

这项以生态水位保护为核心的矿区生态环境保护新技术,显著降低了神府矿区水资源损害率,极大缓解了陕北生态水位下降的趋势,在陕北能源化工基地规划建设中起到了重要的指导作用。施行了充填和分层开采的两处大型煤矿,均取得了水位保护成效。陕北的煤炭产区因此被列为国家大型煤炭示范基地,王双明也被陕西省人民政府聘为陕北能源化工基地建设专家咨询组成员。

2011年,凭借研究成果《鄂尔多斯盆地生态脆弱区煤炭开发与生态环境保护关键技术》,王双明第三次荣获国家科学技术进步奖二等奖。

从业40多年间,王双明以找煤、勘探、开发过程地质环境保护等三个方面的技术需求为向导,开展科学研究和技术创新,虽然是不同的专业方向,而王双明却都取得了重大成果,在业内拥有了极高声望。2005年长安大学环境科学与工程学院聘请他担任教授,2006年又增列为博士生导师,2009年他又被母校西安科技大学(原西安矿院)增列为博士生导师,在为国家煤炭事业贡献智慧的同时,也培养了众多高级别专业人才。

十二 "双碳"时代的新探索

2010年,王双明被任命为陕西省地质调查院院长。新的工作职责,是进行基础地质、矿产地质、环境地质调查,开展前沿性、基础性地质研究，以及与地质调查和矿产勘查相关的应用研究。

王双明承担陕北能源化工基地重大问题研究项目"采煤保水"期间，正值国家计划实施两个大型煤制油项目。这项计划中，煤炭直接液化（将煤炭直接变成油）项目将由内蒙古承担，间接液化（先将煤炭气化，再变成油）项目由陕西承担。

宁夏回族自治区听说这一消息后，立刻向国家申请，希望承担其中一个项目。那时国家对大项目的审批控制相当严格，但考虑到宁夏是民族地区，政策上应该有所倾斜，于是就倾向于将煤炭间接液化项目转由宁夏承担。这是能够带动地方经济发展的重大项目，陕西省当然不愿放弃。两难之中，上级部门决定，两地各自摆出本土优势，进行一场"竞标"。

宁夏方面亮出的优势是水资源，煤制油技术用水量大，他们的产煤区就在黄河边，有充足的水资源开展煤制油产业。这是直戳陕西"软肋"的一击，陕西的产煤区位于本就严重缺水的陕北，大规模开挖煤炭就会破坏地下水资源，哪还有水搞煤制油？项目放到那儿还能行？

陕西这边当然不同意这种观点，王双明他们刚完成的地下水与煤炭开采关系的资料恰好就成为数据详尽的有力论据。资料中并未回避陕北自然生态的脆弱性，但是采取王双明他们提出的保水开采思路，大约75%的煤炭开采区域不会对水资源造成损害，有损害的区域也可以采取回填采空区等手段有效控制……因为这套完整的资料，陕西的"竞标"评分高于宁夏，最终保住了这个项目。前去参加评审会的陕西组成员们都兴奋地来握王双明的手，"多亏了你的这份报告啊！"

不过，国家依然对宁夏给予了倾斜，将这个项目一分为二，宁夏、陕西都上。这并不仅是为了平衡的考量，而是国家面对"多煤少油"的国情，确实需要大力开发"煤转油"产业。

那时，国家对环境保护日益重视，调到地质调查院工作的王双明，也继续围绕煤矿开采与环境保护开展深入的研究工作。地调院是公益性地质调查事业单位，每年有5000万元公益性地质研究费用。"我力主立项开展煤炭采矿损害调查，用这个资金安排在采空区打钻孔。开始好多人不理解，打钻孔是找煤找矿的，你在采空区里面打孔，那不是浪费资金吗？"其实，王双明是在寻找采空区对环境造成影响的规律，探寻采空区环境治理的方法。

围绕中西部煤矿区生态文明建设需求，王双明将此前的理论观点深化发展，进一步揭示了采煤塌陷对植被和土壤质量的损害特点，为预防煤矿环境损害提供了理论依据和技术支持。

2017年，62岁的王双明报名参选当年的中国工程院院士，自1977年参加工作，他已为国家的煤炭事业奉献了整整40个春秋。此前都在忙忙碌碌，无暇回望自己走过的路。填报参评表格，梳理工作经历时，王双明才蓦然发现，自己的职业生涯，全程参与了煤田开发中"找煤—探煤—采煤"的三个重要阶段，形成了一个完整的工作链条：找煤阶段，他发现了环带状聚煤规律，首次查清了鄂尔多斯盆地煤炭资源总量，为国家煤炭工业"战略西移"提供了科学依据；探煤阶段，他揭示了煤层的地球物理特点，构建了集钻探、地震与磁法于一体的煤炭资源"综合勘查"技术体系，为国家大型煤炭基地规划建设提供了资源保障；采煤阶段，他找到了地表生态与地下水埋深之间的依存关系，揭示了煤炭开采对环境产生损害的机理，提出了以保护生态水位为核心的绿色开采新技术。

"当时报名参选院士的时候，有人说，上一届评上的院士已经有多位煤炭系统的了，这届煤炭行业评不上是大概率。我就没在意这话，能评上我就当,评不上也没关系嘛。"三个工作阶段、三项重要成果、三次获得国家科学技术进步奖,对于一名煤炭工作者而言,已是职业生涯的大圆满。

王双明"三个阶段"的成就打动了评委,在一众高校名教授、央企名专家的竞选者中,他脱颖而出。2017年11月,当选中国工程院能源与矿业工程学部院士。

王双明当选工程院院士之时,正是国际上关于"减少碳排放"呼声最为强烈的时候。而对于世界用煤量第一的中国,正遭受着来自各方的舆论压力。"21世纪之前,煤炭是人类使用的主要能源之一,到了21世纪,煤炭的能源地位降低了不少。西方国家把碳排放的问题推得这么高、叫得这么响,我个人认为,其中既有气候因素,也有政治因素。逼着中国把煤炭产量降下来,煤炭是中国唯一掌握着主动权的能源,降下来就会影响到中国的经济发展,"王双明说,"煤炭确实在清洁和低碳两方面存在问题,全国范围的雾霾现象,就与大量使用煤炭有关。现在国家加大了新能源技术发展的投入,但在新能源的经济性和稳定性方面,还有很多技术难关需要攻克,在短期内无法取代传统能源。所以在中国能源结构上,煤炭还将长期占据最重要的地位。2021年到2030年是中国能源的变革期,煤炭消费占比将在50%左右;2031年到2050年,是能源革命的定型期,煤炭的消费占比仍在40%以上。从这种状况看,煤炭依然是中国能源安全稳定供应的'压舱石'。"

也是从那时起,王双明又一次调整了研究方向,将更多的精力投入创新煤炭开采技术、二氧化碳封存一体化技术、煤炭清洁高效利用等方面。他对此前的鄂尔多斯盆地勘探成果进行分析,发现富油煤储量约3000亿吨,煤中潜在的石油资源量约300亿吨,天然气资源量约45万亿立方米，比目前三大石油公司探明油气剩余可采储量高出许多。"这么丰富的富油煤资源基础，完全具备发展规模化产业。实行热解气化一体化梯级利用，可以大幅度提效减碳。"王双明认为，可采用地面原位热解的技术手段，把油气提取出来，把含碳量高的煤留在地下，可大幅度减少碳排放，即从地表钻孔到达煤层，通过注入高温气体、下伏煤层自燃、核能或大功率电加热等方式，将煤层热解提出油气，固定碳就留在地层下。

同时，王双明还在二氧化碳深度封存和资源化利用技术上不懈地进行探索。煤炭具有吸附二氧化碳的特性，并且每吨煤炭的吸附量高达30立方米以上。根据这一特性，一些无法开采或不宜开采的煤层，便可作为二氧化碳封存区。王双明组织相关实验，初步得出结论，"在具备二氧化碳封存地质条件的地区，埋深500米以浅的煤层可实现二氧化碳煤层注入封存"。

事实上，在现代技术不断发展的今天，曾被视为有害的二氧化碳，完全可以成为宝贵的资源。它可与甲烷、焦炭或兰炭反应生成能够工业应用的一氧化碳，可与氢气反应制备出甲醇，可参与生成化工原料碳酸二甲酯，还可合成乙烯等化工原料……

富油煤提取油气和二氧化碳封存技术，是王双明围绕"双碳"目标开展的新探索。"我们煤炭科技工作者要努力的方向，就是如何全面、合理、有效地开发利用煤炭资源，并采用有效的技术手段把煤炭变成清洁低碳能源，"王双明说道，"习近平总书记已经宣布，中国二氧化碳排放力争于2030年前达到峰值、2060年前实现碳中和。实现'双碳'目标，不是别人让我们做，而是我们自己必须做。"

500多年前，明朝名臣于谦曾用一首《咏煤炭》托物言志：

凿开混沌得乌金，藏蓄阳和意最深。
爇火燃回春浩浩，洪炉照破夜沉沉。
鼎彝元赖生成力，铁石犹存死后心。
但愿苍生俱饱暖，不辞辛苦出山林。

这位爱国英雄用煤炭的献身精神表达着为国分忧、为民造福的志向与抱负。

500多年后，诗中描述的意境、表达的情怀，却又与煤炭工作者王双明不辞辛苦探寻"乌金"的工作状态、为国奉献的精神信念如此契合。

500年的时空遥望，"乌金"之缘的心意相通，矢志不渝……

（节选自《"陕"耀光芒——在陕两院院士风华录》，
陕西人民出版社，2023年5月出版）

回 家

—— 为纪念中国人民志愿军抗美援朝胜利70年而作

李 舫

这是一个关于中国人民志愿军烈士"回家"的故事。

197653——

让我们记住这个数字。

73年前,中国人民志愿军雄赳赳,气昂昂,跨过鸭绿江,240万将士先后开赴抗美援朝战场,他们辞别亲人:"待我回家",享受和平。然而,历时两年零九个月的战争中,他们中一些人的生命,却永远定格在那一刻。在这场战争中,197653人失去生命。他们叮嘱战友:"代我回家",看看新中国的和平岁月、万里江山。

今天,战场的硝烟已然散去。然而,那些在战火中消逝的身影,早已凝结为令人难忘的血色记忆,凝聚成中华民族的不朽传奇。

73年过去了,战友没有忘记他们,人民没有忘记他们,祖国没有忘记他们。九年来，中国共迎回913位在韩中国人民志愿军烈士遗骸和9204件烈士遗物。

从"待我回家"，到"代我回家"，再到"带我回家"，这是一条兑现诺言的崎岖之路，也是一条披荆斩棘的希望之路。

"待我回家"，是他们出征时的殷殷期盼。

"代我回家"，是他们牺牲时的无尽遗憾。

"带我回家"，是祖国和人民的至高承诺。

让生者有那永恒的爱，让逝者有那不朽的名。

魂兮归来，斯唯永恒！

壹

一座四孔残桥矗立夏日的鸭绿江中，残破不堪。

桥从西岸起势，匍匐而上，一路向东延伸，到了河中心戛然而止。桥身已被炸断，一半悬在河面上，另一半沉寂在河水里。断裂的残面像是巨人折断的手臂，无力地裸露着巨大的伤口。钢筋从水泥里挣扎出来，散向四周。

桥墩矗立着，钢梁上弹孔累累，诉说着峥嵘往事。

这是鸭绿江上无数座被炸断的大桥之一。

溯江而上，木桥、石桥、铁桥、钢筋混凝土桥、浮桥、圬工桥、跨河桥……各式各样的桥却无不这般，在河流上留下半截残存的躯体。

夏日炎热的太阳炙烤着大地，河水清澈见底，自东北向西南汩汩流淌。据说这条河自长白山南麓发轫，上游有鸭江和绿江两条支流汇入，故合二为一，并称为"鸭绿江"。

这里是丹东，曾经叫作安东。

丹东，与朝鲜的新义州隔江相望。中国与朝鲜有着1400多公里长的边境线，丹东是距离朝鲜最近的中国陆地。

73年前的1950年10月19日，中国人民志愿军战士肩负着祖国和人民的重托，从这里出发，雄赳赳，气昂昂，跨过鸭绿江。

志愿军将士过江的桥，已在多年前被炮火损毁。而今，残破的桥是鸭绿江上一道道抹不掉的历史伤疤，更是中国人民的历史创痛，召唤着我们今天的触摸与寻找。

壬寅年夏日里最热的一天，我来到这里。

这个炎热夏日里最后一缕斜阳，穿越云翳和树梢，穿越山梁和旷野，穿越楼宇和树梢，呼啸而来，打在我的脸上，也打在我的心上。

伫立在桥边，我遥想着当年的场景。年轻的志愿军战士，他们就是从我今天站立的这块土地出发，向着苍茫的夜色行进。没有歌声，没有鲜花，一切都在暗夜中进行。他们不知道前面迎接他们的是什么——或许是生存，或许是毁灭，或许是威震疆场，或许是埋骨异邦。但是，志愿军将士勇往直前，毫不退缩。心里只有一条：保和平、卫祖国、保家乡！

我想象着当年的场景，默默向当年的英雄致敬——他们出发的时候，大多是20岁左右的年纪，稚嫩的脸庞上纯真未泯，却早已写满了坚忍与坚定，是什么让他们无惧黑暗、毫不退缩？是什么让他们心怀梦想、勇往直前？

站在残桥边，仿佛站在时间的门槛上，我望见了两个字——永逝。

晚霞，拖着万道金光，将眼前的一切收藏进她温暖的怀中。所有的故事都已终结，所有的脸孔都已凝固，所有的往事都已流逝，万物在这里展露过它们应有的容颜，然后，被历史的书页重重覆盖。

贰

朝鲜是亚洲大陆东北部伸向太平洋的一个半岛。以三八线为界，朝鲜半岛被一分为二，分割成南方和北方两个不同社会制度的国家，这是第二次世界大战后美苏军队分别占领朝鲜半岛南北地区的结果。

从1949年1月至1950年6月，朝韩在三八线附近共发生2000多起纠纷。武装冲突不断升级，终于，爆发了大规模的冲突。

朝鲜战场形势的突变，也使中国大陆的安全面临严重威胁。彼时，新中国刚刚成立不到一年，中国人民革命取得伟大胜利。除台湾等少数沿海岛屿和西藏外，全国规模的战争已经结束。新中国所继承的是一个非常落后的千疮百孔的烂摊子，生产萎缩、交通梗阻，民生困苦、失业众多。中共中央和中央人民政府有没有能力制止恶性的通货膨胀和物价上涨，把经济形势稳定下来，把生产恢复起来，使自己在经济上从而在政治上站住脚跟，这是一个非常严峻的考验。

6月在北京召开的中国共产党七届三中全会分析了国际国内形势，毛泽东在会上作了题为《不要四面出击》的讲话。他指出：要完成土地改革，同帝国主义、封建主义、国民党反动派残余做斗争，我们面临的敌人是够大够多的。会前毛泽东在给上海市委书记关于税收和失业问题的一份电报中，提出了这样的策略："目前处在转变的紧张时期，力争使此种转变进行得好一些，不应当破坏的事物，力争不要破坏，或破坏得少一些，你们把握了这一点，就可以减少阻力，就有了主动权。"中国共产党七届三中全会，为人民解放军确定了四项具体任务：准备进军台湾、西藏，解放全部国土；消灭参与土匪，安定地方秩序；参加生产建设工作；加强教育工作，提高部队的文化水平。为保证国民经济恢复，中央确定将已达到550万的中国人民解放军复员150万人，参加经济建设。中国人民正在中共中央和中央人民政府领导下，准备集中精力整治旧中国留下的千疮百孔的烂摊子，争取用三年左右时间恢复国民经济。

然而，三八线附近的这些武装冲突很快就将一场战争摆在了中国和中国人民面前。1950年6月25日拂晓，朝鲜南北双方在如何实现统一和统一于谁的问题上的长期斗争，终于演变为一场大规模内战，朝鲜内战全面爆发。

美国不顾中国政府多次警告，派出海军第七舰队侵入台湾海峡，空军第二十航空队进占台湾基地，试图破坏中国的两岸统一。更有甚者，杜鲁门政府从其称霸全球和遏制共产主义战略需要出发，立即派出部队，悍然进行武装干涉。与此同时，操纵联合国理事会，纠集起的所谓"联合国军"发动对朝鲜的全面战争。"联合国军"以美国军队为主，由英国、法国、加拿大、澳大利亚等共16个国家和地区部队组成，由美国任命其驻远东军总司令道格拉斯·麦克阿瑟为"联合国军"总司令。

"联合国军"越过三八线，直逼中朝边境的鸭绿江和图们江，出动飞机轰炸我国东北边境城市和乡村，把战火烧到了新生的中华人民共和国国土之上。朝鲜战争迅速由内战演变成为侵略与反侵略的国际性局部战争。

为应对时局，中共中央和中央军委不得不对原来的部署进行调整。7月，抽调原部署在中原地区作为国防机动部队的第十三兵团（辖三个军：第三十八军、第三十九军、第四十军）和已集体转业在齐齐哈尔地区从事农业生产的第四十二军及三个炮兵师等部队共25万余人组成东北边防军，集结在东北南部地区集中整训，以保卫东北边防和准备必要时支援朝鲜人民反抗侵略作战。8月中旬以后,朝鲜战争在洛东江一线形成僵局。8月下旬,中央军委决定解除华东第九兵团进攻台湾的准备任务,指定该兵团和西北第十九兵团(各辖三个军)为东北边防军第二线部队,置于关内机动地区。

8月27日,美国空军飞机9架侵入中国边境辑安(今集安)、临江、安东(今丹东)等地上空,扫射车站、机场等建筑物,炸死炸伤中国居民24人。政务院总理兼外交部部长周恩来以外交部长名义就美国空军侵入中国东北边境致电美国政府提出严重抗议。同日,致电联合国提出控诉,并要求予以制裁。

9月30日,周恩来向美国发出严正声明:"中国人民热爱和平,但是为了保卫和平,从不也永不害怕反抗侵略战争。中国人民决不能容忍外国的侵略,也不能听任帝国主义者对自己的邻人肆行侵略而置之不理。"并警告美国,如美军越过三八线,"我们不能坐视不顾,我们要管"。

然而,美国过分低估了站起来的中国人民的决心和力量,对中国政府的多次警告置之不理。9月15日,美军在仁川登陆。10月1日,先是韩军越过三八线,10月7日,美军也越过三八线,迅速向朝中边境推进,准备占领全朝鲜。

危急关头,朝鲜党和政府请求中国出兵,援助朝鲜。

叁

百废待兴的新中国,敢不敢、能不能迎战世界上最强大的帝国主义国家美国?

这是一个非同小可的问题。

当时中国的情况是：经济恢复刚刚开始，长期战争的创伤尚待养息，财政状况还很困难，人民政权还没有完全巩固。出兵参战能不能打赢？会不会危及新中国的经济建设？局部战争会不会引发大规模的世界大战？

面对紧急局势，毛泽东主席多次主持召开中央书记处和政治局会议，全面深入地分析形势，充分研究出兵参战问题。毛泽东说，我们可以提出几十条、几百条，甚至几千条困难，但是对于美帝国主义的侵略，不能不给以回击。如果"我们不出兵让敌人压至鸭绿江边，国内国际反动气焰增高，则对各方都不利，首先是对东北不利，整个东北边防军将被吸住，南满电力将被控制"。我们应该采取积极政策，"对中国，对朝鲜，对东方，对世界都极为有利"。总之，"应当参战，必须参战。参战利益极大，不参战损害极大"。

中共中央政治局在充分讨论、权衡利弊之后，一致认为中国应当参战，必须参战。

中国各民主党派随即发表联合宣言，支持这一正义的行动："世界上爱好和平的人民如果想要得到和平，就必须用积极行动来抵抗暴行，制止侵略。只有抵抗，才有可能使帝国主义者获得教训，才有可能按照人民的意志公正地解决朝鲜及其他地区的独立和解放的问题。"

一个历史性的战略决策诞生了——

抗美援朝，保家卫国！

10月8日，毛泽东以中国人民革命军事委员会主席名义签署组成中国人民志愿军的命令。命令指出：

> 为了援助朝鲜人民解放战争，反对美帝国主义及其走狗们的进攻，借以保卫朝鲜人民、中国人民及东方各国人民的利益，着

将东北边防军改为中国人民志愿军,迅即向朝鲜境内出动,协同朝鲜同志向侵略者作战并争取光荣的胜利。

中国人民志愿军辖十三兵团及所属之三十八军、三十九军、四十军、四十二军,及边防炮兵司令部与所属之炮兵一师、二师、八师。上述各部须立即准备完毕,待令出动。

任命彭德怀同志为中国人民志愿军司令员兼政治委员。

10月15日,中国人民志愿军各部队全部移至安东、辑安一线,按划分的渡口对桥梁和道路等进行勘察,做好渡江的一切准备。

志愿军集结待命,对祖国人民庄严宣誓:

我们是中国人民志愿军。为了反对美帝国主义的残暴侵略,援助朝鲜兄弟民族的解放斗争,保卫中国人民、朝鲜人民和亚洲人民的利益,我们志愿开赴朝鲜战场,与朝鲜人民并肩作战,为消灭共同的敌人,争取共同的胜利而奋斗。为了完成这一光荣、伟大的战斗任务,我们誓以英勇顽强的战斗意志,坚决服从命令,听从指挥,上级指到哪里打到哪里,决不畏惧,决不动摇,发扬刻苦耐劳的坚诚精神,克服一切艰苦困难,发扬革命的英雄主义,在战斗中创建奇功。我们要尊重朝鲜人民领袖金日成将军的领导,学习朝鲜人民英勇善战的战斗作风,尊重朝鲜人民的风俗习惯,爱护朝鲜的一山一水、一草一木,和朝鲜人民、朝鲜军队团结一致,将美帝国主义的侵略军队全部、干净、彻底消灭。

与此同时,与朝鲜一江之隔的东北,不仅成为志愿军出征的出发地,东北的政治经济状况也决定了它必然要担负起抗美援朝战争总后方基地的重任。东北是全国最先解放的地区，由于率先完成了剿匪和土地改革，各级人民政权建立得也比较完善，经济恢复工作又在中央政府的大力支持下进展迅速，所以东北又是全国最先转入计划经济建设的地区，与全国其他地区比较，拥有最为雄厚的经济实力。周恩来曾致信东北军区指出：

> 对于东北全部支援部队工作，我们已想见其繁重，只要东北提出要求，我们愿全力以赴，帮助你们解决困难。凡为东北已决定者，我们定做你们后盾，支持你们贯彻下去。有些事情职权属于中央，但你们仍可便宜行事，只要通知一声，当由中央追认，凡能统一于东北者，我们无不赞成统一于东北。

一时间，东北在中国经济、政治、军事、社会格局中的地位举足轻重，也成为为新中国作出重要贡献和付出最大牺牲的地方。

肆

雄赳赳，气昂昂，跨过鸭绿江！

怎能忘记啊！73年前，由中华优秀儿女组成的中国人民志愿军，肩负着人民的重托、民族的期望，高举保卫和平、反抗侵略的正义旗帜，跨过了鸭绿江，由此便开始了许许多多可歌可泣的故事。

1950年10月25日，18岁的志愿军四十军战士李相玉与韩军先头部队在朝鲜的崇山峻岭中不期而遇。

这一天，志愿军在西线两水洞、云山和东线黄草岭与韩国军队展开激战，揭开了抗美援朝战争的序幕。

"在温井与两水洞之间的公路上,我们四十军一一八师采取拦头、截尾、折腰的做法,只用一个小时就把南朝鲜军队一个营消灭了。"李相玉回忆。

10月25日,后来被确定为中国人民志愿军抗美援朝出国作战纪念日。人民军队从胜利走向胜利的征途上,又立起了一个闪光的坐标。

11月1日,号称"开国元勋师"的美军骑兵第一师,在朝鲜北部重要的交通枢纽云山镇集结,准备由此向北继续进攻。

傲慢的美军没有想到中国会出兵参战。志愿军三十九军在炮火掩护下,向云山发起进攻。志愿军战士攻入城内,发现对手竟是美军王牌师。官兵们血脉偾张,斗志更加昂扬:"打的就是你这个王牌师!"

志愿军取得了同美军在朝鲜战场首次较量的胜利。美骑兵第一师遭受重创,第八团大部被歼。

第一次战役,志愿军歼敌1.5万余人,将"联合国军"打退到清川江以南,用胜利初步稳定了朝鲜战局,站稳了脚跟。

然而,生死较量才刚刚开始。

11月21日,美第七师推进到鸭绿江边的惠山镇。24日,"联合国军"总司令麦克阿瑟乘飞机到鸭绿江上空巡视一圈,向全世界宣布总攻势开始,并说:"我希望我的话可以兑现,就是孩子们可以回家过圣诞节。"

就在麦克阿瑟口出狂言的第二天,志愿军全线发起战役反击。

松骨峰,一个曾让亿万中华儿女热血沸腾的地名。11月30日拂晓,志愿军三十八军一一二师三三五团为追击南逃美军,一路穿插到这里。美军数十门火炮和10余辆坦克集中射击,并投下大量凝固汽油弹,阵地上一片火海。志愿军战士带着满身火焰扑向敌人,展开殊死搏斗。

惨烈的松骨峰战斗被魏巍写入《谁是最可爱的人》一文中。从此,

"最可爱的人"成了志愿军将士的光荣称号。

志愿军的胜利是拼出来的！

魏巍悲恸地写道："烈士们的尸体，做着各种各样的姿势：有抱住敌人腰的，有抱住敌人头的，有卡住敌人脖子，把敌人摁倒在地上的，和敌人倒在一起，烧在一起。还有一个战士，他手里还紧握着一个手榴弹，弹体上沾满脑浆，和他死在一起的美国鬼子，脑浆崩裂，涂了一地。另有一个战士，他的嘴里还衔着敌人的半块耳朵。在掩埋烈士们遗体的时候，由于他们两手扣着，把敌人抱得那样紧，分都分不开，以致把有的手指都折断了。"假若有一天，我们要为他们立纪念碑的话，"让我把带火扑敌及用刺刀和敌人拼死在一起的烈士们的名字记下吧"！

长津湖，一个令美军胆战心惊的地方。担负东线作战任务的志愿军第九兵团在这里与美军第十军展开激战。

大雪纷飞，寒风彻骨，气温骤降至零下三十多摄氏度。紧急入朝的第九兵团官兵衣着单薄，缺粮少弹。他们向装备着最现代化武器、战斗力强大的美军陆战第一师和步兵第七师发起猛攻。

"我们的胜利是拼出来的！"91岁的志愿军老兵常宗信，当年是二十七军七十九师司令部参谋，不知多少次梦里回到70多年前浴血拼杀的长津湖战场，"太冷了，实在是太冷了。被冻死的战友太多了，我的耳朵、鼻腔都被冻坏了，至今还有后遗症。"就是在这次战役中，常宗信所在的二十七军创造了令世人震惊的战果——全歼美军"北极熊团"。

96岁的老军医于芝林，也曾亲历抗美援朝长津湖战役。每提到长津湖战役，于芝林便哽咽了："当时零下四十摄氏度，手捏着铁，皮肤粘上去了，再拿下来，就要掉一块皮。我们把被单白色的一面，反过来披着，利于隐蔽，卧在雪山中，忍饥挨饿不能动。"当年24岁的于芝林作为师医院院长，和战友夜以继日救治伤员："战斗结束那天，医院一天就收到了2800个伤员，手指、脚指头被冻掉的，截肢的太多了。这些战士大都是20多岁，小的只有16、17岁。"

战后打扫战场时，有人发现烈士宋阿毛留下的一张卡片，上面写着："我爱亲人和祖国，更爱我的荣誉。我是一名光荣的志愿军战士，冰雪啊，我绝不屈服于你，哪怕是冻死，我也要高傲地耸立在我的阵地上！"

在志愿军的猛烈进攻下，美军遭遇了"陆军史上最大的败绩"，向三八线以南全线撤退。

1950年11月7日至12月24日展开的第二次战役，志愿军粉碎了"联合国军"占领全朝鲜的企图，彻底扭转了朝鲜战局。

1951年上半年，志愿军与"联合国军"在三八线南北地区连续进行三次战役，迫使美国当局调整朝鲜战争政策，谋求通过停战谈判结束战争。

残酷的战斗中，志愿军在每一块阵地上都与敌人展开反复争夺，大量杀伤敌有生力量。天德山、马良山、金城川……志愿军的每一块阵地都成为美军士兵的坟墓。

伍

从1950年10月25日到1951年6月10日，中国人民志愿军连续发起五次大规模战役，从根本上改变了朝鲜战争的形势，把战线稳定在三八线附近，迫使"联合国军"转入战略防御。

从此之后，双方转入战略对峙。

从1951年7月10日开始，美国政府不得不同中朝方面在开城进行停战谈判。

双方谈谈打打，停战谈判断断续续进行了两年之久。

1953年7月27日上午10点，朝鲜停战协定在板门店签署，中朝两国取得了抗美援朝战争的最终胜利，这是中朝两国第一次与美国为首的国际霸权主义集团进行的军事外交斗争。

27日21时45分，前沿阵地枪炮声不绝于耳，探照灯使黑夜亮如白昼，战争气氛依然浓烈。22时，枪炮声戛然而止，从这一刻开始停战协定正式生效。

从1950年6月25日到1953年7月27日，一千多个日日夜夜，朝鲜半岛枪炮声喧嚣的战场，一时间变得万籁俱寂。中国人民志愿军与朝鲜人民军并肩作战，打败了以美国为首的"联合国军"，赢得了战争的胜利。

在战场上，美军使用了除核武器之外的所有新式武器，仍然无法占到便宜。"联合国军"第三任总司令马克·克拉克后来在回忆录中写道："我获得了一个不值得羡慕的名声：我是美国历史上第一个在没有胜利的停战协定上签字的美国司令官……"美国前国防部长马歇尔在谈到朝鲜战争时，也黯然地说："神话已经破灭了。美国原来并不是像人家所想象的那样一个强国。"

与克拉克的"失望和痛苦"相反，彭德怀则显示着锐不可当的勇气：两年多以来，朝中人民伟大的反抗美国侵略的战争，不断取得了光辉的胜利。英勇的朝中人民部队在1950年10月25日到1951年5月下旬期间，进行了五次攻势作战，把美国侵略军从鸭绿江边和图们江边赶回到三八线以南，歼灭了敌军十九万余人，其中包括美军八万多人。自此以后，朝中部队即转而采取了积极防御的阵地战，在横贯朝鲜的二百五十公里战线上构筑了铜墙铁壁般的纵深的防御阵地，不仅把战线在三八线附近稳定下来，而且进行了多次胜利的反击，使敌军遭受了更为严重的损失。彭德怀自豪地宣告："西方侵略者几百年来只要在东方一个海岸上架起几尊大炮就可霸占一个国家的时代是一去不复返了。"这场战争"雄辩地证明：一个觉醒了的、敢于为祖国光荣、独立和安全而奋起战斗的民族是不可战胜的。在第二次世界大战后、特别是中国革命胜利后起了深刻变化的亚洲历史的前进车轮，是侵略势力所绝对不能扭转的"。

1958年，朝鲜领导人在欢送中国人民志愿军的盛大国宴上，充满深情地说："中国人民志愿军在朝鲜留下了我们人民永远不能忘记的伟大功绩……你们所建立的伟大功勋，是无产阶级国际主义的榜样，它将永远载入进步人类的史册上。"

朝鲜战争是第二次世界大战以来形势极为复杂、影响最为深远的一场战争，这场战争发生在三千里朝鲜半岛，有18个国家的军队参战，最终的结局却是停止在战争开始的地方——北纬38度线。

抗美援朝战争的胜利，对于中朝人民保卫和平、反抗侵略斗争具有十分重大的意义，对远东及世界局势有巨大而深远的意义。

这是正义的胜利，这是和平的胜利，这是人民的胜利。

陆

太多难忘的故事、太多难忘的英雄了。

写作志愿军烈士遗骸回家的过程，无疑是重温历史、被炮火洗礼的过程，抗美援朝战场上那些战火纷飞的场面时时在我眼前浮现。

毛岸英 ——

新婚不久的毛岸英主动请求入朝参战，担任中国人民志愿军司令部俄语翻译和机要秘书。1950年11月25日上午，美国空军4架野马式战斗轰炸机突然飞临位于朝鲜平安北道大榆洞的志愿军司令部上空，投下了几十枚凝固汽油弹，在作战室紧张工作的毛岸英不幸壮烈牺牲，年仅28岁。

消息传回国内，毛泽东强忍丧子之痛，缓缓地说："打仗总是要死人的。中国人民志愿军已经献出了那么多指战员的生命，他们的牺牲是光荣的。岸英是一个普通战士，不要因为是我的儿子，就当成一件大事。"这是毛泽东一家为了中国人民的革命事业献出生命的第六位亲人。

杨根思 ——

二十军连长杨根思在连续打退美军陆战第一师8次进攻后，最后时刻抱起炸药包与敌同归于尽。杨根思被追记特等功，他所在连队被命名为"杨根思连"，至今仍保留在人民军队的序列中。

邱少云 ——

1952年10月11日夜晚，执行战术反击任务的志愿军第四十四师精心谋划了一场500人的潜伏战，邱少云正是这支潜伏部队中的一员。

守敌向我军潜伏阵地打来几排炮弹进行火力警戒时，一发燃烧弹在邱少云的身旁爆炸，溅上燃烧弹油液的邱少云身上着了火。此时只要邱少云就地打个滚，就能扑灭身上的火焰。

邱少云没动，因为他明白，只要动一下，敌人就会发现潜伏的部队，后果不堪设想。烈火燃烧了半个多小时，为了潜伏作战的最后胜利，邱少云以人类罕见的意志力，突破了人体承受的痛苦极限，在烈火中一声不吭，纹丝不动地死去。

如今他留给世人的，只有那块烧得仅剩巴掌大的军衣残片，无声地诉说着那场志愿军战士最坚韧的潜伏。朝鲜人民在391高地主峰的石壁上刻下一行字："为整体胜利而自我牺牲的伟大战士邱少云同志永垂不朽！"

黄继光——

上甘岭战役中，战斗英雄黄继光舍身堵枪眼，为部队反击开辟胜利通道，被授予志愿军特级英雄和朝鲜民主主义人民共和国英雄称号。

黄继光牺牲后，毛泽东主席把他的母亲邓芳芝请到中南海做客，亲切地说："黄妈妈，你把黄继光教育得好啊，教育他为人民服务。"

罗盛教——

1952年1月2日，朝鲜平安南道成川郡石田里。

志愿军战士罗盛教三次潜入冰冷的水底，用尽最后一丝力气，救出朝鲜儿童崔莹，自己则献出了宝贵的生命。那一年，他刚满21岁。

朝鲜人民在罗盛教牺牲的地方竖起了木牌，上面写着："生长在朝鲜土地上的人民，都应该永远记着我们的友人罗盛教同志，学习他伟大的国际主义精神。"

这是一个国家对另一个国家的致敬。

还有，在松骨峰阵亡的王金传、邢玉堂、胡传九、井玉琢、王文英、熊官全、王金侯、赵锡杰、隋金山、丁振岱、张贵生、崔玉亮、李树国，以及一位至今没有留下姓名的战士——

我们的胜利是拼出来的！魏巍悲恸地写道："……这个连虽然伤亡很大，但他们却打死了300多敌人，特别是，使我们部队的主力赶上，聚歼了敌人。"这是朝鲜战场上一次最壮烈的战斗——松骨峰战斗，或者叫书堂站战斗。

还有，许许多多的无名烈士——

101岁的吴茂和印象最深的是1950年12月4日的一场战斗。

那天刚拂晓，监视哨报告，5架敌机正向公路桥袭来，负重伤的观测员向吴茂和喊道："排长，我看不见了，快找人替我！"随后，一下子倒在吴茂和的肩上。吴茂和顾不上悲伤，接过他手中的测远机，指引炮手跟踪射击，一直打到敌机逃窜。

战斗胜利后，吴茂和把三位牺牲的战友掩埋在附近的山坡上，掩面哭泣："一片一片的坟头，有名字的很少，大都是无名烈士，他们都长眠在朝鲜。无名英雄，四字重千钧啊！"

让我们的烈士们千载万世永垂不朽吧！

柒

太多以身许国的忠诚、太多舍生忘死的牺牲了。

死鹰岭——

一个让美军胆寒的地方。1950年11月28日，在长津湖战役中，志愿军第二十军第五十九师第一七七团一营六连，奉命攻击柳潭里以南9公里的死鹰岭，阻击美军陆战一师南逃。零下四十摄氏度的极端严寒下，坚守死鹰岭高地，结果穿着单衣的125名官兵全部冻死在阵地上。

冰天雪地中，志愿军将士牺牲后仍然保持着战斗姿势，有的紧握手中钢枪，有的做着掏手榴弹的动作，有的持枪俯卧战壕，犹如一个个随时准备跃起的冰雕。

长津湖之战，成建制歼灭美军"北极熊团"，彻底打破了美军在圣诞节前占领朝鲜的计划，扭转了战局。

喋血岭——

美军不由得喊出了"Bloody Ridge"（喋血岭）的地方。1951年8月18日—9月18日的夏季攻势中，为了确保休战后获得更为有利的阵地线，自8月18日起，美韩军队对喋血岭和昭阳江东岸地区同时开始了攻击，进攻比雅里西南方的983高地和773高地的韩军遇到了朝军将领方虎山的坚决抵抗，双方展开了一场短兵相接的血战，几天下来，整个山顶都被鲜血染红了，这便是"喋血岭"的由来。

松骨峰——

志愿军让这里成为美军梦魇。曾经在解放战争中荣获"战斗模范连""抢渡长江突击连"称号的三十八军三三五团三连，它像一枚钢钉死死地钉在松骨峰上。

战斗越来越白热化，200人左右的三连只剩下不到一半的人。弹药耗尽的三连官兵纷纷冲出弹坑，与蜂拥而来的美国兵拼起了刺刀。刺刀拼弯了，他们就用石块、拳头，甚至用牙齿肉搏。指导员杨少成刺刀捅断了，顺手捡起一把工兵锹与敌人厮打。拼搏中，这位优秀指导员被六七个美国兵包围。他拉响了最后一颗手榴弹，与敌同归于尽。他留在松骨峰上的最后一句话是："同志们，一定要守住阵地！"

就这样，三连在满山烈焰、遍地炮火中顽强阻击8小时，歼敌300多名，拼得仅剩7个人也决不撤退。这种永不撤退的阵地意识，是志愿军开赴战场时就与枪支弹药一起武装上身的坚定信念。

上甘岭——

美军的"伤心岭"。激战43个昼夜，敌人动用近200辆坦克和3个师6万余人的兵力，向这块3.7平方公里的高地发射炮弹230多万发，炸弹5000余枚。在志愿军的顽强防御下，伤亡达到2.5万的敌人终于撑不住了。志愿军展开决定性反击，全部收复并稳固占领上甘岭阵地，彻底粉碎敌人进攻。

战后的上甘岭，岭上泥土平均被炸翻出三米，山头被削低两米，翻起了一米多厚的碎石，每抓起一把砂土就有十几块弹片。参战部队军史中，留下了这样的记载："危急时刻拉响手雷、手榴弹、爆破筒、炸药包与敌人同归于尽，舍身炸敌地堡、堵敌枪眼等，成为普遍现象。"志愿军创造了世界战争史上防御作战的奇迹。这片被志愿军官兵鲜血染红的高地,不仅战胜了对手,也震撼了世界。

年轻的志愿军空军搏击长空,以"空中拼刺刀"的勇气,给号称"王牌"的美国空军以沉重打击,击落敌机330架,击伤95架,创造了世界空战史上的奇迹。

志愿军将士在后期坚守阵地的战斗中,常常几天喝不上水,嘴唇干裂出血,还有人因在坑道时间太长患上夜盲症,但大家始终保持革命乐观主义精神,在战斗间隙讲故事、演小戏,互相激励斗志。大家想方设法布置自己的"阵地之家",给自己的防炮洞起名叫"立功洞""英雄洞""抗美洞""胜利洞"。

就是这些年轻的志愿军战士,就是在这样的条件下艰苦奋战,把美军打到了谈判桌上。

他们为什么如此舍命向前?因为他们明白,自己的背后就是伟大的祖国。

让我们永远铭记这个数字——197653,那些在战火中消逝的身影,以及这个数字背后那些有名和无名的英雄,那些在异国他乡抛洒热血的中华儿女。

我们不能忘记,为了正义,为了和平,中国在这场战争中付出了巨大的牺牲:

正是因为时刻不敢忘记,我们才能——

从历史走向未来,从胜利走向胜利。

捌

向死而生,从来不是一个哲学命题。

它是一种命运的仪式,一道灵魂的拷问。

1953年7月27日，谈判双方——朝中代表团、美方代表团，经过多轮谈判，终于签署了《朝鲜停战协定》。中国人民两年零九个月的抗美援朝战争，至此胜利结束。

1958年10月25日，中国人民志愿军全部撤离朝鲜回国，志愿军番号撤销。

然而，中国也为此付出了巨大的代价。在这场战役中，战斗伤亡36万余人，197653名烈士牺牲在异国他乡。这些烈士，有抗美援朝战争期间牺牲和失踪的志愿军官兵，也有支前民兵民工、支前工作人员。

197653——

让我们记住这个数字。

玖

偌大的桃仙国际机场，一派寂静。

天地无言，唯有雨声。

公元2022年的9月16日，第九批在韩中国人民志愿军烈士遗骸今天回家。

雨丝如千万条银线从天上飘下来，落在屋檐上，汇聚成一道又一道珠帘。滂沱大雨中，88位武警战士整齐列队，伫立等候。雨水顺着他们的帽檐流到他们的脸上，从他们的脸上流到他们的嘴角，又顺着他们的嘴角流过他们的脖颈，流进他们早已湿透的衣领、早已湿透的军装里。他们纹丝不动，巍然挺立，等待运送烈士棺椁的运-20专机降落。

运送烈士棺椁的运-20专机从韩国仁川国际机场起飞，穿越云层，穿越时光，穿越记忆，向着关东大地而来，中国空军歼-20空军战斗机护航,这是中国首次派歼-20护送运-20迎接先烈们回家。

这短短的两个小时,牵动了无数中国人的心。

徐延君是这架运-20专机的机长。听着飞机螺旋桨的轰鸣渐渐加大,徐延君拿起话筒,机舱里响起他沉着冷静的声音:"20041机组全体成员,飞机马上起飞,我们准备接英烈回家,英雄浩气,山河永存,祖国和人民期盼我们。"

这是01号专机,这也是中国第一架接装的飞机。"01"代表第一,也代表至高无上,这是中国空军用最高的礼仪向人民志愿军忠烈们表达敬意。

天空垂泪,大地伤悲。

临近正午时分,三架飞机拉开距离,先后稳稳地滑落在沈阳桃仙国际机场的跑道上。

刹那间,两道水雾从两台发射机里奔涌而出,长龙一般射向跑道上空。水龙在飞机头顶的高空交汇,形成一道巨大的穹顶天门,水雾飘散在穹顶天门四周,折射出七彩霓虹。"过水门"——这是迎接亲朋的最高礼节。阔别故土70余载,英雄啊,今天让我们用最隆重的方式,给予你们最高礼遇,迎接你们归来!

电波将烈士回家消息传递到全中国、全世界:"2022年9月16日上午11时,载运着第九批88位在韩中国人民志愿军烈士遗骸及837件遗物的空军专机降落在沈阳桃仙国际机场,英雄们回到祖国怀抱。退役军人事务部、中央宣传部、中央对外联络部、外交部、财政部、中央军委政治工作部等国家军地有关部门,辽宁省委省政府,沈阳市委市政府及各界人士在沈阳桃仙机场以最高礼遇迎接志愿军英烈回家。"

70多年前,中国人民志愿军跨过鸭绿江浴血奋战、保家卫国,19万多名英雄儿女长眠异国他乡。而今,他们回家了!

拾

　　风云终会散去，往事不堪回首。但是，纵是岁月如烟，我们怎能忘记那些无名英雄，怎能忘记墓园里那些无名的墓碑？

　　韩国京畿道坡州市，中国人民志愿军临时墓地。

　　在这里，墓碑林立，一片荒凉。

　　每一座墓碑上，都没有名字。或者说，每一座墓碑上，都写着同一个名字——无名氏。

　　所有的墓碑，坐落东南，朝向西北。它们静静地伫立，像一队又一队整装待发的士兵。

　　西北，那是中国的方向。

　　墓碑下面，安葬着在这里壮烈牺牲的数百位志愿军烈士的铮铮铁骨。他们曾经见证了中国人民抗美援朝的伟大壮举，此后数十年安静如斯，静静地守候，等待祖国的亲人，在未来的某一天，将他们接回故乡。

　　我们更不能忘记这些沉甸甸的数字——

　　在伟大的抗美援朝战争中，先后有240万志愿军将士入朝参战，经过两年零九个月的浴血奋战，共毙伤俘敌71万余人，志愿军战斗伤亡36万余人，牺牲的烈士197653人……

　　让我们铭记他们！

　　我们要记住那些有名有姓的英雄，更要记住那些也许未曾留下姓名、未曾留下故事的英雄。

　　他们是周少武、陈曾吉、方洪有、侯永信、冉绪碧、许玉忠，是林水实、吴雄奎、梁佰有、展志忠，是曾经走进DNA档案却至今没有比对成功的"无名人"。

正如烈士英名墙那一排排名字。一个个英雄的名字，曾是一张张青春的面庞。我也曾无数次在这面长长的墙壁前流连，一个一个念诵着他们的名字，心中不禁感慨，这些奋不顾身、为国牺牲的英雄，是什么铸就了他们的碧血丹心、一腔赤诚？这是多么活生生的名字啊！丁正星、丁永德、丁岳松、丁乾宝、刁万祥、万方元、万世贵、万远帮、于世坤、于玉怀、于光前、于志祥……这些战士，从家乡出发的时候还正是青葱年华，他们的父母曾经给予了他们怎样的期待？正星，像明亮的星星一样正在升起；永德，永远葆有人生的美德；岳松，这是高高山岳上的一棵青松，挺拔，坚韧；乾宝，智仁勇具备，意志坚固，千折不挠，终将成就伟大的事业；万祥，生命里有着满满的吉祥如意；方元，没有规矩不成方圆，这代表道德的楷模；世贵，世世代代都有着荣华富贵；远帮，"声传海内威远邦，称霸穆桓齐楚庄"，这是怎样的祝福啊；世坤，这个世界，这个乾坤，会有多少奇迹和感动；玉怀，"发兰音以清唱，操玉怀而喻予"，这美好的情怀背后应该是个书香人家；光前，吾辈功业胜前人，这又是怎样的期许；志祥，既有伟大志向又有好运吉祥，这应该是祖祖辈辈的期待吧。可是，现在，他们的生命停止在他们的青春时刻，永远停留在这一刻。

离家还是少年之身，归来已是报国之躯。

不！他们的生命没有停止。

他们活在你的心里、我的心里、我们的心里。

拾 壹

壬寅年夏日的炎热早已呼啸而去。

我犹记得那最后一缕斜阳，穿越云翳和树梢，穿越山林和旷野，穿越楼宇和街市，呼啸而来，打在我的脸上，也打在我的心上。

是的，伟大的事件自有它伟大的魔性。

当你认为它早已经沉睡于时间的冰山之下时，它其实已经在水底缓缓升起，带着它独有的轮廓和骨骼、独有的血肉和肌理；当你认为它早已被时间和世界忘记之时，它已经从深沉的谷底被唤醒，轻轻地抖落身上的尘埃，像个娇俏的新生儿一样，脱去胎衣，剪掉脐带，轻轻地开始呼吸，万物在它的吐纳之间 —— 于是，一切开始焕发出迷人的光彩。

让我们回过头去，凭吊那流血的年代。

站在残桥边，仿佛站在时间的门槛上，我望见了两个字 ——

永恒。

（原载《人民文学》2023年第9期）

西藏妈妈（节选）

徐 剑

第一卷 奇缘

拉萨，一种跨越地域族群的天缘

拉萨城的夏天早晚温差大。昨晚又下了一场雨，夜色褪尽，浓雾从山腰间慢慢蒸发，像巨蟒蜕变一样，轻轻地，褪下一层薄翼云裳，从山腰往上边冉冉浮升。云散山显，城郭四围山巅犹如落了一层薄雪，更似一朵朵白莲花绽放。

平措对这方风景早已习以为常。几乎每天清晨，拉萨河的天空中都会出现一朵朵白莲花，或云，或雪，或雾，就像酥油碗里吹开的，也是一朵雪莲，白云哟。平措端起瓷碗，一口饮尽卓嘎妈妈倒的酥油茶，说了一声："阿妈拉，我走了！"背着书包就往楼道里边跑，然后大声喊隔壁爱心家庭的同学："罗桑多吉，走啦，晚了会迟到的！"

卓嘎跟在后边，见平措小脚紧蹬，听着像下冰雹一样，噼噼啪啪几下就跑下楼,她紧随后边,急呼:"平措,不着急,才六点呢!"

"阿妈拉,别送了,我和罗桑多吉一起走。"平措头也不回地往楼下跑。

"这孩子!"卓嘎摇了摇头,孩子们吃过早餐,她都要搁下手中的活儿,将孩子送到楼下,或送进幼儿园,或送到校车前,无论雨雪阴晴。

六号家庭的妈妈卓嘎和平措下了楼,走到庭院的甬道上。母子刚站定,罗桑多吉就来了。院子里的张大人花在随风摇荡,高高的杆子,淹没过孩子们的头,正如两个孩子的花季。平措每天都与罗桑多吉一起上学,两个人的身影很快消失在花丛中。

"平措,早晨大车多,过马路要小心!"卓嘎伫立原地,大声喊道。

"知道啦,卓嘎妈妈!"平措回望了一眼,与罗桑多吉跑了起来。

天有点儿凉,雪风从拉萨河里吹过来,平措和罗桑多吉的小脸被吹得红扑扑的,像秋日里的红苹果,只是现在离秋天,还隔着一个漫长的夏季。

藏族人对时间的概念,多是模糊的。而2018年7月11日,这本是一个寻常的日子,可是对于平措、对于阿妈卓嘎,还有拉萨福利院的爱心妈妈们,却是一个极特殊的时刻。谁都未曾想到,这一天,一个小天使于寒雾连晓色中,出现在拉萨河边。第一眼看到这个小天使的,就是刚从卓嘎妈妈眼中消失、去上学的平措。

那天清晨,平措一连喝了好几碗酥油茶,浑身发热,并不觉得拉萨的清晨有多冷。他与罗桑多吉蹦着,跳着,朝拉萨福利院门口走去。路上行人稀少,福利院大门紧闭,只留了一扇小门方便上学的孩子们出入。

平措朝值班室看了一眼,保安叔叔还没起床呢。他穿小门而过,左拐,绕过大门,铁栅栏旁的水泥台上有一块毛毯,包裹着什么东西,吸引了他的目光。那东西怎么会蠕动？好像还在嘤嘤哭泣，传来小猫一样的腔调。

平措一点儿也不害怕，他几大步向前，冲上去轻轻地掀开毛毯。天啦，是一个婴儿！穿着保暖衣，衣服与毯子间，还放了一沓人民币。

"罗桑多吉，快过来看，这里有一个孩子！"平措向离他不远的同学招了招手。

"真的吗？"

"当然！卓嘎阿妈说了，说谎的孩子不是好孩子，我咋会骗你！"平措回头说道。

罗桑多吉跑过来了，凑近一看，还真是一个婴儿哟。

"你看着呀，我去叫保安叔叔。"平措转身跑了起来，绕过铁栅栏大门，气喘吁吁地跑到了大门值班室，小拳头雨点般地擂门："叔叔，快开门！"

天尚早，离上班时间还远呢。平措咚咚的敲门声惊动了保安。

"啥事嘛，平措？小门开着哩。"保安从床上一跃而起。平措的小学离儿童福利院近，每天早晨上学，他都与同学步行先出发，比坐校车的孩子走得早。

"叔叔，大门口，谁放了一个小娃娃！"平措朝铁栅栏门方向指了指。

"你说啥！"保安有些惊讶，"平措，你没有看错，真是一个小孩子吗？"

平措捣蒜似的点头，然后朝着那边飞跑过去。

"走，过去看看！"保安是个藏族男人，紧随平措后边，大步流星地走了过去，边走边说："作孽啊，两个月前，才有人在福利院门前扔过弃婴，这回又来啦。"

平措带着保安叔叔来了，罗桑多吉闪到一旁，保安凑上前去，打开毛毯，看了看保暖内衣，又在孩子的眼前晃了晃手，长叹了一声，说："看样子刚满月不久，眼睛像是有点儿问题。"

"真的吗？"

"你看，平措，我的手在他眼前晃动，他没有反应啊。"

"时间不早啦，你俩上学去吧，弃婴交给我，"保安交代道，"我给福利院领导打电话。"

平措点了点头，依依不舍地走了。

也是这样一个夏日的清晨，卓嘎坐在我的对面。彼时，我刚从喜马拉雅山麓下来，时间是2020年7月7日。离平措捡到那个弃婴差四天就满两年了。

我入藏已经四十多天了。计划是从昌都儿童福利院开始，然后去那曲、阿里、日喀则、拉萨、山南，这么一路采访下来，最后在林芝收官。而拉萨是我采访的一个重要地点。

2013年，《西藏自治区人民政府关于全面推进五保集中供养和孤儿集中收养工作的意见》颁布，提出3年内在全区实现"有意愿的五保对象在县级以上机构100%集中供养、孤儿在地级市以上机构100%集中收养"的民生保障模式，即将孤儿集中供养于地市级儿童福利院，五保户则集中供养于县级福利院，简称"双集中"。

卓嘎是2013年第一批考入拉萨儿童福利院的爱心妈妈。看着卓嘎，我的脑海蓦地掠过两个词：白度母，西藏阿妈。卓嘎并不漂亮，与唐卡上画的白度母、绿度母相比，既不婆娑，也乏妩媚，人还略略发福，但是岁月在她脸庞上留痕不多，颜面红润丰韵，神情慈爱，像绽开的一朵红莲花，让人一瞥难忘。那笑容，就像倒映在拉萨河里的白云，只属于西藏。

酥油茶斟满了,卓嘎未坐下。

我仰首问道:"你的老家是哪里?"

"日喀则市江孜县。"卓嘎笑着道。

"莫不会家是帕拉庄园的吧!"我打趣道。

"天啦,您咋猜这么准,查过户口吗?"卓嘎惊讶地张大了嘴巴,"我家在就帕拉庄园地盘上的江热村。"

"啊!"我也有些惊讶,刚才不过是随口说说,只是一场采访的余声引发的偶然的联想。

昨天,我刚刚告别日喀则市,路经江孜,特意去了帕拉庄园。那曾经是一个旧贵族的庄园,民改后,时任江孜分工委书记、我的老领导阴法唐将军下令保持原貌,留下的一个封建农奴制的标本。

为了写西藏的精准扶贫,我想寻访当年朗生(奴隶,地位最低的农奴)的后代,看他们是否又沦为贫困户。可惜,江热乡宣传委员是个年轻姑娘,并不知道帕拉家族的历史,更不知道朗生与差巴(支差者,地位较高的农奴)的身份差别,未找到朗生的后代,却将我引领进江热乡班久伦布村的一户差巴之家。

"我家过去也是朗生出身哟。"卓嘎说。

"是吗?"我追问道,"你家住在村中央,还是帕拉庄园的对面?昨天进村,我进的第一户人家,是平措罗布杰家。"

"罗布杰?"卓嘎觉得名字挺熟悉,"多大年纪啦?"

"七十多岁吧。"我回答,"夫人叫普布片多,今年六十八岁。"

"有照片吗?"

"有啊!"我打开手机图库,翻出罗布杰一家人的照片。卓嘎接过去一看,惊呼道:"这是我亲叔叔罗布杰和婶婶呀!"

"啊，你说的是真的吗！"我一跃而起，有点儿不敢相信。

这世界真大，也真小，只是西藏太神奇了，冥冥之中，被一个上苍的轮盘旋转着，大千世界，众生芸芸，我们从何处而来，择何地而居，又将向何处而去，本是谁也说不清、道不明白的哲学问题。雪域万里连广宇，千里陌途，与同一个家族的亲人的相遇、相识，那概率实在是太小了，可是在西藏，冥冥之中，仿佛有一种神奇的磁场，模糊了时空，拉近这种相见。我在西藏见到这种相遇和神奇，并不是第一次，也不是最后一次。

更神奇的事情还有。我对卓嘎说采访完罗布杰一家后，又去了两位阿佳（对藏族女性的尊称，可翻译为姐姐、婶婶等）家采访，一位阿佳叫列宗，今年五十岁，独自在家，丈夫叫平措，是一个木匠，四十八岁。夫妻俩有一双儿女，男孩扎西大学毕业后，考到昌都市江达县当中学老师；女儿普卓玛，拉萨师范高等专科学校毕业后，考到丁青当小学老师。

"普卓玛，那是我嫂嫂啊！"卓嘎道。

"真的啊！咋会这么巧？"我也有些疑惑，难道这真的是一场意外的西藏奇遇？

"您拍了照片吗？"卓嘎道。

"有。"我将昨天拍的照片翻出来，让卓嘎看。

"真是我嫂子。"卓嘎答道。

"天啦，怎么会有如此奇遇啊？！"今天拉萨城的奇缘，令我有点儿目眩神惊了。

天庭银河星，圣地一城人，内地，芫野，你我他，少年与弃婴，汉族作家与江孜江热乡人家，在某个历史时空的点上，注定相遇了。

那天上午，送完上学和上幼儿园的孩子后，她为孩子们洗碗，整理卧具，打扫室内卫生。突然拉萨市儿童福利院院长的电话打了过来，说："六号家庭妈妈卓嘎，你来院长办公室一趟。"

卓嘎不知院长找她有什么事情，匆匆赶过去了。只见沙发的氆氇上躺着一个婴儿，穿着一件保暖衣，旁边放着一块小毛毯子，藏式茶几上有一个信封，里面装了一沓钱。

"院长，这是？"

"你家平措早晨上学时，拾到了这个弃婴。"

"啊！"卓嘎赶忙上前，将婴儿抱了起来，撩开保暖衣的帽子，看到婴儿的皮肤很白，嫩似樱花，她一眼就喜欢上了，问院长："是个男婴，还是女婴？"

"男孩，看样子像有两三个月啦。"院长也是一位藏族阿佳，"可能是一个天生盲童，眼睛看不见，会不会有智力障碍，不好说，还得要检查。"

"啊！"卓嘎心惊，连忙将手往弃婴的眼睛前面晃了晃，果然毫无反应。她长叹了一声道，"院长，我看这个弃婴的皮肤，不像是我们藏家儿女。"

"我的感觉与你一样，"院长说，"我让办公室调阅了视频监控，可能因为夜暗，对比不出来，但从这个弃婴母亲的身影看，像一位汉族年轻女子，不像我们藏族姑娘。"

"汉族、藏族本是一家人，"卓嘎抱着弃婴摇了起来，边摇边说，"不管是藏族，还是汉族的弃婴，扔到了儿童福利院的门口，就是我们的孩子。"

"说得多好啊，卓嘎，"院长喟然，"我将你叫来，就是想通知你，上月是一号家庭妈妈收养了一个弃婴，这一回轮到你们六号家庭了，怎么样，有什么意见吗？"

"没有，院长，我太高兴了，家里又多了一个孩子。"卓嘎的喜欢溢于言表。早晨平措上学捡到一个弃婴，傍晚放学回来，发现捡到的孩子成了自己的弟弟，一定会高兴极了。

"这就好，"院长点了点头，交代道，"我们刚才商量了一下，就给这孩子取名为丹增拉巴，你办好手续，就带回家吧。"

"找师父取的？"

"不，我们自己给他取的，"院长说，"洗过澡，换完衣服后，我安排车，带他去自治区人民医院体检。"

"好啊！"卓嘎点了点头，等办公室的人将一切手续办妥后，她签上了自己的名字，满脸欢喜，抱着刚捡来的婴儿，哼着童谣《两只老虎》："一只没有耳朵，一只没有尾巴，真奇怪。"听到童谣，那沉寂了好久的婴儿，突然露出笑容。

卓嘎将脸贴在婴儿的小脸蛋上，闻到了一股浓烈的乳香。凭一种藏家女人的直觉，对每个民族气味敏锐的辨识度，她更加坚信，这个取名丹增拉巴的盲童，并未流淌着藏家的血脉，但这一点儿也不妨碍她卓嘎做他的妈妈。

抱着弃婴回到六号家庭，卓嘎找来洗澡盆，放了一盆热水，将好多天没有洗过澡的弃婴洗得干干净净，擦拭了一番，然后，换上一身新衣服，抱到楼下晒太阳。其他带着孩子出来的爱心妈妈看见了，都很羡慕，说："卓嘎，你真是好福气，从抱奶娃娃带起，这是多幸福的事情呀。"

卓嘎笑了，说："丹增拉巴真的好漂亮，嫩生生的，皮肤好嫩白哟，不像是我们藏家的孩子，他可是菩萨送来的，与我们家有缘，我要好好待他。"

"卓嘎真是一位好妈妈!"在场的爱心妈妈们无不感叹。

太阳落到次角林山那边了,拉萨河被晚霞染起了一团团红云,转瞬之间,一条河都燃烧了起来了,缠绕着拉萨城和布达拉宫。放学了,平措跳着蹦着走回儿童福利院,进门时又遇到了早晨值班的保安,便说:"叔叔好!"

"平措好,祝贺你啊!"

"保安叔叔,祝贺我什么?"

"你家又多了一个弟弟了。"

"真的呀?"平措多少有点儿怀疑。

"当然是真的呀,叔叔能骗你吗,"保安说,"你早晨在大门口捡到的弃婴,分到你们六号家庭了,被卓嘎妈妈领走了。"

"我有弟弟啦!我有弟弟啦!"平措喊着,奔跑着,朝六号家庭赶了回去。

藏北,妈妈被棕熊咬去半张脸

车子驶出丁青县城,向东,行驶五公里,右拐,转向503县道,去当堆乡,司机说到丁青县最边远的一个村庄,还有七十公里路程。

夏天的阳光真好,万里无云,穹顶如挂了一块蓝色的大幕布,是那种特别炫目的藏蓝。布措局长朝天望了一眼,心情却无法像天空那样明朗。

已经不是第一次驰骋康巴大地了。她坐在越野车副驾上,倒车镜里,县城、村庄,还有红墙红瓦扶贫搬迁安置小城,渐次退去,凝固成一个个小点。千家万户皆有归处,而妈妈被狗熊咬伤的那两个孩子呢?

作为昌都市民政局局长，自2013年西藏自治区启动"双集中"供养孤寡老人和孤儿后，她一直奔波于昌都市辖地，从一个县至另一个县，从一个镇到另一个乡，从一个村庄到另一个村庄，从一户人家到另一户人家，甚至从秋牧场追至夏牧场……但凡听到哪里有孤儿，她就赶过去，将一个个孤儿从牧场、乡村和藏边人家，领了回来，领进位于昌都市卡若区的儿童福利院。

那个日子至今令人刻骨铭心。布措记得，那天是2018年5月31日，第二天就是儿童节了，她必须赶到丁青，到当堆乡最远的一个村庄，在靠近边坝和洛隆县的牧场，寻找到那两名幼童，将他们带回昌都市。

车子一路向前，旷野无树，光秃秃的山岗刚泛绿，春天刚刚过去，雪一路，雨一程。前边丁青县民政局的车子在带路，对向行驶的车越来越少，苍鹰在天穹相伴，海拔节节升高。生于斯，长于斯，布措局长深深爱着这片康巴大地，甚至为之痴迷、倾倒。

刚才，她打了一个盹，梦见一群猴子从林间蹿了出来，蹲在青稞地上，仰望过往车辆，流露出乞讨的神色。随后，一群马鹿从雪山之巅奔逸而下，过尽苍山无痕迹。鹿背的流线，犹如江河在流动，一泻千里。大莽林退去，风吹，草低，离天际更近了，远处有一群牦牛，像墨汁洒在牧场上。这时，一只棕熊出现了，大摇大摆，朝牧人的夏牧场奔来，不知不觉间，竟然摸进了黑帐篷，随后帐篷里传来一阵惨叫。

布措猛然惊醒。这是个梦，也不是梦，这个故事一直萦绕于她的脑际。这个故事，在昌都、丁青一带已经传了些时日。

灰头雁的翅膀上，一片羽毛落到了澜沧江里，带来了春的暖意，可是，从雪风中却飘来一个悲惨的故事。与其说是故事，不如说是一幕惨剧:瓦拉山下有一个牧女,被棕熊袭击,被咬去了半边脸,容貌毁去,无法见人。牧女的遭遇,令布措坐卧不安。

雨后的夏牧场,阳光从云罅泻了下来,照在山梁上,犹如追光灯一般移动,半山烟雨半山晴,苍山渐绿,邦锦梅朵贴在地面悄然绽放。夏牧场太大了,在半山坡,是一片台地,偶然也会看见一个低矮的黑帐篷。

布措局长瞥了一眼窗外的山河。扎曲水,静静地流淌,它与昂曲相汇,流成了浪漫的澜沧江……

静水深流,可是此刻,布措的心再也无法平静,作为一个女人,而不是局长,那一幕,她觉得太过于血腥与骇人。

是这样的清晨吧,一个叫四朗央宗的年轻妈妈早早起床了,背着水桶,走出黑帐篷,踏着晨曦,到春牧场的河里背水。回来后,她将帐篷里的牛粪烧得通红,打了一壶酥油茶。吃过糌粑,她站起身来,抄起门边挂的乌朵,到牛圈门边,打开门,赶着自家牦牛,朝着台地上那片云杉林走去。

阳光透亮,晨曦斜照在牧场上,将四朗央宗婆娑的身影拉得长长的,投在沾着露珠的小草和野花上。牧牛女随着牦牛,手中旋转着她织牦牛线的转斗,长裙飘飘曳地,踏草而行,露水打湿了她厚厚的裙底,这是一个女人最美丽的时刻。

布措想起年轻时自己的身影,可是她怎么也想象不出央宗的容颜,她见过许多牧区的女人,就像她年轻时一样美丽,或高挑出众,或珠圆玉润,高鼻,大眼,皮肤红润如婴,掩藏于牧区,一旦踏云而来,见者皆惊为天人。

四朗央宗从未回望过自己的丽影。她就是草原上一株小草,逢春露而还阳,遇霜雪而枯萎。最令她心生欢喜的是这样的春天,野草长出了嫩芽，贴地绽蕾的邦锦梅朵连成了一条花带，那是上苍送给她的。她就是那一朵无名之花，或许因为她常年在牧场放牛，没上过学，也不懂汉语，甚至没有到过当堆乡的镇上，这个藏边人家，这块台地牧场，就是她的世界。六七岁时，父亲将一条乌朵扔给她，从此，她就与牦牛为伍，紧随牛群后边，看草长莺飞，看花开花落，寒雪一场场覆盖荒原。她在花雪风中踽踽独行，一天天长大，成了一个如花似玉的女人，可是，长在台地牧场人未识啊。直到有一天，一个男人闯进了她的帐篷。

情爱如此迷人。与那个男人一起放牧，晨出昏归，赶着一群牦牛踏暮归来，村庄里，牛粪烧得青烟袅袅。那四年，是四朗央宗最幸福的时光。然而儿子希热尼玛才刚两岁，女儿次旺拉措才满月，那个男人便拍拍翅膀走了，一只负心鸟，飞过了漫漫的欲海，再没有归来，又去另一块森林台地上寻找新欢。四朗央宗皮袍里裹着嘤嘤哭泣的女儿，好像听到了自己内心的哭声，她伫立在瓦拉山巅，苦苦眺望，等了一天又一天，一月又一月，那个熟悉的男人身影再没有出现。

可是春天来了。可是瓦拉山上依旧白雪皑皑，四朗央宗那天将儿子和女儿交给母亲，自己穿起那件厚皮袄，长裙曳地，不时挥着手中的乌朵，赶着自家的牦牛上山，穿过云杉林，中间有一大块台地，草长得深，最适合熬了一个漫漫秋冬的牦牛催膘了。

春来发几枝，长满云杉的台地上，高原杜鹃正含苞，再过一些日子，就会迎雪绽放，漫山遍野。然而，四朗央宗心中的那团篝火熄灭了。她是不幸的，成了单亲妈妈。可是，也没有什么啊，祖祖辈辈，世世代代，康巴大地上的单亲母亲多矣，她只是其中的一个，现如今没有人会讥笑和瞧不起这样的女人与人家。但是，她又是幸运的，精准扶贫搬迁，给她家安排了75平方米的房子，还有生态岗位，一年有

4500元收入。更多的日子，四朗央宗仍旧以放牧为主，村里建了合作社，她一家入了股，每天放牛，记工分，到了年底，还可以分红，额外多了一份收入。

太阳从东山上升起来了，央宗觉得好刺眼。牦牛就在山坡上，她追逐而去，不能离它们太远了，转过一簇簇铁蒺藜，她不知道，不远处那只饿了一个漫漫冬季的棕熊一直在寻找猎物，它觊觎这群牦牛久矣，只是高原之舟漂得太快，让它无法抓到猎杀的机会。然而，那个走在牦牛后边女人的气味、气息，却被它捕捉到了，它潜伏已久，伺机而动。

四朗央宗不知危机已至。她觉得命运对她已经够残酷了，但像她这样虔诚转山、转水，总会转出好运来的。男人走了，给她扔下两个孩子，让她沦为单亲妈妈，她以为倒霉透顶了，可是政府又将她定为建档立卡户，两个孩子有了新家，她相信，今后的日子会越来越好。然而，就在一个时空的交汇点上，她要与另一只野兽相遇，劫数难逃。

那只棕熊一直在追踪着牦牛，伺机下手。可是它太笨了，远远落在牛群的后边。然而，这一回，它的嗅觉雷达早就探到了与牦牛不一样的气味，那是属于它不时光顾的帐篷里的味道。

猎物就在面前。四朗央宗随着山坡上的牦牛，想转过荆棘林，进入台地。然而凭着女人的直觉，和她闻到的一种有别于牦牛群的味道，她知道那是一种野兽。

四朗央宗仓皇四顾，可是造化没有给她一次最后的转机。一个庞然大物惊现，刚才还爬行的藏棕熊人立于她的面前，咆哮着，挡住她的去路。"救命呀！"她转身想跑，那头疯狂的棕熊展开前爪，向她扑了过来，张开利齿，朝她的头部咬下……

惨剧发生了，无须再细密回述那惊悚一幕，展露就是一种残忍。

四朗央宗大半张脸被棕熊咬掉了，变得面目全非。她如何从棕熊魔爪下逃生，如何惊叫、挣扎、搏斗，没人忍心问及，怕痛触血腥往事，毕竟这是很残酷的事情。最终，她获救了，被送进了县人民医院。那年春天，"丁青县狗熊吃人"这事在西藏乃至全国都很轰动，县医院面对被熊咬掉大半张脸的伤者，束手无策，连夜将她转往成都，进入著名的华西医院进行治疗，整形，换脸。两个嗷嗷待哺的孩子，也只好托给亲戚帮忙照看。

布措从回忆中惊醒，碎片般的信息，基本复原了这个故事。丁青当堆乡狗熊吃人的故事，尽管有各种版本流传，被咬的场面和情节也被省略了，可这件事的恐怖、残暴仍在人们的心里，挥之不去。

天有点儿热，按下车窗，夏日的风从远方吹来，布措的目光投向了横断山上的村庄与牧场。西藏自治区"双集中"供养阿里现场会过后，孤寡、病残等居民，集中于县级社会福利院供养，而失怙失恃沦为孤儿的，则集中安置在地市一级的儿童福利院。已经有二十多年历史的昌都市福利院拆分为一院和二院，小学及以下年龄的孩童留在一院，已经上初中的到二院。两个院里已经收养了一千五百多名孤儿。其中有很多孩子，是布措局长一个个从村舍牧场里带回来的。

四朗央宗在成都华西医院保住了一条命，可是已被彻底毁容，医院想给她做整形手术，但由于难度太大，最终无法实现。

布措对当堆乡政府的领导说，四朗央宗就是出院了，也需要戴个"假脸"，难以与孩子正常相处，希热尼玛和次旺拉措这对兄妹，还是让她带回昌都儿童福利院，由国家养起来更加稳妥。

"及时雨啊！"村委会主任说，"我们正在为两个孩子的归宿发愁呢，母亲都这样啦，咋个养法，幸好布措局长网开一面，让亲人还在的孩子进了福利院，真是活菩萨。"

"活菩萨是我们的党和政府。"布措笑着说，"西藏正在全面铺开'双集中'供养，将五保户和孤儿收进福利院，四至十个孩子配一个妈妈，两位老人配一个护理员，条件好着呢。这两个孩子家庭特殊，母亲如此艰难，恐怕无法与他们共同生活了，只好我带回去。"

"谢谢布措局长，度母啊！"

"不敢当，不敢当！那是天上之神。"布措答道。

布措将四岁的哥哥希热尼玛和一岁半的妹妹次旺拉措抱上了车子，驶出当堆乡的遥远山村，往昌都卡若区俄洛镇的儿童福利院方向驶去。

两个孩子从未走出过大山。布措说："我将他们抱上车时，他们一直低着头，不说话，眼睛垂得低低的，偶然一看人，都是羞怯的神色，拐弯时，车速偶然快了，两个就挤在了一起。到了类乌齐县吃饭时，妹妹次旺拉措晕车了，什么也吃不进去，我抱着让她喝牛奶，只见她身上长满了虱子，都爬在衣领和头发上了。车子穿过朱角拉隧道，刚下朱阁寺，我就给昌都儿童福利院长德拉打电话，说：'德拉，我又给找回一对兄妹！'"

"拉索！布措局长每次下乡，都会给我们带来惊喜。"

"他们的阿妈拉被狗熊咬了。"

"听说过这件事情，人怎么样了？"

"妈妈还在成都华西医院住院，一半脸被狗熊咬走了，挺可怜的，彻底破了相，无法面对孩子了，只能我们养起来，交给两个好妈妈吧！"

"好！"德拉院长在电话那边答道。

搁下电话，德拉院长将爱心妈妈们叫在一起，说傍晚时分，布措局长会带回两个特别的孩子，他们是兄妹，哥哥希热尼玛四岁，妹妹次旺拉措一岁半,他们很特别,本就是单亲家庭,妈妈还被狗熊咬了,失去了半个脸,如今在成都住院。"

"啊!"福利院的爱心妈妈皆露出痛惜之色。

"我很欣慰。好在每个家庭现在都有空床,既然大家都同情、喜欢这对兄妹,我就不指定了,抽签吧,兄妹俩分开到两个家庭生活。今天看谁手气好。"

爱心妈妈们纷纷站起身来,一个个跃跃欲试。

我愿将一只眼睛赠予盲童弟弟

丹增拉巴到六号家庭的第二十天,索朗旺美放暑假回到了拉萨。他在南京读大学,学的是残疾人管理专业。每到放假时,他都会回拉萨,无论寒暑。虽然这里已没有一位真正血缘上的亲人,可是在他心中,拉萨儿童福利院就是家啊,而卓嘎妈妈,是他至爱的亲人,他还有一群弟弟妹妹。

回家的第一个晚上,索朗旺美发现六号家庭又多了一个小弟弟,一个不到半岁的盲童,弟弟妹妹们管他叫丹增拉巴。丹增,是持法的意思,而拉巴呢,可以译成吉祥,持法吉祥,多好的名字呀,赋予一个汉族的弃婴。晚上,卓嘎妈妈搂着他一起睡。他成了六号家庭里最小亦最受宠的孩子,大孩子们都喜欢抱着他玩。见过面后,平措就对索朗旺美哥哥夸耀道,丹增是一个清晨他在大门口发现的,注定属于六号家庭,那天傍晚,他看到丹增拉巴第一眼,就喜欢上这个小弟弟了,可惜挥手在小弟弟眼前晃动,他却毫无光感,多可怜呀。索朗旺美看平措抱着丹增轻摇,不一会儿卓嘎妈妈接过来也抱着他轻摇,心都柔软起来。

索朗旺美是两岁失怙失恃的。两岁的事情,他一点儿也回忆不起来。人的记忆,怎可以架起一座清凉桥,连接过去与未来呢?上师说可以,只要心中有善,就有天地往来的灵感。可是对于旺美而言,孩童往事本是一片虚空,无论他怎么费心伤神地想,也复原不了父母模糊的轮廓。父母姓甚名谁,他来自何方,家在哪里,所有这些血缘信息,在他脑子里都一片空白。他最初的记忆,便是被亲戚带到了拉萨,送进了曲珍孤儿院。彼时,他是一个蹒跚学步的幼童,仅有的一点儿零星记忆,就是跟在亲戚后边,跨进曲珍孤儿院的门槛。一眼望过去,院子里站了一群孩子,男孩女孩皆有,大的八九岁,小的两三岁,个别的还在襁褓里。七八十个孩子,只有曲珍阿姨一个人带,经常是这里哭,那里号,房间里总是吵吵闹闹,根本照顾不过来。但在孤儿院有衣穿,饭管饱,有糌粑可吃,有酥油茶可喝,冬天冻不着。那八年,索朗旺美一天天长大,亲戚很少来看他,只有一个姨妈从遥远的地区来看过他几次。记得姨妈最后一次看他时,交代道,要永远记住自己是康巴人,却没有告诉他老家在何处,尤其是他的原生家庭是怎么碎裂的,父母往生于何时,姨妈一句话也没提过。因此时至今日,他不知道父母是谁,也不知道他们是如何撒手人寰的。彼时,索朗旺美太小,不谙世事,当有人问他老家在哪里时,他只是一个劲儿地摇头。后来,索朗旺美进了拉鲁小学,读书后,再不见姨妈来了,他成了一个名副其实的孤儿。对于这段历史,索朗旺美讳莫如深,极少向人提及,别人问他从哪里来,他的回答就五个字:曲珍孤儿院。终于有一天,见到了卓嘎时,索朗旺美惊呼:阿妈拉!

阿妈拉就是卓嘎妈妈这样的,年轻漂亮,脸庞圆圆的,像天上的月亮,甫一张口就笑,就像院子里的张大人花。儿时记忆中阿妈的模糊印象,在那一瞬间复活了。或许因为精神有了寄托,他不再排斥前尘往事,或许是拉萨市儿童福利院的欢乐生活,将索朗旺美如枯井一般的内心激活了。

　　索朗旺美从曲珍孤儿院转至拉萨儿童福利院，事出有因。一些私立孤儿院因为经费与人手的关系，无法将每一个孤儿都照顾妥帖。西藏自治区党委高度重视福利事业，决定将孤儿抚养等任务划归自治区政府民政部门承担。于是，将儿童集中于地市级儿童福利院、孤寡病残老人集中在县社会福利院供养的政策出台。最早的"双集中"试点推广现场会，是在阿里召开的，此后整个自治区纷纷学习和借鉴阿里经验。

　　卓嘎那年已经二十八岁了，仍然待字闺中。不知何故，她错过了许多好姻缘。初中毕业后，她便回了帕拉庄园的江热村——一个农区村庄，在年楚河边——跟着阿爸、阿妈种青稞。播下的青稞种子发芽了，钻出了土地，青苗绿了，青稞黄了，年复一年。雪风吹老了岁月，也掳走了卓嘎的芳华。阿爸、阿妈往生后，卓嘎觉得这个家已经不再属于自己，哥哥娶妻立户单过了，姐姐们都出嫁了，仅剩下她一人在家。2013年一个偶然的机会，听到拉萨市儿童福利院在招聘爱心妈妈，她就来应聘，一面试便被选上了，成了六号家庭的妈妈。

　　卓嘎见到索朗旺美那年，他已经十二岁了，在拉鲁小学读五年级。由于一些私立孤儿院解散，他们十多个孤儿，被安排到了拉萨市儿童福利院。走进大门，院子好大一片，有操场、花园、小径，一幢五层的楼房，远眺着拉萨河和娘热山，环境真好。

　　索朗旺美被卓嘎妈妈领回了六号家庭，与他一起去的还有九个孩子，十个人一个家，房子是三室一厅，四个孩子一个房间，睡的是高低床，分为上下铺，床边都是散发着松木香的围栏，做工很精致。第一眼看到卓嘎妈妈时，索朗旺美愣住了：爱心妈妈怎么这样面熟，依稀在哪里见过。梦里？一次次梦中，他呼唤过阿妈拉，彼时，他觉得神魂被掳走了，少年残梦里，他曾经无数次勾画的阿妈拉的样子，就是眼前站着的卓嘎妈妈这个样子，只是过去太模糊，而这一刹那间，突然清晰起来了。因此在见面之时，一个十二岁的少年，竟然毫无羞涩之感，对着卓嘎喊了一声"阿妈拉"。

卓嘎愣住了。到拉萨儿童福利院日子不短了，喊她阿妈拉的，多为二至五岁的孩子，而像索朗旺美这样的少年，多数叫她阿姨，大一点儿的还会叫她姐姐呢。索朗旺美这么一叫，倒让卓嘎有点儿脸红，既幸福，又惊慌。

索朗旺美在拉萨儿童福利院里茁壮成长。他从拉鲁小学毕业后，上的是拉萨中学。六七年的时间，他都是在六号家庭里度过的，与卓嘎妈妈的感情从未有过隔膜。家里还有两个残疾的孩子，填报高考志愿时，他毫不犹豫地报了南京一所大学，选的是残疾人教育专业，最终读的残疾人管理专业。

没有想到，暑期回拉萨，家里居然添了一个盲童弟弟。索朗旺美在暑假的一个月里，经常抱着他玩，也喜欢上了这个汉家弃婴。

丹增拉巴还小，这一辈子，天地的灿烂与黑暗，温暖与冰冷，还有佛的眼睛，对他都是关闭的，现实太残酷了。有一天晚上聊天时，卓嘎妈妈对索朗旺美说，我要带他去治眼睛，上成都，去北京，早治比晚治要好哟。

索朗旺美点了点头，那一瞬间，他突然觉得，卓嘎阿妈，就是站在自己眼前的白度母，闪闪发光。

暑假很快过去了，索朗旺美要返回南京，蓦然回首间，他突然对丹增拉巴有些恋恋不舍。

过了中秋节，拉萨的太阳依然炽热。有一天，卓嘎妈妈接到通知，说有一家慈善机构赞助，丹增拉巴可以到北京同仁医院检查眼疾了。

于是，卓嘎妈妈背着丹增拉巴，第一次坐上西藏贡嘎机场飞往北京的飞机，去了那个藏族人民最心仪的北京。

他们到了同仁医院，很快就住上了院，做了例行检查，可是最终医生的目光是失望的，他说，丹增拉巴的眼疾是与生俱来的，双眼因细菌感染，已经致盲了。

"还有什么办法可以挽救丹增的眼睛吗？他是一个孤儿，才几个月大就被父母遗弃，长大了还要生活，不能没有一双眼睛啊！"

见这位藏族妈妈这么诚恳，北京同仁医院的专家说，也不是绝对不可以医好，只是要手术，探查他的视网膜是如何掉落的。可是卓嘎太心疼丹增了，觉得他一个一岁多的孩子，经历这样的检查，还不锥心地疼呀！终于还是舍不得，于是她对同仁医院的专家说："孩子太小了，又不会说话，痛到心里，也不会说出来，我不想让他太遭罪，还是背回拉萨城吧，我相信丹增拉巴有睁开眼睛的一天！"

快到2019年的元旦了，卓嘎背着丹增拉巴回到了拉萨，没过多久，就是藏历春节了。娘热山暮雪，西北风吹了过来，次角林的《文成公主》大戏也降下了帷幕。彼时，索朗旺美从南京城回到了圣城，回家那个晚上，看着卓嘎妈妈抱着丹增拉巴，一边颠一边唱汉族童谣："两只老虎，两只老虎，跑得快，跑得快，一只没有耳朵，一只没有尾巴……"只听丹增拉巴咯咯地笑了，一会儿，卓嘎妈妈又唱："你是我心中的宝贝，你是我心中的菩萨……"此曲唱毕，卓嘎又用汉语唱起了"宝贝，爸爸妈妈对我说……"。蓦地，丹增拉巴的眼睛里突然有一泓清泉流了出来。

"旺美，快来看呀，丹增拉巴听懂我的话儿了！"

"是吗？"索朗旺美扑了过来，看见丹增拉巴白净细嫩的小脸蛋上，两行泪珠溢了出来，就像红扑扑的桃子上凝结的雨露。

卓嘎妈拉仍旧在唱，藏语、汉语歌谣好像飘荡于天边，就在那一刻，在索朗旺美的心中，一个词突然涌了出来：度母，卓嘎妈拉就是一位度母呀。

"索朗旺美，你刚才说什么了呀？"

"阿妈拉是度母。"

"别胡说，度母是天上的观音，人人都在供奉，"卓嘎羞赧地说，"我哪配！"

"阿妈拉配得上，就是呀！"

"哈哈，我家的旺美折煞阿妈拉了。"

2019年的藏历新年匆匆而逝，索朗旺美又要返校了。临行前，他抱着丹增拉巴陪他玩了半天，越发喜欢这个小弟弟。晚上睡觉前，当他将丹增抱给卓嘎时，郑重地对她说："阿妈拉，拉巴弟弟太可怜了，我想将自己的眼睛捐一只给他，让他看见光明。"

"这怎么可以！你捐了角膜，一只眼睛就瞎了啊！"卓嘎惊讶道。

"我还有另一只眼睛啊。"

那一刻，卓嘎心中涌起一股暖流，眼前这个十九岁的年轻人，有一颗光明慈和之心啊。

光明祥和的阳光洒在地上，清风拂动院子里一片片张大人花。那天上午，我在拉萨福利院采访时，索朗旺美坐在我的面前，身材单薄，一点儿也不像我印象中的康巴男人的威猛。我问他为何想要将自己的眼睛捐给丹增拉巴。

"他太可怜了，从小被父母抛弃，到现在还不会说话，再看不见光明的话，这个世界对他太残酷啦。"

"捐了一只眼睛，这意味着你的一扇窗子关上了。"

"我还有另一只眼睛看世界啊,"索朗旺美感叹道,"我到南京读大学,最大的志向是想做残疾人教育,岂知考上了残疾人管理。以后,我还要考盲人、聋哑人职业教师资格证,为丹增拉巴这样的盲童服务,给他们插上飞翔的翅膀。"

飞翔的翅膀,这个词真好,我不禁感叹,心里有一股拉萨河的春水湍激而过。

达曼人遗孤:望不断喜马拉雅的雪

三个达曼人坐在我面前,有村主任巴桑、妇女主任达娃和老妇人云丹,每个人都操一口流利的汉语。相比较,村主任巴桑的汉语略逊一筹,不如当过几年汉家媳妇的达娃,甚至也不如年迈的云丹。

我凝视巴桑,那双眼睛实在太大了,我的脑际突然冒出一些词:杏目、白月……我不禁甩甩头,太夸张了,这是文人的矫情吧。不过他这双眼睛,让我想起三星堆纵目面具,可纵目少了这种一潭秋水般的沉静,映着喜马拉雅的雪。我再去看达娃、云丹的眼睛、肤色、容颜与神情,皆有别于其他藏族人。他们黧黑的肌肤,像被太阳燃烧过一样,不愧是离太阳最近的人。

进藏采访,已经许多天了,我一直期待着与达曼人相遇。因在藏北无人区和阿里这样海拔平均五千米的地方待了足有月余,长期高寒缺氧,身心疲惫至极。从普兰县别过神山圣湖,抵达仲巴以后,我依然在玩命一般地谈访,有时一天驱车三四百公里,谈三户人家。将抵吉隆县境时,日喀则市扶贫办派来陪同的人说,去吉隆镇上休息两天吧,那里紧倚尼泊尔,气候温润,海拔也不过两千多米,氧气充足,是喜马拉雅山麓最宜居之地。

吉隆镇,我忽然想起西藏自治区作协主席吉米平阶曾讲述的达曼人部落，说是当年大清与尼泊尔征战时，从边境那边过来的，后来迷失在大莽林中，几百年间发展成一个有四十七户人家二百多人的村庄。听说是一个擅长打铁马掌的村庄，还听说达曼人的意思本就是军队中打兵器的铁匠，我将信将疑。我有一部书叫《经幡》，藏语名为隆达，隆为风，达为马，风在天上，马在地上，风掠过，有风马旗飞扬。达曼，难道是为骑兵打马掌的匠人？我脑际闪过一个问号——文学往往从怀疑和叩问开始。

抵达吉隆镇已经是傍晚时分，一场雨后，空气真湿润，负氧离子将我淹没，第一次不再受缺氧折磨，吃过尼泊尔咖啡饭后，我回到了房间，早早地睡下。一觉睡到天光大亮，令我觉得好似睡在天堂里呢。

有鸟鸣声如天籁一般，清脆、悦耳、悠远，掠过大森林，挟风而来，撞至吉隆小镇的街道上，如瀑布匝地，碎成一片浪花。

第一个采访对象是达曼村庄。从镇上驱车过去，不过几公里远。镇上都是清一色的别墅小院，且多有藏族元素，同时兼具达曼人风情。达曼人迷失在西藏大莽林中长达几百年，一直是"黑户"，直至2003年，经过国务院批准，才成为中华民族大家庭中一员。截至目前，在中国的达曼人仅有四十七户二百余人。

深受数百年流浪之苦，不少达曼女孩为了获得更安稳的生活，跟着来到当地修路的四川、河北人远走他乡。多年以后，她们中间有人经历了婚姻失败，回归吉隆镇生活，坐在我对面的妇女主任达娃就是这样。

后来随着谈访深入，我了解到六十多岁的云丹更是遇人不淑。年轻时，春心被林中的鹧鸪鸟唤醒，她先与仁布县的一位司机尼玛顿珠相恋，结果只是露水情缘一场。他往返于拉萨与吉隆之间，只在吉隆镇上装木材时与她同居，可是正如他的名字一样，太阳一见，生命就灿烂。然而灿烂的日子并不长久,当云丹生下一子,想与他一起过安稳日子时,他才承认早已经有了家庭。后来云丹又爱上一个单位里的一个买菜的工作人员,小她八岁。鹊桥暗渡,迷情于林海,一只青鸟衔枝而起,翩然林涛之上,飞过一片欲海。云丹怀上了一个孩子,那人却害怕了,不敢再与她相见。当她抱着一岁的女儿到单位门口认父时,才知道那负情的青鸟,衔青枝远去了,进了拉萨的一家银行,与另外一位姑娘结婚,却对她和女儿不闻不问。她拭去最后一行泪水,带着女儿,当了单亲妈妈,可是却不敢告诉女儿生父是谁,母女俩忍受了多年的痛楚和耻辱。

听了云丹的故事后,我仰天长叹,问她当时为何不找到单位去,说明真相,单位的领导一定会替她做主。云丹掩口一笑,苍老的面容仍藏着当年的美丽与善良,她说那个男人当时很年轻,远离亲人,寂寞无人顾,虽然一开始是他疯狂追求她,但是自己身为少妇,也是经不起诱惑啊。她觉得自己罪孽深深,故后半辈子都在赎罪,独自带着女儿,饮尽一生的苍凉。望不断的喜马拉雅的雪,默默地印证她的善良。一片冰心在圣湖。

而年轻的妇女主任达娃,同样美眸如风铎,秋波流溢,尽管身体发福了,仍掩饰不住当年异域美女的风情。甫一开口,便说自己当过六载汉家媳妇。

"真的吗?"我的眼睛遽然一亮。

"当然是真的,我这口普通话就是在四川邛崃学来的。"达娃说。她还会谝几句地道的川音。

"你是邛崃媳妇?"我问道。

达娃讲起了自己远嫁四川的故事。千禧之年,她刚十八岁,在吉隆镇修路点上打工，负责做饭，同去的还有村里的几个姑娘。她没想到，一道爱情的大门也向她骤然打开。彼时，有一个刚二十岁出头的四川小老板，姓付，带着几个人修路，她为他们做饭。早晚相见，或许他被她身上的那股异域少女风韵所吸引，尤其是那双大眼睛，镶在太阳燃烧过的皮肤上，炽烈如炬，火一样燃情。她则被他的温婉川音所浸润，音波不大，款款道来，绵绵流长，如森林中的春鸟啼叫。一来二往，修路不到半程，他们却修成了千年共枕眠。后来，儿子呱呱落地，孩子一岁时，他们带着儿子去见四川的爷爷奶奶，从此她就留在了四川，学会了说"川普"，学会了做麻辣烫，也学会了种桑养蚕，还学会了插秧种地。

可是她和孩子移居四川了，丈夫却长期滞留西藏，只有春节时，才像候鸟一样，飞回老家，在妻子这里歇息一下。又过两年，竟然连一点儿消息都没有了。女人的直觉让达娃敏感地意识到，丈夫喜欢上别的女人了，且大概已栖身于别的女人的香巢里了。可是当时没有座机，没有微信，甚至连通信都很困难，达娃与爸爸妈妈和哥哥都联系不上，更捕捉不到丈夫的影子与脚步。达娃站在村口张望雪域，八千里路月和雪，邛崃本是司马相如和卓文君的相爱之地，可是青鸟已远，徘徊复徘徊，倚门眺望多少回，不见丈夫归来。仓皇，无助，手中没有一分钱，又不好意思向婆婆要，于是，她将儿子托付给婆婆，到外边打了三个月的工，挣了一千元。恰好此时青藏铁路通车了，到车站一问，成都到拉萨，硬座票五百多元，手里还够回家的钱，她悄然登上了成都开往拉萨的列车。

回到拉萨，回到布达拉。伴着郑钧的歌声，火车进了拉萨，圣城的天空明丽如蓝色哈达，那是一种迷人的宗教蓝啊，可是达娃一点儿也灿烂不起来，她得找丈夫。八廓古城、大街小巷转了三天，如泥牛入海,毫无音信。她身心疲惫极了,来到一位卖哈达的亲戚处,诉说寻夫无果的怅然与忧伤。亲戚说:"达娃,我说了你别哭,我知道你丈夫在哪里,他正与一个川妹子聚头过日子哩。"

"这个龟儿子!"达娃怔然,愤怒至极说出的骂街话,竟然是一句川音。眼泪如八廓街夏天的暴雨,在脸庞上流成门帘,她抱着亲戚哭成一团。哭过了,她拭去泪痕,笑道:"能带我去见他吗?"

"达娃,去可以,但你得给我一个保证。"亲戚道。

"说嘛,我答应。"

"见了面,不许打架,别闹出人命来。"亲戚叮嘱道。

"放心,我不是那种人。"达娃点头道。

吃过晚饭,达娃跟着亲戚去了拉萨古城一条小巷,在一间出租屋里,她看见丈夫正与一个汉族女人埋头吃饭。一见达娃出现在面前,他大惊失色,嘴唇颤抖,嗫嚅道:"达娃,你,你……怎么来了,我妈说……说你跑啦。"

她看到丈夫抖如筛糠。

"我是跑了,千里寻夫,跑到了拉萨,却见到眼前这一幕,我的男人和别的女人在一起。"达娃此时很冷静,坐了下来,一字一句,如高僧念咒语穿透天穹,"给你三分钟考虑,我让你选择,选我,让她滚蛋;选她,我立马就回吉隆去,头也不会回一下。"

丈夫看看妻子,又看看同居的女人,艰难地说:"达娃,你是我儿子的妈妈,我当然选你啦。"

"骗子!要负心的龟儿子,你不是说好要与我结婚的!"那个女人哭了,哭过后,说要分手费,讨价还价,谈了半夜,最终以七万元了结。

望着丈夫签了字,达娃长舒了一口气。

其实那之后的日子,过得一点儿也不舒心。儿子仍放在四川,她在拉萨打工，如此又过了三年时光。丈夫在江孜修公路时，又变心了，重新找了一个女人，还生了一个女儿。达娃绝望了，决然分手，回到了吉隆镇达曼村，养鸭子，还开了一个小商店，最终在村里结了婚，生下一个女儿。

达娃的故事讲完了。我将目光探向了村主任巴桑，这个坐在我对面的达曼男人，是一个帅哥：大眼炯炯，被雪风和太阳洗过的肌肤，完全是一片太阳光泽，黧黑而健美，可照日月天地。

铁马冰河入梦来，秋风过吉隆，望不尽喜马拉雅山的雪。作为廓尔喀骑兵的后裔，这些达曼人却再没有了天马行空的雄姿，而是蛰伏大森林中。2003年全村成了中国公民后，国家为每家每户盖了一幢幢别墅小院，全村日子过得都不错。

"说说你家的故事吧。"

"我家的故事！"巴桑欲言又止，回答得有点儿费劲，仍可听个明白。

我好像一下戳到巴桑的难言之隐，便从侧面委婉地引导："家里兄弟几个？"

"兄妹四个，"巴桑答道，"大姐嫁到了河北沧州。"

我讶然，一个仅会几句汉语的达曼人，还是一个女孩，在一个高度融合的后现代化时代，竟选择万里远行，远嫁燕赵之地。也许正是因为以前没有国籍，使这些从喜马拉雅来的达曼人部落的女儿，一个个远嫁四川，远嫁湖广，还有的远嫁幽燕。这可是只有四十七户人家的村子啊，却有二十多名女儿远嫁他乡，令我一阵扼腕长叹。

"那你家三兄弟过得怎么样？"我问巴桑。

"唉！"巴桑一声叹息，"就剩下我一个人啦。"

"为何？"我问道。

"为情而死。"

情殇吗？"为谁而情，为谁而死？"我问道。

"为老婆之死。我哥哥和弟弟都殉情了。"巴桑答道。

"啊！"我惊叹道，"还有如此痴情之人！"

"当然！"巴桑沉浸在一段岁月的回首之中，心情显得格外沉重。

我在静听，终于在巴桑不太流利的汉语讲述中，听到一个动人的故事。

巴桑家除大姐远嫁河北外，还有一个哥哥叫边巴次仁，小弟叫扎西，他排行老三，几年前由二哥边巴次仁先娶比他小四岁的一个达曼人女儿，名叫边巴拉姆，后来先生下一个儿子，取名达娃名吉，日子过得很安静。因为家庭条件的原因，到了扎西婚娶的年龄时，二哥说，与他共一个老婆吧，不是姐姐，胜似姐姐，算是一场情缘。故当扎西到了婚娶之时，按照藏地牧场区的传统，合房之日，妻子就是已经嫁入他家的边巴拉姆，她的岁数恰好与扎西一般大，于是兄弟娶妻搭伙过日子，先得儿子达娃名吉，后来又生下女儿叫边巴琼达。可是没几年妻子边巴拉姆患病，化蝶而去，追着煨桑的青烟，去了遥远天国，扔下了一对兄弟和一双儿女。从此，两个兄弟虽然带着一双儿女生活，可是家里再没有笑声，兄弟俩每天以酒消愁，喝了三载，终于将小弟扎西喝死了。

小弟去世后，二哥边巴次仁郁郁寡欢，没几年也追随妻子和小弟而去了，遗留下一对儿女，大的九岁，小的七岁，成了名副其实的孤儿。父亲去世的第二年，随着"双集中"养孤养老工程在西藏全方位展开，这对兄妹被送到了日喀则市儿童福利院。

那天下午，雨后的达曼村现出了一道彩虹，我采访完毕后，陪同我的扶贫办的干部说，村后有一个清军坟墓群。我问可否绕过去一观。他说当然。于是，我们出了云丹家，绕过村委会，沿一条远芳侵入的古道，纡徐向上，抵达一个小土地庙。门槛两边，有石雕的莲花和度母，显然不是出自本地工匠之手，尤其汉字石碑令我大为惊讶。将目光投向天空，浓云紧锁的天穹，筛下一缕缕神秘之光。一步步走近，朝那些马革裹尸、未还故土的官兵走近。彼时，野花嫣然，白的、红的、黄的、紫的，犹如一片花环，灿然山野。不远处，一座座白石垒成的荒冢，尖尖的坟顶，一路倚南，向北、向东，遥望故土中原和杏花春雨里的人家。可是倚门而望的少妇和儿女，再也看不到丈夫、父亲魂魄归来。

那一刻，作为一个十六岁就当兵的老军人，我缓缓地举起右手，向这些几百年前的军人的亡魂，行了一个军礼。然后，盈满眼眶的泪水潸然而下。彼时，天空中一只亡魂鸟，掠过我的头顶，是鹧鸪。鹧鸪鸟的叫声，让人心颤。那是我太熟悉的声音，是江南的春鸟。一只亡魂鸟在啼鸣，与地下的英魂和声呢。

该走了。那天下午，我去了中尼边境，游弋于林莽之中，终因边境有疫情而未最终抵达国界，有点儿失望。吉隆县副县长说，离镇上不远，有一个地方据说是当年松赞干布迎娶尺尊公主之所，是座小庙。我说好啊，其实离吉隆镇不远，三四公里的样子。车至一条深壑前，颇有些断崖千尺，流水有声，爱情不泯的意味。我仿佛听到马蹄声，又看到松赞干布从马背上一跃而下，将马鞭传给仆人。村民早已搭好了一座藤桥，松赞干布颤颤悠悠地走过藤桥时，他或许并不知道正在逾越一条爱情天河。

千载远逝，古藤桥变成了一座铁索吊桥，旁边还建了一座圆拱水泥桥，车可直通村里。我从吊桥上经过，风过耳，脚下涛声依旧，可是赞普与公主，农妇与耕夫，都化作雪山飞瀑的一叠叠流水、一片片光影露珠。

到傍晚还有长长的时间。穿过一片田野，逶迤于山道，塔松林与杜鹃花丛中，一座小山神庙掩没于崖下，其实就是在一个凸显的山崖下，以此为穹顶，建了一个小庙。我走向那座山庙，庙里已没有僧人，仅有一位风韵犹存的藏族娇娘，伫立于门前，算是守门人，一身藏式夏装在身，身姿曼妙婆娑。我请她倚于门框，拍下了一个留影。

夏天暴雨又倾盆而下。我走到山庙平台上，看山崖的穹顶，倒挂着一排排钟乳石，滴水千载，一沙一世界，一粒一般若，一露一色空，居然神工鬼斧，塑造了人神魔界，一处一神山，一围一天阙。我好生激动，披襟岸帻，伫水而望千山，莽林松入耳，祥雨润心弦。

山雨渐大了，等了好久，仍不见停歇。我站在山庙的平顶上，这时上来了一对中年夫妇，还有一对情侣相随，年轻人怀中还抱了一条狗，听川音款款，便知他们来自蜀地。我仍在仰头看钟乳石，神游于人间与天界。那位中年男士走了上来，聊上几句，彼此便熟悉起来，得知对方来自成都市公安局政治部。我说有一个战友，叫什么名字，前后进入导弹基地宣传处，他干的是摄影，后来去了成都公安局。那人说巧了，我们就一个办公室，面对面。

神啦！恐怕唯有西藏才会有这样的奇遇，西藏的，四川的，奇遇在藏汉之间。

更奇的事情还有。那位守在山庙前的娇娘，一直追着我想要照片，因为拍得很美。可是我们一个不会汉语，一个不通藏语。我欲加她微信，以便发照片，然而她一个劲儿地摇头，双手摊了摊，意思是说未带手机。没有办法，我唯有仰天长叹。

雨小了，我穿过雨幕，朝着刚才喝茶的小山村返程，将近有两公里的山路。转到村中，来到一家小门面前。进屋后，一位年轻姑娘给客人倒酥油茶，姑娘会说汉语，我便打开手机相册，找出山庙前拍的照片，问里面的娇娘是村里的什么人，请姑娘帮忙把手机的照片转给她。

她俯首一看手机，惊呼："是我阿妈拉！"

我讶然万状，彻底地被这块土地折服。

望不尽的喜马拉雅的雪，望不断西藏的奇遇、奇缘和奇境。

奇境在前方，在希夏邦马，在珠穆朗玛。而人间也处处是奇遇。在我与西藏同胞之间，亦在冥冥之中有一种天缘，仿佛有一只神秘的手在拨动法轮，在转动经筒。

是风吗，是水吗，还是血浓于水的人间慈爱……

翌日清晨，太阳还未露脸，吉隆镇被朝云晨雨笼罩着，苍山、云树、远芳，都浸润在江南一般的潮湿里，在干涸缺雨的西藏高原，实在是罕见；我喝完了一碗酥油茶，最后吸一口吉隆镇云一般压下来的浓郁的负氧离子，登车，朝拉孜与萨迦古城和日喀则方向驶去，作最后一程的采访。

一路向前，希夏邦马峰在望，珠穆朗玛峰在望，太阳从林莽中冉冉升起，前方也是雪峰连绵。路经聂拉木县境，我有些困顿了，一觉睡去，别梦依稀过芃野，一眨一睁中，时光之河倒流，将天地人间凝固了，茫茫然，好一片大荒。醒来睁眼看过去，冷山春雪依旧在，前方千山暮雪，天地一白，云雾笼罩着山巅，竟与希夏邦马峰擦肩而过。一日千里路，抵拉孜县境时，珠穆朗玛峰也抛于身后。

一周后，日喀则市几个县的采访落幕，我要去日喀则市政第一、第二儿童福利院，去看看达曼人兄妹达娃名吉、边巴琼达。先抵二院采访时，院长说，二院还有一对达曼人姐妹。

我惊讶，说在达曼村采访时，他们没有提到此事。一个小小的村庄，四十七户人家，居然有两对孤儿。院长说，姐姐叫普布群宗，十岁，妹妹达娃，七岁，刚上一年级。我问她们是怎样沦为孤儿的。院长摇头说："原生家庭的状况，我们并不了解。"一会儿，爱心妈妈边珍带来一个女孩，就是姐姐普布群宗，皮肤黧黑，与村里的巴桑、达娃无异，眼睛却没有他们那般大，也许还未长开吧。

我从手机里翻出了巴桑、达娃和云丹的照片给她看，问她认识吗。

"认识呀，巴桑叔叔、达娃阿姨，还有云丹奶奶。"

"她的汉语不太好，"爱心妈妈边珍说，"成绩也一般。上个初中没有问题，考高中就难啦。"

边珍长叹一声。

三天采访落幕了，到了第三天中午，我到第一儿童福利院，采访完毕，午餐时见到了达曼村巴桑的小侄女边巴琼达，她刚放学回来。吃完午餐，到了福利院办公楼前，我让边巴琼达与带她的老师拍张合影。

我要留下一部吉祥慈爱的历史。

仙女妈妈：芒康拉姆与卡诺拉姆

仿佛是在等待一个光荣时刻，此时，昌都市第二儿童福利院静谧极了，二十几位爱心妈妈翘首以待，依次排队，静候最后的抽签时刻。

丁青当堆乡的单亲妈妈四朗央宗被熊咬后，一双儿女坐上布措局长的车，被带回了昌都第二儿童福利院。劫波过尽，慈航在后，儿童福利院的爱心妈妈都想照顾这对兄妹。

"抓阄吧,哥哥和妹妹分开,哪个妈妈抽到,就领回哪个爱心家庭生活。"德拉院长举止端庄,不苟言笑。她将哥哥希热尼玛和妹妹次旺拉措的名字,各写在一张小纸条上,揉成一团,与玻璃罩里的空白纸团,混在了一起,搅拌再三,然后,站于一侧,监督大家抓阄。

二十多位爱心妈妈排成一行,依次朝德拉院长站的地方走去,会议室里很静,她们都听到了自己的心跳。

前边的几位妈妈依次把手伸入玻璃罩里,抓出纸团,展开,仿佛是抓到一朵度母手中的白莲花。德拉院长看着一个个爱心妈妈走过,观察到前面几位都露出了失望的神情。

该卡诺拉姆抓阄了。在西藏女孩的名字中,拉姆就是仙女的意思。因为叫拉姆的女孩很多,大家都叫她卡诺仙女,她是二十一号家庭的妈妈。那一年,她三十一岁了,家在离第一儿童福利院不远的俄洛桥镇,自己家的两个孩子,平时就交给奶奶带,她则成了七个孩子的爱心妈妈。她割舍掉自己的亲情,却给这些从小失怙失恃的孩子,带来春天般的温暖。

那天,她刚走上前,看到四岁的希热尼玛,圆圆的脸庞,眼睛像黑葡萄一样,溜溜地转,那一刻,她便喜欢上了这个小男孩。尤其是刚才听说了他的身世,妈妈被狗熊撕去了半张脸,无法正常生活,她想替他们的阿妈拉行母爱之道,将他们养大。卡诺拉姆走上台前,双手合十,默默向上苍祈祷:"白度母,保佑我吧,我太喜欢希热尼玛了,让我将小尼玛(太阳)带回二十一号爱心家庭吧,让整个小家永远拥有阳光。"卡诺拉姆从静默中睁开美丽的眼睛,素手伸进玻璃罩,捻起了一个小纸团,拿出展开,只见上边写着"希热尼玛"。她掩口一笑,喃喃自语:"我一把抓住太阳了。希热尼玛就是我心中的小太阳。"

德拉院长宣布,哥哥希热尼玛分在二十一号家庭,太阳属于卡诺仙女。

"拉姆的手气真好！"众妈妈无不羡慕。

又瘦又小的妹妹次旺拉措，面对着坐在会议室的大人，她甚至不敢抬头看上一眼。

又有几位妈妈铩羽而归，觉得自己手气太差。

该轮到二十三号家庭妈妈次仁拉姆抓阄了，她长裙曳地，走过来，卷过一股康巴风。次仁拉姆是第一儿童福利院最漂亮的妈妈，气质又好，芳龄才二十一岁，两年的福利院生活，将她的肌肤养得又红润又白净，就像一条雪山冰河里游出的白鳗，似乎世上的美的元素，上苍都镶在她身上了。次仁拉姆长得宛如天仙一般，高挑秀气，瓜子脸庞，高鼻梁，大眼睛，一弯秀眉，犹如一对月牙镶在脸上，肌肤细腻白嫩，耳朵上缀着红宝石与黄金耳钉，皮夹克罩着长长藏装，风韵十足。人如其名，仙女一般美丽。她的老家在芒康，考入昌都第二儿童福利院前，曾在芒康县人民法院做了两年收发工作。2006年夏天，次仁拉姆听从大姐的建议，考上了昌都市第二儿童福利院。福利院的爱心妈妈们，都叫她"芒康拉姆"或者"芒康仙女"。

次仁拉姆说第一眼见到次旺拉措时，就喜欢上了她，她看到次旺拉措的瞳孔里映出了自己的童年，她想：这孩子，肯定属于我。于是她伸出葱管般的玉手，往玻璃罩里一抓，轻轻地展开了小纸团，上边写着：次旺拉措。一岁半的妹妹，刚刚蹒跚学步的女孩来到了她的家庭了。

"我喜欢女儿。"次仁拉姆掩嘴笑了。

众妈妈投来羡慕的目光，到底是芒康仙女啊，次仁拉姆的手气真好，她本人又长得那么漂亮，女儿到了她家里，一定会被打扮得如花似玉。

次仁拉姆后来对我说,次旺拉措那时瘦瘦的,一个小不点儿,像一只惊恐的小羚羊,眼神流露出羞涩、胆怯,却又警惕地望着四周,一句话也不说。她的头发从生下来就没有剪过,头上长满了虱子,有的从发梢上爬了出来。

那天傍晚,两个仙子带着孩子们回到各自的家,卡诺拉姆和次仁拉姆说笑着,欢天喜地的,一前一后,一个牵着儿子,一个抱着女儿,回到二十一号和二十三号家庭,她们几乎不约而同地做了一件事情:给孩子洗澡,换下那身长满了虱子的长袍。

希热尼玛的头发,从生下来到四岁,就没有剪过,也很少洗,油泥糊在他的长发上,打了一个个结。卡诺拉姆将他脱光了,领进浴室时,他见热水,都有一种惊惧感,可是玩着玩着,便喜欢上了水。玩水,大概是所有孩子的天性。沐浴过后,换上新装,一个帅气的康巴幼童站在卡诺拉姆面前,那虎头虎脑的样子,让她想到了爬在石缝上的雪豹。

次仁拉姆第一次给次旺拉措洗澡时,她哭得很厉害。她并不喜欢热水,或许从来就没有被热水沐浴过,但是次仁拉姆坚持帮她洗干净,用浴巾将她裹着,抱进了自己的卧室,给她换上一身新衣服。然后,牵着她来到全家孩子们跟前说:"这是你们最小的妹妹,叫她拉措吧,从今晚起,她就与我一起睡了。"

原来跟次仁拉姆一起睡的小姐姐说:"妈妈,你不要我了,不抱着一起睡啦?"

"当然要了,"次仁拉姆笑道,"你长大了,她比你小,得护在妈妈的怀里。"

其实,一岁半的次旺拉措还是头一次依偎在妈妈的怀里睡觉。也许是气味不熟悉的缘故,一开始次仁拉姆将她揽在怀里时,她并不和她亲近，但是爱心妈妈的体香和温暖一点儿一点儿溢散出来时，她被一种强烈的爱的磁场吸引了。后来，她居然毫不犹豫地投到了次仁拉姆的怀里，一睡就是三载。开始一个月，小姑娘几乎不说话，低着头，站在那里，次仁拉姆见状，将她揽入怀中，然后叫九个孩子与她一起玩。孩子们渐渐地熟悉起来，次旺拉措的小脸蛋上有一抹灿烂的云霞升了起来。

"次旺拉措一直与我睡。已经快三年了，她目前在上幼儿园。"次仁拉姆说。

采访的那天上午，次仁拉姆、卡诺拉姆坐在卡垫上，面对着我，讲着那一段往事。也许是因为要过六一儿童节了，已经八岁的希热尼玛穿着白色的镶了缎面的彩领大襟藏装，坐在一旁。他剃了一个小平头，两只眼睛像黑葡萄，小嘴紧闭，好奇地看着我，童稚纷扬，却透着一股康巴少年的韧性，让人第一眼就会喜欢上。

希热尼玛有好长一段时间，总在重述妈妈被棕熊抓咬后的一幕。卡诺拉姆说，他常常哭泣，不时地想起妈妈被棕熊咬了半张脸的那个场景。先是棕熊看到了他妈妈手腕上戴的手表，这个锃亮的金属的东西晃了一下熊眼，刺激它一巴掌拍了下来，将手表打碎，阿妈吓得大叫，可是周遭没有一个人可以救她，她用手挡住熊的袭击，却没有想到熊嘴很长，张开大口，径直朝着她的脸咬了下来。呼喊和惊叫，最终吓退了狗熊，阿妈拾回了一条命。可是当仅有四岁的希热尼玛目睹阿妈的惨状，他吓坏了。甚至在他进了二十三号家庭之后，仍一次次地被噩梦惊醒，哭泣不已，喊着阿妈。彼时，卡诺拉姆将他紧紧地抱在怀中。随着时光的流逝，因有另一位母亲的母爱，让他四岁那年的恐怖记忆在慢慢消退。

卡诺拉姆的丈夫汪青扎西就住在俄洛镇，离第二儿童福利院不远，他们育有两个女儿，老大叫阿依卓玛，八岁，在读小学，老二叫桑丁卓玛，四岁，上幼儿园。开始，希热尼玛有两三个月不肯叫卡诺拉姆妈妈，总是独自坐在一个角落，低着头，也不与其他小朋友们玩，卡诺拉姆叫丈夫汪青扎西带着两个女儿过来，与希热尼玛玩，渐渐地，他黏上了汪青，叫他阿爸，转而喊卡诺拉姆妈妈。

此时，他的亲生妈妈还在接受治疗。

2019年秋天，四朗央宗被棕熊咬过一年半后，"丁青当堆乡牧羊女"的故事已经不再被人们热议。经过华西医院的治疗，她已经可以出院，为了生活方便，戴上了一个"假脸"。四朗央宗的身影，重新出现在康巴大地上，可惜她的一只眼睛瞎了，被熊毁掉的脸也没有办法复原了。回到家中，她发现一双儿女已经不在帐篷之中，忙问家人："希热尼玛和次旺拉措呢，我的儿子和女儿去了何处？"

即使知道儿女被福利院接走并精心抚养着，四朗央宗还是好心痛，她朝着天空大声呼喊："我的儿啊，还有女儿，阿妈好想你们呀！"

家人看见戴了一个面具的四朗央宗，都觉得不适应，有点儿害怕，因此担心她的一双儿女见到后，会被吓着，就不敢告诉她孩子们具体在哪儿。四朗央宗天天以泪洗面，最后家人不得不告诉她，两个孩子在昌都市里，请她放心，两个仙女拉姆，成了他们的妈妈，比她自己照顾得还好。可是这个被棕熊袭击的妈妈太想儿女了，终于戴着面具，用头布将自己的脸裹得严严实实，坐车从丁青来到了昌都俄洛镇，在第二儿童福利院门口下了车。站在大门前，她向保安说明来意：自己是来看住在这里的一双儿女的。

那天中午，是澜沧江畔最明媚的日子，天色湛蓝，祥云飞绕，两个仙女妈妈卡诺拉姆和次仁拉姆，领着两个孩子来见他们的亲生母亲。然而，仅仅隔了一年多的时间，那个曾经一次次诉说母亲被熊咬的希热尼玛，已将母亲的形象渐渐忘却了，而天天晚上在次仁拉姆怀里入睡的次旺拉措，不再记得生母的模样，在她幼小的心灵记忆中，美丽的芒康仙女才是自己的妈妈。相见时，四朗央宗怯怯止步于警卫室前，远远地站在一边，不敢靠近孩子。两个孩子也躲得远远的，尤其是次旺拉措，她已经四岁了，一岁时关于妈妈的记忆早就淡了。四朗央宗想抱抱孩子，可是他们躲在两个爱心妈妈身后，不敢上前半步。四朗央宗已泪如雨下，可是小兄妹俩却茫然不知所措。

看着四朗央宗的痛苦之状，两个仙女好同情这个丁青当堆乡的妈妈，她们带着孩子们走近她的身边，对两个孩子说："叫阿妈！"孩子们听话地叫了一声，目光却不肯离开两个仙女妈妈。那一刻，四朗央宗噙泪转身跑开，跑着，跑着，跑出了俄洛桥镇上的第二儿童福利院，长生天之上，回旋着一声声呼唤："尼玛，拉措，我的孩子，妈妈爱你们！"

随着一只灰头雁掠过天空，鸣叫声中，母亲撕心裂肺的呼唤也渐渐远去了。

2020年5月31日上午，我第一次采访昌都第二儿童福利院时，希热尼玛被叫了进来，和两个仙女妈妈并排坐在卡垫上。望着这个虎头虎脑的孩子，我心中陡生一缕暖意与悲怆，所谓暖，皆因昌都春天里的阳光如此灿然，所谓悲，则是云山雨来，最高最远处的横断山已经白雪皑皑了。

雪落静无声，无声的还有那慈航母爱。

第二卷　未生娘

三位未生娘与患癌症的小女孩

门拉被叫到德拉院长的办公室。

一旁坐着的是四岁的罗松卓嘎,病恹恹的,院长问一句,她答一句,声音细小如蚊蚋,身体柔弱得似乎一阵风就能将她吹倒。爱心妈妈扎西卓嘎坐在罗松卓嘎身边,将她揽在怀中,可是她像一只受了惊吓的小鹿,眼睛四处张望着,不知道大人们在说些什么。

站在门口,门拉有点儿手足无措,毕竟她是第一次被叫到院长办公室。

"坐,坐!门拉。"德拉院长指了指卡垫,示意她坐下来说话。

门拉有点儿紧张,进入昌都市第二儿童福利院半年多了,和院长直接谈话,在她的记忆中次数并不多,她在卡垫上坐了下来,只敢坐了半个屁股的位置,等着院长的吩咐。

德拉院长从办公桌上拿起一份诊断书,长叹了一声:"小卓嘎诊断结果出来了,昌都市人民医院的大夫怀疑是淋巴癌。"

"啊!"门拉和爱心妈妈扎西卓嘎惊呼。

"小卓嘎的病情一天也不能耽误,"德拉院长说,"市民政局局长布措也是这个意思。福利院决定送她去成都华西医院去治疗。门拉,带孩子去看病的事,就交给您啦。"

"我?!"门拉瞠目结舌,"院长,我,我怎么能行?!"

"你能行,"德拉院长说,"你是护理员,必须迈出这一步,像带小卓嘎治病这样的事情,今后还会很多。"

门拉还是心里没有底,嗫嚅道:"我之前没有踏进过成都半步。"

"你是汉家媳妇啊，迟早都要有见公婆的一天呀，"德拉院长打趣道，"晚去不如早去，当然这回不会给你留下回婆家的时间。"

"好，我去！"门拉似乎再没有推却的理由，关键她是院里的护理员，带孩子看病，是天经地义的事情，义不容辞呀。

"回去准备一下吧，坐明天上午的航班，从邦达机场飞成都，"德拉交代道，"我让办公室给你和小卓嘎订票。"

"好！"门拉觉得，这是领导对自己的信任啊。出了院长办公室，她去找丈夫赖俊伟，说："俊伟，我要去成都了。"

"门拉，你说的是真的吗？"赖俊伟以为老婆在逗自己。

"当然是真的呀，"门拉一个劲儿地点头，"德拉院长说让我带小卓嘎去华西医院看病，怀疑她患上了淋巴癌。"

"你一个人去？"赖俊伟将信将疑，"院里不派别人陪了？"

"就我一个人呀，德拉院长说，护理员必须迈出这一步。"

"天啦！这样大的事情，你也敢揽下来！"赖俊伟惊讶道，"在其他地方，如果家里有一个人得了绝症，去求医，一家人都得上呀。"

"没有办法呀。德拉院长说，我是院里第一个'吃螃蟹'的人。"

"问题是扎曲里没有螃蟹，澜沧江发源处也不生，"赖俊伟说，"我得帮你设计成都求医攻略。现在就做，一步一步教你。"

"谢谢老公！"门拉说出这句话时，脸上浮起一片红云。

门拉的老家在昌都市江达县波罗乡一个村庄，她仅仅读过小学，辍学回家后成了一位牧女，半耕半牧。好在上学时，她学了一口汉语，与他人交流无碍。在家当牧女的几年间，她长成了一个亭亭玉立的青春女孩。前几年，市里干部下来"蹲村"，驻村工作队有位昌都市儿童福利院的工作人员，驻村来到门拉的村里，当第一书记。村"两委"打算在村里的年轻人中为第一书记选一位翻译，选来挑去，觉得门拉是最合适的人选。她年轻活泼，熟悉村里的老少爷们和大妈大婶，精力又充沛，所以最后他们将这个重任交给了门拉。此后她跟着驻村工作队走村串户，上春牧场、夏牧场。而这位第一书记，就是赖俊伟。

第一次相见的情形，至今想来，仍让门拉怦然心动，小赖见她第一句，那口音，她好像在电视中听过。赖俊伟说："波罗乡藏了一位康巴大美女。"

门拉掩口一笑，脸上泛起一团羞涩的红云，她觉得自己真的没有赖俊伟说的那么漂亮，真正康巴美女不在农区，而在牧场上哟。赖书记在恭维自己，其实就是让她好好当翻译，帮助驻村干部做好工作。可是，缘分就是这么神奇。担任翻译工作以后，门拉跟着工作队入村里的木楞房，进帐篷，到牧场，入地间，这位汉族大男孩总是那样地关心她。后来，她真的掉进了爱河里，心里像是涌动着一条欢腾的金沙江。其实秋天和春天的金沙江是平静的，静若明镜，仿佛流水不动，像一条纯蓝的哈达。

赖俊伟驻村两年，临走时，他对门拉说，嫁给我吧，做我的汉家新娘。

门拉有点儿不敢相信这是真的，说："你读过大学，又在政府里工作，怎么会看上我这个藏家村姑啊？"

"你是藏家的小芳，有一种与众不同的美。"

"我平平常常……像我这样的，随便进哪个村，就像搂松毛一样，一搂一背篓。"

"哈哈！那就做我的松毛吧，我喜欢你，跟我走吧，"赖俊伟说，"到昌都市第二儿童福利院工作吧，我们正在招爱心妈妈。"

门拉点了点头，说："我得对阿爸阿妈说说，征得他们的同意。"

"没问题，我去对两位老人讲吧。"

"好啊！"

赖俊伟挽着门拉去见她的阿爸和阿妈，村里的藏族乡亲一看门拉与汉族小伙子相爱，都说这是一桩好姻缘。

见到门拉父母，赖俊伟说："爸拉，妈拉，我爱上了你家女儿啦，她也爱我，她是一个好康巴姑娘，又漂亮又温柔。成全我们吧，请将门拉嫁给我！"

"这两年，你为我们藏家做的事情，大家都看着了，你是个好后生，是为老百姓做事的驻村书记，"门拉的阿爸说，"你能看上门拉，是她前世修得的好福啊。"

"我要带她走，带到昌都第二儿童福利院去工作。"

"好呀！请你善待我们的女儿，"门拉的阿爸交代道，"一辈子不弃不离，无论贫穷还是富有，不论健康，还是病痛。"

"请阿爸、阿妈放心，我会的。"

门拉父亲要杀牛宰羊，大宴村里乡亲三天。

"不！不！"赖俊伟摇头道，"我是驻村干部，不能带头铺张浪费，违反规定啊，再说家里也并不富裕，何必呢。等休假了，我带她到四川广安，补上这场婚礼。"

门拉的父母连连点头："姑爷说得多在理啊。"

第二天，门拉跟着赖俊伟到了俄洛镇，到昌都市第二福利院当了一名护理员。

一个小小的爱巢刚筑了起来，余温尚暖，门拉作为汉家的媳妇，第二天就要背着小卓嘎，坐飞机去成都治病。

夜已经很深了，进成都求病的攻略，已经说了三遍了，但是赖俊伟不放心，又重复了一遍：到成都后，第一步先在华西医院附近租房子；第二步，背孩子去挂专家号；第三步，检查确诊，然后入院……

门拉堵住了小赖的嘴，然后将他的手拉过来，放在自己的小腹上，说："我可能怀孕了，这个月没有来红……"

"真的？"赖俊伟一跃而起，将妻子揽在怀里，说"我要当爸爸了！"，然后他俯下身去，说："让我听听，有心跳吗？"

"早呢！"门拉笑了，那粒青稞种子刚种下，还未发芽呢。

"我向德拉院长请求，换人吧，你怀孕啦。"赖俊伟认真地说。

"不，不！"门拉摇头，"德拉院长说，我必须迈出第一步，这是院长在考验我，也是在考核我。"

赖俊伟点了点头。

第二天清晨，门拉将小卓嘎背在背上，拉着行李箱，乘车前往离昌都123公里远的邦达机场，那是世界上最高的机场，她们在那里乘坐飞机飞往成都。

这是人间的四月天，飞机犹如一只秃鹫，从山脊上冲天而起，雄横极了。倚着舷窗俯瞰大地，这是门拉第一次用这样的视角来看自己的故土。彼时，横断山雪峰连绵，一条怒江，一痕扎曲，犹如碧蓝的哈达，飘荡在白雪皑皑的世界，低洼的怒江、金沙江和澜沧江河谷，三江并流之地，古老的杏花树、桃花树，花开荼蘼。她再看看坐在旁边的小卓嘎，病恹恹的，像一只小猫，依偎在自己身边。未生孩子的玛吉阿米（汉译：未生娘）门拉暗自下决心，一定要让从小失去爱母的卓嘎享受到世间最炽热的母爱。

"你一个藏家女儿，人生地不熟，进了大成都，如何挂号、看病呀！"我有些讶异，"在其他地方，家里若出了一个患绝症的亲人，不啻天塌地陷，常常要倾家而出，而你求医问路，仅有一人呀。"

"无人帮忙，只能靠我呀。"彼时，门拉很冷静，回首往事，倒像做梦一般。

"光挂号，就排队等了十五天。"门拉道。

"半个月挂一个号？"我有点儿惊讶。

"嗯！"门拉点了点头。说她原来不知道，大城市看病像逛超市，那人啊，乌泱乌泱的，人挨人，人挤人，像一条河，一条江。她预留了时间，提前一个小时抵达挂号大厅，发现已经排成了长龙。门拉背着小卓嘎，站了一个多小时，才到挂号时间，又排了好久好久，等轮到她时，专家号早就告罄了。门拉好失望，背上的小卓嘎冷得蜷缩成一团，她揪心啊，母性的爱一下子迸发出来。小卓嘎的病，可是拖一天，命就少一天啊。她告诫自己，明天还要早起两个小时，天还不露晓色，就背着卓嘎来。

第二天拂晓，蓉城的天幕上，不见一缕鱼肚白，门拉给小卓嘎煮了一碗牛肉羹。她吹着热气，喂她喝下，见孩子有了些精神，于是背上她，从成都大街小巷中匆匆穿梭，赶了过去。可是待到赶到时，虽然比昨天早晨早了一个多小时，前边仍排了长长的队伍。她非常着急，按专家一天的挂号量，今天小卓嘎的号又没有戏了。真的等轮到她时，里边的挂号员说："对不起，今天专家号已经挂完了。"

门拉背着小卓嘎悻悻而归。那天，她心情好沮丧，她知道，自己等得起，可是小卓嘎的命耗不起。

以后一周时间，门拉一天比一天起得早，手机的闹钟，从凌晨五点，一直朝前推，四点半，四点，三点半，三点，两点半……

然而，门拉天天清晨去排号，但是都十天了，每一回都铩羽而归。

到了第十一天，她还是没有挂上专家号。这时候，一个黄牛挤到了她面前。

票贩子说:"小妹哟,我看你是从西藏来的吧。"

"你咋知道?"门拉有点儿不解,她的额头上又没有烙着西藏两个字啊。

"我从你的身上闻得出来,从你的脸上看得出来的。那朵雪风吹出来的高原红,洗也洗不掉啊。我能帮你啊,小妹。"号贩子很会贫嘴。

"别拐弯抹角了,汉族大哥,您怎么帮我?"门拉想看看这人葫芦里装的是什么药。

"我帮你挂专家号,一个号一千元。"黄牛道。

"一千元一个号,天价啊。"门拉摇头。

"五百元吧,看在你是藏族小妹分上,给你打半价。"黄牛道。

"五百元我也报不了啊!"门拉答道,"我回去报销专家号就是一百元,超出部分自理,我没有这个经济实力呀。"

黄牛悻悻而去。

到了第十四天,凌晨一点,门拉就背着小卓嘎去排队等号,在寒风中站了一夜,可是最终还是没有挂上号。那天上午返回租住的小屋时,放下背上奄奄一息的小卓嘎,门拉哭了,像一个搂着女儿的妈妈一样,哭得很伤心,她觉得太无助,将近半个月,居然就挂不上一个专家号,但是她不想将这种窘迫告诉赖俊伟,也不能告诉院里的小姐妹们,生怕那样会让人家觉得她太笨了,连个号都挂不到。可是她打电话给了德拉院长,说:"我很无能,已经挂了十几天,背着罗松卓嘎,天还下着雨,大厅里很冷,可是就挂不上号……"

"那不是你的错,华西医院一号难求,"德拉院长安慰说,"你能坚持排队半个月,说明很能干了,有了第一次的经历,以后什么事情都难不倒你了,只要时刻想着罗松卓嘎是你的孩子,你就什么办法都有了。"

院长的话鼓励了门拉。

门拉的心中就像太阳升起一样,突然灿烂起来了,她本就是一个乐观的女孩啊。德拉院长说得对啊,想着罗松卓嘎就是自己的孩子,于是这一天,门拉又一次背上卓嘎去排队挂号了。等了漫漫一个春夜,第二天清晨发号时,幸运降临,她终于挂上了华西第二附属医院肿瘤专家朱丽萍教授的号。那是一个五十来岁的女专家,和蔼可亲。

她边往罗松卓嘎脖子上摸,边问门拉:"你们是西藏来的,还是甘孜州?"

"西藏昌都市。"

"您与孩子是什么关系,是小姨,还是姑姑?"

"妈妈!"

"不像,"朱教授摇了摇头,"您还没有生过孩子呢。"

"教授说得对,我是未生娘,就是藏语说的'玛吉阿米',"门拉害羞一笑,"我是昌都第二儿童福利院派来给孩子看病的护理员。"

"这孩子是孤儿?"

"嗯!"

"挂号花了多久?"

"半个月。"

"太不容易了,姑娘。"朱丽萍教授感叹,"孩子的病不能再拖,再拖就有性命之忧了。先在急诊住下来吧,检查完了,马上进行手术。今后有什么事,就直接找我吧,我给您补一个号。"

"谢谢教授。"

"谢我什么啊,倒是您让我看到一个西藏妈妈、一个没有半点儿血缘关系的未生娘的慈爱与博大。"

门拉被教授这一夸,反倒有些脸红了。

罗松卓嘎终于住下来了，开始几天，没有病床，睡在走廊的加床，门拉就守在床边，等待活检结果。她记得是到成都的第二十七天，活检结果出来了，确诊为淋巴癌。

可是就在小卓嘎等待手术的日子里，她的病情突然加重了，住进了重症监护室。那些日子，门拉的一颗心突然飞升到了雪山之巅，夜里在出租屋，望着星空，默默地祈祷："小卓嘎一定要挺过来啊，孩子是活着被我背出来的，如果有个三长两短，我还有什么颜面去见院里的妈妈们啊！"

整整二十天，卓嘎住在重症监护室里，门拉的心仿佛被冰峰冷冻了，多么揪心的二十天呀。每天早晨八点，她都将早餐做好，准时送到医院，中饭也是她亲手做的。她知道小卓嘎最喜欢吃牛肉包子，于是想法找到菜市场，买牛肉、麦面，再细细剁成末，加调料，按照西藏的烹调方式做牛肉包子，准时送到医院。到了重症监护室门口，按规定她也不能进去，只能站在落地玻璃前，看护士给小卓嘎喂饭。那一刻，看见小卓嘎身上头上插满了管子，门拉哭了，像一个妈妈那样锥心哭泣。

整整二十天，门拉守在重症监护室的门口，就像一只雪豹守着自己的孩子一样。护士长说："藏族小妹妹，你回去休息吧，这孩子，交给我们吧，有你这样的妈妈虔诚祝祷，她会闯过这一劫的。"

"借您吉言，谢谢您！"门拉双手合十，向护士致谢！

二十天后，小卓嘎终于从重症监护室的床上下来了，笑着扑向站在门口等她的妈妈。

回到出租房里，门拉按护士教她的方法，在网上挂朱丽萍教授的号，很幸运，预约成功了，只需在出租屋里等待四天，就可以复诊，再不用在一个又一个漫漫的寒夜里排队。那一刻，她搂着小卓嘎开心地笑了。

"罗松卓嘎的手术是在华西医院做的,仅住了两天院。"门拉跟我谈起这件事的时候,仍沉浸在当年的记忆中,"这小女孩太勇敢了,手术持续了将近八个小时,从晚上八点到次日凌晨三点多钟,这可是脖子上动刀啊。"门拉就坐在手术室门口,坐立不安。这种等待,就像将自己的心放在牛粪炉子上煮炖、煎熬,时而旺火,时而文火,时而余焰将尽,时而火光熊熊。

凌晨三点多钟,小卓嘎被推出手术室。门拉第一次掩面而泣,哭得酣然,不知是欣喜之泪,还是心痛之泪,抑或是希望之泪。

第二天上午,小卓嘎苏醒过来,又在华西医院住了一天院,在护士的建议下,小卓嘎转去华西第二附属医院住院休养。

一开始,门拉并不理解:"我们刚动了手术,伤口未拆线,怎么能走啊?"

"床位实在太紧张了,还有很多患者等着手术救命呢,"护士长解释说,"孩子这种情况先好好休养就可以,你可以挂个华西第二附属医院天使基金的号。"

门拉背着罗松卓嘎赶往华西第二附属医院,到达的时候医院那边已经下班了,挂不上号,门拉心急如焚,想尽各种办法争取。此时华西医院打来确认电话,告知如果当天不及时办理出院手续,按规定将会预收第二天的费用。这边床位的事情还没落实,那边又等着做决定,门拉很为难,即使是公家的钱,也不应该被浪费。

望着小脸蜡黄、没什么精神的卓嘎,看到她还包着敷料的脖子,门拉呜呜地哭开了,委屈的泪水、心疼的泪水一起如雨般落下。

此番情景，被华西第二附属医院急诊科的一位年轻女医生看到了。她比门拉大不了几岁，非常同情这对母女。她说："小妹，别急，我来帮你。特事特办，我先想办法收孩子入院。"

当天晚上，小卓嘎成功被安排入院，住进了重症监护室。门拉急忙打车返回华西医院结账，又马不停蹄地赶回华西第二附属医院。她在就诊大厅里坐下，终于能喘口气。一阵阵穿堂风吹过，有点儿倒春寒的清凉。

小卓嘎手术后的半个月，是门拉过得最煎熬的一段日子。孩子住在重症监护室时，她就睡在走廊的铁椅上，孩子脖子上动了刀，好些天说不出来话，又因为肺部感染，一直在发烧，大小便都要在病床上解决。门拉不愿意给她用尿不湿，因为担心捂着孩子，于是到超市买了床单，一天要换洗三四次。抱着她擦洗的时候，门拉问她痛不痛，孩子似乎毫无知觉。

在走廊冰冷的铁椅上守了半个月，小卓嘎的烧终于退了。门拉在她的耳边轻轻问她："罗松，喜欢吃什么？"

"阿妈拉，香蕉！"

阿妈拉！从卓嘎虚弱的声音里，门拉第一次听到她喊出了阿妈拉。她不敢相信自己的耳朵："罗松卓嘎，你叫我阿妈拉？"

"嗯！"罗松卓嘎点了点头，声音细小如蚊，又喊了一声"阿妈拉"。

"卓嘎，我的孩子！"门拉的泪"哗"地流了下来，将自己满是泪痕的脸贴到了罗松卓嘎的小脸上，可她的心里啊，比香蕉还甜。

第一关挺过来了。做手术后三四天，门拉又挂了朱丽萍教授的号，小卓嘎开始进行化疗。化疗开始后十几天，德拉院长派土登卓嘎从昌都过来支援门拉。再后来，因为门拉怀孕月份大了，第三位未生娘米玛又来接替了她，照顾小卓嘎。

采访那天上午，门拉、土登卓嘎和米玛一直坐在我的对面。门拉讲述自己带着小卓嘎在成都求医的故事时，土登和米玛偶尔插两句，更多的时候却是静静地听，她们也是第一次知道门拉经历了这么多事情。

门拉讲完了，我喟然感叹，一个未生娘，在人地生疏的芙蓉城里，背着与自己毫无血缘关系的小小女孩，不胜阿佳，胜似阿佳，不是阿妈拉，胜似阿妈拉。这种大爱，也许是深深刻在这个民族骨子里的啊！

那天上午，我对三位未生娘说，你们放开讲，最好将我的眼泪拽下来，这样我就能感动全国的读者。三位未生娘瞠目结舌，觉得难度太大。其实，讲故事这件事，对并不擅长汉语的她们，难如登天。

"门拉就是天上派来的慈善使者呀！"我感叹道，"门拉说完了，土登，该你啦。"

土登卓嘎习惯性地伸了一下舌头，那是祖辈们的肢体语言，代表了一种卑谦，也许这也是宗教意义上的口吐莲花吧。

土登卓嘎的老家就在卡诺区，与门拉一样，她也是刚读完小学，家里就让她辍学了，在家或跟着阿妈放牛，或种青稞。十七岁那年，昌都民政局推广"双集中"供养。她考进了第二儿童福利院，当了一名护理员。像门拉一样，她也是第一次坐飞机，第一次踏进成都。

土登卓嘎的到来，让门拉长舒了一口气，仿佛终于有了一个依靠，遇事也可以有个商量的人了。这一个多月来，她一个人风里雨里带着罗松卓嘎辗转于华西医院与华西第二附属医院，在小小的出租屋和医院之间来回穿梭，一个人，身单力薄，小卓嘎有什么事情了，她都要独自处理，身边连个能搭把手的人都没有，要自己拿主意，自己去挂号，自己去见大夫和护士，每天都累得筋疲力尽。只有夜里抱着小卓嘎睡觉时，她才有一丝的安全感和温馨感。

这下好了，有了一个帮手，可以一个人在医院看护孩子，另一个人在家里做饭，也可以按时吃上早餐、中饭和晚饭了。化疗打针时，没有床位，孩子就睡在走廊上，门拉和土登轮流陪小卓嘎，一个值夜班，一个管白班。化疗做完一个疗程，会间隔一至两周，等身体恢复了一些，再做第二次、第三次……医生说要做到十二次，才算完成第一阶段的治疗。孩子对化疗反应太大了，头发掉光，吃什么吐什么。她俩就想法子换着做饭，尽量让小卓嘎吃得好一些。病情最险的时候，小卓嘎抵抗力下降，肺部感染，发高烧，在医院住了一个月。从重症监护室出来后，排不上床位，小卓嘎一直睡在走廊上，大小便无法自理，她俩不敢用尿不湿，只能勤换床单，随时脏，随时换洗。在出租屋里住的时候，也有一段时间小卓嘎大小便失禁，不知什么时候就拉在沙发上一大摊。两个未生娘，比母亲还亲，始终没有一句怨言，甚至没有过一句呵斥，只是又多买了几个床单来，随时换随时洗。

后来，大小便失禁控制住了，可是到了6月，罗松卓嘎又浑身起了水痘。这算是西藏孩子走下高原，必须经历的一关，雪山上干燥，水痘不易发作，而到了成都这样的温暖湿润之地，就容易出痘。小卓嘎连嘴里都起了水痘，化疗只能暂停，为防止传染别的病人，医院将她暂时转至传染科。因为自身抵抗力太弱，小卓嘎还出现了腹水，肚子胀得像青蛙，还患上了盆腔炎，开始尿血。门拉和土登急得直哭，默默祷告，盼望小卓嘎能够挺过这一关。

护士们无比感叹，两个年轻藏家姑娘，对待小卓嘎，不是姐姐，胜似姐姐,不是阿妈,胜似阿妈,不是亲人,胜似亲人,这是为什么呢?

"我们是未生娘啊!"

"未生娘是什么?"年轻的护士问。

"就是你们唱的玛吉阿米。"

"难怪,那是观音的脸庞。"

"不敢。哪敢比观音啊,我们对她只有膜拜。"

今晚的成都,为何如此美丽温馨,只因为有你们,有一个白白的月亮,幻化开来,就是未生娘美丽的脸庞。

成都的春天很美丽,可是两个藏族姑娘,没有时间和闲情去踏春赏春。不知不觉中,夏天悄然来临,门拉腹中的孩子一天天长大,她曼妙婆娑的身姿,开始笨重起来。

日子过得真快,转瞬之间,四个多月匆匆逝去,小卓嘎的病情却依旧不乐观。

8月中旬,德拉院长打来电话,让怀孕快六个月的门拉回昌都,留下土登卓嘎陪着小卓嘎继续化疗。告别时,小卓嘎搂着门拉的脖子,满脸泪水,说:"阿妈拉,别走。"

"你会好起来的,"门拉亲吻着罗松卓嘎,"土登阿妈拉也会像我一样爱你。"

门拉飞回昌都后,土登独自照顾了小卓嘎二十天。9月8日,第三个未生娘米玛赶来支援。

米玛也是康巴姑娘,她高中毕业,在昌都藏医院学习过半年,是三位未生娘中文化最高的一个,还有一定的医学知识。她到了一看,罗松卓嘎已经做了七次化疗,头发全掉光了,还有腹水,后边还要做好几次化疗,以这种状态,孩子肯定撑不过去。她对土登卓嘎说,小卓嘎必须加强营养。

"吃不下去啊,化疗的人,闻到油腥味,就会吐。"

"不吃也得吃,"米玛说,"先调整她的情绪,她不是有两个哥哥罗松旺堆和白嘎在我们第二儿童福利院吗?"

"对啊,"土登说,"白嘎在十一号家庭,罗松旺堆在十二号,都是孩子呀,岁数很小,帮不上忙的。"

"能帮,让他们兄妹视频,见到亲人,小卓嘎心情好了,肯定吃嘛嘛香。"米玛说。

"米玛,你在说广告词呢?"

"没有啊。"

"我在电视中听过这句话。"

"哈哈!"

晚上,土登和米玛跟十一、十二号家庭视频通话,让小卓嘎与哥哥们通过视频见面和通话,说着说着,一直愁眉不展的小卓嘎,笑了。

那一刻,米玛与土登心里泛起一阵酸楚。三个孩子的老家在察雅。一场车祸,他们的父母双亡,扔下三个孩子,罗松卓嘎是最小的妹妹,小小年纪遇此劫难还身患重病。两个未生娘暗自下决心,哪怕上刀山,下火海,也要寻得灵药仙丹,将小卓嘎的病看好。

"给卓嘎做牛肉包子吧。"米玛说。

"门拉在的时候,就一直给罗松卓嘎做牛肉包子啊,她现在不想吃肉包了,开始化疗之后,孩子一吃油腻的东西就吐。"

"那就给她熬牦牛肉羹吧。"

"这里买不到牦牛肉啊。"

"网上订啊,"米玛说,"这件事情我来搞定。"

"好啊,喝牦牛肉羹是大补的,但愿这孩子能好起来,"土登叹道,

"不然满嘴都长了水痘，吃什么吐什么，挺可怜的。"

"我在家将牦牛肉羹做好，你看着孩子。"米玛嘱咐道，"如果再加些酥油和人参果，小卓嘎身体抵抗力很快就能恢复。"

米玛在营养学上，总是一套一套的。她来了之后，罗松卓嘎的病情慢慢稳定下来了。

秋风起，成都的天气渐渐凉了。灰头雁在天上啾啾啼鸣，土登和米玛想念亲人，如同当时门拉一个人在成都带着罗松卓嘎奔波的时候一样。

11月，西藏的亲人来了。昌都市民政局局长布措和昌都第二儿童福利院院长德拉相约，专程飞到了成都，探望罗松卓嘎和两位护理员。

"布措局长和德拉院长带来好多东西，糌粑、酥油、人参果、奶渣……这些家乡特产，罗松卓嘎已经半年没有吃到了，我们也一样。"土登对我说，那天看到两位领导，她们非常激动，感受到了浓浓的关爱和温暖。

那天，布措局长和德拉院长看过小卓嘎后，又去拜访了主治医生，询问病情。彼时，小卓嘎的病情并不乐观，但是布措当场拍板："罗松卓嘎太可怜了，从小就失去了父母，我们就是她的亲人，不管花多少钱，只要有一线希望，就要给她治病。"

"这是一场爱的接力赛，"德拉院长说，"我们已经有三位护理员来成都陪小卓嘎治病啦，院里护理员不多，可是她们身后，还有一群爱心妈妈，都可以加入这一场接力赛。罗松卓嘎的病虽然可怕，但是爱心妈妈们的温暖大手，能从病魔和死神手中，将她抢回来。"

布措局长即将离开时，将小卓嘎抱在怀里，安抚道："孩子，要挺住啊，你不是风中的酥油灯，你的周围有一道爱心的防风墙。"

向土登和米玛告别时，布措局长说："两位康巴姑娘，拜托你们啦，健健康康将罗松卓嘎给我背回来。"

"拉索!"土登和米玛点头答应。

波密卓玛花与未生娘

拥中卓玛在林芝电力公司做了三年前台工作,工资也涨到了每月四千多元,她挺喜欢这份工作的。电网大楼也是八一镇上首屈一指的建筑,大堂宽敞明亮,窗明几净。

清晨,尼洋河右岸山腰飘荡一条条旗云,雾掩天暗,晨曦从东山冉冉浮现,旗云往山顶飘浮。朝阳斜照在林芝城的大街上,拥中卓玛一袭康巴藏装在身,冬穿皮袄,夏着长裙,蹬一双高跟鞋,挺胸昂首。到路口,过斑马线,朝阳将她婆娑的身影拉得长长的,与斑马线结合成一幅美妙的康巴姑娘丽影拼图,仿佛在邀上苍与众生一观。她头发又黑又密,梳成粗粗的大辫子,瓜子脸庞上嵌了一双大眼睛,风情无边,走在街上,会赢得不少回头率。

每天她都到得最早,笑迎公司同事和林芝城乡的业主。站在导引台上,望着男士西装革履,女士套裙纤腰,拥中卓玛有时也心痒。有好几回,她悄悄地换成工作装,结果被公司老总撞见了。老总摇了摇头,叹道:"卓玛变成了汉家姑娘啦! 林芝是民族地区,您穿康巴女装最漂亮,藏族乡亲一见,就有亲切感。我们需要波密卓玛站在这里呀。"

拥中卓玛点了点头。从此,她春穿长裙,夏着绸缎,秋换布袍,冬罩裘装,把一个康巴姑娘的高挑、丰满、性感、温柔、惊艳,大大方方地展示给了电网的员工,亦展示给了前来办事的百姓。

公司不少新入职的汉族大学生,暗恋这个康巴姑娘,可她早已经名花有主,男朋友在银行工作。下班后,他俩卿卿我我,出双入对,令一些同事撞见后好生羡慕:"能娶拥中卓玛这样与雅江桃花一样的波密姑娘,是今生有福哟。"

拥中卓玛也喜欢林芝这座小城,它堪称西藏的江南,婉约、灵秀、雄浑的雅鲁藏布江与温婉的尼洋河在八一镇前交汇,像一对夫妻,纠缠、交织在一起,向南迦巴瓦流去。这里离她的老家波密并不远,只有二百多公里。可是因为工作繁忙,也就"五一""十一"和春节这种长假,她偶尔回去一趟,看看舅舅和舅妈,那是她在这个世界上最亲的人。

在西藏,舅舅为父,姨妈如母,这大概是一种天经地义的血缘之亲。拥中卓玛还在襁褓中的时候,爸爸妈妈就不在了,她始终不知道他们是如何往生的。长大后,她曾问过舅舅、舅妈,可是他们守口如瓶。舅舅总是说:"过去了,都过去了,提那些旧事干吗?再说死去的人,亡魂去了天国,有自己的归宿,说不定已经转世人间了。女儿啊,忘掉吧,你这一辈子,舅舅、舅妈就是亲爹、亲妈。难道嫌我们对你不好吗?!"

"好!好着呢!"舅舅和舅妈对自己,真的比对表哥、表妹都好,新衣服让她先穿,好吃的让她先吃,哥哥和妹妹只能眼巴巴地望着。后来,这些都已经形成了一种共识:卓玛就是家里的天仙,有什么好事情,都先尽着她,不要与她争,再争也争不过,阿爸阿妈太宠她了,等她不要了,再给哥哥和妹妹。即便这样,也一点儿不影响兄妹之间的感情。

那年夏天,拥中卓玛没考上大学,快快不乐地回到家里,对舅舅、舅妈说:"你们白疼我一场,我不争气。"倒床蒙头睡了两天。

第三天早晨,舅舅来了,抚了抚她的长发,说:"卓玛,我的好女儿,你睡了两天了吧。你听,天上灰头雁在叫,秋天马上就要来了,等霜雪落下，波密山里的景色最美。草地、牧场、雪山、帕隆藏布江，景色迷人啊。起来吧，出去走走，往西看，往朝圣大路上走，鲁朗的风景很迷人呀，如果翻过色季拉，到了林芝，那里有雅鲁藏布，站在垭口上，还可以看到南迦巴瓦神山啊！出去走走，去吧，往林芝走，往拉萨走，天下风景都是不一样的呀，条条道路通拉萨，通天的大道通圣城，人生并不是只有考大学一条道啊，能读大学，当然好，考不上，我们照样有自己的日子和生活呀。"

卓玛从氆氇上一跃而起，抱着舅舅，喊了一声："舅舅，对不起！"

"傻呀，卓玛花开得正好呢。"

舅舅越这么说，拥中卓玛哭得越厉害。

哭过了，拭去泪痕。第二天，真如舅舅所说，卓玛去了林芝，去看天下风景。不过她要先找一份工作。她去林牧学院宾馆应聘，经理觉得她长得漂亮，将康巴女人之美集于一身，便招她当了服务员。一年后，她当上了餐厅主管。后来，她跳槽到了银行，做导引员，认识了现在的男朋友，在那里干了两年。后来，她又到了国家电网林芝公司，在大堂做前台接待，虽然经理换了几任了，但是都对卓玛很好，夸赞她温柔细腻，热情好客，是林芝电网的形象代言人。

卓玛觉得自己很幸运，读大学的路断了，但上苍又给她开了另一道门，在国家电网，她真的很有前途。

舅舅昨天晚上打电话来了，说要过来看看她，还埋怨她"五一"长假也不回波密看看。

"我真的很忙啊，舅舅，"卓玛解释道，"电力公司许多同事都下乡驻村了，原来几个人的活儿，现在就得一个人干，我也不例外啊。"

"好吧，女儿，我信你的。明天我从波密过来看你。"舅舅说。

"别，别，你跑一趟真不容易。我'十一'长假回来吧。"卓玛说。

"等国庆就来不及啦。"舅舅答道。

"什么事情呀，舅舅？"卓玛问道。

"明天见面说。"舅舅答道。

搁下舅舅的电话，卓玛有点儿心神不宁，啥子大事情呀，烦劳舅舅从波密远道而来，而且还要郑重其事地面谈。是不是因为自己找了男朋友，舅舅、舅妈不同意？不会呀，男友也是帅哥一枚啊，伟岸坦荡的波巴男孩子，一表人才不说，职业也好，称得上"高富帅"。呸，呸，呸，卓玛觉得恋爱中的女人，智商确实会下降，这样的话也敢说出口，什么"高富帅"，在波密王地界上，可不讲这一套。这里评价男人的标准，就是像不像波密王，自己的男友抵得上王！其实她压根就不知道波密王什么样，只知道他跃身上马就可以去打仗。

想到这里，卓玛笑了，连忙给男友打了一个电话，说："明天下午舅舅到林芝，说要谈正事。订一桌藏餐吧！"

翌日，舅舅从波密风尘仆仆而来。车走了一天。藏南进入雨季时，塌方的地方多，但帕隆藏布江的路修好了，过沙马大桥时，三五分钟就过去了，不像以前，要走帕隆藏布江险道，足足三十公里，弯弯都是陷阱，拐拐都是险滩，司机转弯稍微不谨慎，就会掉到江里，命丧怒涛。舅舅坐的是长途车，只在波密和色季拉堵了一阵子，因为那边在修路。傍晚抵达时，卓玛和男友驾车到长途汽车站，将舅舅接到了藏餐厅。

路上，卓玛小心翼翼，不敢与舅舅直接切入话题，绕着圈说："咋不带舅妈一起来，我想她啦。"

"她咋走得开啊？那一大家子人。"舅舅答道。

"下次我们开车接舅妈来林芝住些日子。"男友说。

"谢谢你们这份孝心！"舅舅回答，却迟迟不切入让卓玛揪着心的那个"正题"。

车抵藏餐厅,下车一看,舅舅说:"咋不涮四川火锅?"

"他说拿不出手啊!"卓玛指了指男友,"第一次请舅舅吃饭,得找一个好地方,这家的藏餐做得上档次,可不是我们波密那种水准。"

"让你们破费了。"舅舅道。

"没事啊,舅舅,我拿的不少,现在一个月四千多元,每年还都在涨,"卓玛道,"每次你来林芝,都可以请你吃大餐。"

舅舅摇了摇头道:"我就是为这事而来!"

"什么事情嘛,舅舅,烦你跑这么远?"卓玛不知舅舅到底为了什么事情专程赶来。

"想让你辞掉电网工作。"舅舅答道。

"辞掉电网工作?"卓玛不解,"这工作很好啊,您也看到了大堂里站台、导办,很轻松,淋不着雨,晒不着太阳,清闲着呢,拿钱还多,打着灯笼都难找啊。"

"我知道,但还有更有意义的工作等着你去做啊!"舅舅答道。

"什么工作?"卓玛十分好奇。

"当爱心妈妈呀!"舅舅郑重其事地说,"林芝儿童福利院对孤儿集中收养,扩招爱心妈妈。你从小失去父母,是舅舅、舅妈养大的。今年你已经十九岁了,该去为那些同你一样命运的孤儿做些事情啦,就像舅舅当年一样。你把孤儿们当亲女儿养、当亲儿子带,对我们藏家人来说,这是一件修德积福的事情,女儿,是在做善事啊!我想让你去报名,考爱心妈妈。"

"好啊!我当是什么事,让舅舅跑几百公里路来林芝,山高路远的。就交代这件事情呀,打个电话不就行了?"

"傻女儿,舅舅怕你想不通啊,想当面锣对面鼓地敲敲啊,"舅舅道,"如果儿童福利院录取你了,一个月的工资只有两千六百元,比你现在的工资少多了,而且工作还很累,一个爱心妈妈带四个孩子,白天黑夜在一起啊。"

"这有什么关系,做善事,慈善修行,也是我们藏家的传统啊,何况是对一群孤儿,"卓玛表态,"我明天就向林芝电力公司领导说,辞去电网的工作,去林芝市社会福利院应聘。"

"我家闺女真好。舅舅没有白养你,有一颗牧场上卓玛花一样纯洁的心。"

"舅舅,我就是拥中卓玛呀,是您请寺庙的喇嘛为我取的名呀。"

"哈哈! 这个你还记得,真是好女儿。"

第二天,拥中卓玛去向领导递辞职申请。领导是一位长辈援藏的"藏二代",他极力挽留说:"大家都喜欢你,无论职工还是办事群众,都少不了你的美丽与微笑啊! 你一走,大堂里就少了一朵卓玛花呀。而且你去福利院,收入一下子少了那么多,可要慎重考虑啊。"

"谢谢!"拥中卓玛双手合十,"这几年,没少给您添麻烦,我知道您也是为我好,可是领导,我们藏家有一句谚语,灰头雁飞得再高,也要落在小草中觅食。我这是要回到草原上,帮一帮那些与我一样小草般命运的孩子。"

"明白了,你是一个好姑娘,善心满满。祝你好运!"领导在她的辞职申请上签了字。

我就是被拥中卓玛这段经历吸引的。

那是2019年的3月底,林芝、波密的桃花开了,西藏文联邀我去参加桃花节。彼时,我的"导弹"系列封刀之作《大国重器》获了"中国好书奖",央视读书栏目要办"4·23读书日"活动,希望我留下拍节目。但我婉拒了央视的邀请，去了西藏，因为无法抵抗那片秘境对我的诱惑。

那次去林芝，除了看桃花，还有一个活动是在西藏"双集中"供养点采风。供养点也分"一老一少"，"老"是指工布江达县养老院，而"少"者，则是指林芝市儿童福利院。那天下午，拥中卓玛是我采访的两位爱心妈妈之一，另一位是朗县妈妈卓玛吉。两个妈妈之间有一活泼快乐的小女孩牵绊着。这两个妈妈与一个小女孩的故事，令我情动、心动，当时便下决心，要为这群年轻西藏妈妈写一部书。

三月桃花雪域开。千年野桃树，碧云天，雪峰下，雅鲁藏布江相映，映衬一颗颗度母的慈航之心。

那天朗县妈妈卓玛吉与波密的拥中卓玛，给我讲了这个温馨的故事。

那天下午照相时最活泼的小女孩四郎拉措，她与拥中卓玛一样，来自波密县，刚会叫阿妈、阿爸时，父母就从这个世界上消失了。是一场车祸的劫难，还是殉情入江？爱心妈妈对孤儿们的前史一概不问，院里也不让讲，一是怕勾起孩子们的伤心回忆，让他们的成长笼上一层阴影；二是姻缘难理、对错难辨，很多事情无法去评说。牧区有不少单亲妈妈，男人的始乱终弃，迫使她们承担着孩子的全部养育责任，一旦自身遭受劫难，孩子便会沦为孤儿。

四郎拉措是怎样成为孤儿的，拥中卓玛从未问过，一如她早已不再深究自己的前事。只是那天她来到爱心家庭时，第一次见到小拉措，拥中卓玛便有一种莫名的心痛，仿佛看到童年的自己。

"这孩子当时太可怜了。"她对我说这话时，已经五岁多的拉措，就倚在她的怀中，掰一根香蕉吃，好像是在听卓玛妈妈说别人的故事。

波密县民政局的人将拉措送来后，林芝福利院领导说，不用抽签了，直接就分给了卓玛吉家，正好与拥中卓玛在一个套房里，每个爱心妈妈带四个孩子，晚上轮着值班。拥中卓玛见到拉措时，这孩子就两岁，眼神惊慌，像一只小猫，头发缠成一团，好久没有编过辫子了。当她们帮她脱下羊皮袍、为她洗澡时，发现她浑身爬满了虱子，而她只是哭，有好多天，一句话也不说，怯生生的。晚上，先由卓玛吉妈妈搂着她睡觉，后来与拥中卓玛睡觉，小拉措一个月都不说话，两个月时，终于像小羊咩咩叫一样，喊了一声"阿妈拉"。

"拉措，你叫谁阿妈拉？！"拥中卓玛又惊又喜，她发现，小拉措的眼神不再惊惶，反而一片温润和安静。

到了第三个月，小拉措开始说话了。

第四个月，她开始与小朋友们打闹了。

半年后，小拉措变了，变成了一个活泼伶俐的小女孩，从这个屋转到那个屋，到处都是她的笑声，上幼儿园中班后，她还会唱歌跳舞了。六一儿童节时，她与哥哥姐姐表演了群舞，跳得有模有样，看到这一切，拥中卓玛的泪水涌了出来。

记得那天在爱心家庭采访，我对林芝儿童福利院的硬件设施惊叹不已。每套四室一厅，为两个家庭所住，中间是一个活动的大厅，每个家庭的爱心妈妈与四个孩子有两个房间，妈妈一屋，四个孩子一屋，睡高低床，与另一个家庭隔着中间客厅相连，还配有洗手间和洗衣室。白天，爱心妈妈各带自己的孩子活动，该送幼儿园的分送大班中班小班，该上学的送去学校，晚上有一个妈妈值班，与孩子们睡在一起。

拥中卓玛说，爱心妈妈当久了，与孩子的感情，不是亲生，胜似亲生。她那时还未出嫁，可是看到朗县卓玛吉妈妈与孩子的感情那么深厚，着实羡慕。

我问，有什么具体故事吗？

"当然有喽！"

工布江达县有两兄弟，哥哥五岁，弟弟三岁，因为父母双亡，一直由爷爷抚育。后来，爷爷岁数大了，无法照顾两个孩子了，民政局干部到村里动员，让爷爷将两个孙子送到林芝儿童福利院，说那里四个孩子就有一个妈妈带，吃得好，穿得好，住得好，学得也好，妈妈对孩子更好。那么多的好，爷爷将信将疑，最终同意将孩子送到八一镇，进了儿童福利院，但他还是怀疑，这些年轻的妈妈能否真心待自己的孙子？他心里不由打了一个问号。孩子刚送来时，爷爷一周来看一次，后来，半个月来看一次，渐渐地一个月来看一次。他问两个孙子："爱心妈妈对你们好吗？"

"好着呢！"哥哥说，"朗县卓玛吉妈妈有三个孩子，有时会带来与我们一起玩，周日休息，还会带我们去她家里玩，朗县阿爸好着呢，在一起玩的时候，我和弟弟都叫他阿爸了。"

"你们两兄弟是不是没有爸爸喊过，馋爸爸啦！"爷爷还是一直不相信。

直到有一天，爷爷再来看孙子时，看到那个叫卓玛吉的妈妈抱着一个女孩哭，十分不解，就问陪着他过来看孙子的拥中卓玛："大人哭什么？"

"舍不得女儿啊。"

"那女孩哭什么？"

"舍不得妈妈呀。"

"为什么舍不得？"

"她十三岁了,读初中了,今天要搬到学生宿舍楼住了,不能再回爱心家庭,离开卓玛吉妈妈不习惯,才哭个不停。"

"是亲生女儿?"老爷爷问道。

"不是,"拥中卓玛说,"与您的孙子一样的情况,读初中前,都由我们这些爱心妈妈带呀。"

"有这么深的感情啊,哭得像骨肉分离一样,让人动容,说明儿童福利院的妈妈真的将孤儿当亲生孩子看待,是真正的白度母啊。"老爷爷叹道,"我两个孙子交给你们,是他们今生的福分,我亲耳听说了,也亲眼看到了,你们是掏心窝地对孩子好,不看血缘,不分亲疏,这一回我这颗悬着的心,该放下来啦。"

拥中卓玛听了,也露出由衷的笑容。

大曲宗:玛吉阿米的脸庞

大曲宗有点儿不敢照镜子了。她才三十二岁呢,刚过而立之年,可是她娇美的容颜一天天在镜子里消逝,岁月的痕迹,渐渐深嵌在额头上的皱纹里,任凭雪风怎样吹拂,就是不肯溜走。

自己真的老了吗?遥想那一年,她刚十七岁,与兄嫂、小妹、侄子侄女们生活在一起,其乐融融。四个侄子侄女都在读书,大的读中学,小的还在读小学。虽然和睦,但三个哥哥老实巴交,除种青稞之外,没什么一技之长,还不会说汉语,没办法进城打工、闯荡,家里的生活条件没办法改善。

那天,大曲宗对刚初中毕业的小妹说:"咱们走吧,不能总待在家里,守在这片青稞地啊,一过就是一生。"

"姐,我们去哪儿呀?"

"顺着雅江往下走,水向低处流,人往高处走呀!我们去打工、赚钱。"

"挣钱做什么？"

"供哥哥的孩子读书啊，念大学，过好日子，再不要像我们姐俩这样的命运，更不能像哥哥们一样，只会守着那几十亩青稞地。"

"嗯，我听姐的。"

姊妹俩顺着雅鲁藏布江而下，走出日喀则南木林县，一走就是十五载。她与妹妹一起，供四个侄子侄女读书。终于盼到这一天了：最大的侄子大学毕业后，到阿里当了警察，他的弟弟妹妹也皆有归宿，或当老师，或做政府的公务员，一个个拍拍翅膀远去了，筑起了自己的香巢。孤孤单单的姑姑们，好像被忘记了，到了藏历新年，连一个电话也没有。

忘就忘吧，人活着就不要指望被人记住。就像雅江青稞地角的卓玛花，默默生长在旷野，风掠、霜染、雪掩，一岁一枯荣，待明年春风四起，照样生发，花开灿烂。

三十二岁的大曲宗，仍孑然一身，守着那个打工的小屋，一个人，好凄凉，可是她一点儿也不埋怨谁。三个哥哥在南木林县雅江边上半农半牧，日子过得清苦，生了一窝孩子，要读书，要吃饭，要盘缠，要去外面求学，虽然国家也有补助，但是自家还是要花些钱的，于是大曲宗带上妹妹先在日喀则、拉萨的甜茶馆当服务员，再到林芝工地上当女工，背砖、挖地基……哪样苦活儿没有干过？

终于，侄子侄女们都有了归宿，本以为苦尽甜来了，可是她还悬在高处，养在深闺人未识，守了十五年的时光，错过了许多风景，也错过了自己钟情的恋人。

三十而立了。雪域之上，在乡村牧区的女孩，长到三十岁还未出嫁，就会有一点儿恐慌感了，可大曲宗仍旧踽踽独行天路。知我者，谓我何求，她本不求任何回报，只求家人皆安，这就是这片雪域有信仰人的追求。

那天上午，我到山南儿童福利院采访，三个爱心妈妈坐在我的面前。岁数最小的二十九岁，也是一个未嫁之人，来自山南隆子县城关镇。还有一个四十多岁的名叫德吉玛的阿佳，同样来自隆子县。可惜，两个隆子县来的娇娘，并不擅长讲故事，我只能将希望寄托在大曲宗身上。

她斜坐在我的对面，侧影尤其美，作为后藏人，既无卫藏贵妇的纤细，又少了康区女人的丰韵，圆圆的脸庞，留下太阳的痕迹，同饮一江水，却洗不去高原雪风赐予的黧黑。望着大曲宗的刹那，我想到了一个词——玛吉阿米，汉译未生娘，按藏传佛教的说法，玛吉阿米的脸庞，就是观音的脸庞。

我这么想着，也就说了出来。

大曲宗听了，掩口一笑，说："作家太会抬举人啦，我何能何德，哪敢当呢？那是藏族人一生一生转经、磕头，祈求的最高境界与归宿啊。"

我听后，默默地点了点头，问她："怎么想到来当爱心妈妈？"

"寻找一种皈依与归宿吧。"大曲宗长叹了一声，说自己也没想到，当了爱心妈妈，却是一群孩子给了她一个温暖的家。

终于抵达彼岸了。

其实，大曲宗外出打工，都没有离开雅江上下。十五年前，从雅鲁藏布江边南木林县的农区出门，去日喀则、拉孜、贡嘎，最后在山南落下了根。

"为何进了山南儿童福利院？"我问。

"网上招聘,考试录用。"也许因为打工时间久了,能说一口流利普通话,再有初中文化,大曲宗一经考试,就被录取了。

到了山南,站在雅鲁藏布江的最宽阔处,遥想一江春水从马泉河而来,绕过一座座雪山,缠绕了多少个村庄,白雪映江水,云树倒影中,一株杨树就像一个孩子。那一刻,大曲宗心中蓦地生出了一种莫名的感动,似乎看到了身为妈妈的幸福,此身不生育,天下孤儿皆为我的子女啊!

大曲宗就这样当上了爱心妈妈。那一年她已经三十二岁了。爱心家庭的孩子一般在四五岁至十三岁之间,上学的居多。有个让她牵肠挂怀的孩子叫石达曲尼,老家在双湖无人区,那是西藏各个县府所在地里面海拔最高的一处,有五千二百多米。石达曲尼父母早亡,他们到底是以什么样的方式往生的,连儿童福利院里都不知情,只知道石达曲尼在双湖县一个亲戚也没有,属于异地收养,由西藏自治区民政局协调,从遥远的双湖辗转千里,来到山南儿童福利院。可是去上学的时候,有一些孩子说:"你们是儿童福利院的孩子,没有爸爸妈妈!"石达曲尼回到家里,哭着问大曲宗:"阿妈拉,我是没有父母的孩子吗?"

"瞎说!谁对你这样讲的?"大曲宗有些生气。

"学校的同学说的。"

"胡说八道。我不是你阿妈拉吗?!"大曲宗愤愤不平,说,"明天早晨我送你到学校,见了你们班的同学,你就说,这是我妈妈,看今后谁还敢盘长舌头。"

"谢谢阿妈拉!"

果然,第二天早晨,大曲宗就跟着孩子去了他读书的小学。石达曲尼用小手牵着大曲宗阿妈拉的手,见到同学就说:"妈妈今天来送我上学了,这是我阿妈拉!"

大曲宗那天好幸福,看着孩子兴高采烈的样子,从未生过孩子的未生娘,第一次有了做妈妈的感觉。这是儿童福利院里的孩子给她带来的幸福。那一刻,她感到自己是天下最幸福的妈妈,别人家最多三四个孩子,而她有好多孩子,排排站的话是一长列,现在差不多是一个班、一个排,以后还可以是一个连呢!

那一天,十五年打工、供三个哥哥家孩子上大学的艰辛和孤独,都在一刹那间释怀了。

当爱心妈妈真好!

当然,也有累心的时候。孩子的吃喝拉撒睡,都得一手操办,那种付出和爱心,甚至超出了亲生妈妈。

比如已经上四年级的次仁罗杰。他从遥远的藏北草原来。万里羌塘须纵马,白云悠然,伸手就可以摘到,少年奔走在野草寂寂中,与牦牛和羊群做伴。八九岁的孩子在牧场上是一个好骑手,何况从小失去双亲,在亲戚家长大,吃饱了,穿暖了,就是最大恩惠,其余皆不管。也许正是因为这种无拘无束的生活,让次仁罗杰染上一个痼癖,或者说是恶习:尿床。

每天晚上他都要"画地图",将一张床,直接尿成一个"小湖"。开始大曲宗让他睡在高低床的上铺,结果夜尿渗透了床单与被褥,一滴一滴流到了下边的床上,屋里都是尿臊味。孩子们纷纷抗议了,她只好将次仁罗杰换到下铺来睡,可是他照样尿床不止。

大曲宗认为这孩子身体有病了,就带他到山南人民医院去看,医生开了药,吃了两天,夜里就不尿床了,可是过了两天之后,他又开始照尿床不误。

"阿妈拉,次仁罗杰尿床不是因为有病。"有的孩子对大曲宗说。

335

"别瞎猜，次仁不是有病，那是什么呢？"大曲宗摇了摇头。

"是因为懒，不想起床，就随便尿，就像他在藏北草原上撒尿一样。"

"是吗？"大曲宗一开始是不信的，但是她悄悄地为次仁罗杰设定了叫醒时间，每天晚上，每隔两个小时，叫他起床撒一次尿。开始还好，他能够按时起来，可是到了天冷之时，他就赖床不起了，像以前一样尿在床上。

"大曲宗，你不能这样惯着次仁罗杰，得想法子治治这孩子的怪毛病。"有的妈妈对她说。

"咋个治法嘛？"

"现在大冬天的，让次仁罗杰自己洗他尿湿的床单。"

"这行吗？"

"有啥不行呀，大曲宗，天上的灰头雁飞得高，那也是在荆棘篷里练成的，石不琢难成玉，树不修难成木呀。"

"这，这……"大曲宗有点儿于心不忍。

"你看你，心疼，哪只头羊没挨过乌朵，哪头犏牛没挨过皮鞭。"

大曲宗点了点头。

回到家里，她对次仁罗杰说："你要按时起床，再尿床，阿妈拉就罚你自己洗床单。"

次仁罗杰有点儿蒙，不知道洗床单为何物，只说了一句"好哟"。当天晚上，他依然尿床了，一屋的尿臊味儿，同屋的小伙伴都在抗议，说他是一个懒虫，不愿起夜，尿得满床湿透。

"去水房里洗床单吧！"大曲宗一夜之间变成了一位"虎妈"，"我先教你一遍，你照着这个洗，将床单上的尿渍洗掉，没有味儿就行。"

次仁罗杰洗了一次床单后，五天都没有尿过床了。

"后来呢,"我有点儿好奇,感叹道,"一个少年尿床,本是寻常之事,其他地方这样的也大有人在。"

"次仁罗杰洗了一天床单,第二天就不尿床了,可是只坚持了五天,后来依旧我行我素,真拿他没有办法。"大曲宗摇了摇头说,"可我是妈妈呀,总不能让一个孩子去洗自己尿床的被褥,再说他还小,哪有妈妈不照顾孩子的。"

大曲宗说,其实她当初最担心的,是别的孩子嫌弃尿床的次仁罗杰,毕竟他一尿了之后,一间寝室都弥漫着尿臊味,实在是让人有憋气之感。

"没办法呀。"大曲宗摇了摇头说,次仁罗杰洗了五天床单后,她真的心疼了,走到水房里,挥了挥手,说,去吧,背书去,让阿妈拉来为你洗。

"亚索!"次仁罗杰高喊了一声,解放了,扭头就跑去与别的孩子玩去了。

"次仁罗杰尿床的恶癖一直未改?"我问了一句。

"一直在尿床。"大曲宗尴尬一笑。

"您是不是对他太溺爱了?"我不禁问了一句。

"作家叔叔,手心手背都是肉啊,我咋能下得了狠手,大冬天的,让一个孩子洗床单,那是雪山之水啊。"

大曲宗一语既出,让我有点儿语塞了,竟不知说什么好。

"西藏的玛吉阿米皆如此吧。"我轻轻地呢喃一句。

春风拂过了她额头初现的沟壑,怅然之色转瞬即逝,她莞尔,说起了另一段令她欣慰的事情。

大曲宗说她一周仅有一天假,一年能休一个月的假,她也没有别处可去,只好回南木林县,那毕竟是她的故乡。只是她父母早已往生了，家中三个哥哥守着那几十亩青稞地，大哥已经快六十岁，孩子们长大了，个个读了大学，像出巢的鸟儿远走高飞了。故乡还是旧时的模样，后藏人家，几头犏牛，一群羊，拴在院子里，村巷里，只有老人她还识得。她感觉自己真的老了，青春的花季在打工岁月里慢慢褪色。在村里刚住了一周，她心里就慌了。幸好，在远方，她还有另一个家，到了周日，山南儿童福利院的孩子们，都给她打电话，还要视频，嘴里喊着："曲宗阿妈拉，我们想您了，快回来吧！"说着说着，那边的孩子们哭起来了，她也掉流泪了，说："阿妈拉也想你们呀！"

心装了一个家，人也就不再属于故土，不属于生于斯长于斯的藏家，而属于与自己毫无血缘关系的一群孩子。

大曲宗说，来山南儿童福利院四年了，每年一个月的年假，她都没有休完过，孩子们电话里一呼唤，就像喜马拉雅的召唤、雅鲁藏布的涛声，于是她顺江而下，往山南赶回来了。山南儿童福利院成了她情牵梦绕的地方。

天将晚了，暮色中，我看着大曲宗，不免心生怜悯，突然抛出了一个本不该问的话题："没想过成家，找一个自己爱的男人，守着雅江终老？"

"想过呀！"大曲宗羞赧一笑说，"机缘未到吧，或者说遇上的机会太少。"

我点了点头，历史上西藏的村庄里，就是女多男少，她如果想要回到村里成家的话，选择余地并不大。彼时，我对大曲宗有了一种莫名的惋惜和遗憾，可内心里又默默为她感到庆幸：没有拥有一个温馨的家，抑或是她的憾事，但成为爱心妈妈，拥有那么多的孩子，也是她的福分。

采访到傍晚才结束，我走出山南儿童福利院，驱车回到泽当，刚好看见半个月亮升起。月圆之时，玛吉阿米的脸庞清晰可见，浮在天上，落在雅鲁藏布江里。我突然想起仓央嘉措那首著名的诗歌：在那东山顶上，升起皎洁月亮，玛吉阿米的脸庞，浮现在我心上。

玛吉阿米，若以情歌论，便是未生娘，若以道歌论，那就是观音的脸庞。

该叫大曲宗什么呢？我有点儿踌躇，将目光投向远天，月亮升起来了，白白的，黄黄的，是观音的脸庞，还是未生娘的容颜？是大曲宗的脸庞，还是所有爱心妈妈的笑脸？

在后藏娇娘里，大曲宗算不上漂亮，可是她就像西藏许许多多的阿佳一样，都有一颗金子般的心。

此时，落日熔金，由纯黄，渐次融合成一片红潮四起。那是雅江之潮，淹没了山南的天空，也淹没了我。

小卓嘎，在未生娘背上归来

布措局长将罗松卓嘎揽入怀中。那天正好是六一儿童节，小卓嘎换了一身藏装长裙，绿色绸缎镶碎花，阿妈专门为她打扮了一番，扎了十几根小辫，看上去，俨然一个康巴小美女。

"您看她像得过大病的孩子吗？"布措局长摸了摸罗松卓嘎的颌下淋巴，说了句"没事，全好了"，然后，将罗松卓嘎推至我面前。

小姑娘约莫六岁，纤细，个子比同年龄的小朋友要高，虽然在蓉城十个月，她也算见过许多大世面，甚至见过了生死，可是一点儿也不张扬，文文静静的，微微一笑时，脸颊上长出两个红润的小苹果，还带着几分羞怯。

可是谁曾想过，两年前，医生已经判定了她的死期将至，至多还有三至六个月的光阴。

当时正在陪着孩子看病的米玛吓哭了。三位飞赴成都接力陪护小卓嘎的未生娘中，她是最后一个。去年藏历新年刚过，门拉背着罗松卓嘎进了成都市，治了半年，因妊娠反应大、行动不便，院里派土登过来帮忙，过了一阵门拉回了昌都，米玛又赶来协助。虽然米玛比门拉和土登到成都晚，不过她有在昌都藏医院学习的经历，多少懂一些医道。年底的时候，土登也回了昌都。医生说小卓嘎命不久矣的时候，只有米玛一个人在成都，就像去年初的门拉一样，她感到锥心刺痛，又茫然无措。

小卓嘎到成都求医后，化疗一共安排了七个疗程。孩子虽然瘦弱，还是挺过了五个疗程。她一吃饭就吐得厉害，可米玛还是想办法给她做好吃的，增加营养，像是牦牛肉羹、牛肉包子之类，她几乎是半强迫小卓嘎吃，因为只有营养足够，身体抵抗力才会好，她坚信，熬过冬天，春天来了就有希望。

华西二附院的主治大夫的话，对米玛打击很大。她还记得，那天上午大夫来查房，望着病恹恹地昏睡的罗松卓嘎，又看过她化疗拍的片子，出去对米玛说："这孩子预后不好，时日无多，多则半年，少则三个月，你得有心理准备。"米玛听了，眼泪唰地流出来了，她问大夫还有没有什么办法可以想一想。

主治大夫摇头。

一朵小花还未结出蓓蕾，就要凋零，米玛于心不甘，她不想让门拉辛辛苦苦背来的一个孩子就这么死在自己眼前。她一再追问大夫，还有什么灵丹妙药，能让小卓嘎转危为安。

大夫摇头："天下就没有这样的药，癌症是人类迄今为止尚未攻破的难题，只能是早发现早治疗。"

"小卓嘎这样的，不算早发现吗？"

"她的淋巴癌发现时就是中晚期，无法逆转了。"

查房的医生走了，米玛整个人如同掉到了冰窟窿里，做完化疗后，她带小卓嘎回到了出租屋。入成都十个月，小小的卓嘎渐渐学会了察言观色，从米玛的情绪里，她似乎预感到了某种不妙，突然说："我想两个哥哥了。"

从阿爸、阿妈车祸双双去世后，卓嘎与两个哥哥罗松旺堆和白嘎，到了昌都儿童福利院，大哥罗松旺堆在十二号家庭，二哥白嘎在十一号家庭，而她在二十六号家庭。那天晚上，小卓玛在与两个哥哥视频时，哥哥问："卓嘎，你咋样了？"

"不好！"卓嘎摇了摇头，病恹恹地答道，"我可能活不了几天啦。"

"瞎说，你好着呢！"罗松旺堆和白嘎在那头看着妹妹，安慰她。

"真的不好。医生说我活不了几天啦。"米玛一惊，医生与她的对话怎么传到这个小女孩耳朵里边了？之前她并不会说汉语的，也听不懂，所以她和医生的对话，并没有特意避开她。原来，在成都华西医院住院不过半年时间，她竟然已经能够做到听说无碍了。

两个哥哥听了这话，在那边哭。而米玛则在这边哭。可罗松卓嘎却很平静，小脸上一点儿泪痕也没有，看见米玛哭了，她撂下手机，说："阿妈拉，我不死，我要跟着您回昌都呢！"

这句话给了米玛力量。第二天上午，她找到罗松卓嘎的主治医生。问道："大夫，小卓嘎不能死啊！还有什么进口药，可以延缓她的生命？我不愿意让她才这么丁点儿年纪就去见往生的阿爸阿妈。"

医生告诉她，有一种美国靶向药，可以延缓三个月到半年的寿命，但价格非常高。

"打这种靶向针，一个月要多少钱？"

"五万元吧！"

"五万？"米玛被高昂的药费吓了一跳。

晚上从医院回到租住的小屋，她先跟土登通了话，两人商量后，决定给德拉院长和布措局长打电话。去年秋天，两位领导专程来成都看望罗松卓嘎，交代她俩，一定要背着一个健健康康的藏家小姑娘回昌都，可是如今小卓嘎病情堪忧，米玛不能背着一坛骨灰回去啊！

于是那天晚上，米玛噙着泪水给布措局长打电话，边报告，边啜泣。布措局长在电话里问她："米玛，出什么事情啦？你怎么在那边哭得稀里哗啦的？"

"小卓嘎活不了几天了，她的命最多还有三个月。"

"谁说的？"布措局长问道。

"主治医生说的。"米玛答道。

"医生说还有什么办法吗？"

"只说还有一种美国进口的针水可以用，但是一个月治疗费就得五万元。"

"要五万啊？"布措局长追问了一句。

"是呢！一分不能少，还不能保证能活过半年。"

"医生真这么说吗？"

"是的。"

"五万一个月的治疗费，让我想想。半年就要花三十万，还未必能保得住命，是吧？"

"是的，布措局长。"米玛小心翼翼地答道。

"把孩子背回来吧。"布措局长交代道，"你们迅速办理出院手续。去年秋天从成都回到昌都后，我就与藏医院的大夫讨论过小卓嘎的后续治疗与康复。我们藏医还是有优势的，像虫草、麝香和人参果，甚至是松茸、牦牛奶和奶渣这些东西，都出自高海拔之地，高原植物、生物、动物，生存环境恶劣，干净、无污染，对提高人体抵抗力有好处。自身的免疫力好了，就能战胜癌症。既然西医治不了罗松卓嘎的病，那就回来吧，送到藏医院吧，也许会有奇迹发生。"

"明白啦，布措局长。"米玛第二天就结了账，背上罗松卓嘎，赶到双流机场。彼时，天空中有银燕起落，也有家燕低旋于闾巷田畴，回望成都城郭，仰望天空，这个未生娘早已归心似箭。从去年春天门拉背着罗松卓嘎来成都始，在这个西南大都市里，三个姑娘爱心接力，未生娘做妈妈，陪着小卓嘎十个月，一把尿一把屎地照顾。然而，令三位未生娘深以为憾的是，按医生的说法，小卓嘎生命已进入倒计时，已经无力回天了。

银燕向横断山飞去，终于回到昌都了。扎曲、昂曲清如许，两水交汇于云南坝与四川坝的三角洲前，成为澜沧江的"零公里"。小卓嘎的生命回到了原乡，还有重新开始的"零公里"吗？

小卓嘎回到昌都第一儿童福利院后，休养了两天，第三天，米玛和小卓嘎所在的二十六号家庭的爱心妈妈仁青曲宗一起，陪着她去了昌都市藏医院。老专家号过脉、看过舌苔，脸上掠过一丝不易察觉的笑容，说："这孩子还有救，只是要上麝香、珍珠和虫草之类的东西，一个月的费用可能在五万元上下。你们能承受得了吗？"

米玛说："布措局长有交代，只要能抢救罗松卓嘎的生命，我们不惜代价。"

"那我就上麝香了。"老藏医答道。

"麝这东西是国家珍稀动物，不让打了，您怎么还会有野生的麝香呀？"米玛问道。

"存货，老辈人就留下来了，一直舍不得用，"老藏医答道，"用一点儿少一点儿啊。但是救孩子的命要紧，心疼不得呀。"

"哦！谢谢老藏医。"米玛点了点头。小卓嘎有救了。听到藏医要给小卓嘎上最好的藏药，她长舒了一口气。

"儿童福利院的妈妈真不错，布措局长对我说，好多是未婚姑娘，一颗善心，慈悲之怀，传承了我们藏家儿女的信仰和风俗，让人好生感动啊。"老藏医夸赞道。

"谢谢老藏医。"米玛深深一鞠躬。

"尽人事，听天命吧。"老藏医淡然一笑。

此后，小卓嘎一个月来开一次药，药品做成了丸状，回到家里，仁青曲宗就督促小卓嘎吃药，平时经常给她煮牦牛肉粥，让她吃奶渣、喝牦牛奶，增强抵抗力。三个月后，带她到医院检查，有些指标开始正常了，吃到第五个月，小卓嘎的脸蛋开始红润，皮肤亦渐渐从焦黄变得白嫩，那是一种生命恢复的信号啊！

出院半年后，该带罗松卓嘎到成都华西二附院复查了，还是由米玛背着她去。见到住院医生，对方非常讶异，说："罗松卓嘎还活着啊，这可是一个生命的奇迹了！你们回去之后，用了什么灵丹妙药？"

米玛掩口一笑，说："除了麝香虫草外，还有大量的藏药。"

"我说治得这般好，原来是藏医和中医看家的灵药都用上了，花了不少钱吧？"

"一个月的医疗费在五万元上下。"

"真佩服西藏的儿童福利院，博爱为怀，对一个孤女如此用心，不惜血本。"主治大夫感叹道。

"这是祖国大家庭的关心、关爱的结果啊。"米玛答道。

"孤儿在西藏生活成长，真的很幸福啊。"

第一次复查，让米玛看到了希望。

2020年春天，她又带罗松卓嘎去了一趟成都，进行第二次复查，这时，华西二附院的主治大夫当场宣布：小卓嘎很幸运，她身上的癌细胞，已经没有了。

"亚索！"那一刻，米玛在小卓嘎脸上落下了雨点般的吻。

"我的好女儿，你真幸运！"

灰线：画师洛加画勉唐派绿度母，富丽堂皇

好大一个工作坊，别有洞天，洛加画师站在门口迎接。作家放眼看过去，足足有五百多平方米。随一袭红衣穿行其间，两边尽是一排排唐卡画架和坐垫，还有未干的颜料，屋里寂寂无人。只有洛加画师和他的大弟子四郎曲登追随左右，因到了西藏的虫草季，学生都请假回家挖虫草了，人去楼空，留下刚画完的草稿，刚上色的佛像，还有等待点睛开光的佛眼，绿度母、白度母、护法大威金刚、坛城以及菩萨行相，应有尽有。最令他讶然的是一幅巨幅唐卡，犹如昆仑一般，定于万山之尊。

坐在巨幅唐卡前话扶贫，谈慈善公益，别有一番神韵。作为最先的践行者，洛加走过了二十八年的慈航之路。

时光之风掠过大荒，漫漶了记忆的边界，穿越风雪，洛加清楚地记得自己第一次见到泽登扎西的情景。

那一年，洛加十四岁，是烟多寺里一个少年僧侣。站在烟多寺大殿，可远眺自己出生的村庄察俄村，家就在牛粪青烟浮冉的人间。八岁时，洛加跟着当裁缝的父亲学做藏装，学了三载，仿佛看尽了一生，遂不愿老死在裁缝的案板上。转念想去读书，父亲说，那就到烟多寺出家当僧人，天天念经，经书里有天文地理、因明哲学，都可以学到，洛加点了点头。于是，剃度，一袭红衣挡住了人间风雪。那个春天，巴热乡的画师泽登扎西来烟多寺里画唐卡，洛加偶然看到了，觉得这

个天地真小，也真大，斗方之间，菩萨庄严，度母温暖，金刚威武，坛城诡秘，佛国天境，经书中叙述与想象的世界，都在四尺、六尺之间一一尽现，这是怎么样的艺术啊，太诱人了。学经之余，洛加就天天来看泽登扎西画唐卡，且是西藏最具殿堂气象的勉唐画派。泽登扎西本是乡间画师，几代人都在画唐卡，名气虽然不大，但是功底厚实，泽登扎西天天在画，小师父洛加也天天来看，不分晨钟暮鼓，安静地看，有时一坐就是半天，忘了自己的经堂功课。有一天，静心画唐卡的泽登扎西仰起头来问道，小师父，怎么称呼？

洛加！

喜欢唐卡？

非常喜欢，完全是经书中描述的世界。

想学吗？

当然！洛加拼命地点头，愿师傅收留我。

好！我教你，从一朵莲花、一片祥云开始吧。泽登扎西找来一张画唐卡的纸，用尺子打好十字方格，然后在很小的几个方格内，开始画起一朵莲花，教洛加从最基本的画功起步。

洛加从"零公里"出发，第一天做的事情，就是跟着师傅将唐卡布绷好，然后在那一块白布上打下满满一张围棋棋谱般的方格子，然后在这张方格上，画素描，填色彩，一笔一画，一点一描，安静地驰骋自己的人生。

三年，一千多个日日夜夜，日出日落，朝花夕拾，小师父洛加跟着泽登扎西在寺庙里学了三年。因为悟性好，基本掌握了画唐卡的方法与技巧。

三年了，烟多寺的活儿干完了，泽登扎西离开时，对洛加说，我就只能教你这么多了，你是一块画唐卡的好材料，人很静，虔敬有佛，心无旁骛，但是洛加，你要想在画唐卡上再有提升和精进，去找一个安多人吧。

安多人？叫什么名字？

洛宗希热。

洛宗希热是谁？做什么的？

昌都画唐卡最好的老师呀，在市文化局工作，在唐卡界无人不晓。

哦，那我怎么找到这位老师？

看机缘吧。

那时，洛加还是一个少年僧侣，不知道如何接近安多人洛宗希热。若从烟多寺出去游学，满天下寻找洛宗希热，这是不现实的，似乎也还不具备这种能力与资格。

然而，艺术天成，自有天赐之缘。当少年僧侣洛加日思暮想如何走向唐卡大师洛宗希热时，烟多寺仍在继续着它那庞大的壁画和唐卡工程，竟邀请洛宗希热来寺庙里工作一段时间。

洛加觉得一切都是天意。泽登扎西离开寺庙时，让自己投师洛宗希热，当自己苦苦寻求却最终无果时，洛宗希热竟然奇迹般地出现在了面前。洛加前去投师，看洛宗希热画唐卡，洛加对唐卡敏锐的感觉，引起了洛宗希热的注意。

你画过唐卡吗？拿一幅来我看看。

洛加找了一幅自己画过的习作，给洛宗希热。

哦！小师父画的唐卡是勉唐技法，是跟哪位大师学的？

是来烟多寺画唐卡的泽登扎西。

我听说过这位画师。

泽登扎西临走时对我交代，若想精进，必须投师洛宗希热老师，想不到我梦想成真，在烟多寺遇上了您。

缘分，缘分！洛宗希热说，我会在烟多寺里工作一段时间，洛加师父若有心想学画唐卡，尽管来听就是。

谢谢！这真是天赐之缘了。

洛宗希热在烟多寺里工作那段时间，洛加几乎不离左右，追随于前，洛宗老师喜欢这位年少的小师父，心静，几年念经下来，颇有文化修养，觉得他是一个画唐卡的好画师，遂倾其一生所学，将勉唐派唐卡的画法、技法、点睛之笔，特别是最难画的噶玛度母，都毫无保留地教给了这个小小年纪的画僧。短时间内，洛加的唐卡画法提高了很多。

彼时，在西藏的唐卡领域，分为勉唐、勉萨等派别，勉唐派则有王者气象、雅正之美，由勉唐派生的勉萨派，也基本上是源出一脉。洛加知道洛宗希热老师身在世俗，与泽登扎西一样，不可能像仁波切开示一样，在晨钟暮鼓之中给自己讲经说法，醍醐灌顶，只能在念经之余，在洛宗希热画唐卡之时，尽量将老师的草图、笔法、染色和神韵一一烂熟于心，细腻处则细至极致，清晰处则纤毫毕现。最显功底的是大威德马面金刚和噶玛度母。度母，藏语称"卓玛"，汉译"救度佛母""多罗菩萨"。据唐译《救度佛母二十一种礼赞经》言，度母多以化身显现，一般为二十一相。但在藏传佛教艺术中所出现的度母至少有三十余种，是重要的女性尊神。基本相容是束高髻，余发披于身后，头部略左倾。脸型俊秀圆满，头戴宝冠，耳饰大环。上身全裸或着半袖紧身衣，袒胸露腹，下身长裙，多结跏趺坐于覆莲台座上。最常见的度母像为绿、白两度母。

少年僧人跟着师傅画度母，所学都倾情于上，获得了洛宗希热的首肯。

洛宗希热在寺庙里的时间并不长，但是对少年洛加的影响远至一生。师傅走了之后，洛加静心画唐卡，按洛宗希热老师指点的技法，一画就是十五载。到了1992年，已经三十四岁的洛加觉得可以招生了，就教那些寒门出身的子弟画唐卡。那时，洛加手头拮据，无法选择一个很大的地方，只好租了寺庙旁边的一个不大的小屋，招了二十五个学生，教他们画唐卡，其中还有一位三十多岁的聋哑人彭顶。洛加也像当年泽登师傅、洛宗老师一样，从最基本的技法教起。其中最难教的是这位叫彭顶的聋哑人，性格孤僻，不擅长与人打交道。那时彭顶已经三十多岁了，与洛加岁数差不多，这个人能不能画，教不教得出来，洛加心里一点数都没有，但是洛加深信，教出一个人来，就带动一个家庭致富，这是一个功德无量的事情啊。正式开班了，但是洛加手里没有钱，学员的吃住都得要管，怎么办呢？洛加突然想到了佛祖当年持钵化斋，并非丢人之事，于是亲自出门，向一家家化缘，讨回来许多糌粑，暂时可供几个月的温饱了。然后，洛加一个人一个人手把手地教，先画一朵花、再画一片云，一一示范，告诉学生们好好学，先将自己当画匠，再做画师。洛加的理念就是，"教会一个人，手艺一辈子"，自己能够画唐卡，就可以养家糊口。

学生皆瞪大了眼睛，不知道洛加老师的话，是在为他们描绘一个大饼，还是鼓励他们上进，早日学成一身好手艺。

回忆那段历程，给洛加留下印象最深刻的事情，还是教聋哑人彭顶画画的那段时光。洛加暗暗下定决心，一定要将彭顶教出来，有了一个成功案例，将来就可以大量招收残疾人，让他们有一技傍身，不再成为家庭和社会的负担。

因为洛加不懂手语，彭顶也不识藏文，于是洛加在给彭顶上课时，就用手比画，示范，让彭顶在画唐卡的方格图上，先是画一只手，再画一朵莲花，然后画一朵祥云，这些事物都是彭顶生活里经常出现的。

等到画佛陀或者白度母,因为彭顶在寺庙里跪拜、磕长头时经常见到佛像,一看草图显现出佛和观音、度母的轮廓,他便觉得很亲切。接下来的授课变得轻松起来,洛加先叫彭顶站在一侧看怎么画,然后再教给他去临摹。

彭顶心很静,一门心思只在画画上,结果在第一届的二十多个学员中,彭顶脱颖而出,成了为数不多的优秀学员之一。彭顶的成功,也给了洛加极大的信心,将来可以扩大残疾人的招收数量。洛加觉得,这些人才是最需要雪中送炭的。

第三卷　阿雄

卡贡村,喇嘛舅舅与四个孤儿

布措已经记不清来卡贡村多少次了,她今天要去的是卡贡的曲瓦寺,一座有着四百多年历史的格鲁派寺院,寻找一位喇嘛阿雄(康巴方言,意为舅舅)尊珠和他收养的四个孤儿。

卡贡村在达马拉那边,像江达县众多的村庄一样,村居沿317国道零星散布,离江达县城还有二十多公里。车行最高处,往下鸟瞰,村庄就像康巴女额上胸前佩戴的一串串蜜蜡,挂在了达马拉的颈上。秋色正浓时,景色更美。

此时是达马拉的深秋时节,千山暮雪,秋草黄,灰头雁掠过天穹。可是布措无心赏景,车从昌都市城南四川坝迤逦上路,拐了六十八道拐,差不多可以与八宿县的怒江七十二拐媲美,这些都是当年解放军进藏时留下的人间奇迹。

从2016年始,布措参与了西藏的另一个人间奇迹:100%集中收养西藏孤寡老人,设施于县;100%集中收养西藏孤儿,建院于地市。

她成天往乡下走，转遍昌都11个县区，一项主要工作就是"拾孩子"。将藏于民间的昌都孤儿全部找回来，统一交给新成立的第二儿童福利院，由爱心妈妈以家庭模式领养。

时间长达一年多了，该捡的孩子都捡回来了，但是有一组数据，仍旧让昌都民政局局长布措忧心忡忡，藏东十一个县区，留守儿童五千余人，困境儿童一千多人，无人抚养的二百余人。她很想将二百余人统统"捡"回去，可有的孩子父母双亡的手续并不齐全，这样就入不了网，领不到孩子"双集中"供养的经费，一局之长也不能破这条政策底线。

今天去江达县卡贡村，秋天阳光真好，天穹湛蓝，仿佛雪风中激荡的蓝哈达，一眼便远极达马拉之巅。

昌都市距江达县有九十多公里，有两条路可行，一条是老路，走307国道，一条是新路，走金沙江河谷。去卡贡村，从老路走要近些，可是路并不好走，那是当年解放昌都，进军西藏的天路，从达马拉山脊而过，都在高海拔处走，天路云间来，下至当年叫察木多的藏军昌都总管府，要绕六十四道弯。

当年作家四十岁，随阴法唐从空路飞至邦达机场入昌都，住的是四川坝的昌都军分区大院。往藏北是丁青霍尔三十九族之地，返回成都时，溯达马拉而上，从江达岗托过江，入四川甘孜州德格土司府，走了整整一天，一览横断山脉残阳如血，暮雪千山。

作家走神了。那天布措一点观景幽思闲情也没有，她要驱车卡贡村，村里有一个单亲妈妈，生了十一个孩子，最大的十七岁，最小的还在蹒跚学步，无疑她是养不活这群孩子的。布措要去看望，走访。

单亲妈妈是牧区长期以来的一大现象，藏村、牧场有不少未嫁出去的姑娘，空守于黑帐篷、羊圈中，最终会成为一些流浪汉和打狗过夜男人的收容地、栖息所。于是，长夜破晓，严冬过后，那个男人会拍拍翅膀飞走，将深陷欲海、方舟难渡彼岸的孽缘扔给女方，由一个羸弱肩膀撑起一个家的天空。于是，一位单亲妈妈带三四个孩子，乃是常态。像卡贡村生十一个孩子的母亲，显然是异数。作家问，这十一孩子的父亲，不会是一人吧。

作家，你太了解我们的风情风俗了。布措局长说，这种事情常被外地来的人诧异和诟病。

少见多怪吧。作家点了点头，说三十年间，入藏二十一次了，遗憾的是这种习俗在牧区多年不绝，甚至连农区也时有发生，但最近的乡村治理，已经颇有成效了。

是呀！布措说，这位单亲妈妈与十一个孩子，一直是我们关注帮助的对象，也是精准扶贫的重点，不仅实现了扶贫搬迁，还在打工岗位和家庭低保上全面帮扶。

那天，布措本来是到卡贡村了解单亲妈妈与十一个孩子的脱贫问题。到了江达县民政局，刚坐定不久，便有一位领导说，"布局，我知道您一直在藏东大地上捡孩子，带回去不少孤儿。大好人啊"。

"我一个小女子，纵使浑身是铁，也打不了铆和几颗钉啊。"布措说，"主要还是因为自治区党委'双集中'的政策好。靠各县的支持，靠第一、第二儿童福利院领导和爱心妈妈们的慈善和努力。"

"说得对啊，"对方点头道，"我知道你去过不少地方，乡里、村里、牧区，都跑遍了，找回不少孤儿，但是有一个盲区，可能未引起您的注意。"

"盲区？"布措将信将疑，"我们还有什么盲区吗？"

"寺庙！"

"哦！难道寺庙有收养孤儿的？"布措有些愕然，按寺管会的规定，是不允许带孩子的啊。

"有！卡贡村就有出家的喇嘛阿雄将姐姐家的四个孩子收留在寺庙的。"

"阿雄，康巴话就是舅舅啊。他叫什么名字，怎么将外甥收养在寺庙的？"

"尊珠！"

"出家人，不能带孩子呀。"布措感叹道。

"说来话长，"那个人顿了一下说，"我说过后，您不要对外讲啊。"

"哈哈！是不是要签保密协议才能告诉我？"布措幽默地答道。

"不是这个意思，毕竟家丑不可外扬，但是大千世界什么样的事情都会发生啊。"那人答道。

"对啊，既然这样，就痛快一点吧，别绕圈子了。"布措已经被吊足了胃口。

"好！我照实说来。"

那人说，前不久，卡贡乡发生了一起凶杀案，丈夫将妻子杀了，然后负罪而逃，遗下四个孩子。

"啊！"布措神色黯然，"是什么原因？"

县里在收缴康巴男人家里藏有的猎枪之类的枪械刀具，这家的男人藏有枪支。女主人劝他上缴了，那男人坚决不缴。女人说服不了丈夫，一气之下，到乡上举报丈夫持枪，然后便去了牧场放牛，丈夫恼羞成怒，追至夏牧场，杀了妻子，然后逃之夭夭。扔下四个儿女，大的十一二岁，中间的五六岁，小的不到两岁。

天啦，卡贡村竟然发生这样的事情，布措摇头，"我常去那里，还是第一次听说。"

"达马拉里奇事多。"

"孩子在哪里?"

"寺院里,阿雄尊珠带着。"

"阿雄,那是舅舅啊,你是说孩子被出家当喇嘛的舅舅带进了寺庙?"布措急切地问了一句。

"是的!"

"我得去找喇嘛尊珠,让他将孩子给我带回儿童福利院。"

"我们派人陪您去。"

"不用,这么多年习惯啦!"布措道,"我去找卡贡乡政府和寺管会,让他们带我去见阿雄,他是在曲瓦寺,还是吉祥瓦拉寺?"

"这个我也说不清楚。"

"我到卡贡村问吧!"

布措让司机掉转车头,出江达县城,往卡贡村方向驶去,山回路转,横断山又横亘于前,横断山路难行,龙脊之上,寸草不生,秋日落雪,春吹夏融,只留下黑白相间的石山锯齿,如恐龙之脊,巨蜥之齿,狂张于天地之间,仿佛任何一队马帮行人,一个车队,一辆千里单骑,都会被其鲸吞。

一阵远风吹过,吹到挡风玻璃上,有裂帛之声,像是什么东西撞成了碎片,一只青鸟,还是一位母亲的躯体?冥冥之中,布措想到那个女人,一个与自己一样有过青春美丽的康巴女人,爱家,爱丈夫,爱四个幼儿,可是怎么会丧命于丈夫枪下?黑洞洞的枪口,对准的是至爱至亲,竟敢于开枪,她不解,怎么能下得了手啊。

暮色四合了。离卡贡村还有点远。布措在脑间闪回生死间的那一幕惨烈。

该是这样的千山暮色啊，那个美丽的康巴女人从夏牧场匆匆赶了回来。听说乡里在收缴枪支，她知道丈夫藏着枪，必须动员他交出去啊。康巴男人世代剽悍，尤其以金沙江边的帕错人家最为野性，跃身上马，打劫驮队，血洗仇人家。西藏和平解放后，公开劫财之事不见了，可是拥有枪支，在金沙江、澜沧江边上帕错和康巴人家不乏少数，主要为狩猎，山上花豹豺狼出没，白唇鹿、獐子掠过原始丛林，持枪打猎，康巴人家已经传了一代又一代。怎肯轻易交出？

那晚夫妻俩在卡贡村谈了一夜，谁也说服不了谁，而且女人还挨了丈夫一顿揍，第二天早晨天将破晓，女人背水，挤奶，烧茶，为未起床的丈夫和孩子打了酥油茶，末了，她最后一次恳请丈夫，将枪交了吧，留着是祸害，为了孩子，为了我，也为了全家、全村好。

丈夫摇头，除非取我的颈上之头。他无视妻子的苦心，一味执拗。

女人失望，若你不交枪，知法犯法，我要举报了。

你敢。

我管不了你，还有政府，我们头上还有皇皇青天。

那天早晨，女人径直去了乡政府，告诉领导，我是卡贡村的××的阿佳，孩子他爸藏有枪支，你们去搜吧。

举报完了，女人的心轻松多了，她跨上摩托，加大油门，去了夏牧场，山岗上，牛羊还在吃草，离不开她呢。

那天上午，乡政府突然来人，进了卡贡村，村主任在前边带路，进了男人家，说将枪交出来吧，个人持枪，主动交了，不算违法。若被搜出，就以违法论处了。

我没有枪。那个男人狡辩。

别糊弄人啦，瞒个屁，你老婆都举报了，说你有枪。

我家憨婆娘瞎说，我昨晚打过她，就陷害人。男人敷衍道，我家真没有。

我们头次来，是劝说，给你点时间考虑，下次再来，对不起，就不会客气了，如果从你家里搜出枪支，就是犯法了，要捉人的。政府的人说完话走了。

望着卡贡乡政府和村"两委"的人在碉楼下的村道渐行渐远，男人下楼备了马，马背上了马鞍，行囊里放了风干牛肉、羊肉，装了一壶青稞酒。然后上楼，从墙体的夹层里取出枪，装上火药，用牛皮裹了起来，然后放在了马鞍上，跃身上马，往夏牧场驰马而去。那天他走出卡贡村口时，村里有老人见到他，问道，去何处？

给婆娘送风干肉去。康巴男人说得滴水不漏，那神情还骗过不少人呢。

臭婆娘，我让你告密，我让你告密，他一脚一脚地踢向她。眼前一片金星迸出，像一道虹横在她面前，不，其实是一个个金虫在草地上飞翔，他下手真重，她真的要被打死了。

打死你这个臭婆娘。他已经疯狂了。一个死字终于唤醒了她的反抗，她不能死啊，还有四个儿女咋办，儿子，最小的儿子才两岁多啊。就在那一瞬间，一只濒死的母豹突然复活了，为了她的孩子，她不能被他撕着吃了，她一跃而去，扑向了他，像一只被激怒了的雪山母豹。

枪响了，雪风中，枪声就像一记打在马背上的皮鞭，她倒在地上，藏獒和土狗一阵惊叫，他跃身上马，仓皇逃走，甚至不敢回头一看……

布措不忍复原这一幕惨剧，是幻觉吧，还是在车上假寐时做梦，还是一个噩梦，故事的版本也许不是这样的吧？如风如雪如雨如雾如沙，吹过去了。难道仅仅是一个梦吗？

曲瓦寺到了，司机一个刹车。她从挡风玻璃里看出去，与那些在半山坡上，甚至在山头雄峙四方的寺庙不同，曲瓦寺坐落在一片河谷里，四周雪山相拥，远处半山坡仍可见一片绿树葱郁。虽然已经入秋了，却不见悲秋的萧瑟，衰草未黄，地上的邦锦梅朵仍在伏地开放，寺前仍有山溪淌过，淙淙的雪山冰河之声，仍然可以谛听到孤寺的心音。

布措跨出车门，往寺庙旁边的僧舍走去，她没有直接去见寺庙的负责人，也不想惊动寺管会，而是径直找驻寺主任，说明来意，"我找带四个孩子的喇嘛阿雄。"

"布局长，你说是喇嘛舅舅啊，卡贡村的出家人尊珠。"

"正是他！"

"找他做什么呢？"

"将四个孩子接走，送到昌都市第二儿童福利院去，由国家养起来。"

"好事情呀，一个喇嘛带四个孩子，每天要念经，有早课晚课，有时还要在菩萨殿里值班，真的不方便啊。"驻寺管委会的主任答道。

于是，派工作人员将喇嘛阿雄叫来。天将暮了，一个中年的红衣僧人过来了，身后跟着四个孩子，三个女孩，一个男孩，男孩最小。都五月了，还穿着藏式皮袄，步履踉跄，衣服好久没有洗过了。

看到此，布措的泪水唰地涌了出来。

说明来意，喇嘛尊珠一跃而起，将四个站着的孩子揽入自己怀中，说不行，"我是他们唯一的亲人，阿雄还活着，怎么能将孩子交给陌生人？"

"我不是陌生人，"布措郑重地说，"我是昌都市民政局局长，我代表政府，将四个孩子接走。"

喇嘛阿雄摇了摇头，"我咋信任你？"

"西藏实行'双集中',100％养孤寡老人,100％养孤儿,已经搞了一年多了,好着呢,欢迎你去看看。"

"不行,交给外人,我不放心。"喇嘛舅舅答道。

"你不放心,你带得了吗?"布措反驳道,"福利院里有幼儿园,俄洛桥镇上,有小学中学,四个孩子们一天天长大,要读书,长大要工作啊。"

喇嘛舅舅一阵语塞。

"我理解你的心情。也知道寺院里喇嘛的善心,但是在寺院养大孩子,根本不现实。"布措郑重地说,"你们做早课晚课,谁帮你带着他们,你看四个孩子就放羊一样,我看了都心疼。"

喇嘛尊珠点了点头,毋庸说,布措局长点到了实质问题,戳到了他的痛点。

"这样吧,若按平时,我现在就将孩子带走了,"布措很体恤喇嘛舅舅的心情,"给你一个晚上,再与孩子亲热亲热,有什么掏心窝话,可以夜谈。明天早晨,我来带孩子。"

喇嘛尊珠点了点头。

当天晚上日暮时分,布措回到了卡贡乡,住在了乡政府。

翌日早晨,匆匆吃了一点糌粑,喝了碗酥油茶,她便再次驱车到了曲瓦寺,喇嘛阿雄已经给四个孩子换上了新衣,并给每个孩子送了母亲的遗物,当将三个外甥女和最小的男孩交给布措时,都哭成了泪人,喇嘛阿雄抱着最小的男孩,泪湿袈裟,那种难分难舍的场景,让寺院前的石狮子看了也掉泪。

"阿雄拉尊珠,请你放心,只要你有时间,随时可以来看孩子们,我们欢迎你来督导检查,如果你觉得我们没有比你带得好,随时可以将孩子带走。"布措将四个孩子抱到她自己的车上时,抛下了一地的豪语和承诺。

风拭泪痕,"阿雄拉!"四个孩子伸出小手,将小脸蛋贴到车窗上,喊着舅舅,一个红影子追逐着吉普车,跑了很远,很远,最终在倒车镜子里,红墙寺院,僧人,渐次远去,缩影成一个红点……

车过达马拉山脊,从横断山腹地的千山而下。迤逦走下四川坝时,布措给昌都福利院的德拉院长打电话:"德拉,我又给你捡了四个孩子。"

"布措拉,谢谢您啊!"德拉院长答道。

"你准备一下吧,这四个孩子家庭很特殊,三个姐姐,一个弟弟,安排四个优秀妈妈,傍晚能到院里。"布措叮嘱道。

"知道!"德拉答道。

喇嘛阿雄与巴珍阿妈

望着儿子向巴江村的背影在林芝农牧学院的甬道上消失,格桑巴珍如释重负,向天空长舒了一口气,扭头对站在旁边的丈夫向巴敬珠说:"孩子长大了,都上大一了,我不能一辈子宅在家里当家庭妇女啊。"

"你想做什么?"丈夫憨厚地一笑。

"我想出去工作。"格桑巴珍郑重地对丈夫说。

"还有我家的小仙女呢,扎西措姆才三岁,能不能等她上小学了,你再出去上班?"向巴敬珠很委婉地拒绝了妻子的恳求。

"不行啊。那时我都四十出头了,没有老板会要我啊。"格桑巴珍答道。

"可是巴珍啊,你出去打工,女儿咋办,谁来带?"丈夫摊了摊手。

"你啊!"格桑巴珍一笑,"还有阿妈啊,婆婆退休了,得找件事情做呀。"

"我带不了啊!"向巴敬珠说,"我还要开旅行车拉游客啊,而且说走就走。你出去工作,小女儿扎西措姆怎么办,平时,谁来带她啊?"

"没有问题啊。"妻子格桑巴珍说,"不是还有爷爷和奶奶吗?你没有活儿的时候,也可以接孩子呀。"

"好嘛,既然老婆这么说,那你就去工作吧。"向巴敬珠问道,"想好了,想干什么了吗?"

"当然想好了,"格桑巴珍答道,"我听说昌都儿童福利院要开业了,要招一批爱心妈妈,我想去应聘。"

"好事啊,"向巴敬珠说,"我们藏族从来都以尊老抚孤为慈悲心怀,老婆我支持你做这事情。"

有了丈夫这句话,格桑巴珍就去应聘了,一考便被选中了。于是,她将女儿交给了丈夫和婆婆,到二十七号家庭去当爱心妈妈。那一年,她正好三十八岁,这是她谋得的第一份工作。

巴珍说,因为她有养育两个孩子的经验,再当母亲,那种柔肠侠骨便展露出来了,她当了爱心妈妈后,遇到了两个孩子皆与喇嘛阿雄有关。

第一个孩子才旺尼布,被送来昌都第二儿童福利院时,孩子的一条腿是断了的,打了钢板,由喇嘛舅舅送到了昌都儿童福利院。

彼时,才旺尼布年仅三岁,老家在丁青县沙贡村。爸爸去世不久,妈妈也患了癌症,病情发展得快,往生时,村里的人只好找到他舅舅,一个在寺庙里出家的僧人来善后。舅舅闻讯赶来,骑着摩托车,后座上带来一个做法事的僧人,超度往生的阿妈。

舅舅和喇嘛一起念超度经,亡魂经。他觉得好无趣,一个人爬出屋,走到屋子前边,见前边摆了一辆红色的摩托,好像一匹铁马。

尼布想骑上这匹铁马,去追阿爸,也追阿妈,可是他的个子太矮了,棕红色的铁马太高,他没有能爬上去,反被倒下去的摩托压在了地上,大腿断了,他撕心裂肺般地惊叫,那哭声裂帛撕云。

阿雄跑出来了,一袭袈裟在风中飘荡,惊呼:急舟(康巴方言,意为宝贝),怎么啦。

才旺尼布只会哭,阿雄摸了下,发现是他的腿断了。急舟,别哭,舅舅送你去医院。

阿雄跨上摩托,将三岁的才旺尼布塞进自己胸前的羊皮棉袍里,骑车飞速驶往医院。

宝贝挺住,别哭。舅舅一个劲儿地哄着才旺尼布,从此他有了一个新名字,急舟,而不让别人叫他才旺尼布了。

"急舟"是格桑巴珍当了爱心妈妈不久,接到一个阿雄送来的孩子。

格桑巴珍婆家的条件其实挺不错。公公是八宿县人大常委会主任,婆婆当过工人,丈夫兄妹四个,一个哥哥在类乌齐开车,一个小姑在左贡县法院,一个在察隅。昌都市里就只有退休的公公与婆婆,可是丈夫却"嫁"到了她家,开了一辆别克商务车,专门为旅游公司拉客人,沿澜沧江扎曲、昂曲而上,或进三江源,或载着客人走大北线,远行那曲、阿里,一年的收入不菲。招婿入家二十年了,当了二十年的家庭主妇,人已经三十八岁了,她突然想出来工作,问她做什么,她说当爱心妈妈吧。

好事情啊,公公、婆婆没有一丝的犹豫,说去吧,孩子我们来带。

格桑巴珍真报了名,几天后,昌都第二儿童福利院面试,她当时三十多岁,文化程度初中,又会说一口流利的汉语,且家就住在交通局的安居园。德拉院长一眼便看中了她,问她孩子多大,她说一个在读大学,后生的第二胎,才三岁呢,是个女孩子。

"有人带吗?"

"有啊! 婆婆和丈夫都能带。"

"将来还可以让女儿来和福利院的孩子们一起玩,包括你老公,也可以过来,把家庭温馨传递给孩子们。"德拉院长交代道。

"嗯!"格桑巴珍点头道,她就这样被录用了。

才旺尼布那天是被阿雄送到二十七号家庭的,此时,巴珍家庭已有十个孩子,有男有女,有上小学的,也有在读幼儿园的。彼时,尼布的大腿还打着钢板,舅舅放心不下,分别时抱着才旺尼布泪流满面。

"阿雄,将孩子交给我吧,放心回去,我会好生照顾他的。"

"她是谁?"才旺尼布这时仰起头来,问舅舅。

"姑姑,不,是阿姨。"喇嘛阿雄有点不好定位。

"叫阿妈拉吧,他这么小。"

"急舟的阿妈刚往生,"阿雄介绍道,"可能一时还改不了口。"

"放心吧,"格桑巴珍说,"我会带好他的,当作自己的儿子带。"

"谢谢!"泪水涟涟的阿雄点头相谢。

"才旺尼布,跟阿姨走。"格桑巴珍俯身要抱男孩走。

"叫我急舟。我不叫才旺尼布。"男孩扭过头看着眼前的阿姨,脸长得不像阿妈拉,可是笑起来却很像。

"好,叫急舟,我的宝贝。"格桑巴珍抱起才旺尼布,"宝贝,阿妈拉的好急舟。"

才旺尼布仿佛又闻到了阿妈身上那股乳香、酥油的香味了,很亲昵地贴了过来,让站在一旁的喇嘛阿雄好生妒忌。

"阿佳,我什么时候可以来看孩子?"阿雄问了一句,

"随时都可以呀。"

才旺尼布就这样走进了二十七号家庭。

刚来两个月,孩子腿上的钢板未拆,一条腿直直的,不能动,连拉屎撒尿都得抱着,才旺尼布喜欢这样,依偎在巴珍怀里的感觉真好,每次抱他洗脸、洗腿的时候,他都很享受。别的孩子叫他才旺尼布,他说我不叫这个名字,"叫我急舟,我是阿妈拉的宝贝"。

别的孩子面面相觑,才旺尼布是阿妈拉的宝贝,那我们是什么?

"都是阿妈的宝贝,"格桑巴珍说,"你们大的要呵护小的,小的要尊重大的,在一个家庭,水果牛奶等东西,人人都有份,但是大的要先给小的吃。"

"听见了吧,阿妈说了,我是小的,要先吃。"

"哈哈!"格桑巴珍笑了。

过了几天,才旺尼布腿上的钢板拆了,可是因为半年多不走路,腿有些强直了,不能下地,一着地,这孩子就哇哇喊痛。

"急舟,你不能撒娇了。"巴珍很严肃地说,"你得锻炼,早晚各往下蹲十次。"

"阿妈拉。"才旺尼布那样子有点绝望。

到了第二天早晨,巴珍送完了孩子,叫才旺尼布站起来,自己先做了一个动作,马步向下向上蹲。

才做第一个,才旺尼布痛得哇哇叫,巴珍拿过他最喜欢喝的盒奶,"蹲五次,阿妈拉奖你一盒牛奶。"

才旺尼布第二次再做,没有刚才那么痛了。

"再做,我数着,三个,四个,五个,好样的!"巴珍冲了过去,将才旺尼布抱在怀里,"阿妈的好急舟",雨点般的吻落在他的小脸蛋上。

舅舅阿雄第一次来看才旺尼布时,发现他已经会跑了,而且变得活泼,俏皮,在屋里跑来跑去,脸蛋红红的,衣服穿得干干净净,很惊讶,对着格桑巴珍说:"巴珍阿佳,你给急舟施了什么魔法?"

"魔法?"格桑巴珍不解,对阿雄喇嘛说,"没有啊,我就将他当自己的亲儿子带,让他穿好、吃好、睡好,与小朋友们玩好。"

"才旺尼布变了一个人,像从香巴格下来的小天使啊。"喇嘛阿雄感叹。

"哈,我懂了,如果我真施了魔法,那就是教给小尼布一个字,爱,爱孩子们,把他们当成自己的哥哥姐姐。"

"阿雄,我还有一个妹妹。"才旺尼布抢着话头了。

"妹妹是谁?"

"阿妈拉的女儿扎西措姆。"

"还是一个仙女呢,"阿雄喇嘛感叹道,"你们常在一起玩?"

"对!"才旺尼布急速地点头,"妹妹就住在这院子里,比我小一点点儿,傍晚幼儿园放学了,我们就在一起玩。有时,我犯错了,欺负了妹妹,阿妈拉只打她,不敢打我。"

"哈哈!那是阿妈拉舍不得打你。手心手背都是肉。"阿雄笑道。

"我是手心,拉姆是手背。"才旺尼布叫道。

"哈哈!"阿雄和格桑巴珍都笑了。

阿雄要走了,这一次,他没有像第一次送外甥来时的难分难舍了。走下楼来,他对送他的格桑巴珍说:"我是出家人,以慈悲为怀,念遍经书,欲修得正果。可是阿佳啊,起初将孩子交给你时,我半信半疑,你们面对的是一群孤儿,不是亲生骨肉,会像带自己的子女一样带吗?然后今天看到这一切,我释然了,你们这些爱心妈妈,才是真正的白度母啊,是观音化身。我枉读了许多年的经卷,误读了你们,抱歉,抱歉啊。"

"不敢,不敢当,阿雄师父。"格桑巴珍答道,"您路那么远,不必每个月都来看外甥,有微信吗?"

"有啊!"阿雄答道。

"我建了一个家庭亲友群,您每天晚上,或者每周都可以与孩子视频通话呀,不必山高路远地跑这么远啦。"格桑巴珍建议道。

"好啊。"喇嘛阿雄从怀中掏出手机,加了格桑巴珍的微信。

那天走的时候,阿雄笑了。这一回走的时候,他与外甥告别再没有哭得伤心欲绝。

"哭得最厉害的是才旺卓玛的舅舅,一个从洛隆寺来的喇嘛。"格桑巴珍回忆道。

才旺卓玛那一年刚刚两岁,父母出车祸,车掉到了江里,连个魂儿也捞不回来。家里没有监护人,只好交给在洛隆寺出家的阿雄照看。舅舅在洛隆寺里管着一个小卖部,听说妹妹和妹夫出了大事,从寺庙里赶了回来,做完法事,超度一对亡人,送上天葬台后,便背着外甥女走了。去了寺庙,像带一只小宠物一样,将才旺卓玛放在小卖部里,好吃的东西很多。可是远却人间烟火的喇嘛阿雄,真的不会带孩子,一个红衣飘逸,一个棉袍裹身,舅舅到大经堂做早课时,就将才旺卓玛放在寺庙前边玩,其实也没有什么可玩的,就是几只流浪狗与一个孤女嬉戏,不时将舌头伸到她很脏的小脸蛋上,亲她,让路过此地转经磕长头的乡亲,好生怜悯。

喇嘛阿雄养外甥女的故事,就传出去了,且传得很远,传到了澜沧江源头的昌都城里。

2016年年底时,一场大雪覆盖洛隆寺,还有寺后边的山野。将近黄昏了,一辆牛头吉普车碾着雪野,开到了红墙白雪的洛隆寺前,在小卖部前戛然停下。布措局长跨下车来,直奔负责小卖部的喇嘛阿雄,后边还跟着民政局和统战部的工作人员。

阿雄养才旺卓玛两年了，不时，会有民政局的人来，送些钱物，今天跟着昌都市民政局女局长来的人，他也见过。

洛隆寺的晚钟刚刚敲过，雪野孤寺复又归于千古的寂静，其实这种静是属于洛隆寺的黄昏的，阿雄并不知道今晚会发生什么事情，怎么来了这么多人。

认识阿雄喇嘛的人说："市民政局布措局长来看小卓玛。"

阿雄喇嘛一愣，"看才旺卓玛做什么？"

"带她回昌都儿童福利院后，'双集中'供养。"布措道，"这是自治区政府做的一件善事。"

"善不善事，与我无关。"喇嘛摇头道，"我管着孩子呀。"

布措和颜悦色说："您的小外甥女政府得管，今天我们来，就是与您商量带才旺卓玛走的事情。"

"不行。我是她的监护人，我带她两年了，就像是自己生的。"言毕，阿雄喇嘛一阵脸红，话说错了。喇嘛怎可结婚生子，除非还俗。

"政府才是才旺卓玛的监护人，过去我们福利院小，容不下那么多孩子，将一些孤儿放在亲戚家收养，每个月给两千多元的抚养费，"布措局长循循善诱，"现在条件改善了，重建了二院。两个儿童福利院可以收上千个孩子，您就交给我们吧。"

喇嘛阿雄摇头，"卓玛是我的亲外甥女。从她父亲母亲双亡后，就是我养着……"

"我们感谢您，卓玛感激您，但是您真的养不了。"布措晓以利害，道出实情，"天下寺庙，哪有喇嘛带着外甥女长大的？她不能一辈子在寺庙里啊，她还得上学读书工作。再说，带成这样，恕我直言，这样蓬头垢面的，不是男人能带的，交给我，带回儿童福利院，交给爱心妈妈抚养，她都四岁了，该上幼儿园，再过几年该上学呀！"

布措道出了实情,一下子打动了喇嘛舅舅。他反问道:"你们真养得好孩子吗?"

"当然,耳闻不如一见。欢迎您去昌都儿童福利院考察,带着才旺卓玛过来,"布措说,"今天我们暂不带孩子走了,你们还可以抓紧时间再叙亲情。改天,您亲自送过来吧,亲眼瞧瞧,如果住的房子满意了,吃的满意了,对爱心妈妈也满意了,您就将卓玛放下,允许您有这个选择,我们也有这样的自信。"

阿雄喇嘛点了点头。

过了几天,喇嘛阿雄用一条红兜布,背着外甥女才旺卓玛来了。山重水复,横断山苍茫,乘车四百余里,从洛隆寺到了昂曲边上的昌都第一儿童福利院,德拉院长看了看名单,将二十七号家庭的格桑巴珍妈妈叫了过来,说才旺卓玛就放到你家,理由很简单,你已经收了一个喇嘛的外甥,相处不错,对方也很满意。她希望格桑巴珍再创造一个奇迹。

那天傍晚,喇嘛阿雄被破例允许进了二十七号家庭,从德拉院长办公室走出来时,格桑巴珍想上前,牵住才旺卓玛的手,被喇嘛阿雄婉拒了,他抱着外甥女,似乎一刻也舍不得分离。进了二十七号家庭,孩子们拥过来,喇嘛阿雄很是惊奇,每个孩子都穿着整洁,洗得干干净净,非常有礼貌,举止都很得当。

格桑巴珍指着喇嘛说:"叫阿雄好。"

"舅舅好。"孩子齐声唤道。

格桑巴珍又指着才旺卓玛说:"这是你们新来的妹妹,她的名字很好听,叫才旺卓玛。"

"欢迎你,卓玛妹妹。"大孩子见了才旺卓玛,喊她妹妹,小的则叫她卓玛姐姐。那一瞬间,喇嘛阿雄的心,倏地有一股暖流涌入,恰似流淌过家乡门口的那股清溪。

"去看看卓玛睡的床吧。"格桑巴珍已经准备好了,这个家庭共有五间房子,十个孩子,三间卧室,一个客厅,一间洗衣房加卫生间,打扫得一尘不染,这让在寺庙里当了大半生喇嘛的阿雄,惊讶不已。那天布措局长没有说错啊,一切都让他满意极了。

该告别了,那是一种千般万般的不舍啊,佛家说舍得放下,可是喇嘛阿雄怎么也割舍不下这份亲情的业障。

喇嘛阿雄那天哭得很厉害,与外甥女难分难舍,哭了个泣不成声,涕泪横流,弄得伫立一旁的格桑巴珍也涕泪涟涟。时隔五年后,格桑巴珍回忆2016年岁暮那个黄昏的一幕,仍旧记忆犹新。那喇嘛阿雄抱着外甥女不忍别离,那哭声,纵使是罗布林卡门前蹲着的雪狮看到了,也会动情落泪的。

"阿雄!放心回去吧。"格桑巴珍拭去脸上的泪痕,安慰道,"小卓玛进了昌都儿童福利院的大门,就是我的孩子了,我会像自己亲生的一样照顾她,您要是真想孩子了,过些日子再来看她。"

喇嘛阿雄终于站起身来,双手合十,向格桑巴珍作别,"拜托阿佳了。"

然后衔泪而去。

一城明月一寺桃花

曲瓦寺喇嘛尊珠站在大寺门口,看着四个外甥上了布措局长的车,驶出曲瓦河谷,消失在达马拉夕阳下,喇嘛舅舅的那颗心,也悬在了群山之巅。

望断苍山不见影,到了夏季,群山之巅的积雪融尽了,露出黑黝黝的山脊,犹如一条条巨齿剑龙,游牧于云间。一阵雷击过后,千山燃尽,苍松翠柏成灰烬,从此干涸在此,只留下了寒骨嶙峋。可是雪化尽了,月亮却升起来了,一寺明月一片山风,这牵肠挂怀之情,就像曲瓦寺山后边的经幡,能吹到澜沧江之源吧,能像达马拉的明月一样,照进昌都城里吗?

孩子跟着布措局长走了,他的心也随之飘到达马拉雪岭下的澜沧江源头了,喇嘛阿雄几乎每天黄昏都会到曲瓦寺大前门极目远眺,看着黄黄的、白白的月亮升起,又落下去,他觉得这是玛吉阿米的脸庞,孩子们望月的时候,一定会看见的,看见他,还有卡贡村那个家。

阿雄一度曾想过让四个孩子出家,三个女孩去当尼姑,男孩去当僧人,可是他又觉得这样对不起往生的妹妹。再说,现在寺庙管理都很严格,而且西藏的教育非常完备,读书已经是小菜一碟的事情。故带了半年之后,三个女孩都想学校的同学了,可是曲瓦寺附近又没有学校,愁煞了阿雄。还是昌都市民政局女局长解了阿雄的围,带着四个孩子去昌都儿童福利院了,这样三个女孩上学的事,也就迎刃而解了。在那一刻,他对布措充满了感激之情。

该去看看孩子们哪。那天傍晚时分,晚钟敲过了,看着天上的月亮,还有寺里山后刚刚怒放的桃花,春天已经到了,他想四个孩子了。于是向曲瓦寺住持请了假,搭了一辆小面包车,从达马拉脊梁上驰过,向着昌都城郭驶去,彼时已经是三月天了,桃花开得锦盛,一轮江月从澜沧江里升了起来:那白白的月亮,其实就是玛吉阿米啊。

翌日,阿雄起得很早,在旅馆里喝过酥油茶,吃过糌粑后,打车去了俄洛桥边上的昌都第二儿童福利院。到了大门口,在值班室作了登记,再入院内,发现他的三个外甥女都已去上学了,坐的是校车,沿扎曲而上,到离此地不远的俄洛桥上中学和小学,小的还在读幼儿园大班。四个妈妈,刚送他们回来,四个孩子在四个家庭。

那天上午，阿雄先到了男孩益西江措的十四号家庭，见到爱心妈妈巴桑，一个美丽的康巴女人，他问江措表现如何。好呀，巴桑说，这孩子很听话，话也比刚来时多了，还与其他孩子玩得在一起，不时能听他的笑声。

巴桑带他到十四号家庭看了看，转了一圈后他大开眼界，儿童福利院堪称西藏孤儿之家，设施一流，院子里楼房是新建的，楼高五层。信步入屋，每个爱心家庭住的都是四室一厅，进门就是一个大客厅，全是藏式装修，清一色的藏式沙发、茶几和卡垫，四个孩子一间屋，两张高低床，宽敞，明亮，窗明几净，温馨，安全，被子叠得整整齐齐，俨然一个城里之家的样子，比之农家与牧区，有天壤之别。

再看看我那三个外甥女住得怎么样吧。其实阿雄最放心不下的还是四个孩子，特别是三个上学的姑娘。毕竟小小年纪就痛失母爱，到了儿童福利院里，还能有像亲妈一样的照拂吗？于是，阿雄提出，想去看看三个女孩。

好啊，院办相陪的人说，随便您啊。要看什么地方，我们福利院的门都向您敞开，阿雄可以随意考察。

喇嘛阿雄笑了。

于是，他跟着工作人员走下楼，到了三号家庭姐姐四朗曲珍和十九号家庭妹妹朗色卓玛的家里，发现两个小女孩的家庭更温馨，高低床的墙壁上还有贴画，有女孩们喜欢的米老鼠和胖胖熊，他伸手摸了摸两个孩子的床，暖融融的，床的旁边还有洋娃娃，比老家牧区帐篷里睡的卡垫舒服多了。再看客厅里的藏式茶几上，牛奶、水果和奶渣，都摆在上边。在那一刻，他那颗高悬于达马拉的心，终于落下来了。

将近傍晚了，四个妈妈坐着校车去接孩子了，让阿雄尊珠在大门里边的停车场上等一下，一会儿便可以见到四个孩子。

那一刻，阿雄有点激动不已，毕竟已经三个月不见孩子了，他们过得怎样，爱心妈妈真的对他们好如生母吗？看了三个孩子住的地方，毋庸说，比之老家，也比之寺院，简直是云泥之间，贝叶经书里描绘的香巴拉，不过如此啊，住月贤王宫城，裘皮相拥，吃喝不愁。在这里他都一一目睹了，可是最终要看妈妈如何对孩子，真的是观音慈航，度母心肠吗，他还要听听孩子的说法。

校车的轰鸣声响了，四五辆黄色的校车驶进大院，浩浩荡荡，在离阿雄不远处停了下来，像几只灰头雁落在了人间，带来了吉祥。一群小鸟从妈妈的护翼下钻了出来。

大外甥女四朗曲珍下来了，她穿着校服，戴着帽子，俨然一个汉族女孩，书包没有背，交给了她身后的爱心妈妈。

"曲珍！"阿雄看见了外甥女，向她喊道。

"阿雄！"四朗曲珍冲过来，跑了几步，又转头对后边的爱心妈妈喊道，"阿妈拉，阿雄来了。"

阿妈拉？阿雄有些意外，才三个月，大外甥女居然叫一个陌生的女人为阿妈拉，她有何等的魅力，居然让一个失母之殇的少女很快修复了内心的巨创？

阿雄未及细想，大外甥女和爱心妈妈已经到了他跟前，爱心妈妈热情大方地对他说："阿雄，我是四朗曲珍的爱心妈妈，名叫嘎松次措。"

"嘎松！"阿雄看着眼前的康巴女人，比自己的妹妹小好多岁，可是脸上的笑容那么灿烂，就像天上的白云一样纯净。

"阿雄，这是次措阿妈拉。"四朗曲珍有点激动，但是却没有向舅舅的怀里扑过来，手还放在嘎松次措的手里。

那一刻，阿雄的心如一股扎曲的春流在心原上淌过。

随后，小外甥女朗色卓玛来了，依旧跟着一个爱心妈妈，书包还是妈妈背着，小卓玛像一只小白鹿，蹦着跳着，跑到了舅舅面前，叫了一声"阿雄"，眼里却含着一丝的害羞，没有向阿雄靠近，始终依偎在爱心妈妈嘎松次措的身边。这令阿雄有点意外。

从最后一辆校车下车的男孩益西江措，一眼瞅见了舅舅，冲着他跑过来了，大声喊道："阿雄，阿雄，我好想你啦。"

舅甥相会，阿雄抱着益西江措的胳膊，原地绕了几大圈。

巴桑是刚才见过的爱心妈妈，她对三个孩子说，离开饭还有一段时间，你们与舅舅先玩一会儿，等会儿吃晚饭。

"我可以带他们出去吃吗？"

"不可以。只能在院子里探视。外出的话，我们有严格的规定。"

阿雄点了点头。

四个爱心妈妈离开了，阿雄蹲下来，与四个孩子谈话，"想舅舅吗？"

"想！"外甥益西江措答道，"舅舅这么久才来看我们。"

"住在这里好，还是在寺院里好？"尊珠就怕委屈了孩子。

"这里好！"大外甥女四朗曲珍说，"吃得好，睡得好，还有书念。"

"真的吗？"阿雄转头问站在一旁的小外甥女朗色卓玛。

朗色卓玛没有说话，点了点头。

"挨过打吗？"

"怎么会，阿雄。阿妈拉舍不得打我们，有时还被我气哭了。"益西江措答道。

"比卡贡村阿妈对你们还好吗？"

"一样好啊！"益西江措答道。

"小狗崽子，别忘了卡贡村阿妈拉。"

"不会的，舅舅！"

阿雄满意地笑了。到了晚饭时间，第二福利院特意开了一个五人小桌，让阿雄舅舅与四个孩子一起进餐，孩子们排着队，拿着不锈钢餐盘，打完饭后，爱心妈妈却站在一旁，看着孩子们吃饭。

"妈妈不与你们一起吃饭？"阿雄问孩子。

"她们有自己的餐厅，"大外甥女四朗曲珍说，"阿妈拉们的伙食没有我们的好。"

"真的？"这回轮到阿雄惊讶了。

"阿雄，姐姐说的是真的。"外甥益西江措低头大口吃饭，抬起头来，看了舅舅一眼。

那天曲瓦寺尊珠踏暮而归，心里乐开了花，车过达马拉，他俯瞰昌都城郭，觉得那祥云之间，晚霞点点，一如他在大藏经里念了很久的曼陀罗花。

洛隆寺阿雄呢，他凝视着与两位爱心妈妈坐成一排的格桑巴珍。

"你说才旺卓玛的舅舅吗？"格桑巴珍问道。

"对啊！他来过昌都第二福利院看过才旺卓玛吗？"

"来过，开始一个月来一次，就是放心不下。"格桑巴珍说。

彼时，才旺卓玛已经五岁了，离开洛隆寺阿雄后，到了二十七号家庭，与格桑巴珍爱心妈妈相处，她开始不爱说话，发现洗漱间里有镜子，就常站在镜子面前，梳小辫子，磨磨蹭蹭的，有时还会误了饭点，误了上幼儿园的时间，巴珍妈妈每一次都不得不给她编小辫子，可是一有时间，她就将辫子打散了，一个人默默地在那里梳辫子。

刚到福利院的日子，才旺卓玛话很少，想着她与新家庭的孩子们相处有个过程，巴珍便一直惯着她，暂时让她任性，过了一个多月，她与孩子们熟了，与巴珍也亲近了，见孩子们都叫巴珍阿妈拉，有一天,她也怯生生地叫了一声阿妈拉,巴珍将她揽在怀里,说我的好女儿,来,妈妈为你最后再编一次小辫子。

最后一次?才旺卓玛说,以后阿妈拉不给我编了?

如今你要读幼儿园大班,巴珍说,再过两年,就得上学了,每天扎小辫,会影响上学时间的。

小辫编好了,可是才旺卓玛嘟起小嘴,有些不愿意。

过了一天,到周末了,格桑巴珍将自己的女儿扎西措姆叫来了,与才旺卓玛一起玩,见了面,巴珍就让措姆叫才旺卓玛姐姐。

"姐姐好!你叫什么名字?"扎西措姆觉得小姐姐好漂亮。

"才旺卓玛,"格桑巴珍帮女儿介绍,"也是阿妈拉的女儿。"

"阿妈又多了草原上一朵美丽的花吧?"扎西措姆问道。

"小嘴真会说,抹了蜜一般。"巴珍表扬了女儿一句,"都是阿妈拉的女儿。"

"妹妹的名字也好听,是天上的仙女哟。"才旺卓玛回答道。

"草原上的卓玛花也好,天上的仙女也好,你们都是阿妈拉的女儿。"格桑巴珍说道,"你们俩玩吧!"

等两个孩子玩得难分难舍时,格桑巴珍将两个女儿叫到自己跟前,对才旺卓玛说:"你看妹妹比你小,剪的是短发,不能扎一串串小辫子,既然是一对姐妹花,就梳成一样的好不好哟?"

才旺卓玛点了点头,说好呀,我与措姆妹妹梳一样的头。

第二天,格桑巴珍将才旺卓玛的头发剪短了,她再不像过去那样,要阿妈拉帮她把一根根小辫子扎起来了。

从此,才旺卓玛到幼儿园,再不会为梳头迟到了。

半年后,洛隆寺舅舅从洛隆县再来看外甥女,看到她依偎在爱心妈妈跟前,像一只欢快的小藏羚羊,神情温柔,小脸蛋白净红润了,一说话便绽开一朵浪花，像澜沧江水一样干净，惊讶道："巴珍阿佳，你给才旺卓玛浇灌了什么雨露啊，让她变成一个小天使了，让我都认不出来了。"

格桑巴珍掩口一笑："没有什么啊，我就给了她一份爱，如果这也算雨露的话，那是爱的阳光雨露吧。"

"谢谢您，这回真让我放心啦，"洛隆寺阿雄答道，"可以回寺庙安心念经了。"

"别这样山高路远地跑了，加我们二十七号家庭的亲友圈，每天都可以看到才旺卓玛的生活影像与图景。"

"谢谢阿佳！"那天傍晚分别的时候，洛隆寺阿雄再没有抱着外甥女哭，他是笑着走的。彼时，月亮升起了，昌都城郭的小店里，有那首著名的道歌响起：

"在那东山顶上，升起皎洁月亮。

玛吉阿米脸庞，浮现在我心上。"

洛隆寺舅舅回到寺里的时候，东风从横断山掠过，山寺桃花始盛开，那是一株株千年古桃树上绽开的桃花，像一朵朵童子面、少女面，映着雪山，映着古寺，映照着远处城郭里的一轮明月。

一城明月一寺桃花，东风四起哟。

（节选自《西藏妈妈》，广东人民出版社，2023年9月出版）

公仆榜样（节选）

钟兆云

他的去世，对我来说，少了一位可以就教的良师，失去了一位值得尊敬的长者。同时，也使我们这些过去常常聆听他那些真知灼见的后来者，时时感到肩上承担的继往开来的责任。

——习近平《长者风范，公仆榜样》

第一章　老将先行

天降大任，开路先锋低调上马

1981年1月14日早晨7点半，福建省委办公厅行政处长过英群叫了部伏尔加牌旧式轿车，前往福州火车站接新任省委书记项南的秘书，到月台后吃了一惊，项南本人也在这趟列车上。

1980年年底，福建省委就忙着为项南到任做准备，项南坚决不同意派专人赴京接他，只要求送去一大捆省情材料。项南预定启程南下的前一天,省委接北京来电,说项南同志临时有事推迟动身,两位秘书先打前站。如此一来,接站这事儿就交给过处长了。谁知这是项南玩的一个小"把戏",为的是不让省里兴师动众。

过英群傻眼间,头戴鸭舌帽、身着老式棉袄、脚穿一双黑布鞋的项南,已来握手了。他醒过神来,一边恭请项南到贵宾室,一边急急找电话要向省委秘书长报告。项南拍拍他的肩膀,温和地说:"不必惊动其他同志,我们现在就走!"不由分说地,他已迈开流星大步向前。过英群在两位秘书示下,只好帮他们提箱拎包,跟在项南身后,内心忐忑着,随人流出了车站。

停在广场一旁的老爷车,在冬日朝阳的映照下,闪出一片亮光。在过英群看来,像是冒出了一股寒碜气。看到一位六旬开外的老者笑呵呵地坐上了副驾驶座,司机老洪还打趣地问:"过处长你不是说接两个秘书吗,怎么一下来了仨,是哪个领导的亲戚搭顺风车吧?"

"别胡说,这是项书记。"过英群边说边使眼色。

"项书记,项……"司机噤声。

过英群和两位秘书依次上了车。前二后三,加上行李,就显挤了。"挤一下不要紧,挤一挤也暖和……"项南快人快语,让初次见面的司机很快就消除了拘束和紧张感。

引擎发动,老爷车上路后的呜呜,在司机老洪听来,却像是一首歌,以前总嫌这车低档,没想竟把新来的省委书记给接来上任了!

过英群事后责怪项南秘书不该"合伙"骗人,害得他被省委秘书长狠批了一通。两位秘书却都说:轻车简行是项南同志的老习惯了。他当农机部常务副部长时,家住离部里四站地的公共汽车站附近,自己骑自行车上班,那车啊,除了铃不响,啥都响。后来大家都有意见,说万一出个交通事故可怎么办。他就来了个折中,偶尔才坐小车。

那些年，过英群接送过不少大干部，还没遇见过这一出呢。上车后，他呆呆地望着面前这人的背影，在回答对方抛出的话题时不觉都有些走神：福建情况这么复杂，眼前这么个温和的老头，镇得住吗？他的腰杆看上去直是直，可都这把年龄了，不会被压弯吧？

不独过英群，项南南下履职时，就有人这么明里暗里，当面背后，抛出过一问又一问。

此时的项南，年过花甲，面对迎头而来的20世纪80年代，却依然是青春做伴，雄姿英发，年初倚马而就《展望八十年代》，起笔就放言："八十年代，中国将以崭新的姿态，出现在世界的东方。"他为国家许愿，字里行间透出预言家的世界眼光和对这个国家的一往情深。面朝大海、春暖花开中，他清晰地感受并强烈意识到一个伟大的时代正伴着春天的脚步款款而至，一个千年未遇之变革，在向有志者召唤。

"狂飙为我从天落"，1980年年底，恢复工作不过两年的他，就被这个伟大的时代、伟大的使命相中了，要向南履职，回到家乡福建出任一方疆吏，带领福建和邻省广东一起，执行中央决定："先行一步富裕起来，成为全国'四化'建设的先驱和排头兵，为全国社会主义经济建设和体制改革摸索道路，积累经验，培养干部……"

他是彼时走出过国门为数不多的高级干部，思想解放，受命先行一步前，就具有强烈的改革开放意识，并抱有巨大的热情，不止一次地向中央高层建言献策，在香港得知深圳罗湖湾群体逃港事件后，忍不住在日记上感叹一番："没有大胆的改革，经济不可能有大的改变。"

1981年1月12日，45次列车迎风南下，项南思绪飞扬。受命之日，他就知道，此去没有回旋余地，更无退路，如果福建和广东"先行一步"的试验成功，就能以点带面地在全国推开，即使失败也不致全盘皆输，动摇根本。然而，他更明白，这种"试验"只许成功不许失败，在改革开放的全国一盘棋中,"摸着石头"过不了河,失去自身千载难逢的发展机遇不说,重要的是势必影响全国改革开放的大局,堪称"街亭虽小,干系重大"。

项南向南,热气腾腾地从冰天雪地中启程。意外接驾的过英群,只是觉得这个老同志精气神不一般,哪知竟是如此不一般。省里对中央给予的"特殊政策,灵活措施"还在评头论足,对外开放的大门只是微微露了一条缝。再就是干部政策、地下党政策、华侨政策、台胞和知识分子政策等的落实工作基本按兵不动……林林总总的问题,加剧了广大干部群众普遍存在的不满情绪。这个看似一团和气的新书记,能改变什么呢?

眼前的身影虽然高大魁梧,但过英群还是给他打上了一个硕大的问号。

多年之后,过英群情动于衷地说:"真是天降大任于斯人也,项南的生命起自家乡福建,他堪属'非常'的人生,也起始于回家乡福建任职之后!"

首次发声,这个省委书记不简单

项南来时,省委正召开地市县委书记会议,每天的"会议简报"倒方便让他了解动态。

看得出,大多数地方对省委在落实农村各项政策方面均有不满反映。厦门组批评尤为强烈,认为省委在党的十一届三中全会以来,对于真理标准问题的讨论,对于放宽农村政策的讨论,对1979年中央50号文件(即《中共中央、国务院批转广东省委、福建省委关于对外经济活动实行特殊政策和灵活措施的两个报告》)的讨论,都不深不透,没有真正解决问题,也没有采取得力措施,因此对福建受"左"的错误影响认识不深，党内思想不统一，各唱各的调。

光看简报不够，项南悄悄来到了会场，找个不显眼的位置坐下。待他的身份被认出，会议已到分组讨论的议程，他愉快地接受了参加福州组的邀请，但声明只带耳朵不带嘴巴。

福建的生产责任制落实一路坎坷。十一届三中全会提出全党工作重心转到经济建设上来，明确提出了恢复农业生产责任制，但省委负责人却通过《福建日报》社论提出"坚决反对包产到户和分田单干"，不觉就是两年。受此影响，各地对包产到户进行强纠硬扭。即使在1980年9月中央下发著名的75号文件（即《关于进一步加强和完善农业生产责任制的几个问题》），首次明确"可以包产到户，也可以包干到户"之后，省委仍大打折扣，设置框框。于是，任凭别的地方"千树万树梨花开"，"包产到户"在福建，就是春风不度武夷山。

正因为上面一直不松口，下面不敢执行，而群众又强烈要求实行包产到户，这样使基层干部处于夹缝之中，与群众形成"顶牛"。也因此造成1981年年初地市县委书记会上的争论。

会议空隙，项南主动找在家的六位书记，交流对今后工作的看法。大家的想法，和窗外探头的花儿一样，远近高低，各有特色。

福建和广东，同是中央规定实行特殊政策、灵活措施的省份，为什么没有人家进展快？有的书记开口就说条件不同，福建没有一个中央直属项目，这也是前线带来的损失。

"这事我们不能怪中央，也不能怪中央各部委，恐怕只能怪蒋介石。"

项南这般说罢，书记们一时摸不着头脑，面面相觑。

"要不是蒋介石仗着美国人的势力，在台湾岛负隅顽抗，我们福建经过30多年的建设，现在恐怕很像样了吧。"项南幽默中带着严肃，接着话锋一转,"福建落后这件事,我们除要对蒋介石做点批评外,也要自我批评,怪我们舍不得扔掉包袱。难道前线就不能搞建设,就害怕打烂坛坛罐罐吗?福建是前线,难道台湾就不是前线?台湾可以搞建设,为什么福建就不能搞建设?"

解放思想的清风,徐徐吹向省委头头脑脑们的心田。

1月20日,项南在省党代会上作题为《谈解放思想》的讲话。他在主席台一站,双手扶桌,环视片刻,摘下头上那个鸭舌帽,往桌上一放,露出光溜溜的脑袋,语声亲切:"我来福建工作,今天是第七天,只能说点感想,感想不能代替政策,所以只能做参考。"

如此平和之气,一下拉近了和台下的距离。

把福建建成中国重要的林业、牧业、渔业、经济作物、轻工、外贸、科技和统一祖国这"八大基地"的主张,新颖倒新颖,却没有引起党代表们的多大反响。也难怪,这类"号子"他们耳朵里灌塞得还少吗?能实行吗?又该如何解放思想?

一个个问号像气泡一样冒出。但人们对这位衣着平常、讲话不拿稿子的省委新书记,仍然充满期待。光从这点上看,他就不像那些常见的大小领导,永远只会照稿念字,永远只会讲紧跟服从,从来就没有也不敢有自己的话语。

"如果我们不纠正'左'的错误,思想还不如邻省解放,放宽政策还不如邻省坚决,各种措施还不如邻省灵活,甚至中央文件规定了的东西,还在那里评头品足,不敢执行,那我们能把经济搞活,能把福建建设好吗?"

项南话到这里,副省长张遗情不自禁鼓掌,一句"问得好"脱口而出。看来,中央给福建派来了一位思想解放的新"掌门"呢!

往日报告会,场上"卷舒开合任天真",场下"嘈嘈切切错杂弹"。

可今天，台下全是专注的眼神，集中在台上那个闪亮的脑门、那张灿烂的笑脸上。幽默、睿智且开宗明义的话语，敏捷、开阔且深刻的思想，简单而富于煽动力的手势，赢得了全场会心的笑声和掌声。

"省委有'左'倾错误没有？如果有，表现在哪里？这些问题，我们省委应该带头进行批评和自我批评，按中央规定，在最近的两个月内做出回答！"

掌声热烈，表达了对以上率下好作风的期待。

"派性必须消除，党性必须加强，干部必须稳定，不正之风必须坚决纠正，冤假错案必须彻底平反。对群众生活中应该解决又可能解决的问题，必须认真解决。对拉帮结派的人必须坚决斗争，对破坏社会安定的犯罪分子必须坚决打击……"

几个"必须"，掷地有声，传递着一种凛然、一种大义、一种无私和无畏，在鸦雀无声的会场撞响着党代表们的心扉。

"闽之水何泱泱，闽之山何苍苍，若要福建起飞快，就看思想解放不解放。"

嗓门不大，却讲得生动风趣，深入浅出，理论与实际相扣。通篇讲话本身就是思想解放的宣言书，直听得群情激奋。

讨论中，党代表们普遍反映：项书记的报告没有官话和废话，从题目到内容，都是解放思想问题的，针对性很强，讲到了福建的要害，说到了大家的心坎，是福建多年来没有听到过的一个好报告。代表们集中提出三点要求和希望：一是希望省委常委带头来落实项南的讲话精神，做出样子；二是将项南讲话发全文或录音记录稿；三是要求把项南从国外带回的纪录片放一放。

5月14日，中共中央办公厅将项南这个讲话稿转发至省、军级，加上按语："项南同志1月20日在福建省党代表会议上作的题为《谈解放思想》的谈话，是一篇领导干部亲自动手准备、不由秘书代劳的好讲话。这篇讲话联系实际，解决问题，简明、生动、活泼，绝少套话、空论。现推荐给你们一阅。"

项南，就在这种背景下，以一身平头百姓装束，以一种廓然的使命担当，以清新脱俗、质朴无华的作风，进入了福建的政治舞台中心，进入了中国改革开放的最前沿。他发自前沿的第一声，就引起了举国上下的关注！

首场调研的细节和"破格"，责任制突出重围

一年之计在于春。春耕迫在眉睫，务必与时间赛跑，抢在春播前在全省全面推行联产承包责任制！项南很清楚，他得摆脱日常事务，尽快到农业第一线调研，进一步了解省情。

1月23日上午，他出现在下乡路上。车是一部可容12人的半旧旅行中巴，随行人员有省委常委、新闻记者及秘书等。

首站到渔溪。项南下车走走看看，碰到农户就进屋，遇见群众就拉家常。这样随便走访，最能了解真情实况。午饭时间，一行人来到公社所在地，想到食堂吃个便饭。公社书记闻知省委新书记大驾光临，紧张得有些语无伦次。那年月，事先没个准备，有钱也无处买东西。

"我们是出来工作的，不是来吃请的，食堂有什么，我们就吃什么，有青菜就好。"项南不由分说率先进了食堂。

却连简单的四菜一汤都摆不出来，七拼八凑，才有三盘素菜。

旅行车颠簸着上路，项南微闭眼睛思考。过英群压低声音半认真半开玩笑地对项南秘书说："项书记走了，公社书记可就不轻松了。"

"为什么呀？"秘书小声问。

"招待上级最是头痛，怕就怕招待不好，上级领导吃得不好怎么办，

他回去以后会怎么样？总难免让下级担心起'帽子'来，还有'小鞋'，给你穿'小鞋'怎么办？"过英群不假思索地窃窃私语开来。

项南忽地睁开眼，说："穿就穿，穿不进去就甩掉它，怕什么！"

大家都笑了，静静地品味起项南的话来："我们就是要从自己做起，下力气把党风搞好，把社会风气搞好，把干部作风搞好。"

车到莆田，项南把地委主要领导请到了车上，边看边问："快要春耕了，为什么连土都还没有翻呢？"

地委领导说："今年积肥翻土不如去年同期，主要是生产责任制没有落实，一些社员心里不踏实，怕变。"

很自然就又说到省地一些负责人坚决不许搞包产到户并强行"纠正"的话题，项南似乎来了气，道："多年来，我们的干部别的不怕，一说他'右'，说他走资本主义道路，就立刻紧张起来，简直是胆战心惊，谈虎色变。他们就怕自己出问题，最终影响了乌纱帽，哪顾老百姓有没有饭吃。包产到户有什么不好，分田单干有什么不好，只要能发展生产，能夺得丰收，群众拥护的就可以干！"

车内一片肃然，除了发动机的声音，便是人们微微的喘息声，他们几时听过这么"出格"的话？

"包产到户有什么可怕的呢！"项南看着大家，语气严肃中带着温和，"我告诉你们，这个包产到户、包产到劳，不是单干。我们现在实行各种不同形式的生产责任制并没有改变所有制。照我说，即使是单干，又怎么就是资本主义呢？"

大家听着，深受震动：这个新书记真不简单！

一路上，项南看得多，问得多，听得也多，感触更多。美丽富饶的闽南，因为吃社会主义的"大锅饭"，严重伤害了群众的生产积极性，"捧着金饭碗还受穷挨饿"，多么愚不可及啊！

每离开一个地方,项南总要与前来送行的干部群众一一握手道别,也不管人家一手泥巴。东山之行的细节,更叫人动容。

东山县率先在全省也是全国建立了对台接待站。项南没想到这个与台湾一水之隔、清代施琅征台统一祖国的出师地,还有"寡妇村"这个堪称海峡两岸人间悲剧的活典型,而曾任县委书记的谷文昌,在两岸军事对峙严重之时,就以德政惠黎庶,赢得万民拥戴,还把数百年风沙肆虐的荒岛治理成绿树成荫的绿洲。项南很想见见这位不简单的人,得知谷文昌在龙溪地区(今漳州市)副专员任上不幸得了癌症,正在地区医院抢救,立马说:"我们马上赶回漳州看他!"

120公里的公路,在如注大雨中竟颠簸了5个来小时,赶到漳州已是深夜。省委新书记要来探望的消息,由儿女们传到了谷文昌的耳里。连日高烧的他,嘴里含糊地"哼"了声,灰暗的眼睛顿放光彩,脸现平和之态。家人皆盼望回光返照,谁也想不到,第二天凌晨——1981年1月30日,65岁的他心脏停止了跳动。

这晚的雨啊,一直下到天明,天在垂泪。第二天一早,项南带着省委两位领导,也带着遗憾和沉痛来到医院告别,慰问家属,并叮嘱随行的《福建日报》记者徐明新:"谷文昌同志逝世要在省报头版发消息,不能低于六百字,对他带领东山人民植树防风沙、改变恶劣自然环境的功绩要有个交代。"

稿成,项南亲自审看,把原标题"龙溪地区副专员谷文昌同志去世"改为"为东山人民造福的谷文昌同志去世",并在文稿中加上几句肯定的内容,划去可能突出自己的句子,只保留两处自己的名字,其余皆改为"省委领导同志"。这么一改,标题醒目不说,连评价和温度都有了。

2月2日,《福建日报》在头版超规格地以600多字的版面,隆重刊发这个重要讣告。不久,又发表报告文学《种子——东山人民怀念谷文昌》,不仅再现了谷文昌制服荒沙、改造自然的感人事迹,还较早地报道了其廉洁自律、两袖清风、无私奉献的崇高品格。谷文昌身后还成为"新闻人物",进而成为和焦裕禄齐名的"县委书记的榜样""双百人物"。

新任省委书记无声地传递了对谷文昌"不带私心搞革命,一心一意为人民"这个信念的褒扬,并与全省干部共勉,用一生的行动、用全部的忠诚来践行之。

项南接着调研,走的地方越多,接触的人越多,就越发现,解放思想时不我待。要不是因为责任制的落实关系到春耕生产,得回省里部署,他真还想继续深入考察下去。

新华社福建分社社长林麟在车上即兴编了个顺口溜:"书记下乡,约法三章。迎来送往,万万不可。四菜一汤,鱼肉不尝。住得简单,避免铺张。"

项南听罢,说:"你这顺口溜,把我们的吃住行都说到了,很好!建议开头的称呼不说'书记',就叫'项南',就更顺口了。除了顺口溜,我们更要作篇像样的文章。"

一车人如沐春风。徐明新按项南讲话之意和思路来写所见所闻,陆续刊于《福建日报》的"闽南行随笔"专栏,堪称空谷足音。如随笔之五《想多收水果吗?》这样剖析与评论:"有的同志仍然忌讳在果树上实行'包'字,担心方向有问题……难道建立责任制、多收水果是资本主义?而搞大呼隆、收不到或少收水果倒是马克思主义?"这六篇随笔,像匕首,像投枪,直刺束手缚脚的旧观念。

围绕责任田和包产到户,中央高层展开过一场场争论。项南来福建十来天，知道省里重要领导还在对包产到户强行"纠偏"，也知道不少农民私下里的愤然回应："今年秋收后'暴动'。"所谓"暴动"，就是完全彻底地包产到户。

　　好主意不是从口中念出来的，而是亿万农民实践出来的，农民真要这样"暴动"，任谁也挡不住。项南决心和农民同谋，一起参加并领导好这场"暴动"。在接触了省里一些老同志和领导干部后，他感到，很多人会和他一起加入这场"暴动"。当年在闽西跟随邓子恢打响福建农民暴动第一枪、铁骨铮铮的老省长魏金水就说了："项南同志，不管省委内部有多大争论，都要坚决站在农民一边，毫不犹豫地把包产到户这一仗打好！"

　　南下调研，使项南决心要把落实生产责任制作为突破口，克服一切思想上和行动上的阻力，真正把中央精神和农村政策贯彻下去；同时也强化了他原有的认识：生产责任制落实不下去，一大原因就是省委班子思想不解放，一碰就是死结。

　　2月4日，立春。项南主持召开省委常委"吹风会"，指出："我们要为农民的吃饭考虑，包产到户深受广大农民群众欢迎，并没有脱离社会主义总轨道，省委不应该强调福建的'特殊性'，这也不许，那也不能，捆绑农民手脚。没有思想的大解放，就没有生产力的大发展。"

　　他说："春耕在即，省委要明确宣布：只要群众拥护，不经批准，农民就可以实行包产到户，这一政策长期不变。"

　　他说："就当前来说，这是摘掉福建自明清以来就是缺粮省份这一帽子最快最有效的办法。"

　　他说了很多，有的放矢，旗帜鲜明。多数常委同意以省委名义对以前在落实责任制方面存在的问题作个自我检查和自我批评，主动承担责任，减轻基层干部的思想包袱，使他们能放心地积极推行生产责任制。

建阳地委书记拒不执行中央政策，那就不能轻描淡写，讨价还价，非来点"断腕"之力。由是，断然撤换此人，也算是敲山震虎。今后，领导干部之于改革开放，只有单选题：不换脑就换人，不换人就换脑。2月6日，省委发出《关于抓紧落实生产责任制的通知》。

春到人间草木知。正月初一这天的《福建日报》，首入眼帘的，是一版头条醒目的《落实农业生产责任制刻不容缓》这篇社论。这是项南布置的作业，而且亲自修改定稿，观点鲜明，既有指导性，又富感召力。这天报纸的二版头题，还转载了《人民日报》所发吴象等人反映皖鲁豫三省落实生产责任制发生可喜变化的长篇通讯《巨大的吸引力》。人们透过报纸的版面，欣喜地看到省委对落实农业生产责任制的鲜明态度。

然而，一位来头颇大的人，打电话质问报社为什么要转载这样的文章，报社难以招架，只好求助于项南，项南说："可以反问他，为什么不可以转载这样的文章？！"

2月10日晚，省委、省政府联合召开关于落实生产责任制的全省电话会议，会议中间不断有问题冒出。

"过去马列主义不是说包产到户就是分田单干，分田单干就是资本主义吗？"

熟读马列经典的项南，兵来将挡水来土掩，耐心解释，还反问："马克思著作中哪一章哪一页讲分田单干就是资本主义？我倒要请那些'正统的马克思主义者'拿出来看看。"

"过去第一书记说不能搞包产到户，现在又说要大力推广包产到户，甚至包干到户，我们到底是听省委第一书记的，还是听常务书记的？"

好家伙，一下子将了项南一军。好个项南，急中生智："你们既不要听第一书记的，也不要听常务书记的，就听中央的。"

回答巧妙极了，中央就是"可以，可以，也可以"，你听中央的，实际上也就是否定了过去的，而肯定了现在的。项南在这种场合，既没回避问题，讲话又很有艺术和分寸，干部们暗自折服。

就这样，在中央尚未具体明确家庭联产承包责任制时（中央75号文件只说可以在边远山区和落后贫困地区搞包产到户、包干到户），项南就决心在福建全省农村实行，作为上任后的头等大事。

在他大声鼓与呼中，全省各地纷纷行动，上万名机关干部深入田间村舍，此起彼伏地宣讲中央文件和省委会议精神。工作队顾虑重重在汪汪犬吠中进村，喜笑颜开地在声声鞭炮中出户。

改革序幕一旦拉开，剩下的就势如破竹了。可谓三年冰封，二月春回，福建农村经济体制改革第一枪打了个准十环，响得像惊蛰春雷，长达三年的落后局面就这样在电光石火中宣告结束。

得风气之先的广东，包产到户、包干到户竟也一波三折，直到1982年全省农村才普遍推行开来，可见其难。在推行包产到户这条路上，项南领导福建不仅走得艰辛，也走得更远，拉开这重一言难尽的帷幕后，再没翻来覆去地关合过。

"千红万紫安排著，只待新雷第一声。"福建这一声，是跟着项南的脚步到来的！

第二章 念"经"画"花"

"海防前线"和台湾展开经济竞赛

福建地处东海之滨，经济上处何名次地位？

项南在北京南下前，就算出了一本账：主要指标都在全国平均数之下，其中国民生产总值居全国22位，人均国民生产总值居24位，比全国平均数少102元；粮食产量在全国排19位；进出口总额占不到全国总额的1%。与发达省份相比，就更显寒碜，江苏工业总产值457亿元，福建才75亿元。

福建穷得真够可怜！项南又拿来与台湾比：国民收入，台湾是235亿美元，福建才41亿美元；进出口额，1980年台湾是395亿美元，福建仅可怜的5亿美元。他还从时间纵深拉来一个数字对比：1965年前，两岸人均年收入差不多；1976年，台湾农民人均收入合800元人民币，福建才六十几元，就是说，经过十几年却拉开了十几倍。

"我们连台湾经济的零头都不到，你还去统一人家，还说你优越得很？这个问题太尖锐了，这个问题再拖下去，不要说台湾统一，我们自己的人民也不答应啊，人民经不起我们这样拖下去！"

省委常委"吹风会"上，项南一席话让人听得目瞪口呆：不是说台湾人民生活在水深火热中吗，怎么现在却来了180度大转弯？一个共产党的省委书记，老讲外面好，岂不是长他人志气灭自己威风？有人婉转提醒："项南同志，我们不能与社会制度不同的台湾比吧！"

项南不假思索地说："我们是唯物主义者，可以比，应该比。不过，比得不怎么舒服就是了！"

1981年3月底，福建省两会在福州召开。事前，省报根据项南的要求，对新闻报道作了改革，会议开幕报道言简意赅。项南为此致信省报总编辑："今天报纸头版头条新闻，关于执行主席名单的报道很好，实事求是，看不到突出个人的痕迹了。我们要痛切吸取过去那种过分渲染个人作用的惨痛教训。忘记了党的集体领导的原则，不是一个好的领导者。"此前2月20日，针对省报评论称落实责任制"克服了'左'的思想影响"，项南也马上致信指出此言不妥，"现在，离'克服了'

还早着呢！"

省两会前，不少人大代表和政协委员就在谈论省委的新举措，说项南同志开刀了，福建正气在上升，可望打开新局面。也还有不同看法，担心某种势力很大，项南的"尚方宝剑"再厉害，福建怕还是积重难返。

讨论政府工作报告时，一位代表直言不讳："福建这几年搞不开，政府工作报告怎么写也不精彩。中央给我们特殊政策、灵活措施，人家广东增加收入，我们还要中央补贴……"

代表和委员的发言，摘要在《情报反映》刊发。项南看后思考，充满了感动和使命感，随后做题为《解放思想和特殊政策》的讲话："三中全会以后，福建对中央的许多重大决策没有及时跟上，现在我们决不可再丧失时机……"他把自己在省委常委会上所作闽台比较，再次通过一系列数字端出。全场鸦雀无声，有人"咚咚咚"的心跳频率加快。

在此之前，上上下下有谁说福建不如台湾，整个大陆的外汇储备都不如一个小小台湾？而这个新来的省委书记，却和宣传调子严重不合拍，不讲台湾如何"水深火热"，却说知耻近乎勇，要和台湾来个竞赛，只要解放思想，用好中央政策，坚定改革开放，假以时日，就完全可以赶超台湾。

新中国成立30多年来，福建省领导人首次提出要与对岸的台湾展开经济竞赛，不啻石破天惊。两会代表们心头那一份热情和渴盼，如一串火苗骤地被点燃，在彼此相觑的眼中闪现。

人同此心，心同此理，他们对福建的落后能不心痛？！为什么会这样沦落呢？不能动辄就归咎于"海防前线"，更多的正如这位新书记所讲，是思想僵化、"以粮为纲"的结果，必须跳出"三分地里闹革命"的框框套套，大胆改革开放，而前提又必然是解放思想。

"什么叫特殊政策、灵活措施？总的精神就是一个'闯'字。不敢闯，就特殊不了，灵活不起来。照胡耀邦同志的话说，特殊政策、灵活措施是中央给广东、福建两省的'尚方宝剑'。老实说，福建基本不敢用，觉得烫手，怕搞冒了。比如，50号文件的规定，许多我们都没有充分运用，不少改革我们并没有先行一步，有时反而落在了全国后面。今后，我们要灵活用好中央给的'宝剑'，左右开弓，敢为人先，杀出一条路……"

项南最后说："只要我们思想是解放的，步子是稳当的，党风是正的，真正实行了特殊政策和灵活措施，福建经济建设的步子就一定可以加快。"

这个报告可谓绕梁之音，给两会代表一个全新的感觉、全新的认识。

"不能让福建人民失望！"这话时时响起在项南的心头脑海，像道命令，像个咒语，也像一句呐喊，催促他夙夜在公。福建要先行，他这个带头人更得先行！

大念"山海经"

阳光和煦的周日，省委屏山大院静悄悄的，项南把自己关在办公室，面对福建地图，心无旁骛，一会儿眉头微蹙，一会儿笑若朗月。

福建到底有什么特点？有什么优势？如何把这些优势发挥出来？他细读着地图。

他看到了青山碧水，听到了海浪滔滔，真切地抚摸到了福建的山脉、海脉，看清了它们的风姿：一个山，一片海，潜力都大得很，让许多兄弟省份看得眼馋，福建就要念好这本经，什么经？山海经！项南经过对多个山区和沿海县的调查研究，对福建的发展有了深刻的思考。

大念"山海经"的想法,油然跳入他的脑海中。上一年元月他作《展望八十年代》一文时,就萌生了进军山海之念。那时他提出农业机械化要向三个新的领域进军,即"向广袤的牧区进军,向宽阔的海洋进军,向远未开发的山区进军"。如今主政一省,他决心要把此念落到实处,把"头脑风暴"变成现实中的"经"来念,把前任略有的大意从纸上和报告中带出,走向他们可能想不到的诗和远方。

首先得解放思想。前些时候,他到永泰县调研,县委书记汇报时摆出了一通困难,说什么人多地少,农业难发展。他听完,严肃地问:"福建'八山一水一分田','八山'难道不算地?永泰那么多山地,不算地吗?"县委书记摸着头,一脸诧异地嘀咕了一句:"那也算地?"

传统观念还真是根深蒂固,几千年的农业社会,人们历来重田轻山,没把广大的山地看成土地,甚而视之为包袱。而"沿海",曾几何时是缺柴缺粮的贫穷地区,是鱼虾当饭吃不饱的"地瓜乡",是多灾多难的代名词,哪里比得过山区稻米之乡!

他把全省大念"山字经""海字经"统称为大念"山海经",端上桌面,推销起来不失幽默:"我们念的这本'经',是要发挥福建山多、海阔的优势,要做出一番事业来,不是和尚念经,整天阿弥陀佛能念出什么财富来,但我们念'山海经',就要念出名堂来!"

大家听出味道来了。《山海经》是中国古代一部现实主义与浪漫主义并存的奇书,项南是拿旧瓶装新酒,借用"山海经"这个口号,古为今用,要作一篇震古烁今的当世华章。

起初,很多人对"海字经"的含义不够清楚。项南指出,"海"字应该包含海洋生产、海洋经济、海洋文化,他还意气风发地说:"其实,连太平洋都可以去开发、利用!"

提法新颖,更激动人心,无异于给人们打开了一个窗口,看到了比太平洋还宽阔的世界。于是，众口传诵，说："生活了几十年，到今天才算知道福建是个什么样子，还有这么宝贝的东西，要大念'山海经'，念好'山海经'。"

1981年秋，大念"山海经"和建设"八个基地"，堂堂正正地上了红头文件，成了政府行为，成为福建省中长期经济建设的一个战略决策，为加速经济发展注入了新鲜而孔武的活力。

偏远而广袤的山区，"山字经"念得如火如荼。

为了让干部群众最快速地形成共识，项南专门为彩色纪录片《福建山海经》创作主题歌。"闽之山，何苍苍，闽之海，何泱泱。山之崖，海之滨，大家来念山海经……"道出了福建以山为骨、以海为魂的开山拓海气概。人们传唱之间，心头宛若激荡着奋进曲。

山还是那山，海还是那海，却因了观念的更新、科学的规划和合理的开发，山被"点石成金"，海变成了聚宝盆。

敢吃螃蟹的人，哪个会拒绝大海呢！蓝色畅想、激情飞扬中，项南想到了开发天然良港湄洲湾，完成孙中山当年《建国方略》中的宏愿。那些美好的设想过去只留在纸上，现在改革开放了，抓住这难得时机，把它变成现实。

如果说，大念"山海经"改变了福建经济的整体布局，为福建经济的腾飞打下坚实的基础，那么，其中的"海字经"，重头戏之一就是开发湄洲湾。沉寂千年的湄洲湾，直到项南提出大念"山海经"，才迎来真正的崛起和辉煌。

福建大念"山海经"，不再死抠那不多的耕地，而是放眼八倍于耕地的山区、十几倍于耕地的海域，开发"绿色银行"和"蓝色牧场"，山上造林种果，海边开发滩涂。

一念之间，尖子能人灿若繁星，还涌现了龙海花卉专业村、晋江陶瓷专业村等一类子村。这些典型带动着千家万户，"一户富百家学，一户兴带一片"。中央领导人看到了福建掀起的这股向"山海"进军、向山要财富、向海要发展的热潮，看到了因之发生的由表及里的深刻变化，感受到了经济工作打开的新局面，热情地予以赞扬。不少兄弟省提出要学习福建大念"山海经"。

福建的先行一步，和台湾的隔海竞赛，是有形的，更是无形的。涛声依旧，潮涌两岸。

"三个更加""三个要干"

改革开放之初，经济特区建设一度徘徊。国家有关部门不肯放权，担心两省"越轨"，不少红头文件还要附加一句"广东福建不例外"。顶层设计不明确，法规不完善，不少具体问题制约着特区前进的步伐。招商引资在观望中摇摇摆摆。

性格直爽的项南，在福建第一次向前来考察的中央分管特区工作的领导汇报时，一句话就是："我到福建一个多月来的调研，没看到有什么'特殊''灵活'的东西，原因一方面来自省里，一方面来自中央，这样下去，何时才能杀开一条'血路'？"

在广东、福建两省领导人的望眼欲穿和强烈呼吁中，1981年6月，中央召开粤闽两省和经济特区工作会议。项南和任仲夷会下交流时约定，在发言中坚持实事求是，要揭开矛盾，要讲真话，如实反映两省面临的困境，促使中央做出正确决策，以利于改革开放。

6月10日，任仲夷率先发言，尖锐提出："广东、福建两省实行特殊政策、灵活措施，它究竟是两省的事，还是全国的事？""是先制定相关法律法规，还是先开步走？""抓经济工作，应该是对外开放，对内放宽，对下放权。"

项南赞同任仲夷的意见，紧接着在翌日下午发言，有针对性地提出几点：

一是特殊政策特殊到什么程度？在目前条件下，福建对于华侨和外国资本的吸引力不如广东，更不如中国香港、新加坡。为了改变这一状况，福建对包含侨商在内的外商投资，从税收、审批手续等方面，应采取比广东更加特殊、更加灵活、更加优惠的政策。具体说，与外商合作，双方都有利的要干；我方利小的要干，我方暂时吃小亏，但从长远和整体看对我方有利的也要干。请国务院在原则上予以认可。

二是要扩大地方自主权……

三是要敢于迎接来自台湾的挑战。福建要在二三十年内在经济和民主方面超过台湾，这样的成就将促使统一大业实现……

项南还提出，在两省尚未迈开步子前，不必担心"太特殊""太灵活"，倒应该经常提醒，中央给了你们特殊政策和灵活措施这个武器，你们为什么不敢特殊，不敢灵活，为什么至今还打不开局面？！现在的问题，是要鼓励干部敢去闯，敢担风险，敢打开局面，这就难免要犯这样那样的错误。还没有迈开步子，就怕乱，怕犯错误，不敢迈步，是出不来经验的。

项南因此在中央先"挂个号"：改革开放是新事物，需要探索和支持，福建在工作上恐怕难免犯点错误，出点纰漏，希望中央各部委给予指导，给予帮助，互相体谅。后来的情况，果然不出所料，别说实践探索，就连他在此次会上所说的"三个要干"也遭到攻击，说对我们没利的也要干，这不是典型的卖国求荣吗？而事实证明，项南的许多超前看法和做法都是对的，一个人的先见之明不是从天上掉下来的！

这次会议，项南和任仲夷这两个"先行"省份的掌舵人，第一次面对面地倾听对方的真知灼见，在改革开放的最前沿并肩作战，同声相应，同气相求。

为了两省能真正"特殊""灵活"，他们在会上还提出，能不能定出几条杠杠：一不走资本主义道路，二坚持四项基本原则，三坚决完成中央规定的任务，四不做特殊党员，五执行统一对外政策，在这几条大原则下，中央就不要管死他们，放手让他们去闯。

这次会议重申广东、福建实行特殊政策、灵活措施不动摇，要求两省把工作进一步做好。会后宏观政策阴晴未定，乍暖还寒，项南没有坐等，时时刻刻想着先行一步。

"权放一格"，引进外资

经济要发展，工业要前进，就得抓建设、抓引进。

"项目项目项目！"项南再三呼号。可福建抢眼的项目尤其是引进项目少得可怜，他格外重视，甚至直接参与引进项目谈判。他不止一次地说："引进一些骨干项目、拳头产品，要在国内市场甚至世界市场都举足轻重，具有当代先进水平的东西，这样，福建的脊梁骨才能直得起来。省委下决心搞基础设施建设，目的也就是要改善投资环境，吸引外来资金和技术。"

在主张大开门户狠抓引进时，他也再三强调领导干部要解放思想，先把自身的脊梁骨挺直起来："有些项目能拍板的要当场拍板，不要优柔寡断，如果什么事都要经过最高领导点头才敢去做，将会贻误多少时机啊！"所以，不要七请示八请示，根据国务院主要领导"权放一格"的精神办，放手干。有这样的鼓劲，福建各有关部门、单位，八仙过海各显神通。

"爱拼才会赢"固然没错，但项目引进后的落户、待遇等等，就不能硬拼了，再有，"权放一格"说来容易，落实起来却是互相掣肘。

改革开放之初,有关部门间相互扯皮、上下推诿,连国务院领导都一度为之头疼,无可奈何。1981年,在广东、福建两省工作会议上,与会的国家进出口管理委员会领导,对两省遭遇的来自中央政府机关的官僚主义现象,也参加了"炮轰",一针见血地称之为"一篓螃蟹"。螃蟹堆在一个篓子里,相互钳制,如何动弹得了?

福建和广东的苦水一场会议吐不完呢,在"先行一步"的探索中,"一篓螃蟹"的体制障碍如影随形,几乎每前进一步,都要触犯旧体制的规条,而被上级条块部门斥为"胡来","还要不要计划?"

任仲夷在广东就说了计划经济管控之严:"一盒火柴要提价两分钱,能否提?得拿到省委常委会上讨论决定。计划经济就是这样,鸡毛蒜皮,什么都管,哪能管好?!"福建分管外经的副省长张遗,也碰上过一个极端的例子,简直气坏了,堂堂一个副省长连批根杉木的权力都没有!

单纯计划经济制约下,人们就是这么的思想禁锢、僵化保守。思想不解放,又怎敢冲破各种阻力、跳出条条框框,经济怎能发展?无私无畏的项南,决心向这落后的体制挑战,做第一个吃螃蟹者。在他的再三推动和对国家经贸部的批评下,1984年8月,闽西第一家外资企业——永侨藤器企业有限公司终于落地,产品全部销往国外。谁能料到呢,它竟成为全国在四个特区以外之地由外商独资办的首家工厂。随后,外商独资兴办的企业如雨后春笋般蓬勃发展起来了。

"道路不平,电灯不明,通信不灵,自来水常停",是福建改革开放之初基础设施的真实写照。说起基础设施的落后,真个让福建人汗颜! 1979年,一艘法国商船停靠马尾港,船上大副到邮电局向巴黎总部汇报情况,连打五个小时无法接通,一气之下摔了电话机:"你们谈什么改革开放?!"一位港商说:"你们的特殊政策、灵活措施把我们吸引来了,进来了却出不去,信息又不灵,与其说是来旅游、做生意,不如说是流放。"

这些,项南听在耳里,看在眼里,急在心里。

1981年2月27日,他从闽南调研回来,在省委常委"吹风会"上说:"看来改革开放,除了解放思想,就得老老实实搞基础设施,而不是一上来就招商引资。这点,福建同广东是很不相同的。广州、深圳毗邻港澳,条件比福建优越得多,他们的对外开放,一上来就可以招商引资,立竿见影。福建不能这么做,做也做不通。试想,一个能源、交通、电讯十分落后的省份,外商怎会有兴趣投资设厂?我们必须老老实实,埋头苦干,节省每一分钱来搞基础设施。"

他审时度势提出,福建要改造鹰厦、外福两条铁路,扩建和新建福州、厦门两个机场,修建福州、厦门两个港口,抓紧安装两套万门程控电话,建火电、水电两个电站。后来,省委把之确定为改善福建基础设施、构建新的投资环境的十大重点项目。

福州和其他省会一样,当时还是20世纪五六十年代的第一代通信交换设备,要跨越到国际上最先进的第四代,决策者们难免疑虑丛生,举棋不定,何况日本富士通公司第四代通信设备还刚处于试用阶段。项南认为,可以冒冒风险,将福州提供给他们作为试用基地,这样,引进这套万门程控自动电话交换机,所需费用就大大低于正常价格。

1982年3月,这项引进工程在福州动工。11月27日零点,福州在全国首家开通了万门程控电话系统,直拨国际电话时间仅需二三十秒,顿时轰动全国,成为中国通信史上的里程碑。一些发达国家和地区,如中国香港、新加坡等地的通信技术,此时也还没达到这个水平。厦门紧随福州,也成功地引进了一套万门程控电话。全省都陆续引进程控电话，福建邮电发展风风火火走在全国前列。随后，广东比福建迟了两年也建成了程控电话。

1984年，福建经济增长率达到20%以上，工农业总产值增长名列全国第二。福建的变化，中国看在眼里，世界看在眼里。

第三章　特区"血路"

"心凉半截"之后，如此说项和立项

福建和广东是中国改革开放的"排头兵"，自然地，两省里头的四个经济特区，便是"排头兵"中的"尖兵"。

1981年1月下旬，项南目睹厦门所谓的特区，不过是湖里一小块寸草不长的荒芜沙地。能够作为资本反复向外界介绍的，不外乎太古码头。可这太古码头也真是太古了，周围打的还是木桩，泊位能力只有几千吨。不仅太古码头，就连整个厦门，似乎还沉睡在远古中。

项南自称"心都凉了半截"，不仅因为没见着一点特区的讯息和朝气，更因为特区2.5平方公里的范围。深圳特区327.5平方公里，珠海特区也有6.8平方公里呢。要在2.5平方公里这样一块小地方建厦门特区，束手缚脚，唱不了大戏，难以带动周边地市乃至全省发展，更难以在国内外树立良好形象。

心凉半截的项南，毕竟有颗火热的心，他另有算盘，有冲天气魄：要争取把厦门全岛搞成特区。在此情况下，福建的改革开放工作、特区工作，绝不能局限于2.5！

他从不隐瞒自己的设想，甚至还多次找中央负责同志力争：厦门经济特区不能只是"2.5"，而应是全岛124平方公里，使整个厦门都能享受特区优惠政策，这样对外商、侨商才有吸引力。

"回去研究"的情况未明，项南却认准了思路和出路，撸起袖子甩开膀子干就是。从他到湖里视察第一天，他就打定了这个主意，按他的话说："等，是等不来特区的！"

1981年8月间，就特区的用人标准和利用外资原则，项南指出："特区是对外开放的窗口，不能照老框框办，要勇于探索，敢于创新，特事特办；特区干部要严格挑选，坚持改革创新，精干高效；利用外资要大胆放手，把握'三个要干'原则……"

10月15日，湖里工业区轰鸣的推土机声，宣告厦门从此跨入一个新纪元。在为特区命名时，湖里加工区的正式定名是"厦门经济特区湖里加工区"，而没有使用"厦门湖里经济特区"。虽是几个字之差，意味却十分深长，项南早已将特区着眼于全厦门，苦心孤诣地为特区的扩大和发展定下心计。

在厦门特区管委会召开的第一次办公会议上，他开宗明义地提出："没有机场，就没有特区。要下决心在厦门建飞机场，既然搞特区，又是对外开放，就一定要飞出去。"他在省委常委会上进一步强调："厦门没有机场，厦门经济特区是存在不了的，问题就是这么尖锐！"

尖锐的问题还不少，最头疼的就是财政袋子空空。搞基础设施，如果按老办法，全靠国家投资，依靠国家订计划上项目，这样排队不知要到猴年马月，而终将一事无成，坐失良机。但如果靠自身力量，显然也不现实。全省财政收入一年才十来个亿，怎有可能拿出那么多钱？必须自己创造奇迹！项南把航空港建设当作重中之重来抓。

彼时国内各个机场都由国家统一安排建造，1982年，福建省为扩建福州机场而主动"垫钱"给国家民航局，成了特大新闻。而后，福建又和军方合作办起了军地"联航"，开风气之先。把福州机场扶上马的同时，项南心心念念的就是厦门机场。

建厦门机场比扩建福州机场困难多了。问题还不是垫不垫钱了，而是厦门机场能不能列入计划的问题。计划经济体制操盘控制一切，1000万元人民币以上的建设项目，都须经国家计委批准才能立项实施。建机场耗资巨大，更不能例外，要纳入国家计划，难矣哉。

国家计委口头给出的理由不少，比如：厦门每年公路、火车进出的客流量不过百万，能有多少人坐飞机呢，建机场为时过早。福建省却认为：我们在没有机场的情况下讨论是不是有人来坐飞机，这是静态的、停滞不前的看法，没有意义，像在争论是先有鸡还是先有蛋这个问题。事实上，正因为没有机场，交通不便，所以来厦门的人才来得少。

为了"立项"，福建省领导跑了多次北京，四处游说，据理力争，却被计划制定部门指责为无理取闹。在国务院一次会上，有位领导还责难道：四个特区，深圳、珠海、汕头都比厦门强，他们都没机场吧，就项南爱出风头，建什么机场？！

改革开放，总有碰撞，项南在一片反对声中却毫无惧色，知难而上，决心破釜沉舟，他还真想出这个风头了！

经项南拍板，省政府把厦门机场项目纳入福建省1982年度基建计划，经费由省里自筹解决。在旧体制尚未改革前，省里自行审批厦门机场这个项目，没有足够的勇气和敢于负责的精神，就只能在因循守旧中流于空谈。

方案充实后上报国务院。国务院说必须经中央军委通过。军委的意见是，厦门离台湾很近，是海防前线，怎么能建民用机场？一个"不安全"，一下子给顶了回来。

项南带着几个书记、省长，和福州军区司令员杨成武一前一后去北京做工作。军方的态度开始还是那么强硬,也还是那么个意思:厦门搞这个机场,不是在金门的炮火射程之内吗? 你花那么多钱,几炮就给轰掉了,哪能成!

"这个话恐怕不对吧,"项南既诚恳又不客气地说,"你们怎么就不想一想,金门的机场不也在我们炮火射程之内吗? 在军事上,到底是台湾怕我们呢,还是我们怕台湾? 台湾在前线照样建机场,他们都不怕,难道有着强大的解放军做靠山的我们还怕? 革命战争年代我们把蒋介石集团打败赶到台湾去了,经济建设我们也应该是胜利者。"

杨成武也帮腔:"台湾有什么了不起,连和我们'三通'都害怕嘛!"

这些话着实有道理,反对建机场的障碍相继被推倒,一个更大的"堡垒"却又闪了出来:"厦门离金门不过咫尺之距,飞机在厦门机场滑出跑道,不用拉升就能在金门机场降落,真要跑了飞机谁来负责?"

一片静寂中,项南缓缓起身,一脸严肃,手指脑门,一字一顿地说:"我负责!"在场之人听罢这字字千钧的三个字,莫不震惊。

有人咽了咽口水,道:"项南同志,这可不是闹着玩的,再说了,口说无凭……"

项南像是早就料到会遇到这类难题,胸有成竹地说:"既然口说无凭,那就立字为据。我愿立下'军令状'!"

刹那间,空气凝固了一般,人们的目光都聚焦在项南方方正正的脸上。将军决战岂止在战场,在改革开放这"第二次革命"中,项南也在以命相搏!

一时间,反对的意见烟消云散。军委经过慎重研究,终于开了绿灯。民航局、国家计委先后同意立项了。

但问题接踵而来,钱从哪儿来?

国务院财经委副主任认真听了好半天汇报，最后说："项南同志，你讲的这些都有道理，也应该帮助，但实话跟你说，还是那句老话，要钱没有，要命有一条。"

中央有中央的难处，只能来个无可奈何的幽默。这句话确实让项南心寒了一下，加重了他对困难的估计，却没死心。他当然也理解国家的难处，只能自己想办法，八仙过海各显神通。

项南回来向省委常委会汇报了此行"收获"，提出："厦门机场非搞不可，国家既然无法投资，我们就利用中央给予的特殊政策，向外国借钱。"

举债搞建设，成为福建省吸引外资的总体战略决策的第一着棋。这些举措，在当时不啻石破天惊。中国人已经习惯了关起门来陶醉于"既无外债，也无内债"，习惯于"干打垒"搞建设，要吃这第一只"螃蟹"，需要何等的勇气和卓识。

恰好，科威特有一笔优惠贷款可以利用。国家进出口管理委领导见福建找上门来，痛快地拍板，把厦门机场建设列入科威特在华援建的六个项目中。

项南点将，张遗具体负责科威特贷款及厦门机场筹建工作。但单就一个出国手续，张遗到北京后就遭有关方面的再三阻挠。理由林林总总，甚至说福建派一个副省长去向一个小国"化缘"，规格太高，有损国家脸面，得换人。

项南在电话里听到此说，真是哭笑不得。所谓"规格太高"，还不是传统观念作怪、半殖民地半封建社会留在中国人心中的阴影作祟。泱泱大国，堂堂副省长远道向一个小国借钱，这事就大惊小怪了。想没想到，人家国虽小，也是一个国家，正因为他们是小国，历史上老受大国讹诈和欺侮，所以希望同能够平等相待的大国交往。周恩来总理当年在万隆会议上倡导的外交五项原则不也是这样主张的嘛。人家有钱相借，是友好和信任的表示，又不是让我们屈膝乞讨，难道去个副省长借钱就丧权辱国不成？！

项南坚持不换人，电话里叮嘱张遗迂回作战，注意方法，不怕好事多磨，必定一举下之。

1982年4月，张遗和国家经贸部副部长魏玉明，带上翻译飞往科威特。这个陌生的国度，倒比国内办事顺利多了，双方很快达成了初步协议。6月23日，科威特专家组乘船抵达厦门，考察机场建设项目。走出去，再请进来，一来一往，热情相待，科威特专家组针对厦门机场建设的具体情况，对贷款协议做出了更有利于福建的更改。五天后，双方草签了《厦门机场项目贷款协议》。该基金会以每年3厘3的低利率，向福建提供600万第纳尔（约合当时2200万美元）的长期优惠贷款，用于修建厦门机场。

在科威特当年给中国的六个贷款项目中，厦门国际机场建设排在最末位。却由于项南亲自抓，张遗领着干，如此平等相待、高度重视的态度，连同翔实的资料，让科方甚为满意，因而不仅给予第一个到款，还建立了不错的友谊。

新闻上了头条，种种责难却也像子弹一样向福建横扫而来："洋人经济不景气，资金没出路，到福建来找出路了。"

项南听了，哭笑不得："你管人家的资金有没有出路干什么呢，我们利用这笔钱，不花国家的钱建机场，有什么不好？"

有人压根不管福建在国内告贷无门，也压根不管科威特的低息贷款，只管风言风语："洋人的贷款利率这么高，福建还得起吗？""福建还没有先富起来，债却背了不少。"

对这场由科威特贷款引发的争议，项南也不去辩解，只是催促工程尽快上马,指出建设资金来之不易,绝不能浪费一丝一毫。

1982年1月10日,厦门机场破土动工。

机场建设需要设计,开始想找世界上最好的设计专家。联系法国戴高乐机场,对方狮子大开口,设计费350万美元,一分不能少。科威特那边的贷款,预先知道能借的也就是两千来万美元,法国人的设计费等于要走了六分之一,项南既心疼,更不甘。他找到国家民航局局长,力主自行设计,又问:"修这等规模的机场,一般要多长时间?"

"首都机场改造花了七年,你这个机场至少也要三四年。"

项南一听,跳了起来:"那怎么行?绝对不行,特区再等个三四年黄花菜都凉了呀!再说,恐怕我那时都不在福建了。"他想了想,以充满希冀的语气问道:"你看能不能争取在一年时间内建成?"

"那不可能!"国家民航局局长以自己的经验做出了不容置疑的回答。

项南可不管人家的经验之谈,厦门特区不能等,福建的改革开放不能等,项南他自己也不能等。真是"一万年太久,只争朝夕"!他要的是,一定要多快好省地把机场建成。

反复争取之下,国家民航局感动了,派出精兵强将进驻现场,配合闽江工程局,破例采取边设计、边施工、边整改的"三边"政策。

领导的重视和改革措施收到了效果,机场的建设速度,比厦门上空掠过的白鹭鸟飞得还快。到1982年年底,机场主跑道提前建成,创造了国内混凝土机场跑道当年开工当年建成的高速施工范例。

1983年10月,项南亲自打电报邀请科威特亲王、经济发展基金会主席费萨尔参加机场通航典礼,亲王的回电饶有趣味:"项先生,你是个很幽默的人,我希望能够确切知道哪一天机场能建成。"

10月22日，厦门国际机场举行通航典礼。全国人大、全国政协和有关部门领导，连同科威特亲王一行50多人同行。因是首航，有人担心飞机偏离方向，一不小心就飞到金门上空。这么一说，不少人便紧张起来。项南幽上一默："今天，福建省四套班子都登上了飞机，若飞到金门，岂不正好就地接管？！"会心的笑声中，大家的心情霎时大为放松。

波音737客机平稳地降落在厦门高崎机场。整个通航典礼，费萨尔亲王一脸兴奋，赞不绝口，典礼结束后，还主动找到项南寻求合作，提供6000万美元用于建沙溪口水电站。

真是得来全不费功夫！这当然绝不是空穴来风，天上掉下个大馅饼，没有前期的工作，这样的好事根本无从谈起。

民航业是改革开放的"晴雨表"。厦门机场的通航，大大缩短了厦门与国内外的时空距离，也使厦门在周边地区实现了领先一步搞经济的设想。

"机场建起来了，还必须飞出去！"项南的话像打出去的子弹，没有回旋余地。

经他倡议，马上开始筹建全国首家地方航空公司——厦门航空公司。在项南看来，厦门今后要建成"自由港"，对航空业必然有更新更高的需求，只有调动各方面积极因素，才有望实现中央希望福建走在"四化"建设前头的蓝图。

厦门航空公司完全是白手起家，自己连一架飞机也没有，如何实现飞出去的目标呢？项南主张先租用，还有就是与外国公司组建合营，让外国航空公司的飞机飞进来。

建设厦门航空公司一事提上议事日程后，夏威夷的亚洛航空公司对合营方案产生浓厚兴趣,表示愿做这笔"买卖",双方一拍即合,订下协议,由他们出飞机跑这些线。却不料,民航部门不同意,说是关系到国家的领空权问题,地方政府不能随便与外国订协议。

项南还真有点弄不明白了:领空权明明掌握在我们手中,我们飞出去,他们飞进来,国际上历来都是如此处理,别的国家订的协议多啦,怎么碰到我们航空公司又出来这个问题? 他清楚地记得20世纪60年代,周恩来总理曾说过:中国民航不飞出去,就打不开局面,一定要飞出去,才能打开局面。

后来才知个中原因,比如,厦航想开辟的几条线都是热线,民航局要自己飞,不愿让地方来动这个奶酪。再比如……

项南鼓励负责外资引进的张遗等人:"沉住气,想方设法突破这个禁区!"

体制禁区何其坚硬,虽有中央领导的支持,但具体落实起来,在强大的旧体制面前,中外合资航空公司的方案仍然宣告"流产"。

项南没有怨天尤人,退而求其次,鼓励厦门自筹资金组建厦门航空公司。他说:"改革难是难,但再难也等不得,我们往前闯出一步,就进了一步,那些反对势力则要退后一点,久而久之,禁区就越打越开。"

艰难行进中,省里一路绿灯,国家民航局也总算高抬贵手,放宽了有关限制。虽然困难层出不穷,但项南坚定地说:"特区有自己的航空公司总比没有强!"一句话,就把眼看要泄的气给重新鼓了起来。他抓住邓小平来厦门视察的机会,汇报时提出把机场建成国际机场。邓小平赞同说就是应当飞出去,就用国际机场这个名字。厦门国际机场不断扩大和完善,成为闻名的航空港。

邓小平为厦门机场发话,项南趁机"借东风"组建厦门航空公司。

1984年7月25日，随着厦门航空公司第一届董事会在国家民航局内召开，中国第一家由地方创办的民航公司宣告正式成立。1985年1月5日，中国大陆第一家综合性地方航空企业——厦门航空有限公司正式营业。厦航成为国内第一个直飞香港的地方航空公司。随着厦门—香港航线（包机飞行）的开通，港澳台同胞和海外华人感到祖国与海外、与世界的距离大大拉近了。

在那个计划统治一切的时代，一个穷省，居然能跨越雷池，靠自己的力量内联外引，长袖善舞，办成一件件在别人看来天大的难事，实乃奇迹。

难怪任仲夷不时向福建投以关注的目光，对广东干部说："我们办特区，要研究港澳实行的某些经济政策和方法。在国内，我们还要注意学习福建的经验。"

项南为厦门特区插上了翅膀，他对厦门国际机场和厦航的预期，40年后一个也没落空！

"四特"掷地有声，"东方夏威夷"惊艳世界

对改革开放，邓小平提倡"摸着石头过河"，项南恰如卒子过河，只进不退。他说："搞特区，基础设施建设是第一位的，怎么做也不会过分，没有危险，搞晚了倒是会耽误工作。"厦门机场、东渡港一期工程、厦门火车站新站落成等基础设施建设相继上马，有人建议："还是停停看看吧。"

弦外之音，谁都能听出。

项南却很执着："改革开放有什么可怕的，我头上没毛，没辫子好抓！"一句话，颇有鲁迅"深刻片面性"的入木三分。

自1982年以来，全国上下对闽粤两省的特殊、灵活和经济特区非

议有增无减,甚至上线到"资本主义""殖民地"的方向性错误,"特区要取消"之说甚嚣尘上。不少人迷茫了,怀疑对外开放犯了方向性错误。有人还警告说,历史上搞改革开放的人都没有好下场。不少干部担心碰上"高压线"而不敢作为。

项南淡然一笑,只把这些杂音看成是全社会改革开放尚未形成共识之下对新生事物的不同看法而已,他在十字路口,在波谷浪尖上,把自己站成了一棵青松、一盏航灯。

1983年9月18日,他在经济特区工作会议上,力排众议,掷地有声地提出特区要有"四特",即:特殊的任务、特殊的政策、特殊的环境和特殊的方法,总之要紧紧围绕"特"字做文章,特事特办。

项南道出了许多人想说不敢说、想听听不到的话,为厦门特区的发展指明了方向。他还寻找一切机会,恳请中央把厦门经济特区扩大到全岛,以适应福建建立统一祖国基地的大任。

1984年2月初,项南翘首等来了中国改革开放总设计师邓小平视察厦门,再提扩大厦门特区之事,还说:"希望中央给的权再大一些,让我们去闯一闯,最好把厦门特区建成自由港。"项南受命主政福建后还未到任,在北京参加中央工作会议时,日记上已闪现"成立自由港和自由区贸易"一类的思想火花。

邓小平没把门堵死,项南心里高兴,进而提出:单有厦门特区的发展,还解决不了福建由穷变富的问题,最好是闽南厦、漳、泉三角地区也能对外开放。邓小平表示:这个问题,要等回北京后,跟第一线的同志们一起研究。2月9日,邓小平视察厦门湖里工业区后,饱蘸浓墨,欣然挥毫:"把经济特区办得更快些更好些。"

这年福建的春天,显得别有气韵。邓小平回京不久,一系列重大决策随之而出。不独厦门经济特区得以扩大到全岛,并可实行"自由港"的某些政策，福州也成为14个沿海开放城市之一，连带着福州（马尾）经济技术开发区上马。

项南预见会有这一天。

厦门经济特区扩大到全岛，基础设施和各种投资软环境不断改善，犹如安下了一个巨型磁场，在海内外产生了越来越大的引力。1984年，厦门出现了外商投资高潮，当年批准的签约合同、投资总额和外商投资额，均相当于前三年总和的3倍多。

开放，首先是思想的大解放。突破"禁区"和条条框框的桎梏，迎难而上，展翅翱翔，是改革者动人的胸襟和情怀。

走在时间前面、有着强烈超前意识的项南，为了加强招商引资工作，主张与联合国工业发展组织一起联办一场投资促进会，于1985年11月25日，在厦门富山国际展览城开幕。联合国同中国省一级政府联合举办投资促进会，还是大姑娘上花轿头一回。这场投资促进会渐渐演化为每年9月8日召开的中国国际投资贸易洽谈会（简称厦门投洽会）。

1986年年初，厦门国际银行举行开业典礼。作为中国首家中外合资银行，它从筹备到成立，历经波折。项南认为，办起一家中外合资银行，比引进一个大项目重要得多，不仅长远经济效益好，而且能使福建树立更良好的对外形象。受此影响，在此前后，国际上许多大银行纷纷在厦门设立分行和办事处。一时竟有300多家，其密度在全国名列前茅。

厦门尚处特区初创阶段，项南的定位就是国际型都市，为此找来联合国国际生态安全科学院院士、回国后受聘担任清华大学教授的城市规划建筑大师彭培根来量身打造，指出："建设绝不是杂乱无章、随心所欲的，而要有科学规划、精到设计，特别需要为未来的城市发展留出足够空间。"彭培根与项南的理念一拍即合,组织来自六国11名中外专家,花了近半年时间,完成了厦门市方圆153平方公里的城市总体规划。这个理念超前的团队结合国际最新城市规划成果,勾勒了厦门风姿绰约的线条,特别为岛内留下了许多富有想象力的发展空间。唯其如此,后来的厦门才能如此协调配套,风度优雅,动人心扉。

来过厦门的外国元首们不吝赞美。1985年"新加坡国父"李光耀前脚刚去,美国前总统尼克松后脚就踏着秋叶来到鹭岛,发乎于情地赞之为"东方夏威夷",还说厦门是他遍访世界上百个城市中迄今为止最美的一个。回美国后,有人问他,到中国什么地方投资最好?尼克松回答:厦门。

厦门经济特区扩大到全岛和鼓浪屿的心愿终于达成后,项南还想着实现"自由港",并把此和对台问题、祖国和平统一大业相联系。"自由港"是当时全国对外开放最高的层次,在他的心海里四季不冻,常年通航。

让历史欣慰的是,人们对一来一去的思考,接上"发展是硬道理"的金句,很快也就打破旧框框,不再墨守成规,如"君来"期待的那般,带头打先锋,甘冒风险,甚至舍身忘我了。2014年后,几代人实施"自由港"某些政策、建设自由贸易区的设想,历经三十年的风雨,终于先后在上海、广东、天津、福建等地生根发芽。

从厦门实行自由港的某些政策,到中国自由贸易区的强力推进,历史就这样一步一步走过来。每一次来回,都是翻山越海、超级艰难的那种,福建的山海间留下了不沉的精神水印。法国启蒙思想家狄德罗说:"优良的素描师并不缺乏,善于着色的大师却是少有。"中国共产党领导层中,不乏这样具有超前思想的大师。

第四章　改革在阵痛中前进

解剖"麻雀"扔"包袱"

项南到任后第一次下乡，在沿海不少县都看到墙上还写着"以粮为纲"标语，心里不禁来气：福建工业背了前线的包袱，农业方面又吃了"以粮为纲，全面砍光"的亏，弄得百业凋零，基层书记百分之九十九的精力在农业，成为化肥、密植书记，这样一直下去，经济何时才能起飞？福建穷，穷在"以粮为纲"。

途经仙游县，他却来了浪漫主义，说："仙游这个名字很美，顾名思义，是神仙都想游览的地方。"接着是现实主义，"只是仙游的生活却不怎么美。"

随行人员似笑非笑中，项南开始抛砖引玉了："仙游能不能改变面貌呢？我们应该有这个志气，应该把仙游建设得比'神仙世界'还要美妙，应该让它名副其实，变成一个人间仙境！你们说能做到吗？"

这一问，又把随行人员给问住了。

"我认为完全可以做到，什么道理呢？你们想啊，仙游把耕地拿来种粮食，一亩地产一千斤，那很费劲。好吧，就算一亩地一吨粮吧，把稻子变成大米，还要打七折，不过百把块钱。可这个地方拿来种甘蔗呢？就是一亩地一吨糖。一吨糖与一吨稻子能相提并论吗？这个地方种甘蔗是全国最好的，也可以说是全世界最好的……"

天文地理、外交外贸，在项南嘴里，大都能讲出道道来。人们听了既感新鲜，又解馋，少不得说，跟项南聊天是种享受，无形中丰富了知识。

项南是较早审视"以粮为纲"的党内高干之一。1976年后，项南多次率团考察欧美发达国家的农业，眼界大开，口头向中央领导汇报不够，还公开发表文章，认为"以粮为纲，全面发展"这个方针，就全国来讲是正确的，就一个省或多数省来说也还是正确的，因为国家那么大，人口这么多，得首先解决吃饭问题，必须"以粮为纲"；但不能层层照搬，如果从地区到县到公社到生产队一层层这么千篇一律地搬，那就不好了，就不可能做到因地制宜，从实际出发。他呼吁，"在农业问题上，我们一定要解放思想，开动机器，因地制宜，尊重客观规律，不能瞎指挥。否则，就必然要受到客观规律的惩罚"。他这样别具一格看问题，引起中央高层的重视。

就"以粮为纲"问题汇报和发表文章时，他只是国家部委的副部长，现在却是一省主官，有一定的"自主权"。到任后首次调研，项南告诉各级领导和报社记者：农业生产，不是"以粮为纲"这种农业，而是包括农业林牧副渔在内的那种大农业。

前所未闻，一语惊四座！高度的战略思想，成套的想法，又在省委书记的位上，项南大幅度地激发起了干部群众的士气。

项南反对"以粮为纲"，一方面又对科技人员增产粮食寄予厚望、热心支持，看似矛盾，却不矛盾。

初闻项南甩掉粮食包袱、把缺粮省的帽子扔到太平洋等语，许多人都感到吃惊和不解。豪言壮语固然好听，但征购任务呢，群众吃饭呢？口粮不够怎么办？

"这个可以向邻区、邻省或从国外购进嘛。地、县可以成立粮食贸易公司，与闽北订立合同，大做粮食生意。这样就可以把有限的耕地多腾出一些种甘蔗、水果、蔬菜等经济作物，再把它们运到北方去，把玉米、高粱运回来……这样生意就做活了，以商业促进经济的发展。"

粮食问题历来是制约福建经济发展的一大要素，改革开放后依然故我。项南来后一年多时间里，省委先后召开九次常委会议，专门研究粮食问题，提出"决不放松粮食生产，积极发展多种经营"的方针，对各地放松粮食生产的苗头要坚决纠正，强调稳定粮食种植面积，保证粮食总产量持续增长，在这个前提下发展多种经营。

省科协召开第二次代表大会，项南就重点说这个问题："妨碍农业经济结构调整的一个最大问题是粮食问题。农民并不是不愿意因地制宜，比方说，仙游是愿意发展甘蔗的，平潭是愿意发展花生的，漳州是愿意发展一些果木花卉的，但他们没这样干，得保证粮食……"

项南为此心急，这样就搞不活经济嘛，"福建有什么办法，才可以从粮食的束缚下解放出来，真正能够做到因地制宜？我真心希望，像安溪这些地方，可以放手地搞'铁观音'，70元港币一斤的茶叶你不去发展，非得去种2角5分钱一斤的大米，什么道理嘛？这是哪门子经济学呢？"

与甩掉"以粮为纲"的帽子不同，项南坚持要为福建穿上"以智取胜"之服。1981年4月，项南向福建科学家提出几个要请教的问题，并呼吁："福建的科学家和技术人员、学者、专家，应该勇敢地迎接来自各方面的挑战，把（福建经济发展）这个重担挑起来。这样，福建人民将会感谢你们。"言辞恳切的话，给会议带来了新气象。感慨过去某些领导"权大、无知、粗暴"而三缄其口的科技人员，纷纷就上述问题展开热烈讨论，建言献策。

1982年，省科协召开座谈会，项南提出"以智取胜"设想，认为福建的经济要振兴，必须从劳动密集型的产业向知识密集、技术密集型的产业过渡，科技工作者要有充分的思想准备，要有"科技扶贫"的责任感。

"大胆地、大量地提拔德才兼备、年富力强的知识分子和干部到各级的领导岗位，改变我们干部队伍长期形成的那种格局，这是一场革命！"1983年，随着项南在全省机构改革会上的疾呼，福建把人事制度改革提上重要日程，省政府还专门成立了全国首个厅级的福建省人才交流服务中心。

引进人才不啻是一场革命，首先得面对长期固有的人才单位、部门所有制。福建先试先行，人才单位、部门所有制开始松动，各方人才随着经济建设的需要，出现了孔雀东南飞、一江春水向东流的局面。

在福建引进人才的轰鸣声中，1983年开始的五年内，引进省外人才逾6000人。最早诞生于福建的人才交流服务中心，很快为全国许多省市所仿效。那些见过项南或睹过尊容的人，调侃地说："项南绝顶聪明，谁能像他那样以智取胜呢！"

甩掉粮食包袱是大战略思想，项南的思考由来已久，并要省委调研室一起参谋。1983年9月间，省里三场会，他提出同一个改革思路，就是要"解剖乌龙茶这只'麻雀'，作为经贸改革的一个突破口"。

他思考的问题之一，也提请有关部门思考的，就是安溪县出口的"铁观音"茶叶，为什么在香港卖那么贵，在国内却贱卖？为什么不能把"铁观音"拿到香港和新加坡、日本挂个牌子，直接由安溪人经营？他提出，茶叶是福建的优势，希望外经贸委等部门，解剖一下乌龙茶这只"麻雀"，让它从安溪飞向世界。

这样"解剖麻雀"，因地制宜，大大促进了经济发展。此后，"铁观音"长盛不衰，养活了大部分安溪人，仙游糖厂也再创辉煌，在全国同行业中遥遥领先，不仅让仙游富甲一方，还完成了大量出口和援外任务，在历史舞台上创造了延续40多年的"仙糖奇迹"。

1985年，福建"大农业"的格局已初露端倪。是年，全省出口茶叶、水仙花球,以及依靠山海产品加工出口的罐头创汇一亿美元以上,占全国第一位;全省渔业总产量76万吨,比1978年增长70%,总产量和渔业捕捞产量居全国第四,海水养殖跃居全国首位……划时代的巨变,主要得益于全省上下大念"山海经"。

是年秋,中国社会学和人类学奠基者之一费孝通莅闽考察,呈现在他面前的,已有宋人刘克庄笔下气象:"但极目,海山如画。"费孝通是著名作家冰心丈夫吴文藻教授的学生,回京后对这位素来敬重的师母大谈在她家乡的见闻。犹觉不够,还作起了文章:"福建念'山海经',是富民强省的好政策,是从封闭到开放的一着好棋。""福建的山和海已出现了大变化……用历史的眼光来编写这部'山海经',似乎不能不分前后两篇了:前篇穷,后篇富,前后连在一起,正写出了福建怎样走上富裕的道路。"

为国企"松绑",让"包"字进城

同是先行省,但无论基础设施、经济实力,还是人力资源、科教水平等,福建均落后于广东。经济社会的发展差距,因果关系不一而足,但归根到底是思想观念的差距。是时,福建人的商品经济意识与广东人相去甚远。有人比较了闽粤两块试验田之差别后,形象地称广东是"熟地"、福建为"生地"。

项南心知肚明,这是主客观两者合成的不同结果。他从来就不是照抄不误更非生搬硬套之人,他要在摸索中创造出自己的改革经验、开放模式。

改革的任何举措都不是单方面的,多是上下双方推动的结果。长期以来,处于生产第一线的负责人,总要感叹被条条框框束缚了手脚,志不能伸,劲无处使,企业也就搞不活,生产上不去,经济更不可能有大的发展。1982年,项南在一次会上,问福州铅笔厂副厂长龚雄:"你们前两年才被评为'大庆式企业',听说现在又濒临亏损边缘了,怎么回事啊?"

龚雄直言后,项南问:"照你这样说,要是让你当厂长,你能干出个名堂来?"

胸怀对策却恨英雄无用武之地的龚雄,一个激灵:"要真让我干,给我人财物三权,我就可以争三个'利',就是你给我定个目标要怎么做,要盈利多少,我立下军令状,如果我实现不了这目标,两年就免职。"

市里的意见却是:"龚雄是资本家的儿子,只有高中文凭,又不是党员,怎能当一把手? 能当个副厂长已是党恩浩荡了!"

一听之下,真教项南无语。都这个时代了,"唯成分论"还有市场,放眼全省,这样的认识该有不少,使得有才有识之士不能用到关键岗位上,而庸碌之辈占着位子又不能让他离开,长此以往,改革何以为继?!

项南又不能无语,决定向这旧观念发起挑战,在问明其父详情后说:"家庭出身谁也无法选择,如果龚雄政治表现好,可以发展他入党嘛。这样有改革意识、受到群众拥护的劳模,怎么就不能当厂长呢?!"

这么郑重一说,事有转机,市委经过组织考察,结合民意,年底就破格提拔龚雄担任厂长,并发展为预备党员。

福州铅笔厂实行厂长负责制后,搞起了承包经营。1983年被福建省政府批准为国有中小型企业改革试点单位。一年不到,果然扭亏为盈,产量跃居全国同行第二,出口量也名列前茅。龚雄也由此成为全国国有企业改革的"新星"。

1984年春天召开的省两会上，项南鼓励企业家们一起大胆来冲击不合理的条条框框。受此鼓励，1984年3月21日，福建省厂长、经理研究会（后更名为福建省企业家协会）成立大会上，一条条向旧体制、旧观念挑战的想法和观点，在畅所欲言中"大珠小珠落玉盘"。会议集思广益，形成了一封代表55位厂长、经理心声的呼吁信——《请给我们"松绑"》，3月23日下午5时呈交项南，诉说旧体制的条条框框捆住了他们的手脚，要求省委、省政府下放企业内部的干部任免权、奖励基金支配使用权等5项权力。

项南觉得他们向省委要权无可厚非，自己不也在1981年12月13日中央召开的省市区党委第一书记座谈会上，向中央要权嘛："希望国务院各部委对福建做到真特殊、真灵活、真包干，多给福建一点机动权。"能伸手向党要权，起码说明他们有闯劲，想做事，而现在有不少干部，各种担心像是时起时落的翻烧饼。那些心理和思维定式真让人无语，说什么干多错多，干少错少，不干就没错，不干的保险，干的冒险，干多的危险。还说，有了成绩归国家，出了问题害自家。这些干部不想用权，也不敢用权，想做"保险牌"的太平官呢，倒是这批企业家，敢要权，想挣脱体制某些不合理的束缚展翅高飞，应当鼓励！

项南还注意到了信中的郑重承诺："我们要这些权力，绝不是为了以权谋私。如果有人滥用职权，谋取私利，搞违法乱纪，当受党纪、政纪直至国法惩处。"字里行间，流露出这些企业家为改革勇于担当的真诚与勇气。

有必要将这封信公之于众！他特地写了段导语，说此信"言辞恳切，使人读后有一种再不改革、再不放权，就真是不能前进了的感觉"。他看得是那样的仔细，批得是那样的认真、明确，从不含糊其词，模棱两可。他不知道这么一落笔，居然惊了风雨，泣了鬼神。

第二天，这封呼吁信，连同项南亲撰"导语"，在《福建日报》头版头条全文刊登。

项南说过："不会运用报纸广播的领导，是手工业式的领导。"他抓了一项工作之后又抓一项工作的同时，总不忘给机关报布置一篇又一篇社论或者评论，真可谓"工作一动，评论先行"，乃因评论在引导舆论中具有重要作用。3月25日起，《福建日报》在头版连续刊登省地各部门支持改革的措施及行动，对工人劳模等"松绑"放权的扶持。

3月30日，《人民日报》二版头条转载了这封呼吁信，指出"这封呼吁书提出了体制改革的一个重要问题"，旧体制"到了非解决不可的时候了！"。稍后，全国主要新闻媒体都加以转载和播发。一场推动国企改革的"松绑"大戏，就这样在福建率先拉开了帷幕。

在全国经济体制改革尚未全面启动之时，"松绑"放权面临重重阻力。一些主管部门口头表态要支持，还上了报，私下里却按兵不动。于是，上面虽有省委书记支持，中间某些部门却以什么"放权不放心"为由阻挠，或虚放实揽，或明放暗收，或放了又收。熟悉中国政情的项南，既知会有这个情况，也耳聪目明地发现了这个情况，他也有对策，那就是抓同步跟踪，为此撂下一句话："卒子过河，只进不退！"

3月31日，项南以"胡春松"为笔名，在《福建日报》发表评论，指出"不但要'松绑'，而且要给厂长安上硬翅膀"。在他的布置下，《福建日报》发表"经济短评"《请相信"松绑"后的厂长经理》，有力地帮助社会打消重重顾虑。

4月15日，国家体改委座谈"松绑"呼吁和体制改革问题。55位厂长和经理中的五位晋京与会代表还应邀到中央党校、《红旗》杂志社座谈，龚雄还被轻工部邀去做大会报告。

风起东海之滨，吹过大江南北、长城内外。全国大小新闻媒体轮番上阵,"松绑"之火像即将到来的时令那样,持续升温。

5月10日,国务院颁发《关于进一步扩大国营工业企业自主权的暂行规定》,对企业要求"松绑"放权予以肯定,由此掀起了全国工业企业放权改革的高潮。5月12日,《人民日报》以"请求松绑答应松绑拉开了改革序幕,立志改革勇于改革回厂后即见高低"为题,报道了福建55位厂长、经理回厂后进行改革的情况,并高度赞扬了他们的做法。

"松绑"放权在全国是一个突破,影响极大,许多省市纷纷来福建参观和学习。历史已作结论:福建所提"松绑"放权,因其振聋发聩的作用,为全国国企改革、城市经济体制改革打开了突破口,成为改革征程的一大闪光点。

"松绑"放权让福建在全国的影响力上了台阶。1994年3月,中国企业家协会决定把呼吁信发表的3月24日定为"全国企业家活动日"。2008年纪念改革开放30周年全国企业家活动日大会上,唯一的集体殊荣"中国企业改革纪念章",就颁发给了当年的55位厂长、经理。

流水带不走光阴的故事,"松绑"放权敢为天下先的意义,历久弥新。

工业企业实行"松绑"放权后,如何真正解决城市的吃"大锅饭"问题,调动广大干部职工的积极性?项南的意见是,让"包"字进城。

他拿成功的"案例"说事:大包干兴起时,有人曾给它算过命,叫"一年增,二年平,三年就不行",这个命算得准不准呢?实践已经摆出了现成答案,广大农民都说大包干后"一年增,二年富,三年迈大步",这才是对大包干真正切合实际的评价。

1984年,六届全国人大二次会议,项南在分组讨论中发言:"自从

'包'字下乡，在中国农村已经迅速'包'出了一个大好形势。'包'字下了乡，农村大变样。现在，应该让'包'字进城。"

他说，工业、商业、建筑业、服务行业所以普遍存在经济效益不高、服务质量不好的问题，一个重要原因，就是没有把职工收入的高低同企业经营好坏和个人贡献大小紧密联系起来，就是没打破分配上的平均主义。企业在吃国家的"大锅饭"，职工在吃企业的"大锅饭"，总之一句话，"包"字迟迟没进城。

项南的很多说法，本本里很难找到，他不拘一格、富于开拓性的创举，让那些"唯书""唯上"者匪夷所思，目瞪口呆。

城市体制中还盛行着"大锅饭"，项南却歌唱起了引进农村承包责任制的好处，充满自信地告诉大家："'包'字下乡，已经收到了意想不到的效果；'包'字进城，将会迅速改变整个城市的面貌。"

他会上讲讲意犹未尽，随后又写就《让"包"字进城》一文，从北京寄给《福建日报》。这又是一篇"笔落惊风雨，诗成泣鬼神"般的社论，由此把"松绑"放权的改革，像国之重器一般，又向前，向着阳光，推向了全国。

第五章　对外开放的"风球"

（略）

第六章　"台球"和"侨牌"

把福建建成"统一祖国的基地"

对台工作，是中国政府20世纪80年代三大任务之一，福建以特殊的地理位置、人文条件、历史联系，决定了它在发展两岸关系中无可替代的地位。中央领导对福建对台工作寄予很大期望。项南上任甫始，即把对台工作摆上重要议事日程，指出："台湾问题是福建干部每天都应该想的事情，地市县委第一书记要亲自抓这项工作。"他和省台办负责人研究、了解相关情况后约定，以后每个月都向他通报一两次情况，谁找谁都可以。

1981年4月23日至29日，省委召开对台工作会议，项南做题为《福建应该成为统一祖国的基地》的报告，确定把"统一祖国的基地"建设，作为全省各地党委一项带战备性的任务。

怎样把福建建设成为统一祖国的基地呢？项南思路明晰，指出要包括这些内容：宣传基地，海峡两岸通商基地，台胞回大陆探亲访友基地，台湾渔民避风修船基地，台胞定居大陆基地，对台调研基地、发展统一战线基地、捍卫祖国基地。省委为此做出了相应决定和部署。这年5月1日，全国第一家台湾同胞联谊会在福州宣告成立，时任中国科学院福建物质结构研究所所长、后来担任过全国政协副主席的卢嘉锡当选名誉主任，后来担任过全国政协副主席的张克辉当选副主任。

福建对台工作轰动世界的大事之一，是台湾原国民党空军少校黄植诚驾机回归大陆。1981年8月11日，项南和福州军区司令员杨成武在福州亲切接见了黄植诚。一年多后，国民党空军中校李大维再次驾机投向祖国的怀抱。

1981年国庆节，全国人大常委会委员长叶剑英发表对台回归谈话，福建马上做出响应。项南在座谈会上指出即可做四事：一、闽台一水相连，两地政府立即开始接触，交换意见。二、闽台两地人民探亲访友不应受任何限制。福建不要任何手续，可以在三沙、平潭、崇武、东山四个地方接待台湾同胞，对愿意到其他地方去的台胞，也将提供方便。三、欢迎台湾同胞到福建定居，来去自由。四、欢迎台湾工商界人士到福建投资，发展经济，享受自己祖国的各种优待。

10月11日，福建省各界纪念辛亥革命70周年，项南在茶话会上对台喊话，邀请台湾省政府和台北市要人到福建看一看，坐下来谈一谈，保证来去自由，还说如果台湾方面邀请他和福建省、福州市负责人去，也一定应邀成行，"自由不自由这也是一种考验嘛！"

针对台湾宣传机构"台湾什么都好，大陆什么都不好，台湾人民自由，大陆人民不自由"的歪曲宣传，项南说："究竟谁好谁不好，谁自由谁不自由，我们暂且不去做结论，最好的办法是让台湾党政军负责人和各界人士前来大陆看一看，然后大家坐下来谈一谈，比较比较。古语说得好：百闻不如一见，还是眼见为实嘛！台湾是不是什么都好，让台湾和大陆人民比较比较后，再说吧！"项南的讲话，随着电波，随着报纸，也随着风，传到了台岛。

项南认为：现在以军事手段为主的时期已经过去，福建前线广播电台这个名称已经过时了，用"前线"这个名称，岂不是仍把台湾当作"敌方"吗？他建议总政治部更改前线台的名称。后来，就改为海峡之声广播电台，一直沿用下来。

1958年炮击金门后，海峡两岸虽然不再炮来炮往，但宣传弹照打，"单打双不打"，不亦乐乎，一打就是20多年，你来我往的宣传品都说自己好。项南认为，这种炮，打得实在没意思，双方都不信宣传单上的话，干脆连宣传弹也不要打了，大家和气生财不是更好吗。

1982年11月，项南陪同中央主要领导视察厦门胡里山炮台时，建议停止再打宣传弹，他说：两岸气氛如果还这样对立，环境还这样充满火药味，谁会来厦门投资办厂？中央主要领导当即表示赞成，不失幽默地说：打宣传弹，一损财气，二花力气，三伤和气，四还污染空气，五无任何效益，应该停止。福建前线部队马上遵照执行，台湾方面心照不宣，不久也有样学样。

台湾企业家陈立人由衷地称：停止打宣传弹，这真是大陆对台湾释放的最大诚意，是对两岸和平发展最早最有力的重大贡献。

宣传弹虽然不打了，却又搞起了空飘、海漂等小动作。台湾方面，宣传品里头或放手表，或放电子计算器。大陆呢，宣传品里则装了茅台酒，从海上漂过去。

项南哭笑不得，说这也太一厢情愿了吧，漂不到设想之地的，大都被各自的渔民捡了便宜。1985年11月，他在会见首批访闽的37国驻华使节、外交官及其夫人时，公开说："我们已经不搞空飘、海漂了，但不知道为什么，台湾方面还是很有兴趣搞什么空飘。有时候，这些空飘也能飘过来。我们准备耐心地等一等，可以一直等到他们没有多大兴趣的时候为止。"

后来，台湾也不再这般"一厢情愿"了，海峡两岸出现了风平浪静的局面。世界历史上，敌对双方之间，从没发生过如此长时间的相互默契。项南把它解释为"两岸同根生"之故，还说这是中国人的"发明创造"与政治人文智慧。

海峡情深深几许

对台工作也存在一个拨乱反正、解放思想的问题，特别是落实政策的情况。一天晚上，项南打电话问省台办负责人，全省尚未安排就业的台籍青年究竟有多少。因为他看到有的书面数字是600多人，也有说300多人，还有说900多人。这引起了他的高度重视。在省委常委会上，项南说："几百人的问题还解决不了，还谈什么团聚呀、统一祖国呀，祖国连个工作都没有，还有什么温暖呢？所以说，解决这个问题意义很大，各县当县长、县委书记的，哪个孩子没有解决，要一个一个开出名单，人在哪里就在哪里安排，由哪里的政府负责安排。要安排四分之一或三分之一到全民所有制企业。我们领导同志的子女基本都能安排全民所有制，台胞怎么不能呢！"

为了解决台籍青年上大学问题，他还提出采取特殊办法，在华侨大学、厦门大学设一个台湾班。某大学的个别领导以种种理由拒绝执行，最后还是通过教育部，才解决了举办台湾班的问题。

落实台胞政策，解决台胞子女升学就业，堪称"老大难"问题，但项南一来就下气力解决，民间遂有顺口溜："老大难老大难，老大抓了就不难。"

台湾青年小林来福州定居，省台办按其中专文化程度，根据福州市的标准给他适当安排了工作和生活。他不满意，就给项南写信反映。项南在信上批示："我们连一位台胞都不能团结好，怎么团结好1700万台湾人民？"

这还不够，他还当即打电话给省台办负责人石宏耀，说："一个台湾同胞到福建来，身边没有一个亲友，不适应这边的生活，困难大得很。我们共产党不照顾他，谁照顾他？！他是不满国民党的统治来投靠我们，我们不能投靠，他去投靠谁？"

1983年，省委做出《关于来闽定居的台湾同胞处理意见的报告》，以红头文件规定对台胞"同等优先""各方面优先照顾"等政策。

项南曾在一次重要会议上说："台湾人民是我们的兄弟，无论是从哪个意义上讲，从中华民族这个意义上讲，是我们的兄弟；从台湾与我省的历史渊源的关系讲，也是我们的兄弟。福建理所当然地应当成为统一祖国的基地。"他认为，要使两岸人民尽快化解隔阂与对立，就必须对涉台事务"一枝一叶总关情"。

项南到任不久,一艘台湾渔船在福建海域遇难,13名台湾渔民被救到了福州。福建方面通过广播、报纸转告台湾,但对方就是不回应。福建提出把这些渔民送到香港,再由台湾接回,台湾方面又不同意。半个月后,这些滞留的台湾渔民不满情绪日增,连同他们的家人,都开始怀疑是大陆扣留不放。

既要体现人道,又不能让人道变为烫手的山芋。项南同意省委统战部部长兼台办主任张克辉的意见:派渔船载这些台湾渔民出海,在海上寻机交给过往的台湾渔船带回。这些台湾渔民将信将疑中,还担心中途有变,要求福建派可靠的官员随船出海。

出生在台湾彰化的张克辉受命护送。头天在海上,连遇几条台湾渔船,但对方一听,莫不敏感,担心由此惹祸,说什么也不肯让他们上船。第二天出海,在"过尽千帆"后,幸好有"难民"认出了熟人船只,费了一番口舌,才勉强搭上了回台湾的"顺风船"。

这些劫后余生的渔民和家人团圆后,才知问题出在台湾当局。他们感动于大陆的真诚友好,不仅在他们滞留期间供吃供住,还派出省级官员礼送出境。口耳相传中,为对岸福建和大陆的善意做了最好的宣扬。

1983年6月,一架台湾军方运输机在金门上空起飞不久就发生空难,机毁人亡,其中一具遗体漂浮到了南安和晋江交界的海域。项南接报后,马上指示张克辉妥善处理,不能就地掩埋了事,得把飞行员遗体送回台湾。

移交手续很顺利,此事在台湾反响极好。台湾报纸说:"两岸都是中国人,有什么不能谈?"

连着送还13位台湾渔民和台湾飞行员遗体等事,一位有"台独"思想的台胞来福建观光后说:"看来我的理论可能是错的,大陆有的地方比台湾还好。"

闽南籍台湾著名电视主持人阿原（黄益腾）来福州，项南亲自会见，像是跟老朋友谈心。第一次和大陆高官见面，阿原留下了美好的记忆。

受着感动的，还有享誉国际的台湾大学哲学教授陈鼓应。生于福建长汀的陈鼓应，是台湾地区主张中国统一的先驱者，曾因批评时政、挑战台湾"总统"竞选并投身"党外"运动而被开除中国国民党党籍并身陷囹圄。他首返福建，项南亲切接见，其热情、诚恳，加之乡谊，让陈鼓应倍感温馨。

项南以灵活措施润物细无声，推开对岸这扇紧闭的"门"。1983年，一桩难题摆在眼前，事关妈祖祖庙"天后宫"的去留问题。因为一些台湾渔民常常摸黑上湄洲岛烧香拜祭，驻军啧有烦言。谁能担保这些渔民中不夹杂有特务、间谍呢？不久，福州大军区传令拆除妈祖庙，以免台湾香客来。莆田妈祖信徒闻讯，皆强烈反对。

官司打到项南这里，他认真寻思：祖庙地处沿海最前线，虽然现在仍是战备前哨，但此庙也最靠近台湾，台湾妈祖信众有上千万之多，所以它也应是对台工作的前哨，说不定哪天台胞要集体回湄洲朝拜，有个祖庙岂不更有利；另外，台湾海峡的气氛已渐趋缓和，修庙烧香也不至于影响战备。于是，他一边批示"暂缓拆庙"，一边鼓励记者就此写出内参。《参考消息》也刊载海外媒体报道台胞信众登湄洲岛谒拜妈祖的文章时，恰逢中央军委领导来闽视察，项南不失时机地递上报纸，简要汇报情况。结果大为意外："天后宫"修复后安如磐石，动的倒是驻岛部队，一个不剩地全撤走。

湄洲岛妈祖庙的香火正式光明正大、扬眉吐气重燃，越烧越旺，妈祖文化一年比一年热起来，湄洲岛成为海内外著名的旅游胜地，更是成为接待朝圣台胞、宣传"一国两制"、弘扬妈祖文化、开展对台工作的重要基地。

几年下来,福建打"台球"的场所和平台越来越多。全国8家对台广播电台,福建有5家,除海峡之声、华艺广播公司外,省、市广播电台都设立对台部,成立了专门从事对台录像制作和发行的长龙影视联合公司,同时还创办了《台港文学选刊》,项南亲自写发刊词。

中央对台领导小组副组长汪锋向福建省台办负责人传达全国政协主席邓颖超的赞扬:福建省委很重视对台工作,尤其是项南。省委抓和不抓,大不一样。有的省抓得很紧,福建最突出。都像项南这样抓,(全国)对台工作的局面就大不一样了。

1984年清明节,200多位台湾人士通过各种途径回到福建,分别在福州、晋江等地祭扫祖墓。他们来去自由,亲身感受到了祖国浓浓的亲情。闽台民众交往日趋频繁,越来越多的台湾同胞抑制不住长期思乡怀亲的煎熬,不顾台湾当局的种种禁令和限制,绕道海外和港澳,辗转到福建探亲旅游。

1985年7月,福建电视台开办《海峡同乐》节目,加强对台宣传,也为台湾同胞提供各种服务,深受台胞欢迎,被誉为"沟通两岸联系的桥梁"。

两岸好风吹,潮来浪拍天。以此为发端,形成一股挡不住的探亲潮,终于冲开了台湾当局长期禁锢的闸门,使其三年后不得不宣布开放民众赴大陆探亲。

项南曾应邀为妈祖祖庙题写"海峡情深",后来被工匠镌刻在祖庙山上,在东来西往的人流中,默默诉说并不如烟的往事,也帮助后人解读:项南表面上保下的是妈祖祖庙,实质上是代表官方,为妈祖文化传播打开了掩藏的大门,点燃了妈祖信仰的第一炷明亮的香火,"大海扬波作和声"。

先行对台贸易，念念不忘赶台湾

海峡两岸从几十年的不相往来、刺刀见红，到犹抱琵琶半遮面、互伸橄榄枝，可谓步步惊心，看似寻常最奇崛。而在警戒线内主动开展对台贸易，走得民间热气腾腾，进而让台湾官方破冰，项南堪称"弄潮儿"。

从闽南诏安到闽东福鼎，沿海一条线，在飞机上看，曲曲折折的海岸线宛如青罗带，可一段时间以来，海的优势得不到发挥，尤其那些海岛凸出部，紧挨着海却又缺乏捕捞、养殖条件，也无田可种，还受着政策的限制，这里的老百姓最是困顿。这些现状，项南看在了眼里，指出解决贫困的办法就是改革开放，解放思想。积极开展对台贸易，即为一招。

站在海峡西岸，项南挥手之间，三沙、平潭、惠安、东山四个台湾渔民接待站加强了整顿；沿海地县都鼓励和支持沿海渔民为台湾渔民转递家信物品，欢迎他们到大陆探亲、参观，并做好接待工作。

项南说："海峡两岸对峙，这是历史形成的，新中国成立后，福建一直背'前线'这个包袱，是受其害。现在对外开放，福建要得利，充分利用优越条件，大力加强对台贸易。"

此前，两岸渔民的接触像是地下工作，偷偷摸摸；所谓的生意，也只是以货易货，两岸货币无法通用，只能以此方式进行，谁也别说谁吃亏，感觉值当就行。都交换些什么呢？大陆渔民从台湾渔民手中拿到这边当时稀缺的电子表、收录机，台湾渔民从大陆渔民手中交换到那边中意的海产品、土特产等等，额度很小，自给自足。随着两岸关系逐渐缓和，海上贸易也渐趋活跃。

项南主张，可以光明正大，以此促进两岸更多的交流和往来。鉴于海上小额贸易的自发无序，他提出引到陆地上来，既便于监管，又可防止走私泛滥。

为了投石问路，探索经验，福建省率先在平潭岛成立东甲、平顺两个公司，进行对台贸易实验。之后，经项南建议，有台属关系的省领导牵头，抽调对台、外贸、商业、供销、医药、水产等部门人员，组成精干的贸易小组，对外称海峡贸易公司，负责统一组织货源，统一价格。开始以四个台湾渔民接待站为点，开展对台贸易。凡是台湾渔民向福建接待部门提出进行贸易的，都属正常贸易，给予鼓励和支持。但对于海上走私和投机倒把活动，则坚决予以打击。

1984年元宵过后不久，福建宣布开放福州、厦门为台湾商船避风锚地，以保证恶劣气候条件下台湾商船的安全。这一人道主义之举，大受台商欢迎，在世界各国也引起良好评价。

项南随后主张，原有的台湾渔民接待站改名为台湾同胞接待站，并将接待站从4个扩大到10个，解决30余个县市接待台胞专用车辆的问题，每年还由省财政拨给10万元专款。

项南主政以来，严禁党政部门兴建楼堂馆所，却在接待台胞经费上慷慨有加。一吝啬，一大方，自有乾坤。

对台贸易试验三年来，倒也顺当，备受两岸渔民欢迎。项南听了省对台贸易领导小组的报告，又不甘于现状了，主张除了几个口岸，沿海有条件的地方都可以搞，特别是搞以货易货的小额贸易，今后要在沿海各县逐步放开。他每到沿海地县，都要大谈开展对台贸易。

某地提出，台湾商人想要大陆的黄花鱼、中药材等，而有些属国家控制的品种，能不能搞？

项南赞同，无非是我们少吃一些嘛。他还给了一个启发："甘肃当归积压很多,为什么不能去买一些卖给他们?"还说,"这样的对台贸易,既和台湾渔民、商人做了生意,又做了政治工作,好上加好。"

得知某地一次就从一条台湾渔船上赚了四万多元,项南甚至觉得赚狠了点,"台湾同胞是我们骨肉同胞,赚那么多钱干什么?"

项南指导思想明晰:通过直接对台贸易,促进"三通",同时推动两岸经济交流,打破台湾当局对大陆的禁运封锁。他强调政治第一位,经济服从政治。

1984年第四季度后,福建沿海各地对台贸易全线铺开,官方和民间,行政和企业,都不甘寂寞,纷纷披挂上阵。除省里批准成立的十几家对台贸易公司,沿海各县市又自行成立了十数家,并增加了对台贸易口岸和停靠点,有的县市还一度出现全民搞对台贸易的情况。没有"准入"资质的企业和单位,瞒天过海,浑水摸鱼;没有条件的山区地县看得眼热,不甘示弱"创造"条件,串联合作经营。省里有关单位和地市县负责人,认识上产生偏差,忽略了"以贸促和"和"以贸促统"的指导思想,认为过去福建深受前线之苦,几十年来搞不了大项目,导致经济发展缓慢,现在要活学活用特殊政策、灵活措施,变害为利,依仗天时地利,通过大力开展对台贸易狠狠"补偿"一下损失。

"重赏之下必有勇夫",同样的道理,政策太优惠了,对经营者也就产生了磁铁般的吸引力。这"经济导吸"还很快超出了福建,引得中央有关部门和一些兄弟省市,也明里暗里参与,想从中分得一杯羹。

那阵势,与其说是"忽如一夜春风来,千树万树梨花开",不如说更有"乱花渐欲迷人眼"的况味。鱼龙混杂中,很多做法违反了中央与省里的规定,问题由小而大,由少而繁,渐渐浮出水面。

关于如何健康地开展对台贸易,项南在1981年4月召开的福建省五届人大三次会议上做《解放思想和特殊政策》报告时,就提出要划清正常通商与走私的界限,并从法律上加以制裁。他说:"同台湾是要通商的,但不容许港澳、台湾的商人,盗用我们同台湾通商的名义搞走私,侵犯我们的利益,有些人甚至挂着外国人的旗号走私,侵犯我们国家的主权……"之后又多次强调,对台贸易是个政治性、政策性很强的工作,不同于一般对外贸易。

所谓上有政策下有对策,中间还有热衷打小算盘者及策划者,纵有三令五申、法律威慑,也能偷梁换柱、暗度陈仓。在项南的要求下,省里一方面积极作为,严加制止,加强引导,并成立省对台直接贸易协调小组主抓和整顿对台贸易,一方面及时向国务院呈送情况报告。

1985年全国人代会上,有人攻其一点不及其余,以之否定改革开放和特区建设的杂音又充塞耳际。还有一些人,口口声声拥护改革、赞成开放,然而当对外开放的窗户刚打开,刚看到一些奇形怪状的东西,或刚闻到一些异味,就又像阿拉伯渔夫害怕妖魔出现那样,急于要把这扇窗户关上。

项南在发言中,予以有理有据的反驳:"窗口,是两面都可以看的,既可以往外看,也可以往里看";"如果我们容许这些丑恶现象泛滥开来,我们同国外的特区就没有区别了,我们建立这种特区也就没有意义了",要让外国人看到我们的生机和活力,"看到我们民族的优秀遗产,看到我们悠久的文化传统,看到我们的社会主义精神文明"。

这个发言,以《窗口的作用》为题,刊载于《人民日报》。"窗口当须两面看"成为项南金句,在全国卓有影响。

对台窗口既开,自有长风浩荡而来。福建开展对台贸易,是摸着石头过河,出点偏差很正常,却不争地打破了台湾当局对大陆的封锁禁运,扩大了民间交往和经贸联系,为两岸和平发展创造了良好氛围,由局部"小三通"推动全面"大三通"积累了经验,也为福建赶超台湾准备了条件。

早在1981年7月福建省委全委扩大会议上,项南就提出:"生产力不很快发展起来,我们在三五年之内经济工作没有一个新的突破,我们就交不了账,就难以赶上台湾。"他给省计委、省社科所、省统计局、厦门大学台湾研究所出了一个题目:福建经济何时能够赶上或超过台湾? 得到的反馈是:这是一个非常艰巨的任务,起码要有20至30年时间。

福建连台湾经济的零头都不到,还说要成为统一祖国的基地,这个问题太尖锐了! 项南要言不烦,饱含着强烈的紧迫感、使命感:"要在二三十年时间,赶上台湾现有水平,从福建的现有基础出发,必须有一个较快的发展速度。为此,就必须加快实行改革开放的政策和措施,进一步扩大对外开放,对内搞活。"

怎么赶,其中便是用活中央赋予福建的"特殊政策,灵活措施",建设好厦门经济特区,并以此来辐射和带动全省,促进祖国统一大业。

福建大力营造的对台和缓气氛,刮来了经久不息的"台风"。

1985年,厦门湖里工业区悄然破土动工了一家外商独资企业:厦门三德兴工业有限公司,注册资本来自新加坡。开始,这家企业并没有引起太多的注目,但没过多久,人们就发现了"新大陆":三德兴的资金和管理人员竟来自台湾。这条内幕新闻,在当时不啻是爆发了一颗原子弹,须知,此时对岸的广播里仍在"戡乱",报纸电台上也不时冒出"×匪"一类的字眼。

台商高新平在台湾当局尚未解禁的情况下前往大陆投资兴业,以足够的勇气踏足海峡西岸这片土地,以华人名义办起了三德兴工业有限公司,却做了最坏的打算:首批投资25万美元,一旦失败就全部扔在这里。他做梦也没想到，厦门经济特区的负责人，遵照项南既定的政策，对三德兴这株在尚未完全松动的土壤上生根的种子，给予了格外精心的扶持和培植。高新平感动之余，回到台湾广而告之：机不可失，快去厦门、福建兴业！

三德兴作为厦门第一家实际上的台商投资企业，其成功是福建和厦门"以港引台，以侨引台，以台引台"方针的具体体现。它成为台商观测大陆改革开放的一个风向标，成为众多台商了解厦门和福建投资环境的"窗口"，得到了"第二外资局"的美称。不少台商此后纷至沓来，来闽投资和探亲、兴办公益事业。

项南形象地说："搞特区建设，我们抓了三只带头羊，一只是外资——科威特，一只是侨资，再一只就是台资，这三只带头羊进来后，后面就会有很多羊跟进特区来，我们要善待，要留住，最后才会形成一个很大的羊群。"

一次全国会议，北方一些省市领导把项南团团围住，请他描绘一下台商是什么样子。他们说："对金发碧眼的洋人早已不稀奇了，可是还没有见过台商呢！"台商，怎么也成了福建的"特产"？项南情不自禁地笑了。

1985年11月1日，项南会见访闽的37国驻华使节、外交官及其夫人，在回答西班牙大使乌塞莱的提问时，指出："福建理所当然地要成为统一祖国的一个基地。"

谈及台商来闽兴业，他不失幽默地说："台湾方面到大陆来做生意的有关数字，我想不便在这里公布。因为，蒋经国到现在还是说，不跟我们通商。我们今天晚上吃饭的那个地方，就有好多的台湾商人。你们看到他们，也分不出来哪个是台湾人、哪个是福建人……这么多的台湾商人到福建来做生意，难道蒋经国都不知道吗？他也是睁一眼闭一眼的，恐怕他只能这样。"

"海外侨界众望所归之人"

"闽是关在门里的一条虫，打开大门，对外开放就可成为一条龙。历史上福建人是勇于开拓的，从闽王开始，就大力开放海禁，发展对外贸易，许多人漂洋过海，侨居外国，作出很大贡献……"项南很为福建的华侨骄傲，不时献上赞歌，强调要以狠抓华侨政策的落实为抓手，充分发挥广大华侨的作用。

对华侨回国来闽投资，他特别指出："华侨到福建来投资，要让他们赚钱，这样他们自己就会写文章，说到福建赚了大钱，这等于是为我们做最好的广告，起到我们难以起到的影响，并吸引更多人进来投资兴业。"

在向中央汇报时，他也说："福建搞对外经济活动，一定要给外商、侨商以更多的优惠。华侨愈是爱国爱乡，你愈要给他一点好处，一句话叫爱国爱乡，一句话叫有利可图，要两方面，不能一方面。"

这些话，有哲理，有思辨色彩，不尚空谈。但落实起华侨政策来，却你瞧我看，左掣右制，最棘手、阻力最大的问题，是归还被占用的华侨私房等财物。

项南上任伊始，即在全省侨办主任会议上指出："这件事情请袁改同志负责检查一下，给省委一个报告。市长、专员和党委一把手，包括他们的子女，有没有欺侮人家的，有没有占用的，有没有他们的子女欺侮人家的。先查清楚，不退不行，房子问题我们下决心解决。"

厦门市委统战部干部叶某，拒不退出"文革"期间侵占的华侨房子。市房管局长和市纪委书记在此过程中给予庇护、开脱责任，使问题久拖不决。国务院侨办多次催促，省委三令五申，国务院侨办副主任林一心甚至亲自去厦门，但还是没把这事办妥。不少华侨对此反映强烈。有的说，谈什么投资，先把原有的房子还我再说。

这样的问题处理不了，还抓什么大案要案？这样的事情都办不到，还吸引什么外资？！项南异常生气，毫不含糊地指示要对这件事动真格处理，由此推动了厦门和全省华侨房屋政策的落实工作。

落实华侨房屋的复杂性，还牵扯部队。华侨的许多房屋一度被军队占住，这是客观存在。省委、省政府做出归还华侨私房的政策，碰到部队的实际问题，一下子不好解决，而且协调组也不好表态。

项南不想避事绕行，亲自给福州军区领导挂电话，并请省委办公厅与军区政治部进行具体商谈。部队终于表示要区分情况退出华侨房屋，有条件退的，马上安排退出，一些无法马上退出的，就与华侨业主讲清楚，给一段时间，到年底再还给他们。华侨大都通情达理，这项工作得以顺利进行。

但，就有那么一些刺头，对落实华侨私房政策顶着不办。

项南有招。他决定由省委、省人大、省政府、省政协四套班子联合组织一个检查团，逐地逐县检查，不解决问题就不离开，哪一天解决就哪一天离开。他还说："今后哪个县的党政机关还占着侨联的房子，就把哪个县的招待所拿出来给侨联办公。"

为何这样说？项南发现，有的县不是对经济工作、华侨工作、对台工作上心，而是对招待所有兴趣，几乎每个县都有体面的招待所，其他收入都得交公，唯独招待所的收入归"小金库"，可以"机动机动"。把县招待所给占了，岂不打中了其要害？

项南还说："如果这个事情还办不成，我就亲自来办，我就不相信这些人有那么大的本事顶牛！"

他亲自给检查团撑腰："你们先检查沿海这一线，对华侨子女招工问题、入学问题，如果不是'一视同仁'，而是采取歧视态度，对房子问题长期不落实，都要做出处理。"

经此组织和指挥，落实华侨政策在福建取得满意成效，激发了广大华侨和侨属的爱国热忱。许多海外赤子从心里记住了项南的名字。

原籍安溪县的印尼企业家李尚大、李陆大兄弟，即其中的代表。土改时，李氏兄弟的母亲被错划为地主成分，挨批斗，房屋等祖产也被没收，兄弟俩隔海发誓永不回乡。得知落实了政策、退回了房产，他们感动异常，终于踏上了归乡路，随后为家乡豪捐数千万元。一来二去，李家昆仲还和项南成了终身"亲"且"清"的海外挚友。

陈嘉庚被毛泽东誉为爱国华侨的一面光辉旗帜，在东南亚及海外华侨界都有重大影响。项南把弘扬陈嘉庚精神作为主打的"侨牌"之一。

1981年1月25日，项南履新后首场调研，就来到陈嘉庚创办的厦门大学，听取厦大60周年校庆筹备和新十年发展规划汇报，当场答疑解惑。他既出谋也出力，会后还替厦大从厦门市和军队那里要回"文革"期间被占用的大片校园，倡导省里与厦门大学"共建"政法与艺术两个学院。十年后，当省校"共建"渐渐成为全国高校改革的时尚时，知情人都称，"共建"创始人非项南莫属！厦大十年发展规划，因为项南的建言与支持，得以充实完善，30年后仍被学界认定是"我国高校最早具有战略意义的规划"。

厦大60周年校庆，是以陈嘉庚还是鲁迅为庆典主轴呢？人们各执一词，难取共识。项南的态度很明确：陈嘉庚是伟大的爱国主义者，还是我党的诤友，他一辈子不信神、不信邪的硬骨头精神，与鲁迅一致，何况厦大又是他倾囊创办的，他与厦大的感情任何人也无法相比。

一番话，给校领导吃了定心丸，也使不同意见者心服口服。

经项南倡议，厦大还精心制作了陈嘉庚雕像，于校庆前夜矗立在厦大群贤楼前。校庆盛况空前，5000个座位的建南大礼堂座无虚席，项南讲话独具匠心，将一般庆典升华为一堂解放思想的盛宴，进而让陈嘉庚精神化为厦大精神。

一年后的6月9日，项南又来到厦大，以"弘扬嘉庚精神"为主题，做了近两个小时的讲话，把之前仅限于爱国主义的嘉庚精神，细分为爱国主义、革命精神和自强精神，极大地丰富了其精神内涵，提升了精神高度。

1983年，陈嘉庚创建集美学校70周年，项南提出要办一场像样的纪念活动，进一步影响海外华侨。他还亲自为活动题词："在陈嘉庚的身上，永远闪烁着爱国主义和智力开发的光辉。"

项南在全省侨务工作会议上说："福建省的经济要起飞，现代化要加快实现，决定的环节就是科学技术。而要把科学技术抓上去，它的基础是教育……要搞科学，搞技术，搞教育，自己的力量不够，有一支很有希望的力量，就是海外华侨。"

如同老吏断案那般，项南总能抓住主要矛盾的主要方面，在许多干部谈侨色变，对新科技不知所云时，就有了自己的高瞻远瞩。他这个提法，连同此前"若要福建起飞快，就看思想解放不解放"，同样的入木三分，无愧为高擎思想解放的旗手。

打动侨心，发挥侨力，感召华侨回国回乡办学，成为福建各级干部思想解放后的共识，一时百花纷呈。

华侨大学的复办随着项南的到任进入正轨。诺贝尔奖得主杨振宁在美国得知华侨大学复办的消息后，来信表示愿为华大做贡献。朝鲜华侨联合会中央委员会来函表示："华大复办，广大华侨由衷高兴，不少高中毕业生要求到华大升学。"

为了鼓励华侨捐资办学，福建出台一项措施，拨出价值20万元的黄金和白银制作金质和银质奖章，授予捐资办学成绩卓著的华侨和港澳同胞，同时发给每人一块牌匾，上书金光闪闪的"乐育英才"四字。

热心办学的华侨拿到省政府颁发的奖章和牌匾，既高兴，更在乎，回去后纷纷把它们摆在厅堂显眼之处。

1983年，《福建侨报》复刊三周年，项南应邀给报社寄来了毛笔字写的《希望》一文，不仅生动地表达了侨胞的思乡之情，也指出了侨报应为旅外侨胞传达乡音乡情之义。

项南还主张要多加宣传华侨业绩，提议为著名爱国侨领、马来亚沙捞越"新福州"垦场创始人黄乃裳举行隆重纪念活动，同时解决黄乃裳后人住房等生活问题。此举在东南亚影响颇著，为福建吸引了诸多侨资。

项南不轻慢任何一次能为华侨服务的机会。

1983年8月间，一条消息从祖籍福建安溪的新加坡船务公会主席、安溪会馆主席、知名社会活动家唐裕那里传来，说新加坡总理李光耀1980年11月偕妻女访问厦门后，还想进一步了解厦门和福建的情况，拟派政府总检察长兼国家石油公司主席陈文德（祖籍福建同安）做其私人代表，近期先到厦门看看。项南已确凿得知，祖籍福建上杭的李光耀，其曾祖父当年经由厦门远下南洋，而李妻柯玉芝则祖籍厦门同安，这么个一国元首来福建，何乐而不为？但中新两国尚未建交，官方不便大张旗鼓，他为此安排厦门市市长邹尔均前去晋江青阳军用机场接机，省长胡平专门前往厦门接见，这样也算是高规格了。有人称，陈文德代表李光耀访问厦门是中新关系的一次"破冰之旅"。

陪同陈文德前来的唐裕，对项南的用心十分满意，表示今后将带动海外华侨更多地关心和支持家乡建设。1984年年底，经唐裕协调，福建省政府代表团出访新加坡。此后，唐裕频繁往来中国，与项南等高层人物建立了良好关系，嗣后还为推动中国与印尼复交作出过特殊贡献。

在打好福建"侨牌"时，项南还放眼全国。1984年1月31日，他向中央书记处建议，给一些坚持不入外国籍的老华侨安排一定荣誉职务，比如政协委员之类。这一意见被基本采纳。中央统战部指出，拟先在福建、广东等省有联系的省市政协中安排一些政协委员，但不要提"坚持不入外籍的华侨"，可提"在当地有威望、有影响的华侨"。后来这些工作很有成效，影响不小。

海为龙世界，月是故乡明。印尼著名侨领、华人企业家林绍良在乡音乡情绵延的呼唤声里，与家乡福清县合作诞生了"福清融侨"，林氏集团在中国大陆有了最大手笔的投资……

华侨成了福建的重要品牌。在项南手上，福建的"侨牌"越打越出彩，打出了一条条千里寄相思、明月照人还的探亲路，打出了一台台回响各项建设号声的好戏。一副副"侨牌"变化无穷，五彩缤纷中，恰似一派"星河欲转千帆舞"的气象。

1986年3月1日，项南和省直机关负责干部郑重地说到了对台和对侨工作，寄语殷殷："做好对台工作，做好华侨工作，它的重要性，不应该低于省内的其他工作，我们应该在做好本省经济工作的基础上，把对台工作、华侨工作也提到省委的重要议事日程上来。这是我们义不容辞的责任。"

项南以对海外乡亲的无比关怀和自己巨大的人格感召力，成为海外华侨华人众望所归之人。许多侨胞正是因为项南，而改变了对祖国大陆的态度、对共产党的态度。

第七章　生态民生

相看两不厌，唯有武夷山

　　1981年夏天的一个傍晚，武夷山腹地某个鸡鸣狗吠的村子上演着一出别开生面的活剧。

　　神态蔼然的长者一开场就向村民们拱手作揖："我恳求大家停止砍树，再砍的话，那就真跟我一样，头上一根头发都没了啊！"他边说边取下头上的鸭舌帽，那脑袋壳果然胜似葫芦。

　　眼前朴实无华的老者竟是省委书记，好家伙，一来就作揖呢，哪有省委书记央求草民的，倒是盘古开天头一回见！

　　时任武夷山风景区管理局基建科长的陈建霖，就在这一天认识了项南。陈建霖中专毕业从省城来到武夷山参与建筑设计后再未离开，从锋利的斧头下、盗伐者的威吓中抢救出了无数棵树，成为当地有名的护林"专业户"。项南被陈建霖的事迹感动了，握着他的手说："你是堂堂正正的护林英雄，武夷山就是要多几个像你这样的人！"

　　陈建霖多年承受的压力、委屈，以及来自家庭和亲戚朋友的不解，在省委书记的大手相握中，立时烟消云散。

　　"这条路你要坚持走下去，绝不能让大王峰的'裤子'脱光，你这是在做好事，不要怕。我从年轻到现在，什么折腾都经历过，就是咬定青山，坚持信念一直走下去。选对了路，不管多远、多艰难，只要你走到底，就胜利了！你有什么困难就找我，我们一起来保护武夷山！"项南说罢，把电话号码报给了已然泪光闪闪的陈建霖。

　　项南是利用考察之机，主动提出上武夷山"旅游"的。第一个照面，心中就装下了对武夷山自然环境保护的蓝图。项南边看边座谈，讲了很多，总的思想是既保护又开发，双管齐下。

项南的视察，点亮了武夷山保护和开发的希望之光。他认真地同随行人员算了一笔账后，说："保护好武夷山植被、发展旅游业是造福世人、功及千秋的大善事，一定要花大力气、大代价保护好。"

在项南的要求下，建阳地委、行署很快关闭了武夷山的三个国营伐木场，制定了"采育结合，封山育林，山下搞活，山上管死"的政策。

如何解决封山育林、保护绿化和景区农民群众生产生活的矛盾呢？项南指示从紧缺的财政中，挤出一块用作专项资金。项南还提议农村改"老虎灶"为节柴灶，城镇推行柴改煤，不久又推行液化气和沼气灶。

通过实地考察，项南主持召开了多场事关武夷山旅游发展的现场办公会议，协调关系，解决存在问题，加快景区发展步伐。

"只要我们好好保护、好好建设武夷山，我们完全可以像日本等国家一样，把旅游业很好地发展起来，把武夷山打造成世界级的旅游胜地。我有信心，将来到这里旅游的可不是几万，而是几十万，几百万，你们要有这个思想准备……"

很多人不相信，怎么有这种可能？简直是天方夜谭！

在项南的倡导和支持下，多渠道筹措资金，先后在武夷山建设了景区和九曲溪码头、古街、武夷山庄、幔亭山房等，还与部队共建机场，加强武夷山自然保护区的建设与管理，使之真正成为"绿色海洋"……

项南这几笔行云流水，既保护了重点绿化，又照顾到了当地百姓的利益。

项南只看了武夷山一眼，就结下不解之缘，常找机会把中央领导、国际友人、华侨朋友带上山，1981年秋还别出心裁地请海外媒体来武夷山采风，帮助宣传福建的改革开放。

有人担心，全国还没有一个省市敢邀请大批海外记者到内地采访呢，港澳新闻界情况复杂，有的倾向性明显，观点有左、中、右之分，万一他们找岔子、挑毛病，回去后乱写乱说，借机攻击，有损福建形象不说，上头问罪下来，如何是好？

项南连说不要怕："能请他们进来采访，本身就说明我们开放的程度，这是我们自信的体现。虽然工作上有不足，但取得的成绩也有目共睹，差的不怕他们说，有助于我们改正；好的他们说不坏，相信大多数是有正义感的，能按事实说话的，这就达到了我们的目的，总之是利大于弊。"

于是，包括香港、澳门16家各种倾向的大报和通讯社记者32人，开始了访闽之行，多家报社老总还亲自出马。在当时，国内一个省有如此之多的港澳新闻媒体与记者来访，实属空前。

项南在武夷山亲自接见了记者团，在简朴的晚宴上特地点了道"焖地瓜"。谁能料到，居然成为席间最受欢迎的"佳馔"。

港澳记者团在福建活动了十天。留下不少议论："项南先生是个有思想，知道自己想做什么、怎么做的人。""与其说他是一个高级官员，更像一个有浓厚泥土气息的诗人。""这次见闻，改变了我对大陆党政干部的看法和态度，项南就很人性化。"

港澳记者团回去后，雨后春笋般，在各自媒体陆续发表全面介绍福建的新闻稿，达数十万字之多。此事不但在海外华人世界引起强烈反响，成为福建对外开放、让世界了解福建的重要步骤之一，而且连台湾"中央社"驻香港记者也发出"香港舆论刮起福建旋风"的惊叹。

此行在中国新闻史上被称为开创性的破冰之举。称其开创性，乃因邀请境外记者采访，实际是开辟了一条更新、更有效、不需投入、可信度高、影响更大的对外宣传渠道，能起到自家宣传所无法替代的作用。称其破冰，因为当时有规定：港澳记者来内地采访，需向外交部新闻司报备批准，项南主动邀请港澳记者访问，岂不是为他们开了方便之门。

"养在深闺人未识"的武夷山，也终于向世人撩开了神秘的面纱，名气越来越大。与此同时，项南还积极鼓励武夷山积极申报，在1982年月11月跻身为全国第一批风景名胜区，进而于1999年摘下"自然和文化双重世界遗产"的明珠。

推动全国水土治理的"长汀经验"

旅行车在林海、山地直面颠簸起伏，项南的话语也在"此起彼伏"：

"总之，我们要让人们到了福建，第一，看到山清水秀，风景秀丽；第二，看到鱼虾满街，又多又好又便宜；第三，看到到处都是水果摊，要吃香蕉有香蕉，要吃龙眼有龙眼，要吃橘子有橘子，要吃芦柑有芦柑，要吃文旦有文旦……"

林海滔滔，鸟语花香，徜徉在这无边的绿色金库里，项南真个心旷神怡，发自内心的赞美之词如泉喷涌："全国除了西藏，我都跑过了。我可以不吹牛地告诉你们，全国像闽北这样的绿色金库，很少很少，大西北好像每个山头都剃了光头……"

越比较，就越有强烈的使命，像火一样，无时无刻不在烧灼他的心。连着20来年，福建每年调出的木材，在长江以南各省中排名第一，而国家只给每立方米木材8元的投资回报，长此以往，造成哪里森林多哪里就最贫穷的局面。

有一次，他听曾任福建省委第一书记的开国上将叶飞说，福建在"大跃进"大炼钢铁时砍了很多树，他曾向中央建议把木材上调任务减下来，最好免调，但没能做到，他们历史上欠下的债，轮到你们来还了。

项南认为，消灭森林赤字比消灭财政赤字更重要，不如此，将产生水土流失、生态失调的恶果，甚至搞到民穷财尽。不久后，他郑重其事地向中央建议：无论如何要给福建山林以休养生息的机会。

1983年普查，全省森林覆盖率为39.8%，居全国之冠。但项南仍"居安思危"："虽还是老大，蓄积量已大不如前，再不来硬的措施，只怕还要缩水。"

一番力促之下，福建一方面严厉打击乱砍滥伐现象，一方面发起全民参与的植树造林运动，并出台了制止森林蓄积量负增长的应对措施。福建干部群众形成共识，森林覆盖率逐年上升，全国之冠未曾撼动。

项南怎么也想不到，福建也有童山濯濯之地，山清水秀中突然冒出一张匪夷所思的"鬼脸"来！

闽西的长汀便是。在20世纪40年代初，还与陕西长安、甘肃天水并列为全国三大重点水土保持试验区。几经治理，及他来见，这个中央苏区时的"红色小上海"，全县流失面积105万亩，占全县山地面积的27%。其中河田公社尤为严重，40万亩的山地，水土流失面积竟高达一半，而且强度流失区又占一半以上。地表温度最高达七十摄氏度以上，加上这里到处是千沟万壑，支离破碎，满目疮痍，有"火焰山"之称。

常自嘲头上寸草不生的项南，却要让福建的每一处童山都披上绿衣，新官上任就提出："河田水土流失已到非痛下决心治理不可的时候了！"

1983年春天,他亲自带着水土办、林业部门的专家一同到现场会诊,攻坚克难。

汽车一路颠簸来到八十里河一带,映入眼帘的都是荒山秃岭,让人疑是到了玉门关外的楼兰古国,项南表情凝重地说:"大地母亲在严重出血呢！"

稍感欣慰的是,水土保持试验区栽种的草木长势倒还不错,在春风中翩然起舞,像是欢迎他的到来,让他心头回荡着一首雄迈之诗:"黄沙百战穿金甲,不破楼兰终不还！"这个破,其实是立,就是要打破治不好的神话,树立"人定胜天"的壮志。

"要加快进度,把这些荒山都种上草和树,落实责任制。还必须进行综合治理,首先要解决群众烧柴的问题。"项南边看边说。

那些年,树种了很多,不少也种活了,也下了禁止砍树令,但老百姓得有燃料煮饭啊,因此屡犯禁令,割草时往往连树苗也连根拔了,时间一长,山体植被焉复存在？所以,项南认为,从根本上来说,还是要先解决群众实际问题:"要解决这个问题,应急办法,是省、地财政拿出一部分钱,补贴帮助周围群众烧煤。"他边说边摸自己的脑门:"真希望河田种什么长什么,不再像我的光脑壳。"幽默的话逗笑了大家。

这次扎在长汀,项南引导干部群众一同为水土保持献计献策。你说一句,他凑一条,他再结合自己的意见,归纳出水土保持的"三字经",朗朗上口,通俗易懂。

离开河田时,项南郑重地向县领导提出厚望:"长汀这个水土流失的'冠军',要尽快变为全省治理水土流失的冠军！"

省政府根据项南指示,把河田列为全省治理水土流失试点的重点,提出"三至五年内见绿不见红"的治理目标,即:三年完成覆被,山上要看不到红颜色,只见绿颜色,办法是综合治理。

三年后,项南故地重游,看到昔日千沟万壑的"火焰山"已变得绿草如茵,不忘送上鼓励:"河田治理水土流失这件事做好了,不仅对长汀发展经济,发展农林牧业有重要意义,对全省全国甚至对世界都有意义,现在地球上水土流失一天天严重,还没找到很好的办法,所以说这是世界性的课题。"

经一代代人的努力,河田实现了从荒山到生态家园的历史性转变,所取得的生态、社会和经济效益不言而喻,连同长汀县的水土流失综合治理经验,成为联合国当下推崇的"长汀经验"。

往昔山河,依依系着往昔的英灵;往昔的英灵,已成今人生命和精神中的山河。

第八章　舍我其谁

一枝花,催生民营经济分外香

在"晋江经验"风靡全国之后,再走进历史的纵深,"忆往昔峥嵘岁月稠"。

1983年5月17日,福建省地县二三百名领导干部,声势浩大到晋江,全省社队企业现场会于斯召开。

晋江华侨多,与外头联系也多,信息特灵,因而一度成为福建最不安分守己的地方,被看成是投机倒把的滋生地、"资本主义复辟的典型"。1982年闽粤两省开展"双打",晋江成为打击重点,却事与愿违,案子越办越多,走私贩私越打越多,投机倒把也是此消彼长,没完没了,官民间的隔阂因此越来越大。

项南看到了这个情况，认为这样打来打去，不是个办法，解决不了问题。他又提出这个问题要怎么看，到底算不算投机倒把，走私贩私？能不能换个角度来看，怎么加强引导，不要光堵、光打。

"如何引导？就要结合当地的特点，发挥当地的优势。这个地方华侨多、信息灵、劳力多、资金也不缺，能不能发挥这些优势，搞来料加工、来样加工、来件装配和补偿贸易？"

项南这番话，使各级行政部门的思想转变了。于是，变堵为疏，变卡为引，把扣在晋江特别是陈埭和石狮头上那顶"资本主义帽子"也拿掉了，放手让他们大力发展来料加工。

实践证明，引导的办法是对的，整个晋江的形象为之一变：人人都有事干了，都一心一意发展生产，再也没闲心搞械斗了。过去村与村斗，姓与姓斗，房头、宗族相斗，"大打三六九，小打天天有"的现象一去不复返。因为上头不再乱戴帽子，乱搞堵压，群众也就安心搞生产了，风气大为改善，走私贩私也就少了。过去打斗，海外亲人担惊受怕，现在一心办工厂，他们也都放心了。

群众握手言和，就来集资办厂，很快闯出了一条路子。1982年，陈埭公社群众集资1000多万元，办起了各式各样星罗棋布的工厂，全年工农业总产值达到5500多万元，比1978年增长3倍多。尝到甜头后，老百姓更进一步携手。是年年底，晋江联户集资的企业达300多家。

项南没想到会一下子冒出这么多"雨后春笋"来，这一份惊喜，拨动他迈开轻快的脚步，下去调查了解。实地一见，欣喜之色溢于言表："多年来我所希望、所想象的人人都有工作的景象，在陈埭公社看到了！"

陈埭的典型意义在于：它在几乎没有国家投资的情况下，广大农民怀着"治穷致富"的强烈愿望，敢于冲破"三就地"，利用"三闲"（闲钱、闲房、闲人），走"市场 — 技术 — 原料"的新路子，大念"人无我有，人有我优，人优我廉，人廉我转"的生意经，采取"民办"形式，把民间潜在的资源转化为现实生产力，并使之在更广阔的空间内交流与组合，特别是凭借海外的资金、技术和信息，推动了农村商品经济的发展。

有人认为只有集体投资、统一经营的企业才姓"社"，而个人集资、分散经营的则姓"资"。照这样一套，舆论"满城风雨"，陈埭人心惶惶。一些干部对发展社队企业，对搞联合体，也心存顾虑，甚至有几分怕。

如是徘徊中，1983年5月17日这天，项南又来了，还带了个大队伍过来，弄起了一个大场面。

"省委的态度是明朗的，对社队企业一直是支持的。"项南语气坚定，"对联合体这一新生事物，我们不要怕它，应该支持它，应该在全省叫出这样的口号：集资办厂好得很，它姓'社'不姓'资'！要让所有的人都知道，都放心，都放手！"

紧要关头，项南给陈埭的社队企业定了性和姓，多么难得的声音啊！那天，陈埭人把手都拍痛了，个个都像是打了兴奋剂。

项南原来就呼唤福建能有多种经济成分，他还为此疾呼："陈埭的社队企业是福建的一枝花，希望大家都来关心和爱护这枝花，使得这样的花开遍八闽，开遍世界。"

笼罩在陈埭人头上的迷雾终于拨去，几年来的探索与奋斗经验，被项南总结成"三化"（专业化、商品化、多样化）和"三性"（群众性、适应性、竞争性），而加以肯定。陈埭人热血沸腾中，真想把台上那位可亲可爱的老者抬着捧上天！

这个胸怀全局的人，眼光没有停留在陈埭，而把全省的蓝图都装入了心中："我省还有一些地方已经孕育着很多花蕾……要使这些花常开不败，永远艳丽，必须克服自身的一些问题，加强引导……"他的比喻总是很生动，让人爱听。

"这次会议是开创社队企业新局面的会议，我希望经过三年努力，到1985年，全省县县都有一个产值上千万元的公社，每个公社都有一个产值上百万元的大队。现在已经达到这个要求的就更应该前进了。大家或许会说，这个要求太低了。实践的结果，如果证明我提出的这个要求是'右'了，我将感到无比的高兴！"

热烈的掌声响应着项南的大声呼吁。

会后，沿海和山区均出现了社员集资办厂的热潮。福州市一个月内集资办起了建材、建筑、塑料、机砖及商业服务企业70多家。福清县半个月内有35家新的社员集资企业诞生……

群众中隐藏着巨大的潜力呢！在陈埭接地气的考察，让项南敏锐地意识到，一个全新的中国经济结构正在孕育——在城镇化的世界潮流中，中国农村可能独辟蹊径，走出一条不同于别国的特色城镇化道路。

公社改为乡镇后，项南想着给社员集资企业取个像样的名字，把它们统一叫乡镇企业。有人认为，有的企业并非乡镇所办，纯粹由农民和工商个体投资兴办，还是要有所区分，叫乡镇企业恐怕不行。项南说，你们不能单独片面地看这个问题，农民兄弟们的企业办在农村也是办在乡镇，既然是农民办在乡镇的企业，叫它乡镇企业有什么不可？

他这么近乎绕口令地一说，听者不觉心有戚戚焉，后来才明白项南的真实用意和良苦用心，那就是尽可能避免出现私人企业的字眼，统一称作乡镇企业，今后发展中就可能少些阻力，还能"左右逢源"。项南这是未雨绸缪呢，所以他要人们不能单独片面地看这问题。

陈埭考察时，项南就听到议论，说的是这些集资企业如果按1983年中央一号文件《当前农村经济政策的若干问题》允许的范围只能招收五个雇工之内，根本不可能有大发展。

陈埭的雇工不是一家一户，而是普遍出现，届时必然闹出非同一般的动静来。对此，项南不能不表态，但又不能公开和中央现行政策唱反调，他灵机一动，回应："你们可以说是请帮工不是雇工啊，这样不就可以扩大了嘛。"

一字之改，像为乡镇企业命名那样，四两拨千斤。

有了乡镇企业这个响亮的招牌和可以想见的避风港，乡村中各种形式的办厂更是层出不穷。现如今中国第一、全球第二的汽车玻璃制造商——福耀玻璃，就是曹德旺1983年靠着承包福清高山镇一家小玻璃厂起家的。项南当年积极扶持乡镇企业，好像一股风，吹到了高山，曹德旺一打听，嗬，创业简便得很呢，而且政府还能提供很多意想不到的帮助，于是就在这阵风中起步了，扎下了根。

乡镇企业其实就是商品经济、市场经济的开端，发挥老百姓潜力搞起来的，堪称经济上的人民战争。为了帮助壮大乡镇企业，项南提议从省到县都成立乡镇企业局。这一提议得到省委、省政府的一致支持，于是，福建各级政府中便有了全国最先有的这一政府机构。

1984年3月8日，《人民日报》刊发《福建一枝花——记晋江陈埭公社农民集资办企业》，并附有短评《陈埭的启示》，对陈埭农民利用"三闲"搞乡镇企业的做法予以赞扬。国务院领导实地考察后，对陈埭农民集资创办股份制企业也是赞扬有加，称这是改革开放新形势下一种新的经济组织形式,有着巨大的潜力。

典型引路,以点带面,是项南领导艺术的一大特色。1984年7月中下旬,项南马不停蹄地到四个地市调查研究经济改革、乡镇企业、引进工作等方面的问题,深感现行的许多政策对乡镇企业已经不太适用了,好多事都要开绿灯才行,"全省学陈埭,陈埭也面临如何继续发展的新问题,我们必须把如何使陈埭继续发展作为一个新的问题来研究。例如贷款,对陈埭就得放宽,他需要多少,就贷给多少,不用怕他还不了。要根据新情况办事想问题。"

无论是对国有企业"松绑"放权和政企分开的探索尝试,还是对乡镇企业的遍地开花,项南均取肯定支持的态度。他那清新活跃的思想给人以强烈的吸引力,严密周全的逻辑让人折服,高屋建瓴的政策思维使人心甘情愿地接受教诲。

"认识来源于实践。"项南用这个哲学道理回答了各地提出的问题和担心。

他说:"各级领导干部要以改革的姿态来对待前进道路上遇到的问题,要根据新情况办事,有些事不必请示来请示去,只要对搞活经济有利,对人民有利,只要不贪污、不受贿,就要大胆去干,工作中出点毛病不奇怪。要想打开新局面,就是要打、要冲、要进攻,要做有志气、能思考、勇挑担、敢拼搏,能知难而上,开创新局面的干部;不要因为怕挨批挨打而畏畏缩缩,庸碌无为。"

车轮滚滚,向下一个目的地奔去。"轰轰轰,我们是开路先锋!"项南哼着这首歌,他知道自己的角色。干部干部就是干,战士战士就是战,殚精竭虑,俯仰无愧。

8月14日,《福建日报》的头版头条让人耳目一新:《福建经济要靠乡镇企业打头阵》。口号式的题目,是项南几天前在长乐金峰召开的第二次全省乡镇企业工作现场会上响亮提出的。在上年的陈埭现场会，他就深情地呼唤千千万万的乡镇企业应运而生。

声声唤，短短一年间，在全省唤出了50来个产值超千万元的乡镇，使其总数从原来的21个剧增到70多个，而产值过百万元的企业，也由原来的79个增至224个。声声唤，唤得乡镇企业百花齐放，争奇斗艳，成为发展速度最快、生命力最强、前途最宽广的经济成分。

这些学名叫"乡镇企业"的花儿为什么这样红？项南总结它具有五大特点：离土不离乡、进厂不进城、务农转务工、工农相结合、城乡相结合。所以，它构成了中国特色社会主义道路的重要组成部分，可以避免大量人口向城市集中，符合社会发展潮流。

几年来，省委对这枝花的浇灌是热情的。

于是，各有关部门应声而动，开绿灯，施甘霖……

1984年11月29日，晋江县陈埭镇工农业总产值超过了一个亿，成为福建第一个亿元镇。项南闻讯，大喜："不愧为福建一枝花，不负众望，但愿越开越鲜艳！"

表彰大会很隆重，更隆重的是，项南特地送去一面题写了"乡镇企业一枝花"的大锦旗。

陈埭从一个典型落后的"穷社"，蝶变为闻名遐迩的"花王"，离不开项南的鼓励、支持和点拨。陈埭以集资联办企业为主体的农村经济新格局，后来被经济学界称为"晋江模式"，广而称之"泉州模式"。这种模式，既不像苏南那样由镇村集体来办，也不像浙南那样以家庭为单位，而是介于两者之间，由几户乃至十几户农民联办。

《福建日报》发表题为《打头阵的好榜样》社论，称：既要让陈埭这样的花开遍八闽大地，也要注意健康地发展。"不是花中偏爱菊"，也不希望"此花开尽更无花"，项南需要的是"一朵忽先变，百花皆后香"。在他信心满满的期待中，这年最后一天，福建省诞生了第二个亿元镇——磁灶，还是来自晋江。

拉开脱贫攻坚序幕

眼看着，沿海乡镇企业之花越开越红，越发娇艳，项南又把目光转向乡镇企业较少、花苗方栽花蕾初绽的山区。

家庭联产承包责任制推行之后，省委、省政府把主要精力放在厦门经济特区等沿海地带的对外开放上，对山区发展顾及不够。当时有一句针对书记、省长的顺口溜："项南不向北（意指闽西北贫困山区），胡平不扶贫。"这是调侃，多少也有些实情，项南听了颇不是滋味。

1984年6月24日，《人民日报》头版发表《穷山村希望实行特殊政策治穷致富》的读者来信，反映闽东福鼎县赤溪畲族村的贫困状况，并配发《关怀贫困地区》的评论员文章。由此，贫困问题引发中共中央高度重视和全社会广泛关注，启动了全国性的扶贫工作。赤溪畲族村也由此成为"中国扶贫第一村"。

项南第一时间组织省委常委们学习，说："我们共产党奋斗了一辈子，要是越奋斗人民越穷，那还有什么意义？"

他深入贫困乡村，与大小干部们分享心得，反复强调扶贫的重要性与必要性，希望全省上下取得共识，而不应是仅仅停留在嘴巴上的一句漂亮口号。

哲学家尼采说："行动就是一切！"1984年可以说是福建全面脱贫致富的元年。省委、省政府初步提出了脱贫致富的思路，中心是"搞活县级经济"，以此为突破口，拉开了全省性脱贫致富的序幕。希望的火苗在贫苦百姓心中闪烁。

这年9月3日，中共中央、国务院联合发出《关于帮助贫困地区尽快改变面貌的通知》，把扶贫工作作为国家任务提出，波澜壮阔、旷日持久的中国消除贫困行动由此正式拉开序幕。

福建走在前头！

1985年元旦，项南提出沿海地区要与山区开展对口扶持，县与县，乡与乡，企业对企业，互相支持，互相帮助，共同发展。他还提议地市之间进行对口支援，也可以搞联合，把沿海的优势与山区的资源结合起来，促进全省乡镇企业上新的台阶。

项南风里雨里，烈日寒夜，一次次调研和访贫问苦之后，"抓好沿海、山区两条线""一手抓改革开放，一手抓脱贫致富"的发展战略在他心间酝酿生成，在这年6月的福建省第四次党代会上，于众声欢呼中推出。

他的思路连带报告，要让干部群众明白：任何改革都需要成本，舍不得成本就无法推动改革，不改革就不能发展，只能守旧守穷。改革和发展中，总有新情况新问题不期而至或串通一气似的有备而来，也总有新老矛盾你拉我扯地出现，要解决这些，唯一的出路是继续深化改革，在发展中消化。贫困地区也不例外。

他的报告连带希望，更要让干部群众相信：在改革已成不可逆转的时代趋势时，乡镇企业等新鲜事物在贫困地区开花结果不仅要应运而生，且要大力发展，让它成为题中之义，和政府政策一同作扶贫、致富的酵母，从过去授之以鱼转为今后的授之以渔，多多带动开拓致富门路，这样何愁不能甩掉贫困之帽？！

"一花独放不是春，百花齐放春满园。"几场现场会后，福建乡镇企业已是遍地开花，沿海和山区竞相吐艳。福建那些年在全国唱响的经济大戏，总导演是项南。

第九章　匍匐扶贫

甘心赴国忧，为百姓"还债"

项南卸任省委书记回北京后，当选为中央顾问委员会委员，中央各种会议也时常可见他的身影。1988年夏，当国务院贫困地区经济开发领导小组请他参加筹建扶贫基金会并担任会长时，他接下了这个使命。

筹办扶贫基金会，一切都从零开始。没地方办公，就在中组部或项南家开会。没钱，就凑，第一次项南拿了500元，中组部原秘书长何载拿了300元，在这个基础上开始工作。

尘封已久的国门才开启六七年，国民经济发展还处于初级水平。全国有许多人处于贫困线以下，温饱问题尚未解决；就是广东、福建等沿海开放省份发展也不平衡，不少山区地县也还存在亟须解决的贫困问题。特别是大面积老区，几十年后却仍然过不上好日子。想到这些，项南心中就一阵隐痛，这是他一直思索却未能去做的事。他决心以另一种行动，来弥补自己心中的这份隐痛和内疚，以另一种情怀，来表达对国家的忠诚和对百姓的热爱。

"我并不爱当'大头'/是一个为党工作惯的人/没有工作做，比死还难受/当我还能够有所贡献的时候/一切痛苦都不会在我心中停留！"项南读过郭小川长诗《一个和八个》，不觉也成了诗中的这一个！他的精神状态和以前毫无二致，投身扶贫工作就像年轻人那样热情奔放。他一如既往睡得很少，家人睡时他书房的灯总亮着，醒来时也还亮着——他每晚只睡四五个小时，一大早便又起来工作了。

老骥伏枥后，萦绕在他脑海里的，是如何利用这个难得的机会，为中国消除贫困做点工作，为百姓种福。这种想法越来越强烈，简直搞得他寝食难安，心里头总惦记着还挣扎在贫困线上的8000万百姓。

他坚定地认为，扶贫事业是国家长治久安的大业，完成这个艰巨复杂的系统工程，是中国共产党的职责所在，是中华民族前无古人的战略任务、伟大事业。中西部地区能不能相对均衡发展事关国家安定、民族团结和边疆安宁。他提出，国家的大力扶持是扶贫的主要渠道，但单靠政府力量还不够，必须动员全社会的力量参与，成立基金会正是开辟第二条渠道。

1989年春，国外大气候结合着国内小气候，有关改革的议论纷纷扬扬，在这个时候还能做事吗？

项南不为外界风声所动，不仅没打退堂鼓，还密切关注着这场改革，奋笔疾书，写出时局评论《改革大业不能中断》，其中说道："莽莽神州，泱泱大陆，离开改革，是没有出路的。即使是稍微遏制一下改革的势头，都将是极为有害的。"之后，又作《改革需要民主与法制》。回到政治海拔最高的北京两年来，他已洞若观火，对改革开放，有人始终不买账呢！

改革大业不能中断，扶贫事业也不能中断！哪怕退休了，他还是不夺其志的改革派、扶贫志愿者、"蒸不烂煮不熟捶不扁炒不爆响当当一粒铜豌豆"！

项南坚定地迈出自己的步伐。他很快就找到了福建一些有海外关系的老同志，告诉他们扶贫的重要性，和盘托出了成立基金会的设想，通过海外华侨，筹集一些款项，再通过资金的滚动发展，壮大基金的规模，使更多的地区能够得到帮助。老同志听后，既钦佩项南的设想，更感动于他的精神，纷纷表示应该努力促成它的早日实现。

3月13日上午，"中国贫困地区发展基金会"（后改名中国扶贫基金会）在北京正式成立。开办经费只有区区10万元，完全是白手起家，不是先有钱再办扶贫事业，而是一边扶贫一边筹集资金。

项南和一批退出一线领导岗位的老干部，不惧困难，抱着一颗为人民群众服务，为贫困地区尽力的拳拳之心，动员和团结一大批新老同志和各界力量。他们中，有名誉会长、全国政协主席李先念，有黄华、费孝通等一帮副会长和顾问，从无到有，从小到大，胼手胝足，开始了这项伟大的事业。却不料，出师不利。成立一个月后，发生强烈震荡，联合国有关方面宣布中止对华提供扶贫基金。海外一些原本有意捐款的机构、财团和个人因而转为观望。项南为此绞尽脑汁，寻机破局。

1989年冬天，当年深得项南支持的厦门华美卷烟有限公司董事长刘维灿，突然接到项南从北京打来的电话，说基金会缺少资金，能不能帮筹一笔款，以启动工作。刘维灿不假思索地表示，支持基金会就是支持全国的扶贫工作，当即以华美卷烟有限公司的名义捐赠给基金会开办费40万元，随后又要求中国烟草总公司增拨5000箱生产指标，在厦门市政府的支持下，用这批香烟增加的税利捐给基金会1000万元。

项南的精神感召，让刘维灿如获天启，很快组建起厦门市金桥烟草科学基金会（后改为厦门市金桥科教扶贫促进会），共同担负扶贫重任。

刘维灿戴上"全国扶贫状元"的大红花后，说："我完全是跟着项书记走上扶贫之路的，当时我认为支持中国扶贫基金会就是回报项书记，而中国扶贫基金会是全国扶贫的龙头，支持它，也就是支持全国的扶贫事业。"

为了筹集扶贫资金，项南脑子里冒出了一个办法：国际上有个天文学会规定,哪个国家发现的小行星,就由哪个国家来命名。得到这个命名,那你的名字将长期在天空与日月争辉,与宇宙同存。能不能搞一些有偿命名,人员限定在有成就的科学家、文学家、慈善家、企业家,以免以后产生不必要的争论。

这个想法得到大家的一致赞成。于是项南便通过北京天文台等部门争取到一些小行星的命名权,哪位华侨巨资赞助扶贫基金,就以他的名字为这颗小行星命名。

不少华侨企业家对此兴趣盎然,许多人更是出于对项南的敬重。"只要是项先生来主持做的事,我们都会大力支持。"他们二话不说,慷慨解囊,倒不完全是为了让自己的名字遨游太空,而是能与项南所从事的事业连在一起。他们中有人曾送钱送物给项南,但没有一次不被拒之门外。项南的人品在他们心目中,可谓赤子其心,坦荡其怀。

闽南籍印尼著名企业家李陆大和项南一番对话之后,就佩服起了他身上那股自然的真朴、不落俗套的威仪。听说这是项南的宏愿,他马上支持,先行拿出100万美元,用于中国西部贫困地区的扶贫。项南对李陆大的义举深为感动,也更坚定了办好扶贫事业的信心。在他的多方奔走和影响下,不少资金都有了着落。

经过卓有成效的工作和紧张的筹备,小行星命名大会在北京隆重开幕。项南请来了全国人大常委会、全国政协以及有关部门领导等。捐款的华侨们一个个接过命名证书和赠款的荣誉证书时,掌声雷动。高潮处是,中国科学院紫金山天文台经报请国际小行星中心批准,把该台1980年在金牛座首次发现的小行星(编号3609)命名为"李陆大星",让他的义举名扬宇宙。

这些日程安排都由项南亲自布置,如何接待,邀请哪些人,会议议程,直到生活安排,他都事事操心,做到件件落实。最后要出一本纪念册，项南还亲自挑选每一张照片。

　　李陆大和李尚大兄弟手足之情本来是很深的，回国投资也总是一起行动，兄弟俩都与项南熟识。李氏昆仲后来因为一点不同意见而产生隔阂。项南知道这一情况，所以这次李陆大捐款，在印制纪念册时，特别交代工作人员，一定要加上一张李尚大的照片。他还亲自选定一张有李尚大和李远哲的合影，叫人送去制作。李氏兄弟看了都非常高兴，也解除了彼此间的误会，重归于好。

　　这事传开后，项南那种"谦谦为人，矫矫为官"的形象，更是赢得了华侨朋友的敬重。面对海外华人华侨对中国当前大气候的担忧，项南在平等地与他们交换看法后，少不得一番引导：不要失望，时代潮流不可能人为逆转，要相信中国一定会进步！

　　有一天，学者孙长江私下跟项南开起了玩笑："你当上了中国最大的丐帮帮主。"

　　项南若有所思地说："当年我们是为了老百姓有好日子过而投身革命的，革命也是在老百姓支持下得以成功的。有那么一些年，我们忙于意识形态的争论，而忽视了实际生活的建设，我们欠老百姓太多了，我还剩一点余生，就为老百姓多做点事来还债吧。"

每则感人的故事背后，都能触动人心

　　为了掌握中国贫困百姓的第一手资料，项南边干边调查研究。1990年8月，他和副会长何载一道前往河南，参加全国贫困地区农业新技术推广会。会议一结束，两人商定到贫困的秦巴山区，考察一下推广小麦复种增产等措施的可行性。

　　两位省部级老干部坐火车去南阳，完全可订一个火车软卧包厢，可他们却自行买了硬座票，也不带随员，到南阳后又一路辗转奔波，

进入莽莽秦巴山区。路途坎坷，项南的布鞋鞋底断了，他就找了根绳子，把鞋底绑到腿上，就这样日夜兼程，深入穷乡僻壤，直接与贫困地区的干部群众交谈。

在安康，项南在一个工房里苦等一位养蚕专家，没地方睡，就找了块粗糙的硬木板。何载则弄了几堆荞草躺在上面。大山深处的夜晚，万籁俱寂，两人久难入眠，睁着双眼看着工棚外的夜空，交流未来的中国扶贫之路怎么个走法。

北京、河南、陕西三省市得悉项南和何载"失踪"，都派人来追，陕西副省长徐山林一直追到安康，总算追上了，所见情景让他一辈子难以忘怀。

许多人都难以忘怀：自项南投身中国扶贫事业以后，几乎每次相遇，总要听他诉说贫困地区的落后情况。他以悲天悯人的情怀，以前无古人的担当，希望唤起人类共有的良知和正义，共同助力人类告别贫困，投身温饱。他讲述的每一个故事，莫不表达了对扶贫事业的全力投入和关心。每则感人故事的背后，都能触动灵魂。

努力努力努力，加油加油加油。中国扶贫基金会筹集的资金由薄转厚。

项南老而弥笃，不停地奔走在祖国的东西南北中，大西北及内地山区最是留下了他穿梭的身影。某年光在沂蒙老区马不停蹄考察了40多天，心脏病即那时落下的。一次又一次，他与其他老同志一起挤长途汽车，坐火车硬座，跋涉在苍凉的黄土高坡，穿越渺无人烟的沙漠，自带干粮奔走呼号，为改善贫困地区群众的生产生活问题送上温暖，献策献计，宣传发动。按他们自谦的话说，是为政府工作做点拾遗补阙的实事。

不管现实环境好坏，筹款和扶贫是否如愿，项南自信总有可以游刃的空间，天地很大，不要受眼前一时一地的局限。他提出了许多富有新意和创造性的扶贫新路，如沿海发达省份和内地贫困地区要对口扶贫、扶贫到户；要实行开发式扶贫，扶贫要先扶志，治贫要先治愚；要吸引世行、亚行资金，建立扶贫银行等。

忽然地，项南想要一张全国贫困地区分布图。贫困地区到底有多大面积，有多少人口，人均年收入多少，周边和哪里毗邻，气候条件如何，资源如何分布？等等，如果有一张图文并茂的标识地图，让人一目了然，研究起工作也就方便多了。

没有现成之图，他只好自己买来中国地图和颜料，在家中反复琢磨，苦心描绘。可描了一张又一张，都不理想，只能自恨非丹青妙手。后来请来了专家指导，把沙漠地区到大石山区、喀斯特地貌，把高原地区到欠发达老少边远地区都一一放入，分头标上横断山区、秦巴山区、太行山区、陇中南地区、闽西赣南等地区，并用不同颜色勾画出来。就这样，中国第一幅贫困区地图，在项南手中绘制出来了，人人都说这也是一件开创性的工作。

古稀之龄、时有疾病缠身的项南，高举这张地图嘿嘿地笑。

一把伞也能改变小气候，这地图像一把伞呢，他真心投入，希望能为那些在贫困地区艰苦生活的老百姓撑起一把脱贫致富的大伞。

他亲自到陕西榆林地区考察，开建了改沙地造水田的巨大工程。通过外引内联方式，由国家计委牵头，扶贫基金会协同国务院开发办、华能集团精煤公司和陕西省共同投资。

他向有关部门提出，让西部贫困地区的地方行政领导到苏南乡镇企业当半年一年的推销员、管理员，为西部地区输送观念、信息与市场。此举付诸实践后，大大加快了西部的脱贫步伐。

他特别关心扶贫的效果，坚持"扶贫到户"的方针和做法，在一些省市领导和有关部门的指导下,在河南、陕西、河北、山西等省,引进了孟加拉国的农村银行模式,创立了"扶贫互助合作社"形式,社会效益高、农民受益多、发展快、覆盖面大。同时,还在华北、西北、西南各选择一个贫困县,开展扶贫的系统工程,包括经济开发、生态平衡、科教领先和少生优育等项内容的系统开发。取得经验后,及时地推广到其他地方。

中国扶贫基金会的工作全面铺开后,项南结合大家的意见,概括编成扶贫"三字经"。国务院扶贫办由衷称赞项南是真正的"扶贫状元",他则风趣地称自己是叫花子头,哪儿贫穷往哪儿跑。他说,大凡老少边穷地区往往是交通不发达地区,扶贫工作中最大的问题是发展交通设施,修铁路,修公路,发展内河航运。

扶贫不能光靠"输血",其自身的"造血"更重要,而要增强贫困地区的"造血"功能,干部是决定性因素,首先要提高干部素质,使他们解放思想,改变观念,再就是"扶贫先扶人,扶贫先扶志"。项南与基金会骨干一起,探讨和组织了以扶贫为主要内容的干部交流机制。在中组部和国务院扶贫领导小组的指导和支持下,通过牵线搭桥,从1991年由江苏、陕西两省互派市、县级干部交流开始迈步,再推广到全国各省区市,上万名干部投入其中。此举被誉为是贯彻"东西互助"的一个创举或试验。后来在更大范围内实现了干部的挂职交流,为干部队伍建设和党的建设探索了经验。

"项南的扶贫思路和他在扶贫工作中的一些做法,对我和宁德地委的同志们落实党中央、国务院提出的扶贫工作方针,做好扶贫工作也有很大的影响和启示。"这是时任福建省宁德地委书记习近平的一段回忆。

新中国成立后直到改革开放之初,中央、国务院领导和各部委负责人来福建考察，少有到闽东宁德。这种情况到1983年福鼎县赤溪村成为"中国扶贫第一村"后始有改变。项南几次到闽东考察，都有意地带上了"大团队"，在省里凡有合适场合必讲闽东，到北京汇报工作时也常常提及闽东，还不时对省直机关负责人提出闽东某方面的问题进行"考试"，督促他们常去调查研究，出点子，支着，拿出实际行动帮助闽东脱贫。

项南说，闽东山海资源条件优越，念"山海经"得天独厚。他曾站在闽东葛洪山上，望着山海相依的景象，感叹有加：闽东不富，天地难容。当地干部群众听后莫不感动。他还说："福建要抓两浦，一个是闽南漳浦，一个闽东霞浦，两浦竞争看谁最有谱。"

霞浦和漳浦大力发展海产养殖，成为闻名全省的养殖"两浦"。海水养殖，犹如建造了一个蓝色银行，把"两浦"群众带上了致富路。

因为种种原因，直到1988年习近平主政闽东，这个土地革命战争时期的重要苏区、老区，仍是福建最为贫困的地区，也是商品经济最不发达的地区。革命老区、民族地区、边缘与穷困地区，"老少边穷"四个字，闽东全都沾上了。后来，他把在宁德工作期间的思考和文章汇集成册，起名《摆脱贫困》出版。

项南欣然为这本书作序。有多少党员领导干部，从这本书和这篇序中汲取了精神感召和思想精华，激发出带领干部群众向贫困宣战的勇气和力量。广大干部群众在实践中明白，扶贫和改革开放一样，需要几代人"滴水穿石"的接力赛才能修成正果。

项南以率先垂范的工作热情和特有的人格力量，吸引越来越多的人参与到中国和世界的扶贫事业中来。他不惜残年，还在为贫困地区的早日脱贫，为56个民族的共同富裕，办实事，办好事。有一回他考察西部贫困地区，为了掌握确切可靠的下情，竟到了不通火车也不通巴士的地方，徒步走村串乡，翻山越岭，衣衫刚破，堂堂的扶贫大员形似扶贫对象。谁说真正的共产党人不是用特殊材料制成的！

2017年2月24日，《人民日报》头条刊登《习近平总书记的扶贫情结》，开篇就讲到项南："项南同志从福建省委书记任上退下来后，当了中国扶贫基金会会长……我是在这样的氛围中耳濡目染走过来的。"

第十章　不是尾声

高龄"拓荒牛"住院，"该休息了，也对得起人民了"

"风吹雨打不回头，力瘁筋摧勿怨尤。何必计较鞭加背，此生原是拓荒牛。"1993年开头，项南抄录了这首打油诗，既明志，也自励。

人所不为者我为之，这是项南退居二线后想着竭尽最后一点精力为国家做点好事的思想。他以改革家和实干家的姿态，创造性地将中国的扶贫事业推上了一个新台阶。

力所能及地发挥余热，能做多少算多少，这样已让许多人难望项背了，可他选择的却还是开辟草莱、披荆斩棘的大事业，并且还抱有"扶贫到户"的决心和壮志，又有许多开拓、创新和设想，这就让人匪夷所思了。

1996年4月，项南住进了北京医院。医生诊断心衰，并伴有室壁瘤，随时有迸裂的可能，非常危险。100多天大病住院，项南却还"身在曹营心在汉"，情牵扶贫大业。每天探望或谈工作的中央领导和各方人士络绎不绝，弄得医院领导既生气，又心疼："项老为扶贫命都搭进去了，你们还不放过他！"为了控制来访客人，医院硬是给他的病房门口挂上了"谢绝会客"的牌子。

但能谢绝么？！

"医生说，我的病一怕劳累，二怕生气，三怕过于兴奋。他们说，快80的人了，忙了一辈子，该休息了，也对得起人民了。"

"医生找志馨和杨秘书开会，怎么控制来访的客人……"

日记记着项南四个多月的住院生活。医生、家人和探望者，莫不叮嘱他要注意休息。

出院不久，1997年就快到了。项南作了新年规划：把身体搞好，整理文稿，"做点力所能及的扶贫工作"。

规划一如既往地赶不上变化。他闲不住，每天依旧排得满满的工作也不让他闲下来。他改了改1993年那首打油诗，还是明志、自励："矢志扶贫夕阳红，光明磊落无所求。何必计较鞭加背，铁人本是拓荒牛。"

他真是无须计较得失、忧谗畏讥了，一向就是襟怀坦荡，愈到晚年愈坚信：俯仰无愧天地，褒贬自有春秋。

追随他扶贫的北辰集团总经理孙梦兰，退休后表示捐100万元成立"项南基金"，用以发展职业教育。项南大为感动，却劝他改搞"阜平职业教育基金"，把钱捐给中华职教社。一番情真意切的话，说服了眼中原本只有他的孙梦兰。孙梦兰逢人就说："项南是我这辈子见过最不为名不为利的高级干部！"岂是不为名不为利，而是：计利当计天下利，求名应求万世名！

晚年的项南，除了矢志扶贫，还矢志为改革开放鼓与呼，并不懈地与"左"做斗争。他一生几度受挫，职务几上几下，身心备受摧残，因而特别反感极左，反感整人，想着在有生之年为建设一个民主、自由、风清气正的社会竭尽心力。有日记为证："今后的任务，就是要下决心，不顾一切地同'左'的思想做斗争。"

这年9月，项南列席中共十五大，写了份发言提纲，共有十条言简意赅的意见和建议。字里行间，跳跃着他对这个有过挫折、磨难而又充满希望的大党的炽热忠心，最后提出："维护党的中央核心领导的团结，比什么都重要……党的兴衰成败完全取决于我们自己，取决于党的领导核心。"

11月4日，项南为《翘首明天》题写书名，并作了个短序，指出无数革命者献身的目的只有一个："为了明天不再有贫穷、剥削和贪婪，明天将出现一个繁荣、民主、公正的社会。"

这既是他指点江山的激扬文字，也是他无以复加的深情告白。"为了明天，多少战士含笑躺在血泊中……"文如其人，为了这样的明天到来，他亦愿意含笑躺在青山中。

"活在人心便永生"

1997年11月11日，我在抵达北京半月之后，忽然下起了雨，开国副总理、农村改革先驱邓子恢的夫人陈兰大姐悲伤地告诉我：昨晚10点多，项南和人谈话时，心脏病突发，没抢救过来。

我简直不敢置信！一周前，我还在项南家中聆听教诲，并请求他为我的《农民知己邓子恢》一书写序呢。今日老天爷仿佛也在为一个伟大灵魂的离去而垂泪。

我去项家吊唁，在项南遗像前鞠躬鞠躬再鞠躬，不忍作别。项南秘书杨志栓给了我一个大信封，说："小钟你是项老生前接受采访的最后一个记者，这是项老为你写的序稿。"项南夫人汪志馨一旁也说："这是老项的绝笔！"

项南在生命的最后时刻，竟匍匐着身子为一个后生完成了一份作业，序稿上头还附有一张短札。看罢，我油然想到唐朝大诗人白居易纪念友人薨逝之诗句："最感一行绝笔字，尚言千万乐天君。"想着宛在昨天的交谈，想着他对我为革命前辈树碑立传的赞扬，不禁心潮起伏。手捧序稿，我仿佛看到项南在深夜还翻看着我那厚厚的一沓书稿，思考着，伏案书写着。我想到了项南女儿项小米和我讲过的一句话：他们（指项南和改革先驱）将自己的身子匍匐下去，成为滚滚历史车轮的铺路石。

谁能相信，家人在给项南整理身上衣物时，发现他身上穿的还是当福建省军区第一政委时发的军内衣，袜子因穿得太久而失去弹性，两边都松落在脚腕上……

而这个人，不仅是福建，也是全国扶贫致富的推手！"吾貌虽瘦，必肥天下"，说的何尝又不是他？！

秋风秋雨起，落叶满长安。当年曾以炮阵欢迎项南再来"乡镇企业一枝花"发祥地的福建晋江干部群众，争先恐后要赶赴北京送别敬爱的老书记，经市政府协调，他们派出代表包机前往，参加追悼会。

一个部级退休官员的追悼会，以"三多"惊动京城，闻名于世：3000多人，400多个花圈，300多份海内外唁电……而且送行人员中，既有逝者的朋友，也有曾经的对手。

如果说，项南过去受人爱戴，毕竟发生在一位官员余威尚在之时，那么在他去世之后，往昔所有权势、地位都随风而去后，却依然拥有那么多人发自内心的悲痛和哀伤，在如潮的鲜花和雪片般的唁电挽联，在千千万万人的泪雨心花中，人们能读出什么？！作家梁晓声对此颇有感慨："如果共产党的官员逝后都能获得如此怀念和追悼，并且是来自民间的，自发的，那么——中国的许多事情则就好办多了！"

1999年3月,一部名为《英雄无语》的长篇小说经作家出版社出版,好评如潮。"英雄热"过去十多年后,我与退休在家的项小米,又一次聊起了她这部代表作。项小米说起本书主人公、爷爷项与年(早期共产党员、"特科"英雄)和父亲项南以及那些先驱,称:"我们很难成为他们那样的人,但我们会追随其后,使他们那样的人成为自己的终生楷模。"

我自忖也难望项背,却在遥望项背时愈来愈感叹,不管你是否认可他,他的精神境界是否后继有人,他总是在这世间精彩过。

不期然地,想到爱迪生1878年在实验室最初点亮的白炽灯,虽然只带来8分钟的光明,却宣告了时代的飞跃,世界因而变得辉煌一片。那盏实验的灯泡,纤弱的灯丝何时烧断并不重要,重要的是它真切地留给了人们对不足的思索和对未来的希望。此后一百年的中国改革开放正如同这样的灯盏,穿透一切迷雾,带来的光明无与伦比。

项南就是这样一盏灯,曾被照亮,也成了更大的光。

[节选自《中国作家》(纪实版)2023年第12期]